Engelshunger

Engelshunger

von Christiane Schulze Severing

mmVerlag

Engelshunger
Himmelsroman
Christiane Schulze Severing
Aachen, MM Verlag, 1. Auflage Oktober 2010
ISBN: 978-3-928272-96-4

Umschlaggestaltung: spürsinn.grafikbüro,
Frank Hermanns, www.spuersinn.biz
Lektorat: Gabi van Rey
Satz: Yvonne Schweda
Gesetzt aus der Garamond
Druck und Bindung: CPI books GmbH, Leck

„Ich bin die Liebe."
(Gott – zu allen Zeiten, zu allen Menschen)

Widmung:

Für meine Mama,
die mir vorlebte und mich lehrte, was Liebe ist.

Für meinen Mann Christian,
der mich trägt und beflügelt, wohin Liebe will.

Für Hannes und Rosa,
die sind, was Liebe kann.

Für den lieben Gott,
der mir ist, was Liebe ist.

Legende

Die Handlungsstränge des Romans „Engelshunger" spielen sich auf verschiedenen Ebenen ab. Im Himmel, auf der Erde und in der dunklen Apokryphe – und irgendwie dazwischen ... Um Ihnen, liebe Leserinnen und Leser, ein klein wenig bei Ihrer Orientierung zu helfen, finden Sie immer wieder diese Symbole: Damit Sie wissen, wo die Personen des Romans und damit Sie selbst gerade sind ...

Im Himmel ...

... nimmt alles Gestalt an, was es bislang nur in der Fantasie des zehnjährigen Jungen Micha gab: freundliche Himmelskaninchen, überhungrige Engel, erdige Sichten, behände Küchenfeen, steinerne Mütter, gelbe Wutschmännchen, anmutige Engelmenschen, hingebungsvolle Demutsdienerinnen, reuige Diktatoren, sprachfehlergebeutelte Turbaninder und vielarmige Sopranistinnen. So etwas gibt es nicht? Falsch gedacht! Im Himmel lebt das Wunder!

An einem anderen Ort zu einer anderen Stunde …

… muss Michas Familie über den Verlust ihres Sohnes hinwegkommen. Die Eltern hadern mit Schicksal und Schuldgefühlen, streiten miteinander, schweigen stur oder schleppen sich gequält durch den Alltag. Und in all dem geht Selma, Michas kleine Schwester, mit ihrem geliebten pinken Stoffhasen ihren eigenen Weg. Auch die betagte neue Freundin der Mutter, Klara, tut ihr Übriges, um die Familie wieder zu vereinen …

In der Apokryphe …

… lebt der dunkle Nebel Olobaid mit seinen ameisenartigen Kreaturen, den Kalypsen. In dieser ekligen und verabscheuungswürdigen Finsternis wird ein diabolischer, alles Gute vernichtender Plan ausgeheckt, der nur eines will: den Himmel und die Erde besiegen! Endlich und ewiglich! Ein für allemal!

Wenn der Himmel die Erde berührt …

… geschieht etwas nie Dagewesenes, begegnet einander, was sich nach physikalischen und irdischen Gesetzen nie begegnen sollte, entsteht etwas, das nur die Liebe zu vollbringen vermag. Wie viel Wahres in echter Mitmenschlichkeit und Freundschaft liegt, das erfahren die sechs Gesandten am eigenen Leibe …

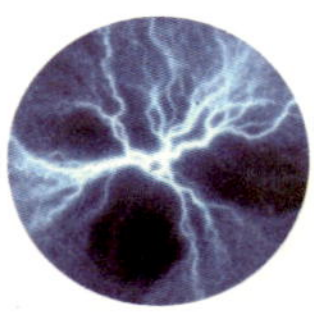

Im Himmel, da oben …

… wird es brenzlig, rasant und verdammt eng. Wo Trümmer drohen, wo sich kalyptische Ungestalten in himmlische Gefilde einschleichen, wo das Schwarze zur Überflutung ansetzt, werden die toten Menschen aktiv und die hungrigen Engel wachsen über sich selbst hinaus. Sie wollen vertrauen, worauf noch nie vertraut wurde, bekämpfen, was noch nie bekämpft wurde und besiegen, was dringend der Unterdrückung bedarf.

Was genau das ist? … Das müssen Sie lesen!

Prolog:

Das größte Wunder des Lebens ist, dass es Leben hervorbringt.
Die größte Katastrophe, dass es sich selbst wieder zerstört.
Das größte Geschenk ist die Freiheit und die größte Tragik das Verderben.
Die größte Hoffnung ist der Himmel und der größte Trost die Fantasie.
Und wenn der Himmel die Erde berührt
und die Fantasie küsst,
der Menschheit zum Trost,
dann sind sie da –
die Augen,
die sehen, was ist
und uns doch verborgen bleibt.
Dann sehen die Augen
die Blasen,
die – millionenfach gebildet –,
irisierend,
schimmernd,
zerbrechlich
und reich beladen
gen Himmel schweben und alles tragen,
was das Leben an unschätzbar Gutem hervorbringt:

die Liebe.

Teil 1:
Der Himmel

Alpha – der Anfang

„Ich habe es nie verstanden“, sprach eine traurige Stimme.

„Was?“, fragte die kindliche.

„Die vielen Kriege, das Töten von Menschen, das blutrünstige Gemetzel - immer und immer wieder.“

„Was meinst du?“

„Denk doch mal an die Weltgeschichte! Schon immer haben sich die Menschen bekriegt. Es ging ganz früh los, mit Kain und Abel, zwei Brüdern, von denen einer dem anderen den Kopf einschlug. Dann kamen andere, die Schlachten der Israeliten mit den Ägyptern, dann die Verfolgung der Christen oder der Juden oder die Kreuzzüge im Mittelalter oder … oder …“

Es entstand eine Pause, in der tief durchgeatmet wurde. Die Fortsetzung klang genervt.

„… die Weltkriege, gleich zwei Stück, der Vietnam-Krieg, der Iran-Irakkrieg, dann Bushs Irakkrieg, der Krieg im Gazastreifen. Allein in den letzten Jahren ist die Anzahl der Kriege beständig gestiegen. Es wird immer mehr! Herrje – ich bin es so leid! Es hört einfach nicht auf!“

„Was redest du da nur? Ich verstehe nichts von diesen Kriegen. Ich bin noch zu klein dafür, sagt Mama immer.“

„Vielleicht hat sie recht.“

Schon wieder eine Pause. Der kleine Junge sah sich um. Irgendetwas störte ihn.

Dämmrig war es hier, gemütlich – sicher! Er zögerte und überlegte.

Dabei entdeckte er zufällig die unscheinbare Kerze in der Fensternische. Sollte er fragen? Was könnte schon dabei sein? Es war doch offensichtlich, dass ein helleres Licht Not täte!

Darum die unglaublichste aller Aufforderungen, ganz unbedarft, ganz natürlich:

„Sag mal, kannst du wohl bitte die Kerze da vorne anmachen? Ist ganz schön duster hier!"

Es werde Licht

Es war, wie schon lange nichts mehr gewesen war, wie – genau genommen – seit Ewigkeiten nicht mehr.

Die Kerze in der schlichten, gewölbten Wandaussparung ward entzündet und es geschah, dass geschah, was geschehen musste. Es war, dass sich Himmel und Erde, das Helle und das Dunkle, das Aussichtslose und das Hoffnungspendende, das Vorübergehende und das Währende in einem einzigen, aufhellenden und im Nichts verschwindenden Augenblick verbanden.

Es war, dass das Kerzenlicht wie Lichthagel in die Welt fuhr. Dass es dort donnerte, von woher sonst kein Laut drang, dass es blitzte, als bräche der Himmel auseinander, dass erschüttert und erhoben wurde, was auf bleiernen, himmlischen Füßen tonnenschwer in den Untergrund eingemeißelt schien. Es war das sanfteste und außergewöhnlichste transzendentale Himmelsgewitter, das je gewitterte. Der heiterste Tanz der Flammen, der je über den Horizont schlich, der frohlockendste Moment eines verwirrenden Wetterspiels, das die Jenseitigen je wahrnahmen und doch nicht verstanden.

Es war, dass in diesem winzigen Moment, der doch so besonders war, nichts und niemandem ein Haar gekrümmt wurde.

Es ward Licht.

Und es gab jemanden, der begriff, dass es gut so war.

Und die Entität atmete auf, spürte Rettung, ahnte einen Strohhalm, sog Hoffnung auf und gewann Kraft. Das Wesen, das dort wohnte, wohin alle wollten. Nur nicht zu früh.

Und genau das war der Punkt.

Kalte Hand

Sie legte den Kopf auf das weiße Papier. Sie hatte keine Tränen mehr, schon seit Tagen nicht. In ihr war nur noch Leere, nichts als Leere. Eine gähnende Müdigkeit und Mattheit, wie sie sie noch nie erlebt hatte. Es war schon zwei Monate her und noch immer konnte sie keine Sekunde an etwas anderes denken. Sein Bild ging ihr nicht aus dem Kopf. Dieser stechende Blick voller Panik in seinen Augen.

„Mama!“, schrien diese Augen. Nichts als: „Mama, hilf mir!“

Aber es war ein wortloser, erstickter Schrei und das machte es fast noch schlimmer. Diese unendliche Angst in seinem Gesicht und dann die Arme, die sich nach ihr reckten und langsam zuckend zurückfielen, bevor sie sie ergreifen konnte. Sie erbebte vor Schmerzen, alles in ihr krampfte sich zusammen.

„Mein Junge, warum du? Warum so früh?“, dachte sie. Sie brachte keinen Laut hervor.

Warum hatte dieser verdammte Fahrer so spät gebremst? Verdammter Fahrer!

Verdammte Mutter, die eine Sekunde zu spät aufsprang, um ihren Sohn von der Straße zu zerren! Verdammte kindliche Unbeschwertheit! Verdammtes, verdammtes Leben voller Ungerechtigkeit und Verzweiflung! Sie wollte nicht mehr. Es war nicht zu ertragen. Dann weinte sie doch und das Papier unter ihrem Kopf saugte sich voller Tränen.

Selma hatte das Wetterleuchten bemerkt und sich gefragt, ob ein Gewitter käme. Ein Gewitter wäre ein willkommener Anlass, um noch einmal zu ihr gehen zu können.

So stand sie auf und ging zur Tür. Im Arbeitszimmer der Mutter brannte noch Licht. Selma wollte ein wenig bei ihr sein. Nur ein bisschen. Nicht lange. Nur bis nachher. Wie sonst auch. Wie es früher gewesen war.

„Was ist?“, fragte die Mutter unwirsch und schnäuzte sich die Nase.

„Nichts. Ich dachte nur … Darf ich ein bisschen zu dir kommen?“ Die Mutter seufzte.

„Du hast doch morgen Schule, Schätzchen. Komm, ab ins Bett!“

„Aber ich kann nicht schlafen!“, verteidigte sich die Kleine.

„Das sagst du immer und dann kannst du es doch. Na los, Mäuschen! Ich bringe dich hin!“

Die Mutter konnte das Blitzen nicht bemerkt haben. Es hatte keinen Sinn, sich darauf zu berufen. Die Jalousien waren verschlossen.

Sie stand auf und ergriff rasch die kalte Hand ihrer Tochter.

Geflüster

„Ich habe Hunger!“, sagte der Engel Tanael.

Die Stimme klang flach und kraftlos und verriet auch ohne Worte, was dieselben gerade kundtaten: „Einen Bärenhunger, einen Erzengelhunger! Verflixt noch mal!“ Schrille gewann Gestalt. Im Himmel ging das.

„Du sollst nicht fluchen!“, mahnte Gabriel.

Der Engel holte tief Luft und lehnte sich zurück. Seine großen, weißen Hände ruhten auf dem hellen Gewand aus edler Seide. Manchmal schimmerte es auch wie gelbliches Leinen, je nachdem, wie das Licht gerade fiel. Die zarten und doch starken Finger versuchten vergeblich eine winzige Bügelfalte glatt zu reiben. Immer wieder und mit zunehmendem Druck.

„Ich kann es nicht ändern!“, antwortete er weiter. „Wir müssen uns damit abfinden!“ Er spürte, wie hohl diese Worte klangen.

„Oh, doch! Das kannst du!“, beharrte die sonst so zarte Kinderstimme. Eine liebenswerte, eine ganz besondere, eine engelsgleiche Stimme – nun aufgebracht und ungewohnt spitz, trotz ihrer Schwäche.

„Ich war die ganze Zeit draußen, so lange wie sonst auch“, ereiferte sich Tanael.

„Und ich habe es gerade noch zurückgeschafft, aber keinen einzigen Schritt mehr vorwärts! Ich konnte einem Kind nicht helfen! Einem Kind! Ich musste es schutzlos zurücklassen! Denk dir das mal!“

Die zarte Wut traf Gabriel besonders. Die Milde und Sorge darin waren es, die die Wortschrille erfüllten.

„Das Schlimmste kommt noch, Gabriel!"

Er sah seinen großen Freund schuldbewusst und verzweifelt an und musste schluckten, bevor er fortfuhr.

„Der Junge war noch nicht dran …"

Die Worte trafen Gabriel wie ein Hammerschlag. Er schluckte schwer und hätte laut aufgeatmet, wenn Engel atmen müssten.

„Wohin soll das jetzt führen?", fragte Tanael und blickte zu Boden. Seine blonden Locken fielen seitlich in sein Gesicht. Verloren stand er da, klein, weiß und in einem Strahlen, das an einen duftigen Sommertag erinnerte: nur durch eine ungewaschene und vom Rauch der Zeit vergilbte Gardine betrachtet.

Gabriel schluckte abermals. Diese Nachricht hatte ihn sichtlich schockiert, obwohl er es zu überspielen versuchte. Der große Engel zog den kleinen auf seine Knie, nachdem die Bügelfalte ohnehin tat, was sie wollte. Er drückte den dünnen Körper an seine Brust und versuchte zu wippen, während sein Kopf vom Nachdenken schmerzte. Aber es wollte nicht recht gelingen. Nachdem der Rhythmus fehlgeschlagen und sich weitere Falten in das ansonsten tadellose Gewand gepresst hatten, setzte Gabriel zu einer langen Antwort an. Als wollte er Mut aus verstreichender Zeit ziehen, zögerte er sie unerträglich lange hinaus.

„Ich weiß, was ihr alle denkt: Die Erzengel werden es schon richten. Der Vater soll es endlich richten! Aber es gibt nichts zu richten. Das weißt du!"

Der kleine Engel war wütend. Oder eher: Er war müde. Eine müde Wut oder eine wütende Müdigkeit. Worin lag schon der Unterschied? Er zitterte. Gabriel streichelte den Rücken seines kleinen Freundes und fuhr die Rippen entlang. Jede Einzelne stach dezent hervor.

„Die Menschen sind frei. Sie dürfen selbst entscheiden. Das hat Gott so entschieden. Du kennst doch seine Meinung!"

Gabriels Worte waren zwar zahlreich, aber ihr rhetorisches Gewicht verlor sich mit jedem weiteren Buchstaben. Der kleine Engel wusste ohnehin, was Gabriel ihm erklären würde. So zwang er sich zu lächeln, denn er mochte Gabriel und tat es für ihn – sein kindliches, sein unschuldiges, sein liebendes Lächeln. Aber seine Mimik hatte an Lebendigkeit verloren und besaß die Mattheit einer antiken Silberkugel, die – lange im Vorratsschrank vergessen – von überraschten Händen ans Tageslicht befördert wurde. Das Lächeln, das sonst auf seinem kindlichen Gesicht lag und von der göttlichen Gnade zeugte, die dem Engel einstmals von seinem Schöpfer geschenkt worden war, war kraftlos – und das im Himmel!

„Wir können sie nicht beeinflussen", fuhr Gabriel fort. „Jesus hat es schon versucht. Er konnte einiges bewirken. Es hat immerhin halbwegs für ein paar Jahrhunderte gehalten. Und wenn jetzt wieder eine besondere Situation entstanden ist, dann wird es irgendwie weitergehen, bestimmt!"

Aus den letzten Worten klang der Zweifel so deutlich hervor, dass Tanael Gabriel nicht weiter in die Augen sehen konnte. Er spürte, dass jetzt eine ganz besonders ernste Situation entstanden war. Und er trug die Schuld daran – er oder die verflixten Menschen! Er war wütend und dennoch so ausgemergelt und hungrig, dass sein kleiner Körper gutgläubig und resignierend der tröstlichen, frohen Botschaft des Engels folgen wollte.

In Gedanken an die Geschichte der Menschheit hielten beide inne. Wie viel hatten sie schon ausgehalten! Wie viel hatten sie schon für die Menschen gearbeitet, hatten sie als ihre Schutzengel beschützt, sie als Rettungsengel aus dem sprichwörtlichen Sumpf gezogen und als Richtungsengel wieder auf die alte Bahn zurückgelotst! Wie viel hatten sie zu tun gehabt in all den Äonen von Lichtjahren!

Der kleine Engel lehnte sich an seinen großen Bruder und schaute in die Ferne. Eine Locke seines Ponys, die, die sich schon wieder so störrisch jeder Frisur widersetzte, wippte ihm ins Gesicht.

Schließlich drehte sich Tanael um und schaute seinem Bruder, Freund und Ziehvater, seinem Gefährten und Partner ins Gesicht. Gabriel las eine große Last in Tanaels Blick, eine Bürde, die für einen kleinen Engel ungewöhnlich war und die Milde des gewohnten Lächelns entstellte. Und in einem unbemerkten Moment meinte er sogar einen Funken eines himmelsfernen Gefühls, eines wütenden Trotzes darin zu sehen. Gabriel erschrak innerlich und als hätte Tanael von seiner Enttarnung eine Ahnung, verschwand augenblicklich sein Lächeln und mit ungewohnter Ernsthaftigkeit entglitt er dem Schoße Gabriels. Bevor er sich der Tür zu seiner büchernen Schlafstätte zuwandte, drehte er sich allerdings noch mal um und bellte Gabriel die störrisch und kalt den Raum dominierenden Worte entgegen:

„Ich konnte nichts dafür! Ihr seid dran! Lasst euch etwas einfallen!"

Himmlische Existenz

Wahrscheinlich hätte das Licht für andere gereicht. Aber erst jetzt war es hell genug für Micha.

Dieser Kleine, der die Blitze weder wahrnahm noch überhaupt ahnte, was sich direkt neben ihm abspielte.

Der kaum begriff, was ein transzendentales Gewitter auszurichten vermochte. Der den Donner, das Dröhnen, die Helligkeit hinnahm wie ein Sterblicher das Atmen. Der nicht sah, wie es zischte, wie der Punkt vibrierte, von dem alles ausging, Licht in die Welt zu bringen. Nicht sah, wie der Raum erfüllt wurde von einer nie dagewesenen Dimension.

Der Kleine, der nur dalag und die Kerze anhaben wollte.

So selbstverständlich.

Er hatte einfach nicht die geringste Ahnung!

Ausgehend von schmalen Schlitzen öffnete Micha nun noch weiter, was er für seine Augen hielt, die in dem steckten, was er für seinen Kopf hielt. Doch auch dieser schien ihm sonderbar offen zu sein. Es war, als würde etwas aus ihm herausströmen, das ihn zugleich entleerte und befüllte. Eine heimliche, unbändige Kraft, die ihn gleichermaßen erdrückte wie erhob. Obgleich er nichts verstand, so fühlte er doch eines mit einer tiefen Gewissheit: dass er war – er, Micha, existierte tatsächlich. Nur die Art seiner Seinsweise erschien ihm rätselhaft. Alles in ihm war erfüllt von einer sonderbaren Leichtigkeit, schemenhaft. Sein Körper schien sich zu öffnen, um im nächsten Moment wieder unter einer unsichtbaren Last zusammenzusacken.

Noch war das, was er mit dem erkannt hatte, was er als seine Augen bezeichnen würde, unklar und körperlos, doch nachdem die kleine Kerze in der Nische des Raumes entzündet worden war, setzte sich ein deutliches Bild zusammen.

An seinem Bett stand ein kleiner, ellengroßer Hase mit weichem, grau-bräunlichem Fell, weißen Pfoten, wachen, dunklen Augen und leicht zitternden Schnurrhaaren, die in alle Richtungen abstanden, und blickte freundlich und mit einem gewinnenden Lächeln zu ihm hinauf: „Na, aufgewacht, Micha?"

Micha blinzelte mit seinen Augen, obgleich er selbst mit diesem Wort nicht zufrieden war. Wie sollte man es nennen, wenn man das Gefühl hatte, einen Hasen nicht nur von einer bestimmten Position – wie dem Kopf – wahrzunehmen? Oder war es gar kein Hase, sondern vielleicht nur ein Kaninchen in übergroßer Form? Die Ohren schienen unterschiedlich lang zu werden, je nach Kopfbewegung zu wachsen oder zu schrumpfen. Wer konnte da schon sagen, ob das Kaninchen wirklich ein Kaninchen war oder ein Hase? Und warum lächelte es denn? Seit wann lächeln Hasen – oder Kaninchen? Und seit wann sprachen sie?

Micha wurde taumelig. Es kam ihm vor, als könne er dieses Wesen aus zehn Perspektiven gleichzeitig erkennen und auch noch hinein- oder hindurchschauen. Alles schien sonderbar offen und trotz aller Fragen in harmonischer Weise selbstverständlich zu sein.

Micha fragte verwirrt: „Wo bin ich?"

„Im Himmel, herzlich willkommen!", grinste der Hase und biss herzhaft in eine gelbe Karotte.

„Ich darf mich vorstellen?“, fuhr er fort. „Ich bin Alpha. Wenn du magst, kannst du mich auch Omega nennen. Ist mir wurscht! Ich bin dein Himmelshase oder auch Himmelskaninchen – mal groß, mal klein, ganz wie du willst. Auf jeden Fall aber dein Freund und Begleiter.“

Der grinsende Fratz sprang nun um Micha – oder das, was von ihm übrig war – herum und kicherte amüsiert.

„Himmels…was? Wo soll ich sein, im Himmel?“

Micha richtete sich langsam auf und kratzte sich mit seiner nebulösen Hand den Kopf. Sein vermeintlicher Schädel brummte.

„Ja, diese Frage stellt mir hier jeder. Es dauert ein wenig, aber bald hast du es begriffen.“ Unter genüsslichem Geknarze seiner Mohrrübe fuhr der kleine Geselle fort: „Ist schön hier im Himmel! Ich bin schon ein Weilchen da. Darum kannst du mir glauben!“

Langsam sammelte Micha seine Sinne zusammen: „Der Himmel? Heißt das, dass ich nicht mehr lebe?“

„Genau. Du hattest einen Verkehrsunfall mit dem Fahrrad und nun bist du hier!“

„Ich bin tot?“

Micha war entsetzt.

„Nun ja. Sagen wir, dein Körper funktioniert auf der Erde nicht mehr richtig, aber deine Seele lebt weiter, nämlich hier oben bei uns!“

Der kleine Hase hoppelte abermals um Micha herum, dass diesem ganz schwindelig wurde. Schließlich ergriff er entschlossen Michas Hand. Micha spürte, dass er angefasst wurde, aber gleichzeitig erschien es ihm, als gäbe es seine eigene Hand gar nicht und als würde Alpha direkt tiefer in seinen Körper hineingreifen.

„Das fühlt sich so komisch an“, sagte Micha.

„Was?“, fragte Alpha.

„Na, wie du mich anfasst und wie du aussiehst. Es kommt mir vor, als wäre ich dir schon tausendmal begegnet, aber ich bin mir sicher, dass ich mich noch nie so mit einem Kaninchen unterhalten habe.“

„Aber du magst doch Kaninchen, oder?“, fragte Alpha unsicher.

„Sehr!“ Michas Stimme überschlug sich vor Begeisterung: „Ich habe zu Hause drei Kaninchen, zwei Zwerg- und ein richtiges, wie mein Vater sagen würde. Immer wenn ich sie füttere, dann ...“

Michas Stimme erstarb und er verbesserte sich: „Jetzt muss ich wohl sagen ‚hatte‘ und ‚fütterte‘ ... Und ‚zu Hause‘ ist wohl auch nicht mehr mein Zuhause, oder? Ist schon sonderbar, tot zu sein.“ Seine Stimme zitterte. „Sehe ich meine Kaninchen nie wieder? Und meine Eltern? Wann begegne ich ihnen? Oder niemals mehr?“

Micha erhob sich und sah sich ängstlich in dem Raum um. Er war karg eingerichtet und besaß trotz aller Helligkeit und Wärme nur ein kleines, in eine Nische eingelassenes Fenster mit einem Rundbogen. Hier brannte eine unscheinbare, weiße Kerze in einem schlichten Silberständer. Das Bett, auf dem der Junge geruht hatte, bestand aus Nebel und befand sich in der Mitte des bescheidenen Raumes. Doch nachdem Micha aufgestanden war, verteilten sich die Schwaden, um schließlich im Nichts zu verschwinden.

„Natürlich triffst du sie ...“, tröstete Alpha. „Eines Tages, wie ihr Menschen sagen würdet. Hier im Himmel haben wir eine andere Zeitrechnung, die nichts mit der Zeit auf der Erde zu tun hat. Hier tickt nur die Ewigkeitsuhr und die geht nach der Jetztzeit!“

Erneut nahm er einen knackigen Biss seiner Möhre und schwärmte: „Himmlisch, dieses Himmelsgemüse! Das muss ich dir unbedingt zeigen. Überhaupt ist unsere Essensabteilung einfach famos!“ Dabei kicherte er so, dass die Härchen seines Felles vor Freude mitwippten.

„Und ob du ‚tot‘ bist, das überlegen wir ein anderes Mal. Zunächst einmal erkläre ich dir, wo du überhaupt gelandet bist und warum dir dein ‚Körper‘ so komisch vorkommt.“

Damit hoppelte der Hase voraus und öffnete ohne weitere Erklärung die Tür des Zimmers: „Nun aber raus hier! Hach, wir sollten diese Ankunftsräume für die Himmelsneulinge auch mal überarbeiten. Aber wer soll all die Arbeit machen? Unsere Engel sind voll ausgelastet! Gut, dass du endlich da bist und die Kerze anhaben wolltest! Das war schon mal der erste Schritt!“

Wenn Micha nicht mit sich selbst viel zu beschäftigt gewesen wäre, wäre ihm sicherlich das vielsagende Grinsen des Himmelskaninchens aufgefallen. Aber Micha hatte andere Sorgen, als dass ihm dieser Kommentar jetzt schon etwas gesagt hätte.

Der kleine Freund hingegen – nun wieder zu einem stattlichen Hasen angewachsen – fuhr unbeirrt fort:

„Das freut mich wirklich außerordentlich, denn wie sollte man sonst Licht in die Welt bringen, wenn man nicht anfängt, ein Licht zu entzünden? Und sei es noch so klein!“

Schon verschwand er in dem Schwall von eigenartiger, positiver Atmosphäre, der erdrutschartig durch die geöffnete Tür drang. Micha erschien es, als würde er von einer Welle aus angenehmer Luft, die gleichzeitig helles Licht war, überrollt. Dennoch wurde kein Haar seiner Frisur gekrümmt.

Danach wurde er wie von einem Sog aus puren, angenehmen Gefühlen erfasst. Es war, als würde alles Negative, Traurige aus ihm herausgesogen. Micha fühlte sich wie ein dünnes Hemd, mit dem der Wind auf der Wäscheleine ein Tänzchen wagt – durchströmt und getragen von einer höheren Macht.

Der kleine Hase schaute von außen erneut durch die Tür: „Na, Micha? Lust auf eine Sightseeingtour durch den Himmel?“

Lied 1: Herzlich willkommen I

Gabriel

In dieser kurzen Sekunde eines himmlischen Augenblicks geschah es, dass Alpha sich verriet. Er wollte es nicht, aber es passierte trotzdem. Wie hätte er es auch verhindern können?

Gabriel schlurfte kraftlos den Gang entlang. Das Gespräch mit Tanael hatte ihn betrübt. Gerade der kleine Engel lag ihm besonders am Herzen! Der getreue Freund, der so fleißig war und seine Arbeit immer mit viel Freude verrichtete. Und nun drohte alles aus den Fugen zu geraten! Einen solchen Fall hatten sie noch nie gehabt!

„Das wird das gesamte Gefüge aus Schicksal und Tod, aus Leben und Glauben durcheinander rütteln!", dachte er verzweifelt. Eingehüllt von seinen Gedanken und einer unsichtbaren Wolke aus resignierender Ratlosigkeit traf er den Blick des kleinen Kaninchens eher zufällig.

„Hallo, Gabriel!" „Hallo, Alpha!", nickten die beiden wortlos.

In ihrer Begegnung lag Tiefe und ewige Freundschaft. Und großer Respekt. Doch es war etwas Neues an Alpha, das Gabriel schon lange nicht mehr gesehen hatte. Glänzte sein Fell mehr als sonst? Standen die Barthaare höher oder blinzelten seine Augen vor schelmischer Freude?

Gabriel konnte es nicht genau deuten, er war zu schwach, um gezielter darüber nachzudenken. Der gutmütige Riese schleppte sich Schritt für Schritt voran, es schien zumindest so, als schlurfe er. Man sah unter seinem weißen Kleid nicht, dass er keine Beine besaß. Die Federn seiner Flügel hatten an Glanz und Weiß eingebüßt und hingen schwer an seinem Körper herab. Sie schienen ihn in den Boden, tief hinab in die Erde zu ziehen. Ein schlechtes Zeichen.

„Ein harter Tag?", fragte Alpha mitfühlend. Gabriel konnte nicht antworten, er brauchte alle Kraft für die kommenden Meter. Es konnte doch wohl kaum sein, dass Alpha nichts von Tanaels Missgeschick mitbekommen hatte? Oder etwa doch?

So nickte er nur und senkte den Blick zu Boden.

Als Gabriel an Alpha und damit an der Tür des Aufwachraumes vorbeikam, drehte er beiläufig den Kopf zur Seite. Und was er sah, ließ das unsichtbare Nichts in seinem Innern erzittern. Das Nichts, das ihn auf der Erde vor den Blicken der Menschen zu etwas Nichtvorhandenem machte und das für alle Engel so wertvoll war.

Das kleine Licht brannte! Die unscheinbare Kerze in der Fensternische, sie brannte! Die Kerze, die so lange aus gewesen war. Das Licht war an!

Gabriel hatte das Dröhnen des Donners, der den Himmel vor einigen Augenblicken erschüttert hatte, nicht richtig deuten können. Doch jetzt wurde ihm einiges klar!

Alpha sah Gabriel an und verstand.

Sogleich machte er hektisch die Tür zu und sah Gabriel verlegen an. Die kleinen Pfoten umfingen den goldenen Türknauf mit bleicher Intensität. Als wollten sie etwas Wertvolles schützen, vor der Entlarvung bewahren. Dabei sprach er kein Wort.

Gabriel hielt seinem Blick stand. Lange standen sie so da und schauten sich in die Augen. Schließlich breitete sich ein Lächeln auf Gabriels Gesicht aus. Ein zufriedenes, ein optimistisches, ein dankbares Lächeln.

Alpha nickte ihm ernsthaft zu und auch hier war es wieder, das wortlose Verständnis, das beide miteinander verband und ihre Handlungen lenken würde, bevor Alpha zurück durch die Tür in den Aufwachraum huschte.

Überlegen

Das Gegenüber formierte sich, war gezwungen, Gestalt anzunehmen, wo kein Halt war. Halt war etwas Positives. Da sie von derartigen Dingen nichts hielten und nichts kannten, war die erste Zusammenkunft der Dunklen in den kalten Untiefen, dort, wo ihr Anführer regierte, gleich dem Untergang geweiht.

Der Antipode, diametral dem, der das gegenwärtig Ganze und unbegrenzt Gute regierte, räusperte sich laut und schnaubte unwirsch seine viel zu große Unwilligkeit hinaus. Die Rauchschwaden stießen in einem stumpfen Nebel aus seinem Inneren, dass es nur so zischte.

„Wir müssen uns etwas überlegen", knurrte das Etwas ungewohnt einsichtig.

„Warum? Es sieht doch schon ganz gut für uns aus", wagte sich ein Unerfahrener aus dem dunklen, nicht vorhandenen Gesprächsfenster. Er stürzte prompt und man lachte gellend. Geifer zischend blickte die Gefolgschaft des Großen dem Fallenden hinterher und kicherte jäh. Dumpf der Aufprall, folgenlos die Blicke, klar die Strafe.

Die Luft des schwarzen Tornados waberte und wurde dunkel im Innern und glühend an den lodernden Spitzen. Dann senkte sich der Nebel, wankte in müdem Tanz und glitt zu einer nie gesehenen Materie zusammen, die auf dem Boden der Apokryphe kauerte, übergroß und diffus im Umriss, in starken Wirbeln aufbegehrend und zerstaubend, die schwarzen Rußplättchen durch die nebulöse Atmosphäre pustend wie ein lärmender Industrieschlot. Der diabolische Nimbus verschleierte formlos vor den Blicken aller den, der hier regierte und sich im Auge des Tornados verbarg.

Der Verlustierte hingegen blieb, wo er war, fort für immer, unbetrauert und übergangen. Die Blicke hefteten sich erneut auf die Mitte, dort, wo das Auge des Tornados wirbelte und die Nichtgestalt um Hülle und Worte rang, nachdem der gestrandete Unverschämte seine Fassung durcheinander gebracht hatte.

In diesem Moment betrat die Kalypse Esiema die Apokryphe. Sie fiel nicht auf, war ebenso dunkel und ebenso hässlich wie die anderen aus der Gefolgschaft. Sie setzte sich und genoss in Gedanken noch einmal den blitzenden Knall des transzendentalen Himmelsgewitters, das die Aufmerksamkeit ihrer potenziellen Mörder gefesselt und ihr die unentdeckte Flucht aus dem Raum der Sichten ermöglicht hatte.

Nun war sie wieder daheim.

Da, wo sie hingehörte. Da, wo sie sich schaurig grauste und die tötende Willkür des Unheils bewunderte.

Sie wollte nirgendwo sonst sein.

Himmlische Vorhaben

War der Himmel der Raum über den Wolken und unter dem Weltall? Weckte man die schlafenden Engel, wenn man mit dem Flugzeug durch eine Wolke stieß? Diese Fragen hatte sich Micha gestellt, als er noch ein wenig kleiner gewesen war. Viel gewachsen war er seitdem nicht, aber beim Flug in den Urlaub hatte er weder Gott noch irgendwelche Engel ausmachen können. Also: Wo sollte er sein, dieser Himmel, in dem sich Micha nun befand?

Alpha kehrte zu Micha zurück, der noch immer im Aufwachraum stand und die Eindrücke, die ihm aus der Tür entgegenstießen, sortierte. Alpha erkannte diese und viele andere Fragen, die durch den Kopf des Jungen wirbelten, und beruhigte ihn:

„Micha, wir haben Ewigkeiten Zeit, um all das zu besprechen, was du wissen möchtest. Zunächst zeige ich dir das Wichtigste, denn für unsere andere Aufgabe bleibt uns weniger Zeit. Du weißt ja schon, dass die Menschen anders ticken als wir!“ Dabei kicherte er, denn seine Anspielung auf die Erdenuhrzeit fand er besonders gelungen.

„Andere Aufgabe? Wenig Zeit? Mein Gott, was geht hier vor sich?", fragte Micha. Ihm dröhnte das, was er als seinen Kopf bezeichnen würde. Schon wieder empfand er sich selbst als nicht greifbar, eher nebulös und doch bleischwer. Sein Körper war undeutlich und schemenhaft, es fehlte jede Kontur und genau so schien es seinen Gedanken zu ergehen. Sie sprangen in einem Affentempo zwischen neugieriger Himmelsfreude und irdischer Traurigkeit über den Verlust seines Erdenlebens hin und her.

Dabei fiel ihm seine wichtigste Frage wieder ein: „Wann werde ich Gott treffen, Alpha? Hier wohnt doch der liebe Gott, oder?"

„Natürlich triffst du ihn! Jederzeit, überall. Du bist schließlich im Himmel! Du musst nur die Augen und vor allem dein Herz öffnen. Das hat sich im Vergleich zum Erdenleben nicht geändert. Gott findest du dort, wo du ihn suchst, wenn du ihn nur wahrhaft finden willst. Es gibt Menschen, die erleben Gott, indem sie still werden. Plötzlich spricht dann eine innere Stimme zu ihnen, die sie als göttlich empfinden. Häufig hilft ihnen diese innere Eingebung dabei, Entscheidungen zu fällen oder besonders ehrlich zu sich zu sein und festzustellen, was sie eigentlich im Grunde ihres Herzens wollen oder für sich und andere ersehnen."

„Sprichst du von mir?"

Ein kleines Männlein mit einem langen, dünnhaarigen Ziegenbärtchen sprang in diesem Moment aus Alphas bisher unsichtbarer Bauchtasche. Es lachte und sprach gibbelnd mit hauchdünner, zarter, aber sehr einfühlsamer Stimme, während es sich auf Alphas Kopf tollte, um möglichst schnell zu dessen Löffeln zu gelangen und seine neugierigen Fragen hineinzupiepsen:

„Ist er das? Wirklich? Echt wahr? Ist er das?" Das Männlein hüpfte aufgeregt von einem Bein auf das andere. „Du hast mir nicht erzählt, dass er so bald kommt, Alpha! Na, los doch, stell mich vor!"

Das Männchen rutschte Alphas Vorderlauf herunter und zupfte schließlich an dessen weißer Pfote, während es Micha mit großen, erwartungsvollen Augen ansah.

„Stimmulus, was soll das? Kannst du dich nicht zurückhalten?“, rief Alpha fast ein wenig verärgert.

„Der Junge ist gerade erst angekommen! Es reicht, dass er ein sprechendes Kaninchen vor sich hat, da muss nicht auch noch ein laufender Dezimeter daherkommen und seinen Seelenkörper noch mehr durcheinanderbringen!“

Verlegen schaute Stimmulus zu Boden, er hatte sich doch so gefreut!

„Na, schön!“, murmelte Alpha und holte tief Luft. „Das ist Stimmulus, die Stimme, die die Menschen hören können, wenn sie es wollen. Er wohnt normalerweise zwischen dem Gehirn und dem Trommelfell eines jeden Erdenbewohners und schläft, außer wenn die Menschen ihn mit ihrem Nachdenken und ihrem Wunsch, Gottes Stimme hören zu wollen, wecken.

„Jupp!“, jauchzte Stimmulus und gewann seine alte Fröhlichkeit zurück. „Und dann erzähle ich ihnen die Sachen, die ihnen gut tun und die besonders aufrichtig sind, weil sie direkt aus ihrer Seele selbst oder von Gott persönlich kommen. Im Grunde bin ich nur ein Übersetzer.“

„Schon klar, ein Übersetzer … Klingt einfach!“, kommentierte Micha die ihm gebotene Vorstellung und lachte gequält. Sein Mund war vom Offenstehen inzwischen trocken geworden. Ein Aufwachraum im Himmel, ein Minimännchen, ein sprechender Hase und ein Körper, der überhaupt nicht mehr so wollte wie er – etwas Derartiges hatte er noch nie erlebt. Aber er lebte ja auch nicht mehr!

„Im Himmel nimmt das, was wir auf Erden nicht sehen und was gut ist, Gestalt an. Darum kann man diese Stimme hier sehen“, fügte Alpha erklärend hinzu, denn der fragende Blick Michas bereitete ihm Sorgen. Er musste den Jungen schnell hier herausbringen!

„Manche sprechen auch nur von einem Bauchgefühl und sehen und hören Gottes Stimme oder die ihrer Seele nicht … Sie wollen mich nicht sehen“, erklärte Stimmulus weiter, ohne beleidigt zu wirken. „Aber das ist das Tolle an Gott, dass er sich nicht aufdrängt, um gefunden zu werden, sondern die Menschen auf die Suche schickt.“

Stimmulus sinnierte zufrieden vor sich hin und Micha erkannte eine große Weisheit in seinem Gesichtsausdruck. Dies beeindruckte ihn sehr, allerdings wurde der Anblick dadurch geschmälert, dass es sich um das ungewohnte Bild zweier sonderbarer Himmelsbewohner handelte – Erscheinungen, die Micha schmunzeln ließen.

„Wiederum andere Menschen erleben Gott in der Musik", erklärte Alpha zögerlich weiter, während er Stimmulus wortlos aufforderte, sich zu entfernen. Das kleine Männlein gehorchte ohne Widerworte, aber es blinzelte Micha verschwörerisch zu, bevor es durch die Tür huschte.

Alpha wirkte unruhig. Lieber hätte er direkt die inzwischen wieder zugefallene Tür aufgestoßen und Micha hinausbefördert. Dennoch nahm er sich die Zeit für Erklärungen: „Musikalische Menschen geben sich voll hin und lassen sich von der Welle der Töne tragen. Sie spüren dann eine Einheit und Gesamtheit der Dinge, die sich schwer in Worte fassen lässt. Wieder andere brauchen dafür die Gottesdienste in der Kirche oder wieder andere die Vollkommenheit der Natur, um in ihrer Seele gestreichelt zu werden."

„Das kenne ich auch", stimmte Micha zu. „Wenn mein Vater am Klavier saß und spielte und meine Mutter sang, hatte ich das Gefühl, dass beide zu einer Einheit wurden und irgendwie nicht mehr ganz da waren. Und auch mich und Selma hatte es dann gepackt. Wir konnten stundenlang zuhören und uns freuen. Es war einfach wunderbar …"

„Ja, so etwas ist göttlich", fuhr Alpha fort, während er aufbrach und Micha den Rücken zuwandte. „Gott entrückt uns von der Welt der Sorgen, er schafft uns Nischen, in denen wir uns wohlfühlen und eine Ahnung von seiner Herrlichkeit entwickeln können. Es ist das pure Glück, was wir dann erleben dürfen und Glückseligkeit ist gött…"

Alpha stockte, als er einen dumpfen Ton hinter sich wahrnahm. Er wandte sich um und sah Micha am Boden liegen. In den Augen des kleinen Bündels Mensch erkannte er einen See von Tränen. Bei Alphas letzten Worten war der Junge – wie von einer unsichtbaren Macht gedrückt – auf den Boden gesunken, sodass er nun schwer atmend um Fassung rang.

Alpha stürzte zu ihm: „Herrje, Micha! Komm, ich helfe dir! Ich hatte vergessen, dir zu sagen, dass das äußere Erscheinungsbild, das ihr Menschen im Himmel annehmt, eurem Seelenzustand entspricht. Und die Erdengefühle erdrücken euch."

Micha sah ihn fragend an.

„Nun ja, so wie ihr euch fühlt", sagte Alpha, „so seht ihr hier im Aufwachraum auch noch aus! … Die unbereinigte Sehnsucht nach deiner Familie lässt dich schwer werden!"

Und obgleich Michas Gesichtsausdruck durch die Erklärung noch nicht intelligenter wirkte, fuhr er fort: „Im Aufwachraum seid ihr Neuankömmlinge noch nicht adaptiert. Wir müssen dringend los zum Raum der Gestaltung, um dich zu manifestieren!"

Ärgerlich blickte Alpha sich um. Ja, man sollte sie wirklich dringend renovieren, diese Aufwachräume, selbst wenn in diesem das Kerzenlicht brannte! Sie waren einfach noch nicht so perfekt wie der Rest des Himmels! Es war eine Zumutung für die frisch Eingetroffenen, nicht sofort von allem Positiven des Himmels profitieren zu können. Darum wollte er auch immer schnell hinaus.

„Was sagst du da? Ich verstehe kein Wort!" Michas Kopf schien zu zerplatzen. „Adaptiert? Manifestiert? Was bedeutet das? Und warum freute sich Stimmulus so, mich zu sehen? Was hast du mit mir vor?"

Wie durch Michas Worte angetrieben, wurde Alpha immer hektischer.

„Du musst noch so viel lernen und wissen! Jetzt wird es aber wirklich Zeit, Micha! Komm!"

Alpha zog ein Notizblöckchen aus seiner Känguru-Bauchtasche und schrieb in himmlischem Tempo seine Vorhaben in das Büchlein, während die Tinte wie von selber aus seiner Pfote rann. In Gedanken versunken verschwand Alpha nun endgültig aus der kleinen Tür des Aufwachraums, während sich Micha laut keuchend vom Boden erhob und langsamen Schrittes hinter ihm herschlurfte.

Na, das ging ja gut los in diesem Himmel!

Die Engelskrankheit

Wenn Engel träumen, scheint die Sonne. Wenn sie tanzen, erklingt himmlische Musik durch die Spitzen blaubewölkten Firmaments in den Tonleitern der Vögel. Wenn sie lachen, durchfährt es viele Menschen wie das pure Glück, das einem vor Dankbarkeit die Tränen in die Augen treibt. Wenn sie Hunger leiden, sind die Menschen sich selbst überlassen, und das muss nicht unbedingt Gutes verheißen.

Es gibt ein Sprichwort, das sagt: „Mensch, lerne tanzen, sonst wissen die Engel im Himmel nichts mit dir anzufangen." Die Menschen lernen tanzen, sie singen auch. Aber nichts von dem ist so echt und unbeschwert, so pur durchwirkte Lebensfaser wie Engelsgesang und Engelstanz.

Tanael tanzte nicht mehr, er sang auch nicht mehr, seitdem er auf der Erde gewesen war und Micha nicht hatte helfen können.

Er hatte den Auftrag gehabt, dessen Mutter anzubrüllen, ihr einen Windhauch ins Gesicht zu pusten, damit sie aus ihren Gedanken gerissen würde und dem davonradelnden Kind hinterherstürzen könnte, um es vor seinem Ende durch den Lastwagen zu bewahren.

Aber er war wie blockiert, seine Kraft schlichtweg am Ende gewesen, es war keinen einzigen Flügelschlag mehr weitergegangen. Und dann musste er – wie durch eine Scheibe vom Wesentlichen getrennt – miterleben, wie etwas passierte, das noch nie auf der Erde vorgekommen war und das noch nicht sein sollte: Wie ein Junge verunglückte, dem eigentlich noch viele Jahre beschieden worden wären, wenn – ja, wenn nicht er, Tanael, so kläglich versagt hätte!

Tanael warf sich schwitzend von der einen zur anderen Seite seiner Ruhestätte. Er konnte nicht schlafen, nicht entspannen, denn seine Gedanken waren bleischwer und schwere Gedanken waren nichts für einen unsichtbaren, schwerelosen, unbeschwerten Engel des Glücks.

Nicht, dass Engel schlafen müssten, aber Tanael hatte das Bedürfnis danach gehabt und nun schien es ihm nicht zu gelingen.

Nicht dass Engel grübeln müssten, denn normalerweise gab es nichts zu grübeln. Aber Tanael überlegte sich den blonden Lockenkopf heiß und fiebrig.

Nicht, dass Engel im herkömmlichen Sinne krank werden könnten, aber Tanael fühlte sich so, wie er es schon oft bei den Menschen gesehen hatte, die – von plötzlicher Mattigkeit übermannt – ihrer Kräfte entledigt werden und die Schwere des Leibes erfahren. Es warf ihn in seiner Leichtigkeit um wie eine Papierfigur. Er hatte einen solchen Hunger und begriff sich in seinem Sein und seiner Seele als Engel auch in einer körperlichen Dimension, eine Eigenschaft, die sonst nicht möglich war. Er fühlte, dass etwas Besorgniserregendes mit ihm passierte, etwas, das seit Äonen nicht vorgekommen war, in den Zeiten, in denen das Gleichgewicht noch funktionierte.

Sollte er der Erste sein, der wegen seines Hungers versagte und so niederschmetternd krank wurde, dass er damit Unheil anrichtete? Würde dieses Los den anderen Engeln auch blühen? Könnte er eine Gefahr für andere darstellen, sie anstecken? Sollte das ganze Schicksal der Welt auf den Kopf gestellt, die Weltenseele ausgemergelt werden – von innen ausgehöhlt und schutzlos den Wirren eines unbestimmten, ziellosen Weges ausgesetzt? Wohin sollte all das führen?

Tanael brach der Schweiß aus und zahllose goldene Glitzertröpfen bedeckten seinen vor Schwäche schwitzenden Engelskörper.

Vor Verzweiflung wälzte er sich auf seiner Buchseite, in die er geschlüpft war, hin und her und rüttelte so stark an seinem Buchstabenbettchen, dass die anderen ermatteten Engel rechts und links von ihm aufschraken. Obgleich auch sie zwischen den Zeilen des Himmelsbuches, der Ruhestation des Jenseitigen, pausierten und versuchten, verloren gegangene Kraft zu schöpfen, ging es keinem anderen Engel dermaßen schlecht wie Tanael!

„Entschuldigung! Ist ja schon gut …“, murmelte Tanael kleinlaut, zog sich die unsichtbare Decke über die Nase und versuchte, sich seine Traurigkeit und Schwäche nicht anmerken zu lassen. Im Himmel traurig sein? Im Himmel hungrig? Im Himmel krank und verzweifelt? Und das als Engel? Das war neu und durfte auf keinen Fall einreißen! So konnte es nicht weitergehen!

Himmlische Welten

Das, was Micha nun sah, entschädigte für alles! Es war nicht nur die positive Atmosphärenwelle, die ihn beim Gang nach draußen Schritt für Schritt in eine bessere Stimmung versetzte und ihm seine Kraft zurückschenkte, sondern auch das Bild, das sich auf der Türschwelle seinen Augen bot, überwältigte ihn.

Vor Alpha und Micha lag die schönste Landschaft, die der Junge je gesehen hatte. Aber es war eben nicht nur eine einzige Landschaft, sondern unzählig viele gleichzeitig! Und diese in einem Ausmaß, das Micha sich nie hätte träumen lassen. Die Ebenen reichten so weit, wie der Junge seinen Augen nie zugetraut hätte, dass sie blicken könnten. Unendlich weit und unendlich schön! Die vielschichtige Gliederung der einzelnen Biotope erinnerte ihn an eine Lasagne, neben Wackelpudding sein Lieblingsgericht, wenngleich er selbst zugeben musste, dass dieser Vergleich ein wenig hinkte. Wo zu Hause Nudelblätter aufgeschichtet von einer weißen und roten Soße durchsetzt waren und von einer simplen Nudelform begrenzt wurden, so gab es hier nur eine Unendlichkeit von riesenhaften Bergen und glasklaren Seen, von endlos weiten Weiden und Wäldern, über die ein sanfter Wind strich, und von Meeren, deren maßlose Tiefe Micha spürte, ohne sie erkundet zu haben. Die Landschaften lagen übereinander und wechselten ständig in harmonischem Fließgleichgewicht ihre Farben, ohne aufdringlich zu wirken. Und auch ihre Form erschien fließend.

Obgleich die Berge eine große Beständigkeit und Kraft ausstrahlten, wusste Micha mit Gewissheit, dass er sie mit Leichtigkeit besteigen könnte und ihre Beschaffenheit frei wählen dürfte, sobald er es sich wünschte.

Micha kicherte: Einen Achttausender aus orangefarbenem Wackelpudding hatte er noch nie erklommen! Vielleicht sollte er es hier einmal wagen. Ohne dass Alpha es ihm erklären musste, wusste Micha, dass so etwas im Himmel möglich war.

„Siehst du auch, was ich sehe, Alpha?"

„Ja. Ich kenne deine Augen und deinen Blick. Du siehst das, was für dich der Himmel sein könnte. Andere Menschen erblicken hier eine andere Landschaft, Leute aus Afrika zum Beispiel eine Wüste mit einer großen Oase, wenn sie positive Gefühle damit verbinden!"

„Die sehe ich auch! Sieh doch, da hinten!", ereiferte sich Micha.

„Das ist richtig! Jede Landschaft ist hier für jeden zu sehen. Sie gruppieren sich nur immer wieder neu und gestalten sich nach den Wünschen des Betrachters um."

„Dann sieht jeder, der hier steht, etwas anderes?" Micha wunderte sich. Wie war das technisch machbar?

Alpha lachte. „Du wunderst dich bald nicht mehr! Hier ist das Wunder zu Hause, das weißt du doch. Um ‚Machbarkeit' geht es nicht, im Himmel geht alles!"

„Das heißt, ich kann mir einen riesengroßen Schokoladensee wünschen, hineinspringen und ihn austrinken?" Michas Fantasie überschlug sich.

„Na, ob du das schaffst …", lachte Alpha. „Da vorne ist er schon, du brauchst ihn dir nicht einmal zu wünschen. Der Himmel weiß von selber, womit er dir Gutes tun kann."

Am liebsten wäre Micha direkt hineingetaucht, aber Alpha hielt ihn auf.

„Es tut mir leid, aber wir müssen weiter. Wie du weißt, brauchst du dringend einen Himmelskörper!"

Micha verstand die Eile zwar nicht, aber er folgte Alpha trotzdem.

So stiegen sie mit Leichtigkeit einen steilen Berg hinab und liefen durch die farbenprächtigste Flora, die Micha jemals bewusst wahrgenommen hatte.

Plötzlich fiel ihm etwas auf. Irgendetwas stimmte nicht mit diesem Himmel! Er sah sich um, alles war wunderschön – aber totenstill:

„Heißt das ‚tot sein', Alpha? Dass alles wortlos und still ist? Dann wäre ich lieber nicht tot! Wo sind die Tiere und die Menschen?", fragte er.

„Ach, du siehst sie noch nicht?", entgegnete Alpha gespielt beiläufig. „Das habe ich doch glatt vergessen. Entschuldige! Ich drücke schnell die G-Taste!"

Dabei hob er seine linke Hasenpfote und spreizte die Finger ab. Mit der rechten Hand knickte er nun den kleinen Finger so weit nach außen, dass Micha erschrak.

„Alpha, was tust du? Das muss doch wehtun!"

Wieder lachte Alpha: „Micha, du bist einfach niedlich! Mein Körper ist fließend. Eben nur eine Gestalt, keine Funktionseinheit aus Haut, Knochen und Gelenken, wie es bei den Erdengeschöpfen üblich ist. Ich kann mir keine Schmerzen zufügen."

Dabei wurde er nachdenklich. „Zumindest keine körperlichen …"

Er schaute zu Boden und Micha sah, dass sich Tränen in seinen Augen gebildet hatten. „Aber es gibt Situationen, die mir sehr, sehr wehtun." Micha wartete, doch Alpha schien seinen Gedanken nachzuhängen.

Der kleine Junge legte seinem noch kleineren Himmelsfreund die Hand auf die Schulter und hakte nach:

„Ich nehme an, das erklärst du mir noch, warum sie dir wehtun? Vielleicht ein anderes Mal?" Alpha schüttelte sich und damit seine Gedanken ab und nickte dankbar über Michas Einfühlsamkeit.

„Nun aber hurtig, die G-Taste", rief Alpha sich selbst zur Räson. „Die drei Gs: Gerüche, Geräusche und Geschöpfe! Zunächst zu Numero eins! G-Taste: ab!"

Alpha drehte schon wieder so abartig an seinem kleinen Finger, dass Micha schlucken musste, aber im nächsten Augenblick wurde er umgeworfen von der Flut der Sinneseindrücke, die zu dem bislang schon unglaublichen visuellen Erlebnis hinzukamen.

Der Entschluss

„Dann mache ich es eben auf meine Weise!"

Trotz und Widerborstigkeit gehören im Allgemeinen nicht zu den Eigenschaften, die einen kleinen Engel auszeichnen. Sein Schwächeanfall und die Krankheit kosteten Tanael viel Zeit, in der er nicht für die Menschen da sein konnte. Schon einige Aufträge hatte er seitdem nicht annehmen können.

Nie wieder wollte er seine Chance verpassen! Nie wieder ein Kind im Stich lassen! Als er – noch immer schwächlich hüstelnd – seine Habseligkeiten in seinen Wanderrucksack packte und über die bläulichen, transparent schimmernden Rückenflügel buchsierte, um die lieb gewonnenen Buchstaben seiner Himmelsschlafstätte zu verlassen, konnte Tanael einfach nicht anders denken. Entschlossen schnappte er sich seinen gewundenen Engelsstab aus edlem Saquilim und verließ das gemütliche, durchsichtige Bett in dem geschmeidigen Himmelsbuch. Er würde nun seinen eigenen Weg gehen, ganz egal mit welchen Mitteln! Ob das erlaubt war oder nicht, war ihm gleich. Er hatte etwas vor, nichts sollte ihn aufhalten!

Sein Blick fiel abermals auf den Engelsstab, der verantwortungsvoll und stark in seiner Hand lag und eine stumme Mahnung an ihn zu richten schien.

Seraphim hatte ihm diesen Saquilimstab geschenkt und der kleine Engel hing an ihm – sowohl an dem Stab als auch an Seraphim. Er musste lächeln, als er an damals zurückdachte.

Es war, als er seine erste Aufgabe erfolgreich hinter sich gebracht hatte – vor langer Zeit, vor Äonen von Erdenjahren und einem Augenzwinkern an Ewigkeit.

Er sollte einen Stein, der sich aus einer Verankerung gelöst hatte und drohte, eine junge Familie zu erschlagen, aufhalten. Tanael hatte einen starken Wind fahren lassen und damit nicht nur seine Verdauung entlastet, sondern auch den Steinkoloss vom Weg abgebracht. Der Vater, der auf dem Kutschbock saß und den lahmen Esel zum Weitergehen animierte, hatte sich lediglich verdutzt umgesehen, als hinter ihm die Steinlawine herabdonnerte und sein Leben verschonte, aber kein weiteres Wort darüber verloren. Unverzüglich setzte er mit seiner Frau und den fünf Kindern den Weg fort und Tanael wusste, dass er es richtig gemacht hatte. Je unauffälliger ein Engel arbeitete, desto größer war das Lob im Himmel.

Das war lange her! Viele Kinder hatte er seitdem gerettet, unzählige Leute aus dem Wasser gezogen, die sonst ertrunken wären, Dächer aufgehalten, die drohten, Menschen beim Einsturz zu erschlagen, Bäume in eine andere Richtung geschubst, die sonst Mann und Maus unter sich begraben hätten. Er war fleißig – ja, das war er! Und der Erzengel Seraphim hatte es erkannt und belohnt! Wie sehr er Seraphim mochte!

Doch nun war alles anders, der Vorrat wurde knapp. Die Liebesblasen gingen zuneige. Er merkte es jeden Tag, wenn er bei der Essensausgabe stand und ihm Lilli, die behände Küchenfee, nur eine winzige Portion auf den Teller schaufeln konnte. Drei Fußmarkern groß, eigentlich viel zu klein für das, was er täglich leistete und an Himmelskalorien brauchte.

Auch jetzt, wo Tanael sich stärken wollte, zog Lilli hilflos die Schultern in die Höhe und wich seinem Blick aus, während sie verlegen nach dem nächsten Teller griff und ihn mit ebenso wenig befüllte. „Bitte weitergehen!"

Auch als er krank im Bett gelegen hatte, hatte er nicht mehr bekommen, weil schlicht und ergreifend nicht mehr da war. Und nun wurden die Portionen täglich kleiner.

Lilli arbeitete mechanisch. Sie stand dort in der Kantine der Engel und gab aus, weil sie es sich so gewünscht hatte – weil sie ihrem Engel auf Erden unendlich dankbar gewesen war. Man sagte sich, sie hätte geschworen, nun für alle Zeiten für ihren Engel da zu sein. Für den, der ihr so sehr geholfen hatte und für die anderen Engel ebenso. Sie wollte gut für sie sorgen, ihre Dankbarkeit zeigen.

Aber davon konnte nun keine Rede mehr sein.

Lilli wollte nicht reden, Tanael nicht bei seinen Fragen behilflich sein. Und dabei wusste sie doch so gut über die Küche Bescheid! Sie schielte nur verstohlen herüber und blickte ihn fragend an, bevor sie sich umwandte, um dem Gespräch ein Ende zu bereiten.

Ahnte sie etwas? Tanael schüttelte den Kopf. Er vermutete, dass sie schon von seinem Missgeschick gehört hatte, ihn wegen seines Hungers nicht ansehen wollte. Sie ertrug es kaum.

Lilli war ein Mensch, eine Küchenfee, vielleicht falsch unter all den Engeln in der Engelskantine. Vielleicht aber auch gerade richtig dort. Sie senkte abermals den Blick, als er erneut versuchte, eine Antwort aus ihr herauszubekommen.

Sie schämte sich für ihresgleichen, die die Überirdischen hungern ließen.

Sie war ein Menschenkind.

Harte Zeiten für Menschen unter den Engeln!

Harte Zeiten für Engel!

Himmlische Gerüche

Zunächst war da dieser Geruch! Er war einzigartig vielfältig und umfasste alles, was Micha liebte: eine frische Meeresbrise, gebrannte Mandeln auf der Kirmes und den Duft der Mutter, wenn er auf ihrem Schoß saß – nah an ihrem Hals, der ihren Wohlgeruch besonders mild wiedergab.

Er roch die Hände seines Großvaters, wenn er aus dem Garten kam und mit der Harke gearbeitet hatte, und er roch Selma, mit der er sich ein Kämpfchen geliefert und die er besiegt hatte – sie selbst war schweißgebadet und strömte diesen Geruch direkt von ihrem Bauch aus, der vom Lachen und der Wut der Unterlegenen bebte. Er roch die Spielkiste aus ihrem ersten Urlaubsort, den Erdbeer-Kaugummi seines Freundes und die vielen prallen roten Kirschen vom Nachbarsbaum. So ging es weiter mit seinen Eindrücken und er spürte, wie sie ihn beseelten und glücklich machten. Da war keine Wehmut, keine Sehnsucht in ihm – nur reine Freude und pures Glück.

„Wie wird mir, Alpha?“, fragte er.

„So, wie es einem im Himmel wird, Micha! Leicht, fröhlich, sonderbar lebendig und doch unendlich tief und wahrhaftig“, antwortete Alpha.

„Und warum fühle ich mich so gut dabei? Warum vermisse ich sie nicht – meine Eltern, meine Schwester, meinen Großvater?“

„Weil sie dir hier ewig nah sind und dich begleiten! Weil alles, was sie dir an guten Dingen im Leben mitgaben, im Himmel bei dir geborgen ist und niemals verloren geht“, erklärte Alpha. „Und weil es im Himmel keine negativen Gefühle gibt. Die Traurigkeit und die Wehmut bleiben vor unseren Toren, genauso wie der Hass.“

Micha hielt einen Augenblick den Atem an und pustete dann erleichtert und genießerisch aus: „Das klingt gut!“

„Das klingt nicht nur gut, das ist auch gut, denn das ist der Himmel!“, antwortete Alpha. „Er ist das Gute – potenziert mit der Unendlichkeit.“

Damit war Micha zufrieden, denn er spürte, dass er soeben eines der wichtigsten Kapitel des Himmelslebens gelernt hatte.

Himmlische Freunde

„Er ist angekommen! Er ist angekommen! Alpha hat ihn in Empfang genommen und ich habe mit ihm gesprochen!“ Stimmulus rannte aufgeregt auf dem staubigen Boden hin und her und wirbelte eine Menge Holzsplitter auf.

„Jetzt wird alles besser, ich weiß es!“

„Langsam, langsam!“, mahnte Josef mit seiner ihm eigenen Gelassenheit. „Wovon sprichst du eigentlich?“

„Vom Engelsretter, vom Himmelsboten, vom Menschmenschen, von eben dem, von dem verheißen war, dass er kommt, um die Welt wieder in Ordnung zu bringen. Sag bloß, du weißt nicht, wen ich meine?“ Stimmulus hüpfte auf den mit Spänen übersäten Hobel, stemmte die Fäuste in die Seiten und blitzte Josef herausfordernd an.

„Doch, doch … Darf ich bitte?“, fragte Josef gelassen und hob Stimmulus behutsam von seinem Werkzeug und wies auf die hölzerne Sitzfläche vor ihm: „Der muss heute noch fertig werden!“

Dabei setzte er in Seelenruhe seine Tätigkeit fort und blickte konzentriert auf die glatte Oberfläche des von ihm bearbeiteten Stuhls. Nichts schien ihn dabei aus der Ruhe zu bringen. Der kleine, untersetzte Mann mit den sanften Augen und der dunklen Stimme – das war Josef, der Himmelsschreiner. Und der Schreiner hatte viel zu tun!

„Interessiert er dich gar nicht? Er ist ein lieber Kerl, das merkt man sofort. Ungefähr soooo groß, braune Haare und …“, fuhr Stimmulus beharrlich fort.

„Aber er ist doch noch gar nicht im Raum der Gestaltung manifestiert! Du weißt noch nicht, was dabei herauskommt“, mahnte Josef zur Zurückhaltung und blickte in Stimmulus’ enttäuschte Augen.

„Stimmt – daran habe ich noch nicht gedacht. Aber meistens erkenne ich ihn später ja trotzdem.“

„Natürlich, Stimmulus, natürlich …!“

Josef hobelte und hobelte, dass die Späne nur so flogen.

„Ich hab das Gefühl, du nimmst mich nicht richtig ernst!“ Stimmulus verschränkte gespielt beleidigt die Arme und hob die Nasenspitze in die Höhe.

„Doch, Stimmulus, doch! Das tu ich schon. Aber ihr solltet nicht alle so viel Hoffnung auf einen kleinen Jungen setzen. Das Himmelsgefüge ist kompliziert. Und es ist jetzt erst so richtig aus den Fugen geraten. Zu wenig Liebesblasen und Hunger der Engel sind das eine. So etwas haben wir schon oft erlebt. Aber dass einer stirbt, dessen Stunde eigentlich noch nicht geschlagen hatte, das ist neu. Seid lieber vorsichtig! Ihr kennt den Jungen noch nicht richtig. Zunächst ist er einfach nur der, der alles durcheinanderbringt. Ob er auch derjenige ist, der das Chaos in den Griff bekommt, das wissen wir noch nicht. Man weiß nicht, ob er das schaffen wird.“

„Warum sagtest du: ‚Ihr solltet nicht zu viel Hoffnung auf ihn setzen‘?“, fragte Stimmulus und schaute sich um. „Wer weiß noch davon und warum weißt du, dass er noch nicht hätte sterben dürfen?“

„Es hat sich doch bereits herumgesprochen!“, antwortete Josef. „Das Blitzen des Lichtgewitters haben alle gesehen, aber die wenigsten konnten es deuten! Laurina hatte den erschöpften Gabriel mit ihren Reimen aufbauen wollen und dabei verriet er ihr alles. Auch, dass das Himmelsleuchten durch das Licht im Aufwachraum entstanden ist. Die Kerze wurde angezündet, auf besonderen Wunsch! Das besondere Licht, verstehst du? Nicht das Standardhelligkeitsprogramm! Denk dir das mal!“

Stimmulus war von der Information, über die Josef verfügte, überwältigt.

„Das weiß Laurina bereits? Ich dachte, ich wäre der Einzige! Unglaublich!“

„Nun ja! Andere sind auch nicht doof!“, antwortete Josef gleichgültig und wandte sich wieder seiner Arbeit zu.

Ein leichtes Kratzen zog ihm dabei den Nacken herauf, dass er unwillkürlich zusammenzuckte.

Stimmulus rannte wie von der Tarantel gestochen aus dem Raum, dass sein gestreiftes Mützchen nur so wippte. Wie konnte ein so kleines Männlein nur so viel Staub aufwirbeln?!

„Stimmulus?“, rief Josef noch hinter ihm her, aber sein kleiner Freund war bereits weg, um dabei zu sein. Einfach nur dabei zu sein, was auch immer kommen mochte!

Josef schmunzelte und schüttelte den Kopf. Der kleine Kerl war unverbesserlich!

Mit raschen Handbewegungen wandte sich Josef wieder seiner Arbeit zu und prüfte den Stuhl ein weiteres Mal, um ihn genau den Bedürfnissen seines Besitzers anzupassen.

Schade nur, dass das Zwacken in seinem Nacken zunahm und ihm ein wenig aufs Gemüt drückte! Er hatte doch sonst nie etwas, das ihn störte!

Apokryphe

In der Apokryphe blieb es während der Zusammenkunft dunkel. In dieser Zeit sprach nur einer, bis auf den, der es gewagt hatte, das Treffen als eine kommunikative Zusammenkunft von Einzelwesen zu begreifen, und der kläglich gescheitert war, zerrissen von dem Bösen, das die Macht besaß.

Olobaid dachte nicht mehr an den niederen kalyptischen Verlust, den er nicht als solchen begriff, sondern führte die Sitzung fort.

Er schnaubte und weigerte sich beharrlich, etwas von sich zu zeigen. In seiner Nebelgestalt lamentierte und monierte er, begehrte auf und prügelte die Fetzen, die – trotz oder gerade wegen seiner Brutalität – um ihn herumschlawenzelten wie ausgehungerte, totgeglaubte und plötzlich dem Nichts entstiegene Ameisen um eine süße Speise.

Er hatte sich ausgeweitet und allen den Raum genommen, der ohnehin nur aus Poren des Bösen und des Dunkels bestand. Er hatte sie zerquetschen wollen – sie, seine Kinder, seine Schöpfung, seine Abart mutierter, degradierter Sprösslinge voller Unflat und herber Natur, die ihm so zugetan waren, die ihn anhörten und anbeteten.

Es war widerwärtig und doch gegenwärtig, wie stolz er auf sie war. So stolz, dass er sie umbringen könnte!

Himmlische Klänge

Wie es klingt, wenn in der Unendlichkeit Töne surren, singen, summen und schwingen, wenn Höhen und Tiefen ergreifend einheitlich in einem allumfassenden Klangbild an einen herangetragen werden, das sollte Micha nun erfahren. Seine Ohren, die keine mehr waren, öffneten sich schier maßlos, um all das zu erfassen, was Alpha durch ein erneutes Betätigen der G-Taste, also dem Drehen seines Fingers, nun an Geräuschen nun hervorzauberte. Das, was er hörte, war – wie seine visuellen und olfaktorischen Erlebnisse – in großem Maße auf ihn zugeschnitten und damit subjektiv.

Alles, was er zu Lebzeiten an Geräuschen und Klängen geliebt hatte, drang an seine Ohren: seine Lieblingsband mit ihrem letzten Hit, das Knartzen des Bonbonautomaten an der Ecke, wenn er genug Geld hatte, um ihn zu bedienen und das wunderbare Geräusch des Drehknopfes zu hören. Dann Selmas Lachen und Vaters Klavierspiel und die Stimme der Märchen erzählenden Großmutter. Ebenso das Summen der Mutter, wie sie ihn als Baby in den Schlaf wiegte, oder ihre tröstenden Worte, wenn er sich das Knie gestoßen hatte. Viele wohlklingende Geräusche, die Micha im Laufe seines kurzen Lebens hatte sammeln können, entfalteten sich wieder und wieder in seinen Ohren, ohne in ihrer Gleichzeitigkeit störend zu wirken. Er besaß den Geist und den Überblick, um alle gleichzeitig aufzunehmen, zu sortieren und umfassend zu genießen.

Und auch hier hatten die Geräusche den gleichen Effekt wie die Gerüche: Sie erfüllten Micha mit Freude und Glück und er spürte eine tiefe Geborgenheit und Zugehörigkeit zum Himmel.

„Und was machen diejenigen, die keine schönen Düfte und Klänge in ihrem Leben erfahren haben?“, fragte Micha Alpha.

„Jeder hat in seinem Leben zu irgendeinem Zeitpunkt etwas Schönes erlebt. Das braucht der Mensch, sonst könnte er nicht überleben und wäre schon sehr früh gestorben. Die Säuglinge, die auf solch tragische Weise zu uns kommen, werden hier automatisch „Spezialengel“ für besondere Aufträge und schwierige Aufgaben, denn sie sind besonders weise!“

Micha dachte weiter: „Und nehmen wir mal an, jemand hat nur einen einzigen schönen Klang und nur einen einzigen schönen Duft erlebt, was wäre dann? Wäre das nicht langweilig, ewig das gleiche Gedudel hier oben zu hören?“

Alpha lachte über seine Spitzfindigkeit und sagte: „So etwas kannst auch nur du fragen, Micha! Genau deshalb brauchen wir dich hier!"

Er fuhr fort: „Zunächst einmal frage ich dich. Ist das, was du gerade hörst, ‚Gedudel'?"

Micha konzentrierte sich und lauschte in die Unendlichkeit hinein. Dann musste er zugeben: „Nein, Gedudel ist nicht dabei …!"

„Eben!", freute sich Alpha. „Jeder Klang ist wohltuend und kann abermillionenfach variiert werden und jedes Geräusch ebenso. Deshalb wird es nie langweilig im Himmel!"

„Und wenn ich mal meine Ruhe haben und nichts mehr hören will?"

Micha war beharrlich.

„Dann ist das kein Problem", antwortete Alpha geduldig und knabberte abermals an einer Karotte. „Wie immer weiß der Himmel, was für dich in jedem Moment der Ewigkeit das richtige Geräusch, der richtige Duft und die richtige Landschaft ist!"

„Dann brauche ich gar nicht mehr nachzudenken?", freute sich Micha. „Juppieh! Das ist ja bequem!"

„Ganz so ist es nicht, Micha!", lachte Alpha. „Gerade deine Gedanken, deine Ideen und deine Weisheit brauchen wir hier mehr als alles andere!"

Micha sah ihn fragend an.

Alpha nickte beschwichtigend und an seiner Handbewegung erkannte Micha, was er sagen wollte.

„Schon klar! Das erklärst du mir noch!", kam ihm Micha zuvor und fuhr ironisch fort. „Lass dir ruhig Zeit, interessiert mich gar nicht …!"

Dann lachten die beiden so schnell Miteinander-vertraut-Gewordenen, als würden sie sich schon ewig kennen. Doch Micha schien sich darüber gar nicht zu wundern, sodass er mit Alpha weiter den Himmel erkundete. Es störte den Jungen nicht einmal, dass der – inzwischen auf seinen Schultern sitzende – Alpha ihm einen freundschaftlichen, sich revanchierenden Klaps auf den Hinterkopf gab.

Wackelpudding

Selma lag auf ihrem Bett und starrte an die Decke. Sie lag dort schon eine ganze Stunde, die ihr wie drei erschien. Schlafen konnte sie nicht, denn ihre Füße waren kalt. Sie konnte nie schlafen, wenn sie kalte Füße hatte.

Doch sie mochte nicht erneut aufstehen, um ihre Mutter um eine Wärmflasche zu bitten. Sie wusste, dass diese genauso genervt reagieren würde wie eben, als sie einmal noch ein wenig zu ihr wollte, danach um ein Glas Wasser und etwas später um eine Geschichte gebeten hatte.

Selbst der Anflug eines Gewitters hatte sich nicht als solches entpuppt und bot keinen Anlass für eine weitere Ausrede zum Aufstehen.

Der Vater war nicht zu Hause. Er war wieder „raus", wie er es nannte.

„Ich muss raus hier", hallte es in ihren Ohren nach. Das sagte er in den letzten Wochen häufiger. Raus hier. Oder „noch einmal zu ihm gehen".

Auch wenn bei Micha nichts passierte, er sich nicht rührte. Der Vater wollte nur bei ihm sein.

Das Klavier blieb still, keiner spielte, keiner sang. Die Mutter summte nicht einmal mehr. Gar nichts machte sie. Sie saß oft nur da und blätterte unbeteiligt in der Zeitung oder einem anderen Stoß Papier.

Wenn Selma aus der Schule kam, gab es häufig nicht einmal etwas zu essen.

„Ich hab's heute nicht geschafft. Mach dir Nudeln, Süße!", hieß es dann. „Das kannst du doch schon!"

Selma machte sich Nudeln, fast jeden Tag. Sie hatte schon so viele Nudeln gegessen, dass sie ihr zum Hals heraushingen! Sie wollte gerne mal wieder Reibekuchen essen, ihr Leibgericht. Oder Pfannkuchen mit Marmelade. Den hatte Micha auch immer so geliebt. Und als Nachtisch Wackelpudding. Am besten in Grün und schön glibberig – mit Vanillesoße!

Selma kroch der Hunger den Magen hinauf bis zum Hals. Dort schnürte er ihr die Kehle zu. Oder war es der Gedanke an Micha und die lustigen Mittagessen mit Wackelpudding? Manchmal hatten sie sich damit beworfen. Dann hatte ihre Mutter immer geschimpft. Aber ab und zu hatten sie beobachtet, dass sie sich das Lachen verkneifen musste.

Es war immer so lustig gewesen, zu Hause, bei Tisch, jeden Tag. Sie war gerne hier bei ihrer Familie. Aber plötzlich hatte sich alles verändert. Einfach alles.

Selma begann zu weinen und ihr Körper schüttelte sich unter den krampfartigen Weinattacken. Sie versuchte sich zusammenzureißen und nicht zu laut zu werden, aber das Schluchzen nahm sie so ein, dass schließlich doch ihre Mutter in der Tür stand. Wie ein weißer Engel erschien sie vom Flurlicht geblendet, das nur ihre Umrisse zuließ. Wortlos ging sie zu ihrer Tochter und nahm sie in die Arme. Gemeinsam saßen sie dort lange Zeit und Selma spürte warme, zärtliche Tränen auf ihren Kopf tropfen, während die Mutter ihr Kind sanft im Arm wiegte.

Selma schniefte: „Mama, ich hab Hunger!"

„Worauf denn?", fragte die Mutter milde – war ganz schlechtes Gewissen.

„Harmonie, Familie, Zuhause, Gemeinschaft, Lachen – Micha!" All das hätte Selma gerne geschrien. Jede Zelle ihres Körpers wusste, was sie am meisten begehrte. Aber ihr Mund blieb stumm.

Selma schnäuzte sich die Nase in das von der Mutter hervorgekramten Taschentuch. Dann antwortete sie leise, kaum hörbar:

„Wackelpudding!"

Himmlische Verschwörer

Laurina und Janardan knieten über der Königsblume. Janardan streichelte die Blätter und suchte sie von oben bis unten nach Läusen ab. Nicht, dass im Himmel Läuse vorkämen, aber es war eine alte Gewohnheit, die er im Jenseits nicht ablegen wollte, weil sie ihn – wie er selbst sagte – „bildete".

Janardan Gagan Vihari war ein hageres Kerlchen, nicht größer als hundertfünfundvierzig Zentimeter, und er trug über seinem braun gebrannten Gesicht mit dem gutmütigen, gewinnenden Lachen einen übergroßen Turban, der zu einem wuscheligen Etwas ineinander verwirbelt war.

Janardan liebte Blumen und Tiere mehr als alles andere. Seine Himmelswohnung glich einem kultivierten Dschungel auf acht Etagen. Er hegte und pflegte über zwanzigtausend Arten in diesem gigantischen Gewächshaus und versuchte ständig, seine Himmelsfreunde biologisch zu missionieren.

„Meine Pflanze ist lammfrrromm. Du musst nurrr den Ablegerrr eineinhalb Wochen in gesüßtes Wasserrr legen, zwei Quadratzentimeter Wurrrzflutz auf das Parrrenchym kleben, wenn das Himmelsfest ansteht, und schon trrreibt das Blatt aus. In drrrei Jahrrren ist das Krräutchen dann so grrroß wie dieses und du kannst es errrnten und einkochen", dozierte er vor der sichtlich gelangweilten Laurina.

„Klingt toll,
jawoll!", gähnte Laurina.

„Jawohl!", freute sich Janardan, der das Lob ernst nahm und fortfuhr: „Und wenn es errrst im Glas ist, schimmerrrt sein Glanz jeden Ewigkeitssonntag golden und hell. Ich sag dirrr, das ist ein Schauspiel!"

Janardan rollte das „R", das war unüberhörbar! Diese Tatsache ließ seine Himmelsfreunde immer wieder schmunzeln, denn besonders schlimm wurde es, wenn er über Pflanzen sprach und sich in gärtnerische Ekstase quasselte.

„Die Blümchen haben's dir angetan!
Lass gut sein, lieber Janardan!", bremste nun Laurina ihren Freund und legte ihm freundschaftlich die Hand auf den Arm.

„Ich rede gerne mit dir,
doch bin ich wegen einer andren Sache hier!", reimte sie weiter.

„Ich hätte es mirrr doch denken müssen, dass es dich nicht interrressiert, ob meine Königsblume Läuse hat oderrr nicht! Das hast du nurrr aus anderrren Grrründen getan!", erwiderte er beleidigt.

„In deinem Gehäuse
gibt es keine Läuse!", revanchierte sich Laurina für die Belehrungen.
„Und ich helfe dir natürlich gerne, weil du mein Freund bist
und du mich nie vergisst.
Aber heute ist etwas passiert, über das ich mit dir sprechen muss.
Wenn ich fertig bin, dann ist auch Schluss.
Und du weißt doch: ‚Drückt der Schuh,
zieh ihn aus im Nu!'"

Dabei intonierte sie eine Tonleiter, die über dem hohen „F" begann und sich danach in Ultraschallregionen aufzuhalten schien.

Diesmal war es Janardan, der über Laurina lachen musste. Immer hatte sie einen selbst gereimten Spruch zur Stelle, nur besonders gelungen war der eigentlich nie. Oft verband sie ihre Reimattacken mit Gesangseinlagen, die eher grausig als schön waren. Aber dennoch glaubte sie an ihr sopranistisches und dichterisches Talent mit himmlischer Hingabe – und der Himmel ließ sie in ihrem Glauben.

Sooft sie sich auch ein neues Äußeres, eine Änderung der Haarfarbe oder der Anzahl ihrer Extremitäten wünschte, eine echte Begabung schlug nie durch. Sie gefiel sich in ihrer Unvollkommenheit vollkommen.

Bisher zumindest.

Janardan blickte auf und musterte seine Freundin. Darauf konnte sie sich etwas einbilden. Normalerweise hob er den Kopf nicht für etwas, das weder Blätter noch Stängel hatte.

Laurina de Voilée, eine verkappte Opernsängerin, war seit Urzeiten seine Freundin. Er wusste schon gar nicht mehr, wer eher im Himmel angekommen war, sie oder er. Sie war eine verrückte Kreatur, die ständig in neuer Himmelsgestalt herumlief. Janardan hatte sich daran gewöhnt, dass Laurinas Haarfarben beinahe täglich wechselten oder sie sich – je nachdem, wie ihr zumute war – eine Vielzahl von Gliedmaßen zulegte. Wollte sie faul sein, wünschte sie sich keine Arme, mit der Ausrede, ohne Hände nichts bewirken und sich ohne schlechtes Gewissen auf die Couch zurückziehen zu können. Wollte sie hingegen in einem Anflug von Weltverbesserung alle Zustände des Himmels gleichzeitig optimieren, so legte sie sich fünf Armpaare zu und klingelte bei allen Himmelsfreunden gleichzeitig an, um deren Wohnungen „auf Vordermann zu bringen“, gleichgültig, ob die Freunde zu Hause waren oder nicht.

So kam schon manches Mal Josef, der Himmelsschreiner, zurück zu seinem Haus und wurde sich einer umgestalteten Kemenate in Türkis- und Erdfarben gewahr, obwohl er eigentlich sein schlichtes Eichenholzbett und die dunkle Wandvertäfelung liebte, die er sich selbst gezimmert hatte. Oder Janardan fand sich in einer sterilen Atmosphäre wieder, in der an jeder Wand zahllose Spiegel vor neongelbem Hintergrund klebten und keine Spur seiner vielen Kräutchen zu sehen war.

„Na, wer hätte das gedacht?
Ich hab's besser gemacht!
Deine Raummode ist längst vorbei,
ich vernichtete dir dein Einerlei!", flötete in solchen Fällen Laurina und schwebte selbstgefällig aus der Tür, um ihr unerwünschtes Unwesen beim nächsten Freund zu treiben. Nicht, dass ihr jemand ihren Eifer übel genommen hätte – der Himmel hat keinen Platz für solche Gefühle –, aber es war eben doch häufig eine Verwirrung, die nach ihren Streifzügen in den Köpfen der Freunde hängen blieb, bevor sie sich ihre Wohnung zurückwünschten.

„Worrrüber willst du rrreden?", fragte Janardan sie schließlich. Der Inder wollte zu Potte kommen! Er musste noch tausendfünfhundertachtundzwanzig Pflanzen versorgen, bevor er Dienst hatte. Und er wollte nicht zu spät kommen, denn die Fenster wurden ohne ihn nicht sauberer.

„Der Junge wollte die Kerze anhaben
und sich an ihrem Lichte laben", klärte Laurina ihn auf,
„ohne dass er um dessen Bedeutung wusste. Doch im Aufwachraum ist es eigentlich hell genug!
Ich frage dich, warum ist er so klug?
Niemand der Neuankömmlinge empfindet sonst so,
denk dir doch mal: diese Show!" Sie hüpfte weiter aufgeregt herum.
„Und hast du den Himmelsblitz gespürt?
Alles hat geflirrt
und tirilliert!
Einen kurzen Augenblick lang,
noch kürzer als ich ‚Juppieh' sang!
Erst wusste ich nicht, was das sollte, aber Gabriel hat es mir dann gezwitschert, pupitschert!
Heißadiewitschert."

Jetzt ging es mit ihr durch! Laurina kicherte hysterisch und vollführte einen kindischen Freudenstanz, als hätte sie nicht alle Tassen im Schrank. Wie gut, dass der Himmel für jeden Verrückten ein Plätzchen bereit hatte!

„Er ist endlich da,
singe ich dir, die Laurina!
Ein kleiner Junge ist er, nur ein Junge – denk dir das mal!
Ist das gut oder ist das fatal?“

Himmlische Geschöpfe

„Ich nehme einmal an, jetzt schnipst du wieder mit dem Finger oder drehst so komisch an ihm herum, und dann kommen die Menschen, also deine Geschöpfe, oder?“

Micha war zu Scherzen aufgelegt. Langsam fühlte er sich besser. Die Unbestimmbarkeit seines Körpers aus dem Aufwachraum war einer beschwingten Heiterkeit gewichen. Die Atmosphäre des Himmels hatte ihn mit ihrer Freude angesteckt.

„Ja – so oder so ähnlich“, antwortete Alpha vorsichtig.

„Was heißt ‚so ähnlich‘?“

„Lass dich überraschen! Glaubst du denn, dass du so weit bist?“

„Du machst mir Angst. Kommt denn etwas Schlimmes?“

„Nein, nichts Schlimmes! Aber etwas sehr Ungewohntes.“

Er blickte Micha von der Seite an. Der Junge machte einen guten Eindruck. Für einen frisch Angekommenen war er schon sehr fröhlich, obgleich doch die Erdengefühle noch in ihm wirken mussten. Es war einfach doch etwas Besonderes an ihm! Seine kindliche Freude und Stärke strahlten auch in unadaptiertem Zustand von ihm aus.

Sollte Alpha es jetzt wagen? Vielleicht war ein anderer Aussichtspunkt geeigneter.

„Komm mit, Micha!"

Mit diesen Worten hüpfte das Kaninchen voran und trat auf einen nahe gelegenen, türkisfarbenen Stein. Sofort verschwanden die Landschaften zu ihren Füßen in einem farbenfrohen Wirbel, der sogartig nach unten abzog, um im Nichts zu verschwinden.

Gleichzeitig baute sich vor ihnen eine weite Ebene auf, die sich bis in die Unendlichkeit hinein zu erstrecken schien. Niedrige und zarte Sträucher, die süße Beeren trugen, standen in einem Meer aus weichen Federn, das alles bedeckte. Die Federn wogten in der sanften Brise und bewegten sich langsam auf und ab, ohne aufzuwirbeln.

Micha spürte den Luftzug und die Vollkommenheit des lauen Meeres mit allen Sinnen. Die Himmelsluft war angenehm temperiert und besaß die Frische eines Urlaubsmorgens am Meer, wenn man das Fenster zum Lüften öffnete.

In dieser Atmosphäre schweiften Michas Gedanken ab. Ihm war es wie damals zumute, als er zum ersten Mal das Meer sehen durfte. Er und Selma waren um die Wette auf die Düne gelaufen. Wie zu erwarten war, hatte er gewonnen. Nun stand er oben und blickte auf die Herrlichkeit der Schöpfung Gottes herab. Wie hatte es ihn beeindruckt, dieses viele Wasser und der salzige Geschmack auf den Lippen! Sofort wäre er hinuntergestürzt zum Strand und hätte seine Füße in das kühle Nass gehalten, wenn nicht die Hand seines Vaters ihn aufgehalten hätte.

„Warte, Micha!"

Obgleich es nach weltlicher Physik unmöglich war, dass ein kleines Kaninchen einem Kind seine Pfote auf die Schulter legen konnte, geschah nun das Himmlische. Alpha bettete seine Pfote sanft auf Michas Schulter und der kleine Junge spürte eine angenehme Kraft darin. Eine Kraft, die ihn – obgleich sie von einem zarten Geschöpf ausging – lenken und halten würde. Das wusste Micha, ohne dass sein Freund es ihm erklärte.

„Warte!", wiederholte Alpha geduldig. „Jetzt kommen sie!"

Micha hielt den Atem an und blickte auf die weiche, fedrige Ebene. Sie war tatsächlich so, wie er sich den Himmel vorgestellt hatte. Er hatte immer gedacht, man würde als Toter auf Wolken tanzen oder mit den Engeln fliegen. Und da war sie nun – diese weiße, weite Reinheit in wolkiger Duftigkeit!

„Deswegen habe ich sie dir ja auch so gestaltet – diese Fläche! Damit du dich hier wohlfühlst und deine alten Vorstellungen bedienen kannst", sprach Alpha, der Michas Gedanken erriet. „Ich hätte dir auch etwas anderes bestellt, wenn du dir den Himmel so ausgemalt hättest."

„Ist schon okay", flüsterte Micha, der wie gebannt auf die farblose Landschaft blickte. Micha wurde ungeduldig und wäre am liebsten in die menschleeren Wogen hinabgesunken. So groß war die Anziehungskraft dieses malerischen Himmels. Was brauchte er noch die Geschöpfe?

Mit einem leisen, hasenartigen „Schnipp!" aus dem G-Tasten-Finger füllte sich plötzlich die weiße Ebene mit einer gigantischen Masse an jenseitigen Lebewesen. Zu Füßen der beiden Freunde, die das Treiben von dem türkisen Stein, auf den sie gestiegen waren, betrachteten, befanden sich Hunderte – ach was – Tausende von Himmelsbewohnern wie in einer übergroßen Bahnhofshalle auf einer Ebene, die unendliche Weiten bedeckte. Es war ein so farbenfrohes Gewirr aus Beinen, Köpfen und Kleidern, dass es Micha in den Himmelsaugen schmerzte.

„Wow! Wer ist das?", fragte er.

„Das sind die Neuankömmlinge. Erst kürzlich Gestorbene wie du, die sich hier zunächst einmal zurechtfinden müssen. Aber das ist kein Problem für sie, weil sie alle einen Begleiter haben, der sie führt. So wie ich dich. Siehst du?"

Tatsächlich! Beim genauen Hinsehen erkannte Micha, dass sich jeweils Zweierpaare durch die Menge schoben. Aber alles schien in übermenschlicher Disziplin und Präzision abzulaufen. Niemand rempelte, niemand schob. Alle liefen langsam und beständig, aber mit viel Freude und munter mit ihrem Begleiter schwatzend einem Ziel entgegen, das

Micha noch nicht sofort ausmachen konnte. Je näher er die Menschen betrachtete, desto mehr fiel ihm auf, dass sie alle eine undefinierbare Figur hatten – in den Umrissen unbestimmt und in den Farben nebulös. Genau wie er selbst. Und sie trugen hübsche Kleider.

„Das sind ihre Beerdigungssachen!“, sagte Alpha trocken, abermals ohne dass Micha ihn fragen musste.

„Sie können sie gegen andere Kleidung austauschen, wenn sie es möchten. Sie dürfen sie aber auch gerne weiterhin tragen. Hier ist alles erlaubt. Vielen von ihnen werden ihre alten Sachen aber nicht mehr passen, weil sie sich eine himmlische Gestalt aussuchen dürfen.“

„Und das bedeutet?“

„Das verschwommene Abbild des Erdenkörpers ist nur im Aufwachraum und hier auf dem Weg zum Raum der Gestaltung akut“, erklärte Alpha. „Danach brauchen sie ihn nicht mehr.“

„Heißt das, wir gehen auch dorthin?“

„Das hast du schnell erfasst! Auch du darfst dir einen Himmelskörper aussuchen, wenn du magst. Wir sind bald da.“

„Aha!“, antwortete Micha. Es ging ihm doch alles ein wenig zu schnell. Einen Himmelskörper aus dem Raum der Gestaltung? Wie sollte er wissen, wie so etwas aussieht?

„Ganz so, wie du willst!“, antwortete Alpha ungefragt. Langsam gewöhnte sich Micha an die telepathischen Fähigkeiten seines Freundes.

„Du kannst nehmen, wonach dir gerade ist. Schau dir die himmlischen Begleiter der Neuankömmlinge an. Vielleicht möchtest du wie einer von ihnen aussehen?“

Alpha wies auf die Ebene und Micha fokussierte seine Augen auf die Geschöpfe, die die Menschen führten. Da sah er viel Unglaubliches. Zum Beispiel einen Elefanten im Plüschlook, der ein kleines Mädchen begleitete. Oder eine ausgebeulte Waschmaschine mit Armen an der Hand eines alten Mannes im Blaumann sowie eine alte Frau, die nicht größer war als eine Handbreit und deren Buckel von einem übergroßen Kopftuch bedeckt war. Sie führte eine weitere alte Frau mit Kopftuch in undefinierbarer Erdengestalt an der Hand.

„Das war ihre Schwester“, erklärte Alpha abermals. „Sie wünschte sich als himmlischen Begleiter ihre Schwester, die sie schon vor vielen Jahren verlor und an die sie täglich denken musste. Bei allen Menschen nimmt der Begleiter eine Wunschgestalt des Menschen an. Wichtig ist nur, dass sich jeder bei dem, der bei ihm ist, pudelwohl fühlt.“

„So wie ich mich bei dir wohlfühle?“, fragte Micha.

„Ich hoffe doch“, antwortete Alpha und blinzelte Micha freundlich an.

Micha schaute abermals in die Menge und obwohl so unendlich viele Lebewesen vor seinen Augen wimmelten, machte ihm das keine Angst.

„Das hier ist die Aufnahmestation?“, fragte er interessiert.

„Genau!“, antwortete Alpha. „Es gibt noch viele andere Stationen im himmlischen Leben, wo du auch wieder andere Geschöpfe findest. Aber ich dachte, vielleicht tut es dir gut, dir zu zeigen, wo du gerade stehst.“

Plötzlich schoss es Micha durch den Kopf. „Und warum stehe ich nicht auch da unten mit all den anderen? Warum zeigst du mir das Ganze von hier?“

„Weil wir bei dir einen Schnelldurchlauf durch den Himmel durchziehen müssen. Gott hat einen Auftrag für dich, der sehr wichtig ist und daher macht er bei dir eine Ausnahme. Wir überspringen einiges.“

„Was käme bei denen da unten als nächstes?“

„Alle bekommen zunächst eine Wohnung im Himmel, wie du auch. Das ist der Job von Jesus.“

Micha starrte Alpha an. Dann stimmte das Bibelzitat: „Ich gehe und bereite euch eine Wohnung im Haus meines Vaters“? Er hatte es einige Male in der Kirche gehört, aber konnte sich nichts darunter vorstellen. Jesus sollte hier sein? Unter den vielen Menschen?

„Du siehst ihn nicht? Schau doch – in der Mitte! Dort steht er!“

Endlich fiel er Micha auf. In einem hellen, angenehmen Licht stand ein Mann, der genauso groß war wie alle anderen Menschen – Jesus Christus! Aber dennoch unterschied er sich eindeutig von ihnen, denn er strahlte eine Reinheit und einen bescheidenen, aber anmutenden

Reiz aus, den Micha noch nie bei einem Wesen wahrgenommen hatte. Sein cremefarbenes Leinenhemd sah tatsächlich so aus, wie Micha es im Fernsehen bei den historischen Filmen gesehen hatte, aber gleichzeitig schien Jesus zu schweben und zu wachsen, um dann wieder auf seine alte Größe zurückzufallen. Sogleich war er Micha sympathisch, denn das Lächeln in seinem gütigen und intelligenten Gesicht war milde und herzlich. Und es kam Micha vor, als blinzelte Jesus ihm zu …

„Alpha! Der meint mich!", schrie Micha und wollte auf die Ebene hinabstürzen. „Der will mit mir reden! Jesus will mit mir reden! Endlich spreche ich mit Gott!"

„Warte, Micha! Er hat zu tun! Sieh doch!"

Und tatsächlich nahm Micha erst jetzt die raschen, aber gleichzeitig ruhigen Armbewegungen Jesus' wahr, der wie ein Verkehrspolizist im dichten Gedränge der himmlischen Geschöpfe weilte, um die Masse in die richtige Richtung zu weisen. Dabei wurde er weder hektisch noch unfreundlich, sondern schien in alle Menschengesichter gleichzeitig zu blicken. Alle erweckten den Eindruck, sich bei ihm wohlzufühlen, alle folgten der Richtung, die er ihnen wortlos und freundlich bestimmend zuwies. Dabei gab es keine Verirrungen, keine Fragen, nur eine zufriedene Zerstreuung der heiter plaudernden, sonderlichen Pärchen in verschiedene Richtungen, bis sie im unsichtbaren Meer der weißen Federn verschwanden.

„Jesus bat mich, dir deine Wohnung zu zeigen. Er spricht ein anderes Mal mit dir", tröstete Alpha den sichtlich niedergeschlagenen Micha.

„Nun bin ich schon hier im Himmel, aber kann nicht einmal mit ihm sprechen! Ich möchte so gerne Gott sehen und mit ihm reden!"

Micha konnte seine Enttäuschung nicht überspielen. „Ich dachte immer, wenigstens im Himmel ginge das!"

„Aber Micha, ich bin doch die ganze Zeit für dich da!", erschallte plötzlich eine Stimme zu seiner Linken und Micha blickte in ein übergroßes, wohlgestaltetes Gesicht, das dicht vor seinem Körper schwebte. Es war Jesus' Gesicht und es schimmerte körperlos in der ihn umgebenden Luft.

Jesus fügte – abermals mit dem Auge blinzelnd – hinzu: „Ich höre, ich sehe, ich fühle dich jede Himmelssekunde, wie ich es jede Erdensekunde tat. Mache dir keine Sorgen, ich bin immer bei dir!“

Das Lächeln war so bestechend und warm, dass es Micha ganz in sich aufzunehmen schien, bevor es mit einem leichten Sirren davonschwebte.

Micha war baff.

„Hast du das gehört, Alpha?“

Wie gebannt stierte er in die flirrende Luftbewegung vor ihm und tastete vergeblich nach der Pfote seines kleinen Freundes. Wo war Alpha geblieben? Hatte er gesehen, wie Jesus Micha erschienen war?

Doch sein vierbeiniger Begleiter winkte bereits von einer Anhöhe herab und rief:

„Komm schon! Die Wohnung, die Jesus für dich bereitet hat, wartet auf dich!“

Zweifel

Er schlurfte die Straße entlang und trat unmotiviert gegen einen Stein.

„Sie hat ihn umgebracht! Sie hätte aufpassen sollen“, dröhnte es in seinem Kopf. „Warum hatte sie nicht aufgepasst?“

Er schüttelte seinen Kopf und mit ihm den ungeliebten Satz fort. Immer und immer wieder drang er in sein Bewusstsein und vergiftete jeden klaren Gedanken. Er hasste es. Er wollte nicht so denken und tat es doch immer wieder.

Der Stein klapperte auf dem Asphalt und lag nun einen Schritt zu weit rechts. Der Mann ließ ihn liegen und lief weiter.

Die Straße verjüngte sich. Es war eine lange Straße, die nur geradeaus führte. Man konnte von hier aus nicht erkennen, was am Ende kam. Der Mann blinzelte mit den Augen, aber die Dunkelheit versagte ihm den genauen Blick. War es ein Haus? Oder ein Baum? Das Schwarz schien unendlich zu sein.

Schritt für Schritt suchte er weiter seinen Weg. Er entschied sich, nur auf die Straße und ihre Oberfläche zu schauen, nicht zu weit voraus. Das Ziel war einfach zu weit weg!

In einer Pfütze blitzte der Mond. Er sah ihn nicht. Auch nicht seine Schönheit, seine Weiße.

Was suchte er hier nur?

„Keine Ahnung!“, dröhnte es in seinem Schädel. „Keine Ahnung!“

Aber dann stieg sie in ihm hoch, die Ahnung, und presste sich aus seinen Augenwinkeln nach draußen. Es musste wohl der Wind sein, der so scharf zog und ihm die Tränen aus der Drüse quetschte. Bestimmt der Wind!

Und dann auch noch diese Entscheidung! Warum auch das noch? Es war doch ohnehin schon alles klar! Es war gelaufen mit seinem Sohn!

Ein neuer Stein wurde gefunden und mit Wucht gegen eine Häuserwand getreten.

„Verdammt!“, dachte er, während das Nass seine Wangen herunterfetzte.

„Verdammt noch mal!“

Lied 2: Vergeben – verzeihen

Himmlische Wohnung

„Darf man im Himmel fluchen?“, fragte Micha seinen Freund Alpha, als sie so vor sich hin liefen.

„Wie kommst du ausgerechnet jetzt, wo dir gerade Jesus begegnet ist, auf diese Frage?“

„Das hat mit Jesus nichts zu tun! Aber das sagte mein Vater immer und irgendwie musste ich gerade an ihn denken. Papa meinte: ‚Wer flucht, kommt nicht in den Himmel!‘ Ich wusste aber nie, ob er es ernst damit meinte.“

Micha und Alpha erreichten eine neue Landschaft, in der eine hübsche Kleinstadt mit vielen kleinen Häusern lag, deren reedgedeckte Dächer in der Sonne strahlten.

„Tatsache ist, dass dein Vater nie hier war. Woher sollte er es also genau wissen?“, antwortete der kleine Hase. „Was glaubst du selbst denn?“

„Keine Ahnung.“

Micha zuckte mit den Schultern. Dann schmunzelte er: „Darf ich gucken, was passiert?“

„Du meinst, wenn du ordentlich fluchst, kommst du zurück auf die Erde?“

„Vielleicht. Darf ich?“

„Na, klar doch! Leg los!“

Micha stellte sich auf einen niedrigen, nahe gelegenen Hügel und gluckste vergnügt. Dieser Hase machte ja wirklich jeden Spaß mit! Micha holte tief Luft und schmetterte lauthals in die Umgebung:

„Verflixte Kiste!“, und etwas leiser: „Das sagte meine Mama immer …“

Micha sah sich skeptisch um. Nichts war passiert, außer dass sich sein Himmelsfreund vor Lachen kaum halten konnte.

„Das war wohl nichts! Das war aber auch ein sehr sonderbarer Spruch“, kicherte Alpha.

„Nö, tatsächlich ... Ich glaube, ich muss noch schlimmer fluchen!“

Dann saugte Micha erneut frische Himmelsluft in die Lungenflügel, dachte an die Wutausbrüche seines Opas, wenn ihm etwas misslang, und brüllte: „Himmel, Arsch und Zwirn!“

Alpha lag am Boden. „Na, du hast ja was drauf! Damit lockst du keinen Schutzengel oder himmlischen Wind hinterm Ofen hervor, der dich in die irdische Welt zurückkatapultiert.“

Micha stieg vom Hügel herab und fragte: „Nun mal im Ernst. Könnte ich zurück, wenn ich wollte?“

„Die Frage ist, ob du willst“, antwortete Alpha, nachdem er sich gefangen hatte.

Micha überlegte. Wollte er? Eigentlich hatte er alles hier, was er liebte. Die vielen schönen Erinnerungen an Daheim, die Gerüche und Klänge seines glücklichen Lebens, das positive Gefühl, das ihn umhüllte und trug und ihn ständig fröhlich machte. Er spürte, dass es stimmte, was Alpha gesagt hatte, dass es im Himmel keine negativen Gefühle gab und damit keine beißende und schmerzende Sehnsucht.

Nur eine unbändige Freude, ein Jubilieren über den Augenblick, ein Jubelschrei über das Dasein an sich – in welcher Form auch immer man vorhanden sein sollte – und eine Vorfreude auf die Liebsten, die irgendwann schon kommen würden. Ja, Micha entzückte sich an der Aussicht auf seine Familie und Freunde und es mischte sich keine Wehmut in dieses Gefühl, kein unbefriedigtes Verlangen. Er war nicht ungeduldig, denn der Himmel hatte ihm Gelassenheit und Ruhe geschenkt.

„Wenn man es mit der Ewigkeit zu tun hat, wird man cooler, stimmt's?“, fragte Micha.

„Stimmt!“

„Ich glaube, dann möchte ich nicht zurück.“

Alpha lächelte ihn an. Diese Antwort schien ihn zufriedenzustellen.

„Ist das nicht sonderbar? Ich bin doch erst zehn und alle Zehnjährigen wollen doch wohl mal zurück zu ihrer Familie, oder?“

„Vielleicht im Ferienlager, aber nicht im Himmel! Deine Familie, die dir fehlen sollte, kommt irgendwann zu dir. Diese Gewissheit macht dich froh“, antwortete Alpha.

„Wie kann ich sicher wissen, dass sie alle hierherkommen? Es könnte doch sein, dass einer von ihnen so viele Sünden begeht, dass er keine Chance auf eine Aufnahme hat.“

Micha machte sich sichtlich Gedanken.

„Das ist ein anderes Thema“, beschwichtigte Alpha ihn. „Ich zeige dir noch den Ort der Vergebung. Aber erst später, denn jetzt wir sind angekommen!“

„Wo?“, fragte Micha, der gar nicht registriert hatte, dass sie in der Zwischenzeit in das kleine Dörfchen hinabgestiegen waren und nun vor der Tür eines liebevollen Ziegelbaus mit runden Fenstern anhielten.

„Bei deiner Wohnung! Hier wohnst du, wenn du magst. Wenn nicht, werden wir dir das Haus anders gestalten“, sagte Alpha.

Anders? Es war wunderbar! Einst hatte Micha einen Roman gelesen und in diesem Buch kam ein Fantasy-Volk vor, das in großer Harmonie und Eintracht in einer idyllischen Landschaft in kleinen Häusern hauste – gleich dem, vor dem Micha nun stand. Immer hatte Micha diese Behausungen geliebt, sie sich im Film oftmals angeschaut. Und nun hatte er ein eigenes Haus in dieser Art. Wie konnte das sein? Erfüllte der Himmel einem jeden kleinen Jungen seine Träumereien?

Eigentlich war die Räumlichkeit ein wenig kleiner als Micha groß war, aber dennoch groß genug, um Micha und seinen kleinen Freund mit offenen Armen zu empfangen. Die Tür öffnete sich wie von selbst.

Freunde fürs Leben - und Totsein

Nachdem Laurina Janardan aufgeklärt hatte, beschlossen beide, sofort Josef zu informieren. Janardan ließ sich sogar darauf ein, seine Pflanzen erst später – nach der Himmelssitzung des Jüngsten Gerichts, die im Anschluss an seinen Dienst geplant war – zu versorgen. Und das wollte etwas heißen! Im Normalfall war ihm jedes seiner Kräutchen heilig. Sie setzten direkt die Teleporterfunktion ihrer Bestellkammer in Aktion und klingelten Josef an, um zu ihm kommen zu können. Sie wussten, dass es für Josef wichtig sein könnte, dass ER jetzt im Himmel angekommen war, und so wollten sie ihn persönlich davon unterrichten.

„Ja?", brummte Josef am anderen Ende der Leitung.

„Wir sind's, Laurina und Janardan!
Wenn du uns lässt, kommen wir bald bei dir an!"

„Hab viel zu tun, lieber später!", servierte Josef seine Freunde ab. Er hatte einfach keine Lust. Erst Stimmulus und dann die beiden. Er wusste sowieso, was sie wollten. Aber was sollte er schon ausrichten, dieser Junge? Er allein sollte die gesamte Last der Verantwortung tragen? Das ging doch nie gut! Also würde er scheitern und alles würde beim Alten bleiben. Was sollte er sich damit belasten?

„Der Stuhl muss heute noch fertig werden!", setzte er fort.

„Das sagst du immer
und nachher wird alles nur schlimmer!", pfefferte Laurina in den Apparat.

„Nix da, wir kommen jetzt. Haste Freunde hier im Himmel,
musst' erst blau sein wie der Schimmel,
bevor wir dich in Ruhe lassen!
Dann sortier' schon mal die Tassen!"

Josef rollte die Augen. Manchmal fiel es ihm wirklich schwer, über

Laurinas Reim-dich-oder-ich-fress'-dich-Verse zu lachen. Er wollte seine Ruhe haben, was war daran so schwer verständlich?

„Nein, danke!", antwortete er unwirsch und hängte den Hörer auf. Sie würden ihn doch nur von seiner Arbeit abhalten!

„Hast du das gehört?

Ich bin empört!", rief Laurina aus und starrte Janardan ungläubig an.

„Dieser bärbeißige Brummelkopf,
den werf' ich noch in einen Topf
mit Harmonie und Wohlergehen,
dann wird er sein Verhalten sehen!
So geht's nichts weiter, zu keiner Zeit,
wir sind hier schließlich in der Ewigkeit!!"

Janardan registrierte Laurinas Reime gar nicht, so gewöhnt war er an sie. Viel zu sehr beschäftigten ihn seine Überlegungen: Wenn der Teleporter nicht ebenfalls von Josef aktiviert wurde, konnten sie nicht ohne Weiteres zu ihm gelangen. Eine Übermittlung würde viel länger dauern. Sie konnten natürlich über ‚die Landschaften' gehen – so nannten sie die von Micha als Lasagne-Biotop-Sammlung bezeichnete himmlische Sphäre – , um zu ihm zu kommen. Das nahm nur mehr Himmelszeit in Anspruch.

Besser war es sicherlich, den Teppich und den Highway zu nehmen.

Als gebürtiger Inder und Hindu hatte sich Janardan im Himmel den 1001-Nacht-Traum eines fliegenden Teppichs erbeten und Gott hatte nichts dagegen gehabt. So schwirrte er zwischen den vielen anderen Himmelsgefährten auf der Himmelsschnellstraße in Windeseile zu jeder Himmelswohnung, zu der er wollte. Dabei schauten ihn viele Himmelsbewohner erstaunt an, denn Janardan pflegte, einen alten Motorradrockerhelm mit dem Logo einer kahl rasierten, verwirrt dreinblickenden Hyäne auf einem Vierradantrieb zu tragen.

Das sah lustig aus, wie er den Helm über den Turban quetschte, dass die Binden nur so seitlich hervorlugten, um im Schneidersitz und gleichzeitigem Turbospeed dahinzudüsen!

Allmählich war er dafür bekannt. Es verstand nur niemand, wozu ihm der Helm nutzen sollte, denn im Himmel konnte sich niemand verletzen. Gestorben war man doch ohnehin schon!

Aber hier kam es nicht mehr auf Ursache und Wirkung, auf zwanghafte Logik oder auf Verhaltensgepflogenheiten an, und so war alles erlaubt, was gefiel. Es gab andere Regeln, die viel mehr zählten, und das waren die der Liebe und Toleranz, der Freiheit und der Rücksicht – und der erfüllten Träume, solange niemand sonst Schaden davon nahm und nicht durch einen anderen in seiner Entfaltung eingeschränkt wurde. Aber von Einschränkungen konnte im Himmel keine Rede sein, er war ja unendlich! Und damit unendlich kreativ, unendlich vielschichtig gestaltet, unendlich reich an himmlischen Reichtümern und unendlich gütig!

Doch all die Güte konnte Laurina momentan nicht milder stimmen. Sie musste sich heute aber häufig aufregen!

„Die Probleme hören wohl gar nicht auf!
Auf dieses Ding, da soll ich drauf?
Du weißt doch, davon krieg ich auf die Schnelle
jede Menge Schwindelanfälle!
Niemals mehr setze ich mich dorthin!
Es war für mich noch nie ein Gewinn!
Wovon du weißt, dass du es wirst hassen,
solltest du lieber die Finger lassen!"

„Du musst nicht, du kannst auch hierrr bleiben!", antwortete Janardan seiner aufgebrachten Freundin mit einer fast beleidigenden Gleichgültigkeit.

„Ich fliege jedenfalls mit dem Teppich zum Highway, dann sind wirrr schnellerrr. Außerrrdem will ich noch etwas errrledigen, bevorrr wirrr den Brrrummelkopf mal ein wenig aufrrrütteln", fuhr Janardan fort, dessen Kopf bereits in seinem unaufgeräumten Wandschrank verschwunden war, um den Hyänenhelm zu suchen und ein paar Kräutlein und etwas Wegeproviant in einen Beutel zu stopfen.

„Was sind deine Pläne?

Noch was anderes als Josef und seine Sägespäne?"

Es war gut, dass Laurina sein breites Grinsen nicht erkennen konnte. So war sie, seine Freundin. Sie machte um alles ein Mordstheater, um dann schließlich lammfromm einzulenken.

Dazu war sie viel zu neugierig! Wetten?

Himmlische Ausstattung

Als Micha eintrat, staunte er nicht schlecht. In diesem Haus türmte sich alles auf, was den Jungen im Laufe seines Lebens beeindruckt hatte. Dabei herrschte eine so gemütliche Unordnung, dass Micha sich sofort heimisch fühlte. An den Wänden klebten lauter Karten von Michas liebstem deutschen Fußballteam. Die Spieler in lebensgroßer Fotografieausgabe sowie die Eintrittskarten der wichtigsten Spiele, die Micha nur im Fernsehen verfolgen konnte, aber nie persönlich besuchen durfte! Seine Eltern hatten keinen Sinn dafür gehabt und seinen Lieblingstorwart fanden sie doof. Dabei war er doch der weltbeste Torwart! Das hatten seine Eltern nie begriffen!

Und nun besaß Micha sämtliche abgestempelte und ungeheuer wertvolle Eintrittskarten! Unglaublich!

Auf dem Boden türmten sich die Kuscheltiere, die Micha als kleines Kind mit ins Bett genommen hatte, seine alte Ritterburg, aber in einer Erweiterung, für die seine Eltern kein Geld gehabt hatten: der große Ziehbrunnen, den er schon so lange so mochte, und alle Sorten Ritter! Weiterhin sah er eine riesige Modelleisenbahn im Nebenzimmer, die den ganzen Raum ausfüllte. Micha freute sich.

An der Wand stand sein Bett mit seiner Lieblingsbettwäsche und einer neuen Matratze und an der gegenüberliegenden Mauer waren in übergroßen Regalen jede Menge Experimentierkästen aufgestellt, denn

Micha liebte es, Frösche und Kaulquappen zu beobachten oder Dinge aus der Natur zu mikroskopieren. Er sah, dass in verschiedenen Einmachgläsern absonderliche Wesen und unbekannte Tiere tanzten, die ihm munter zuwinkten. Wie freute er sich darauf, all das zu erforschen!

„Was ist das?“, fragte er Alpha, als er den großen Automaten in der Ecke ausmachte, der aussah wie die ungemütlichen Fotoselbstauslöser in irdischen Bahnhöfen.

„Deine Essstation. Es gibt keine Küche, die man anschließend aufräumen müsste, sondern nur eine Bestellkammer.“

„Eine Bestellkammer?“

„Genau! Du darfst dir wünschen, was auch immer du willst, und es wird dir geschickt. Dann verzehrst du es und stellst den Teller zurück auf den Wutsch und schon verschwindet er. Kein dreckiges Geschirr, kein Abtrocknen!“

„Wie praktisch!“, trällerte Micha, der zu Hause das Abtrocknen gehasst hatte. Warum kam nur so viel Geschirr zusammen, wenn vier Leute aßen? Und warum stellte seine Mama so selten die Geschirrspülmaschine an?

Micha lief zur Bestellkammer, zog den Vorhang zur Seite und trat ein. Viele bunte Knöpfe und Hebel blitzten ihm entgegen. Er drückte auf einen gelben Knopf und eine Klappe öffnete sich. Eine fingergroße, dicke Frau im gelben Overall flitzte heraus und schmetterte pflichtbewusst: „Wi-wa-wutsch, schon ist das Essen futsch!“

Dann schaute sie sich verwirrt um, suchte unter und neben der Klappe nach dem nicht vorhandenen Teller und verschwand – Kopf schüttelnd – ebenso schnell, wie sie gekommen war, in der Klappe.

Langsam wunderte sich Micha nicht mehr.

„Also gut: ein gelbes Wutsch-Figürchen. Schön, schön. Ich esse also im Himmel auch? Ich dachte, das müsste man nur auf der Erde!“

„Gute Frage, Micha! Eigentlich brauchst du nicht zu essen, denn dein Körper ist nicht aus Fleisch und Blut, sondern besteht nur aus Seele. Aber auch Seelen brauchen ab und an etwas … naja – ‚Futter‘.“

„Wirst du noch genauer?“, fragte Micha beinahe gewohnheitsmäßig.

„Klar! Sieh doch mal, was ich die ganze Zeit esse!", antwortete Alpha.

„Was ist das?"

„Das sind Gebete, die an mich gerichtet sind."

„Aha. Du kriegst Gebete und isst sie auf? Das ist aber komisch! Warum betet man denn zu dir?", fragte Micha und zog die Nase kraus. Was für ein sonderbarer Geselle dieses Häschen war!

„Ja, warum nicht?"

„Also, ich habe noch nie zu einem Himmelskaninchen gebetet! Ich wusste ja gar nicht, dass es dich überhaupt gibt! Und warum sollte ich dann zu dir beten? Ich habe immer nur zum lieben Gott gesprochen!"

„Du glaubst nicht, wie viel hier oben bei mir ankommt!", sinnierte Alpha weiter, ohne auf Michas Einwand einzugehen. „Stoßgebete, geniale Gedanken, flehende Bitten, seidige Danksagungen!"

„Und die isst du also auf, diese Möhrengebete?", fragte Micha etwas angewidert mit einem Blick auf eine weitere blaue Möhre mit geriffelter Oberfläche, die Alpha in die Hand nahm, um seine Hasenzähne hemmungslos hineinzuhauen.

Micha schüttelte den Kopf.

„Ja!", antwortete Alpha. „Oder sagen wir besser: ich verarbeite die Gebete auf meine Weise."

Er knabberte weiter und schien sich wegen seines vollen Mundes nicht von weiteren Erklärungen abhalten zu lassen.

„Und wenn du möchtest, mmhhmjam, kannst du dir hier auch dein Seelenfutter bestellen! Es gibt schmeichelnde Komplimente, mmhhmjam, wunderbare, volle Gedanken, kluge Einfälle oder Erinnerungen, die andere an dich hatten … Und alles in einer Konsistenz, die du gerne hast. Wie wäre es mit Pizza oder Pasta? Mjamjam! Das Essen schmeckt einfach wunderbar!"

Dann stiefelte Alpha weiter und wies auf eine andere Apparatur in dem Behältnis. „Aber erst einmal muss ich dir beibringen, was diese Maschine noch so alles kann. Zunächst kannst du damit auch – wie heißt das doch gleich auf der Erde? – telefonieren."

Alpha freute sich mit kindlichem Stolz. Die Erdenvokabeln waren ihm durchaus geläufig!

„Hier! Der goldene Hebel verbindet dich mit einem anderen, sobald du ihn am Schaft berührst. Aber pass auf, du darfst nicht an die Spitze geraten! Das mag er nicht."

„Und wen kann ich anrufen?", fragte Micha neugierig. „Meine Mama?"

„Nein, die Lebendigen auf der Erde gerade nicht, aber jeden anderen, der hier oben im Himmel ist. Und du kannst ihn, wenn der andere einverstanden ist, per Teleporter zu dir bestellen, wenn er nicht zu weit weg ist, und ihr könnt Aug in Aug miteinander sprechen oder etwas unternehmen. Dazu musst du den goldenen Hebel drehen und an die Person denken, die du treffen möchtest. Sollte sie zu weit weg sein oder ihren Apparat nicht aktiviert haben, musst du über den Himmelshighway fahren."

„Cool", fuhr es Micha beeindruckt heraus. Dieser Himmel schien ja richtig Spaß zu machen!

„Und an der Rückseite der Box", fuhr Alpha fort, „gibt es eine Art Fernrohr. Hier kannst du einen Blick zur Erde wagen, sobald dir danach ist. Mit dieser Erfindung kannst du alle beobachten, die du liebtest und – was das Tolle ist – zu allen Zeiten, die jemals gewesen sind."

„Langsam, langsam", japste Micha. Die vielen Informationen überforderten ihn sichtlich. „Was sehe ich jetzt genau?"

„Du siehst die guten Dinge, die den von dir geliebten Menschen widerfahren. Nicht das Schlechte, das sie erleben oder eventuell auch anderen zukommen lassen. Und du siehst, wenn sie sich an dich erinnern und dir in Liebe zugetan sind."

„Aha. Ich sehe, wenn sie an mich denken?"

„Ja. Und wenn sie dich lieben." Dabei stiegen Alpha erneut Tränen in die Augen. Das Thema Liebe schien ihn immer besonders zu berühren. Ein sonderlicher, kleiner Geselle, dieser Himmelshase!

„Die guten Momente eines jeden Erdenlebens", fuhr Alpha fort, „die von Liebe oder Gottvertrauen geprägt sind, werden hier im Himmel gespeichert und können von uns abgerufen werden. Dabei können wir auch Dinge sehen, die schon lange, lange vorbei sind. Ich sagte dir ja bereits, dass wir hier oben eine andere Zeitrechnung haben. Alles, was an Liebe einmal auf der Erde erlebt und gelebt wurde, bleibt für immer bei uns. Auf diese Weise ist kein Mensch, der jemals geliebt hat, vergessen. Kein Moment, in dem die Liebe der Motor des Handelns war, ist verloren. Kein guter Gedanke, der je von Liebe erfüllt war, ist für immer vergangen. Nein, er bereichert uns alle bis in die Unendlichkeit hinein."

Was für eine Information! Die musste Micha erst einmal verdauen. Schließlich flüsterte er nachdenklich: „Das finde ich aber tröstlich! Das gefällt mir!"

„Danke", schmunzelte Alpha geschmeichelt. Er schien sich mit dem Himmel voll und ganz zu identifizieren.

Was sonst noch mit der Erdenliebe passierte, wollte er seinem Freund lieber später erzählen. Er erwähnte besser erstmal nur, dass die Filme über die menschliche Liebe abgerufen werden konnten, von den Liebesblasen und der Engelsnahrung sagte er noch kein Wort.

Den Jungen nur nicht zu früh verunsichern!

Dann sprach er ermunternd: „Sieh durch das Fernrohr und du wirst bestimmt etwas Interessantes beobachten können!"

Skeptisch bewegte sich Micha auf das lange alufarbene Rohr zu. Was würde ihn erwarten, wenn er einen Blick auf die Erde warf? Er schaute Alpha zögerlich an, doch dieser zwinkerte ihm aufmunternd mit einem Auge zu: „Na, mach schon, Micha! Keiner beißt dich!"

Inspiration

Sie saß am Computer und ihre Arme schmerzten von der langen Tipperei. Oft hatte sie den Text nicht ändern müssen. Er schien nur so aus ihr herauszuströmen – genau wie ihre Tränen. Sie war so voll von überschwänglichem Gefühl, dass sie kaum so schnell schreiben konnte, wie ihre Gedanken dahinflogen.

Sie legte die Hände auf den gewölbten Bauch unter ihrer Brust. Bewegte sich etwas? Bestimmt! Dieser kleine Racker hatte so viel Energie! Zufrieden lehnte sie sich in den Stuhl zurück und holte tief Luft. So konnte er bleiben, der Text. Noch einmal las sie das Ergebnis ihrer Arbeit:

Es fällt so leicht

Es werden Zeiten kommen, Zeiten, von denen wir jetzt noch keine Ahnung haben!

Du bist noch in meinem Bauch. Ich spüre dein Gewicht und habe darunter zu kämpfen. Doch es ist in Ordnung, denn ich freue mich auf dich! Wenn du dich bewegst, bebt der ganze Körper.

Ich kenne dein Gesicht noch nicht. Ich weiß nicht, was für ein Mensch du werden wirst, wo deine Schwächen und Stärken liegen werden. Und all das ist zwar für die nächsten Jahre spannend, aber in diesem Moment unglaublich unbedeutend, denn es zählt nur eines, dass ich dich annehmen werde, wie auch immer du bist.

Das verspreche ich dir. Denn nichts fällt mir leichter als dir zu sagen, dass ich dich immer lieben werde. Es wird viel passieren in der nächsten Zeit, in den nächsten Jahren. Und ich freue mich darauf …

Du wirst nach der Brust suchen, hektisch mit dem Kopf hin und her fahren.

Du wirst zum ersten Mal „Papa" sagen und die zwei, die du mal deine Eltern nennen wirst, werden sich erfreut ansehen. Mit Glanz und Stolz in den Augen.

Ja – es fällt so leicht: Wir werden dich immer lieben!

Du wirst krabbeln und deinen kleinen Windelpopo vor uns herschieben, zwischen drei Zahnlücken zu uns aufsehen, mit einem beharrlichen, frechen Grinsen nach Süßem verlangen. Du wirst nerven und fernsehen wollen, dich vor Wut auf den Boden werfen und mich „Blöde Mama!" nennen. Du wirst lieb zu Jüngeren sein und anderen Kindern etwas nicht gönnen und sie im nächsten Moment anstrahlen. Du wirst mit deinen kleinen Beinchen über den Flur laufen, schnell und zielsicher, und die Pantoffeln verweigern. Du wirst mich voller Wut ablehnen und genauso heftig drücken und sagen: „Mama, lieb hab'n!"

Ja – es fällt so leicht: Ich werde dich immer lieben!

Du wirst allein den Gang in den Kindergarten hineinlaufen und ich werde dir hinterhersehen. Es wird mir komisch werden, wenn die Tränen ihren Weg nach draußen suchen. Ich werde mich umdrehen und gehen und wissen, dass es so sein muss. Ich werde nach Hause gehen und Kartoffeln schälen. Weil das besser so ist.

Ja – es fällt so leicht: Ich werde dich immer lieben!

Ich werde krank sein und du wirst versuchen, mir aufzuhelfen. Du wirst fragen, was ich habe und ich werde merken, dass du kennenlernst, was Sorge ist. Ich werde den Knopf an deiner Hose annähen und dir beim Singen zuhören. „Gut, gemacht! Noch einmal bitte!" Ich werde es wieder spüren, wie so oft: dieses Glück, dieses erfüllende Gefühl, das sich Leben nennt. Es wird so kommen und es wird gut sein, was auch immer komme. Denn wir gehören zusammen, auf unsere ganz eigene Weise.

Ja – es fällt so leicht: Ich werde dich immer lieben!

Ich werde sagen: Er ist schon so groß und doch bist du unser kleiner Junge. Feste Instanz im Herzen. Auch wenn die ersten Auseinandersetzungen in der Pubertät kommen und wir uns streiten, obwohl ich es nicht will. „Du verstehst gar nichts!" Nein, vielleicht nicht, aber ...

... ich werde dich immer lieben!

Dann wird es da sein, das erste Mädchen, das du berührst. Wir werden darüber streiten, was und wie viel so drin ist. Trinken, rausgehen, spät werden lassen. Wir werden dich bewahren wollen vor dem, was wir auch gemacht haben und bei dem wir uns ebenfalls schon erwachsen genug fühlten. So erwachsen, wie du jetzt bist. Wie werden wir wie und wann reagieren? Es wird vielleicht vieles richtig werden, aber wahrscheinlich auch so einiges falsch.

Wir werden uns wünschen, dass du es auch irgendwann erlebst, das Elternsein, das Fehlerbegehen, dass du reflektierst, Fehler relativierst. Vergebung. Manchmal ist dann alles egal und alles gut. Was bleibt ist eines:

Es fällt noch immer leicht: Wir werden dich immer lieben!

Du wirst mit uns diskutieren. Es wird tief werden, wir werden spüren, dass wir etwas miteinander anfangen können. Du wirst einmal auf mich hören, es wird mich froh machen, dass ich wichtig bin für dich. So wie du für mich. Ich hoffe, ich werde dir einen Satz sagen können, der dir hilft. Dadurch hilfst du mir. Ich brauche dich.

Es bleibt dabei: Ich werde dich immer lieben!

Ich werde tot sein und du hoffentlich noch leben. Es wird eine Geste an dir geben oder einen Lebensgrundsatz, die bzw. der jeden an deine Mutter denken lässt. Das wird mich stolz machen, wenn ich in Gedanken neben dir stehe. Dass du ganz viel DU bist und vielleicht auch ein kleines bisschen ICH. Ich werde weiterleben in dir und in dem Gefühl der Gewissheit, das du in dir trägst. Die Gewissheit, die dir sagt:

Sie wird mich immer lieben!

Und es wird so leichtfallen!

Sie stand auf und holte sich ein neues Taschentuch. Dabei schmerzte der Rücken wieder so unerträglich wie bei jeder Bewegung, die einen Stellungswechsel ankündigte. Nicht mehr lange, durchhalten!

Aber das Durchhalten fiel ihr heute Abend leichter als an anderen Tagen. Es war eine jener ganz besonderen Stunden, das wusste sie. Die Stunden, die sich nicht nur in das Gedächtnis, sondern auch in das Herz schrieben. Sie räkelte sich und schlurfte langsam Richtung Wohnzimmer, um ihren Mann teilhaben zu lassen. In ihrer Hand klebte das gefaltete Blatt Papier an verschwitzten Händen.

„Danke!“, sagte sie noch in Gedanken, bevor sie die Türklinke ergriff.

„Danke!“

Vor langer Zeit

„Was war das?“, fragte Micha und schluckte.

„Du hast sie doch erkannt?“ Alpha schaute ihn skeptisch an. Wie in Trance saß der kleine Junge vor ihm und war sichtlich geschafft.

„Sie schreibt über mich?“, fragte dieser schließlich.

„Sie schrieb über dich!“, antwortete Alpha. „Diese Szene ist genau zehn Jahre und sieben Monate her. Sie ist für den Himmel gespeichert, weil sie so unendlich viel Liebe für dich empfunden hatte. Davon zehren wir hier sehr lange.“

„Ich kenne den Text nicht“, flüsterte er – nach Luft ringend.

„Sie wollte ihn dir später einmal zeigen. Sie wusste nicht, dass du bereits vor dem ‚später‘ sterben würdest“, erklärte Alpha. „Die meisten Menschen glauben, sie haben noch viel Zeit und verschieben das Wichtige auf später. Dabei geht viel Gutes und Liebevolles verloren.“

Micha atmete tief durch. Dann flüsterte er wiederum: „Mama! Sie wollte nicht, dass ich vor ihr sterbe … Sie hat es sich anders vorgestellt.“ Er blickte auf den Boden und hielt sich den Bauch: „Mir wird so komisch.“

Alpha sah, dass Micha weinte und erschrak. Im Himmel wurde nicht geweint! Was war das für ein Junge?

Micha japste: „Sie tut mir so leid!“, und sank kraftlos zu Boden.

„Mama, verzeih mir, dass ich dich nicht überlebt habe! Verzeih mir!“, nun bebte die Stimme vor bitterlicher Niedergeschlagenheit.

Wie zu Beginn ihrer Begegnung schien er von der Erinnerung an seine Eltern deprimiert zu werden. Im Aufwachraum war eine solche Reaktion relativ normal, weil der Himmel noch nicht mit seiner positiven Energie auf die Neuankömmlinge einwirkte. Aber Micha hatte nun schon einige Stationen des himmlischen Lebens kennengelernt. Eigentlich dürfte das nicht mehr passieren, denn die Himmelsfreude wirkte auch auf nichtadaptierte Körper Kraft spendend. Alpha machte sich Sorgen. Dieser Junge schien über eine Sensitivität zu verfügen, die außergewöhnlich selten vorkam. Kein Wunder, dass er der Erwählte war!

„Micha, wir müssen schleunigst los zum Raum der Gestaltung."

„Ich mag nicht. Kann ich mich erst einmal ausruhen?" Micha gähnte und ließ kraftlos den Kopf hängen.

„Bitte – folge mir! Es ist nicht weit!", munterte Alpha ihn auf.

Das kleine Kaninchen half mit erstaunlichen Kräften dem geschwächten Erdenjungen auf und stützte ihn, obwohl es doch viel kleiner war! Gemeinsam schleppten sie sich zu einer Innentür, die neben dem Fenster lag. Sie war unscheinbar und aus braunem Holz gestaltet, wie alle anderen Türen dieser Wohnung, und Micha hätte eine Toilette oder einen Schuhraum dahinter vermutet.

„Da sind wir!", verkündete Alpha.

„Was denn? Wo denn?", Micha verstand nicht.

„Am Raum der Gestaltung!"

Kalypsen

„Wie schleichen wir uns herein?“, fragte schließlich die zurückgekommene Kalypse. Mit ihrem fettgewichtigen Schwarz schwängerte Esiema jeden Umriss ins Formlose, während die Worte aus ihr herausglommen wie tötende Glimmstängel das trockene Sommerdickicht befleckten, um es in aggressiver Entzündung zu zerstören. Sie waberte – von ihrem Mut erzitternd – auf und ab und zerfleischte währenddessen eine schleimige, aus ihrem Innern tropfende Formlosigkeit zwischen ihren Lefzen.

Dort, wo man etwas Kopfartiges wähnte, war dichter Nebel aus Ekel. Der Körper hatte seine Bezeichnung nicht verdient und verschlang sich beidseitig in haltlosem Sabber aus schwärzestem Brei.

Die Meute starrte die Mutige an, in Erwartung auf ein weiteres grausames Schauspiel, das ihnen nicht nur schaurige Freude und Zeitvertreib, sondern Nahrung und Vorbild sein würde.

Olobaid hatte mit unwilligem Knurren die Unterbrechung seines Monologes, der ihn auch nicht weitergebracht hatte, registriert. Noch immer hätte er in der dunkelsten, prachtvollsten Ecke der Apokryphe getrohnt und seinen Unwillen über sein Kriechvolk gedroschen, wenn die Frage nicht doch seiner Intention gedient und die Planungen vorangetrieben hätte.

„Ja, wie?“, donnerte er machtverliebt von oben herab und der schwarze Tornado seiner Nebelgestalt schlug beängstigende Rauchfäuste in alle Richtungen. Unterdessen zogen seine Untertanen in angstvoller Ergebenheit und sich an seiner Abscheu ergötzender Bewunderung die Köpfe ein, während die dröhnenden Stimmen der Leidenden allgegenwärtig aus dem Nebelgewand des Schrecklichen hervorpieksten. Sie waren es, die ihn so abscheulich machten, die ihm die Macht gaben, an der er selbst sich kaum genug laben konnte – selbstgefällig wie er war! Spitz und grausam, gequält übers Menschenmögliche hinaus, erklangen die Gestraften aus seiner Mitte und verliehen dem Bösen ein fratzenhaftes Gesicht.

„Über beide Kanäle", beantwortete die fette Kalypse ihre eigene Frage, von todesmutiger Euphorie gestärkt. Den ersten Satz hatte sie überlebt, so musste es doch auch weitergehen!

„Die Erde haben wir schon beinahe erobert! Jetzt ist auch der Himmel dran!"

Der Raum der Gestaltung

Als sich die Tür öffnete, wurde es Micha noch schwindeliger. Der Raum hinter der normalen Eichentür war gigantisch groß und besaß eine maßlose Höhe. Ähnlich einer Kirche strahlte er eine große Feierlichkeit und trotz aller Riesenhaftigkeit eine muckelige Behaglichkeit und Anziehungskraft aus. Dabei erstreckte er sich über mehrere Fußballfelder, was dem kleinen Jungen aber keine Angst bereitete. Beherzt schlupfte er durch die Tür und fragte sich dabei, wie dieses Zimmer in sein kleines Himmelshaus passen konnte. Aber dann fiel ihm Alphas Tipp ein, sich nicht über himmlische Wunder zu wundern.

„Und was passiert jetzt?“, fragte er Alpha.

„Das, was du möchtest! Hier wirst du für dein Dasein im Himmel gestärkt, hier werden deine Jahre vollendet, die du auf der Erde nicht mehr leben konntest. Es soll alles an dir zur Vollendung gebracht werden, was dich im ureigenen Sinne ausmacht. Wie das allerdings genau aussieht, das darfst du selbst bestimmen! Jeder hat im Himmel so einen Raum!“

Micha schwieg wortlos. Wie immer musste er das Gesagte erst einmal verdauen und sich überlegen, welche von den zehn neuen Fragen, die durch seinen schemenhaften Kopf jagten, er zuerst stellen sollte. Doch Alpha kam ihm zuvor.

„Hier darfst du dir einen himmlischen Körper wünschen. Wie möchtest du im Himmel aussehen? Welche äußeren Eigenschaften möchtest du haben? Was hast du dir auf Erden immer gewünscht und nie bekommen? Muskeln, Schönheit? Du darfst wählen und kannst dein äußeres Erscheinungsbild frei nach deinen Vorstellungen gestalten – und das, sooft du willst!“

Wie er sein wollte? Oft hatte sich Micha auf der Erde gewünscht, vielleicht ein bisschen größer zu sein oder mehr Muskeln zu haben. Er war schon ein bisschen dürr geraten! Vielleicht wäre es auch toll, etwas cooler zu sein oder besser im Sportunterricht. Wenn man schnell laufen oder gut mit dem Ball umgehen konnte, war man bei den Mitschülern beliebt.

Wie Bernd – der konnte alle Sportarten so gut, dass er von den anderen angesehen war und immer als erster in die Mannschaften gewählt wurde. Wie hatte er es immer gehasst, dieses Wählen! Er selbst war Mittelmaß und stöhnte innerlich vor Erleichterung auf, wenn er es endlich in ein Team geschafft hatte. Aber Manuel und Dennis, die blieben immer zurück. Niemand wollte sie haben. Micha kam es immer so vor, als schien er bereits ihren schweren Atem und ihre schwitzigen Hände zu spüren, wenn der Sportlehrer verkündete, dass sie Fußball spielen und sich zum Wählen aufstellen sollten. Wie mussten die beiden das Wählen erst hassen!

Aber wollte er so sein wie Bernd und alles können? Oder wie der Sportlehrer und die Macht haben und sie so unüberlegt zuungunsten der Schwachen missbrauchen?

Micha schob den Gedanken zur Seite, denn Alpha rüttelte an seiner Schulter. Der Junge sah ihn fragend an. Dann wies Alpha ihn mit einem Nicken an, den Kopf zu heben.

Es durchfuhr Micha wie ein Blitz.

Warum hatte er diese mächtige Skulptur nicht gesehen, die vor ihnen im Schneidersitz saß? Sie bestand aus schlichtem, braunem Gestein und hielt den Kopf gesenkt, sodass ihr hübsches Gesicht verborgen blieb. Diese riesige, lehmfarbene Frau mit baumgroßem Ausmaß hatte die Hände direkt vor Micha und Alpha auf dem Boden zu einer geöffneten, drei Meter großen Mulde ineinander gefaltet. Ihre Daumen waren nach außen abgespreizt und schienen Micha zum Eintritt einzuladen. Erst nachdem Alpha ihm zustimmend zugenickt hatte, kletterte Micha über die wohlgestalteten Steinfinger in das Innere der Hände.

Dabei fühlte er sich mit jedem Zentimeter wohler und kraftvoller. Mit jedem einzelnen seiner Schritte wich die Versteinerung aus der Figur und machte einer warmen, weichen Verkörperung Platz. Micha roch die Frau, roch ihre Aura und der Geruch war ihm sonderbar vertraut und behaglich. Langsam schlossen sich die Finger um seinen Körper und wärmten ihn, wobei sie sich vorsichtig erhoben und ihn nach oben bewegten, auf das Gesicht der Frau zu.

Micha spürte eine sonderbare Veränderung in sich. Seine schemenhafte Gestalt manifestierte sich puzzleartig zu einem vollständigen Etwas. Er spürte wieder, dass er war, dass er in jeder Zelle seines Nichtseins existierte, obwohl er zeitgleich alles verlor, was ihn an Himmelsgestalt bislang begleitet hatte.

„Was passiert mit mir?“, fragte er in die Dunkelheit der Mulde hinein, die ihn behaglich umgab. Nichts schien an diesem weichen Fleisch mehr an Steinhände zu erinnern. Micha saß auf den Fingern wie auf einer gemütlichen Couch. Gleichzeitig legte sich eine wärmende Decke über seine Füße, wie er es immer erlebt hatte, wenn er krank und seine Mutter bei ihm geblieben war, um ihn zu pflegen und mit einer Decke und warmem Tee zu verwöhnen.

Micha fühlte sich wohl, nicht mehr und nicht weniger. Und er schöpfte Kraft, Unmengen von Kraft, wie ein zur Vollendung gebrachter glücklicher Lebensmoment die Kraft der Ewigkeit und die Glückseligkeit der Vollkommenheit in sich trägt.

„Du wirst du!“, antwortete plötzlich eine warme Stimme aus den Fingern und es erschien Micha, als breite sich ein gesichtsloses, undefinierbares und zartes Lachen um ihn herum aus. Das überaus milde Lächeln war einzig riesengroß und doch zugleich klein und zahlreich an den verschiedenen Stellen seiner dunklen Handkammer zu finden. Micha fühlte eine Veränderung in der Atmosphäre. Es war die pure Nähe, flüsternd und behaglich, die er zu spüren meinte, ohne dass sie ihn erdrückte oder ihm fremd erschien.

Micha schaute verwundert um sich und fragte: „Wer bist du?“

„Ich bin die Mutter!“, antwortete die Stimme langsam und bedächtig.

„Welche Mutter?“, fragte Micha skeptisch und empfand sich gleichzeitig als etwas forsch, denn er wusste, was sie meinte. Alles in und um ihn erinnerte ihn an die Behaglichkeit, die Micha an der Brust seiner Mutter zu Kleinkindzeiten erlebt hatte, auch wenn Micha keine bewusste Erinnerung mehr an diese Monate besaß. Oder war es eher die Behaglichkeit, die er im warmen Bauch seiner Mutter als Fötus gespürt hatte?

Aber er setzte noch einen drauf:

„Meine Mutter ist nicht hier. Du bist nicht meine Mutter!“

„Und ob deine Mutter hier ist!“, lachte die freundliche Stimme und das Lächeln wurde breiter und amüsierter.

„Im Himmel sind die Mütter den Seelen besonders nah. Du trägst doch deine Mutter in dir, in deinen Erlebnissen, deinen Gerüchen und Geräuschen, deinen Erinnerungen und deinen Träumen, oder nicht?"

„Du siehst aber nicht aus wie meine Mutter!", beharrte Micha.

„Ich bin das Beste aus deiner Mutter und ich bin die Mutter deiner Mutter!"

„Oma? Die sieht auch anders aus! Was geht hier vor sich?", fragte Micha weiter, eine Ahnung in sich tragend. Aber er wollte eine Antwort!

„Ich bin die Mutter der Kinder, die Mutter aller Mütter und Väter, aller Töchter und Söhne. Ich bin das, was eine Mutter zur Mutter macht: die Liebe, die Bindung, die Geborgenheit, die Nähe. Vielleicht bin ich auch die Mutter Jesu, die Gottesmutter Maria."

„Wie kannst du all das gleichzeitig sein?", fragte Micha.

„Wie kann Gott gleichzeitig der Vater, der Sohn und der heilige Geist sein?", fragte die Stimme zurück, aber ohne Micha bloßstellen zu wollen, ohne Häme und eine Spur von Besserwisserei.

„Das weiß ich auch noch nicht", antwortete Micha enttäuscht. „Ich bin bisher nur Jesus begegnet und dem auch nur kurz."

„Ich weiß", sprach die Stimme in sanftem Ton.

„Du weißt auch alles?"

Das Lächeln nickte, soweit gesichtslose Lächeln nicken können. Micha fuhr fort:

„Alpha auch! Dem muss ich vieles gar nicht erklären. Der kennt mich so gut wie kein anderer und es kommt mir so vor, als wäre er schon immer bei mir gewesen."

Bei diesen Worten wurde es Micha ein wenig warm ums Herz. Ja, so war es tatsächlich! Er fühlte sich sicher mit diesem Kaninchen an seiner Seite, das immerfort an einer Karotte knabberte und ernste und heitere Themen mit ihm besprach, das mit ihm lachte und dem ständig die Tränen in die Augen kamen, wenn es um Gefühle ging.

Apropos! Wo war Alpha eigentlich?

Alpha war weg, Micha konnte ihn nicht mehr sehen. Wie denn auch? Die Hände hielten ihn geborgen und sicher in ihrem Inneren.

Kein Blick drang nach außen und doch schien es Micha, als könne er alles sehen, was wichtig war, aber nicht mit seinen Augen, sondern mit seinem Herzen. Und sein Herz zeigte ihm, dass Alpha nicht mehr als Kaninchen neben der Steinfrau stand, aber dennoch bei ihm war.

Jetzt fühlte Micha noch deutlicher, was mit ihm vor sich ging. Er veränderte sich zunehmend, er schöpfte Kräfte aus Nahrungen, deren Existenz er nicht kannte und die er auch nicht verzehren musste, um sie aufzunehmen. Der Prozess ging ganz von allein vonstatten. Seine Äußerlichkeit fiel von ihm ab. Aber nicht nur sein Körper wich ins spurlose Dunkle dahin, auch alles Negative seines Charakters. Alles, was bisher seine Seele beschwert hatte, jede Nacht- und Schattenseite seiner selbst wurde erleuchtet, bekam Sonne und Wohlbehagen und verwandelte sich in etwas Gutes. Jeder Neid, der ihn manchmal überfiel, wenn in der Schule andere so viel besser waren als er – er beherrschte ihn nicht mehr. Jeder Hass, der ihn manchmal angesichts großer Ungerechtigkeiten übermannte – er hatte keine Gewalt mehr über ihn. Jeder Anflug von Egoismus, von waghalsigem Übermut, von Selbstverliebtheit oder Arroganz – all das verschwand im Nichts und hinterließ nichts anderes als Freude, Kraft, Ausgeglichenheit, Toleranz und endlose Liebe.

Er wusste, dass er selbst nun nur noch gut war. Alle schlechten Eigenschaften, jedes negative Gefühl hatte er für immer hinter sich gelassen. Er war nur noch das, was richtig an ihm war und was damit ein Anrecht auf ein immerwährendes Dasein hatte. Er war Micha in seiner Perfektion, mit sehr viel Liebe für andere in sich, mit Kreativität und Musikalität, in konzentrierter und liebenswürdiger Form.

Der kleine Junge besaß keine Augen mehr, zu sehen. Und doch sah er nie deutlicher. Er wusste, dass er sehen konnte – ja, er würde alles Gute in jedem Menschen auf einen Blick erkennen können. Sein Herz sollte ihm dabei helfen. Und das, obgleich er nichts mehr besaß, was es an Äußerlichkeit gab, denn es existierte im Inneren dieser wohligen Hülle aus Händen nur noch eines: Michas Seele – und die war durchsichtig und körperlos und doch funktionsfähiger und vielgestaltiger als jeder Körper es hätte sein können. Micha spürte sich so deutlich, wie er sich selbst noch nie wahrgenommen hatte: grenzenlos, rein, unschuldig und frei. Und überdies so vollkommen vollständig und gebildet! Und was das Großartigste dabei war: Er war auch ohne Körper er selbst geblieben!

„Wie viele Jahre willst du?“, fragte die Stimme sanft.

„Was für Jahre?“

„Nun, Lebensjahre! Die Zeit, die du nicht mehr hattest, weil du schon als Kind verstarbst.“

Micha überlegte.

„Wofür ist das wichtig?“, fragte er.

„Weil sie dir hier geschenkt werden. Alle Lebenserfahrungen und Weisheiten, die du hättest sammeln können, werden dir nun zuteil. Alles, was in deinem Charakter angelegt ist und sich hätte entfalten können durch Ausbildung oder Studium, durch Gespräche und Erfahrungen – all das wird dir hier geschenkt, damit du reich an Wissen werden mögest und dein Charakter Vollendung erfahren kann!“

„Aha ... Nun gut, dann nehme ich den alten Opa! Sagen wir: sechsundachtzig Jahre!“

Die Mutter nickte zufrieden und zwinkerte mit einem Auge. Sogleich durchfuhr es Micha von der Haar- bis zur Fußspitze des großen Zehs in sonderbarer Manier, so als schliefe er ein ...

Er hatte das Gefühl, dass nun tatsächlich jeder nicht gedachte Gedanke, jede Ahnung von Rechtschaffenheit und moralischer Orientierung in durchreflektierter Form zu ihm gehörte und sein Selbstvervollkommnete.

Dass Micha trotz dieses Zustandes künftig im Himmel des Öfteren das Gefühl beschleichen würde, unwissend und unvollkommen zu sein, davon hatte er zu diesem Zeitpunkt noch keine Ahnung! Und das war auch gut so, denn sonst hätte er diesen wunderbaren Moment nicht genießen können ...

Micha lächelte, denn er fühlte sich reich beschenkt und sah sich selbst als alten Mann am Ufer eines Bergflüsschens sitzen und – Steine in das kühle Nass werfend – über sein Leben nachsinnen, das – trotz aller Schwankungen und Schwächen – als gelungen gelten durfte. Zufriedenheit erfüllte ihn und er wurde von besonnener Ruhe und Weisheit durchdrungen, wie nur das Leben und die Abgeklärtheit des Alters sie bieten konnten.

„Wie willst du im Himmel aussehen?“, fragte das Lächeln, nachdem es den kleinen, schlafenden Seelenkörper, der nun schon eine Weile in Kraft spendendem Schlaf verweilt hatte, wachgeküsst hatte.

„Ich?“, fragte Michas Seele verdutzt und rieb sich den nicht vorhandenen Schlaf aus den nicht vorhandenen Augen. „Wie sollte ich schon aussehen?“

„Nun ja, deine Seele ist nun ganz. Deine Erfahrungen vollständig, dein Charakter zu dem, was du bist, vollendet. Aber du brauchst noch einen Himmelskörper! Hast du dir was überlegt?“, hakte die Mutter liebevoll nach.

„Du hast die freie Wahl“, fuhr sie fort. „Möglich ist alles! Ich hatte schon viele Seelen in mir und viele Herzenswünsche. Zum Beispiel wünschte sich erst kürzlich ein Mann, der sein Leben lang blind war, zwei funktionsfähige Augen. Ich habe ihm zehn gegeben, an jeder Ecke seines Körpers ein Paar, weil es ihn so glücklich machte.“

Micha staunte: „So etwas gibt es hier?“

„Natürlich“, versicherte die Mutter der Mütter. „Der Erdenkörper ist nicht mehr wichtig. Du kannst dich in alles verwandeln, was du magst, ob Popstar oder Wunschfigur aus der Zeitschrift einerseits oder ärmlicher Obdachloser andererseits. Dabei spielen menschliche Körper oder irdische Rollen und Wertverhältnisse keine Rolle mehr. Hier ist nichts mehr so, wie es auf der Erde schien. Was dort Glanz und Faszination ausstrahlte, wie Reichtum oder Ruhm, ist hier öde Fassade und vollkommen uninteressant.“

Und wie um den Gedanken abzukürzen, schlug sie vor: „Wie wäre eine Plastik-Polizeistation?“

„Eine Plastik-Polizeistation? Willst du mich veräppeln? Wie soll ich darin laufen und sprechen können?“, fragte Micha entsetzt.

Die Mutter lachte.

„Wie gesagt, möglich ist alles! Dein Körper sollte nur zu deiner Seele passen und du solltest ihn mögen."

Micha überlegte. Natürlich hatte er als kleiner Junge seine Polizeistation über alles geliebt, woher zum Kuckuck die Mutter auch das wieder wusste! Aber er mochte sie nun doch nicht mehr so sehr, als dass er eine Ewigkeit darin herumlaufen wollte! Schon gar nicht mehr jetzt, wo er doch in jeder Hinsicht erwachsen und vervollkommnet war!

„Du kannst jederzeit zurückkommen. Ich bin immer für dich da und gebe dir eine neue Gestalt, wenn du möchtest!", erriet die Steinfrau seine Gedanken.

Der Junge war irritiert: „Aber wenn ich jeden Himmelstag anders aussehen kann, wie sollen mich dann diejenigen, denen ich im Himmel begegne, wiedererkennen?"

„Gute Frage!", freute sich die Mutter aller Mütter. „Du bist hier reine Seele! Diese scheint immer durch dich hindurch. Du bist wie ein offenes Buch für andere. Jeder erkennt dich als Micha wieder – egal, welche Gestalt du dir hier oben aussuchst. Deine Seele ist unveränderlich und individuell. Es gibt nur einen Micha, der so ist wie du, besonders und einzigartig. Es gibt nur einen, den man auch nur so, wie er ist, lieben kann. Und das werden alle tun, denen du hier im Himmel begegnest, denn das ist das Wundervolle am Himmel."

Micha staunte und sagte nichts. Ihre Worte setzten so viel Trost und Zuversicht in ihm frei, dass er sich kräftiger fühlte, als nach jedem langen Ferienausschlafen und jedem leckeren Himbeereis auf der Erde!

„Nun, Micha? Weißt du nun, wer du sein willst?" Die Stimme blieb milde und schien für seine Antwort unendlich viel Zeit zu haben.

Micha wartete erneut und schließlich spürte er in einer Ecke seines Bewusstseins die Antwort. Sie kroch hervor und breitete sich langsam zu tiefer Gewissheit aus. Er wollte sie langsam verkünden. Er wollte sie genießen. Sie machte ihn zufrieden, ja, sie war die richtige Antwort!

Bedächtig brachte er sie über seine Seelenlippen und hörte, wie sie am warmen Mutterkörper widerhallte und doch von ihm aufgenommen wurde:

„Ich möchte so aussehen wie immer! Ich möchte ich selbst bleiben!"

Lied 3: Physiognomien

Auf dem Highway of Heaven

„Nicht so schnell!", kreischte Laurina, deren derzeitig roten Haare im Fahrtwind wirbelten. Sie klammerte sich mit ihren vier Händen so stark an Janardans Leinenhemd fest, dass sie – jeden Reim vergessend – ihrem zarten Freund beinahe die Luft abschnürte. Beide brausten mit einer himmlisch-schnellen Geschwindigkeit auf dem bunten 1001-Nacht-Teppich durch die Lüfte auf dem Himmelshighway, der die Landschaftsebenen miteinander verband. Er bestand aus elf Spuren, die wechselseitig über- und untereinander angelegt waren, ähnlich einer komplizierten Autobahn auf Erden. Allerdings brauchten die Fahrer hier nicht selbst zu fahren. Es gab Transportwagen, die von ehemaligen Geschwindigkeitsfans und Motorradrockern gebildet wurden und die auf himmlischen, waagerechten, straßengleichen Regenbögen dahinrauschten. Die Gefährte waren Himmelsbewohner, die sich im Raum der Gestaltung nichts Besseres vorstellen konnten, als als Überschall-Bike oder Turbo-Speedcar ihre Dienste an anderen Menschen, den Heavenslanern, wie sie sie nannten, zu verrichten.

Janardan brauchte seinen fliegenden Teppich, der ihn sonst im Himmel auf kürzeren Fahrten transportierte, auf dem Himmelshighway eigentlich nicht, aber aus Gewohnheit und nostalgischen Gründen schwang er sich dennoch auf den geliebten Läufer, um sich dann auf ihm sitzend in den Wagen des Transporteurs zu setzen.

Die selbstlosen Himmelshighwaychauffeure hatten dabei oft mehr Spaß als ihre Fahrgäste, was im vorliegenden Fall nicht ganz stimmte. Dem sonst so milden Janardan konnte es auf dem Himmelshighway nicht schnell genug gehen! Auf Erden hatte er sich immer mit seinem einfachen, von einem Esel gezogenen Einspänner zufriedengeben müssen und tagelang für eine weite Reise gebraucht. Hier konnte er seine wilde Neigung in aller Harmlosigkeit ausleben – denn Unfälle gab es nie, nur ein wenig Unwohlsein bei zart besaiteten Seelen.

Der Vorteil davon war, dass Laurina – so wusste Janardan – aufhörte zu dichten, wenn ihr schlecht war. Und – so sehr er sie auch mochte – der Gedanke an etwas Ruhe vor ihren lyrischen Ergüssen war durchaus reizvoll! Mit einem Hauch von schlechtem Gewissen, aber nicht wirklichen Skrupeln, schmetterte Janardan seinem Transportwagen, der den fliegenden Teppich trug, zu:

„Es ist etwas Wichtiges! Brrringe uns bitte so schnell es geht zurrr alten Bibliothek! Du darrrfst keine Zeit verrrlierrren!"

„Alte Bibliothek?", trompetete von hinten eine aufgebrachte, sich überschlagende Frauenstimme:

„Das hast du mir noch nicht erzählt!
Janardan, was willst du denn dort?
Josef wohnt an einem anderen Ort!"

Es gibt eine Verbindung unter Männern, die man schwer in Worte fassen kann. Es ist eher eine Ahnung, wann ein Mann reden will und wann nicht. Und wann ein Mann gewillt ist, auf die Fragen von Frauen einzugehen und wann nicht. Und es gibt Männer, die dieselbe Sprache sprechen.

Während Laurina ihre Mähne sortierte, um besser sehen zu können, lächelte der Himmelsfahrer Janardan schelmisch zu, legte den Turbogang ein und ab ging die Post! Laurinas Kopf wurde nach hinten geschleudert und das, was einmal eine Frisur werden sollte, war abermals dem Verfall geweiht. Der fliegende Teppich wurde von dem ergebenen Transporteur waghalsiger als bisher durch die Luft gepfeffert. Die Farben der vielen Regenbögen und der darauf befindlichen Himmelswagen unter und neben ihnen spiegelten sich in ihren Augen und flitzten wie Straßenbahnmarkierungen darin entlang. War das schnell!

Laurina japste: „Janardan! Wenn ich dich ...“

Dann ging ihr, die sie den großen Auftritt, das theatralische Brimborium und die lyrische Sprache liebte, in prosaischer, äußerst unspektakulärer Weise die Luft aus und sie fiel um. Und während der schmächtige Inder friedlich vor sich hin sinnierte und im Fahrtwind meditierte, schmiedete Laurina – auf dem Rücken liegend und vom Fahrtwind niedergestreckt – Pläne, welche der vielen Pflanzen Janardans sie mit eigenen Händen auseinanderrupfen könnte.

Ja, so waren sie – die beiden! In Liebe und Freundschaft verbunden brauchten sie einander wie die Katze ihre Maus und die Nacht den Tag. Sie konnten nicht mit- und noch viel weniger ohne einander und jedes Mal, wenn ihnen das klar wurde, mussten sie herzlich lachen – auch wenn dieses harmonische Ereignis wahrscheinlich nicht am Ende der heutigen Fahrt stattfinden würde!

„Angekommen!“, grunzte das mit Wikingerzöpfen geschmückte und tief befriedigte Vorderteil des Himmelswagens und bereitete sich auf eine neue Himmelsfahrt vor, indem er seinen Korpus aus schwarzem Rockerblousonleder glatt zurrte. Er bot seinen Insassen den Arm an und nachdem Janardan augenzwinkernd aus dem Wagen gehüpft war und beide gemeinsam die auf das Teppichmuster gedrückte Laurina vom Läufer gehievt und auf den Himmelsboden abgelegt hatten, rollte er Janardans Teppich ein und sagte anerkennend: „Cooles Modell! Hat meinem Affentempo noch mal eins draufgesetzt!“

„Schon klar!“, röchelte Laurina und hob einen ihrer vielen Arme an, um Janardan eins überzubraten, der, nachdem er sich knapp bedankt, dem Fahrer seinen Helm zur Aufbewahrung überlassen und den Teppich unter seinen Arm gedrückt hatte, schon – flott wie er war – außer Reichweite auf das gläserne Portal zueilte.

Abendlichter

Micha stand vor Alpha und zappelte aufgeregt herum. „Und?", fragte er.

„Ja, es war die richtige Entscheidung! Ich habe mir gedacht, dass du du selbst bleiben willst", antwortete Alpha.

„Warum?"

„Weil du auf Erden viel Liebe und Zuneigung erfahren hast und in diesem Zustand als kleiner Junge sehr glücklich warst. Es haben sich keine großen Entbehrungen in dein Herz gefressen, die zu Herzenswünschen herangewachsen wären und die der Himmel nun erfüllen müsste. Mit deiner alten Statur lässt sich gut eine Weile leben …", dann schmunzelte er, „… oder tot sein."

Ja – tatsächlich fühlte sich Micha nun sehr wohl! Er atmete tief ein und saugte genussvoll die freudig stimmende Himmelsluft in seine neuen Lungen. Der Schwebezustand, den er im Aufwachraum empfunden hatte, hatte sich verfestigt. Er fühlte sich zwar noch immer frei und luftig, aber gleichzeitig stark und stabil. Nichts schien ihm so schnell seine Kraft zu nehmen. Er hatte einen klaren Kopf und funktionierende Extremitäten, aber etwas war im Vergleich zum Erdenzustand außer der empfundenen Freiheit noch anders: seine grenzenlose Reinheit. Selten hatte er sich so unschuldig, so offen, so tolerant und gutherzig erlebt! Er spürte keine negativen Seiten mehr in sich, die ungewollt seine Seele beschweren könnten. Nie wieder würden sie ihn bedrohen, keine Gewalt mehr über ihn gewinnen, dessen war er sich sicher!

So dachte der kleine Junge zumindest …

„Schön, schön!", trällerte Alpha und turnte immer wieder um Micha herum. „Du gefällst mir!"

„Ich mir auch. Aber kannst du mal mit der Rennerei aufhören? Mir wird ganz schwindelig!"

„Dann nimm eine kleine Stärkung“, flötete Alpha und hielt ihm eine große, rote Möhre unter die Nase.

„Nein, danke!“, wiegelte Micha freundlich ab.

Dann sah er an sich herab, betrachtete die weißen Turnschuhe, die unter den Jeans hervorlugten und musterte seinen rot-weiß gestreiften Kapuzenpullover. Seine Mutter hatte ihn oft waschen müssen, denn er war schon immer sein Lieblingsstück gewesen. Er hielt inne und setzte seine Überlegungen laut fort:

„Was bin ich jetzt, Alpha?“

„Ein zehnjähriger Junge im Himmel, glücklich und zufrieden und da angekommen, wo die Menschen letztlich hingehören. Was sonst?“

„Nein, ich meine, woraus bin ich gemacht?“

Micha schaute zu Boden und scharrte in dem Sand, der sich vor ihnen ausgebreitet hatte. Alpha spürte, dass diese Frage für Micha sehr wichtig war. Alpha schaute nach vorne in die Abendsonne und überlegte.

Sie waren aus dem Raum der Gestaltung und aus Michas Wohnung heraus und vor die Tür getreten, wobei sie das Lächeln der zu Fleisch gewordenen Steinmutter bis zum Schluss begleitet hatte. Nachdem Micha seinen Wunsch nach seiner Himmelsgestalt geäußert hatte, hatte sie ihn behutsam auf den Fliesenboden gesetzt und ihm gewinnend zugezwinkert. Seitdem besaß er nicht nur einen manifestierten und damit angepassten – man sagte auch adaptierten – Körper, sondern auch die Gewissheit, dass ihn ihr Lächeln überallhin begleiten würde. Und sei es das Lächeln anderer, er würde die Mutter immer darin wiedererkennen.

Ihr wunderbares, mildes, annehmendes Lächeln!

Alpha spürte, dass Micha trotz aller Klarheit seiner Gedanken noch immer emotional eingefangen war. Er fühlte sich so, wie man sich in besonderen Stunden fühlt, in denen man nicht genau beziffern kann, worin das Besondere liegt. Man weiß nur, dass es so ist.

Nun saßen sie draußen und unterhielten sich im Licht einer dreifachen, rötlich schimmernden Abendsonne eines lauen Himmelssommerabends oder Sommerabendhimmels oder Abendhimmelsommers. Nicht, dass es im Himmel klare Jahreszeiten gegeben hätte. Nein! Es gab für jeden Bewohner stets die Jahreszeit, die für ihn in dem Moment gut war und die Sommerabendsonne schien dem Himmel für Michas jetzigen Gemütszustand optimal zu sein.

Es war überaus angenehm für Micha, neben seinem kleinen Gefährten auf einem Baumstamm zu sitzen und den Lichtern seiner neuen, kleinen Heimat zuzuschauen, die sich in der beginnenden Dämmerung entzündeten und von viel Daheimsein und Heimeligkeit kündeten.

Alpha schaute weiterhin in die Sonne, bevor er zu seiner wichtigen Antwort auf diese Frage ansetzte.

„Woraus du gemacht bist? Aus Seele, aus Liebe, aus dir und der Weisheit deiner selbst."

„Und was ist Seele? Und was Liebe? Wie kann die Liebe und die Weisheit Gestalt annehmen?", fragte der kleine Junge.

„Du bist Michas Seele – im Himmel zum Leib geworden. Jeder im Himmel, der dir begegnet, wird den Micha in seiner reinen Form, in seinem guten, weisen Zustand erleben. Du bist du selbst, zur Vollendung gebracht. Alles Gute, alle Liebe in dir zu himmlischer Hülle zusammengefügt."

Micha überlegte.

„Jeder kennt hier meine Seele? Er sieht mich in ihr und sie durch mich?"

„Ja – so könnte man es beschreiben!"

„Ich weiß gar nicht, ob ich das will – ein offenes Buch sein für alle!"

Michas Fuß malte abermals Kringel in den Sand und bei seinen letzten Worten begann er eine kleine Grube auszuschaufeln.

„Und wenn jemand etwas falsch versteht oder mich nicht so mag, wie ich bin? Wie kann ich mich verbergen?"

„Es gibt nichts zu verbergen! Jeder zeigt dir hier seine Seele, sodass alle für alle offen sind. Und niemand empfindet mehr ein negatives Gefühl. Hier herrscht die reine Liebe und eine immerfort gelingende Kommunikation. Man versteht sich hier einfach! Auch wenn es dann und wann mal Meinungsverschiedenheiten oder Reibungspunkte geben kann. Das ist aber nicht schlimm. Es ist das Salz in der Suppe. Du wirst noch viele gute Gespräche führen, in denen du auf absolutes gegenseitiges Verständnis zählen kannst. Die Gespräche, die du auf Erden selten hattest, werden hier sehr häufig sein. Kennst du das?“

Micha überlegte.

„Ja, schon. Als mein Vater mir zum Beispiel von der langen Krankheit meiner Oma erzählte und dabei weinte. Da spürte ich, dass gerade etwas Besonderes zwischen uns passiert. Dass er mich voll ernst nimmt und in mir mehr sieht als seinen Sohn. Ich fühlte mich so ...“, dabei zögerte er und buddelte schließlich mit Nachdruck an seiner Kuhle „... erwachsen! So vollständig angenommen.“

„Siehst du? Das war ein Stück Himmel! Dass dein Vater sich dir anvertraut und dir seine wahren Gefühle offenbart hat, ohne Angst zu haben, dass du etwas falsch verstehen könntest.“

Ja – es war so! Micha stellte erleichtert fest, dass ihm der Gedanke an seinen Vater nicht abermals die Kraft geraubt hatte. Obgleich es ihm warm bei dem Gedanken an seinen Papa wurde und er tiefe Dankbarkeit spürte, hatte die Situation nichts Beschwerliches. Er war tatsächlich gestärkter als vorher – der Mutter sei Dank!

„Du kannst sicher sein, dass du hier von jedem Himmelsbewohner richtig verstanden wirst“, fuhr Alpha fort. „Jeder sieht hier nur mit den guten Seiten seiner Seele, die schlechten gibt es nicht mehr. Und er schaut auch nur auf deine guten Seiten.“

Dabei stupste er ihm aufmunternd in die Seite. „Und da gibt es viel zu schauen, mein Lieber!“

Micha lächelte matt. Was machte ihm dieser Hase immer so viele Komplimente? Wie konnte er das verdient haben? Er war doch nur er. Er war doch nur Micha.

Er und Sie

„So habe ich dich zuletzt erlebt, als deine Mutter starb. So kalt, so hart!“, sagte sie.

In ihren Worten lag etwas, das sich anders anfühlte als Verständnis. Er spürte sofort, was sie damit sagen wollte. Wieder dieser Vorwurf! Was hatte sie ihm vorzuwerfen? Ausgerechnet sie!

„Es war hart, damals, ja, doch jetzt ist es noch unbeschreiblich viel härter!“ Er hatte sich zu dieser Antwort gezwungen, wollte sachlich antworten. Das war ihm gelungen, dessen war er sicher. Sie musste doch ähnlich fühlen!

„Was soll das jetzt? Willst du mir schon wieder meine Schuld vorwerfen?“

Sie ging an die Decke. Obgleich er mit dem Rücken zu ihr an seinem Klavier saß, wusste er, dass sie auf hundertachtzig war. Ihre Stimme war leise, doch das Zittern darin unüberhörbar.

„Schatz, ich werfe dir überhaupt nichts vor! Lass uns ruhig bleiben!“, versuchte er es anders.

„Doch, das tust du! Mit jedem Wort, mit jedem Blick wirfst du es mir vor! Ich kenne dich! Ich kenne deine Sprache besser als du! Auch wenn du nichts sagst, sagt dein Körper alles.“

Sie zitterte nun am ganzen Leib. Wie gerne hätte sie ihn an den Schultern gepackt und herumgerissen. Er sollte sie ansehen, sie endlich ansehen! Es war ihr, als schaue er immer durch sie hindurch, an ihr vorbei. Er blickte ihr nicht mehr in die Augen, sprach kaum mehr. Sie wusste, dass er sie mied. Ihre Gesellschaft mied, ihren Blick mied, um seine Seele nicht zeigen zu müssen. Die Seele, die purer Schmerz war.

„Sieh mich an, Herrgott noch mal!", kreischte sie.

„Mir geht es genauso", japste ihr Herz, aber die Worte kamen nicht über ihre Lippen. „Ich habe genau die gleichen Schmerzen, die mich auffressen! Die mich anklagen! Die mir sagen: ‚Wo warst du, als es passierte? Du schlechte Mutter! Du Versagerin!'" All das brüllte ihr Herz. Der Mund blieb stumm.

„Man soll nicht fluchen, dann kommt man nicht in den ...!" Er merkte sofort, dass er etwas Falsches gesagt hatte. Schließlich sprach er mit seiner Frau, nicht mit Micha oder Selma! Er machte aber auch gar nichts richtig!

„Hör auf, mich wie ein Kind zu behandeln und dreh dich verdammt noch einmal um!", fiel sie ihm ins Wort. Ihre Stimme überschlug sich fast. „Ich will, dass du mit mir sprichst! Sieh mich an, verfluchte Scheiße noch mal!"

Er hielt den Kopf gesenkt und sein Blick fiel auf seine Hände. Sie waren matt und weiß und die Knochen standen stärker hervor als vor wenigen Monaten. Er krümmte die Finger und fühlte, dass sie steif geworden waren. Der Vater war aus der Übung, er sollte wieder spielen! Wenigstens ein paar Tonleitern. So tippte er unbeholfen mit dem Finger auf die C-Taste. Das Klavier hatte nichts an Weichheit im Klang eingebüßt. Die Weichheit, die ihn immer so inspiriert hatte.

Langsam drehte er sich um, jedoch mit gesenktem Kopf. Die Finger blieben steif. Es wurde nicht besser, auch wenn er seine Streckbewegungen fortsetzte. Er hatte so viel Resignation in sich, so viel Traurigkeit. Wie konnten Finger davon wissen?

„Schatz, ich will nicht streiten!"

„Ich aber! Ich will, dass du mit mir sprichst! Und sieh mich endlich an oder ich raste aus!" Die Gläser im Sekretär an der Seitenwand klirrten. Ihr Organ war beachtlich. Er hatte es immer geliebt. Sonst zumindest.

Er hob den Kopf und sah sie an. Ihre Augen waren rot geweint. Sie lagen in dunklen Augenhöhlen und zeigten ihre Falten, die einmal Lachfalten gewesen waren, deutlicher als zuvor.

So sahen sie einander an, es verging eine Weile, die nicht messbar war. Beide wussten nicht genau, was sie fühlten. Der Blick war lang und ratlos und hatte jede Nähe verloren.

Sie senkte den Blick und verließ das Zimmer.

Helfen

„Wie meinst du das: ‚Jetzt ist auch der Himmel dran'? Wie soll das gehen?", fauchte Olobaid – wirr vor Wut. Er hasste Andeutungen oder das Gefühl, im Gedanken unterlegen zu sein, den der andere bereits zu Ende gedacht hatte, ohne ihn teilhaben zu lassen. Er hatte gerne die Folgen im Kopf, die Fallen im Vorhinein erkannt, sich am Gedankenmief des Miesen mit intuitivem Gespür ergötzt.

Aber er spürte, dass diese Kalypse etwas Besonderes im Schilde führte.

Doch Esiema war gewieft und senkte das kopfartige Haupt, devot bis in die Spitzen, der Unberechenbarkeit des Herrschers gewärtig. Sie kannte dessen ausuferndes, bisweilen planloses Wesen, das sich in martialischer Beliebigkeit erging, tobte, bebte, herrschte und doch nicht vorankam.

Sie musste es sagen, denn so ging es nicht weiter.

Wer die Apokryphe nicht kannte, konnte sich kein Bild von ihrer schwarzen Beschaffenheit machen, in der das kalte Licht glühenden Hasses, menschenverachtender Handlungen und stechender Wut regierte. Genau genommen war es besser, sich kein Bild davon machen zu können, denn außer dem gefrierenden Feuernebel aus aufdonnernden, schwarzen Rußpartikeln entbehrte diese Räumlichkeit all dessen, was einen Raum zu demselben machte, in dem gemeinhin zumindest ein Hauch von Lebendigkeit zu finden war.

„Wir sollten einander helfen“, sprach die Kalypse in die Unfassbarkeit des kurzen, schweigenden Wartens hinein.

In diesen Breiten kannte man weder die Unterbrechung des Herrschers, noch ward je ein solches Wort gebraucht. Die Mutige hatte eine schier endlose Frechheit begangen und einen derart abartigen Vorschlag unterbreitet, dass die Meute erschauderte, sich katzenhaft duckte.

Der Mut, mit dem sie etwas sagte, war neu, abgekupfert aus dem Himmel, aus dem die Kalypse in einem hellen, verwirrenenden Moment, der die Manifeste des Himmels erschüttern ließ, entschlüpft war, bevor die Sichten sie ausrotten konnten. Ebenso neu wie der von Leben zeugende, todesmutige Vorschlag, den sie hier – mitten in die Mitte des absoluten Nichts, des dunkelsten Bösen, das existierte – mitgebracht hatte.

Sie hatte die Idee in der Gefangenschaft erlernt, zur Tücke gewendet, das Gute darin kastriert. Eine Idee, die – dem grauenhaften Nebel zu unterbreiten – sie sich kaum getraut, sie aber als einziges Mittel zum Erfolg bewertet hatte, und das verlieh ihr Flügel aus anderen Gefilden.

Sie war ohnehin halb tot, denn Olobaid würde ihre Rede niemals dulden, dann konnte sie es auch vollenden.

„Wir müssen einander helfen und zusammenarbeiten. Alle, einfach alle!“, wiederholte sie äußerlich stoisch und innerlich schwitzend. Aus ihren finsteren Schleimaugen lugte sie düster zum Herrscher herüber.

Olobaid konnte es kaum fassen und heulte gequält auf. Er wirbelte dunkle Rauchfetzen aus seinen glühenden Zähnen, verborgen im Tornado des schwarzen Hasses, bebend vor Zorn.

Die übrigen Kalypsen verkrochen sich scheu in ihre andere Gestalt, quetschten sich in dunkle, unbemerkte Punkte, wurden marternde Gedanken oder tief sitzende Komplexe im widerwärtigen Kriechzeug. Sie atmeten Todesangst, während sie versuchten sich in Luft aufzulösen oder sich auf den Boden zu kauern, während sie ihre Insektenbeine in den kalten Stein meißelten und hofften, dass der Sturm über ihnen vorüberzöge.

„Helfen?", donnerte Olobaid und konnte kaum an sich halten. Das Wort schien aus seinem Mund gespien zu werden wie faules Fleisch. Er hieb seine kribbelnden Peitschenglieder durch den Raum und drohte, alles unter sich zu zerstören, während er das schier Unfassbare des Arguments in Augenschein nahm. Wahrscheinlich hätte er Tage getobt, wenn ihn nicht eine unausgesprochene Ahnung davon abgehalten hätte, der Kalypse ein Haar zu krümmen und das Denken zu unterdrücken.

Die Gescholtene stand vor Gericht wie ein Angeklagter, der die guten Argumente und die Unschuld auf seiner Seite hatte. Sie atmete und rührte sich nicht, die Angst wie ein Meiler im Nacken.

Eine Weile verging.

Olobaid zögerte und dachte weiter nach. Es dauerte, denn er war darin nicht geübt.

Die Kalypse stand ungerührt und schwitzte verborgene Kraft aus, das Rückgrat ungebrochen, an ihre Idee glaubend wie ein Verurteilter auf seinem letzten Gang.

Plötzlich lachte Olobaid unverhofft auf. Zunächst kurz und schnaubend, dann lärmend und kraftvoll. Und schließlich gröhlte er wie ein Betrunkener, der – besessen von Übermut – die Welt in einem einzigen genialen Gedanken zu beherrschen glaubt.

„Gut!", johlte er nach einer Weile und hätte fast den Nebel vertrieben, der beharrlich sein ungesehenes Gesicht verhüllte.

Er wieherte widerwärtig, er kicherte und gluckste lauthals, er prustete auf und hielt sich mit schauderlicher Kraft den Stimmenbauch der Gequälten, bis der Tornado seines Hauptes schließlich in tonlosem Wirbel auf- und niederstieg und das Ende der Sitzung ankündigte.

„Gute Idee!“, grunzte er jäh und stand auf. „Wir schlagen sie mit ihren eigenen Waffen!“

Du sollst nicht begehren ...

„Ich habe keine Wahl. Es muss reichen!“, redete Tanael sich ein, griff in die Schüssel und öffnete die Ledertasche.

Bunte Perlen kullerten hinein. Schwere, leichte, große und kleine, einzelne mit dicker Schale und runzelige, zusammengepresste Klumpen menschlicher Liebeshülle. Viel zu viele für einen allein in Zeiten des Hungers. Sie wechselten den Platz von da, wo sie hingehörten, nach dort, wo es unerhört war, zu sein.

Tanael schüttelte den Kopf und drückte sich eine wütende Träne aus dem Augenwinkel.

Er sah sich um. Niemand war mehr da, selbst Lilli nicht, die fleißigste der Küchenfeen.

„Ich mache das auch nicht gerne, verdammt ...“, verteidigte er sich vor einem unsichtbaren Gericht namens Gewissen. Er schlug die Klappe zu und stapfte wütend hinaus – nicht vergessend, das Licht zu löschen und die Tür unauffällig ins Schloss fallen zu lassen.

Himmlische Gespräche

Micha fühlte sich beschwingt. Er hätte noch stundenlang den Abendlichtern zuschauen können – ach was! Ewigkeiten lang! Aber wie lang war eine Ewigkeit im Himmel?

„Du, Alpha?"

„Ja, ich weiß, was du mich fragen willst", kam ihm sein Freund zuvor.

„Wieso weißt du immer, was ich dich fragen will?" Micha wunderte sich. Das war doch sonderbar!

„Weil ich dein Freund und Himmelshase bin!"

„Und Himmelshasen können Gedanken lesen?"

„Vielleicht – ... ja doch! Ich glaube, das können wir", überlegte Alpha.

„Und wenn du immer meine Fragen kennst, warum beantwortest du sie dann nicht? Ich möchte wissen, warum du mir alles so genau zeigst und erklärst und diesen Himmelsschnelldurchlauf mit mir machst, wie du sagst. Und ich will wissen, warum du so freundlich zu mir bist, obwohl ich noch nichts Besonderes geleistet habe ... Das habe ich doch gar nicht verdient!"

„Zu deiner ersten Frage: Warte es bitte noch ab! Ich werde dich noch einweihen. Es ist besser, wenn du es jetzt noch nicht weißt! Zu deiner zweiten: Jeder bekommt hier das, was er sich verdient hat, Micha! Und dass ich freundlich zu dir bin, das hast du dir verdient, weil du ein guter Junge bist – oder auf Erden warst! Außerdem gibt es im Himmel keine schlechten Gefühle. Dinge wie Neid und Missgunst kommen hier nicht vor. Niemand, dem du hier begegnen wirst, wird dir diese Gefühle entgegenbringen. Nur reine Anerkennung und Bewunderung."

„Was sollten andere schon an mir bewundern?“, fragte Micha unsicher.

„Deine Talente, die Gott dir geschenkt hat, und was du daraus gemacht hast.“

Micha blickte ihn an: „Talente? In Mathe bin ich eine echte Niete und im Sachkundeunterricht musste ich auch immer abschreiben!“

„Ich meine etwas anderes und viel Wichtigeres. Ihr Menschen denkt viel zu viel in messbaren Erfolgen: guten Noten, erfolgreichen Jobs und hohem finanziellen Verdienst. Das zählt im Himmel nicht.“ Dabei warf er fast ärgerlich die unverdaulichen Reste seiner Möhre weg.

„Soll ich dir was sagen? Es ist hier sozusagen schnurzepiepe!“

Micha hätte fast gelacht, wenn er nicht an Alphas Miene erkannt hätte, dass es ihm sehr ernst damit war.

„Aber das dringt irgendwie nicht in die Köpfe der Menschen vor, obwohl sich Gott immer wieder bemüht, es ihnen beizubringen“, fuhr Alpha fort. „Sie rackern sich ab für eine Fassade und dafür, dass vielleicht mal irgendjemand bewundernd sagt: ‚Du hast aber viel Geld – toll!‘ Hör doch mal, wie albern das klingt! Du hast aber viel Geld! Toll!“

Dabei äffte er so albern herum, dass Micha doch noch lachen musste.

„Hier ist etwas anderes wichtig“, fuhr Alpha fort, „und zwar all das, was positiv an einem Menschen ist, was er an Gutem im Leben vollbracht hat. Nimm zum Beispiel deine Einfühlsamkeit. Gott hat dir sicherlich ein offenes Herz geschenkt, die Begabung, dich in andere hineinzuversetzen. Aber du hast sie auch genutzt!“

Dabei ereiferte sich Alpha, sprang auf und lief ein paar Schritte voraus. Micha folgte ihm.

„Du hast dich für andere eingesetzt! Denke mal an den Jungen aus deiner Klasse, der von den anderen gehänselt wurde, weil seine Turnschuhe keine Markenschuhe waren!“

„Ja, Manfred!“, sagte Micha. Er wurde ein wenig traurig, als er an Manfred dachte. Es gab vieles, worüber sich die Kinder in seiner Klasse lustig gemacht hatten: über seine Turnschuhe, seinen Namen, seine Frisur. Sicherlich, er war ein wenig anders, hatte unmoderne Sachen tragen müssen. Aber Micha wusste, dass Manfred bei seiner Großmutter aufwuchs, die zum einen einen veralteten Geschmack, aber zum anderen auch wenig Geld hatte und ihren Enkel nicht nach der neusten Mode kleiden konnte. Er wusste auch, dass Manfreds Eltern schon früh bei einem Autounfall gestorben waren. Als Micha zufällig davon erfahren hatte, war er sehr traurig geworden.

Manfreds Name und seine Frisur waren Micha egal. Er mochte ihn, weil er lustige Geschichten erzählen konnte und ein ansteckendes Lachen hatte.

Aber dieses Lachen war weniger geworden in den letzten Monaten. Oft hatte Manfred traurig und allein in der Klasse gesessen und sich geweigert, in die Pause zu gehen. Er hatte gefürchtet, wieder von den anderen aufgezogen zu werden und hatte daher lieber einsam in seiner Bank gekauert. Die Lehrer hatten ihn dort sitzen lassen. Sie schienen auch hilflos angesichts der Klassensituation zu sein. Sie zogen lieber ihren Unterricht durch und sprachen die Probleme nicht offen an. Verstanden hatte Micha das nicht. War das so schwer?

Herr Märkensen hätte reagiert und Frau Pohl auch, das wusste Micha. Seine alten Lehrer halfen den Schwachen, das hatte Micha immer imponiert. Aber Herr Märkensen war nicht mehr da und Frau Pohl unterrichtete eine andere Klasse und ihre Nachfolger wussten sich nicht besser zu helfen, als Manfred zu erlauben, im Klassenzimmer zu bleiben, obwohl das eigentlich in der Pause verboten war.

Micha war bei Manfred geblieben, oft sogar. Er hatte fürchten müssen, dass die anderen ihn auch meiden würden, aber das war ihm gleichgültig. So saßen sie gemeinsam in den Pausen und erzählten sich Witze und Geschichten oder sie spielten Karten.

An manchen Tagen erkannte Micha an Manfreds Blick, wie schlecht es ihm wegen seiner Eltern und des Mobbings in der Klasse ging. Es lag eine maßlose Traurigkeit darin, die Micha beklommen machte. Meist schluckte er den Kloß herunter und stieß Manfred in die Seite: „Kennst du schon den hier?“

Ein Witz würde ihn sicherlich aufheitern.

„Du kannst ruhig mit den anderen gehen! Ich brauche keine Almosen!", sagte Manfred trotzig, denn er hatte bemerkt, dass Micha dem Trupp Jungen manches Mal hinterhergeschielt hatte. Es war nicht immer einfach für Micha gewesen, aber er hatte sich stets für Manfred entschieden.

Aber die anderen waren auch irgendwie cool. Obgleich Micha wusste, dass vieles nur Show war, fand er einige Jungen anziehend. Insbesondere Justus, den Wortführer. Er hatte etwas, das besonders war, etwas, das seinem Wort großes Gewicht verlieh. Seine Sprüche waren meistens ausgefallen und ein wenig unverschämt. Seine Stärke imponierte Micha. Aber gleichzeitig stieß es ihn ab, dass Justus Außenseiter so mobbte. Er war gnadenlos und gemein zu ihnen, wenn es ihm gerade gefiel.

„Was soll das? Ich bin gerne mit dir zusammen!", erwiderte Micha erboßt. Manfreds Anklage hatte ihn verletzt.

„Du bist nicht besser als die da! Lass mich in Ruhe!", Manfred blickte zornig zu Boden.

Obwohl Micha wütend auf Manfred war, spürte er, dass dieser nur so sprach, weil er vor lauter Verzweiflung nicht anders konnte. Plötzlich fasste Micha eine Entscheidung. So ging das nicht mehr weiter! Er zog seinen Freund vom Stuhl hoch und schob ihn durch den Flur in die Pausenhalle:

„Ich verstecke mich nicht mehr! Und du hast das auch nicht nötig! Verdammt, das muss einmal ein Ende haben!"

Einige Schüler schauten ihnen hinterher, als Micha den laut protestierenden Manfred vor sich her schubste. Die Luft auf dem Pausenhof tat gut und auch Manfred schien allmählich mutiger zu werden. Sie rannten zu den Geräten am Rande des Schulgeländes.

„Ist doch gar nicht so schlecht hier!", freute sich Manfred und kletterte auf eine Reckstange.

„Das ist unsere Turnstange und schwule Pärchen dürfen schon gar nicht darauf!" Justus' Stimme stach ihnen wie eine Messerspitze von hinten in den Rücken.

„Runter da!"

Um die Turnstange hatte sich ein Kreis von Jungen gebildet, der Anführer stand in der Mitte. Justus trat einen Schritt näher heran. Manfred stieg gehorsam von der Reckstange und zog Micha am Pullover.

„Lass uns abhauen!", zischte er ihm zu.

In Micha staute sich eine gewaltige Welle der Wut auf. Sie kroch langsam von seinem Herzen in seine Arme und Beine und schien ihn zum Platzen zu bringen. Selten war er so wütend gewesen! Nicht wegen der Aufforderung, Platz zu machen, sondern wegen dieser maßlosen Ungerechtigkeit! Was bildete sich der Typ eigentlich ein?!

„Nein!" sagte er langsam und mit einem solchen Nachdruck, dass Manfred seinen Pullover losließ.

Micha fixierte Justus, während er von der Reckstange herunterglitt und langsam auf ihn zuging. Seine Faust steckte geballt in der Hosentasche. Gleich würde er ihm eine … , gleich! Seine gesamte Wut lag in seinem Blick und er spürte eine Kraft in sich, die stärker war als diese Truppe um ihn herum. Sollten sie doch kommen und ihn packen! Er wusste, was richtig war und das machte ihn stark!

Micha ging langsam weiter, immer weiter auf Justus zu. Er ging so langsam, dass die Jungen im Kreis den Atem anhielten. Normalerweise verschwanden die Kinder, die Justus vertreiben wollte. Was würde jetzt geschehen?

Justus beobachtete Micha mit einem überlegenen Grinsen. Was wollte der denn? Doch mit jedem Schritt, den Micha näher kam, wurde Justus' Gesichtsausdruck unsicherer. Nur ein bisschen. Nicht für jeden sichtbar. Aber es strengte ihn zunehmend an, die Mundwinkel nach oben zu ziehen. Und die Augenbraue zuckte etwas. Man sah es kaum, aber Justus spürte es.

Und Micha auch.

Schließlich standen sie sich gegenüber, einen Schritt weit voneinander entfernt. Da ging Micha noch ein wenig näher heran und schob seinen Oberkörper nach vorne. Ihre Gesichter lagen nun voreinander, die Augen auf einer Höhe. Micha fühlte in sich eine Entschlossenheit, die er selten erlebt hatte:

„ICH – HABE – KEINE – ANGST – VOR – DIR!“, flüsterte er und betonte jedes Wort so, dass es Justus eiskalt den Rücken herunterlief.

„Schlag mich zusammen, wenn du das nötig hast! Aber ich werde NIEMALS Angst vor dir haben!“

Vielleicht war es diese eine Sekunde, die Justus zu lange gewartet hatte, um darauf zu antworten. Vielleicht war es die maßlose Entschlossenheit, die Justus verunsicherte. Vielleicht war es der Atem, den Micha eiskalt und vor Stärke nur so strotzend in sein Gesicht schickte ...

Jedenfalls zögerte Justus einen Augenblick zu lang und blickte verunsichert in Michas funkelnde Augen.

„Und lass meinen Freund in Ruhe oder du lernst mich kennen!“, setzte Micha nach und Justus spürte, dass er es so ernst meinte, wie man nur etwas ernst meinen konnte.

Eine weitere Sekunde verging und Justus wich schließlich seinem Blick aus, wandte sich um und sagte zu den anderen: „Die nehmen wir uns ein anderes Mal vor!“

Mit diesen Worten verschwanden er und seine vier verdutzten Bewunderer.

„Was hat er gesagt?“, fragte ein Junge den davoneilenden Verlierer, der mit einer abwehrenden Handbewegung reagierte.

Manfred stand wie gebannt mit offenem Mund vor der Turnstange und Micha sagte: „Lass uns was trinken, dein Mund wird trocken!“

„Ich war einfach sehr sauer!“, erklärte Micha seinem Freund Alpha. Beide waren inzwischen ein Stück gegangen. Vor ihnen lag eine satt-grüne Blumenwiese, die in der Dämmerung einen heimeligen Eindruck machte. „Ich war so unendlich wütend!!“

„Und ihr hattet seitdem eure Ruhe!“, fuhr Alpha fort. „Große Klasse!“

„Er hätte mich auch zusammenschlagen können. Hab noch mal Glück gehabt!“, erwiderte Micha bescheiden.

„Das war kein Glück, das war Selbstbewusstsein und eiserner Wille!“, antwortete Alpha. „Und mit seinem Willen kann man viel bewegen, wenn man auch Taten folgen lässt!" Dann verlangsamte er seinen Schritt und fragte interessiert: „Und wenn er dich geschlagen hätte?"

„Ich weiß nicht … Vielleicht hätte ich es ertragen, vielleicht auch nicht."

„Was hättest du besser gefunden?", fragte Alpha.

„Klüger ist sicherlich das Ertragen, aber ich kann es nicht mehr sagen, ob in mir nicht vielleicht doch eine Sicherung durchgebrannt wäre und ich zurückgeschlagen hätte. Ob ich so stark gewesen wäre, mich zusammenschlagen zu lassen? Hmm …"

„Glaub mir, in dir liegt eine Stärke, die dich auszeichnet!", ermunterte Alpha. „Man nennt sie auch Solidarität oder Mitmenschlichkeit. Du kannst vieles ertragen, denn dein Gerechtigkeitsbewusstsein zeigt dir den richtigen Weg und deswegen bist du stark!"

„So viel Lob für eine kleine Tat?"

„Keine kleine, sondern die einzige Tat, die hier etwas zählt! Wie gesagt, ist im Himmel das wichtig, was du für andere tust, nicht, was du für dich an Geld und Besitz anhäufst. Es zählt alles nichts, wenn du nicht dabei an deine Mitmenschen denkst."

Alpha blickte auf: „Ah – endlich sind wir da!"

Sie waren an eine Stelle gelangt, die von roséfarbenen Blumen übersät war. In ihrer Mitte stand ein einzelner, riesengroßer Baum, der mit seinem dichten Blätterdach einen warmen Schutz vor der Abendkühle bot. Unter ihm war auf einer karierten Picknickdecke eine köstliche Mahlzeit bereitet.

„Steht das für uns da?", fragte Micha und ließ sich erleichtert auf der Decke nieder. Alpha nickte.

In der Ferne verschwand eine kleine Frau hinter einen Felsbrocken, nachdem sie ihnen verschwörerisch zugezwinkert hatte.

„Wer war das?", fragte Micha und biss genüsslich in einen Schokoladenkuchen.

„Manfreds Mutter! Was glaubst du, wer das hier für uns gedeckt hat? Sie lässt dir einen guten Appetit ausrichten!"

Die Schriftrolle

Hinter dem gläsernen Tor lag ein gläserner Gang, der zu einem gläsernen Schloss führte. Und, wollte man diese Vokabel ein weiteres Mal bemühen, so lässt sich sagen, dass alles gläsern war, was dem ungleichen Paar auf seinem Gang in die alte Bibliothek begegnen sollte: Gänge, Flure, Wände, Tische, Stühle, Teppiche, Kronleuchter. Rein alles, was zu einem Schloss gehörte und es prachtvoll und edel schmückte, besaß hier die zerbrechliche Durchsicht einer glasklaren Gebirgsquelle, die – gequollene, wässrige Unschuld – aus dem Inneren der Erde hervorschießt.

Aus dieser gläsernen Idylle stießen spitze Schreie, die überhaupt nicht in den Himmel zu passen schienen, während Janardan und Laurina vor dem gläsernen Portal auf Einlass warteten.

„Was soll das?
Hier ist alles nur aus Glas!“, pampte Laurina.
„Du hast mir nicht gesagt, was du vorhast,
jetzt haben wir unseren Schreiner verpasst!
Bestimmt wird er sich auch schon seine Gedanken machen
und kommen wir da an, haben wir nichts mehr zu lachen!
Hach, das Reimen geht mir nun selbst schon auf den Keks!
Das ist nur, weil du mich so aufregst!“

Sie zeterte weiter, während Janardan in gewohnter Ruhe ohne weitere Erklärungen an der Pforte klopfte und sie von einem ebenfalls gläsernen Pförtner eingelassen wurden. Der Wärter war ein Riese von einem gutmütigen Eunuchen. Sein transparentes Gewand schlurfte über den Boden, sodass man nicht erkennen konnte, ob er nicht vielleicht doch ein Engel war. Es fehlte ihm allerdings jeder Ansatz von wallendem Engelshaar. Seine Glatze glänzte bestechend. Da sie aus Glas war, konnte man komplett durch ihn hindurchsehen. In seinem Inneren befand sich nichts. Seine mangelnde Substanz und offenkundige Durchsicht, die gepaart war mit bescheidener Unscheinbarkeit, schien ihn nicht zu stören. Die Größe seiner Selbst und die seiner Aufgabe verliehen ihm eine zufriedene Ausstrahlung. Ergeben in seinen Wachdienst schlich er – gefolgt von den beiden – leicht geduckt und wortlos über die klirrenden Flure und schien das Knartzen und Ächzen der eisartigen Glasmassen nicht mehr wahrzunehmen, die sich über ihnen auftürmten und einen gebrochenen, durchsichtigen Blick auf den kosmischen Himmel freigaben.

Laurina fühlte sich hier nicht wohl. Weder das Glas oder Eis, das keines war, sondern trotz aller provozierenden Kühle luftig und warm wirkte, noch die Aussicht darauf, dass sie in die Bibliothek gehen wollten, versetzte sie in gute Stimmung. Sie mochte keine Bücher, sie liebte die Reime, wenn sie frei aus ihrem Munde kamen und nicht in Schriftzeichen auf Papier gebannt waren.

Das war für sie eine Sünde an den Worten, auch wenn die schriftlichen Reime vielleicht besser sein mochten als das, was sie dauernd über die Lippen brachte. Möglicherweise mochte sie auch keine Konkurrenz. Warum auch immer: Laurina schimpfte! Und das äußerst unhimmlisch!

Was hatte sie nur?

„Du hättest mir bitte schön sagen können, was das soll! Wie sollen wir so Josef überreden, wenn wir nie bei ihm ankommen?"

Da war es schon! Die Bibliothek nahm ihr die Leichtigkeit der täglichen Rede und damit die Luftigkeit ihrer fließenden Reime. Sie wusste schon, warum sie noch nie hier gewesen war!

„Psst", fauchte Janardan und sah sie mit geweiteten Augen an. Bedrohung und Angst lagen darin und ließen Laurina entgegen ihrem Kommentier- und Diskutierzwang verstummen. So trotteten sie hinter dem durchsichtigen Hünen her, der sich wegen des Gezeters nur einmal fragend umgeschaut und eine gläserne Augenbraue hochgezogen hatte, um sich schließlich umzudrehen und seinen Dienst weiter zu tun.

Die Kanzlei der Alten: So nannte sich eine Kammer im Herzen der Bibliothek, die besonders wertvolle Schriftstücke beherbergte und für die sich Janardan eine Leseerlaubnis besorgt hatte. Beim Eintritt hatte er sie dem dienenden Riesen unter die Nase gehalten, bevor dieser sie zielsicher ins Herzstück des Schlosses geführt hatte. Laurina verstand überhaupt nichts.

„Ich bin auch nicht untätig gewesen“, erklärte er seiner staunenden und verärgerten Freundin, nachdem der Eunuch sie allein gelassen und der Aufsicht einer hutzeligen Alten überlassen hatte. Diese war neben den Büchern und Schriftrollen das einzig Eingefärbte, das zum Repertoire der ansonsten durchsichtigen Kanzlei der Bibliothek gehörte. An den Wänden standen transparente Regale, die tonnenschwere Wälzer und antike Bände voller Staub und zerfressener Seiten trugen. Ledereinbände stapelten sich turmhoch auf und goldgeprägte Lettern strotzen aus allen Ecken hervor und brachten die gläsernen Regalbretter zum Ächzen. Fast körperlich spürbar war die Schwere des Wissens, die diesen Raum ausmachte.

Die Alte lugte hinter ihrem Binokel hervor und kratzte die Kopfhaut unter ihrem zwackenden Dutt argwöhnisch mit einem Bleistift.

„Ich wusste, dass errr bald kommen würrrde“, flüsterte Janardan und zog Laurina in einen Regalgang – weg von der Alten! Er friemelte ein beliebiges Buch heraus und blätterte wild darin herum, als suchte er etwas. Die Wächterin drehte sich langsam um und ging an ihr Stehpult zurück. Janardan schaute ihr vorsichtig hinterher, stellte das Buch wieder zurück und zischte:

„Es wirrrd Zeit! Ich sah schon einige Engel krrränklich! Sie kamen zu mirrr, um nach Krrräuterrrn zu frrragen, die ihnen die Krrräfte zurrrückgeben könnten. Besonderrrs Tanael hatte es schwerrr getrrroffen. Derrr konnte kaum mehrrr fliegen!“ Janardan sah zu Boden. Es war deutlich, dass es ihn schmerzte, zugeben zu müssen, dass er nicht helfen konnte.

„Nichts, nichts konnte ich tun! Es gibt kein Himmelskrrraut, das die Liebesblasen errrsetzt!“

Laurina hörte ihm mit geöffnetem Mund zu. Die Weitsicht ihres Freundes beeindruckte sie sehr. Während sie sich nur um Josef Sorgen gemacht hatte, war ihr krautkrämerischer Inder schon drei Schritte weiter gewesen.

„Wann auch immerrr dieserrr kleine Junge zurrr Errrde muss – errr wirrrd es nicht allein schaffen. Errr wirrrd ein Gefährrrt brauchen!! Als ob dieserrr Kleine ohne Fahrrrzeug zurrrückgehen könnte! Pah! Und wie ich den lieben Gott kenne, lässt errr den Jungen alles allein machen. Errr will ja immerrr, dass wirrr unserrren eigenen Weg gehen!“

„Was ja auch gut so ist“, protestierte Laurina. Ihr missfielen die kritischen Untertöne.

„Ich sage ja nicht, dass errr nicht auch helfen würrrde“, lenkte Janardan ein. „Aberrr wirrr müssen derrr Sache ein wenig auf die Sprrrünge helfen. Derrr liebe Gott glaubt zu lange an das Gute im Menschen! Errr verrrtrrraut und verrrtrrraut und verrrtrrraut! Aberrr wenn du mich frrragst: uns rrrennt die Zeit weg, die Errrdenzeit, meine ich!“

„Du glaubst nicht, dass die Menschen von selbst zur Vernunft kommen?“, fragte Laurina, aber sie ahnte schon Janardans Antwort.

Janardan holte Luft und überlegte intensiv, bis er antwortete:

„Ich glaube, dass das alles zu lange dauerrrn würrrde. Viel zu lange! Bis dahin hätten sich die Menschen in ihrrren Krrriegen gegenseitig in die Luft gejagt oderrr eine Klimakatastrrrophe nach derrr nächsten herrraufbeschworrren. Denke doch mal an die vielen Pflanzen, die schon von derrr Oberrrfläche verschwunden sind! Willst du wissen, was ich glaube?“

Laurina hob interessiert die Augenbrauen.

„Ich perrrsönlich glaube nicht an die Menschen!“, antwortete Janardan in emotional schlichter Weise. „Mirrr sind meine Pflanzen lieberrr! Sie haben mich noch nie enttäuscht! Ich glaube an das, was in ihnen steckt! Aberrr wenn es nun schon so sein soll, dass dieserrr Junge zurrr Errrde zurrrückgeschickt werrrden soll, dann müssen wirrr ihm helfen! Dann kann errr dirrrekt loslegen, sobald errr den Auftrrrag errrhält!“

Janardan sah sich um, neben ihnen befanden sich noch zwei weitere Himmelsbewohner in der Kanzlei der Alten: ein olivfarbener Engel und ein aufgeblasener Elch mit Menschenkopf und aufgespritzten

Lippen. Janardan und Laurina huschten einen Gang weiter, der in der Nähe einer kleinen Tür an der Wand lag, die unter einem glitzernden Zierefeu gülden schimmerte. Dass in dieser Bibliothek eigentlich alles transparent war, schien für diesen Durchgang nicht zu gelten …

Die Wächterin schielte kurz herüber, als sich Laurina und Janardan entfernten, ließ dann ihr Haupt aber wieder in einem Buch versinken.

„Wirrr brrrauchen das Gefährrrt, das zurrr Errrde kommt. Irrrgendwo hierrr gibt es eine Schrrriftrrrolle, in derrr steht, wo wirrr es finden. Es muss irrrgendein Bus sein, derrr etwas mit dem Äquatorrr zu tun hat."

„Ein Bus?"

„Ja, oderrr so ähnlich."

„Woher weißt du das?"

„Was mache ich wohl den ganzen Tag? Ich pflege unendlich viele Pflanzen – ob alt oderrr jung, alle liebe ich und fürrr alle sorrrge ich!"

Janardan bewegte sich schnell zwischen den Buchrücken auf und ab und schaute zwischendurch immer wieder zur alten Buchwächterin. Sie schien vertieft in ihre Karteikarten zu sein und warf nur ab und an einen skeptischen Blick in den Raum.

„Gib es zu!", zischte Laurina und fand langsam Gefallen an der geheimnisvollen Aktion. „Du weißt es von einem Pflänzchen!"

„Genau! Von derrr Ewigkeitsblume! Sie ist so alt wie das Leben selbst und hat schon vieles mitgemacht. Sie wirrrd viel zu selten gefrrragt, denn nurrr, wenn man sie frrragt, sprrricht sie. Und sie hat mirrr von dem Äquasowiesobus errrzählt. Errr ist das einzige Fahrrrzeug, das zurrr Errrde zurrrückfahren kann. Niemand brrraucht ihn hierrr im Himmel, weil niemand zurrrückwill. Darrrum liegt errr irrrgendwo unbenutzt, aberrr dennoch strrreng geheim! Man weiß ja nie, werrr damit doch mal Unfug trrreiben könnte."

Er suchte weiter und kroch unter das letzte Regal, das vor der Tür lag: „Guck mal unterrr B wie Bus!", wies er Laurina an.

Laurina ließ sich auf die Knie fallen und fuhr mit ihren vier Armen die Buchrücken entlang.

„Was für eine Unordnung!“, stieß sie entsetzt aus: „Bukardoriusblanko – was soll das denn sein? Verliebdichdochfurzus – ist das was Unanständiges?“, kicherte sie und hielt sich die Hand vor den Mund.

„Du musst unterrr ‚Fahrrrzeuge‘ oder ‚Gefährrrte‘ schauen!“, wies Janardan sie an und wandte sich murmelnd wieder seinem Regal zu: „Himmelsschlitten, Weihnachtsrrrentierrrbox – brrrauchen wirrr nicht!“

„Hier!“, schrie Laurina und klatschte in die Hände: „Äqualoribus! Das muss er sein!“ Sie wies auf eine alte Schriftrolle, die in einem roten Behälter ruhte: „Selbstauflösend!“ stand darauf in blutroten Lettern direkt unter der Warnung: „Öffnen verboten! Erlaubnis nur vom lieben Gott!“

Laurina zögerte einen Moment, doch Janardan war schneller als sie, zog die Rolle heraus, stopfte sie in seinen Beutel und zog seine Freundin zur goldenen Tür, die kniehoch hinter ihren Rücken lag. Die Alte steckte mit ihrer Nase in den Karteikarten und schaute gerade nicht hin.

„Was machst du da?“, fragte Laurina erschrocken.

„Klauen und verrrduften!“, kommentierte Janardan sein Streicheln der Goldtür, deren aufgeprägtes Glasefeu unter Janardans Händen genüsslich zuckte, als kenne sie den grünen Daumen des Besitzers. Die Tür öffnete sich und gab den Weg in einen unsichtbaren Geheimgang frei.

„Was ist das?“, fragte Laurina.

„Nichts!“

„Wie nichts?“

„Es ist das Nichts!“, antwortete Janardan. „Darrrin sieht man nichts und man wirrrd nicht gesehen! Also: nichts wie rrrein und und nichts wie rrraus hierrr!“

Der Blick

Alpha blätterte in seinem Notizblock, den er zuvor aus seiner unsichtbar im Fell verschwindenden Bauchtasche gezogen hatte.

„Raum der Gestaltung und Steinfrau hätten wir geschafft", murmelte er. „Dabei Vollendung erfahren, dann Picknick von Manfreds Mutter! Jetzt steht hier: Abflugstation, Stuhl besorgen, Ort der Vergebung, Haus der Größe und die Demut besuchen … herrje! Micha, wir haben noch einiges vor! Lass uns aufbrechen!"

Micha hatte wie üblich noch nicht viel verstanden, aber willig sprang er von der Picknickdecke auf, um dem hektisch davonlaufenden Kaninchen zu folgen.

„Wohin gehen wir?", hörte er seine Himmelsstimme fragen.

„Deinen Stuhl holen!"

„Was? Wohin?", fragte Micha irritiert.

„Ich habe doch schon eine Wohnung mit lauter Stühlen", wollte er eine nutzlose Diskussion beginnen, obgleich er schon ahnte, dass es mit einem zielstrebig voranspurtenden Himmelskaninchen wenig zu besprechen gab. Also senkte Micha den Kopf und folgte schnellen Schrittes seinem Freund, der hinter einer großen Linde verschwand.

Die Fußballfelder der Erde waren groß gewesen und hatten den damals fünfjährigen Micha beeindruckt, als er an der Hand seines Vaters zum ersten Mal am Rand eines solchen stand – die Eintrittskarte zum Kreisligaspiel in der Hand. Sie wollten sich einen schönen Nachmittag machen, Eiscreme essen und ein wenig Fußball schauen. Das hatte der Vater ihm versprochen. Aber wie es bei Kindern so ist, gab es vor dem Anpfiff schon so viele interessantere Dinge als Fußballspielen zu entdecken, dass der Vater seinen staunenden Sohn etwas grob zum Weitergehen animieren musste.

„Komm schon, wir kommen zu spät“, trieb der Vater den kleinen Steppke an, der gedankenversunken die mit Gas gefüllten Drachen- und Clownluftballons musterte, nachdem er sich schon bei den gebrannten Mandeln und der Zuckerwatte aufgehalten und damit die sonntäglich milde gestimmten Nerven seines Vaters strapaziert hatte. Nicht jetzt auch noch zu spät kommen! Ein genervtes Durchatmen. Dann ein Lächeln. Der Kleine!

Micha spürte die Hand seines Vaters auf der Schulter – fest die kleinen Knochen ergreifend. Und dann sah er sie: die Mengen an Menschen, die sich noch auf dem Fußballfeld tummelten. Es wurde eine Art Volksfest gefeiert und die einzelnen Vereine der Region lieferten sich eine bunte Zusammenkunft aus Flaggen, Trikots und zur Schau gestelltem Lokalpatriotismus. Die vielen Menschen in Bunt tummelten sich in Reihen, die einem scheinbaren Muster folgten und sich langsam voranschoben. Unmengen von Menschen. Viel mehr als ein kleiner Siebenjähriger je gesehen hatte – vielleicht eintausend Leute?

„Zwanzig!“, hatte er damals seiner Mutter erzählt, als diese ihn abends nach seiner Einschätzung fragte, wie viele Menschen denn am Nachmittag den Weg in das Stadion gefunden hätten. „Zwanzig bestimmt!“

Angesichts der Erinnerung musste Micha lachen. Nun waren fünf Erdenjahre vergangen und er hatte inzwischen eine Vorstellung von Mengenverhältnissen gewonnen, bevor der Himmel ihn zu sich geholt hatte.

Aber das, was er nun auf der Ebene sah, die sich vor seinen und Alphas Augen unmittelbar hinter der Linde ausbreitete, übertraf seine Fähigkeit, Angaben zu Zahlen und Größen zu machen.

Es waren viele – sehr, sehr viele! Mehr gab es dazu nicht zu sagen.

Ein solch buntes Treiben aus unterschiedlichsten Körpern, farbenfrohen Gewändern, lockigen oder langmähnigen Haaren, geschwungenen Nasen und geschäftigen Armen war Micha noch nie begegnet. Und Flügel gab es dort! Flügel! Große und kleine, silbrig schimmernde und gold durchwirkte, leichte und zarte und von Gänsefedern schwere Flügel – so weit das Auge reichte! Einzig ihre Transparenz war ihnen gemeinsam.

Micha wunderte sich.

„Wie viele sind das?“, fragte er Alpha.

„Weiß nicht“, zuckte Alpha mit den Schultern und lächelte Micha schelmisch an, „zwanzig bestimmt!“

„Unglaublich“, staunte Micha und sein Mund fiel bis auf die weiteste Stufe seines vom Kiefergelenk ermöglichten Öffnungsgrades herab.

„Und wie heißt das hier, wo wir sind?“, fragte er weiter.

Doch eigentlich musste Alpha es ihm nicht erklären. Micha begriff auch so, was er vor seinen Augen sah!

Es war die Ankunfts- und Abflugstation der Engel, die von der Erde geflogen kamen und den Himmel betraten oder umgekehrt in die Unendlichkeit des Dunkels abtauchten. Sie tummelten sich in einem riesenhaften Tor, das – aus flüssigem Gold geschmiedet – wechselseitig die Farben des Regenbogens aufnehmen und einen sanften Zauber versprühen konnte. Das in schmiedeeiserner Handwerkskunst erstrahlende, hochhausgroße Portal begrenzte einen Abgrund aus tiefstem Schwarz und war sperrangelweit geöffnet.

Wie in einem Bienenkorb flogen Engel aus der Dunkelheit heran, gewannen langsam an Silhouette und setzten mit von der Anstrengung purpurn leuchtenden Bäckchen zu einem Landeanflug des puren Glückes an. Jeder Flügel glitzerte und strahlte die Zufriedenheit des Auftrags aus, den ein Engel beendet hatte oder dessen Erwartung ihn mit Geschäftigkeit und Aufregung erfüllte. Es war beseelend, wie hier gelebte Hilfsbereitschaft Lebensinhalt und Seinsbegründung, wie Selbstlosigkeit optischer Bildeindruck wurde!

„Was ist das?“

„Das sind die Engel des Herrn!“

„Schutzengel?“, fragte Micha weiter.

„Ja, Schutzengel!“, antwortete Alpha.

„Für die Menschen?“

„Für wen sonst?“

„Weiß auch nicht. Ich dachte nur so …“

Eine Weile staunte Micha vor sich hin und ließ sich von dem Glanz der unschuldigen, sympathischen und fleißigen Wesen anstecken. Seine Wangen erröteten.

Dann fiel es ihm auf.

„Einige sehen erschöpft aus. Was ist mit ihnen?“

Er ging näher heran, um besser sehen zu können.

„Schau mal, der da vorne erreicht so gerade noch die Kante! Er scheint Probleme beim Fliegen zu haben. Und der da! Sieh doch! Er fällt vor Erschöpfung fast um, sodass die anderen ihn stützen müssen! Was haben sie?“

„Sie haben Hunger!“

Alpha biss zerknirscht in eine Möhre. Es knackte bitter.

„Dann sollen sie doch was essen!“, ereiferte Micha sich weiter. „Hier, deine Möhre, deine Gebetsnahrung! Gib ihnen doch etwas ab! Es muss doch noch mehr davon geben!“

Alpha wurde nachdenklich.

Sollte er ihm doch jetzt schon alles sagen? So war es nicht vorgesehen! Aber es lief ja ohnehin nicht alles nach Plan!

„Das ist eine gute Idee, dass du etwas abgeben willst“, sagte er schließlich. „Aber leider geht das nicht!“

„Warum nicht?“

„Weil die Engel etwas Spezielles zu sich nehmen.“

„Was denn! Was essen Engel?“

„Liebesperlen.“

„Liebesperlen?“

„Ja, aus umfunktionierten Liebesblasen!“

„Umfunktionierten Liebesblasen?“

„Ja, umfunktioniert!“

„Und was, bitte schön, soll das sein?“ Micha ging es langsam auf die Nerven, dass er Alpha alles aus der stupsigen Kaninchennase ziehen musste.

Dann erklärte er es ihm doch. Im nüchternen Berichtstil fasste Alpha zusammen:

„Engel brauchen die Hülle der Liebesblasen, die die Menschen produzieren, wenn sie einander lieben, mögen, achten oder wertschätzen. Die steigen dann zum Himmel auf, werden hier verarbeitet und als Liebesblasenhüllenkugeln zur Engelsnahrung zusammengepresst. Und die Engel essen sie, diese Perlen bzw. Kugeln! Und nichts anderes!"

Micha staunte und verdaute. Diese Erklärung war etwas zu schnell gewesen!

„Aha! Aber jetzt noch mal langsam für einen kleinen zehnjährigen Jungen, der im Himmel die Weisheit eines alten Mannes hat – meinetwegen – , aber es trotzdem nicht kapiert. Die Menschen machen Blasen und die Engel essen diese?"

„Genau, zumindest einen Teil davon", lächelte Alpha.

Micha nickte, überlegte eine Weile und musste schlucken.

„Schmeckt das denn?", fragte er.

Alphas Blick klarte sich auf. „Und wie!!"

„Und die Liebe der Menschen, die da drin war?", wollte Micha weiter wissen.

„Die bleibt hier! Für alle Zeit! Zeig ich dir aber noch!", antwortete Alpha.

Micha fiel nichts mehr ein. Das Gesagte wog schwer und befiel seine Gedanken für einen längeren Augenblick. Er hatte viele Fragen, z. B. wo diese Hüllen der Liebesblasen verarbeitet wurden und ob Alpha ihm das noch zeigen würde, und wie das Ganze geschah und warum – zum Kuckuck! – das überhaupt so gemacht wurde. Aber er war zu überfahren und verwirrt, um eine dieser Fragen konkret weiterverfolgen zu können.

Er schaute weiter auf die Engel und ließ das bunte Treiben auf sich wirken, während ihn eine unbekannte Schwere, ein Mitleiden beschlich, das er bisher nicht kannte. Die Engel taten ihm Leid! Sie – diese fleißigen, flirrenden Wesen mit den transparenten Flügeln und den vertrauensseligen, unschuldigen Blicken – hielten ihn in ihrem Bann. Micha betrübte es, dass sie Hunger hatten und er beschloss, Alpha auch dazu noch näher zu befragen.

Der Himmel schien ihm unperfekt zu sein, fehlerhaft angesichts dieser bedauernswerten Umstände. Zunächst waren da die Aufwachräume, die auch schon Alpha bemängelt hatte, dann seine eigene Mattigkeit, die ihn ab und an heimsuchte, obgleich er doch im Himmel war und von derlei Gefühlen nicht mehr beeinträchtigt werden sollte. Und nun sah er die Engel, die Hunger litten. Was war hier los in diesem Himmel? Alpha hatte ihm noch einiges zu erklären!

Aber dieser war bereits ein paar Schritte weitergegangen, um wilde Zeichen in sein Notizbuch zu kritzeln, als Micha ein Engel auffiel, der anders war als die anderen. Er ging an einem langen Stock und hatte eine lederne, prall gefüllte Tasche um die Seiten gezurrt. Sein Gang war langsamer als der der Übrigen und ab und an sah er sich unsicher um – als wüsste er selbst nicht so genau …

Seine Locken waren entzückend und doch glänzten sie weniger als die der anderen Engel. Das Gewand hob sich fahl vom Untergrund ab.

Aber auch das war noch nicht das Außergewöhnliche.

Während alle anderen Engel einem klaren Ziel entgegensteuerten und einem himmlischen Plan zu folgen schienen und damit in ihren Bewegungen präzise und zukunftsgerichtet waren, hob dieser Engel langsam den Kopf und schaute genau in Michas Richtung.

Und wenn Micha sich nicht recht täuschte, dann meinte er, dass der Engel sogar absichtlich zu ihm hinübersah, als wüsste er genau, dass Micha schon längere Zeit dort stand.

Als wüsste er immer, wo Micha gerade war.

Einen kurzen Augenblick lang trafen sich ihre Blicke.

Oder länger.

Vielleicht war auch das nicht ungewöhnlich! Aber etwas anderes war es.

Die Augen – es waren die Augen!

Sie kamen Micha vertraut vor, obwohl er sich sicher war, sie noch nie gesehen zu haben. Er mochte sie und gleichzeitig taten sie ihm leid.

Denn sie waren traurig.

„Komm! Wir müssen dir einen Stuhl anfertigen lassen! Jeder Mensch im Himmel bekommt einen passgenauen Stuhl zum Sitzen …“, raunte Alpha herüber und war schon ein paar Schritte voraus. Er schaute sich nicht um und bemerkte nicht, dass Micha bereits langsam weiterging, den Engel fest im Blick.

„Ich komme ja schon“, flüsterte er und sah gerade noch, wie der Engel sich von ihm abwandte, an die Kante trat und hinuntersah wie ein Selbstmörder, der dem Abgrund des Hochhauses seine Verachtung weiht, bevor er sich gedankenverloren ins Bodenlose stürzt.

Lied 4: Engel am Tor

Esiema

Esiema hockte allein in ihrer Ecke und dachte nach. Beim nächsten Mal wollte sie besser vorbereitet sein. Noch einmal konnte sie nicht so viel wagen. Aber immerhin hatte sie es geschafft, ein kurzes Gespräch mit dem dunklen Nebel zu führen – ein Unterfangen, was seit Menschengedenken nicht mehr vorgekommen war.

Und sie hatte seinen Wutausbruch nicht nur überlebt, sondern Olobaid sogar beeindrucken können. Noch immer schien es ihr schier unmöglich, dass so etwas hatte geschehen können.

In der Apokryphe wurden gemeinhin keine Gespräche zugelassen, während das Dunkle seinen Unmut über die geliebt-gehassten, kalyptischen Biester ausschüttete. Jeder Austausch eines Gedankens mit dem Anführer hätte den Untertanen zumindest kurzzeitig mit ihm auf eine Stufe gestellt. So etwas ließ sich weder mit dem Narzissmus des Egomanen noch mit seinen notorischen Allmachtsfantasien vereinbaren. Er herrschte kritiklos und war die unbestrittene Wissenskoryphäe für jede Situation – so empfand er sich zumindest. Dies zu überdenken, war nicht seine Stärke.

Und nun kam eine schnodderige, fettleibige Schleimkreatur von einer Kalypse daher und wagte es, sein Selbstbild infrage zu stellen und einen genialen Vorschlag zu machen, den er wahrlich nicht ignorieren konnte!

Esiema lachte – nach der Sitzung in ihrer Ecke hockend – selbstgefällig aus ihrem sabberigen Mund und vergaß ebenso blasiert wie ihr Vorgesetzter, dass es nicht ihr Verdienst war, pfiffige Ideen und ein charakterliches Vorbild erfahren und sich daran entwickelt zu haben. Aber das war nun gleichgültig. Sie dachte zurück.

Als die Kalypse auf ihrem Weg zur Erde von den Engeln eingefangen worden war, wollte sie nur eines: Überleben! Aber das wollten alle Kalypsen, die im Raum der Sichten ankamen. Zurückgekommen war keine – außer ihr!

In ihrer Ameisengestalt gerade durch die Tür gestoßen worden und noch nicht zu voller Feengröße ausgewachsen, um von den lockenden Lianen in der Mitte angezogen zu werden, hatte sie durch den noch leicht geöffneten Spalt wieder herauskriechen können, als der große Blitz kam. Wie hatte der Himmel gezittert! Die Erzengel waren vor Schreck erbleicht und hatten sich verwirrt angesehen, ihre Aufgabe vergessend wie unerfahrene Schuljungen. Und während die dreiste Kalypse diesen unruhigen Moment genutzt hatte, hatte sie genug von der Herrlichkeit des Himmels und einen Hauch von Mitmenschlichkeit abbekommen, um nun mit diesem einzigen, ins Geniale pervertierten Vorschlag der gegenseitigen Hilfe die Gunst des Großen zu erhaschen.

Nach ihrem Auftritt in der Apokryphe wurde sie beim Namen genannt, wurde von kalyptischer Nichtnatur zur Gestalt erhoben. Man sah zu ihr auf, man registrierte sie. Sie wurde gefragt.

Beim letzten Gedanken sprang Esiema erschrocken auf. Er hatte sie sprechen wollen. Sie war spät dran!

Man sollte einen Olobaid nicht warten lassen.

Ihn noch weniger erzürnen.

Es könnte sonst das Ende sein!

Himmlische Stühle

„Was gibt's?", fragte Josef ohne aufzusehen. Er klebte gerade ein paar Holzmuscheln an einen Seemannsstuhl, der aus Bohlen und Schiffstau hergestellt wurde.

„Das hier ist Micha!", stellte Alpha vor.

„Hmm", die Antwort. Er schaute abermals nicht auf.

„Ein kleiner Junge!", sagte Alpha mit Verwunderung und einer Spur Vorwurf in der Stimme. „Ich hätte gerne einen passgenauen Stuhl für diesen Jungen!"

Keine Reaktion.

„Er ist ein besonderer Junge!"

„Jeder ist das!", knurrte Josef.

Alpha schaute Micha fragend an. Dann versuchte er es erneut: „Du baust doch gerne Stühle für Kinder, oder etwa nicht?!"

„Hmm …"

Offenbar hatten sie keinen guten Tag erwischt. „Sonst noch was?", murmelte der Schreiner.

Alpha war baff! Bärbeißig und etwas eigen, sicherlich, so war er – der Josef! Aber so unfreundlich hatte Alpha ihn noch nie erlebt!

„Willst du kein Maß nehmen?"

„Doch, doch!", brummte der Himmelsschreiner weiter und zog seinen Zollstock aus der Seitentasche. Ohne Micha in die Augen zu blicken, drehte er ihn in schwindelerregendem Tempo herum, maß hier, verrechnete dort, addierte, subtrahierte und kritzelte in sein großes, goldenes Buch einige unleserliche Zeichen.

Aber sah nicht ein einziges Mal zu ihm hoch.

Alpha schüttelte ungläubig den Kopf. Dann stutzte er, als wäre ihm plötzlich etwas klar geworden. Er sah sich verlegen um und wurde nervös.

Micha bemerkte Alphas Verhalten nicht. Er dachte über Josef nach, dessen Begrüßung ihn nicht besonders gestört hatte. Er hatte schon immer Menschen mit einer rauen Schale gemocht. Vielleicht war hier ja ein besonders weicher Kern zu erwarten?

Die Gerüche in der Schreinerei erinnerten ihn an seinen Onkel. Gerne war er bei ihm gewesen und hatte die große Kreissäge beobachtet, die in Windeseile Spänenstaub in die Luft wirbelte und für einen Moment das zufriedene Lächeln unter der Staubmaske seines geschäftigen Onkels vernebelte.

In diesem Moment dröhnte die Türglocke und holte Micha unsanft aus seinen Träumen zurück.

Josef ließ sofort den Zollstock fallen und hastete ohne ein Wort der Entschuldigung in dankbarer Eile zur Tür.

Alpha stürzte Josef hinterher, hielt ihn fest, als wollte er ihn vor etwas schützen. Oder als wollte er andere vor ihm schützen?

„Was ist noch?", fragte Josef unfreundlich. „Das sind nur meine Freunde."

Alpha überlegte kurze Zeit. Dann lockerte er den Griff und ließ Josef gehen. Er senkte den Blick und schüttelte leicht den Kopf, als sei er selbst von einer Erkenntnis oder einer Angst überrascht oder überfahren worden.

Durch das Fenster sahen Alpha und Micha einen kleinen Inder und eine rothaarige, zerzauste, vielarmige Frau auf einem Teppich sitzen und mit Josef diskutieren.

„Gib ihm eine Chance", sagte Alpha mehr zu sich selbst als zu Micha und schüttelte abermals den Kopf, um sich zu korrigieren: „Gib ihnen eine Chance ...!" Und dann so leise, dass es kaum wahrzunehmen war: „Es geschehe, was geschehen soll ...!"

In diesem Moment vibrierte etwas in Alphas Brusttasche, sein Handy klingelte. Was dieser Hase nicht alles in seiner Brusttasche hatte! Möhren, Notizblöcke und nun auch noch Handys! So etwas gab es im Himmel? Und all das, ohne dass man von außen eine Beule erkannte.

„Entschuldige mich kurz!", sprach Alpha zu Micha und verzog sich in den angrenzenden Flur der Schreinerei – die Tür eine Handbreit geöffnet, mit Blickkontakt zu Micha, als wollte er kontrollieren, dass Micha nicht dem unfreundlichen Schreiner nach draußen folgte.

Micha schaute sich interessiert um, nachdem ihn nun alle verlassen hatten. Geräusche drangen durch den Eingang zur Nebenschreinerei und lockten seine kindliche Neugierde. Mit einem scheelen Blick aus dem Fenster und zu Alpha, der mit dem Rücken zu ihm stand und sich während des Telefonates langsam und betreten auf den Boden sinken ließ, beschloss Micha einfach mal nachzuschauen. Das Scharnier quietschte, als er sich durch die Tür hindurchquetschte.

Ein liebevoll gearbeiteter Stuhl mit reichlicher Verzierung stand in der Mitte des Raumes. Micha erkannte, dass dieses ein besonders wertvoller Stuhl war. Obgleich er keine Ahnung von Hölzern hatte, fiel ihm der schimmernde Glanz der Oberfläche auf, der von vielfachem Polieren entstanden sein musste. Alles an dieser Sitzgelegenheit erschien ihm edel und vollkommen zu sein. Für wen ein solch hübscher Stuhl wohl gemacht wurde?

In einer Ecke stand Josefs Bestellkammer, der Vorhang war halbherzig zurückgezogen, als habe der Benutzer vorzeitig seine Sitzung abbrechen müssen. Das Fernrohr war noch an. Offensichtlich hatte Josef vor Kurzem auf die Erde geschaut. Der Film über seine Frau lief noch, denn ein grüner Knopf blinkte mit großem Aufforderungscharakter vor sich hin.

Micha wäre – aller Vollendung zum Trotz – kein kleiner Junge gewesen, wenn er nicht einen kurzen Blick gewagt hätte …

Klara

Die Kerze brannte langsam ab und Klara sah ihr dabei zu. Sie hatte Zeit, sehr viel Zeit, um das Flackern der Flamme und den Kampf des schmelzenden Wachses zu beobachten. So verging eine Dreiviertelstunde und die alte Frau starrte wie gebannt auf das sonst so unbeachtete Schauspiel.

Was wollte sie noch hier? Sie hatte ihre Gebete gesprochen, die Atmosphäre getankt. Nun war es eigentlich gut. Aber sie konnte nicht gehen. Etwas hielt sie hier. So stand sie auf, setzte sich auf die Holzbank hinter sich und streichelte die vom Beten schmerzenden Knie. Sie hatte lange ihren Rosenkranz, ihr Vaterunser und wieder und wieder das Ave Maria aufgesagt und sie hätte noch Stunden weitergebetet, wenn dies geholfen hätte, ihren ewigen, stechenden Schmerz im Kopf loszuwerden.

„Josef! Wo bist du? Nun sprich doch mit mir!"

Sie wusste, dass es wieder keine Antwort geben würde. Zu oft schon hatte sie gerufen.

Sie senkte den Kopf, das Taschentuch lag nass in ihrer vom Arbeiten gezeichneten Hand. Sie packte ein neues aus und schloss die Verpackung mit Bedacht.

Von hinten trat eine junge Frau vor den Kerzenständer. Sie schaute kurz zu Klara herüber und nickte wortlos zum Gruß. Klara hatte sie schon einige Male hier getroffen. Dabei war ihr aufgefallen, dass die Frau gebückt ging, fast so, als hätte sie eine große Last zu tragen.

Klara versank wieder in ihre Gedanken.

„Warum, du großer Gott? Warum musste er schon sterben?" Sie fühlte so viel Verzweiflung, dass es fast nicht zu ertragen war.

Einundvierzig Jahre lang waren sie ein Paar gewesen, einander immer treu ergeben, hatten eine Familie gegründet, viele Probleme gemeinsam bewältigt und waren miteinander alt geworden. Und nun war sie allein, vielleicht nicht ganz allein, die vier Kinder und fünf Enkel waren da. Das war sicherlich ein Trost! Aber dennoch ... aber dennoch.

Es tat unbeschreiblich weh! Jede Minute, jede Stunde, jeden Tag schleppte sie sich mühevoll von Atemzug zu Atemzug und wusste doch nur eines mit Gewissheit: dass der gute Teil ihres Lebens vorüber war, nun nur noch greifbar in alten Fotos und verblassenden Erinnerungen. Es war ihr, als fehlte die Hälfte von ihr, die selbstverständliche, immer nahe, immer verstehende Hälfte Mensch ihres Lebens.

Sie hatte einen guten Mann gehabt, das sagte sie sich immer wieder voller Dankbarkeit. Einen guten Menschen, auch wenn er nie viele Worte um sich machte. Auch wenn er nicht groß diskutieren oder streiten wollte. Er war ein Mann der Tat, ein ausgeglichener und bescheidener Charakter.

Wie hatte sie ihn immer geliebt und gewusst, dass sie den Richtigen geheiratet hatte. „Danke, Gott!"

Und doch: „Warum nur?“ Es tat so unglaublich weh.

Fast schon wurde sie ärgerlich. Ein Leben lang war sie zur Kirche gegangen, hatte immer artig gelobt, an das ewige Leben zu glauben und nun war die eine, die wichtigste Hälfte ihres Lebens weg. Und wo war der ganze Glaube, der sie immer gestützt hatte? Alles schien zu schwinden unter der Last des Schmerzes. Sie haderte mit Gott und fühlte sich kraftlos und übermannt. Es war ihr einfach zu viel.

Wenn es doch wenigstens eine Verbindung gäbe zu dem Himmel, an den sie so gerne weiterhin geglaubt hätte.

Wenn doch wenigstens ab und zu eine Stimme zu ihr sprechen könnte, die ihr sagte, wo ihr Mann geblieben war und wie es ihm ginge.

Wenn sie es noch einmal erleben dürfte, wie er ihr sagte, dass er sie liebte. Ganz still, nur für sie allein sagte er das. Niemals vor anderen. Das tat so gut! Das war so wichtig!

Und nun war da nichts mehr. Ein Loch – so groß und so zerreißend, dass ihre Seele es nicht mehr aushalten konnte.

„Josef! Wo bist du nur?“

Mit diesen Gedanken ging sie müden Schrittes und mit rot geweinten Augen aus der Kirche, um die Worte weiterhin in sich zu tragen: die nächste Stunde, den nächsten Tag und die ganzen nächsten Jahre lang.

Das Telefonat

„Was gibt es, Lilli?“, fragte Alpha ins Telefon.

„Entschuldige, dass ich störe, aber es fehlen fünf Portionen Engelskugeln.“

„Wie ‚fehlen‘? Habt ihr sie verlegt?“

„Nein!“, antwortete Lilli.

„Verschenkt – an einen besonders Hungrigen?“

„Nein!“

„Verloren?“, versuchte Alpha es weiter.

„Auch das nicht, viel schlimmer!“

„Was denn sonst? Es gibt keine andere Möglichkeit!“

„Sie wurden gestohlen!“, antwortete Lilli.

Die Küchenfee hörte Alpha atmen, tief, schwerfällig, von Blei gewichtet. Und denken. Eine ganze Weile lang.

„… Gestohlen … Im Himmel …!“, flüsterte er.

Alpha musste sich setzen. Dem kleinen, leichtfüßigen Kaninchen wurde es schwindelig vor Kummer und es konnte es nicht fassen: „Im Himmel ...“

„Als ich heute Morgen in die Kantine kam, waren sie weg“, erklärte Lilli weiter.

Alpha schüttelte fassungslos den Kopf: „Wer tut so etwas? Anderen die Nahrung wegnehmen? Egoistisch handeln und nur an sich denken?“

„Ein Engel!“, antwortete sie kühl.

„Waaas? Unmöglich! Das würden unsere Engel nie tun! Warum sollte ein Engel so etwas machen?“, fragte Alpha, doch gleichzeitig ahnte er, dass er im Grunde Bescheid wusste.

„Weil man damit bis zur Erde und zurück kommt und vielleicht noch einen Schlenker machen kann, oder ... sagen wir mal, einen Lapsus – in der Route oder in anderen Belangen – wiedergutmachen kann.“

Lilli war offensichtlich pfiffig. Sie konnte eins und eins zusammenzählen, die kursierenden Himmelsgerüchte mit ihren Erfahrungen kombinieren und hatte Tanaels Fragen in der Kantine richtig gedeutet.

Es entstand eine bedeutsame Pause, in der beide voneinander alles verstanden. Man hörte den schweren Atem in der Ohrmuschel rasseln.

„Danke, Lilli, dass du mich informiert hast. Muss ich dich noch fragen, wer gestern als Letzter da war?“

„Nein! Du weißt es auch so, denke ich.“

„Ja“, die matte Antwort. Dann noch ein: „Schweigst du?“

„Ja“, die noch fahlere Gegenantwort, eine geschwiegene Einvernehmlichkeit in den folgenden Sekunden.

Ein Klicken aus dem Telefonhörer.

Himmlisches Mitleid

„Was machst du da? Hast du Josef gefragt?“, schimpfte Alpha, als er zurückkam und Micha im Nebenraum vorfand.

„Aber ich guck doch nur“, verteidigte sich Micha und stieg langsam vom Hocker. Das Fernrohr lief unbeirrt weiter und zeigte die langsamen Schritte einer alten Frau, die aus der Kirche kam, die Straße entlanglief und nun ihre Wohnung aufschloss. Permanent stiegen von ihr pulsierende, wabernde und doch von einer unumstößlichen Hülle eingefasste Blasen hoch. Micha meinte, dass er in der transparent schimmernden Außenhülle das Wort „Josef" gelesen hätte. Aber er war sich nicht sicher.

Michas Miene war betreten, als er sich schuldbewusst an Alpha vorbeidrückte. „Entschuldige bitte ...", murmelte er und senkte den Kopf.

Alpha sah kurz durch das Fernrohr, um sich zu orientieren: „Das war Josefs Film! Was hast du gesehen?"

Micha antwortete nicht. Niedergeschlagen setzte er sich auf einen beliebigen Stuhl in der Schreinerei. Er knarzte unter seinem Gewicht, weil er offenkundig nicht für Micha gemacht war. Aber der kleine Junge bemerkte das nicht. Mit gesenktem Kopf und betretener Miene starrte er vor sich hin.

„Was hast du?", fragte Alpha, der ihm gefolgt war. Seine Aufregung schien sich schon beruhigt zu haben. Anscheinend hatte er beschlossen, Micha wegen seiner Neugierde keine Vorwürfe zu machen.

„Die tut mir leid!", sagte Micha.

„Wer? Klara?", fragte Alpha einfühlsam und trat näher an Micha heran.

„Ja, die Frau da. Aus dem Film!"

Alpha nahm sich einen Stuhl und setzte sich neben Micha. Verständnisvoll versuchte er seinen kurzen Vorderlauf auf Michas Schulter zu legen, soweit einem kleinen Kaninchen ein derart kompliziertes Unterfangen gelingen konnte.

„Wie sie so einsam dasitzt und vor Schmerzen kaum mehr weiterleben kann", fuhr Micha fort. „Das geht mir echt nahe! Ich könnte mitweinen!"

„Dann weine ruhig!", tröstete Alpha. „Jedes Mitgefühl ist gut. Gut für den, der es empfindet, und gut für den Himmel."

Damit waren wohl die Liebesblasen gemeint.

„Aber ich möchte ihr helfen!", sagte der Junge.

„Das kannst du nicht!", antworte Alpha.

„Warum nicht? Das finde ich ungerecht! Wir sind doch schließlich im Himmel! Ich dachte, der Himmel könnte alles!"

„Ja, er könnte, aber er tut es nicht. Der Himmel fängt nun mal da an, wo das Leben auf der Erde endet. In das Leben selbst greift der Himmel nicht groß ein. Nur die Schutzengel, die helfen gemäß dem Plan des Himmels."

Dann lächelte er: „Und der liebe Gott – der hilft natürlich auch, wenn er kann!"

Micha schüttelte den Kopf und man sah, dass ihn der letzte Satz Alphas nicht erreicht hatte.

„Und diese Blasen?", fragte er. „Waren die für Josef, den Himmelsschreiner, der hier wohnt?"

Alpha nickte: „Du hast soeben echte Liebesblasen gesehen, wie nur der Himmel sie erkennen kann! Auf der Erde bleiben sie unsichtbar. Klara produziert sie in einem fort. Sie ist ständig in Gedanken bei ihrem toten Mann und liebt ihn noch immer maßlos."

„Warum gibt es diese Grenze zwischen Leben und Tod überhaupt?", fragte Micha in Gedanken versunken, noch immer niedergeschlagen.

„Weil die Ewigkeit nach dem Tod kommt und der Friede und die himmlische Freude. Wenn Leben und Tod verwischen würden, wäre das nicht gut. Wie genau die Ewigkeit und der Himmel aussieht, davon wissen die Menschen auf der Erde nichts, weil Gott es so wollte."

„Aber das finde ich grausam! Die Menschen sollen doch ruhig wissen, wie es hier ist! Dann wären sie nicht so traurig!"

„Das ist nicht grausam, weil Gott den Menschen einen Weg gewiesen hat! Wer ihn sucht, der wird ihn finden. Wer andere Menschen liebt und an Gott glaubt, wer sein Leben nach ihm ausrichtet, der findet automatisch den richtigen Weg zu Gott und der führt in den Himmel."

Alphas Erklärung stimmten Micha nicht milder.

„Warum hat Gott das nicht offensichtlicher gemacht?", ereiferte er sich. „Wenn ich Gott wäre, hätte ich gesagt: ‚Hallo, hier bin ich! Wunderbar und friedfertig! Ich habe alles geschaffen und es ist alles gut und ich liebe einen jeden von euch so sehr, dass ich euch ständig in den Arm nehmen könnte! Und wenn ihr hier oben bei mir seid, gibt es Frieden und Freude und jede Menge Wackelpuddingberge. Und keine bösen

Gedanken und Gefühle mehr, nur die pure Harmonie!' Das hätte ich gesagt!"

Alpha lachte: „Und was macht der, der keinen Wackelpudding mag? Soll der sich auch auf den Himmel freuen!"

„Ach, du bist doof! Du weißt genau, was ich meine!" Micha zog seine Schulter unter der Hand des Kaninchens weg und wandte sich ab.

„Ja, das weiß ich …", sagte Alpha beschwichtigend. Allem Humor zum Trotz war es Alpha wichtig, dass Micha immer wusste, wie ernst er ihn nahm.

„Gott will sich uns nicht aufdrängen", erklärte er weiter. „Er liebt uns so sehr, dass er uns den freien Willen lässt. Denke doch mal an dich selbst! Wann bist du am liebsten zu deinen Eltern zurückgekehrt: Wenn sie dich gezwungen haben oder wenn du selbst wählen durftest?"

„Wie meinst du das genau?", fragte Micha wieder interessiert.

„Nehmen wir mal an, du möchtest zu einem Konzert gehen. Zu deiner Lieblingsband zum Beispiel!", fing Alpha an. „Nehmen wir mal an, du hättest schon Karten und dich sehr darauf gefreut. Dann kommen deine Eltern und erklären dir, dass die Lautstärke schlecht für deine Ohren und das Gedränge schlecht für deinen Kreislauf sei. Sie würden dir verbieten, dorthin zu gehen, weil sie gute Gründe dafür hätten. Zum Beispiel, weil du noch viel zu jung seist, um allein auf ein Konzert zu gehen! Was würdest du davon halten?"

„Gar nichts, ist doch klar!"

„Eben! Gott will, dass wir unsere eigenen Erfahrungen machen und selbst entscheiden, auch wenn wir dann Fehler machen und in die Irre laufen. Auch wenn wir Böses anrichten. Er lässt uns gewähren, weil er uns so sehr liebt."

„In der Hoffnung, dass wir ihn irgendwann finden?", fragte Micha.

„Ja, genau!"

„Du denkst also, dass ich in die Irre laufe, wenn ich zu einem Konzert gehe?"

Micha schaute skeptisch drein.

„Zumindest stimmt es, dass es deinen Ohren nicht gut tut“, lachte Alpha.

„Aber meiner Seele!“

„Stimmt! Darum gehe ruhig! Es war ja auch nur ein Vergleich, um dir den freien Willen der Menschen zu erklären. Gott lebt nach dem Motto: ‚Wenn du jemanden liebst, lass ihn frei!‘“

Micha nickte. Das verstand er gut.

„Gott ist so groß und so wunderbar,“, fuhr Alpha fort, „dass wir gezwungen wären, an ihn zu glauben, wenn er sich uns noch mehr zeigen würde. Wir hätten dann keine Wahl mehr, denn er wäre so offensichtlich göttlich und groß, dass er unseren Willen erdrücken würde. Das würde uns letztlich zu seinen Sklaven machen. Gott will keine Sklaven, sondern Menschen, die ihn aus freien Stücken lieben.“

Über diese Worte musste Micha einen Moment nachdenken.

„Und wie können wir jetzt Klara helfen?“, fragte er. „Wenigstens einen kleinen Wink könnten wir ihr geben! Ein bisschen Trost, dass es ihrem Josef gut geht! Kannst du nicht einmal seine Stimme durch den Raum schicken? Du hast doch so einen guten Draht zum Chef!“

„Das sind nicht die Methoden, mit denen sich der Himmel zeigt. Das ist eher etwas für Fälle, die nicht anders zu lösen sind!“ Mit dieser Andeutung konnte Micha nicht viel anfangen. Wie sollte er auch wissen, dass Alpha in seiner Weitsicht immer schon viele Schritte voraus war?

„Aber nenne den lieben Gott nicht ‚Chef‘!“, tadelte Alpha. „Das hat er nicht verdient!“ Bei diesen Worten verließ Alpha seinen Stuhl und schlenderte in der Schreinerei umher.

„Wieso nicht? Er hat doch alles geschaffen. Einen größeren Chef kann ich mir nicht vorstellen!“, ereiferte sich Micha.

„Aber ‚Chef‘ klingt nach jemandem, der anderen etwas befiehlt. Der die Menschen dirigieren und auf Plätze setzen kann, wie es ihm gefällt.“

„Und das kann Gott nicht?“, fragte der kleine Junge.

„Er könnte, aber er macht es nicht! Er würde niemals jemanden zu einer Entscheidung zwingen, niemals einen Menschen gegen seine

Überzeugung handeln lassen. Er will sich auch nicht hierarchisch über uns stellen, sondern er ist unter uns und mit uns. Er leidet, wenn wir leiden. Er weint, wenn wir weinen. Er liebt uns mehr, als wir es uns vorstellen können, und mit einer solchen Kraft, dass es ihn selbst oft schmerzt."

Dabei traten Tränen in Alphas Augen und er stockte.

Um ihn abzulenken, fuhr Micha fort: „Und Klara? Was ist jetzt mit ihr?"

„Wenn sie tief in sich hineinhorcht, wird sie Gottes Trost spüren. Wenn ihre Wut auf den Gott, der ihr scheinbar ihren Mann genommen hat, ein wenig verklungen ist, wenn sie sich öffnet und sich Gott anvertraut, wenn sie ihm ihr Leben und ihre Gedanken überlässt, dann hat sie vieles geschafft. Sie soll wissen, dass Gott ihr beisteht. Dass er in den Momenten, in denen sie sich am einsamsten fühlt, ihr am nächsten ist. Dass er mit ihr weint, wenn sie leidet. Dass er ihre Seele streichelt, so gut er kann. Dass er ihre Schmerzen fühlt und mit ihr den Weg geht, Stunde um Stunde, Tag um Tag! Dann wird es ihr helfen, den Rest ihres Lebens zu bestehen. So lange, bis sie persönlich hier oben ankommt. Und ich kenne einen, der sich dann besonders freut …"

Dabei blickte er aus dem Fenster und sah den wütenden Josef wild mit den Armen wedeln. Offensichtlich wurde unter den Freunden angeregt diskutiert. Micha folgte Alphas Blick und musste lachen. Irgendwie mochte er diesen bulligen, kleinen Mann, dessen Gesicht schon rot anlief!

Himmlische Diskussionen

Josef stand noch immer draußen und diskutierte mit Janardan und Laurina.

„Wir haben doch heute schon einmal darüber gestritten, Laurina! Nur weil er das Licht anhaben wollte? Diese kleine, unscheinbare Kerze?“, sagte er. „So viel sagt das nun auch wieder nicht aus! Ihr seid zwei hysterische Plagegeister!“

Laurina presste gequält die Luft aus ihren Lungen. Josef war ein harter Brocken, der sich manchmal dümmer stellen konnte, als er war. Sie dachte, es wäre leichter, ihn zu überzeugen, wenn sie beide persönlich vorbeikämen. Aber Josef blieb genauso hartnäckig wie bei ihrem Telefonat heute Morgen.

„Du weißt doch, dass das normalerweise niemanden der normalen
Menschen stört
oder auch nur ansatzweise empört!“, versuchte sie es erneut.

„Das gedimmte Aufwachlicht im Rrraum rrreicht immer aus!“, half Janardan. „Nurrr jemand, derrr das besonderrre Licht in sich trrrägt und in derrr Lage ist, ein Licht in die Welt zu brrringen, hat diese Fähigkeit! Außerrr Jesus warrren das noch nicht so viele …! Lass mich überrrlegen: Mutterrr Therrresa, Gandi und dann noch …“

„Du willst doch wohl nicht den kleinen Jungen mit diesen historischen Größen in Verbindung bringen? Und Jesus ist doch wohl auch nicht mit den anderen aufgezählten Menschen zu vergleichen! Der Vergleich hinkt doch vorne und hinten!“

„Das weiß ich noch nicht!
Es wird nicht umsonst mal eben Licht!“, freute sich Laurina und hoffte, Josef mit ihrem Enthusiasmus umzustimmen.

„Wir sollten das Ganze beobachten.
Und einander nicht mit Zweifeln betrachten!
Er ist es, ich weiß es!

Stimmulus glaubt auch daran und der hat doch einen guten Draht zu Gott!
Im Erkenntnisse-Erzielen ist der doch besonders flott!" Dabei grinste sie wissend.

„Ich weiß!", lächelte Josef. „Der war heute auch schon hier, um mir vom Engelsretter zu berichten. Und jetzt ist der Junge mit Alpha hier, um einen Stuhl zu bestellen!"

Er wies mit dem Kopf unauffällig zu seiner Schreinerei. Die Freunde stutzten. Dann hatte Josef den Kleinen also bereits kennengelernt!

„Wie ist er? Wie ist er?
Nett und lieb und richtig fair?", fragte Laurina neugierig.

Josef nahm den Gesprächsfaden nicht auf. Hingegen wich das Lächeln aus seinem Gesicht und mit großem Ernst sagte er: „Aber Janardan! Deine Überlegungen sind reine Hypothesen! Er kann nicht auf die Erde zurück!"

Sonderbar! Warum wurmte es ihn so sehr, was seine Freunde vorhatten?

„Sind es nicht!", entgegnete der Inder. „Wirrr sind noch schnell in derrr Himmelsbibliothek vorrrbeigefahrrren, um dirrr das hierrr zu brrringen!"

Er zog seinen Beutel auf und hielt Josef eine alte Schriftrolle vor die Nase, deren gelbe Seiten vor Staub nur so strotzten. Die Schleife, die das lose Blätterwerk hielt, lag aufgebunden auf dem Boden. Kleine krümelige Bröckchen, die sich von der Schriftrolle gelöst hatten, verschwanden im Nichts.

Laurina erschrak über die kleinen Schnipsel und rief ihnen zu:
„Wollt ihr wohl an der Rolle bleiben!
Ihr werdet mich noch in den Wahnsinn treiben!"

Noch bevor Janardan Josef erklären konnte, was Laurina damit meinte, fuhr der Himmelsschreiner die beiden an: „Woher habt ihr diese Papiere? Ihr habt sie geklaut, gebt es zu! Nur in der Kanzlei der Alten gibt es diese besonderen Schriftrollen und niemand, wirklich niemand, darf sie einfach so mitgehen lassen!"

Er war außer sich.

„Seid ihr von allen guten Geistern verlassen? Ihr dürft diese Schriftrolle nicht bei euch haben! Wisst ihr, was los ist, wenn Alpha davon erfährt?"

Er schaute sich unsicher um, aber niemand kam aus dem Haus. Seine Wut staute sich erst jetzt so richtig an.

„Das ist ein Verstoß gegen …", brüllte er weiter.

„Gegen die Himmelsrrrregeln, genau!", gab Janardan zu und rollte das „R" ganz besonders laut. „Und die Rrrolle löst sich langsam auf, wenn man sie aufbindet. Wirrr sollten uns beeilen, sie weiterzulesen."

„Deswegen ist sie ja auch so wertvoll!", schrie Josef. Er konnte es nicht fassen! „Sie ist absolut unbezahlbar und einmalig! Das erkennt man doch schon an der Kordel und dem Schild! Und ihr kleinen Oberschlauen wollt sie lesen? Wofür haltet ihr euch? Wollt ihr etwa den Himmel retten?" Er schnaubte und jede ihm sonst eigene Gelassenheit war von ihm gewichen.

Laurina schaute ihn eindringlich an. In ihren Augen lagen wilde Entschlossenheit und Enttäuschung über den Wutausbruch des Freundes. So hatte sie ihn noch nie erlebt!

Was aber überwog, war ihre Anteilnahme.

„Josef!
Bewahre doch Ruh'!
Höre uns doch erst mal zu …"

Josef atmete hastig. Er wirkte zugleich aufgebracht und niedergeschlagen, obwohl er das im Himmel nicht sein dürfte. Es gab doch keine negativen Gefühle. Oder was war hier los?

„Josef!", sie sprach leise und nahm Josefs Hand. Widerwillig zog er sie zunächst zurück, aber etwas in ihren Augen verriet ihm, dass sie es gut mit ihm meinte.

„Josef", sie streichelte ihn und damit passierte auch mit ihr, wovon beide noch keine Ahnung hatten.

„Du wirkst manchmal so niedergeschlagen.
Das bereitet Janardan und mir Unbehagen!"

„Was soll das jetzt? Lenk nicht ab!" Sein Protest wurde etwas leiser, für einen Außenstehenden kaum wahrnehmbar.

„Doch, das tust du! Wir sind im Himmel!
Hier tanzen im Kopf jede Menge goldiger Schimmel!
Der Fantasie sind keine Grenzen gesetzt –
auch wenn sie die Logik auseinanderfetzt!
Hier darfst du nicht traurig sein, du kleiner Brömmelkopf!
Was wuschelst du dir so grimmig den Schopf?"

Josef stutzte einen Moment. Dann entgegnete er: „Ich bin nicht traurig! Und brömmelig schon gar nicht! Das bildest du dir ein!"

Jetzt zog er seine Hand endgültig aus ihrer.

„Wenn derrr Junge derrr ist, von dem wirrr glauben, dass errr es ist …", fuhr Janardan fort und wies auf Josefs Wohnung, „… und wenn errr den Himmel rrretten soll, wovon wirrr glauben, dass errr es soll, dann gibt es eine Chance für dich, mit deinerrr Klarrra Kontakt aufzunehmen!"

Das war das Stichwort! Josef zuckte unwillkürlich zusammen. Dann schüttelte er den Kopf.

„Was soll das? Wie stellt ihr euch das vor? Dummes Geschwätz!"

„Falls man den Jungen zurrr Errrde schickt, dann könntest du mitfahrrren und mit deinerrr Klarrra sprrrechen! Oderrr ihn bitten, dass errr es für dich macht!" Janardan versuchte mit allen Mitteln, Josef zur Mitarbeit zu bekehren.

Josef trampelte von einem Bein auf das andere und schnaufte. So etwas nannten sich Freunde!

„Wie sollte das gehen, wenn es überhaupt möglich wäre?", polterte er. „Was redet ihr da nur für einen Unfug!"

„Wirrr haben begonnen, diese alte Schrrriftrrrolle zu lesen", fuhr Janardan fort. Sie ist eine Arrrt Gebrrrauchsanweisung fürrr eine grrroße Trrransporrrtblase, die zurrr Errrde fliegen und Tote zurrrückbeförrrderrrn kann, um die Lebenden zu trrreffen. Allerrrdings ohne sichtbarrr zu werrrden."

Josef staunte mit offenem Mund, während Janardan weitererklärte: „Und wirrr machen uns auf den Weg, um diesen komischen Bus hierrr im Himmel zu finden. Im Moment ist errr verrrsteckt, aberrr die Gebrrrauchsanweisung und den beigefügten Wegweiserrr haben wirrr schon."

Er öffnete die Schriftrolle weiter. „Das ist so eine Arrrt Schatzkarrrte ... Oh je! Leiderrr ist schon wiederrr eine kleine Ecke abgebrrrochen! Ja, wo ist sie denn?"

Janardan schaute sich um, zuckte dann fatalistisch die Schultern und wandte sich wieder Josef zu. Er wartete einen kleinen, wichtigen Moment, um seinen nächsten Satz noch mehr wirken zu lassen. Er wusste, wie er Josef erreichen konnte. „Möchtest du nicht mit ihrrr sprrrechen?"

Josef antwortete zunächst wortlos. Er rieb seine Handflächen nervös am Oberschenkel ab, um sie dann in wilder Gestikulation vor dem Körper auf und ab fahren zu lassen. Schließlich griff er sich ins kurze Haar und presste seine Antwort heraus: „Ich kann meine Klara von hier aus sehr gut sehen und damit Schluss jetzt! Was ihr da vorhabt, klingt mir streng verboten. Es wird einen Grund haben, warum wir nicht mehr mit den Lebenden kommunizieren können und warum wir nicht mehr einfach zur Erde zurückkommen. Wir sollten das so annehmen, wie es ist!"

Und damit wandte er sich um und wollte zurück in sein Haus gehen. Er schimpfte auf dem Weg:

„Wenn Alpha das mitbekommt, was ihr da macht, dann möchte ich nicht dabei sein, wenn das Jüngste Gericht tagt. Wisst ihr eigentlich, was dann los ist?"

Er fuchtelte wild mit den Armen. Dann verharrte er eine kurze Sekunde und schimpfte weiter:

„Es ist sicherlich nett von euch, dass ihr so an mich denkt, aber ich möchte nichts damit zu tun haben! Ihr Verrückten! Ihr Wahnsinnigen!" Damit wandte er sich nun endgültig zum Gehen und seine Schritte hallten entschlossen an der Häuserwand wider.

Diesen Moment nutzte Janardan, um seinen Trumpf auszuspielen und sagte das, was Josef schlagartig erstarren ließ. Sein Rücken bebte unter den Worten des mitfühlenden Inders.

„Und deine Klarrra? Du könntest sie trrrösten, damit sie nicht mehrrr so trrraurig ist und weiß, dass es dirrr gut geht. Überrrlege doch mal, ein kleines bisschen Trrrost! Nurrr eine kurrrze Nachrrricht …"

Man sah den schweren Atem auf- und abgehen und die himmlischen Rippen des getreuen Schreiners erdenschwer hoch- und niederhieven. Blei lag auf seinem Rücken. Er überlegte und antwortete kleinlaut, ohne sich umzudrehen.

„Sie braucht meinen Trost nicht. Sie hat ihren Glauben an Gott."

Man hörte ihm an, dass er haderte. Dass er seinen Zweifel nicht aussprechen wollte. Täglich musste er – wie andere Himmelsbewohner auch – durch sein Fernrohr mitansehen, dass es vielen Menschen nicht reichte, einen abstrakten Gott zu haben. Sie sahen ihn einfach nicht. Sie waren blind. So auch seine Klara, die geliebte Frau, die er stets durch sein Fernrohr beobachtete. Auch sie war nicht empfänglich für den Gott des Trostes. So viel sie auch in die Kirche rannte, sie blieb unendlich traurig!

„Wie wäre es, wenn du dich mit dem Jungen bekannt machtest?

Wenn du ihn ein bisschen anlachtest?", versuchte es Laurina ein letztes Mal.

„Wenn du einfach ein bisschen nett zu ihm wärst?
Und ihm nicht den Rücken zukehrst?
Vielleicht nimmt er dich ja mit?
Das wäre doch ein toller Schritt!
Wer weiß schon, was daraus wird?
Lass dich drauf ein, Spannung ist garantiert!
Und du wärst nicht weiter frustriert!"

Laurina und Janardan meinten es gut. Josef sah ihre mildtätigen, sorgenvollen Blicke jedoch nicht und war in diesem Moment der Wut auch nicht in der Stimmung, sie sehen zu wollen. Er machte auf dem Absatz kehrt, preschte ein paar Schritte auf sie zu und giftete seine Freunde an: „Ich werde mich nicht anbiedern!! An nichts und niemanden! Ist das klar? Was treibt ihr für ein falsches Spiel? Pfui!"

Spucketröpfchen flogen durch die Luft.

„Es bleibt alles beim Alten und damit basta!"

Die weglaufenden, wütenden Schritte mündeten in einem scharfen Türknall.

Laurina und Janardan sahen sich schockiert an. So kannten sie ihren gutmütigen Freund nicht! Jetzt häuften sich Eigenschaften an ihm, die er zum einen vorher nie besessen hatte und die zum anderen im Himmel nichts zu suchen hatten.

„Ist der traurig!

Das ist ja schaurig!", flüsterte Laurina.

„Vorrr allem ist derrrr sauerrrr!!!" Janardan pustete beklommen durch seine Zahnlücke, dass es nur so pfiff.

Dann sprach er aus, was beide ahnten: „Meinst du, wirrr sind zu spät?"

„Keine Ahnung", antwortete Laurina und blickte Josef mit Tränen in den Augen hinterher. Der fehlende Reim war ihr nicht einmal aufgefallen. Und noch weniger bei den folgenden Worten: „Meinst du, er hat sich schon infiziert?"

„An den hungrrrigen und trrraurrrigen Engeln? Ich weiß nicht, ob das geht. Ich hoffe nicht!"

Laurinas Lippen zitterten und das, was herauskam, zeigte, dass ihr noch immer nicht nach einem Reim war: „Glaubst du, er ist noch zu retten?"

Im Krankenhaus

„Wie kann ich dich nur retten?"

Er bewegte sich nicht. Seit zwei Stunden saß sie schon da und hielt seine Hand, aber er bewegte sich nicht. Heute nicht, gestern nicht, nicht letzte Woche und auch nicht vor zwei Monaten.

„Micha!", flüsterte sie und streichelte die leblose Hand. „Micha!", noch einmal und wieder und wieder. Sie gab nicht auf – niemals.

„Micha!"

Sie summte leise sein Lied, wortlos und abgehackt. Sie zwang sich dazu, es zu singen. Es musste doch noch etwas bringen! Die Melodie trug sie schon lange in sich. Sie hatte sich aus ihrem beklommenen Herzen gequetscht, nachdem man ihr gesagt hatte, dass Lieder auf Komapatienten anregend wirkten.

Das war lange her. Das war, als der einschnürende Schmerz in der Kehle noch neu war. Inzwischen kannte sie das Gefühl. Sie hatte sich daran gewöhnt und doch immer wieder gehofft, dass es ihr nicht nur im übertragenen Sinne ihr Leben, sondern auch rein körperlich den Atem nehmen würde. Dass der Schmerz entscheiden würde, wann sie aus diesem Leben gehen konnte, gehen durfte.

„Ich bin voll von dir …", die Melodie klang zerbrechlich und deprimierend. Sie brachte es heute nicht fertig und tauschte das Summen gegen eine zähe Stille ein, ein wenig Stille in dem kontinuierlichen Piepen der Geräte. Sie senkte den Blick.

Warm und vertraut lag seine Hand in ihrer – wie früher, als sie Kringel auf seinen Unterarm zeichnete, während sie gemeinsam im Fernsehen Kindersendungen anschauten. Wie hatte er es geliebt, wenn ihr Zeigefinger langsam Richtung Ellenbogen glitt und das Kitzeln unerträglich wurde! Er hatte wegschauen und nur auf sein Gefühl vertrauen müssen. Und wenn er geglaubt hatte, dass ihr Zeigefinger in der Beuge seines durchgedrückten Armes angelangt war, hatte er aus Leibeskräften „Stopp" gebrüllt, bevor beide eng ineinander verschlungen und herumalbernd vor Vergnügen gegluckert hatten.

Es waren Zeiten gewesen, als das Leben noch Leben hatte, als Kinder Reichtum bedeuteten und nicht nur bohrende Sehnsucht und unerträglichen Schmerz.

Schlaff war die Hand nun, müde und kraftlos, als wäre sie schon lange von ihm gegangen – schon lange von ihr gegangen. Die Hand hatte keine Ahnung mehr von Kringeln und Kinderlachen, sie war so abwesend wie seine Atmung, die ohne die Maschinen nicht mehr funktionieren würde. Sein Atem gurgelte im rhythmischen Widerhall der kühlen Krankenhausräume, eingefangen in einem metallischen Behälter aus saugenden und pustenden Geräuschen und hatte damit jede Menschlichkeit verloren. Jenen Wechsel aus nach Luft schnappender Erschöpfung eines Kindes, das mit seiner kleinen Schwester Fangen spielt, und aus andächtigem Innehalten eines von den Weihnachtsgeschenken überwältigten, kleinen Jungen.

Man hatte ihm einen Luftröhrenschnitt gesetzt, weil das auf Dauer schonender wäre, sagte man – „auf Dauer". Die Worte hallten in ihr nach.

Wie lange sollte das noch gehen? Wie lange hatte sie für all das die Kraft? Wann würde ihre Seele sich einfach aus diesem sohnlosen Körper ohne Sinn verabschieden? Einfach gehen und aufgeben und nicht mehr fühlen müssen, was sie nachts wach liegen ließ, was ihre Gedanken vergiftete, was ihr Lächeln einfror, was sie müde machte – so unendlich müde und leer.

Sie konnte nicht mehr, aber sie würde niemals aufgeben, auch wenn man ihr hundertfach versicherte, dass es aussichtslos war – niemals.

Es gab ein Wort, das ihr im Kopf herumdröhnte und den Knoten aus Schuld und Sehnsucht erneut durcheinanderwirbelte. Ein medizinisches, präzises Wort – grausame Wahrheit und rätselhafter Zustand zugleich: „Hirntot!“, hatte man ihr gesagt. Vorbei mit dem Koma, nächste Stufe, tut uns leid … Und wieder hatte jemand dieses sonderbare Wort gebraucht: „Hirntot“.

Sie hatte nicht verstanden, nicht verstehen wollen, was bereits Teile ihres Verstandes durchsetzte und sich wie eine Säure langsam in die Gedanken und Knochen des Herzens fraß: „Hirntot“.

„Micha“, flüsterte sie abermals liebevoll wie ein beharrliches, um Süßigkeiten bettelndes Kind, das seine Eltern anfleht, als gäbe es kein Morgen und keinen anderen Sinn, als in diesem Moment nur das eine zu wollen: „Micha!“

Und wieder streichelte sie die Hand, routiniert, mechanisch. Sie rubbelte beinahe. Zumindest schien es ihr, als sei die Haut schon dünner geworden. Das hatte sie gestern gedacht. Heute nicht – jetzt nicht. Sie war viel zu vertieft in all die Worte, die immer und immer wieder zwischen ihren beiden Ohren pochten und die Gehirnhälften betäubten.

Sie saß da und spürte weder Wärme noch Kälte, weder Geräusche noch Lärm, weder Menschen noch Zeiten. Es geschah einfach mit ihr, sie empfand sich wie eine Statistin in der Hauptrolle ihres eigenen Lebens. Eine Statistin, die wort- und tatenlos von oben auf ein Zimmer herabschaut, ohne etwas ausrichten zu können. Die schwebt und schaut – auf eine Mutter und ihr hirntotes und doch lebendiges Kind. Und die Schultern zuckt, nebelhaft und resignierend.

Sie war eingenickt und schreckte auf, als ihr jemand eine Hand auf die Schulter legte.

„Sie sollten jetzt gehen“, hörte sie – einfühlsam, sorgenvoll. Es war das Lächeln der Nachtschicht, das sie schon kannte. Sie mochte das Lächeln, aber das nützte ja nichts. Was nützte schon etwas?

„Danke“, flüsterte sie geistesabwesend und kaum hörbar und klaubte in einem Anflug von Hektik ihre Sachen zusammen.

Sie hatte Selma noch etwas zu essen gemacht haben wollen, das hatte sie sich eigentlich vorgenommen. Wieder hatte sie es versäumt! Wieder war etwas falsch gelaufen! Und wieder diese Schuld! Sie war eine Totalversagerin. Mutter mit Laufpass, bitte schön! Gebt mir den Laufpass, gebt mich frei! Gebt mir mein Leben zurück!

Ich will nicht mehr.

Sie senkte den Kopf und grüßte knapp und dankbar, als sie an der Krankenschwester vorbei zur Tür schritt und mit Kraft festhielt, was sie noch in den Fingern hatte.

Lied 5: Voll von dir

Kreatur

Als Esiema völlig außer Atem in das leere Dunkel der Apokryphe eintauchte, glaubte sie zunächst allein zu sein. Sie sah und hörte, roch und spürte niemanden.

Das Nichts hatte keinen Geruch, musste immer unscheinbar sein, wenn es nicht entdeckt werden wollte. Denn das war das Kennzeichen des Bösen, der Sinnlosigkeit, des komplexbeladenen, lebensleeren Gedankens: unentdeckte Entfaltung und ein Zuschlagen aus dem Hinterhalt, wenn der andere nicht darauf vorbereitet war. Um ins Schwarze, ins Herz zu treffen. Jedes Mal.

Sie wähnte sich sicher und setzte sich erleichtert auf einen Stein, um ihre Gedanken noch einmal zu sortieren.

„Wie sieht dein Plan aus, du miese Kreatur?“, erschallte es.

Die kalte, laute Stimme ließ Esiemas modrigen Gebeine erzittern. Wo war er? An welcher Stelle des Dunkels klebten die düsteren Rauchschwaden seiner Nebelgestalt?

In diesem Moment schien es ihr, als kröchen fratzenartige Spinnenkörper an ihren schleimigen Knöcheln hoch. Oder waren es seine Nebelarme, die die Gebeine der Leidenden trugen und die sie nun auf perverse Weise sanft zu umarmen trachteten?

Esiema zitterte am ganzen Körper und verlor Teile ihres Dunkels im Nichts, während sie verwirrt umherschaute. Sie hätte schwören können, dass er sie umgab, schier überall war, denn der Hall seiner Wörter verlor sich auf den blanken Felswänden der Apokryphe. Und sie fühlte, dass er sie berührte – distanzlos, quälend und unflätig.

„Na? Wo ist dein Mut, du übermütiges Früchtchen?“, sprach Olobaid, jede Silbe Verachtung.

„Mein Plan, mein Plan …“, schwitzten die Gedanken der Kalypse, kaum einer klaren Logik und Stringenz fähig.

Olobaid kitzelte sie pervers, bevor er plötzlich auf ihren Kopf einschlug, als wäre er ein Amboss. Sie schrie auf und wurde von der Schärfe seiner Gestaltguillotine zu Boden gerissen, als stünde sie auf dem Schafott. Seine Tornadoarme brausten um sie her und rückten ihr derart zu Leibe, dass es ihr den Atem nahm.

„Große Töne spucken! Mich vor allen verhöhnen! Das könnte dir so passen, du miese Kreatur!“, wiederholte er phrasenhaft und tumb. Ein variierender Wortschatz war nicht seine Stärke, hätte von Bildung gezeugt.

Doch wer sich bildet, muss einmal zu jemandem aufgeschaut, ihn imitiert, seine Handlungen nachgeahmt haben. Olobaid hatte schon immer existiert, war schon immer da gewesen, wo das Leben auch Schatten zuließ. Rat, Anleitung oder Maß blieben ihm fremd und sein Geist zu borniert, um Derartiges im Nachgang einzufordern. Ohne jedes Vorbild blieb er in sich selbst verhaftet. Wo Kritik nicht erwünscht, Entwicklung abgelehnt und Dialog als Erniedrigung empfunden werden, bleibt die Sprache klein, der Geist beschränkt.

Olobaid blieb der, der er war. Schon immer.

Daran sollte auch eine kleine Kalypse nichts ändern. Auch wenn sie den Himmel gesehen hatte, blieb sie ein Nebengespenst.

Das wäre doch gelacht!

Das schlechte Leid und die gute Sünde

Micha war noch nicht ganz zufrieden. Alpha hatte sich bei der Erklärung viel Mühe gegeben, aber etwas in ihm rebellierte noch. Warum musste Klara nur so viel leiden?

„Warum gibt es das Leid auf der Welt, Alpha?"

Alpha seufzte, als wäre auch er niedergeschlagen von den Bekümmernissen der Welt. Dann ließ er eine Zeit lang den Kopf nach vorne sinken und versuchte eine Erklärung: „Wenn es das Leid nicht gäbe, wüssten wir nicht um das Heil und die Freude. Wie sollte man sich auf den Morgen freuen, wenn es keine dunkle Nacht gäbe? Wie sollte es einen Neuanfang geben, wenn kein Ende da wäre? Wie sollte wunderbare Versöhnung funktionieren, wenn es keine Sünde, kein Fehlverhalten, keine Fehler gäbe? Da, wo Sonne ist, ist auch Schatten. Wo etwas richtig gemacht werden kann, muss es auch das Falsche geben. Wozu wäre sonst alles da? Es gäbe nur ein langweiliges Einerlei, das sich von nichts absetzte."

„Du meinst, dass das Leiden, die Fehler, die Sünden, das Schlechte … dass all das letztlich gut ist?" Micha wollte das nicht glauben.

„Das habe ich so nicht gesagt. Aber es zeigt uns, dass es umso wichtiger ist, dass es das Gute gibt. Dass die Liebe existiert sowie ein Gott, der in all dem Durcheinander ein bisschen Besserung verspricht. Der Trost spendet und den Menschen hilft, so gut es geht."

Micha schaute aus dem Fenster. Josef hatte seinen Streit offensichtlich beendet und steuerte auf sein Haus zu. Seine Wangen strahlten vor Erregung rot ab.

„Das geht mir nicht in den Kopf! Wozu sollte das Schlechte schon gut sein?", beharrte Micha.

„Nun, wer weiß", lächelte das Kaninchen. „Manchmal muss man einen Fehler machen, um daraus zu lernen. Manchmal eine Sünde begehen, um Gutes daraus erwachsen zu lassen. Manchmal leiden, um daraus stark zu werden."

In diesen Worten schien mehr Weisheit zu liegen, als Micha für den Augenblick deuten konnte. Wie sollte er auch wissen, dass all das eine Prophezeihung seiner Zukunft war? Dass Micha irgendwann einmal verstehen würde, was Alpha damit meinte.

Er war nur überrascht darüber, wie gedankenverloren das Kaninchen dastand und seine eigenen Worte auf sich wirken ließ. Es schien kaum zu bemerken, wie Josef die Tür aufstieß und – äußerst himmelsuntypisch – grimmig grollend seine Arbeit an Micha fortsetzte.

Tanaels Wut

Josef war nicht der einzige, der grollte.

„Das war er! Ich habe ihn erkannt. Er muss es gewesen sein!“, dachte Tanael. „Außerdem war Alpha bei ihm, höchstpersönlich! Das soll was heißen!“

Tanaels Kopf schmerzte, als er an die Szene in der Abflugstation zurückdachte. Zwischen all dem Gedränge und den vielen Ansinnen der Engel, ihren unterschiedlichen Figuren und Formen, ihren Fluginstrumenten und Habseligkeiten, diesem riesigen Wirrwarr aus allem Sonderbaren und Wunderbaren, was der Himmel hervorbrachte, hatten sich die Blicke der beiden schicksalhaft miteinander verbundenen Wesen getroffen: des kleinen Jungen und seines Schutzengels.

Ihre Augen bahnten sich den Weg durch die Zeit, durch himmlische Figuren, durch uralte, das Manifest des Himmels begründende Grundsätze hindurch zu einem Blick auf den anderen. Sie hatten die Ewigkeit einer himmlischen Millisekunde lang die Zeit angehalten, um zu verschnaufen, das Unfassbare, das Niedagewesene zu verarbeiten.

Der Junge hatte ihn angesehen, dessen war Tanael sich sicher. Aber wieso hatte er ihn so sonderbar angeschaut, so, als wüsste er Bescheid? Sein Blick war erwachsen gewesen, reif und stark, abgeklärt, ja fast kämpferisch und dabei unendlich unschuldig.

Kannte Micha Tanaels Geheimnis? Wusste er um sein Schicksal? Schaute so jemand in die himmlische Weltgeschichte hinein, der eigentlich noch nicht tot sein sollte, sein durfte?

Oder war es ein Vorwurf, ein Ich-will-noch-nicht-hier-sein?

Seitdem Tanael sein vermeintlicher Fehler unterlaufen war, an dem er keine Schuld trug und sich dennoch dessen zu bezichtigen er nicht müde wurde, fand er keine Ruhe mehr. Sein Engelscharakter, seine Leichtigkeit und Fröhlichkeit waren dahin. Er spürte, wie nicht nur seine Kraft mit jedem Himmelstag weniger wurde, was unter anderem an den kläglichen Essensrationen liegen mochte, sondern mehr noch machte er sich Gedanken über seinen Charakter, der unter einer Schwermut litt, die im Himmel ungewöhnlich – ja sogar gefährlich war!

Er fühlte, dass er zunehmend die Charaktereigenschaften von den Menschen annahm, die er auf Erden begleitet hatte, dass er Zweifel, Trauer, Mutlosigkeit, aber auch einen Anflug von unbekanntem Groll an sich bemerkte, der ihn erschrecken ließ. Und er war nicht besser als sie. Nein! Das war er nicht! Auch er hatte gesündigt, hatte gestohlen! Würde Gott es ihm verzeihen?

Er schüttelte den Kopf und kehrte zu seinen ursprünglichen Gedanken zurück. Wieso sollte der Junge böse auf ihn sein? Wie sollte er um all das wissen? Wieso sollte er nicht hier sein wollen? Es ging ihm doch gut im Himmel! Bestimmt bildete sich Tanael das nur ein!

Wie er so dahinflog, erschrak der kleine Engel abermals darüber, dass er so viel reflektierte wie seit unzähliger Zeit nicht mehr. Und dass er Zweifel hatte, Zweifel an allem – an sich, an Micha, an den Erzengeln und an der himmlischen Ordnung schlechthin.

Er seufzte schwer und fragte sich, was mit dem Himmel geschehen sollte, wenn den übrigen Engeln das Gleiche blühen könnte wie ihm selbst. Wenn auch sie Fehler machen und Menschen im Himmel landen würden, die dort noch nicht hingehörten. Würde sich die Leichtigkeit des Jenseits ändern, wenn die Engel plötzlich alle krank würden – menschenkrank, liebesentwöhnt, futterneidig und schwermütig? Wer sollte dann tanzen und den Reigen anführen, wer den Himmel schmücken und die goldenen Dächer putzen, immerfort und mit der größten Lebensfreude, die ein Wesen zu spüren in der Lage ist? Und wer sollte all die Menschen beschützen, sie vor Unwettern retten, sie wieder auf den Weg bringen? Ja, wer? Gott allein würde das nicht schaffen, er brauchte seine Engel.

Plötzlich spürte Tanael, wie der Gedanke an Gott ihm Kraft gab, ihn durchströmte und beglückte. Dieser wunderbare Übermenschgottvater, dessen Liebe seine Flügel waren, sein Transportinstrument auf dem Weg zu den Menschen. Der die Geduld war und die Gnade, oder? Doch sicherlich war Gott die Gnade selbst …

Tanael besaß kleine Flügel, zwar unsichtbar, aber dennoch wusste jeder im Himmel, der Tanael sah, dass an der oberen Spitze seines Rückens zwei manchmal bläulich hervortretende, ansonsten nicht erkennbare Flügel befestigt waren, die in einem Turbotempo schwarze Löcher, Universalröhren oder kosmische Spielereien überwinden konnten, um in Windeseile bei den Menschen zu sein.

Gottes Flügel waren das Instrument seiner Tätigkeit und er war stolz auf sie, wie ein Taxifahrer, der ein blitzschnelles Auto fährt.

Allerdings konnte Gott nicht alles bereitstellen. Er brauchte die Menschen und ihre Liebe wie ein Motor Kraftstoff benötigte. Sonst mussten die Engel hungern und konnten ihre Flügel nicht bewegen, um den Menschen Gottes Liebe und Schutz zu erweisen.

Schon damals, zu Jesu Zeiten, hatten seine Zuhörer groß geschaut, als Gottes Sohn ihnen verkündet hatte, dass er keine anderen Hände hätte als ihre, dass ihre Arme zum Werkzeug seines Friedens werden und die Menschen ihre Feinde lieben sollten. Es war den damaligen Zeitgenossen nicht immer ganz verständlich, was er damit meinte. Und das war über die Jahrhunderte nicht unbedingt besser geworden! Wie viel Blödsinn hatten die Menschen seitdem angestellt, wieder und wieder! Und wie oft hatten sie vergessen, was Jesus ihnen gepredigt hatte! Sie hatten einfach nicht verstanden, wie wichtig seine Botschaft war, hatten vergessen, was er damit sagen wollte.

Vielleicht hatte das damit zu tun, dass Jesus ein wichtiges Detail in seiner Predigt unterschlagen hatte.

Der Engel Tanael musste lächeln. Er kannte Jesus – schon immer! Der war zu gut für die Welt und zu gut für den Himmel! Ganz der Vater!

Die Menschen sollten die Wahl haben, leben zu dürfen, wie sie es wollten. Ja! Das war sicherlich unglaublich edel vom lieben Gott, aber wenn Tanael zu sagen gehabt hätte, hätte er den Erdenbewohnern ruhig auf die Nase gebunden, dass die Engel die irdische Liebe brauchten wie das tägliche Brot. Dass aus ihren Liebesblasen ihre Engelskugeln gepresst wurden. Und dass die Menschen sich verflixt noch einmal anstrengen sollten, damit die Engel fit blieben und ihnen helfen konnten! Es war doch auch ihnen daran gelegen, dass die Stunde ihres Todes auf Erden die seit Beginn des Lebens festgelegte Stunde blieb! Sie wollten doch auch, dass der Himmel seine Leichtigkeit behielt und kein negatives Gefühlsgift dieses Paradies gefährden konnte! Herrje! Das sollten die Erdenbewohner doch ruhig wissen, dass sie sich ins eigene Fleisch schnitten mit ihrer Lieblosigkeit und ihrem Egoismus! Jetzt sah man ja, wohin das führte!

Da war sie schon wieder – Tanaels Wut! Er erschrak über sich selbst. Noch nie hatte er Gottes Entscheidungen so in Zweifel gezogen, noch nie eine derartige Ablehnung für die Unzulänglichkeit der Menschen entwickelt. Er schaute zu Boden und schämte sich seiner charakterlichen Veränderungen mit einer heißen, blau glänzenden Träne, die – glühend und im Spiralnebel der Milchstraße verdampfend – eine kleine Nebelwolke ausstieß.

Und wie die Schwaden so im schwarzen Nichts abzogen und seine Flügel ihn weitertrugen, beschloss Tanael die verdampfende Luft als ein Zeichen der Hoffnung zu deuten. Denn er würde nicht untätig bleiben. Er war ja schon voll dabei!

Er würde es versuchen! Zwar ohne Erlaubnis des Himmels, aber mit dem ganzen Risiko. Er raffte seine Wut, seinen Mut und seine Kraft zusammen und beschloss, als Wegesration noch eine Engelskugel zu verspeisen. Schließlich musste er fit sein, um seinen Fehler wiedergutzumachen! So murmelte er, während seine Hand in die Tasche fuhr: „Na, komm schon, Freundchen! Komm heraus!"

Lied 6: Rette dir dein Herz

Die Aufgabe

„Komm heraus!"

Das Kaninchen schien es plötzlich eilig zu haben und pfiff Micha nach draußen. Beide atmeten befreit auf, als sie die Stube des Schreiners hinter sich gelassen hatten. Micha, der Josef gerade fragen wollte, warum er so schlecht gelaunt war, kam die Abwechslung gerade recht. Josef hatte mit seiner Grummelei die Luft in der Werkstatt dichter gemacht, als sie von dem Sägespänenstaub ohnehin schon war.

„Was ist los?", fragte Micha seinen kleinen Freund.

„Ich denke, du solltest es wissen, bevor wir hier weitermachen ...", antwortete Alpha.

Alpha scharrte nachdenklich mit dem Fuß auf den Boden und rannte dann plötzlich voraus auf einen alten Holzzaun zu, der – vor Josefs Haus – eine Pferdekoppel vor der untergehenden Abendsonne begrenzte. Mit kaninchenschneller Eiligkeit erreichte er den oberen Holm und klopfte auf den Platz neben sich.

Es verwirrte Micha, wie häufig Alpha zwischen der Mahnung zur Eile einerseits und ausführlichen Gesprächen und Erklärungen andererseits hin- und her hüpfte.

Die Abendsonne strahlte ihnen ins Gesicht und erwärmte ihre Wangen. Oder kam das bei Micha von der Aufregung?

„Was soll ich wissen?", fragte Micha unsicher und gespannt.

„Warum du hier bist."

„Weil ich tot bin, nehme ich an."

„Richtig!", antwortete Alpha und zappelte auf dem Holzzaun herum. Schließlich fuhr er fort: „Und was ist mit Josef?"

„Was soll mit ihm sein?", fragte Micha zurück.

„Fragst du dich das nicht?"

„Doch, schon. Ich frage mich, warum er so schlecht drauf ist und warum er sich mit den beiden anderen gestritten hat."

„Und was glaubst du?", fragte Alpha weiter.

„Ich weiß es nicht. Ich dachte, du wolltest es mir jetzt erklären!" Langsam wurde Micha ungeduldig. Der Hase sprach in Rätseln.

Alpha atmete laut hörbar durch: „Ich muss vorne anfangen. Oder besser gesagt hinten? Hinten oder vorne – hmm ..."

Micha lachte und lehnte sich zurück. „Nur keine Eile! Du kannst dich in Ruhe entscheiden! Wir haben ja alle Zeit der Welt!"

„Haben wir nicht! Die Erdenzeit drängt! Auf dich wartet eine der größten Aufgaben der Menschheit!"

Jetzt war es heraus! Alpha hatte einen Moment nicht aufgepasst und schon war es ihm entwichen! Er wollte Micha doch erst noch so vieles gezeigt haben, um ihn langsam auf seine Aufgabe vorzubereiten. Nun war es zu spät und er hatte das Wichtigste direkt zu Beginn gesagt! Der Junge wurde knallhart mit dem konfrontiert, was – Veredelung hin oder her – so schnell nicht mal ein Erwachsener verkraftet hätte.

„G-größ-te A-aufg-gabe der Mensch-h-heit?" Micha stotterte verdattert und blickte in Alphas verzweifelte Kaninchenaugen.

„K-Könntest du das bitte noch ei-einmal wiederholen?", bat er.

Alpha hielt einen Moment die Luft an. Dann sog er sie ein, als wäre es sein letzter Atemzug.

„Du bist der Erwählte, der, auf den wir lange gewartet haben. Du bist der Richtige für diese Aufgabe. Du und kein anderer! Ich bin mir sicher, dass es so ist!"

Alpha blickte entschlossen nach vorn und gestikulierte bei den letzten Worten forsch mit seinen Ärmchen, so, als ob er sich selbst von dem überzeugen müsste, was er da verkaufte.

„Was ist das für eine Aufgabe?", fragte Micha.

„Das erfährst du in der Himmelssitzung! Die Menschen auf der Erde nennen sie auch ‚das Jüngste Gericht'. Ich mag diesen Ausdruck nicht. Er klingt so furchteinflößend!" Dann fügte er hinzu: „Ich gehe davon aus, dass man dich dafür erwählt. Die Wahl der Himmelsbewohner wird das entscheiden!“

Damit war der Dialog beendet.

Beide starrten nach vorne ins Leere und Micha japste leise vor sich hin. Was wollten die nur von ihm? Er war auf der Erde gerade mal zehn Jahre alt geworden! Er hatte es geliebt, mit dem Zeigefinger über den Küchentisch aus Glas zu malen, wenn die Mutter frisch den Tisch abgewischt hatte. Er hatte jeden Fußballverein gehasst, der gegen seine Favoritenmannschaft gewonnen hatte. Er hatte sich gefreut, wenn sein Biologielehrer mit aufgeplatzter Naht am Oberschenkel vor der Tafel gestanden und nichts davon bemerkt hatte, während er mit seinen Freunden in der letzten Reihe vor Vergnügen gewiehert hatte. Er hatte es geliebt, seine Schwester mit Schokolade zu locken und ihr dann die Reste des vorletzten Osterfestes unterzujubeln.

Micha war nun wahrhaftig kein Engel gewesen, das musste der Himmel doch wissen! Wie sollte er, ein kleiner, unerfahrener Bengel – so sah er sich in diesem Augenblick – eine große Himmelsaufgabe lösen?

Micha wurde es schwer auf der Lunge. Obgleich sein Körper doch in luftiger Schwerelosigkeit und beglückt von himmlischen Hormonen vor Leichtigkeit nur so bersten sollte, schien sich ein unsichtbarer Steinkoloss auf seine Lungenflügel zu wälzen und ihm die positive Energie zu rauben. Er rang abermals nach Luft.

Alpha blickte weiterhin ungerührt geradeaus. Dann zog er eine lilafarbene Karotte aus der unsichtbaren Brusttasche, bürstete sie sorgfältig und hielt sie dem kleinen Himmelsjungen unter die Nase.

„Hier! Gibt Kraft!“

„Was ist das?“, fragte Micha.

„Ein Dankesgebet! Tut gut!“

Micha war müde. Zu vieles hatte er noch nicht verstanden. Wo sollte man da anfangen?

„Am besten vorne“, setzte sein Freund den Gedanken fort. „Damit du endlich Bescheid weißt. Das hätte ich vielleicht sofort machen sollen. Tut mir leid! Entschuldige bitte!“

Und nach einer Pause, in der Micha es nicht fassen konnte, dass man ihn endlich über alles aufklärte, setzte das Kaninchen nach: „Beiß ab!"

„Schon gut", flüsterte Micha. Jetzt dröhnte sein Kopf. Er sollte Alpha verzeihen und wusste noch nicht einmal genau, was es zu vergeben gab. Ihm wurde wieder einmal klar, wie wenig er trotz seiner Vollendung wusste und all das steigerte sein Selbstbewusstsein nicht gerade. Er nahm einen herzhaften, verzweifelten Biss von dem Gemüse und nuschelte: „Leg los!"

Und Alpha legte los. Er redete und redete vom Beginn der Zeiten und der Seele der Welt, von Gott und seiner unendlichen Liebe, vom Gang der Dinge und dem Schicksal der Menschen. Er redete vom Tag, der mit seinem Morgen die Nacht küsst und vom Wunder des Lebens, von Liebe und Leidenschaft, von Kriegen und Leid und der komplizierten Beschaffenheit des Himmels. Nur selten ließ sich aus der Ferne ein Aufschrei Michas ausmachen, nur manches Mal ein verwundertes „Ach was!" oder „Gibt's ja nicht!" vernehmen.

Von Weitem hätte man sich – ausgehend von Michas Kommentaren – an zwei Klatschweiber erinnert fühlen können, die sich über skandalöse und geheim zu haltende Intimitäten in der Nachbarschaft austauschten. Aber bei genauem Betrachten wäre eher die Assoziation zutreffend gewesen, dass Micha wie ein Beichtvater seinem Mitbruder ein Ohr lieh und sich auf dessen Erzählungen mit vollem Herzen einließ – so versunken und einig wirkte das Paar am Horizont des Himmels.

Wie hätte Micha da ahnen können, dass es immer noch etwas gab, das Alpha ihm verschwieg?

Selma am Bett

Einige Kinder aus ihrer Klasse spielten auf dem Spielplatz an der großen Kletterspinne, andere tauschten Glanzbilder aus oder kämmten ihren Modepuppen die Haare. Selma nicht. Selma saß an Michas Bett und wartete. Wartete darauf, dass er sich bewegen oder die Augen öffnen würde.

In ihrer kindlichen Welt hatte sie schon oft den Krankenhausprinz kommen lassen, der Micha mit Goldpuder bestäuben und nach drei feenhaften Flügen um sein Bett einen Zauberspruch loslassen und ihren Bruder gesund machen würde. Aber es hatte nicht geholfen.

Sie hatte es auch mit Liedern versucht oder mit einem Zeitungsfoto eines Mädchens, das Micha bestimmt gefallen würde, sommersprossig und blond. Sie hatte es einparfümiert und damit – vor seinem Gesicht wedelnd – seine Neugierde wecken wollen.

Aber die Augen blieben verschlossen, was auch immer sie versuchte. Und dabei hatte sie so viel auf ihre Ideen gegeben, fand sie immer wieder ausgefallen und gut! Aber gebracht haben sie nichts.

„Mama und Papa streiten sich ständig“, fing sie an. Verlegen schaute sie an die Decke. Heute fiel ihr nicht viel ein.

„Ist schon ganz schön doof ohne dich.“ Es wurde wieder ernst. Jedes Mal nahm sie sich vor, ihren Bruder aufzuheitern, ihn zu unterhalten. Und doch kam der Ernst immer wieder durch.

Sie bemerkte, dass die weiße Decke in den Ecken grau verfärbt war. Warum malte man nicht bunte Bilder auf die Wand?

„Wir sollen für morgen einen Aufsatz schreiben", erzählte sie unmotiviert. „Blödes Thema!"

Sie baumelte mit den Füßen und fragte sich, wann ihr Vater sein Gespräch mit dem Stationsarzt beendet haben und zurückkommen würde.

„Ich hab ihn dabei. Soll ich ihn dir vorlesen?" Er regte sich nicht. Sie knuffte ihn ein wenig grob: „Soll ich oder nicht?"

Ohne wirklich in sein Gesicht zu sehen, beugte sie sich zu ihrem pinken Tornister herunter, aus dem ihr Stoffhase hervorlugte. Das Deutschheft lag sorgfältig in der roten Kladde, vor dem Hefter und dem Matheheft. Sie war eine ordentliche Schülerin, nur die Aufkleber waren eigentlich nicht erwünscht. Aber Selma fand, dass das Wort „Sprache" viel lustiger wurde, wenn es aus einer Comicmaussprechblase kam.

„Na, gut. Du hast es nicht anders gewollt", sagte Selma. „Frau Nienober hat das Thema vorgegeben. Wie immer. Weißt du noch, was die für eine krumme Nase hat?"

Dann legte sie den Zeigefinger an die Nasenspitze, legte den Kopf in den Nacken und beugte den Zeigefinger kitzelnd auf und ab. „Soooooooo krumm!"

Sie kicherte und schaute zur Tür. Das Piepen der Geräte störte sie. Es war immer da, wenn sie bei Micha war. Früher, als er in seinem eigenen Bett schlief, war es nicht da gewesen.

Im Takt streckte sie einige Sekunden das Kinn vor und zurück. Dann schob sie die Zunge aus dem Mund in die Höhe. Vor und zurück. Piep, piep – piep, piep! Sie setzte sich wieder gerade, als hätte jemand sie ermahnt. Piep, piep! Wieder die Geräte!

„‚Eiskalte Angelegenheit' sollte der Titel sein. Ist das nicht bescheuert? Mir ist erst überhaupt nichts eingefallen. Aber jetzt hab ich einen total guten Aufsatz geschrieben!"

Sie öffnete das Heft und schaute skeptisch in sein Gesicht. Es passierte nichts.

„Es war einmal ein Toastbrot“, begann sie. „Das lag im Gefrierfach. Da war es ganz schön kalt, eiskalt sozusagen. Zumindest für das Brot.“ Sie schaute auf. Sein Gesicht blieb wie versteinert.

„Das Toastbrot war bleich wie eine Kalkleiste, weil es ja nur aus weißem Mehl gebacken war. Das Vollkornbrot, das neben ihm lag, hänselte es darum immer wieder. ‚Du dummes, weißes Brot!‘, schimpfte es. ‚Sieh mich an, ich bin viel brauner als du!‘“

Selma unterbrach sich: „Nienober steht darauf, wenn wir wörtliche Rede machen. Immer: ‚Schreibt in wörtlicher Rede!‘ Ich kann es manchmal nicht mehr hören!“

Sie schaute sich um, niemand kam in den Raum. Nur das Piepen begleitete jede ihrer Sprechpausen. Selma räusperte sich und wischte die verschwitzte Hand an ihrem Oberschenkel ab.

„Darum wollte das Toastbrot in den Toaster. Es hatte gehört, dass es dort schön warm wäre und man knackebraun werden könnte. Also flehte es jedes Mal, wenn die Gefrierfachschublade aufging: ‚Nimm mich! Nimm mich!‘“

Selma kicherte, als sie das Toastbrot imitierte. Sie selbst fand diese Stelle lustig, Micha regte sich nicht.

„Als es dem Toastbrot endlich gelungen war, in den Toaster zu kommen“, fuhr sie fort, „fühlte es sich dort so wohl, dass es ganz lange blieb und viel zu schwarz wurde. Da mochte der Mann, der das Toastbrot eigentlich essen wollte, es nicht mehr und warf es weg.“

Selma atmete tief durch. Wann kam der Vater endlich? Das Piepen war nicht mehr zu ertragen.

„Dann wanderte das Brot nach Afrika aus und züchtete von nun an Kreuzottern. Und wenn es nicht gestorben ist, dann ist es noch heute schwarz und verkohlt.“

Selma blickte verlegen auf den Boden und klappte das Heft zu. „Ich gebe zu, der Schluss ist nicht besonders gelungen, aber sonst ist der Aufsatz doch super, oder?“ Ihre Kehle fühlte sich trocken an. Das Grinsen verflog so schnell, wie es gekommen war. Sie räusperte sich abermals und schob die kaltschweißigen Fäuste unter ihre Beine. Dann wippte sie eine Weile mit den Unterschenkeln hin und her.

Und wieder das Piepen, das unendliche Piepen!

Eine Weile verging, in der sie gedankenverloren und einsam auf ihrem Stuhl saß und ernst zu Boden blickte. Ihr ging vieles durch den Kopf, was sie mit Micha erlebt hatte. Und nun lag er neben ihr und war nur noch Körper, reiner Körper, sonst nichts.

Sie schauderte und langsam hob sie den Blick, um sein Gesicht zu betrachten. Wie leer diese Wangen waren, wenn sie nicht mehr aufgepumpt wurden, nicht mehr bebten unter seinem fröhlichen Lachen. Wie nutzlos diese Augen – so geschlossen und tot – , wenn sie die schönen Spiele nicht mehr sahen.

Sie kam näher.

„Micha?", fragte sie und kniete sich vor sein Bett, sodass er sie genau hören konnte. Ihr Mund berührte beinahe seine Ohren. Niemand sah, dass eine Träne an der Nasenwand entlang in Michas Ohr lief. Sie erschrak. Ungeschickt und hektisch wischte sie mit bloßen Fingern an der Ohrmuschel herum. Dann ging sie noch ein wenig näher heran.

„Entschuldigung, Micha! Jetzt bist du wieder sauber. Ich wollte dir nur noch was sagen."

Eine Pause, sie holte tief Luft und versuchte, die Tränen zu unterdrücken.

„Du musst zurückkommen!", flüsterte sie gepresst. „Du darfst nicht tot sein!"

Eingraviert in die Ewigkeit

„Jetzt weiß ich alles?“, fragte Micha.

„Noch nicht alles, aber einiges!“

„Wow!“, staunte Micha und war von der Fülle der Informationen so übermannt, dass er Alphas Einschränkung kaum wahrnahm. „Das ist ja was!“

„Allerdings!“, pflichtete ihm Alpha bei.

Die beiden Freunde blickten abermals in die Ferne, ohne richtig hinzuschauen. Sie waren so versunken in sich selbst und in die vielen Worte, dass sie wie entrückt wirkten – entrückt von sich selbst und vom Himmel.

„Und du sagst mir aber nicht genau, was für eine Aufgabe auf mich wartet? Du glaubst, ich schaffe das auch so?“ Die Zweifel meldeten sich wieder zu Wort. Micha biss sich auf die Unterlippe.

„Nein, ich sage es dir noch nicht. Und ob du das kannst? Wenn nicht du, dann schafft es keiner mehr! Außerdem stehen wir hier sonst mächtig auf dem Schlauch! Du musst es schaffen! Du wirst es schaffen! Du wirst ja schließlich darauf vorbereitet!“

Die Präzision klang hart. Alphas Unbeschwertheit war dahin. Wo steckte der schelmische Blick, das Funkeln und Blinzeln in seinen Augen?

„Das ist aber psychologisch unklug, wie mein Vater sagen würde, dass du mich so unter Druck setzt!“, versuchte es Micha mit Humor und lächelte gequält. Er war froh, dass der Ort der Vollendung ihm die Kraft und den Verstand gegeben hatte, einen solchen Erwachsenenwitz zu machen. Warum er andererseits dann doch so vieles nicht verstand, das war ihm nicht klar.

Aber Alpha war nicht zum Scherzen zu Mute. In dessen ernsten Augen lag trotz aller Entschlossenheit ein Flehen, das Micha so noch nicht gesehen hatte. Eine Abhängigkeit, die ihn zu Herzen berührte. Eine Ergebenheit, derer er sich nicht mächtig genug fühlte und die ihn doch mit Kraft erfüllte.

Er fühlte sich wie ein Vater, der seinen schreienden Säugling zwar ebenso wenig verstand, wie dieser sich selbst, der aber bereit war, die Verantwortung für dessen Leben zu übernehmen und ihm seine starke Hand zu leihen. Zum ersten Mal spürte Micha in sich keine Rebellion mehr, kein Hadern mit sich und den großen Fragen der Welt. Was er empfand, war eine Akzeptanz dessen, was wohl so sein sollte, wie Alpha es beschrieb.

Er sollte der Erwählte sein. Er, der Junge Micha! Auch wenn er den Grund nicht verstand. Auch wenn er die Aufgabe noch nicht kannte. Auch wenn er noch immer nicht besonders viel von sich hielt und auch wenn er nicht alles von dem wusste, was es zu wissen galt.

„Du bist unsere letzte Chance!“, flüsterte Alpha.

„Aber warum ich?“ Er wollte noch ein letztes Mal versuchen herauszufinden, wovor sich Alpha die ganze Zeit drückte. Micha wusste, dass er ihm einiges verschwieg. Warum nur? Wollte er ihn schützen? Aber wovor?

Alpha atmete erneut durch. Er sollte es zu Ende bringen. Er sollte wenn dann auch alles sagen. Micha hatte es verdient. So erzählte er ihm mehr, als er es ursprünglich vorhatte.

„Weil an dir das Gefüge von Erde und Himmel auseinandergebrochen ist. Weil du zu einem Zeitpunkt gestorben bist, als du es eigentlich noch nicht solltest!“

Schon wieder so ein Knaller! Alpha sah den Schock in Michas Augen.

„Ich sollte noch nicht sterben?“

„Nein! Der Mensch kann sein Leben zwar gestalten, wie er es will und hat die freie Entscheidung, sich auch dem Bösen zuzuwenden, aber die Stunde seines Todes ist in die Ewigkeit eingraviert, unabänderlich und feststehend für alle Zeiten. Bei dir ist etwas schiefgelaufen. Dein Schutzengel war zu schwach, um dich zu beschützen."

„Moment einmal! Was ist los? Ich sollte noch nicht sterben? Dann wäre ich eigentlich noch lebendig?"

„Ja, so ist das wohl …", antwortete Alpha kleinlaut. Es schien nicht viel hinzuzufügen zu sein.

„Hupps", mehr war von Micha nicht zu vernehmen, als er im Kutschersitz kauernd die Luft in seine Lungenflügel pumpte. Er war geschockt! Bisher hatte er alles im Himmel annehmen können, aber diese Information war für Himmelsgespräche und -gedanken nicht vorgesehen. Eine solche Situation hatte es im Himmel noch nie gegeben!

„Deswegen hatte ich dich schon gefragt, ob du zurück möchtest", Alphas Aussagen waren einfühlsam. Das mochte Micha an ihm.

„Nein", antwortete Micha nach einer Weile bedächtig. „Eigentlich nicht. Könnte ich denn?"

„Nein … eigentlich nicht!"

„Eigentlich?"

Alpha stutzte und überlegte. Eine Sekunde zu lang. Es kam Micha so vor, als prüfte Alpha alle Optionen. Als hätte er sich noch nicht festgelegt. Aber dann schüttelte er schließlich doch den Kopf: „Nein, vergiss es! Du kannst nicht zurück!"

Nach diesen Worten saßen sie einige Himmelsminuten da und verdauten das Gesagte.

Dann fing Micha erneut an: „Mein Schutzengel hat versagt?"

„So würde ich es nicht gerade nennen. Seine Kräfte hatten ihn verlassen, seine Vorräte waren erschöpft. Er konnte nichts dafür!", antwortete Alpha.

„Was für Vorräte?"

„Die Liebesperlen! Ich hatte dir doch schon von der Nahrung der Engel berichtet!"

Alpha sah Micha lange in die unschuldigen Augen. Dieser Junge hatte das Gefüge tatsächlich noch nicht vollständig durchdrungen! Wie sollte er auch? Er war als Kind zu früh gestorben, um sich bewusst Gedanken darüber machen zu können, was das wirklich Wichtige im Leben war. Das war auf Erden nicht nötig gewesen, denn er wurde von seiner Familie genauso selbstverständlich geliebt wie er auch sie selbstverständlich und intuitiv geliebt hatte. Und das war doch die reine, die wahre, die gelebte Wirklichkeit der Liebe, wie der Himmel sie mochte und nun immer mehr entbehren musste!

„Weißt du was? Ich zeige dir die Liebesblasen!", entwich es Alpha mit plötzlicher Entschlossenheit und er sprang auf. „Aber vorher müssen wir noch woanders hin!"

Und schon war er einige Meter weiter.

In gewohnter Manier eilte das Kaninchen Micha voraus, der seinem Freund folgte, wohin auch immer er ihn leiten würde.

Der Vogel

Gabriel kam ihnen entgegen, als sie eine Anhöhe heraufkletterten. Der Engel atmete schwerfällig – von schwebendem Zustand keine Spur – und kämpfte sich mit letzter Kraft voran. Die Eleganz seiner Erscheinung war einem Kampf um jeden Meter gewichen, den Gabriel mühevoll hinter sich brachte. Er ruderte atemlos mit den Armen und winkte Alpha zu.

Alpha sah ihm seine hektische Verzweiflung sofort an und verabschiedete sich von Micha.

„Micha, bevor ich dir die Liebesblasen zeige, muss ich kurz mit Gabriel reden!" Dann zeigte er mit der Pfote nach links. „Da vorne sitzt der Heilige Geist, ein wichtiger Teil Gottes. Du wolltest doch Gott treffen, oder? Willst du allein zu ihm gehen, bis ich zurück bin? Er wird dich leiten!"

„Der Heilige Geist? Den darf ich kennenlernen?", freute sich Micha und schaute in die angegebene Richtung. Da stand nur ein Baum und ein grauer Vogel saß darauf.

„Du hast ihn doch schon gesehen ...", wies Alpha Micha freundlich zurecht. „Denke doch mal an den Aufwachraum!"

„Stimmulus?"

„Genau der!"

„Aber der war doch ein kleines Männchen und keine ... Taube!", stellte Micha fest.

„Der Heilige Geist ist ein Meister der Verwandlung. Er kommt in so zahlreichen Gestalten vor, dass auch die Menschen ständig davon verwirrt sind. Man muss nur seine Seele öffnen, dann sieht man den heiligen Geist in vielen Dingen des Lebens."

Micha lächelte und schien sich zu freuen, denn der Vogel auf der Anhöhe, der mit dem Rücken ihnen zugewandt im Licht der Abendsonne seine Federn wärmte, strahlte eine anziehende Ruhe aus, die Micha sofort behaglich werden ließ: „Ist er das?"

Alpha nickte.

„Der gefällt mir! Aber er sieht ganz normal aus. Wie eine von den Tauben, die immer auf unserem Nachbarhaus sitzen und den Schornstein zuschittern!" Micha kicherte.

„Micha!", tadelte Alpha mit einem nachsichtigen Lächeln.

„Das Besondere ist oft das, was uns als das Normalste und Selbstverständlichste erscheint", belehrte er ihn weiter, wurde aber allmählich unruhig, weil Gabriel sich bereits vor Erschöpfung setzen musste. Alpha durfte keine Zeit mehr verlieren!

Das war aber auch nicht nötig, denn der kleine tapfere Kerl war schon losgestiefelt, um die Haustaube aus der Nähe zu mustern. Alpha sah lediglich seinen davoneilenden Rücken und eine freundlich winkende, kindliche Hand. Micha rief: „Bis dann! Komm bald wieder! Ich schaff das hier schon!"

„Selbstverständlich“, murmelte Alpha zustimmend, bevor er sich seinem uralten Freund und Lieblingsengel zuwandte.

Lärm

Und dann schaffte Esiema es doch!

Sie sammelte ihre Kräfte zusammen und versuchte mental davon Abstand zu nehmen, dass das Dunkle an ihren Knöcheln nagte und seine schwarzen Greifarme aus loderndem Feuer zu ihr nach oben schickte. Sie konzentrierte sich und versuchte, die Übermacht des Bösen, seine einschüchternde Wirkung und die Widerwärtigkeit seines Vorbildes, das sie trotz aller Angst sonderbar anzog, zu ignorieren.

Um sie herum hielt währenddessen ein Dröhnen Einzug, das sie in der Apokryphe noch nie gehört hatte. Langsam begonnen als kriechendes Rauschen, bäumte es sich zu einem Lärm auf, als gäben ein landender Lastenhubschrauber und ein mit der Motorsäge zu Boden gestreckter, jahrhundertealter Baum ein akustisches Melodrama von sich, das einzig die fette Kalypse als Zuhörerin erwählt hatte.

Esiema wurde wirr im Kopf, ihre Gedanken drohten zu wabern, ihr Kopf zu zerplatzen, während ihre Gestalt unter dem tosenden Krach auseinandergezogen wurde wie ein Spiegelei in der Pfanne.

„Na, Kreatürchen?“, höhnte Olobaid und setzte nach. Die Kalypse schrie auf, als er ihr auf das fußartige Ende ihres Körpers hämmerte. Das Dröhnen nahm zu.

„Ich wollte dich nicht bloßstellen“, wisperte Esiema unterwürfig und hielt die Gedanken unter größten Kraftanstrengungen zusammen. Jetzt nur nicht den Faden verlieren!

„Es tut mir leid! Ich habe es nur gut gemeint!“, jaulte sie heraus, als der Nebel ihr in die Wade biss und das Dröhnen ihre Stimme beinahe unter sich begraben hätte.

„Gut gemeint?“, donnerte das Böse daraufhin und hieb ein weiteres Mal seine Zähne in ihren Körper, dass sie ächzend nach vorne fiel. Ihr Gesicht blieb eine Weile im Matsch des Dunkels liegen und wurde davon ungeheuerlich befleckt. Das Tosen wirbelte sich abermals zu einem Sturm auf, der in schwindelerregendem Tempo über die Oberfläche sauste.

„Gut gemeint?“, wiederholte Olobaid beleidigt. „Ist hier der Ort, um etwas ‚gut‘ zu meinen?“

„Die Apokryphe muss gewinnen! Unsere Nachkommenschaft muss gesichert werden! Der Himmel möge untergehen! Die Erde soll zerstört werden!“, skandierte Esiema daraufhin phrasenhaft, verzweifelt und abgehackt und hoffte inständig, damit ein Steckenpferd seiner Gesinnung gestreift, eine Aussicht auf ein Gnadengesuch erreicht zu haben.

Plötzlich verabschiedete sich der Lärm mit einem lauten Knall und verzog sich als ins Silberne mutierter Dunststreifen aus der höhlenartigen Dunkelheit des Bösen. Olobaid ließ von ihr ab.

Esiema hob den Kopf, noch immer am Boden liegend. Neuer Mut ergriff sie. Es hatte funktioniert! Ein weiteres Mal hatte Olobaid sie am Leben gelassen!

„Mir imponiert deine Gedankenstärke“, sagte Olobaid ruhig zur japsenden Unterlegenen und Esiema meinte ein Grinsen im Schwarz der Rauschpunkte zu erkennen, die seinen Körper umhüllten. Der Nebel zog sich auf seine ursprüngliche Gestalt zurück, während sich der Anführer auf einem Stein niederließ. Sein Haupt blieb dabei wie gewöhnlich verborgen, lediglich aus seinem Inneren stoben die altbekannten Stimmen der Leidenden und klagten ihr stimmverzerrtes, pechgetrübtes, leidgeprüftes Lied.

Alles in der Apokryphe hatte plötzlich seine bizarre Normalität zurückgewonnen, sodass Esiema sich zögerlich erhob, den Sabber aus ihrem ungestalten Gesicht wischte und scheel auf ihren Herrscher lugte. Meinte er es ernst oder würde er sie gleich wieder zu Boden reißen?

„Bei diesem Lärm – gepaart mit der Furcht vor dem Bösen – werden normale Kalypsen, diese charakterlosen Geschöpfe, bereits verrückt. Sie drehen durch, sprechen wirres Zeug und taugen nichts mehr!“, erklärte er und lachte auf. „Nicht dass sie sonst etwas taugten, aber dann sind sie für gar nichts mehr zu gebrauchen. Nicht mehr für den leisesten bösen Auftrag. Garstige, fehlerhafte Biester!“

Esiema traute ihren Ohren nicht. Konnte ihr Herrscher tatsächlich normale Dinge von sich geben und nicht nur Schimpfworte ausspeiend und niederschmetternd über sein Kriechvolk, das Volk der Nebengespenster, herfallen? War seine grammatikalische Intelligenz tatsächlich so weit gediehen, eine Apposition in einem Satz zu verwenden, eine Aufzählung zu integrieren, ohne ins Straucheln zu geraten? Hatte sie ihn falsch eingeschätzt oder hatte er sich falsch einschätzen lassen wollen?

Auf jeden Fall schien es so, als wäre es möglich, ein normales Gespräch mit ihm zu führen. Esiema lief ein Schauer entdeckenden Entsetzens den Rücken herunter.

„Ich brauche etwas Neues!“, fuhr er fort, ihre Gedanken nicht erratend. Verhüllung war in der Apokryphe oberstes Gesetz. Nicht jeder musste alles von einem wissen! Je mehr man sich tarnte, seine Gestalt wechselte und andere verwirrte, desto länger konnte man überleben. Olobaid selbst hatte es der Kalypse soeben vorgeführt!

„Du scheinst die Kraft für andere Gedanken und neue Pläne zu haben. Du hast mir nicht nur vor allen widersprochen, was eine Menge Mut erfordert, du hast sogar die lärmende Gehirnwäsche überstanden. Kompliment. Überdies war dein Vorschlag gut, wirklich sehr gut!“, plauderte er drauflos, bevor er – ein Meister des Wankelmütigen – ins

Schweigen verfiel. Die plötzliche Ruhe tat Esiema wohl. Nun musste sie erst einmal verarbeiten, was gerade geschehen war und was er ihr soeben gestanden hatte.

Sie atmete auf. Der Augenblick war – wie von einer übernatürlichen Macht, gleich einem Wunder – gerettet.

Doch wie würde all das nur enden?

Gabriels Alarm

„Wie soll all das nur enden, Alpha?“, fragte Gabriel. „Es ist wirklich ernst!“

Gabriel japste atemlos und war offensichtlich erleichtert darüber, endlich mit Alpha sprechen zu können. Nachdem der Himmelshase Micha in die Obhut des Heiligen Geistes gegeben und seinen Erzengel erreicht hatte, sah er, wie sich dieser kaum mehr auf den Beinen halten konnte und sich auf den Boden setzte.

„Was ist passiert?“, fragte Alpha besorgt.

Vor dem Aufwachraum waren die beiden noch durch verhaltene Freude und hoffnungsvolles Einverständnis miteinander verbunden gewesen. Nun machte sich Alpha Sorgen um Gabriel. Er hüpfte auf dessen Engelsschoß und legte seine Pfoten auf die vor Erschöpfung bebende, zittrige Brust.

Gabriel blickte ihm direkt ins Gesicht. Schonungslos, hart und verzweifelt klang seine Stimme: „Tanael ist abgehauen! Ohne Auftrag!"

Alpha war erschüttert, zog die Pfoten zurück und krümmte sich Schutz suchend auf Gabriels Beinen zusammen. Mit einem Mal wirkte er klein und zerbrechlich, als würde ihn diese Nachricht persönlich treffen.

„Also doch! Ich hatte es mir schon gedacht, als Lilli mir berichtete, dass Engelskugeln fehlten …", sagte er nachdenklich. „So etwas hatten wir noch nie! Was will er?"

„Ich weiß es nicht", antwortete Gabriel. „Helfen, nehme ich an!"

„Er hat keinen Auftrag! Warum hat er sich nicht einen Auftrag besorgt?", wetterte Alpha plötzlich wütend, sprang auf und hüpfte neben den Engel auf den moosbewachsenen Untergrund.

Hektisch lief er auf und ab. Flinke, fingerartige Kaninchenpfoten rauften sich das Fell, während er fortwährend über eine Baumwurzel stolperte – jedes Mal, wenn er sie erreichte. Das schien ihn nicht zu stören, zu vertieft war er in seine Gedanken.

Es verging eine wortlose Weile, in der der Engel noch immer erschöpft und um Kräfte ringend auf dem Boden saß und Alpha grübelnd auf und ab schritt.

Da Gabriel Alpha offenbar auch keine Antwort geben konnte, beschloss Alpha die künftige Vorgehensweise allein. Er hob selbstbewusst sein unscheinbares Kaninchenhaupt und erklärte knapp: „Beruf die Engel ein! Noch vor der allgemeinen Himmelssitzung! Wir müssen uns unterhalten!"

Der Vortrag

„Viele Menschen sind auf der Suche nach Antworten. Seit Beginn der Zeit beschäftigt sich das Menschengeschlecht mit der Frage nach dem Tod. Bin ich unsterblich? Ist nach dem Tod alles vorbei oder gibt es etwas, worauf ich hoffen kann? Werde ich weiterleben? Wird meine Seele bei Gott sein? Und wenn ja – in welcher Form?"

Die Mutter las den ausgeschnittenen Zeitungsartikel ein weiteres Mal, um sich über Ort und Zeit des Vortrags zu informieren. Ein renommierter Professor der Theologie lud in die Volkshochschule ein und wollte Antworten geben. Diese brauchte sie – Antworten oder zumindest eine Hoffnung auf ein Leben nach dem Tod.

Im Vortragssaal war die Luft bereits verbraucht, bevor der Redner seine ersten Worte gesprochen hatte. Viele waren gekommen, um ihn zu hören.

Sie wanderte zu einer der hinteren Reihen neben eine Gruppe Theologiestudenten und vernahm Gesprächsfetzen wie „Bewusstseinsebenen" oder „neueste transzendentale Theorien". War sie hier richtig? Die Namen der in den Raum geworfenen Autoren kannte sie nicht. Das musste man vielleicht ja auch nicht. Sie war nicht die einzig unbedarft Wirkende im Auditorium.

Viele Menschen verschiedenen Alters schienen sich für den Tod zu interessieren, vornehmlich alte, aber auch einzelne sehr junge Schülerinnen. So setzte sie sich und schluckte die aufkeimenden Minderwertigkeitskomplexe hinunter. Sie war schließlich hier, um etwas zu lernen, nicht, um schon alles zu wissen!

Den Vortrag verstand sie recht gut, der Redner war aufgeschlossen und hatte viele lebenspraktische Beispiele. Sein Wissen schien schier unerschöpflich zu sein. Er kannte alle maßgeblichen theologischen Autoren und die Bibel besser als alle Menschen, denen sie je begegnet war. Sie lernte einiges über Hermeneutik und Eschatologie, über Vorstellungsmodelle und Bildersprache, über eine Fünfstufigkeit des aktuellen Katechismus und die erkenntnistheoretischen Grenzen theologischer Rede.

Aber gebracht hatte ihr das alles wenig. Sie ging mit einer Fülle von Informationen, aber einer Leere des Herzens an diesem Abend nach Hause.

Als der Fahrstuhl in monotonem Brummen nach unten fuhr, wünschte sie sich, sie hätte die vergangen zwei Stunden lieber bei ihrem Sohn gesessen und seine Hand gehalten. Oder sie wäre bei Selma geblieben und hätte ihr etwas vorgelesen. Oje, vorlesen! Wann hatte sie ihrer kleinen Tochter das letzte Mal so viel Zeit geschenkt? Das war lange her! Sie schüttelte enttäuscht den Kopf.

„Darf ich mich ihnen anschließen?"

Eine milde Stimme sprach sie von hinten an, als sie das Gebäude verließ. „Ich sah, dass sie auch auf dem hinteren Parkplatz geparkt haben. Es ist sehr dunkel und ich würde ungern allein dorthin gehen."

„Selbstverständlich", antwortete Michas Mutter und erkannte die alte Frau sofort. „Wir kennen uns aus der Kirche, nicht wahr?"

„Oh ja! Natürlich!", antwortete Klara erfreut. Sie war eine ruhige und sanftmütige Frau. Das erkannte man sofort an ihren freundlichen Augen. „Sie sind auch öfter dort, oder?"

„Ja, am Marienaltar", entgegnete Michas Mutter. Und dann nach einer Pause: „Bei den Kerzen." Die letzte Silbe verschluckt.

„Ja, bei den Kerzen", stimmte die alte Frau zu. Wie, um in der Wiederholung der Worte die Kraft eines Atemhauchs auf Michas Mutter zu übertragen. Um deren Worte zu stützen, wenn sie sie noch einmal wiederholte.

Klara blickte auf den vor ihnen liegenden Kiesweg und verstummte. Die beiden Frauen gingen eine Weile wie vertraute Weggefährten in die Dunkelheit hinein. Der Gleichklang ihrer Schritte war noch von fern zu vernehmen, die kleinen Kieselsteine knirschten unter ihren Füßen.

Dann brach Michas Mutter das Schweigen. „Wen haben Sie verloren?"

Die Frage knapp, beinahe kalt für einen, der nichts weiß von den wenigen wichtigen Worten im Leben.

„Meinen Mann."

Der Satz echote unter den vielen Steinen. Er lag auf und wippte im Getriebe der Schritte hin und her. Dennoch. Sie war einfühlsam. Sie ließ nicht zu viel Zeit verstreichen und reagierte schnell.

„Und Sie?"

„Meinen Sohn."

Es gibt Situationen, in denen sich selbst Wildfremde nicht viel sagen müssen, um das Wesentliche schon voneinander begriffen zu haben. Es gibt Worte, die man gebrauchen kann, wenn einem nichts anderes einfällt, wenn man fatalistisch hinnimmt, dass die Wahrhaftigkeit einer Handlung unter dem Plauderhaften ersticken wird.

„Tut mir leid!" oder „Was für ein großer Verlust!" wären solche Worte gewesen, die andere verwendet hätten. Andere Mitfühlende und doch nichts Wissende. Andere, die es wirklich gut mit einem meinten – ehrlich!

Daran angeschlossen wäre gemeinhin eine peinliche, ehrfürchtige Stille gefolgt, die den Toten geschuldet wäre. Und dann die schwitzenden Gedanken des Mitfühlenden, wie er am schnellsten wieder die Kurve kriegen kann. Ins Leben zurück. Raus aus der Sackgasse, die den Hals zuschnürt.

Die beiden Frauen hatten dies nicht nötig. Sie liefen schweigend im stillen Einvernehmen und getreu dem Wissen, dass dem anderen auch der Boden unter den Füßen weggezogen worden war. Knallhart, unwiederbringlich.

Sie liefen wie zwei Einsame, getrennt und verbunden durch das gleiche Schicksal, wie Regentropfen, die – gleichzeitig auf einer Regenschutzscheibe aufprasselnd – in einem gemeinsamen Fluss die Scheibe herunterliefen und sich durch den Schmutz der Straße, die Ablagerungen aus Kalk und Sand wühlten, ausweichend nach rechts und links, stark und schnell in der Mitte. Einander bestärkend, einander den Deich brechend.

Sie liefen und hatten sich nichts und doch so viel zu geben und allein das Wissen um einen großen Verlust, einen nicht auszuhaltenden, niederschmetternden Verlust reichte, um ihren Gang miteinander angenehm zu machen.

Erst kurz vor dem Auto blieb die alte Frau stehen und wandte sich Michas Mutter zu. Die Jüngere erkannte nun überrascht, dass die Ältere um vieles kleiner war als sie selbst. Jetzt, als sie sich gegenüberstanden. Nur undeutlich waren Nase und Augenbrauen noch zu erkennen, denn der Sternenhimmel schickte lediglich einen schwachen Lichtgruß in die Welt.

„Glauben Sie an den Himmel? Glauben Sie, dass unsere beiden noch existieren? Irgendwo? Irgendwie?“, fragte die Alte.

Ihre Fragen waren elementar. Als würden die großen Gegensätze des Lebens davon abhängen, Krieg und Frieden, Wasser und Erde, Kraft und Entspannung, Lebensfreude und Selbstaufgabe. Ihre folgenden Jahre oder ihr plötzlicher Tod. Die junge Frau schluckte trocken und antwortete kaum hörbar.

„Was bleibt uns anderes übrig? Haben wir eine Wahl?“

Der Heilige Geist

„Hallo, Heiliger Geist!“, rief Micha.

Die Taube blickte geradeaus und fixierte einen Punkt in der Ferne. Konzentriert spitzte sie die Augen zu schmalen Schlitzen zusammen.

Der Junge hielt fasziniert an ihrer Seite an und musterte sie eingehend. Wenn er nicht in seinem Herzen und mit der Weisheit seines Himmelslebens gewusst hätte, was diesen Vogel so besonders machte, so wäre er ohne Umschweife an ihm vorbeigegangen. Das silbrig-graue Federkleid der Taube schimmerte lieblich in der warmen Sonne, die sich in ihren Augen spiegelte. Ihr Schnabel war in einer Weise freundlich geschwungen, die sowohl vogeltypisch als auch andererseits absonderlich menschlich gestaltet war.

Micha wartete auf eine Reaktion.

„Schön, dass du kommst, Micha!“, begrüßte ihn die Taube und blitzte schließlich zu ihm herüber. Dabei verzogen sich ihre Schnabelenden freundlich nach oben.

„Warum habt ihr hier alle die Form von Tieren?“, fragte Micha kindlich-spontan.

„Haben wir?“, fragte die Taube ohne Häme und doch mit Verwunderung in der Stimme. „Wie sollten wir denn sonst aussehen?“

„Keine Ahnung! Ich war noch nie im Himmel!“

„Und, Micha, wie gefällt er dir?“, fragte sie ausweichend.

„Ganz gut“, antwortete Micha und in seinen Worten klang viel Höflichkeit mit.

„Aber?“, fragte die Taube einfühlsam.

„Ach, nichts …“, Micha fuhr mit der Fußspitze über die Erde. „Ich dachte nur …“

„Was?“, fragte der Heilige Geist ermunternd. „Sag ruhig!“

„Ich hatte gehofft, ich würde hier Gott begegnen. Aber irgendwie klappt das nicht richtig. Du bist der Heilige Geist, das hat Alpha mir gesagt, aber wo ist denn Gott? Ich möchte ihn schon die ganze Zeit treffen, aber Alpha vertröstet mich immer. Ich weiß nicht, was ich davon halten soll. Er macht nur immer so komische Andeutungen, dass noch eine große Aufgabe auf mich wartet. Da wird mir manchmal mulmig zumute.“

„Glaubst du nicht, dass du Alpha trauen kannst?“

„Doch, doch!“, antwortete Micha entrüstet. „Natürlich! Ich bin mir sicher, dass er nur mein Bestes will. Aber schließlich bin ich im Himmel und da wohnt doch der liebe Gott, oder? Und auch der Heilige Geist, der irgendwie ja auch Gott ist, oder? Das hat Mama zumindest immer gesagt!“

„Das stimmt auch, Micha!“, antwortete der Vogel. „Und nun bist du enttäuscht, dass ich nur eine Taube bin?“

Micha wollte nicht so recht heraus mit der Sprache und schrabbte abermals mit seinen Füßen über die Erde.

„Vögel gibt es zu Hause auch …“, antwortete er mit gesenktem Kopf. Die ehrliche Antwort schien ihn Überwindung gekostet zu haben.

„Aber nicht so schräge wie mich!“

Die Taube lachte aus vollem Halse, sodass es Micha gleich viel besser ging. Der Vogel schien wenigstens Humor zu haben!

„Nun mal Scherz beiseite, Micha! Wie geht es dir denn, wenn du mich siehst?“

„Nun, ganz gut!“, antwortete Micha beherzt und schaute auf.

„Das ist doch schon mal etwas“, lachte die Taube erneut und hüpfte von ihrem Zweig herab auf Michas Fuß. Mit treuen Augen blickte sie zu ihm auf.

„Nein", korrigierte sich Micha. „Eigentlich geht es mir sogar richtig gut, je länger ich dich ansehe."

„Das ist schön", entgegnete die Taube und wurde ganz ruhig. Sie nahm einige Federn in ihren Schnabel und fettete sie sorgsam ein, eine nach der anderen.

Micha ging in sich. Die mechanischen Bewegungen der Taube beruhigten ihn, lockerten seinen Geist. Wie gut er sich mit einem Male fühlte!

Der Junge fasste neuen Mut.

„Ich fühle mich von dir … verstanden! Ist es das? Dass ich bin, wie ich bin?"

Die Taube lächelte ihn wissend an und nickte. Sie schien nun beschlossen zu haben, vorerst nichts mehr zu sagen. Micha blickte in ihre abgrundtiefen Augen und verfing sich darin. Er konnte nicht mehr wegsehen und blickte voller Wohlbehagen lange Zeit in sie hinein.

Dabei saßen sie im Schein der untergehenden Sonne und ließen sich den lauen Wind über das Gesicht wehen, bis die Taube schließlich sagte:

„Ich bin ein Spiegel des Guten in deiner Seele. Ich bin der, der dich immer annimmt, mit allen guten Seiten deiner Selbst. Ich bin die Sicherheit, die dir Kraft gibt und die Idee, die dich beflügelt. Ich bin der, der deinen Geist, deine Seele, deine Individualität trägt und auffängt, der, der dich frei und einzigartig macht. Ich bin deine Furchtlosigkeit und dein Rückgrat. Ich bin die dir eigene und dich bestimmende Liebe, die nur in dir wohnt und die du an andere verschenkst. Ich bin der Traum, der dich auf dich zurückführt, der Tanz, der deine Knochen erleichtert und zur Musik deines Lebens tanzt."

„Das klingt schön", antwortete Micha gerührt und fügte hinzu. „Auch wenn ich vielleicht nicht alles verstanden habe!"

„Das macht nichts!", beschwichtigte ihn der außergewöhnliche Vogel. „Wenn du nur immer weißt, dass ich bei dir bin, dass ich deine Gedanken trage, dass ich jede Idee dorthin bringe, wo du sie hinpflanzen möchtest. Dass ich das Gute, das in dir ist, aus dir heraushole, wenn du mich lässt und mir hilfst. Und dass deine menschlichen Grenzen und Fehler ein Plan des Himmels sind, mit dem man nicht täglich hadern, den man aber stets zu überwinden sich bemühen sollte."

„Sprichst du immer so mit Kindern?", fragte Micha verwirrt von dem Anspruch der Vorrede und war sicher, dass die Taube ihm seine Worte nicht übel nehmen würde.

„Besonders gerne genau so", entgegnete der Vogel. „Dabei verstehen mich die Säuglinge am besten. Sie lächeln ihr Engelslachen und wenn sie – wie die Menschen sagen – blabbeln und plappern, so sprechen sie mit mir die wichtigsten Dinge ihrer Seele durch. Zum Beispiel bespreche ich mit ihnen, für welchen Lebensplan sie sich entscheiden, wonach sie leben wollen, welche Moral für sie die richtige sein könnte und welche Glaubensrichtung. Ja, wir reden auch über das Kreuz, das ein jeder Mensch tragen muss. Gemeinsam überlegen wir, wie sie das Kreuz am besten tragen können. Bei vielen geht das Kreuz dann doch über die Kraft. Für diese Menschen ist Gott ganz besonders da, auch wenn sie vielleicht nichts von ihm wissen wollen ... Hmm ... Wo war ich noch? Jetzt habe ich den Faden verloren", sagte die Taube und pickte ein Körnchen vom Boden.

„Bei den Babys!", half Micha.

„Ach ja, Micha, danke! Also: kleine Babys sind besonders weise und gerade die weisesten werden von den Menschen nicht verstanden. Menschen finden Babys einfach nur süß, selten gebildet. Und sie halten unsere hochgeistigen Dispute für niedliches Gebrabbel, mehr nicht."

Dann atmete er verstimmt auf. „Leider verflüchtigt sich diese wunderbare Eigenschaft direkt mit mir, dem Heiligen Geist, reden zu können im Laufe des Lebens, sodass die Kinder und Erwachsenen mit der Weltensprache vorlieb nehmen müssen, die viel umständlicher ist, weil die Menschen oft genug nicht ihr Herz sprechen lassen. Ihre Fähigkeit für die Himmelssprache geht dann nach und nach verloren."

Die Taube sah erneut in die Ferne und lächelte ihr liebenswürdiges, eigentümliches Taubenlächeln.

„Gerade die Kleinen sind besonders reizend. Sie sind die Einzigen, die mich wirklich verstehen können, die ihre Vorhaben ohne nachzudenken in die Welt tragen. Sie sind die gelebte Idee, zwar oft voller Plan-, aber mit viel Selbstlosigkeit."

Dazu musste Micha lachen. Ihm fiel seine kleine Schwester ein, die oft – begeistert von ihren Einfällen – die Welt auf den Kopf stellte, um sie im nächsten Moment erneut über den Haufen zu werfen. Sie glaubte immer, sie könnte mit ihren Spielen und fixen Ideen etwas bewirken, diese kleine Närrin!!! So viel war Micha doch älter und vernünftiger als sie, als dass er diesen Unterschied zwischen ihnen zu erkennen glaubte.

„Das solltest du nicht glauben!", mahnte ihn der Heilige Geist, der die unausgesprochenen Gedanken las und kommentieren konnte. Dies war eine Eigenschaft, die er am Himmel liebte. Auf der Erde wurde sein vogelähnliches Gurren zu oft überhört. Wer verstand schon die Sprache der Tauben? Oft wurde über sie geschimpft, nicht selten auf sie geschossen!

„Die Kleinsten sind die Weisesten!", fuhr er fort. „Hast du schon einmal gehört, dass die Letzten die Ersten sein werden und umgekehrt?"

„Ja, in der Kirche. Das hat, glaube ich, Jesus gesagt!"

„Genau", setzte die Taube zu einem längeren Diskurs an. „Und der hatte damit Recht. Oft fühlen die Menschen sich schlau, wollen alles wissen und erforschen. Sie kennen den Weltraum und die Unendlichkeit des Universums genauso gut wie die kleinsten Organellen von Mikroorganismen. Bis hin zu den Molekülen und ihren Bestandteilen."

„Mag sein ...", bestätigte Micha.

„Aber so vieles kennen sie nicht, was auf der Hand liegt. Sie fühlen sich überlegen gegenüber den Unwissenden und oft zeigt sich dieses in Arroganz und Machtausübung. Wusstest du, dass man die Intelligenz eines Menschen daran ablesen kann, wie er sich gegenüber einem weniger Gebildeten verhält?"

„Nein", sprach Micha und dachte an seinen Mathelehrer. Manches Mal hatte dieser seine Schüler belächelt und ihnen extra schwere Aufgaben gegeben. So kam es ihm zumindest vor. Dann fiel ihm wieder Ricarda aus seiner Klasse ein, die in Mathe ein echtes Ass war. Sie war ein Schatz und ließ regelmäßig alle von ihren Hausaufgaben abschreiben. Wenn die ganze Klasse dann die Aufgaben richtig hatte, knirschte der Mathelehrer mit den Zähnen.

Das war die Erinnerung, die Micha aus Kindertagen mitbrachte. Allmählich stieg aber eine Ahnung in ihm auf, die beseelt war von der ihm im Himmel widerfahrenen Vollendung, dass der Mathelehrer es gar nicht darauf angelegt haben mochte, seine Schüler hereinzulegen. Dass er vielleicht nur nicht erkannt hatte, dass er sie überforderte. Micha schämte sich ein wenig. Wie hart war ein Kinderurteil über einen Lehrer, wie langwierig und hartnäckig die Erinnerung daran, wie gering die Bereitschaft zum Verständnis!

„Warum will man sich nicht so gerne in einen Lehrer hineinversetzen und ihn verstehen?", fragte Micha völlig aus dem Zusammenhang. Die Taube schien ihm seine Gedankensprünge nicht übel zu nehmen. Micha erkannte, dass sie daran gewöhnt war.

„Das gilt sicher nicht für alle Schüler", relativierte die Taube und spürte gleich, dass Micha eine eindeutige Antwort wollte, keine Zwischentöne. Daher atmete sie auf und fuhr fort: „Weil Schüler die Unterlegenen im System Schule sind und diese Position ist an sich schon unangenehm. Viele haben das Gefühl den Lehrern ausgeliefert zu sein. Das macht sie ohnmächtig und Ohnmacht mündet in Wut und Wut häufig in Ungerechtigkeit."

„Man müsste das System ändern", sagte Micha gedankenverloren konstruktiv.

„Man müsste", sagte die Taube und blickte in die Ferne. „Aber das ist auf der Erde nicht so einfach. Die vielen negativen Seiten des Lebens, die schlechten Eigenschaften des Menschen – wie Faulheit und Trägheit – behindern dies häufig."

„Ja, es wäre toll, wenn es einen Ort gäbe, wo es all das nicht gibt. Wo man freiwillig lernen will und wo es keinen Druck gibt, der einen fertigmacht", ereiferte sich Micha.

„Aber den gibt es doch längst. Nur eben nicht in vollendeter Form auf der Erde!"

„Sondern?"

„Hier bei uns!"

Micha stutzte und schaute der Taube lange in die Augen.

„Hier gibt es eine Schule?" Micha konnte es kaum glauben.

„Wenn du so willst, ja! Es gibt vieles, woran die Menschen hier oben arbeiten können, wenn sie es wollen. Und je mehr und lieber sie an sich gearbeitet haben, umso näher kommen sie Gott und umso mehr werden sie wie er."

„Die Menschen werden wie Gott? Was redest du da?"

„Ganz so einfach ist es nicht. Gott ist unnachahmlich und einzigartig. Aber sie werden reine Liebe, reine Rücksicht, pure Menschlichkeit und Göttlichkeit gleichzeitig. Und sie tauchen ein in die Ewigkeit des vollen Lebens, das sich aus sich selbst heraus immer neu erschafft und eine Unendlichkeit von Kraft schöpft. In diesem Zustand ist es ihnen möglich, Gott zu schauen. Und damit sind sie am Ziel angekommen!"

„Muss ich das verstehen?"

„Du wirst. Sobald wir alle Stationen durchlaufen haben, weißt du, was ich meine."

„Wir?", fragte Micha.

„Ja, ich begleite dich noch eine Zeit lang. Alpha muss sich momentan um irdische Dinge kümmern. Er kommt aber gleich wieder."

„In Ordnung", sagte Micha.

Dann hob die Taube ihre Krallen und streckte sie Micha entgegen.

„Wir sind ein Team, Micha! Abgemacht?"

„Abgemacht!", lachte Micha – noch etwas vorsichtig und kleinlaut angesichts der Schwere der vielen Worte – und ergriff die Krallen.

Ganz sicher war er noch immer nicht, ob er alles verstanden hatte, aber er war sich sicher, dass das nicht groß ins Gewicht fiel, denn das Herz in seiner Brust hatte demütig und voller Freude genickt, als der Heilige Geist seine Begleitung anbot – wie ein Täuberich, der sich vor seiner Liebsten verneigt.

Freundschaft

„Was willst du nur von ihr? Einer alten Frau! Hast du nicht genug Probleme?“

Er war mal verständnisvoll gewesen, hatte geahnt, was sie und warum sie es tat. Oder wenn er es nicht geahnt hatte, dann hatte er es wenigstens toleriert. Dass sie ihren eigenen Weg ging. Dass sie nicht nach dem Nutzen fragte, sondern einfach handelte. Das war vorher und vorher war nun zwei unendliche Monate aus Schmerz her. Schmerz kann vieles verändern. Schmerz lockt das aus einem hervor, das lieber im Verborgenen geblieben wäre.

„Sie braucht mich“, entgegnete sie knapp. Warum mussten sie nur so viel streiten?

„Nichts da, sie hat dich einundsiebzig Jahre nicht gebraucht! Und du sie auch nicht! Wir brauchen dich, Selma und ich!“

„Und Micha!“, wollte sie rufen, aber ihre Zunge klebte kehlig am Gaumen fest. Er hätte ohnehin widersprochen: Der nicht mehr da ist, der tot ist, hirntot!

Es dröhnte wieder im hinteren Teil ihres Kopfes.

„Sie kann ihren linken Arm nicht mehr gut bewegen“, antwortete sie. „Ich erledige doch nur ein paar Einkäufe für sie. Was stört dich so sehr daran?“

Sie warf ihren Schlüssel in einer laxen Handbewegung auf den Tisch, viel zu geschafft für einen Streit.

„Ihr zieht euch nur gegenseitig herunter!“ Seine Stimme klang ungewöhnlich. „Davon kommt ihr Josef auch nicht zurück! Und Micha erst recht nicht.“

Heute war er schlecht drauf. Müde folgte sie seinen Bewegungen und seinem Rücken, diesem schmalen Künstlerrücken, der im altertümlichen Strickpulli wie verloren wirkte. Wenn er seinen Frack trug und aufgeregt in der Wohnung auf und ab lief, die Partitur ein letztes Mal studierend, die Hände reibend und in sich versunken in die Welt der Töne gleitend, ja – dann war dieser Rücken wunderbar zerbrechlich. Seidig, märchenhaft im schwarzen Kostüm. Schwebend. Dann trug er die Klaviersonaten in seinen Gang und in die Wirbelsäule hinein wie eine Kletterpflanze, die – dem Lauf des Holzes folgend und sich windend – den richtigen Winkel zur Sonne findet. Heute sah sie nur Rücken, immer wieder diesen eiligen und in sich versunkenen hinteren Teil seines Körpers. Überlastete Knochen, leeres Material.

„Ich trage ihr nur die Einkäufe“, ihre Stimme prallte am laufenden Strickpullover ab.

„Was macht ihr nur immer?“, er hatte nicht zugehört, war wie versunken. „Es dauert eine halbe Ewigkeit, wenn du bei ihr bist!“

Das sagte ausgerechnet er, der ewig Flüchtende!

„Was wir machen?“

Reden, weinen, uns tragen, uns bedauern, die Andenken erhalten, an den Kissen riechen und nach Taschentüchern suchen. Fotos hervorkramen, Hände drücken, in milde Augen sehen. Uns wiederfinden im Schmerz des anderen. Die Antwort wäre länger gewesen, wenn der Rücken einmal Gesicht geworden wäre.

„Wir ziehen uns nicht herunter!" Sie versuchte es immerhin. „Sie tut mir gut."

Es lag ein Vorwurf in diesem Satz, den sie so nicht gemeint hatte. Doch nun war es gesagt.

Er schüttelte den Kopf und ging aus dem Zimmer. Sprach: „Nacht!"

Sie nahm ein Glas und goss sich Mineralwasser ein. Es tat ihr leid, er tat ihr leid. Aber dieses Gefühl reichte nicht aus, um zu ihm ins Bett zu gehen und ihn in den Arm zu nehmen. Schon lange nicht mehr. Es ging einfach nicht.

Sie setzte sich auf den Küchenstuhl aus Holz und schob das entweichende Kissen zurecht.

Sie dachte an Klara, die zunächst so unendlich alt auf sie gewirkt hatte. Die sie nicht weiter interessiert hatte, als sie sie einst kniend vor einer Kerze in der Kirche traf. Eben eine alte, einsame Frau mit grauen Haaren, die ihrem Glauben folgte wie viele andere alte Frauen. Eine Frau jener Generation, die treu und ergeben und – so hatte sie es immer empfunden – in naiv-gläubiger Art in die Kirche rannte. Die sich mit Rosenkränzen, Beichten und Kerzen über Wasser hielt, bis sie das Zeitliche segnete.

Es fielen ihr die eigenen verzweifelten Versuche ein, über das Anzünden einer Kerze Frieden in ihrem Herzen zu finden. So hatte sie sich eines Tages selbst wiedergefunden zwischen diesen alten, auf den Tod zusteuernden Körpern. Sie nahm einen Schluck, stieß einen selbstverachtenden Hüstler aus und schüttelte den Kopf über ihren Hochmut. Was glaubte sie schon, wer sie sei!

So traf sie Klara wieder, in der Kirche, beim Vortrag und wieder in der Kirche. Als sie Klara im Supermarkt erkannte und mitansehen musste, wie sie sich mit den Einkäufen abplagte, war der Damm gebrochen.

Michas Mutter brachte Klaras Taschen zu ihrer Wohnung im zweiten Stock. Ein Kaffee, ein freundliches Gespräch und vor allem Augen, die verstanden. Seitdem freute sich Klara über die kleine Selma, die ihr ein Bild malte, oder über einen Strauß Gartenblumen, den Michas Mutter „mal eben“ vorbeibrachte. Auf einen weiteren Kaffee, ein weiteres Fallenlassen, ein Austauschen dessen, was sich am besten fremde Freunde sagen können. Wunderbare, alterslose, einsame, liebende Frauen voller Fragen und Sehnsüchte. Von der Liebe gefangene Ratlose, die einander hielten, wo kein anderer mehr war.

Sie trank ein zweites Mal aus dem Glas und ließ es halbleer stehen.

Sein Rücken. Wie undurchdringlich er war!

Sie atmete tief durch und erhob sich schwerfällig. Eingelullt von der Alltagsroutine vollzog sie ihre allabendlichen, mechanischen Handgriffe, sinnierend, in sich gekehrt. Sie überlegte wieder viel zu viel. Und sie litt. Abermals. Müde, schwere, krank machende Gedanken aus der Schattenhälfte des Lebens.

Sie nahm ein Weißbrot aus dem Gefrierfach und streichelte behutsam das Eis von der Tüte. Sie legte den Zeigefinger eine Zeit lang auf eine Stelle und wartete, bis die Kühle ihren Knochen erreicht hatte.

Tatsächlich. Sie lebt noch.

Ihre Füße waren vor Müdigkeit und Mattheit bereits ganz kalt geworden, bevor sie sich dazu durchringen konnte, den Raum zu verlassen und dem fremd gewordenen, schnarchenden Rücken ihre Schlaflosigkeit zuzuwenden.

„Jetzt dreh dich schon um!“, dachte sie. „Dein Rücken klagt mich an, bleibt stumm!“

Gerne hätte sie ihn geschüttelt, gestritten, gestreichelt. Mit ihm geweint.

Sie legte sich nieder und schloss behutsam die Augen und hoffte vergeblich darauf, sich die Zeit abkürzen zu können: um in der Länge der Nacht vor dem Gedanken fliehen zu können, dass sie nicht nur ihren Sohn, sondern auch ihren Mann verloren hatte.

Lied 7: Verloren

Willkür

Esiema war beeindruckt von Olobaid. Wie gewieft es doch war, sich das Gewand des polterigen, einfältigen Herrschers zu geben, damit die Untertanen in ihrer Meinung aus anerkennender Abscheu bestätigt und aus Furcht vor seiner Willkür zu willfährigen Lemmingen wurden. Er tarnte sich, damit sie ihn noch mehr hassten als sie es ohnehin schon taten, damit sie ihm angsterfüllt zu Diensten waren – seine Schonungslosigkeit und Grausamkeit ebenso fürchtend wie bewundernd.

Weil lange nichts passierte und sie sich fragte, was er wohl von ihr erwartete, gab sie sich einen Ruck und traute sich, den verglimmenden Gesprächsfaden zwischen ihnen wieder aufzunehmen.

„Wenn wir so weiterarbeiten wie bisher und jede Kalypse einzeln losschicken", sprach sie, „können uns die Engel sehr leicht einfangen und in den Raum der Sichten sperren. Zu viele Opfer haben wir seitdem gebracht! Wie viele von uns sind bereits sinnlos verpufft!"

Esiema schüttelte den Kopf: „Es muss einen anderen Weg geben."

Eine atemlose Stille schlich durch den Raum und kratzte an ihrem Innern. In ihr blubberte es dunkel, als kröche Gestalt gewordener Zweifel darin herum und suchte nach einem Ausgang. Dieser Gesprächspartner machte es ihr wahrlich nicht leicht! Wie er schweigend im Dunkeln saß und ihr jede Möglichkeit nahm, seine Stimmung und damit ihre Überlebenschancen auszutarieren!

Es war kalt und dunkel in der Apokryphe und nur an den Flocken des Eisnebels, der den Herrscher gemeinhin in einem beharrlichen, aber tonlosen Wehen umgab, erkannte Esiema, dass Olobaid noch da war.

Doch er gab keinen Laut von sich.

Sie sprach weiter: „Ich nehme an, dass du wissen willst, was ich machen würde." Sie räusperte sich – eine Reaktion abwartend –, aber er antwortete nicht.

Eben hatte er doch noch so viel erzählt! Was sollte das nun wieder? Eine ohnmächtige Unsicherheit bemächtigte sich ihrer, aber sie war so pfiffig, diese als abermalige Prüfung zu deuten und zu unterdrücken. Mit gespielter, das Zittern im Zaum haltender Stimme flötete sie: „Also, wenn ich zu sagen hätte …"

„Du hast es aber nicht zu sagen!", donnerte Olobaid plötzlich heraus. Sie hatte ihn aus der Reserve gelockt. Esiema atmete auf. Ein unbeherrschtes Schimpfen war ihr allemal lieber als das bleierne Schweigen der Ungewissheit.

„Ich weiß, ich weiß!", lenkte sie ein. „Nur du, oh Olobaid, bist der uneingeschränkte Herrsch…!"

„Spar dir die schleimige Rede, du Wurm, und komm zur Sache!" Olobaid stand unter lautem Knacken auf. Es kam Esiema so vor, als ob dabei knöcherne Strukturen zertreten worden wären. Die Schreie aus seinem Inneren gellten spitz zu ihr herüber.

„Du bist sicherlich eine besondere Kalypse", schimpfte er weiter, „aber das gibt dir nicht das Recht, dich hier aufzuspielen!" Das Dröhnen setzte erneut ein und schwoll bereits auf gefühlte einhundert Dezibel an. Ihr wurde angst und bange.

„Natürlich nicht, oh, Mächtigster!", duckte sie sich verbal und sah sich nach dem Ausgang um. Wenn das Spiel so weiterging und er seine Ansprache stets zwischen Achtung und Missachtung hin- und herpendeln ließ, würde sie nicht länger Opfer seiner Willkür bleiben wollen, sondern lieber die Flucht ergreifen. Was wollte er denn nur von ihr?

„Nun", ermunterte er sie hinterhältig zur Weiterrede, „du würdest die Kalypsen nicht einzeln losschicken?"

„In der Tat", antwortete Esiema – unsicher ob seines Planes.

„Sie sollen zusammenarbeiten?", fragte er nun freundlich weiter.

„Ganz recht", zitterte sie.

Olobaid schien ihre Angst nicht weiter zu beachten. Vielleicht war er auch zu gewöhnt daran, dass seine Untertanen vor ihm bibberten.

„Das könnten wir tatsächlich einmal probieren. Nichtsdestotrotz sind wir auf der Erde schon sehr weit", grübelte Olobaid, wischte mit einer Handbewegung den Lärm wieder weg und setzte sich abermals hin. Esiema kam sich vor wie ein Tontechniker auf einer Lärmkulissenkonferenz, wo die Teilnehmer ihre Geräte vorführen: laut, leise, laut, leise.

Wie sonderbar es klang, wenn ein Herrscher leichtfüßig eine Erkenntnis wiederholte, für deren Erwähnung ein Ungnädiger sein Leben lassen musste!

„Die Erdenkrise hat voll eingeschlagen!", plauderte er selbstzufrieden weiter. Zunächst wollte er sich wohl erst einmal seine Erfolge in Erinnerung rufen, bevor er weiterdachte oder Ratschläge annahm. Wie armselig er doch war!

„Unsere Egoisten an der Macht haben alles außer Kontrolle gebracht", erklärte er ihr, was sie ohnehin schon wusste. „Ich konnte ihre Habgier ins Unermessliche steigern! Was für ein Schauspiel!"

Dabei lachte er laut heraus und spie nach Gülle riechenden Unrat aus dem dunklen Rachen. Er kam nach einem plätschernden Aufprall vor Esiema zum Liegen und obgleich sie selbst kein Kind von Sauberkeit oder Ästhetik war, wurde ihr sogleich von dem abartigen Gestank, den er ausströmte, schlecht.

„Diese allgemeine Krise auf der Welt hat allen Ländern übel mitgespielt. Den meisten Menschen ging es nun schlechter als vorher!" Bei dem Wort „schlecht" hätte Esiema sich am liebsten übergeben, so übel stieg der Geruch von Olobaid herüber. Aber sie konnte sich noch zusammenreißen und wandte die Nase zur Seite, in der Hoffnung auf einen wohltuenden Windhauch.

Sein Lachen dröhnte selbstgefällig an der Wand der Apokryphe wider.

„Und die Kriege! Ja, überall geht es heiß her!“, schallte er lachend. Wie er sich nun in narzisstische Rage redete! „Täglich neue Opfer, täglich neuer Hass! Es ist eine Wohltat!“, bellte er und riss die Arme in die Höhe. Sein Kopfnebel wirbelte wild um sein Haupt herum, als wollte er sein Inneres amputieren.

„Die Kriege und Weltmärkte sind das eine, das auf der großen Erdenbühne schon wunderbar nach unserer, Verzeihung, deiner Nase läuft“, bemerkte Esiema todesmutig. „Aber was noch fehlt, das ist die Begegnung im Kleinen. Dass die Menschen Sünden begehen und einander Böses antun, dass sie sich gegenseitig nicht mehr lieben – das ist sicherlich schon ganz gut! Aber, seien wir doch mal ehrlich, das machen sie doch bereits seit Ewigkeiten! Es genügt nicht mehr! Es hat zwar gereicht, um die Engel hungern zu lassen, aber wollen wir wirklich nur ein bisschen Hunger und Unsicherheit säen? Wollen wir nicht mehr?“

Olobaids Eisnebel formierte die Umrisse eines unintelligenten, offen stehenden Mundes, der in der Warteschleife zum Fragen die Absurdität des Unterfangens begriff, dass eine unverschämte Kalypse ihn ein weiteres Mal nicht nur unterbrochen hatte, sondern nach allen Regeln der Kunst belehrte.

„Wir müssen in die Zwischenmenschlichkeit, den direkten Kontakt zwischen den Menschen hinein! Wir müssen jedes Gespräch vergiften, jede Zusammengehörigkeit schwächen, jeden Zweifel vergrößern. Und dafür brauchen wir nicht nur einzelne Kalypsen“, fuhr Esiema fort und konnte selbst ihren Mut nicht fassen, mit dem sie ihrem Herrscher die Leviten las, „sondern ganze Heerscharen von Kalypsen. Verstehst du?“

Was redete sie da nur? Wollte sie nicht mehr leben?

Die Himmelsschule

„Wo liegt die Himmelsschule?“, fragte Micha aufgeregt. Die kleine, unscheinbare Taube hatte seine Neugierde geweckt. „Wo schon?“, antwortete der Heilige Geist beiläufig und flatterte auf einen kleinen Sandweg, der sich vor ihnen erstreckte, voran.

„Am Schulflur!“

„Schulflur?“

Micha erschrak. Er hatte sich im Himmel eine völlig andere Schule erhofft, hatte sich ausgemalt, wie ein Ort ohne Notendruck und Sozialneid, ohne Klassenarbeiten, Hausaufgaben und übermächtige Lehrer aussehen könnte. Und nun musste er erfahren, dass es hier auch nur anscheinend eine ganz normale Schule mit einem ganz normalen Flur gab. Micha war enttäuscht.

„Am Schulflur ist alles, was man braucht“, erklärte der Vogel. „Der Raum der Sichten, der Ort der Versöhnung und das Haus der Größe und noch so manch anderes. Im letzten Zimmer wohnt Gott.“

Die Taube sprach mit großer Routine.

Micha horchte auf. Gott? Sollte er ihn doch endlich leibhaftig zu Gesicht bekommen?

Eine kribbelige Nervosität kitzelte ihn am linken Unterschenkel.

„Der richtige, der echte, ich meine, der ‚ganze‘ Gott?“

„Na klar, nicht nur ein Teil von ihm wie eine kleine, graue Taube oder ein Jüngling im Leinenhemd. Nein, nein! Keine Angst! Gottvater leibhaftig, wie er leibt und lebt."

Micha rieb sich in kindlicher Vorfreude die Hände. „Das klingt gut. Darauf freue ich mich!"

Sie kreuzten einen Feldweg und liefen weiter über eine Blumenwiese, während Micha nachdachte. Was mochte das für eine Schule sein, die es im Himmel gab? War es eine Schule für die Kinder unter den toten Menschen, wie geschaffen für ihn? Oder für die Misslungenen oder Unperfekten? Wie sollte er es verstehen, dass er dorthin musste? Gab es Prüfungen? Und wenn ja, in welchen Fächern? Wie lange musste er auf diese Schule gehen? Machte sie wenigstens Spaß?

„Du hast aber viele Fragen, Micha!", fiel die Taube in seine Gedanken ein. „Aber ich kann dich beruhigen. Sie wird dir gefallen. Hier geht es nicht um Noten, nicht darum, der Beste zu sein oder die nächste Schulstufe zu erreichen."

Die Taube pickte ein Körnchen vom Weg auf und verputzte es schnell.

„Nein? Sondern?"

„Was du lernen willst und vor allem wie viel, das hängst einzig und allein von dir ab. Du kannst dir so einiges an Weisheit von den Angeboten mitnehmen und über manches nachdenken. Du kannst es aber auch lassen. Es spielt keine Rolle. Du wirst im Himmel bleiben und darfst dich so wohlfühlen, wie du bist."

Der Heilige Geist flatterte auf einen Erdhaufen und scharrte in den darauf liegenden Blättern nach Nahrung.

„Es ist ganz egal?", fragte Micha ein wenig enttäuscht. „Warum sollte ich dann in eine Schule gehen?"

„Vielleicht, weil du es selber so willst? Vielleicht willst du deinem Gott näherkommen, indem du dich seiner Ganzheit annäherst durch deinen eigenen ganzheitlichen Charakter? Vielleicht willst du selbst Liebe werden, um würdig zu sein, Gott in seiner vollkommenen Liebe zu schauen? Vielleicht möchtest du ja etwas lernen, dich veredeln, dich verbessern? Möchtest du Gott nahe sein, seine Liebe spüren? Die Liebe, die er den Menschen als Spiegelbild seiner Selbst schenkte?“

„Na, klar“, druckste Micha herum, „ich wäre schon gern – na ja, sagen wir mal ... perfekt! Dann fände der liebe Gott mich doch bestimmt klasse, oder?“

Die Taube lachte, soweit Tauben dazu in der Lage sind. Sie hob amüsiert den Kopf in den Nacken und ließ ein gluckerndes Geräusch die Kehle hinunterwabern.

„Du glaubst doch wohl nicht, dass es ein einziges Wesen gibt, das – außer Gott – perfekt ist?“, antwortete sie. „Es gibt keinen Menschen ohne Laster, keine Schöpfung ohne Fehler, keine Idee ohne einen Haken! Das ist so gewollt von Gott, denn gerade das Unperfekte ist kreativ, ist neu, ist selbstbestimmt und trägt damit die Möglichkeit in sich, über sich selbst hinauszuwachsen. Denk dir mal, wie es wäre, wenn man schon alles könnte und alle anderen um einen herum auch. Wen sollte man noch überraschen? Wodurch wäre man einzigartig? Gott lässt sich gerne von den Menschen überraschen! Also darf es auch den Haken geben, der dieses Individuum kennzeichnet.“

„Du hast recht! In meiner Klasse gibt es niemanden, der einen so großen Leberfleck auf dem Oberschenkel hat wie ich!“

„Siehst du? Und du warst doch bestimmt immer sehr stolz darauf, oder?“

Micha druckste herum. „Nun ja, wenn ich ehrlich bin, habe ich ihn immer verflucht! Er sah doch so hässlich aus! Und die anderen haben mich damit aufgezogen.“

Die Taube lachte auf und schüttelte den Kopf.

„Das werde ich an euch Menschen nie verstehen. Was habt ihr für sonderbare Ideen von den Dingen, die schön oder nicht schön sind? Was habt ihr für Werte?“

„Du musst es doch wissen!“, konterte Micha. „Du bist doch schließlich der Heilige Geist und damit gehörst du zu Gott, dem Schöpfer des Lebens und der Menschen, oder? Was habt ihr euch dabei gedacht, als ihr uns mit dieser Macke, schön und perfekt sein zu wollen, schuft?“

Der kleine Täuberich lachte abermals auf, entzückt über die Schlagfertigkeit seines Gesprächspartners.

„Nun, vielleicht die Hoffnung, dass ihr sie überwinden möget und euch auf das Wesentliche konzentrieren lernt."

Micha nuschelte: „Ist mir nicht gelungen. Ich fand meinen Leberfleck immer doof!"

„Und dabei macht er dich – wie viele andere deiner Eigenschaften – einzigartig! Eine krumme Nase, ein lahmer Arm, schiefe Augen, graue Haare! Das ist doch wunderbar an den Menschen! Aber ich werde sie nie verstehen ... Sie finden ja auch graue Haustauben nicht schön."

Die Taube schüttelte den Kopf und scharrte erneut nach einem Körnchen.

„Also nehme ich an, dass die Schule nicht nur für die Unperfekten ist, die sich noch verbessern müssen?", half Micha dem verstummenden Vogel wieder auf die Sprünge.

„Warum sollte sie so sein?", fiel sie daraufhin in die Konversation ein und lachte: „Es gibt nur Menschen hier, die Macken haben, die Fehler begangen haben, die im Leben über Hürden gestolpert sind oder Sünden begangen haben. Große und kleine. Gott hat die Menschen so geschaffen, wie sie nun einmal sind – unperfekt! Und er liebt sie auch im Himmel so, wie sie nun einmal sind – unperfekt! Glaubst du, hier oben kommen nur Heilige an oder Menschen, die alle fünf Minuten zur Beichte gegangen sind und jeden unreinen Gedanken gebüßt haben? Wie sollte das funktionieren?"

Die Taube biss an einem Hälmchen und drehte es kunstvoll im Schnabel hin und her. „Das würde ja überhaupt keinen Spaß mehr machen."

„Du willst sagen, dass alle Sünder, auch diejenigen, die sich richtig schwere Sachen geleistet haben, hierherkommen?"

Micha war erstaunt über diesen neuen Gedanken. In der Kirche hatte er davon immer nur sehr wenig gehört. Er wusste, dass Gott die Menschen liebte, wie sie waren. Aber er hatte sich keine Gedanken darüber gemacht, welche Konsequenzen das für den Himmel haben mochte. Er war eben doch noch sehr jung gewesen, als er auf der Erde starb. Er hatte über vieles noch nicht nachdenken können. Da half ihm auch die Vervollkommnung aus dem Raum der Gestaltung nicht weiter.

„Das Nachdenken kannst du dann ja hier machen“, beantwortete die Taube seine Gedanken und flog ein Stück voraus, so als wolle sie Micha den Weg weisen. „Das ist immer ein Schritt, Gott näherzukommen.“

Micha wunderte sich darüber, dass er es nicht unangenehm fand, dass im Himmel scheinbar jeder, den er traf, seine Gedanken lesen konnte. Brauchte er nicht etwas Privatheit, etwas Intimsphäre für sich?

„Nein“, entschied er wortlos und empfand ein Gefühl der Leichtigkeit. „Nein! Denn jeder ist hier nur das Gute seiner Selbst. Es gibt keine negativen Gefühle mehr im Himmel.“

Wie ein Mantra wiederholte er gebetsmühlenartig seine neue Erkenntnis aus dem Raum der Gestaltung.

„Micha!“ Die Taube wandte sich um und ignorierte seinen gedanklichen Ausflug. „Die Sünder scheinen dir besonders am Herzen zu liegen. Wollen wir dazu die erste Tür des Schulflures öffnen und zum Ort der Versöhnung gehen?“

„Ja, klar!“, antwortete Micha. „Und wo ist der Flur?“

„Du bist längst darin!“

Micha schaute sich verwirrt um. Der Heilige Geist und er liefen, nachdem sie die Blumenwiese hinter sich gelassen hatten, auf einer grünen Aue über einen Feldweg, an dem sich Ackerflächen und Wälder säumten. Nirgends war so etwas wie ein Schulgebäude zu sehen.

„Micha!“, sagte die Taube erneut und lächelte milde. „Kennst du nicht die Redensart, dass man nach draußen geht ‚in Wald und Flur‘? Wir sind doch hier in der Flur! Welch schöneren Schulflur könnte man sich vorstellen?“

Micha lachte über das Wortspiel und weil ohnehin sonderbare Dinge am laufenden Band passierten, wunderte er sich wenig über die abgewetzte, weiß getünchte Holztür mit Kassettenoptik und silbrig glänzender Türklinke, die – scheinbar ziellos – auf einer Anhöhe vor ihnen erschien, umgeben von einem bläulichen Himmelszelt. Die zahlreichen auf den Horizont herabsteigenden Quellwolken hatten etwas Hoffnungsvolles an sich.

„Und was ist dahinter?", fragte Micha und wies auf die in der Landschaft herumstehende Tür.

Der Heilige Geist kicherte: „Deine Sünder!"

Dann flatterte er aufgeregt durch den kleinen Spalt des Eingangsportals, das sich vor ihnen – wie von selbst – öffnete.

Der Äqualoribus

„Meinst du, wir begehen eine Süde?", fragte Laurina ängstlich. Ihre Kehle fühlte sich trocken an. Die Ereignisse in der Bibliothek hatten ihre Spuren an ihr hinterlassen. Das Nichts aus dem Tunnel hinter dem Türchen hatte an ihrem Äußeren gezerrt und ihr Reimrepertoire weiterhin gedämpft.

„Natürrrlich!", erwiderte Janardan gelassen. „Diebstahl ist Sünde!"

Daraufhin fuchtelte er an den Felsbrocken herum, die sich vor ihnen auftürmten und den Rand eines zackeligen Hochgebirges säumten. Er drückte seinen schmächtigen Körper gegen einen besonders großen Stein.

„Errrst haben wirrr die Schrrriftrrrrolle geklaut und jetzt noch den Äqualorrribus! Das ist schon was! Puhhhh! Aberrr das klappt nicht, wenn du mirrr nicht hilfst!"

Laurina sprang hinzu und gemeinsam wuchteten sie den Koloss vor dem Höhleneingang zur Seite.

„Und das macht dir gar keine Gedanken? Hast du keine Angst?", fragte sie weiter.

„Doch! Aberrr ich habe mal gelerrrnt, dass wirrr uns keine Gedanken machen müssen, wenn wirrr auf Gott verrrtrrrauen. Und Angst habe ich zum Glück auch nicht, denn wir sind doch im Himmel und da gibt es keine schlechten Gefühle, oder?"

Bei den letzten Worten lachte er verschmitzt und aus seinem schalkhaften Grinsen blinzelte die Zahnlücke Laurina herausfordernd entgegen.

„Außerrrdem soll man sich fürrreinander einsetzen und wo, wenn nicht im Himmel, sollte das willkommen sein? Derrr Zweck heiligt die Mittel!", fügte er hinzu.

„Aber wir haben doch gar nicht Gottes Vertrauen in dieser Frage!", empörte sich Laurina. „Wir haben ihn noch nicht einmal gefragt!"

Laurinas Zweifel wuchsen mit jedem Schritt in das Höhleninnere ebenso wie ihre lyrischen Fähigkeiten schwanden. Sie waren in die Höhle des Vergessens eingetreten – eine besondere Höhle, die Dinge barg, die die Menschen eigentlich vergessen sollten.

Janardan hatte ein Pflänzchen aus seiner Kutte gezogen, es gestreichelt und mit einem Mal leuchtete das Diodenkräutlein ihnen hell und zuverlässig den Weg weiter in das Innere.

„Doch! Wirrr verrrtrauen auf Gott, sobald ich ihn frrrage! Ich denke, wirrr haben sein Verrrtrrrauen!"

„Das ist aber nicht das Gleiche! Du hast die Reihenfolge umgedreht! Gottvertrauen ist anders gemeint!"

„Wie denn?"

„Na, eben andersherum. Erst fragen, dann machen!"

Laurina vertiefte sich so in die Diskussion, dass sie nicht bemerkte, wie sie in einen schmalen Gang gelangten und schließlich einen großen Hohlraum erreichten, der von einem unterirdischen See umspült wurde.

„Falsch! Im Machen vertrrrauen! Das wirrrd den Menschen auf derrr Errrde auch immerrr so errrzählt!"

Janardan war heute sehr schnell. Er versenkte seinen Kopf in die Schriftrolle und entzifferte die Zeichen, die ihm den richtigen Weg wiesen, während er in der anderen Hand vertrauensselig das Kräutlein hielt.

Laurina blieb verwirrt stehen. Sie konnte in diesem Schlagabtausch nicht mehr antworten und wusste auf die Schnelle nicht, wo der Fehler lag. Zeigte sich Gott den Menschen immer erst, bevor sie ihm vertrauten oder vertrauten sie ihm, obwohl er sich ihnen nicht direkt zeigte?

Sie schüttelte den Kopf und bemerkte erst jetzt, dass eine große Blase auf der spiegelglatten Oberfläche des Höhlensees ruhte, der – aufgewühlt durch ihre Stimmen – kleine Kreise aussendete, die langsam am Rand des Gewässers verebbten.

„Der Äqualoribus ist eine Blase?“, fragte Laurina und folgte Janardan neugierig, der am Ufer entlang nun schon nahe an die große, violett schimmernde Kugel herangetreten war. Sie lag im hinteren Drittel des Sees und besaß die Größe eines niedlichen Gartenhäuschens.

Janardan glühte vor Begeisterung. Sein Entdeckergeist ließ ihn schnellen Schrittes mitten auf das Wasser zulaufen, sodass Laurina vor Entsetzen aufschrie, als er den ersten Fuß in das kühle Nass setzte.

IN das Nass? Nein – AUF!

Janardan lief auf der Oberfläche der Transportblase entgegen, als hätte er nie einen anderen Weg nehmen wollen.

„Sag nicht, du kannst über das Wasser gehen! Das kann doch nur Jesus!“, schrie Laurina.

„Das hierrr ist kein Wasserrr, sonderrrn Himmelsgallerrrte! Komm schon!“, trieb er sie an.

„Was du alles weißt …“

„Nurrr von den Pflänzchen, nurrr von meinen Pflänzchen …“, antwortete Janardan bescheiden und sah sich die glatte Kugel neugierig an, in deren Außenfläche sich sein Antlitz widerspiegelte – fratzenhaft und verzerrt.

Nachdem Laurina Janardan erreicht hatte, liefen sie um den Äqualoribus herum, krochen auf den Boden, streckten sich in die Höhe, fühlten alles ab. Doch so sehr sie auch suchten, sie fanden keine Tür.

Gab es keine?

Der Ort der Versöhnung

Die Tür flog schneller auf, als es Micha lieb war. Er war nicht darauf vorbereitet, etwas Derartiges zu sehen. Die Taube hatte ihm keine Zeit gelassen, sich auszumalen, wie der Ort der Versöhnung beschaffen sein könnte. Sie war einfach losgeflogen und durch den schmalen Türschlitz verschwunden. Micha blieb nichts anderes übrig als hinterherzujagen und die Tür holterdipolter aufzustoßen.

Er hatte Lärm verursacht. Alle sahen ihn an. Eine kurze Sekunde, eine schrecklich unendliche, unerträglich sich hinziehende Himmelssekunde lang hatte er alle Gespräche zum Verstummen gebracht. Man sah ihn an und wartete. Tausendfach, millionenfach.

„'Tschuldigung!", murmelte Micha verlegen und quetschte sich vergeblich hinter die vor ihm auf dem Boden sitzende, viel zu kleine Taube, als suche er Schutz hinter ihr. Die Tür flog hinter ihm krachend ins Schloss.

„Nicht nötig!", murmelte die Taube und im nächsten Augenblick wusste Micha, was der Heilige Geist meinte. Alle Gesichter, alle auf ihn gerichteten Blicke, jeder noch soeben in ein tiefes Gespräch versunkene Mund lächelte ihn plötzlich an, als gäbe es nur ein Gesicht, nur ein einziges, vielsagendes, allumfassendes Gesicht: aufrichtig, ehrlich, erfreut und vergebend – worum auch immer Micha um Verzeihung gebeten hätte.

„Gerne!", ertönte es vielstimmig und tausendfach und Micha fühlte sich übermannt von einer Woge der Wärme und Wonne, die ihm entgegenstieg. Danach versank die Stille zurück in ein leises, meditatives Gemurmel und die Spannung verschwand langsam aus Michas Mundwinkel.

Erst jetzt wagte er es, sich umzuschauen. Der Gang durch die Schultür hatte ihm eine eigenartige Landschaft, die gleichzeitig ein großer Raum zu sein schien, offenbart. Um ihn herum gab es nur zwei Bereiche: Erde und Himmel, die unendlich weit waren und dreidimensional in die Unendlichkeit hineinstrahlten. Der Heilige Geist und er standen auf der Erde, so viel war klar, aber über ihnen, ein paar Stockwerke höher, schien ebenso ein ebenerdiger Boden zu sein, der umsäumt war von Wolken und azurblauem Himmel. Was aber viel verrückter als diese Staffelung von Wolken und Erde anmutete, waren die vielen Türen, die gleichsam im Raum zu schweben schienen und vor denen sich jeweils zwei Wesen auf einer Bank versammelten und in konzentriertem Gespräch vertieft waren. Es gab große und kleine Türen, in reichlicher Verzierung vergoldete oder in unliebsamer Nichtachtung verwitterte und begrünte Türen, Portale in jeder Farbe und aus jedem Material. So stand eine winzig kleine Glastür, die im Sonnenlicht blendete, neben einem übermächtigen Burgtor aus Eisen, das schier unüberwindlich wirkte. Micha schaute nach oben durch all diese verschiedenen, auf eigentümliche Art transparenten Stockwerke aus Erde und Himmel hindurch und ließ die Übermacht an Pforten auf sich einwirken. Derartige Türen, die im Himmel zu hängen und gleichfalls auf festen, irdenen Füßen zu stehen schienen, hatte er noch nie gesehen. Er war überwältigt.

„Gefällt es dir hier?“, fragte die Taube den kleinen Jungen.

„Ich weiß auch nicht“, flüsterte Micha. „Es verwirrt mich ein bisschen.“

Micha blickte auf die Menschen, die ihn eben noch einhellig angestarrt und die sich nun wieder ihrem Gegenüber zugewandt hatten. Wie viele mochten es sein?

Die Taube nickte verständnisvoll und pickte nach einem Körnchen. Dieses Mal schien sie nicht direkt auf seine Gedanken antworten zu wollen.

„Was sollen die vielen Türen?“, fragte Micha nun laut.

„Jede von ihnen steht für eine bestimmte Person in einer bestimmten Situation“, antwortete die Taube und kaute weiter. „Menschen begegnen in ihrem Leben vielen anderen Menschen und oft kommt es zwischen ihnen zu bestimmten Zeitpunkten zu Fehlgriffen, Missverständnissen, falschen Handlungen – oder schlichtweg – Sünden, die der eine an dem anderen verübt. Sogleich bildet sich hier oben im Himmel eine Tür. Daher sind es auch so viele Türen, denn nicht jede ist momentan belegt. Viele der Menschen, die sündigen, leben zurzeit noch. Sie kommen dann nach dem Tod hierher und setzen sich vor ihre Sündentür."

„Für jede Sünde eine Tür? Warum?", fragte Micha.

Der Heilige Geist lachte, als hätte Micha das Einfachste von der Welt nicht verstanden. „Na, damit beide gemeinsam, Sünder und Opfer, wieder durch die Tür zurückgehen können! Hier ist der Ort, wo über das Vergangene gesprochen werden kann. Und wenn man sich so lange unterhalten hat, wie die Sünde es erfordert, kann man durch die Tür ein Stück seines Weges gemeinsam gehen und sich weiter unterhalten, wenn man mag. Man kann sich aber auch einen guten Tag wünschen und allein eine Pommes essen gehen. Wichtig ist nur, dass man sich unterhalten und einander verstanden hat."

„Und versöhnt", ergänzt Micha, noch lachend über die Vorstellung, dass jede Beilegung einer Sünde in einer Pommes Mayo enden könnte. Wie viele Pommesbuden es dann wohl hinter den vielen kleinen und großen Türen geben mochte – Millionen! Ihm war klar, dass die Taube nur zur Verdeutlichung etwas aufgegriffen hatte, das auf Micha zutreffen könnte. Er liebte Pommes fast so sehr wie Wackelpudding!

„Natürlich, versöhnt!", griff die Taube seinen Beitrag auf. „Aber du vergisst, dass es im Himmel keine schlechten Gefühle wie den Argwohn gegenüber einer Person mehr gibt! Hier geht es nicht um Vergeltung oder Rache, hier geht es um Verständnis! Und die Vergebung wohnt hier ohnehin!"

„Hmm!", brummelte Micha, unzufrieden mit den vielen „V"-s, die er doch nicht klar voneinander trennen und mit Sinn füllen konnte.

Gebäckgeplauder

„Glaubst du an Wunder?“, fragte Michas Mutter Klara.

Selma malte am Nachbartisch und naschte vom Selbstgebackenen. Sie hörte nicht, was die beiden Frauen sprachen, sondern genoss die Atmosphäre aus Behaglichkeit und altertümlicher Wärme, die Klaras Wohnung verströmte. All die liebevoll gefertigten Kissen aus Samt und Spitzenbrokat, die unmoderne Einrichtung und der Duft des selbstgebackenen Brotes, das Klara trotz des Todes ihres Mannes noch backte, gaben dem Wohnzimmer etwas Behagliches und Warmes, das Selma in letzter Zeit in den eigenen vier Wänden vermisst hatte. Sie fühlte sich hier wohl und nahm eine weitere Hand Vanillekipferl aus der alten Kristallschüssel, um sie selbstvergessen auf die Zunge zu schieben.

Ohne dass die Mutter sie dazu auffordern musste, hatte sie sich zurückgezogen, um die beiden ungleichen Frauen in Ruhe sprechen zu lassen, als wollte sie auch gar nicht wissen, was geredet wurde. Als würde ohnehin schon viel zu viel geredet. Oder viel zu viel Falsches. Als wollte sie nur malen und naschen und Kind sein. Und sich wohlfühlen.

Das selbstgestickte Kissen unter ihrem Po ließ sie zehn Zentimeter größer werden, sodass sie bequem den alten Eichentisch erreichen konnte, den einst Josef, Klaras Mann, gezimmert hatte. Auf der alten Jugendstilvitrine, einem Hochzeitsgeschenk von Klara und Josef, stand ein Porträtfoto in einem schlichten Silberrahmen. Ein älterer Herr im grün-karierten Jagdhemd blinzelte etwas unbeholfen zu ihnen herüber und bemühte sich um ein Lächeln.

„Ist das Josef?“, fragte Selma die Frau mit dem traurigen Blick und den milden Falten um die Mundwinkel.

„Ja!“, lachte Klara. „Auf Fotos schaut er immer verkrampft. Er mochte es nicht, wenn man ihn fotografierte.“

„Warum nicht?“, fragte Selma weiter.

Klara sah ihr ins Gesicht. Die Frische des kleinen Mädchens, ihre klaren Fragen und ihre vom Leben noch wenig enttäuschten Augen belebten ihren müden Geist.

Sie überlegte.

„Ich glaube, er war dazu zu bescheiden und fand sich nicht besonders fotogen“, antwortete sie bedächtig, dann kleinlauter, „aber gefragt habe ich ihn nie. Zumindest kann ich mich nicht mehr daran erinnern. Ich kann mich an so vieles nicht mehr erinnern ...“

Bei den letzten Worten war sie sehr leise geworden und Selma spürte die Traurigkeit, die Klara wieder befiehl, sodass sie nicht fragen mochte, was „fotogen“ hieß.

Da kam die Frage von Michas Mutter gerade recht.

„Wunder?“ Klara sah sich um und ging zum Wohnzimmertisch zurück, um sich wieder in das grüne Samtsofa sinken zu lassen und ihrem Gast Gesellschaft zu leisten. „Du stellst Fragen ...“

„Glaubst du oder nicht?“

Offensichtlich war Michas Mutter die Frage wichtig.

Klara musste überlegen. „Was ist für dich denn ein Wunder?“

Sie fragte zwar, aber eigentlich ahnte sie die Antwort.

„Wenn ein Toter zurückkommt“, antwortete Michas Mutter kühler, als es ihre Art war.

Schon wieder musste Klara überlegen. Diese jungen Frauen stellten junge Fragen. Das war oft neu für ihren in gewohnten Bahnen denkenden Geist.

Sie antwortete: „Jesus konnte so etwas. Er hat viele Wunder bewirkt und auch Lazarus aus dem Grab geholt, oder?“

„Ja“, sagte Michas Mutter. „Das ist zumindest das, was die Christen glauben. Oder zumindest das, was ihnen all die Jahrhunderte eingetrichtert wurde.“

Man spürte die Wut, die Michas Mutter erfüllte, aber auch gleichzeitig ihre Ohnmacht, keine weiter reichenden Antworten zu wissen.

„Glaubst du, dass es so etwas gibt, dass Tote zurückkommen?“, fragte sie ein weiteres Mal.

Klara schluckte. Michas Mutter brachte sie in Verlegenheit.

„Nein, natürlich nicht. So etwas gibt es nicht“, antwortete sie schließlich.

„Aber Lazarus war tot! Jesus hat ihn auferweckt!“

Die Stimme der Mutter klang schrill. Klara wählte ihre Worte mit Bedacht. Sah die Mutter einbrechen im kühlen Eis und wortlos um Hilfe schreien, bevor die Starre sie blau färbte und das Leben aus ihren Wangen wich.

„Ich weiß nicht. Vielleicht war er auch nur sehr krank und man glaubte, dass er schon tot war. Wer weiß das schon?“

Sie musste das Eisloch picken. Das Leben ließ es nicht anders zu.

„Ja“, antwortete Michas Mutter nachdenklich, „wer soll das alles schon genau wissen, wie das damals war … ? Jedenfalls war die Medizin noch nicht so weit wie heute.“

Klara zögerte. Es fiel ihr nicht leicht, etwas dazu zu sagen, aber sie hatte sich ohnehin schon aufs Glatteis gewagt:

„Ich sage das nicht gerne. Aber du solltest Abschied nehmen. Dein Sohn ist tot, auch wenn sein Herz noch schlägt. Und ich weiß genau, wie sehr du leidest.“

Klara legte ihre Hand auf die der jungen Frau und fuhr fort: „Aber es wird dir nicht besser gehen, wenn du an Wunder glaubst, die niemals eintreffen können.“

„Woher sollen wir das wissen?“, fragte Michas Mutter gereizt und zog die Finger weg. Sie wollte ihre Wut nicht an der alten Frau entladen, aber es gab wenige, die die Diskussion mit ihr wagten. So nahm sie ihr Opfer gerne an. Der Schmerz betäubte alles, machte sie aggressiv und atemlos unbeholfen.

„Sag mir", blaffte sie gereizt, „woran sollen wir glauben, wenn nicht an Wunder? Was soll das Geschwätz vom ewigen Leben und vom Himmel mit Engelchen und dem lieben Gott und dem ganzen Quatsch, wenn es das Wunder nicht gäbe? Gott selbst, der Himmel selbst – all das ist das Wunder! Und ich will verdammt noch mal daran glauben, weil ich sonst nichts anderes habe!"

Bei den letzten Worten erstickte die Stimme in den Tränen, die den Hals heraufkrochen und die Luft zum Atmen einengten, die in einer Pfütze auf vorgewölbter Hornhaut lagen.

Klara nippte ergeben an ihrem Tee. Sie litt und Michas Mutter auch. Michas Mutter rieb die Hände in ihrem Schoß und kämpfte eine Weile, bis die Tränen doch flossen. Sie fingerte ungeschickt in der Tasche nach einem Tuch und ließ sich von Klara helfen, die ihr ein Papiertaschentuch unter die Nase hielt. So saßen sie da.

Es gab Minuten, in denen der Schmerz Worte verschluckte und die darauf warteten einfach nur vorüberzugehen.

Es gab Minuten, die waren unerträglich.

Es gab Schicksale, die es ebenso waren.

Die Vergebung der Kindfrau

„Vergebung ist wunderbar! Es ist das gelebte Wunder!", sagte die Taube und zog die Schnabelspitze nach oben.

„Wieso Wunder?", fragte Micha.

„Weil ein Wunder etwas ist, was man unbedingt haben möchte, aber eigentlich nicht bekommen kann. Aber dennoch ist das Wunder möglich! Und je stärker wir an das Wunder glauben, umso mehr wird das Wunder wahr. Auch bei der himmlischen Versöhnung kann etwas passieren, was man auf Erden nicht für möglich hält … Pass auf!"

Der Heilige Geist flatterte ein kleines Stück nach oben.

„Ich zeige dir ein Beispiel. Siehst du da vorne das ungleiche Paar?"

„Meinst du das kleine Männchen, das auf dem Schoß der großen alten Frau sitzt und weint?"

Die Taube lachte. Wie unbedarft Micha doch war! Er hatte nicht erkannt, dass die inzwischen abgewetzte Uniform und die mitgenommen aussehende Frisur des kleinen Mannes weltberühmt und weltverachtet waren.

„Das ist der Diktator! Er gehört zu den größten Sündern, die jemals gelebt haben", erklärte die Taube.

„Oh!", rief Micha überrascht. Das kleine, hutzelige Männlein auf den Knien der übergroßen Frau hatte ihn mehr an einen Waldwichtel erinnert als an einen kaltblütigen Mörder. Wie erbärmlich und klein es wirkte, wie herzzerreißend es weinte! Micha bekam Mitleid.

„Darf man den bemitleiden, den Diktator da vorne?“, fragte er den Heiligen Geist unsicher.

„Millionen von Menschen werden mit gutem Recht behaupten, dass er kein Mitleid verdient hat. Aber hier wäre nicht der Himmel, wenn es hier nicht auch nach himmlischen Regeln zuginge. Natürlich! Mitleid ist ein gutes Gefühl. Es zeigt, dass du ein Herz hast, mit wem auch immer!“

„Und der da vorne, der Diktator, hatte der kein Herz, als er noch lebte?“

„Nein, jedenfalls nicht für seine Opfer. Mag sein, dass er auch Menschen geliebt hat. Vielleicht seine Mutter, vielleicht aber auch nicht. Auf jeden Fall hat er bei vielen, vielen anderen Leuten keine Liebe gezeigt.“

Die Taube schaute betrübt zu Boden und scharrte in der braunen Erde herum. Ihre Stimme klang schwerer als vorher und versagte am Ende des Satzes.

„Er hat Unmengen von Menschen umbringen lassen! Weil sie nicht so aussahen, wie er es wollte. Weil sie nicht so gesund waren, wie er es wollte. Weil sie nicht die gleichen Ansichten vertraten wie er oder weil sie sich gegen ihn auflehnten. Er tötete sie auch, weil sie eine andere Religion hatten als er oder zu einem anderen Gott beteten. Es war furchtbar!“

Die Taube schüttelte den Kopf und murmelte mehr zu sich selbst. „Was für ein Unfug! Die Menschen nach ihrer Religion, Hautfarbe oder politischen Überzeugung zu verurteilen. Dabei komme ich doch in jeder Religion zu den Menschen! Zwar nicht unbedingt als Heiliger Geist, aber als Liebe.“

Micha sah den Heiligen Geist groß an und beide wussten, dass dieses ein anderes Kapitel war, das hinter einer anderen Schultür geklärt werden würde.

Ein tonnenschwerer Massenmörder! Das reichte Micha vorerst!

Die Taube flog auf einen kleinen Stein und putzte sich. Dann schaute sie Micha an und sprach: „Er hat uns dadurch unzählig viele Türen beschert.“

„Herrjemine!“, stöhnte Micha auf und sah zu dem Winzling herüber, der nun mit der Frau gemeinsam lachte. Er kuschelte sich an ihre Schulter und ließ sich von ihrer übergroßen Hand streicheln. Dabei liefen beiden wieder Tränen über das Gesicht, dieses Mal Freudentränen.

„Was machen die da?“, fragte Micha. „Die scheinen sich bestens zu verstehen! Warum lässt sich die Frau denn mit so einem ein?“

„Weil wir hier im Himmel sind und das Böse außen vor ist. Was du hier vor dir siehst, ist ein kleiner Diktator, das Wenige, das gut an ihm war. Deswegen hat er für sich auch nur die Gestalt eines Winzlings gewählt, weil er selbst weiß, dass er im Moment noch nicht mehr verdient hat.“

„Im Moment?“

„Ja, denn dieser Tyrann möchte erst um Vergebung bitten. Darum weint und lacht er mit der Frau, weil sie sich kennenlernen. Sie erzählt ihm ihre Lebensgeschichte. Sie spricht von ihren Kindern, den Enkeln und Freunden, davon, dass sie gerne Spritzgebäck verzierte und Gitarre spielte.“

„Und was ist so traurig an dieser Geschichte, dass er auch weinen muss?“, fragte Micha voller Anteilnahme.

„Sie hat sie nie erlebt! Die alte Frau, die du hier vor dir siehst, ist in Wirklichkeit nur sieben Jahre alt geworden. Darum hat sie zwar diesen alten, übergroßen Körper, aber ihr Gesicht ist kindlich geblieben.“

Die Taube sprach mit einer ausgleichenden Ruhe. Aus ihren Worten klang die Überzeugung heraus, dass alles im Leben auf einen Punkt zurückführt, in dem sich die widerstreitenden Mächte vereinen. Der Heilige Geist strahlte eine Harmonie und Behaglichkeit aus, die Micha anzog. Sogleich flatterte der Vogel auf seine Schulter und schmiegte sich an Michas Wange.

„Nur sieben Jahre? Das ist ja noch weniger, als ich zu bieten habe!“

„Sie starb mit Tausenden anderer Menschen und wurde in einem Massengrab verscharrt. Man nahm ihr die Puppe weg, die sie über alles liebte und schon vorher ihre Mutter und ihren Bruder. Alle kamen in diesem unermesslichen Wahnsinn zu Tode. Dieses Mädchen starb jung und unschuldig einen vollkommen sinnlosen Tod.

Sie hatte nicht die geringste Chance – und das wird dem Diktator nun klar.

Jetzt, wo er Liebe gespürt hat. Da bleibt ihm nichts anderes übrig als zu weinen, zu weinen und nochmals zu weinen. Er bereut, dass er ihr die Chance nahm, ihr Leben zu leben, ihre Möglichkeiten wahrzunehmen und schließlich auch ihr Spritzgebäck für ihre Enkel zu backen."

„Und wie lange sitzen sie schon da und reden?", fragte Micha ergriffen.

„Ihr ganzes mögliches Erdenleben lang und noch um ein Vielfaches länger, denn die Kindfrau, wie wir sie alle nennen, hat Fantasie. Sie erzählt ihm verschiedene Leben, die sie hätte leben können, in allen Einzelheiten."

„Und der Diktator?"

„Der geht mit. Jeden Schritt, den sie hätte gehen können, geht er nun gemeinsam mit ihr in ihren Erzählungen."

„Und sie setzt ihn dabei auf ihren Schoß?", fragte Micha weiter.

„Sie verzeiht ihm, weil sie ohnehin unschuldig und liebenswürdig ist und weil im Himmel keine negativen Gefühle überleben. Sie ist ihm nicht böse. Sie möchte nur, dass er sie kennt, dass er weiß, was sie um seinetwillen verpasst hat."

Micha konnte es kaum glauben. Die Vorstellung, dass der Diktator jeden Gang eines möglichen Lebens verbal mit der kleinen Riesin mitging und dass sie ihm gar nicht böse war, faszinierte ihn.

„Und wenn sie fertig sind?", fragte er weiter.

„Dann gehen sie durch die gemeinsame Tür hinaus und diese Pforte im Himmel kann verschwinden. Dann geht er zur nächten Tür und es kommt das nächste Opfer, das er getötet hat. Er unterhält sich mit jedem seiner unzähligen Opfer so lange, bis er jeden einzelnen und dessen Lebenschancen genau kennt. Und er weint eine Unendlichkeit von Tränen der reinigenden, wohltuenden, beglückenden Reue."

Der Heilige Geist erhob sich plötzlich in die Höhe und zog einen weitläufigen Kreis. Es schien ihm gut zu tun, einfach ein wenig oben zu schweben und den vielen Menschen vor ihren Türen zuzulächeln.

Er kehrte wieder zu Micha zurück.

„Jedes Mal", fuhr er fort, „wenn er seinen vollkommenen Frieden mit seinen Opfern gefunden hat, wächst er ein kleines Stück heran, bis er irgendwann die Größe eines normalen Menschen erreicht hat und wenn er sich selbst dazu würdig fühlt, wird er Gott begegnen wollen. Und wenn Gott es dann auch für richtig empfindet, wird er ihn empfangen."

„Und was wird Gott dann mit ihm machen?", fragte Micha.

Die Taube lächelte. „Das weiß ich noch nicht. Aber wir dürfen darauf vertrauen, dass er schon das Richtige machen wird."

„Und wie lange wird das dauern, bis der Diktator Gott begegnet?"

Die Taube lachte auf.

„Zeit ist im Himmel nicht die gleiche wie auf Erden. Sie kann einem unendlich vorkommen oder in einem kurzen, intensiven Augenblick verstreichen, wenn man es sich so wünscht."

Dann lächelte sie verschmitzt und fuhr fort. „Ich bin zwar, was die Ewigkeit angeht, einiges gewohnt, aber in diesem Fall glaube ich, dass es noch verdammt lange dauern wird, bis der Diktator seine Arbeit erledigt hat. Vorher wird er den Himmel nicht in seiner Vielfältigkeit und Gott nicht in seiner Vollkommenheit erfahren."

„Du sagst ja auch so was!", empörte sich Micha.

„Was?"

„Na, solche Wörter wie ‚verdammt'! Darüber habe ich schon mit Alpha gesprochen! Apropos? Wo ist der eigentlich?"

Die Taube kratzte sich am Kopf. Er schien ihr etwas zu schmerzen, weil sie den Schnabel nach unten verzog.

„Hmm. Der kommt gleich. Er muss sich noch ein wenig … beraten!" Die Taube wirkte nervös. Micha bemerkte es dennoch nicht.

„In Ordnung. Ich gehe auch gerne noch ein Weilchen mit dir durch die Schule", fuhr er fort. „Dieser Diktator da vorne ist wirklich … sagen wir – interessant", sagte Micha und überlegte weiter: „,Verdammt' sagtest du? Ich dachte immer, so einer wie dieser Tyrann dort wäre für den Himmel verloren bei einer solchen Schwere der Schuld. Gibt es nicht so etwas wie ein Fegefeuer oder die Hölle?"

„Ja", lachte die Taube. „Es gibt viele Theorien über das Fegefeuer oder die Hölle. Einige Menschen glauben daran, andere nicht. Aber das Wichtige ist doch, dass der Himmel überall sein kann, also auch da, wo die Hölle, das Dunkle, ist."

„Wie?"

„Na, glaubst du, nur hier oben sei der Himmel?", fragte der Vogel amüsiert.

„Wo denn sonst?", fragte Micha verwirrt.

„Überall, wo wir ihn zulassen! Wo wir Liebe schenken und an den anderen denken."

„Also auch auf der Erde?"

Die Taube nickte zufrieden.

„Auch auf der Erde. Allein unsere Engel schlafen an allen möglichen Orten, in Türritzen, zwischen Buchseiten und Wortzeilen, in Pflanzenwurzeln oder auf Kirchturmspitzen."

Micha lachte: „Das ist ja niedlich! Ich dachte, die wären alle hier oben!"

„Dazu haben sie zu viel zu tun! Sie müssen sich auch zwischendurch auf der Erde ausruhen und dort pausieren, wo auf der Erde der Himmel ist. Gerade im Moment, wo sie alle so erschöpft sind!"

„Und wieso ist der Himmel zum Beispiel zwischen den Zeilen eines Buches?"

„Weil Worte viel Wahres enthalten können. Oft steckt das, was wirklich gesagt werden soll, zwischen den Zeilen. Und da fühlen sich die Engel besonders wohl."

Micha ließ diese Worte auf sich wirken und lächelte. Manches Mal hatte er auf Erden ein gutes Buch gelesen, dessen Aussagen ihn gepackt und nachdenklich gemacht hatten. War es das, was Bücher ausmachte? Wenn sich Engel darin wohlfühlten?

„Und woran glauben die Menschen jetzt?", nahm Micha einen alten Gesprächsfaden wieder auf.

„An Gottes unendliche Güte und Liebe und das ist ein guter, ein wahrer Gedanke." Die Taube strahlte übers Gesicht, sodass sie Micha fast menschlich erschien.

„Kein Mensch ist verloren, denn Gott liebt alle, auch die Sünder. Allerdings können diejenigen, die ein besseres, tugendhafteres, mitmenschlicheres Leben gelebt haben, im Himmel schneller Gottes komplette, erfüllende und unermessliche Liebe spüren. Sie sind ihm nahe, sie dürfen ihn schauen. Sie dürfen bei ihm sein und das unendliche Glück erleben. Das ist etwas Wunderbares!"

Erneut flog die Taube einen dreifachen Zirkel und überschlug sich dabei. Die Freude schien ihr aus jeder Feder zu sprießen.

„Und die schlimmen Sünder?", schrie Micha nach oben und zuckte ein wenig zusammen, denn der Diktator warf ihm einen scheuen Blick zu. Die Taube kam herab und gurrte:

„Die müssen unter sich selbst leiden. Darunter, dass sie nicht vollkommene Liebe sind, die sich selbst verschenkt. Sie spüren ihren Egoismus, der ihnen Grenzen setzt und sie nicht glücklich macht. Und sie wollen hier reden, reden und nochmals reden, damit sie sich irgendwann charakterlich selbst veredeln. Das ist ihr eigener Wunsch. Gott selbst richtet sie nicht. Zumindest nicht nach dem Verständnis, das wir Menschen von dem Begriff des Richtens haben. Gott regelt das auf seine Weise und die ist anders als die der Menschen. Hier gibt es keine Rache, keine Vergeltung, keine Abrechnung, vor der man zittern müsste. Sünder selbst wissen hier oben nur zu gut, dass sie noch nicht würdig sind, Gott zu schauen."

„Der Diktator verdient sich also gerade seinen Himmel?"

„Sozusagen. Aber er profitiert auch von den anderen und ihrer unendlichen Güte. Die Menschen, die hier anderen etwas zu verzeihen haben, leben nach dem Motto ‚Liebe deine Feinde'. Das ist das Grundmotto am Ort der Versöhnung. Wer das noch nicht verstanden hat, muss erst selbst an ein paar Türen klopfen, sein Gewissen erleichtern und Mitmenschlichkeit und Liebe erfahren. Nur die Menschen, die Liebe erfahren haben, können Liebe geben."

Dabei wurde die Taube ein wenig traurig. Es wunderte Micha, wie schnell sich die Stimmung des kleinen Vogels ändern konnte – wie bei Alpha!

„Leider erfahren viele Menschen erst hier oben echte Liebe. Dabei wäre es ihnen doch auch schon auf Erden zu gönnen gewesen … Aber nun … Bleiben wir bei dem Tyrannen dort: Er kann sich der Mitmenschlichkeit seiner Opfer gewiss sein. Die Frage ist nur, ob er durchhält. Ob er Millionen von Geschichten und Menschenleben ertragen kann, ob er sich selbst ertragen kann in seiner Kleinheit."

„Und wenn er es nicht schafft?", fragte Micha.

„Dann hat er sich selbst aufgegeben. Dann bleibt er verloren, aber er hat es selbst so gewählt. Genau wie er die Sünde in seinem Leben wählte, so wählt er heute seine Sühne."

„Und wo ist ‚verloren'?" Micha konnte beharrlich sein und gab bei der heutigen Fragestunde nicht so schnell auf.

„Gottfern", antwortete die Taube knapp und erhob sich abermals in die Lüfte und an der Kraft, die die Taube in ihre Flügelschläge legte, erkannte Micha, dass dieses Thema zunächst beendet war.

Pläne

„Wir sollten noch stärker in die Kommunikation hinein“, sagte Esiema.

„Wir müssen die Gedanken der Menschen vergiften, bevor Gutes daraus entspringen kann. Jeder Mensch hat Schwächen. Da packen wir sie: bei ihren Ängsten, bei ihren Komplexen! Wir säen Streit und Missgunst, wo immer es geht!“

Die fette Kalypse redete sich in Rage. Ihr Herrscher ließ sie gewähren. Endlich hatte sie ihn so weit, dass er ihr in kontrollierter Mildtätigkeit zuhörte. Zumindest fürchtete sie in diesem Moment nicht, von ihm gleich auseinandergerissen oder wie ein schäbiges Insekt zermalmt zu werden. Sie hatte verstanden, dass er sie brauchte und das machte sie mutig. Und Esiema hoffte, dass er das auch endlich begriffen hatte und sie verschonen würde!

Olobaid schwieg tatsächlich und lauschte konzentriert. Er schien vergessen zu haben, dass sie abermals seinen Monolog unterbrochen hatte. So viel Dreistigkeit hatte selbst den Größten der Bösen überrascht und nun zum schweigenden Schuljungen deklassiert!

„Das menschliche Leben steckt voller kleiner Streitereien! Diese bauen wir aus, wir überrollen die Erde mit unseren Kalypsen, säen Zweifel in bewährte Beziehungen und grenzenloses Vertrauen. Wir vergiften die Menschen von innen, indem wir ihre Gedanken beherrschen, ihre Liebe trüben, ihre Gespräche scheitern, ihr Verständnis füreinander noch mehr schwinden lassen. Indem wir – als kommunikative Ungeister – Schatten hervorlocken, die vormals nicht dagewesen waren. Indem wir ihnen vorgaukeln, dass sie nichts und niemandem mehr trauen können."

Jetzt lachte Esiema irr. Wie genial ihr Plan war! Dann fuhr sie fort: „Und das mit einer Masse, einer Unmenge, einer Armee von Kalypsen!"

Olobaid dachte nach und strich sich mit seinem lodernden Feuerarm, der die gefrierende Kühle einer Eiswüste ausströmte, über das imaginäre Kinn.

„Und wenn wir Heerscharen von Kalypsen auf diese Ziele der Erde ansetzen", fuhr Esiema fort, „dann kommen sie im Raum der Sichten nicht mehr hinterher! Die Engel sind doch ohnehin schon geschwächt genug! Durch die Menge, die wir ausschicken, die unendlich vielen Gesprächs- und Gedankenkalypsen, die dann im Himmel ankommen, können wir denselbigen vergiften! Wir beginnen innen, am Raum der Sichten, und von da aus strömen wir weiter aus! Wir überrollen den Himmel mit unserer niederschmetternden Macht!"

Olobaid gluckste auf, nachdem er eine Weile gegrübelt hatte. Diese Erklärung war doch etwas schnell für ihn! Aber schließlich schien ihn die kalyptische Idee derart zu amüsieren und ihm ein dröhnendes Lachen zu entlocken, dass der Herrscher für einen kurzen Moment fast sympathische Züge annahm.

„Und wenn wir erst einmal eingedrungen sind, dann können wir unsere Invasion starten!", spann der dunkle Nebel den schnurgeraden, für ihn ausgelegten Gesprächsfaden weiter. Dabei verströmte er eine so größenwahnsinnige Freude, dass er sich in seiner Gestalt abermals wandelte – vom gefrierenden Eis hin zu einem Feuertanz, der so stark glomm und wogte, dass die Hitze Esiema fast den Atem nahm.

„Den Himmel einnehmen!", göhlte Olobaid weiter. „Ja, das sollten wir tun! Von innen alles zermalmen! Direkt in die Höhle des Löwen hinein! Jawohl!! Wir werden sie besiegen, die lieben Engelchen, die ewigen Langeweiler des Guten! Pfui, Teufel!"

Olobaid lachte schallend und wirbelte sich – nun zur ganzheitlichen Staub- und Rauchgestalt anwachsend – tosend auf und ab. Ähnlich einem roten Wirbelsturm des garstigsten apokryphischen Feuers, das Esiema je miterlebt hatte, hieb er irr um sich, als gälte es, die Apokryphe, ihren vermaledeiten Unterschlupf, niederzureißen.

„Bereite alles vor!“, brüllte er, bevor er durch den Ausgang nach draußen wehte, um tagelang nicht mehr aufzutauchen.

„Ein kleines Dankeschön hätte gereicht“, murmelte die Kalypse dem abtauchenden Feuer hinterher und wunderte sich, warum sie plötzlich auf solche unwichtigen Dinge wie Dankbarkeit, die doch so ganz menschlich, wenn nicht gar verabscheuenswert himmlisch waren, Wert legte.

Allein

Er saß auf seinem Klavierstuhl und betrachtete gedankenverloren seine Hände. Sie taugten nichts mehr. Sie konnten nichts mehr. Man könnte sie auch abmontieren und weglegen, dachte er, oder besser: wegwerfen!

Es müsste schon ein Wunder geschehen, um sie eines Tages wieder in Gang zu setzen.

Und er glaubte nicht an Wunder.

Es lag so viel Verbitterung in dieser Erkenntnis, dass er in einer Geste der Verzweiflung den Kopf nach vorne warf und unsanft mit ihm aufschlug. Die Klaviersaiten dröhnten schrill, zerfetzten die Stille in seiner Seele mit einem diabolischen Reißen.

Mehr Ausdruck war nicht aus ihm herauszuholen. In seinem Kopf herrschte Chaos, die Gedanken pulsierten in der hinteren Hemisphäre und krachten so laut in ihm, dass er sich nach einem erneuten Aufschlagen sehnte. Als könnte das Reißen seinem Leid ein Ende setzen, als könnte die Qual des Klaviers den Schmerz seiner Seele lindern. Er holte aus und schlug erneut mit dem Kopf auf, dann wieder und wieder, bis er die Stimme hörte.

„Lass doch!"

Nein! Er hämmerte weiter die Stirn gegen die Klavierkante, dieses Mal in der Höhe des hohen Cs, das Flüstern ignorierend.

„Ich bin bei dir. Vertraue mir!"

Er lachte hysterisch auf, wie ein Verrückter. Hielt sich die Hände vor die Ohren, sprang auf und trat mit dem Fuß gegen den Hocker. Der krachte gegen das Klavier und quälte es wieder, dieses Mal in multiphonem Aufschrei.

„Geh doch!", brüllte er geschlagen gegen die wütende Leere des Kopfbrummens hinein. Die Gedanken hämmerten rhythmisch auf und ab und stießen die imaginäre Klavierkante des Gehirns, als verspräche körperlicher Schmerz ihre Linderung.

Die Frau war nicht da. Das Kind auch nicht. So sahen sie nicht, wie er zusammensank. Unschlüssig, ob er wieder davonlaufen sollte oder nicht, zu kraftlos für ein ewiges Fliehen.

Die Seele in ihm war schiere Verzweiflung, Einsamkeit, ein Aufschrei gegen das Nichts und die Haltlosigkeit. Eine Nebelgestalt schien sich in seinem inneren Auge breit zu machen, polternd mit eisiger Gluthand drohte sie seinen Geist anzufassen. Sie lachte irr und laut, als sei sie nicht von dieser Welt. Die schwarze Hand des Wirbels streckte sich ihm entgegen und donnerte ein wildes Gepolter heraus.

„Warum hast du mir das angetan?“, schrie er in das Pulsieren hinein. Es gab keine Antwort. Die Stimme in ihm flüsterte nur. Sein Poltern war lauter.

„Gott, wenn es dich gibt …“, schluchzte er und hob die Faust im rechten Winkel nach oben, den Bizeps zum Bersten angespannt, die Finger in den Ballen gekrallt, ihm zugewandt.

„Ich hadere mit dir! Gott!“ Er kreischte seine Verachtung gegen die Zimmerdecke.

Der Nebel stockte.

Die Faust fuhr nach oben. „Das sollst du wissen! Es gibt dich nicht! Ich glaube nicht mehr an dich! Du bist ein Nichts!“, brüllte er so kraftlos voll wie ein Verlierer den guten Kampf betont. Die Worte hallten an den Wänden wider und schienen ungehört im Raum zu verharren. Obwohl lange verhallt, starrten die Worthülsen blutleer und sanft auf den Geschlagenen.

Er schluchzte, Stille in der Seele.

Die schwarze Kalypse zog zufrieden ab, fing seine Schlieren ein und verschwand schleichend.

Nach der Extraktion kommt der Saft, nach dem Adrenalinstoß das kitzelnde Ruhepotenzial – zum Schlaf sich neigend –, auf den Kraftstoß folgt die Erschlaffung und auf das Leiden das Lähmen.

Ein atmendes Japsen löste den Schrei ab.

Das Flüstern aus dem Inneren war zunächst so leise, dass er es für einen Tinnitus hielt. Dann die Worte. Dann das, was er brauchte:

Erleichterung atmendes Sichfallenlassen auf die Federn des Geistes.

Er horchte, er sog auf, er hörte zu.

Verstand, was Gott ihm sagte: „Vertraue mir!“

Er horchte weiter, kleine Ewigkeiten hindurch, nickte und weinte heiß und losgelöst. Hemmungslose Tränen aus unterdrückten Quellen der Sehnsucht.

Glaubend,
nicht verstehend.

Pures Gefühl aus überforderten Ameisenmenschengehirnen im Antlitz des Ganzen.

„Ja“, flüsterte er nach einer Weile, den Rücken aufgerichtet.

Er japste, fing sich wieder. Schniefte in ein Taschentuch, die Augen rot vor wütendem Schmerz.

Der Vater beruhigte sich und schaute aus dem Fenster ins Dämmrige des dahinfliehenden Tages. Kein Nebel war in Sicht. Dann sein Flüstern.

„Ja, ich nehme an.“

Lied 8: Gebet

Was ist Sünde?

In der Zwischenzeit beobachtete Micha den Diktator. Er kam nicht darüber hinweg, dass dieser Wicht eine so große, furchtbare Rolle in der Menschengeschichte gespielt haben sollte. Seine schäbige Uniform hing schlaff an ihm herab. Fahl sah er aus, blass und kraftlos.

Als die Taube sich vor dem Jungen wieder auf einem Zweig niederließ, fragte er gleich weiter:

„Und noch mal … so sieht kein Sünder aus!“

„Wie sieht denn ein Sünder aus?", fragte die Taube und lachte verschmitzt.

„Weiß auch nicht … Irgendwie böser!"

„Mit grimmigem Blick und dunklen Augen? Jemand, der brummig in die Welt hineinschaut und dem auf der Stirn zu stehen scheint: ‚Nehmt euch vor mir in Acht! Ich bin ein Sünder!' Etwa so?"

„Nein", murmelte Micha verlegen. „Ich sag doch, ich weiß auch nicht!"

„Eben!", half ihm der Heilige Geist. „Es gibt nicht den Sünder, den man äußerlich erkennt. Alle Menschen sind Sünder, alle fehlbar, alle unperfekt. Der eine begeht nur größere Sünden als der andere. Aber frei von Schuld ist niemand. Und warum sollte ein großer Sünder nicht auch das Recht haben, hier zu sein und sich zu versöhnen? Gott schuf das Leben und das Leben ist unperfekt. Wäre Gott so hart, gäbe es keinen Himmel! Stell dir mal vor, es gäbe keinen Himmel mehr? Wäre das nicht entsetzlich? Wo bliebe dann das Ventil für all die Schuld? Wo gäbe es Vergebung und endlosen Frieden? Wo gäbe es die Ruhe der Seelen, nach der sich die Menschen so sehnen?"

Die Taube flatterte aufgeregt wie ein erfreutes Kind einige Meter nach oben, um im Sturzflug zu Micha zurückzukehren.

„Was glaubst du, was Gott für ein Gott ist? Ist er weltfremd und will einen Himmel aus perfekten Menschen? Das geht nicht! Denn das einzige, was perfekt, makellos, endlos schön und voller gelebter Vergebung ist, das ist er selbst. Das sagte ich doch: Gott ist das gelebte Wunder, von dem ich dir eben erzählt habe!"

Die Taube flatterte einen weiteren großen Bogen und es erschien Micha, als färbte sich ihr Gefieder weiß. Je höher und klarer die Kreise wurden, die sie zog, desto weißer und reiner wurde ihr Anblick. Michas Augen wurden angenehm geblendet von dem Strahlen, das von dem sonderbaren Vogel ausging.

„Du weißt doch: Gott liebt alle Menschen. Auch die Sünder!" Sie gurrte von oben in hohen Tönen, bevor sie vor ihm auf dem braunen

Lehmboden landete und abermals genüsslich eine Flugfeder durch die Schnabelspitze gleiten ließ.

„Hmm …“, murmelte Micha. Die Taube machte ihn nachdenklich. Dann erinnerte er sich: „‚Wer von euch ohne Sünde ist, der werfe den ersten Stein!‘ Das habe ich mal in der Kirche gehört. Richtig? So war das doch!“

„Genau!“, freute sich die Taube. „Das hat Jesus gesagt! Der hat den Menschen das alles schon einmal beigebracht. Aber lange, lang ist's her. Alles kalter Kaffee, alles Kindheitsglauben, von dem niemand mehr etwas wissen will.“

Sie seufzte. „Genau das ist das Problem, Micha! Genau das!“

Micha schaute betrübt zu Boden. Die Trauer der Taube steckte ihn an. Er fühlte sich wie ein hilfloses, zehnjähriges Kind – abgesehen davon, dass er ein zehnjähriges Kind war.

„Aber nicht hilflos!“, setzte die Taube seine Gedanken fort und lächelte. Sie gewann ihren alten Optimismus zurück. „Hier wäre nicht der Himmel, wenn du hier ohne Hilfe wärest! Dem Himmel wird etwas einfallen, Micha! Dir, Micha, wird etwas einfallen, denn auch du bist der Himmel! Und überall, wo du bist, da ist auch das göttliche Paradies aus ewiger Liebe.“

Fotos

Die Mutter blätterte die nächste Seite um.
„Er ist mein Himmel“, dachte sie und drückte das Taschentuch auf die Wangenknochen.

„Er war mein Himmel!“ Das klang noch bitterer. „Mein alles!“

Auf dem nächsten Foto lachte Micha direkt in die Kamera. Auf seinem Gesicht waren überall Quarkflecken verteilt. Der muntere Zweijährige saß in seinem hölzernen Hochstuhl, der inzwischen lange auf dem Dachboden verschwunden war, er trug ein T-Shirt, das die Mutter schon vor Jahren einer Freundin überlassen hatte und aß einen Nachtisch, über dessen Konsistenz sich die Mama keine Vorstellung machen wollte, wenn er denn heute noch Bestand hätte.

„Alles vergeht, sogar der Mensch“, dachte sie.

Sie legte die Stirn auf den Unterarm, versuchte langsam durchzuatmen, bevor der nächste Weinkrampf sie schütteln würde.

„Warum tust du dir das an?“, fragte seine dunkle Stimme, geläutert von der Erkenntnis, gestählt in der Hoffnung auf Gott. Kraftvoll im Klang, wohlwollend in der Absicht.

Seine Hand zog ihr behutsam das Fotoalbum unter dem Arm weg. Ihre Gliedmaßen gaben unter dem neuen Nichts nach. Haltlos – auf der Suche. Um dann hart auf der hölzernen Schreibtischunterlage zu landen.

„Es ist alles, was ich habe!“, schniefte sie, wandte sich um und entriss ihm das Album. Sie schaute nicht auf, sah seine Liebe nicht.

War blind.

Sie weinte erneut, diesmal auf den Umschlag der alten Fotosammlung. Das dunkle Papier wölbte sich in den wässrigen Punkten auf.

„Warum leben wir noch? Das Leben ist vorbei! Ich habe nichts mehr! Es ist alles tot!“, schrie sie ihren Mann an.

Der Vater hatte Tränen in den Augen und seufzte. Seine Finger streichelten zärtlich ihr Haar. Er spürte, dass sie erst seine Hand wegstoßen wollte und sich dann doch eines Besseren besann. Sie gab sich kurz hin, einen Augenblick lang.

„Wir haben uns und unsere Selma“, antwortete er. „Wir haben unsere Erinnerungen an ihn und unsere Liebe. Und wir haben den Glauben an Gott.“

Er war ein lieber Mann. Er meinte es so gut!

Einfach unerträglich!

„Pah!“, raunzte sie unwirsch und zog sich den Schleim die Nase hoch.

„Alles Schall und Rauch!“, pampte sie weiter. „Wenn wir tot sind, ist nichts mehr da. Keiner wird sich mehr an uns erinnern, geschweige denn an Micha!“

Jetzt schrie sie. Die Stimme überschlug sich schrill, als sie mit der Hand auf die Tischplatte schlug.

„Was soll das alles? Alles ist tot! Nichts ist mehr da! Alles für die Katz' – das ganze Scheißleben!“

Der Vater streichelte sie noch eine Weile und eine innere Stimme flüsterte ihm, dass es besser war zu schweigen,

zu streicheln,

zu lieben

und zu vertrauen.

Und so schwieg er, streichelte, liebte und vertraute.

Die Engelssitzung

Alle schwiegen, als er die Tür öffnete. Betreten. Fast einsam, obwohl der Raum voll war – voller Engel!

Sie saßen an einer langen Tafel und blickten verlegen auf den Platz vor ihnen. An der einen Seite des Raumes zog sich eine unendlich erscheinende Glasscheibe entlang. Durch sie beobachten die Engel die Menschen auf der Erde und schlugen Alarm, wenn diese in Not waren. In der Mitte des Sitzungszimmers erstreckte sich ein ebenholzfarbener Tisch kilometerweit in das lang gezogene Engelszimmer. Viele, viele Stühle standen nebeneinander. So weit das Auge blickte, schaute Alpha auf Flügel transparenter Unschuld, Haare, heller als das Morgenlicht, einen Zauber, geheimnisvoller als die Fantasie. Alle waren sie gekommen. Alle, die keinen Dienst hatten.

Allein der Himmelshase kam zu spät und schaute sich verwirrt um.

„Was habt ihr?“, fragte er. „Was ist passiert?“

„Tanael ist weg!“ Seraphim erhob sich und informierte das Kaninchen, so wie er es gerade vor versammelter Mannschaft getan hatte. Nun verstand Alpha die Verlegenheit der Engel.

Er zog langsam den Stuhl vom Tisch weg, ließ sich mit einem Seufzer darauf nieder und sagte: „Ich weiß! Gabriel hat es mir schon erzählt!“

„Was sagst du dazu?“ Die Blicke ballten sich auf ihn, Scham lag darin.

Alpha überlegte lange. Er atmete eine Weile ruhig und gelassen. Die Antwort klang überlegt und weise – trotz der Kaninchenstimme:

„Ich war auch erst überrascht, als ich davon erfuhr. Aber wir wollen nicht von Schuld sprechen, wir wollen nicht anklagen. Ihr sollt jedenfalls nicht so traurig gucken! Und schon gar nicht so beschämt! Tanael ist Tanael und ihr seid ihr selbst! Jeder Engel tut das, was er für richtig hält! Ihr seid nicht für ihn verantwortlich, auch wenn ihr es gewohnt seid, die Verantwortung für andere zu tragen."

Einige Gesichter entspannten sich, andere lächelten.

„Hatte er einen Auftrag?"

Seraphim war der Sprecher der Engel, ein großer, schöner Engel mit einer glitzernden Robe und einer erhabenen Ausstrahlung. Seine Klugheit und Erfahrung stellte niemand in Frage. Aber auch er wirkte bereits schwächer als üblich, sein Strahlen hatte abgenommen und es schien, als hätte sich eine transparente Folie auf sein Glitzern gelegt, es abzuschwächen und langsam zuzunebeln.

Man wusste nicht, woher er immer noch die Kraft nahm, wenn er ausgeschickt wurde, um besonders heikle Situationen zu lösen.

Er war es, der die Frage stellte, die im Raum lag. Er war es, der mit seiner Frage zeigte, dass er sich besonders für die Taten Tanaels verantwortlich fühlte. Schließlich waren sie Freunde, verbunden wie ein Mentor mit seinem Schüler, die sich gegenseitig vieles gaben und noch immer geben. So es denn erlaubt war!

„Von mir nicht …", antwortete Alpha und lehnte sich in seinem Sessel zurück. Einen kurzen Moment schien er in sich zu gehen und so etwas wie Wut oder Enttäuschung zu zeigen, aber dieser Eindruck schwand sogleich. Entspannt legte das Himmelskaninchen schließlich die Füße auf den Tisch, wurde aber sogleich von einem kleinen Engelchen neben ihm zurechtgewiesen, das ihm auf das Fell klopfte: „Nicht, Alpha! Den habe ich gerade noch sauber gemacht! Und außerdem gehört sich das nicht!"

„Oh! Entschuldigung! Ich wollte deine Arbeit nicht abwerten!" Alpha fiel nach vorne, pustete über die Oberfläche und wienerte sie schuldbewusst mit seiner Pfote.

Seraphim wurde ungeduldig: „Was sollen wir nun machen, Alpha?"

Wieder überlegte Alpha eine Weile. Er ließ seinen Blick schweifen und schaute in ihre Augen: „Abwarten! Wir schauen, was er vorhat und wohin er fliegt! Ich selbst bin auch gespannt, was daraus wird."

„Das ist alles? Mehr gibt es nicht dazu zu sagen?", Flöbilites klang enttäuscht. Er sah in seinem zerknitterten Engelshemdchen, unter dem sich trotz der allgemeinen Hungerperiode noch ein kleines Bäuchlein wölbte, immer besonders entzückend und gleichzeitig etwas lustig aus. Er war der einzige Engel, der nicht jeden Fleck in seinem Gewand sofort auswusch, der nach einem Einsatz erst einmal eine besondere Portion Ruhe auf seiner Kirchturmspitze brauchte und der es im Allgemeinen eher gelassen und ruhig anging. Dass er hier als Antreiber fungierte, verwirrte Alpha.

„Warum sollte es noch mehr geben?", Alpha fragte scharf und blickte mit zusammengekniffenen Augen in Flöbilites' Richtung. Als er sich der Unruhe der übrigen Engel gewahr wurde, ihr Raunen hörte und die zusammengesteckten, tuschelnden Lockenköpfe sah, wurde er äußerlich noch ruhiger und lehnte sich ein weiteres Mal in seinem Sessel zurück – langsam, behäbig ihre Gesichter fixierend.

Wie eine Mutter, die in größter Wut auf ihre Kinder gerade noch ein Flüstern herausbringt, das stärker wiegt als jedes donnernde Schimpfen, hauchte er leise – fast schon enttäuscht – in die gespannte Stille hinein: „Braucht ihr einen Schuldigen? Einen Sündenbock für dieses Durcheinander? Wollt ihr, dass ich jemanden bestrafe? Wollt ihr, dass ich jemandem das Vertrauen entziehe? Einem von euch?"

Seine Stimme war kaum zu hören und doch drang sie so eindringlich und Respekt einflößend bis in den hintersten Winkel, dass man eine Engelslocke hätte fallen hören können.

Das Schuldbewusstsein wurde fast greifbar – er hatte sie bei ihrer Ehre gepackt!

Es entstand ein langer Moment, in der die Stille einfach nur wirkte. Es war eine Stille, die auch Verzweiflung zuließ und in der eine Mischung aus Traurigkeit und Unsicherheit mitschwang. Hier fanden auch Gefühle Platz, die in keinem Engelsherzen etwas zu suchen hatten: Missgunst und Wut!

Alpha sah sie an, die Engel des Herren. Und schaffte es, jedem einzelnen ins Gesicht und damit ins Herz zu blicken, ohne sich erheben zu müssen. Er kannte sie alle, jeden ganz genau. Schon seit Ewigkeiten. Jeder Auftrag von Gott war maßgeschneidert, jede Zuverlässigkeit seit Menschengedenken vorprogrammiert. Und nun war das Gefüge durcheinandergeraten und er musste eine Sitzung leiten, die Gott niemals so gewollt hätte.

Die Verwirrung war allgemein spürbar. Sie brachte die Luft zum Knistern. Alpha registrierte das verzweifelte Kopfschütteln, das enttäuschte Schweigen, das hilflose Vor-sich-hin-starren.

Langsam stiegen die Tränen in seine Augen, als er begriff, was hier vor sich ging. Und schließlich sprach er das aus, was ihm die größte Sorge bereitete, ihm am allermeisten am Herzen lag, als sei seine schlimmste Befürchtung wahr geworden: „Ihr seid krank, stimmt's?"

Man nickte, reihenweise, tischvoll, engelslang.

„Weil ihr Hunger habt, stimmt's?", fragte er weiter.

Man nickte wiederum.

„Ihr habt sie schon, diese schlechten Gefühle, oder? Ihr seid infiziert, nicht wahr?"

Nur einige nickten, langsam, schüchtern, beschämt – trotz ihrer Unschuld. Nach und nach kamen Köpfe hinzu. Himmelszeit verging und dann nickten fast alle.

„Und sie machen euch fertig, diese wütenden, missgünstigen, zweifelnden Menschengefühle und dieser Hunger, oder?"

Es war gut, einen Alpha zu haben, der auch so verstand. In wortloser Antwort. Und der nicht wütend wurde oder seiner Enttäuschung zu großes Gewicht beimaß, sondern der messerscharf denken und gleichzeitig mitleidig fühlen konnte. Dem ein kurzes Nicken reichte, um die Dramatik und Einzigartigkeit der Situation zu verinnerlichen und daraufhin die Lösung für das Problem in seinem grüblerischen, gutmütigen Herzen auszubrüten – wochenlang, kleine

Ewigkeiten lang, so lange wie es würde dauern müssen, um den Himmel zu retten.

Tanael unterwegs

„Den Himmel retten!“

Er kannte nur den einen Gedanken. Er wollte es mit jedem Glitzern seiner Aura, jedem Hauch seines Weges. Nichts mehr und nichts weniger als das, nur das! Wiedergutmachung, Schamüberwindung, Wundenheilung! Bitte!

Tanael fühlte sich elend, schwach, krank und unglaublich klein in diesem kosmischen Raum. Seine Engelhaftigkeit reichte ihm gerade noch dazu, den Weg zu überstehen, seine Tasche und den Engelsstab zu tragen, aber nicht mehr dazu, sich engelsgleich zu fühlen. Bleischwer wogen ihm die Glieder, die er eigentlich nicht einmal besitzen durfte, während er durch die Röhre huschte, die – schwarz wie sie war – ihm heute schmaler vorkam denn je.

„Was tue ich mir da nur an? Ich muss übergeschnappt sein!“

Dann lachte er bitter auf, denn ihm wurde klar, dass er auch das von den Menschen mitbekommen hatte: ihren Wahnsinn, ihre übertriebene Waghalsigkeit, ihren narzisstischen Eigensinn, alles allein und sowieso viel besser machen zu wollen! Noch einmal schluckte er trocken und dachte zurück.

Damals passierte das, worunter er jetzt zu leiden hatte. Damals – als er seinen Fehler beging, als die schlechten Gefühle der Menschen in geballter Form auf ihn übergingen, weil sein Hunger eine Abwehr dieser Engelskrankheiten unmöglich machte. Damals, als Micha unter den LKW kam. Damals, als dessen Körper vom Komazustand in den Hirntod überging. Damals, als alles ins Rollen kam, was ihn jetzt unter die Räder brachte. Damals, als er – schwach wie er war – vollends erkrankte.

Negativ wurde – wütend, verbittert.

Einsam.

Klein.

Das Haus der Größe

Micha und der Heilige Geist schlenderten weiter voran. Der Junge fand allmählich Gefallen an dem „Schulflur". Er ahnte, dass die Taube ihm Zeit ließ, eine neue Tür zu öffnen. Und das bei der Hektik, mit der sein Himmelsdurchlauf einst begonnen hatte! So lange konnte er genießen, was der Himmel an prachtvoller Lasagnestaffelung übernatürlichster Naturzeichnung zu bieten hatte. Er ließ seine Gedanken schweifen.

„Werde ich immer ein zehnjähriger Junge bleiben, auch wenn ich an Erfahrung und Erkenntnis gewonnen habe, als ich die Mutter der Menschen traf?"

„Zeit spielt hier keine Rolle", antwortete die Taube, „sondern nur der Kern deines Charakters. Du hast dich im Raum der Gestaltung schon genug vervollkommnet. Alles an dir, was gut ist, ist bereits vorhanden. Vieles, was du an Weisheit im Laufe deines Lebens hättest sammeln können, wenn du länger gelebt hättest, ist nun ebenfalls in deinem Herzen und vermehrt sich mit jeder Tür des Schulflures weiter. Hier veredelst du dich. Darum bist du natürlich einerseits zehn Jahre alt, klar! Aber andererseits bist du es auch wieder nicht. Hast du das noch nicht gemerkt?"

Die Taube fragte mit großer Gönnerhaftigkeit. Sie lächelte Micha freundlich an.

„Doch“, entgegnete Micha. „Als wir von meinen Lehrern sprachen. Ich hatte plötzlich viel mehr Verständnis für sie.“

„Siehst du“, antwortete die Taube. „Das war die Reife der Weisheit, die aus dir sprach. Sie ist gepaart mit der Lebenserfahrung und mit der Toleranz des Mitgefühls.“

Micha wartete einen Augenblick. Dann sagte er es doch: „Du sprichst manchmal ganz schön abgefahren!“

Die Taube lachte. „Das liegt an meinem Alter! Sei du mal eine Ewigkeit unterwegs! Da gewöhnt man sich so manche altertümliche Ausdrucksweise an.“ Sie kicherte noch etwas, dann fing sie sich wieder. „Aber mal ehrlich ... Was hast du denn nicht verstanden?“

„Was ‚Weisheit‘ sein soll. Für mich ist das irgendwie nur so ein Wort. Meine Oma war sicherlich weise. Das sagte Mama zumindest immer. Sie erzählte dann immer so Sachen wie ‚Das Leben hat seine Spuren in ihre Hände gezeichnet‘. So richtig verstanden habe ich das nicht.“

„Willst du wissen, was die Weisheit ist?“

„Ja, gerne“, konnte der kleine Junge gerade noch entgegnen, bevor der Vogel sich schon in die Luft erhob und in rasendem Tempo voranflog.

„Wohin gehen wir?“, schnaufte Micha von unten. Der Heilige Geist schien ihn nicht zu hören.

Micha musste hinterher. Ob er wollte oder nicht.

Der kleine Vogel flog mit einem Mal in solch rasender Geschwindigkeit davon, dass Micha sich wunderte. Den vor ihnen liegenden Rasenhügel konnte er nur mit aller Jugendlichkeit seiner Kräfte erklimmen. Als er oben angekrochen kam und die Lunge unter den Belastungen stach wie damals, wo er mit seinem Freund den ganzen Sommertag im Freibad verbracht und auf der Rückfahrt eine Wettfahrt mit ihm veranstaltet hatte, fühlte er sich sonderbar leicht trotz der Schwere der Belastung. Wie hatte er schon zu Lebzeiten einen dergestaltigen Schmerz genossen, der von Stunden vollen Kinderlebens zeugte. Ja, er wollte es so, obwohl er damals die Wettfahrt verloren hatte!

Keuchend sog er die Luft ein und aus und gönnte sich, auf den Boden herabsinkend, eine Pause, um die Schönheit der Ebene zu genießen und sich auszuruhen.

So weit, wie er schauen konnte, erblickte er nur eine hügelige Rasenlandschaft, die sich in einer Unendlichkeit der Plattform erstreckte und sich in sanften Hügeln dahinschlängelte. Schier endlos breitete sich vor ihm der Horizont aus, sodass er den kleinen Punkt am Himmel, der weit über ihm seine Kreise zog und ab und an wild flatternd ein paar Meter zu ihm heruntergeschossen kam, kaum erkennen konnte. Trotzdem wusste er, dass der Heilige Geist ihn nicht verlassen hatte.

„Wie weit ist es noch? Wann kommt die nächste Tür?", brüllte er herauf. Der Punkt über ihm wurde so klein, dass Micha ihn kaum mehr ausmachen konnte. Der Heilige Geist reagierte nicht, sondern blieb regungslos von ihm entfernt – wie an den Himmel geheftet! Micha wollte schon fast verzagen.

Mit einem Mal kicherte eine vertraute Stimme dicht an seinem Ohr. Körperlos flüsterte sie: „Micha, auch wenn ich weit weg erscheine, so bin ich doch immer bei dir. Weißt du das denn noch nicht?"

Der Junge erschrak. Dann sagte er: „Schon! Aber es ist mir trotzdem lieber, wenn ich dich sehen kann und du nicht so weit weg von mir herumflatterst. Wo bist du denn genau? Deine Stimme höre ich!"

Er lugte Hilfe suchend nach oben. Der dunkle Fleck war verschwunden.

„Wo ich bin? Du siehst mich doch mit deinem Herzen! Klarer geht es nicht!", piepste plötzlich ein kleines Männlein mit einer Zipfelmütze auf seiner Schulter. Sein zugespitzter Mund glich einem Vogelschnabel. Auch das darauf liegende Lächeln kam Micha bekannt vor.

„Stimmulus!", rief Micha erfreut auf. „Du bist hier?"

„Klar! Ich bin doch immer da!"

„Aber ich dachte, der Heilige Geist wäre bei mir!"

Dann überlegte er kurz.

„Ach, jetzt verstehe ich! Das hatte Alpha mir ja auch eben erklärt, dass der Heilige Geist eine Taube oder ein kleines Männchen sein kann!"

„Genau!“

Stimmulus spuckte sich in die kleinen Hände und glättete seinen Oberlippenbart, dass die Spitzen lustig abstanden. „Die Taube und ich – wir sind doch nur himmlische Gestalten, die euch Menschen helfen, euch uns vorzustellen. Nur erhebe ich mich als Vogel lieber in die freie Luft und bin weniger gerne in engen Räumen wie hier zu Hause.“ Dabei verschwand er in Michas Hosentasche und knuffte ihn von innen.

„Au!“, schrie Micha.

„Siehst du? Ich bin immer da! Auch wenn's eng wird! Oder vielleicht gerade dann!“, die kecke Stimme drang verschwommen wahrnehmbar aus seiner Jeans.

„Du sprichst in Rätseln!“, meinte Micha.

„Merke dir einfach, dass ich ein Teil Gottes bin. Der Heilige Geist.“

„In Ordnung“, antwortete Micha verdattert und kratzte sich am Kopf.

„Und was ist nun mit der nächsten Tür des Schulflures?“, fragte er wissbegierig weiter.

„Wir gehen zum Haus der Größe und besuchen die Weisheit und die Demut. Du weißt doch sicherlich, dass die Weisheit und die Demut große Tugenden sind, oder? Deswegen wohnen sie im Haus der Größe! Und ich begleite dich.“

Damit war Micha zunächst zufrieden und stapfte entschlossen weiter.

Das Abendessen

„Du bist spät“, sagte er, als sie ihren Mantel über die Stuhllehne warf.

„Ja“, die Antwort, knapp, ablehnend.

Sie setzte sich dazu und nahm ein Brot. Selma friemelte an der Hundeleine ihres Stoffhasen herum. Eigentlich war sie schon zu alt für ihn. Aber sie liebte diesen abgegriffenen Hasen mit dem eingerissenen Ohr und der kleinen Tasche an der Vorderseite, in der Selma ihre persönlichen Schätze verstauen konnte: ihren Lieblingsstift mit pinken Glitzersteinen und – nicht zu vergessen – ihr Notizbüchlein, dem sie geheime Gedanken und ihre kindlichen Pläne anvertraute. Niemand würde es wagen, ihr diesen Hasen wegzunehmen und in ihren Kostbarkeiten zu wühlen. Selma wusste, dass ihre Geheimnisse vor seiner weichen Brust stets gut aufgehoben waren … Und wenn jemand dies versuchen würde, würde der Hase bestimmt für Selma kämpfen. Dessen war sich Selma sicher.

„Wo warst du, Mama?“

„Bei ihm“, die Antwort, knapp, kühl.

Der Mann sah seine Frau an. Ihre Wangen waren eingefallen und blass, der Wirbel ihrer Haare hüpfte unkontrolliert nach vorne.

Sie hasste diesen Wirbel und hatte immer gut auf ihn Acht gegeben. In letzter Zeit sah der Vater ihn häufiger an ihr. Nicht, dass der Wirbel ihn störte, aber er wusste, was ihr immer wichtig gewesen war. Sonst immer.

„Was guckst du so?“, fragte sie gereizt und warf sich beim Setzen die Strähne aus dem Gesicht, abgespannt und doch kampfbereit.

Er spürte die Schwingungen und gab innerlich nach.

Eine Pause, doch es nützte nichts. Er musste darüber reden: „Und?“

„Was und?“

„Gibt es was?“

Sie atmete durch. Wollte schreien: „Das weißt du doch! Es gibt nichts Neues. Das ist es doch, was du hören willst. Nichts Neues! Er liegt nur da und rührt sich nicht.“ Sie schwieg und schüttelte den Kopf.

Selma räusperte sich: „Mama, kannst du …“

„Nein, kann ich nicht!“ Sie brüllte direkt. Alles entlud sich an Selma, der Schwachen. Schwache Hühner hacken auf noch schwächeren herum. Das hatte sie einmal im Biologieunterricht gelernt. Aber nur, wenn es ihnen schlecht geht oder ein Stärkerer auf sie einschlägt. Das Schicksal war stark, verdammt stark.

„Ich wollte doch nur …“, stammelte Selma, dann nach einer Pause und einem verzweifelten und irritierten Blick auf ihre Mutter und den schweigenden Vater, „… die Butter!“

„Entschuldige, Schatz.“ Sie schüttelte den Kopf, sodass ihr die Strähne wieder in die Augen fiel. Sie hasste sich selbst. Wie dumm sie war – ein verwirrtes, verzweifeltes, schwaches Huhn!

Sie aßen schweigend, während Selma die Butter mit einer Brotsäge auf ihr Karré schmierte.

„Liebling, so geht es doch nicht weiter.“

Er versuchte es einfühlsam. Sie schwieg und stocherte die Kürbiskerne aus ihrer Zahnlücke. Die Mine versteinert, das Herz wabernd und seekrank vor Schwindel.

„Es ist nur noch eine Frage der Zeit, bis sich das Gehirn verflüssigt. Dann ist es ganz vorbei.“

Sie wusste, was er sagen wollte, schon seit Tagen fing er ständig damit an. Er wollte es besiegeln, es beenden. Endgültig!

„Ich habe noch einmal mit dem Arzt gesprochen. Wir könnten alle Organe freigeben. Oder nur einen Teil, wenn dir das wichtig ist."

Wie konnte man nur so eloquent reden, wenn es um den eigenen Sohn ging? Sie begriff es nicht. War das ihr Mann, der Vater ihrer Kinder?

Sie schüttelte nur den Kopf, während ihre Zähne den letzten Kern des Brotes zu Mehl verarbeiteten, gründlich und kraftvoll. Die gelben Blumen des Tischtuches klagten sie an, so fröhlich bei all der Trauer. Seinem Blick wich sie aus, es war nicht zu ertragen. Wie viel Leben darin lag!

„Denk doch – die vielen Kinder, denen wir helfen könnten! Noch kann sein Tod wenigstens anderen zum Leben verhelfen."

Er meinte es gut. Das wusste ihre äußere Gehirnhälfte, die innere stellte sich vor, flüssig zu werden. Ein wackeliger Gedankensee begann zu schaukeln, Gedanke um Gedanke.

„Liebling", er war hartnäckig heute. Wie hohl diese Worte in ihrem blutleeren Kopf nachhallten.

Dann sagte er es tatsächlich! Er wagte es! Er wagte alles. Es nützte nichts.

„Wir sollten die Maschinen ausstellen lassen. Wir müssen akzeptieren, dass er tot ist."

„Müssen wir nicht!" Das Messer klirrte auf den Boden, als sie aufsprang. Alles platzte aus ihr heraus.

„Er ist nicht tot!" Sie warf den Kopf in den Nacken und drehte sich im Kreis, während die Hände verzweifelt durch die Frisur fuhren.

Niemand bemerkte Selma, die dem hässlichen, pinken Stoffhasen in ihrer Hand mechanisch über das Fell strich, abgewetzt wie es war.

„Doch, Schatz! Doch! Er wird nicht mehr zu uns zurückkehren. Das weißt du."

Er hielt die Hände – wie ein Priester im Gebet versunken – auf dem Tischtuch gefaltet, als er die Worte sprach. Seine Stimme blieb ruhig und kraftvoll. Man konnte sich darauf ausruhen, auf der Stimme. Sich hineinlegen, wie in eine Hängematte, wenn man wollte. Sie wollte nicht.

Aber er war noch nicht fertig.

„Sein Gehirn ist tot. Er hat nicht mehr den geringsten Reflex!"

Erboßt machte sie kehrt. Wie konnte er nur so etwas sagen!

„Sein Herz schlägt noch!" Ihre Stimme klang so schrill, dass die Gläser in der Vitrine vibrierten. Sie bemerkte selber die mangelnde Stichhaltigkeit dieses Arguments, aber es war ihr egal. Sie fuhr fort: „So lange, wie dieses Herz von selber schlägt, ist mein Sohn noch lebendig!"

Es ging kaum höher, aber sie war eine gute Sängerin. Sie konnte es bis in die höchsten Töne. Sie konnte ihrer Stimme Dramatik verleihen, wenn sie wollte. Heute kam es ungewollt.

Selma nahm die Hände vom Fell und legte sie an ihre Ohren. Dann begann sie langsam und unheimlich den Takt der Gezeiten in ihren Körper aufzunehmen. Sie floh. Vor und zurück, vor und zurück glitt die Welle ihrer Wirbelsäule und trieb sie fort in fremde Welten.

Weg von hier.

Heimwärts ins Innere.

Raus aus dem Jetzt.

„So lange dieses Herz schlägt, schlägt auch meins, kapierst du?" Die Mutter war in Fahrt. Ihre geballte Wut auf das Schicksal schlug auf diesen liebevollen, verzweifelten Vater ein. Diesen Denker und Komponisten. Diesen Genialen und doch so Weltfremden. Diesen Sohnentsager, den gottverdammten Sohnentsager!

Selma summte und wiegte sich im Takt der gefühlten Noten. Wortlos, nur für sie hörbar ließ sie sich von dem tragen, was sie einst so sanft in einen traumlosen Schlummer begleitet hatte. Es war ihr Wiegenlied, eines der schönen Stücke ihrer Kindheit, die mit neun Jahren zu Ende war.

Selma summte sich durch den Abend und durch den Streit hindurch und woran sie dachte, konnte sie auch später nicht mehr sagen. Obgleich Mutter und Vater bis in die Nacht hinein auf sie einredeten, während sie ihr schamerfüllt die Wange streichelten. Während sie ihre Tochter ins Bett trugen und sorgfältig die Decke über sie stülpten, über ihre kleine Tochter. Während sie weinten und sich ihre Schultern aneinanderlegten. Während sie nicht weiter wussten.

Ihre kleine, schwache Tochter!

Lied 9: Schlafe, schlaf' ein!

Vorgehen

Esiema hockte über den Schlachtplänen. Drei Kompanien hatte sie links postiert, die Kleinen, Unerfahrenen in die Mitte, die Fetten nach hinten. Die Menge würde es machen. Auch wenn ihre Geschwister noch nicht verstehen würden, warum sie Hals über Kopf würden aufbrechen müssen, würden auch sie im Bad der Menge, im Fluss des Bösen, schon rein körperlich nützlich sein.

Probleme bereiteten ihr die Hinterhöfe des Himmels. Es gab kaum Hintertüren! Das Portal war einfach und die geöffneten Nebeneingänge ebenfalls. Diese vermaledeit beschränkten Himmelsbewohner hielten die Ausgänge offen für jeden! Wie dämlich diese Angewohnheit war!

Esiema kicherte. Olobaid würde begeistert sein, wenn er sie nicht vielleicht doch in einem Anflug von Haltlosigkeit und mangelndem Verstand zerträte – diese Pläne voller Tücke, den Drahtseilakt von himmlischem Zusammenhalt und höllischem Umtrieb, gebeutelt vom

Niederen, zertreten und gequetscht wie inhaltsleere Nutzlosigkeit, auf die intelligenteste Spitze getrieben, derer ein Nichtgläubiger fähig war. Aber war sie so sehr nicht gläubig?

Esiema schüttelte den Kopf. Natürlich war sie gläubig! Sie glaubte an das Böse und das seit Beginn ihrer Schöpfung!

Die Krumme duckte sich wieder und brütete weiter.

Ja, tatsächlich! Sie waren böse, diese Pläne! Und allein deswegen schon gut. Das Vorgehen war gewieft und doch einfach genug, um genauso zu funkionieren.

Zunächst die Engel auf ihrem Weg zur Erde überschwemmen, die verborgenen Türen, die Hintertüren, öffnen, die Hauseingänge bekriechen und die Spalten nutzen. Dann eindringen in der Masse, die Sichten irritieren, sie alle überrollen, den Himmel niedermachen, platttreten!

Wie gut, dass sie schon die erste Verstärkung ausgeschickt hatte! Die Sichten würden sich wundern!

Esiema lachte gellend auf, an der schwarzen Wand bellte ihre eigene Stimme ihr Verachtung entgegen. Sie atmete sie mit Wonne ein und fetzte die Lefzen, spie auf den Boden, plusterte ihre zerfallende Gestalt zurecht und kritzelte weiter.

Zufrieden mit sich.

Das Rumoren in der Bauchgegend ignorierend.

Der schwere Gang

Der Rasen knirschte gesund unter jedem seiner Schritte. Als sie eine Weile wortlos miteinander gegangen waren, fragte Micha.

„Sind wir bald da?"

„Wo?"

„Am Haus der Größe!", antwortete Micha fast verärgert. Der Heilige Geist wusste doch genau, was er meinte! Seine Füße begannen zu brennen und außer der weiten Ebene zeigte sich weit und breit kein Haus oder wenigstens eine Tür.

„Du musst den Heiligen Geist noch eine Weile tragen, dann begegnen dir von selber die Demut und die Weisheit, die die Größe bestimmen."

Micha knurrte. Er hatte sich eine andere Antwort gewünscht. Eine, die nicht so salbungsvoll klang und in der Stimmulus aufhörte, von sich in der dritten Person zu sprechen. Micha mochte das nicht.

„Wann kommt denn die Demut?", fragte er nach einem weiteren aussichtslosen Grünhügel.

„Mit der Zeit!", antwortete Stimmulus knapp und ließ sich weiterhin von Micha tragen. Mittlerweile erschien es dem kleinen Jungen, als vergrößere sich das Gewicht des Zwerges zunehmend. Während er am Anfang federleicht erschien, zog sich inzwischen seine Hose unter dem kompakten Winzling schwer nach unten.

Micha musste ständig an seinem Gürtel ziehen, damit ihn Stimmulus nicht halb auszog. Er wurde ihm lästig.

„Stimmulus, was soll das? Ich habe allmählich keine Lust mehr!"

„Halte durch! Du willst doch zur Weisheit, oder?", ermunterte ihn Stimmulus. Es schien ihm auch keine Freude zu machen, Micha herunterzuziehen.

„Ja, natürlich … Aber …!"

„Kein Aber! Wer zur Weisheit will, muss wissen, was Demut bedeutet. Und Demut ist kein Leichtgewicht. Demut ist pure Schwere."

So stapfte Micha weiter. Der Schweiß perlte in dicken Tropfen von seiner Stirn. Brannte die Himmelssonne schon die ganze Zeit so unerbittlich? Micha kämpfte sich weiter von Anhöhe zu Anhöhe und keuchte, was das Zeug hielt.

Immer enttäuschte ihn die Aussicht des nächsten Hügels, von dem aus sich kein Haus erblicken ließ. Micha fragte sich, wie lange dieser Fußmarsch noch dauern würde und ob er ihn wohl durchhielte, ohne dass ihn die Kräfte verließen. Zwischenzeitlich hatte er sogar den Wunsch, den Heiligen Geist aus seiner Jacke zu holen, ihn auf die Erde zu setzen und allein weiterzusuchen. Er würde auch ohne ihn fündig werden, das wäre doch gelacht!

Die Versuchung wurde immer größer, aber Micha bezwang sie. In seiner Hosentasche war es inzwischen gänzlich still geworden. Micha fehlte ohnehin die Kraft für Gespräche. So stapfte er weiter, Schritt um Schritt, Atemzug um Atemzug. Schließlich hielt er es nicht mehr aus. Er befürchtete zu verzagen unter der Schwere der Last.

„Stimmulus? Was wird hier aus mir?", Micha war verzweifelt. Er brauchte Trost.

Der Heilige Geist antwortete. Wie er immer antwortet, wenn man ihn hören will: „Du bist ganz nah dran, Micha! Gib nicht auf! Deine Füße werden dir den richtigen Weg zeigen!"

„Aber welcher Weg ist der richtige? Ich habe keine Ahnung, wohin ich gehen soll", antwortete er und starrte auf das endlose Grün der Ebene.

„Achte auf die Zeichen, Micha! Traue dich, deinen Weg weiterzugehen. Der Weg selber wird dir das Ziel zeigen. Er gibt dir die Richtung an, indem du ihn gehst."

Schon wieder so eine rätselhafte Antwort! Micha stapfte weiter. Nun gut, er würde es wenigstens versuchen. Er suchte den Himmel nach Zeichen ab, fand aber nirgendwo etwas Außergewöhnliches. Die Ebene blieb die, die sie war. Nur er selbst schwitzte und schuftete, was das Zeug hielt. Seine Füße fühlten sich rot und schwer an, wie Blei erschien ihm jeder Schritt mit ihnen.

„Vertraue auf deinen Weg, vertraue auf dich selbst. Deine Füße werden dich dorthin tragen, wo der Lohn groß ist!"

„Aber hier ist nichts groß!", antwortete Micha frustriert.

„Doch! Die Sonne!" Der Heilige Geist legte nach diesem Satz eine Pause ein, aber Micha fiel das nicht auf.

„Ja, eben!", lachte Micha verächtlich. „Darum geht es mir hier ja so dreckig!"

„Geht es dir schlecht?", half der Heilige Geist endlich. „Denke einmal nach! Die Sonne wärmt dich! Sie zeigt dir den Weg! Sie erhellt jeden deiner Schritte!"

So hatte es Micha noch gar nicht gesehen! Bislang erschien ihm die Sonne einfach nur heiß zu sein. Aber Stimmulus hatte recht! Micha wagte einen Blick nach oben. Mitten in die wärmende, riesengroße, lichtüberflutete, himmlische Schöpfung hinein.

Geblendet verstand Micha. Er blieb wie angewurzelt stehen und schaute mit geöffneten Augen in das Licht. Er unternahm keinen Versuch, seine Augen zu schützen, sondern blickte seinem überirdischen, Kraft spendenden Peiniger der vergangenen Himmelsstunden direkt ins Gesicht. Micha erkannte, dass einzig die Energie der Sonne, ihre Abermillionen Lichtpartikel seine Knochen zum Weitergehen animiert hatten. Er verstand das Zeichen, das von der Sonne ausging, sah den Weg, den sie ihm wies, deutlich vor Augen.

Es war sein Weg.

Und der Weg hieß Schwere und Vertrauen.

Und er war der einzige, der ihn so gehen konnte. Niemand sonst konnte ihm das abnehmen. Er begriff die Bedeutung, die von dem hellen Etwas über ihm ausging und ihn gleichsam mit dem Gewicht des Weges, aber auch mit Licht und Erkenntnis überflutete. Ein Übermaß an gefühlter Besonderheit durchfuhr seine Glieder und erfüllte ihn von innen wie eine reifende Erbse, die im Sommer fiebernden Juni Frucht strotzend die Schale wölbt und nach außen dringt.

Und wenn er genau hinschaute, so meinte er das Lächeln der Mutter aus dem Haus der Gestaltung in der Sonne zu erblicken ...

Schweißüberströmt, erschöpft und beseelt vom Verstehen griff Micha in seine Hosentasche und drückte den kleinen Zwerg mit sanfter Dankbarkeit. Er stand wie angewurzelt eine nicht messbare Weile und widerstand der Versuchung, sich vor der Sonne auf den Boden zu werfen, das Gesicht in die Erde gedrückt. Sich klein zu machen, unbedeutend und winzig. Sich der allumfassenden Kraft hinzugeben, die ihn in seiner Kleinheit erhellte und mit ihrer Kraft beflügelte. Er war Teil dessen, was von oben auf ihn herabstrahlte. Er war ein Diener, ein Nichts und ein bedeutsamer Bestandteil zugleich von dem, was man Weltenseele, Gottheit, Sonne oder Universum nennen mochte. Er war so klein, so unendlich klein und doch kam es ihm vor, als ob Sonne nur für ihn schien, nur um seinetwillen so perfekt ihre Wärme und Liebe zu ihm hinabschickte. Und sollte sie auch noch so heiß sein, noch so unerträglich brennen, noch so schwer ihr Lebenskreuz auf seine Schultern hieven! Sie würde ihn letztlich zu dem machen, was er war.

So schwer der Weg auch sein würde. Sie würde erhellen, wohin er ging. Sie würde ermöglichen, dass er einen Schatten hatte, der ihm folgte. Der seine Bewegungen imitierte, seinem Wirken Ausdruck verlieh.

Eine Weile noch stand er so da, erstarrt und beseelt. Beschenkt mit einem Übermaß an Erkenntnis, geküsst vom Oberen, in dankbare Hingebung das Kommende erwartend. Eine Träne schlüpfte aus seinem Augenwinkel und verdampfte sogleich, als hätte jemand mit einem unsichtbaren Taschentuch ausgeholfen.

Schließlich flüsterte er der Sonne entgegen, seinem Schöpfer und Lehrer, seinem Peiniger und Erlöser und seinem Freund und versöhnlichen Feind:

„Danke!“

Die Beratung

„Und was sollen wir jetzt machen?“, fragte das Engelmenschenkind Markaturiel, das zwischen den großen Erzengeln saß und wie immer glitzerte die Luft, wenn es seine Stimme erhob. Ein Engelmensch war kein Engel, sondern ein besonders unschuldiges Menschenkind, das als Säugling in den Himmel gekommen war und keinerlei menschliche Schuld und Ablenkung während seines irdischen Daseins hatte erfahren können. Diese „Spezialengel“ wurden im Himmel besonders gern in Empfang genommen. Sie genossen ein Zwitterdasein aus Engel und Mensch und verströmten eine kindliche Freude und Unbeschwertheit, die – gepaart mit dem Glanz und der Unschuld, dem Fleiß und der Vorbildlichkeit eines Engels – unwiderstehlich war. Sie durften den Engeln helfen, zugleich waren sie aber auch diejenigen, die – wie die Erzengel – für die besonders heiklen Fälle zuständig waren. Sie schickten den Menschen Lieder und herausragend klare Gedanken, manchmal auch Träume von wunderbaren, gar himmlischen Dingen.

Markaturiel, der neben dem Erzengel Seraphim saß, war so ein Wesen, zierlich in der Gestalt, präzise und schnell im Verstand.

Erst kürzlich hatte er brillant gehandelt und ein Menschenkind vor großer innerer Zerstörung bewahrt. Er wusste, wann welches Lied heilend für die Seele sein konnte, wann es besser war, Musik zu fühlen und sie den ganzen Körper erfüllen zu lassen, als die Wirklichkeit weiter ertragen zu müssen. Er wusste, wann es nichts Besseres gab als Wiegenlieder, um insbesondere die Kinder vor größerem Schaden zu bewahren. Und wenn sie sich eine Zeit lang in ihr Inneres zurückziehen konnten, so half es ihnen, die Erdenzeit zu überstehen, bis das Leben es wieder besser mit ihnen meinte.

„Wenn wir die Menschen nicht mehr schützen können, sterben sie, bevor ihre Stunde gekommen ist. Alles gerät durcheinander", sagte ein Engel in Rot, er liebte Rot.

„Der Junge wird nicht der Einzige bleiben!", rief ein anderer. „Ich selbst werde täglich schwächer! Wie soll ich dann dafür garantieren, dass ich gute Arbeit leiste, wenn mir die Kräfte schwinden?"

Es herrschte Ratlosigkeit, deprimiert wurden Köpfe geschüttelt, dass die vielen Löckchen nur so raschelten.

Eine helle Stimme erklang, sie strahlte Optimismus aus: „Wir sollten vielleicht die Rationen für die Engel einschränken!?"

Chabultuel war wegen seiner Kreativität und seines Ideenreichtums ein viel gefragter und geschätzter Engel.

„Noch mehr? Ich kann jetzt schon kaum mehr schweben!", antwortete der kleine Engel, der Alpha ermahnt hatte, die Füße vom Tisch zu nehmen.

„Ich weiß!", entgegnete Chabultuel. „Aber es sieht so aus, als würden die Menschen ihr Verhalten so schnell nicht ändern. Warum sollten wir auf einmal größere Vorräte haben? Es wird höchstens noch schlimmer kommen und für diesen Fall sollten wir gerüstet sein!"

„Was schlägst du vor?", fragte Alpha, der die Diskussion bisher mit äußerer Ruhe verfolgt hatte.

„Wir sollten uns auf das Schlimmste vorbereiten und einen Plan entwickeln. Alle Engel, die keinen Dienst haben, sollten sich auf ihre Schlafstätten zurückziehen und sich schonen, um möglichst wenig Energie zu verbrauchen. Nur die, die die Menschen beschützen müssen, sollten ihre normalen Essensportionen erhalten. Wir haben den Auftrag, für die Menschen da zu sein. Ganz gleich, was für einen Unfug sie anstellen!"

Alpha nickte. Er verstand, wie Chabultuel dachte.

„Das sehe ich nicht ein!“, regte sich ein großer Engel auf, dessen Haargold bereits einen aschigen Grauton angenommen hatte. „Jeder braucht einen Ausgleich und muss sich auch einmal vergnügen können! Selbst ein Engel hat das Recht darauf! Wir sollten nicht mehr im Liebesfluss tanzen dürfen, nicht mehr mit goldenen Äpfeln aus dem Paradiesgarten jonglieren, nicht mehr in der Höhle des Lachens in tausend glitzernde Spiegel sehen dürfen?“

„Genau!“, antwortete Chabultuel kühl.

Ein großes Raunen zog sich den Tisch entlang bis zu dem winzigen Punkt am Horizont, wo der Raum sein Ende hatte. Man war nicht gerade begeistert.

„Und die vielen anderen Arbeiten?“, fragte ein Engelkind nahe bei Seraphim, das sich bisher von diesem die Haare kraulen ließ. „Was ist mit dem Schütteln der Wolken, dem Plätzchenbacken am roten Abendhimmel, dem Putzen der goldenen Dächer und dem Sammeln der Gewitterwolken, Blitze und Tornados aus der Atmosphäre, damit sie nicht hinuntergelangen – all das soll einfach so wegfallen?“

„Pfui, wie dreckig der Himmel dann sein würde!“, rief ein anderer.

Zungen wurden angeekelt aus dem Mund gestreckt, Gesichter verzogen. Engel mochten keinen Schmutz, sondern Sauberkeit und Transparenz! Die große, strahlend saubere Scheibe ihres Sitzungszimmers, das direk an den Versammlungsraum der Menschen angrenzte, zeugte davon.

„Es würde große Sturmfluten geben!“, schrie einer.

„Unwetter ohne Ende!“

„Tsunamies!“

„Stürme!“

„Tornados!“

„Überschwemmungen!“

„Schneekatastrophen!“

„Klimaerwärmung, so weit das Auge reicht!“

Man schüttelte die Köpfe, die Empörung schwoll an.

„Wie hektisch, krank und verletzlich die Menschen dann werden würden!“

„Und wie sehr wir auf einmal damit zu tun hätten, sie auch noch davor zu bewahren, in den Katastrophen umzukommen!"

„Das wäre zu viel für uns …"

„Wir könnten das nicht schaffen!"

„Viele müssten sterben."

„Ja! Leider zu viele! Entgegen dem Plan …"

„Denkt euch das mal! Klimaerwärmung!"

„Wochenlang würden sie konferieren und debattieren …"

„… diskutieren und argumentieren …"

„… lamentieren und monieren!"

„… inaugurieren und signieren!"

Die Engel riefen wild durcheinander und echauffierten sich. Dann kehrte Ruhe ein und alle schüttelten gleichzeitig den Kopf. In einem einzigen Satz waren sie sich einig und er wurde aus Tausenden von Mündern gleichzeitig in die abgestandene Himmelsluft des Beratungszimmers geschmettert:

„Es würde nichts bringen!"

Dann herrschte plötzlich atemlose Stille. Mit einem Mal wussten alle Bescheid. Man schnaufte und japste, konnte es kaum fassen, was so eindeutig und klar im Raum stand. Einzig ein Kleiner unter ihnen brachte es auf den Punkt: „Sie würden nicht darauf kommen, dass die Ursache des Übels darin liegt, dass sie sich nicht mehr lieben."

„… nicht mehr achten!", half ein anderer Engel.

„… nicht mehr tolerieren!", wieder einer.

„… nicht mehr gegenseitig helfen!"

„Nein", schaltete sich Alpha wieder in die Diskussion ein. „Leider würden sie diese Verbindung wahrscheinlich nicht ziehen. Es glauben ja nicht alle Menschen daran, dass es einen Himmel mit sooo vielen fleißigen Engeln gibt."

Da fühlten sich die Engel gebauchpinselt! Ein zufriedenes Raunen lief die Reihen auf und ab. Alpha war ein moderner Konferenzleiter – ein guter Vorgesetzter! Er wusste, welche Worte ihnen guttaten!

„Wir könnten vielleicht die Erdenzeit zurückdrehen und zumindest den Unfall ungeschehen machen. Damit hätten wir etwas Zeit gespart und könnten in Ruhe weiter überlegen, wie wir uns wappnen!"

Der graubärtige Engel mit den eckigen Flügeln überraschte. Nebuel war dafür bekannt, dass er um die Ecke denken konnte. Die Tatsache, dass er wusste, dass die Zeit angehalten werden konnte, sprach dafür, dass er schon seit Beginn der Schaffung von Himmel und Erde aktiv war. Er hatte jede Millisekunde davon mitbekommen und die Erinnerungen in seinem langen Vollbart gespeichert.

Alpha schüttelte den Kopf und murmelte nur: „Du weißt doch, Nebuel, dass der Himmel diese Möglichkeit normalerweise nicht wählt. Sie ist tabu wie die Tatsache, dass jede Stunde des vorhergesehenen menschlichen Todes festgeschrieben ist. Daran wird auch nicht gerüttelt! Genauso ist das, was geschehen ist, geschehen. Wir sollten unsere Macht nicht missbrauchen …"

„Aber wenn es doch einem guten Zweck dient!", versuchte es Nebuel weiter. „Der Zweck heiligt die Mittel! Und bei dem Jungen ist das mit der festgeschriebenen Stunde auch schon fehlgeschlagen!"

Dem Roten wurde der Kopf heiß, während er laut dachte. Glücklicherweise fiel das bei seiner Gesichtsfarbe kaum auf: „Wie war das noch mal? Er wollte doch das Licht im Aufwachraum anhaben! Daran erkennt man solche Menschen doch!"

Alpha schüttelte den Kopf.

„Alpha, du solltest an den Himmel denken! Du solltest an uns alle denken!", insistierte Nebuel.

Nun spielte er seinen Trumpf aus: „Und du solltest an die Menschen denken!"

Er wusste, dass er damit bei Alpha ein besonderes Knöpfchen gedrückt hatte. Nichts liebte Alpha mehr als die Menschen!

Alpha schossen die Tränen in die Augen. Seine bisherige Gelassenheit war offenkundig nur vorgeschoben. Im Grunde seines Herzens bewegte ihn nichts so elementar wie seine Angst um die geliebten Menschen!

Ohnmacht lag im Raum.

Eine Zeit lang herrschte beklemmende Stille.

Dann hörte man ein leises, kindliches, engelsgleiches Stimmchen aus der letzten Ecke des Raumes. Es war ein Engelmenschlein, das offenkundig neu war. Gerade eben erst war es zur Tür hereingekommen und hatte einen flirrenden Schweif der Unschuld mit ins Zimmer gezogen, aus dem leise Töne perlten. Dieses Engelchen war noch nicht krank, noch nicht müde, noch nicht traurig oder wütend. Uninfiziert, glücklich und motiviert erhob es sich und stellte sich – entgegen jeder Regel – auf den tadellos gewischten Tisch. Wie auf einem Laufsteg schritt das kleine, himmlische Wesen auf Alpha zu.

Die Töne seines Gewandes prickelten dabei so hinreißend über die Tischplatte, dass viele Engel ein Tönchen davon abbekamen und es verzückt in die Hände nahmen.

„Genau, Alpha!", sprach der kleine Engelmensch. „Wir sollten an die Menschen denken! Und uns von ihnen Hilfe holen!"

Während der Kleine das sagte, fibrierten die Unschuldstönchen in den Händen der übrigen Engel goldig, als hätten sie ein Eigenleben.

Man stutzte.

Man überlegte.

Man schnaubte auf.

„Die Menschen sollen uns helfen? Wie soll denn das gehen?", erboßte sich Flöbilites, der noch weit entfernt vom Engelmenschen saß und von dessen unschuldiger Kraft noch nicht angesteckt worden war.

„Genau! Wir helfen denen, aber die doch nicht uns!", hieß es aus den weiter entfernten Reihen.

„Schutzengel und dann Schutz von den Menschen holen? Das ist doch wohl nicht dein Ernst! Das wäre doch ein Wunder!"

Wieder ging ein Raunen durch die Reihen.

„Doch!", antwortete der kleine Engel. „Wir sollten den Menschen vertrauen! Einmal sollte es umgekehrt gehen. Wir vertrauen ihnen und nicht sie uns!"

Er lief weiter die lange Tafel hinauf und kicherte vor Vergnügen, weil er ständig über sein neues Engelsgewand stolperte und weiter seine Unschuldstöne an die Engel verteilte, bis er Alpha erreichte.

„Es wäre ein Wunder!“, fuhr die kleine, engelhafte Unschuld fort und lächelte: „Aber dies wäre nicht der Himmel, wenn es keine Wunder gäbe, oder?“

Alpha fuhr es eiskalt den Rücken hinunter. Er freute sich, dass gerade ein Engel menschlichen Ursprungs diesen Vorschlag machte, den er selbst schon lange ins Auge gefasst hatte. Schon als der kleine Junge das Licht anhaben wollte, wusste er Bescheid, hatte er Hoffnung getankt, seine Zweifel verdrängt.

Er wusste schon immer, dass es besondere Menschen innerhalb der göttlichen Schöpfung gab. Welche, die sich trauten, etwas zu bewegen. Die herausstachen und loslegten.

Nur hatte man diesen Jungen bisher dazu nicht befragt.

Es war einfach seine Bestimmung und für die musste er gewappnet werden – so schnell es ging!

„Den Menschen zu vertrauen ist ein Wunder des Himmels! Keine andere Instanz würde ein solches Wagnis eingehen. Der Himmel schon“, schoss es Alpha durch den Kopf. Der kleine Engelmensch hatte recht. Der Gedanke an den himmlischen Wunderglauben verlieh ihm eine Gänsehaut.

Er wusste, dass er einen ähnlichen Wortwechsel schon einmal verfolgt hatte: bei den Zweifelnden, bei den Vertrauenden, bei den verzweifelten Frauen, die auf ein Mirakel warteten. Die darauf hofften, dass der Himmel ihnen ein Wunder schenkte. Wie konnten sie ahnen, dass der Himmel seinerseits ein menschliches Wunder brauchte?

Alphas Hand zitterte, als er den kleinen Unschuldsengel, der schließlich bei ihm angelangt war, zu sich auf den Stuhl zog, in den Arm nahm und ihm über das lange, blonde Haar strich. Wie kindliche Zwillinge, wie zwei leuchtende Zwerge strahlten die beiden zwischen all den großen Engeln aus der Tafel hervor!

Dann sprach Alpha die bedeutsamen Sätze aus, die von himmlischer Verzweiflung, überbordendem Kummer, entsprungener Hoffnung und gleichzeitiger fatalistischer Hingabe zeugten und die in diesem Moment das Einzige waren, was der überirdische Himmelshelfer seinen hungrigen Engeln bieten konnte:

„Wir sollten den Menschen auf der Erde vertrauen. Und wir sollten auf die toten Menschen hier oben im Himmel hören! Die große Sitzung tagt doch bald! Die Menschen sollen über den Himmel entscheiden und sie werden entscheiden!"

Es entstand eine Pause.

Ein Engel seufzte: „Was bleibt uns anderes übrig? Haben wir eine Wahl?"

Alpha schüttelte den Kopf: „Nicht so negativ! Sie werden uns nicht enttäuschen! Habt Vertrauen! Ich kenne meine Menschen!"

Die Größe der Kleinheit und die Kleinheit der Größe

„Wir sind da!"

Stimmulus fiepste derartig leise, dass Micha ihn akustisch zunächst nicht verstand. Zu ergriffen war er von der Erkenntnis, die ihn der Marsch, die Sonne und der Heilige Geist gelehrt hatten. Micha hätte noch Stunden in die Sonne schauen und vor Erleichterung und Dankbarkeit frohlocken können, wenn Stimmulus ihn nicht gehörig in den Oberschenkel gezwickt hätte.

„Au!", schrie er barsch. „Was machst du da?"

„Du hast es geschafft! Wir sind da“, wiederholte der Heilige Geist und Micha schaute sich um. Nirgends war ein Haus oder eine Tür auszumachen, nur eine unendliche Weite der grasbegrünten Ebene.

„Wo?“ Seine Frage klang kindlich-naiv. Aber er ahnte, dass etwas Wundersames vor sich ging.

„Am Haus der Demut, dem größten Haus des Himmels. Hier wohnt die Weisheit!“ Stimmulus freute sich.

„Aha!“ Aus Micha sprachen noch immer Leere und Unverständnis.

„Du musst nur genau hinschauen, aber pass auf, dass du nicht drauftrittst!“

„Worauf?“

„Auf die Demut! Man kann sie leicht übersehen, denn von außen wirkt sie ganz klein!“

Micha blickte Stimmulus ungläubig an. Was wollte der ihm sagen?

Sein kleiner Freund zupfte an Michas Haaren und wies mit langgestrecktem Arm auf den vor ihnen liegenden Boden. Micha konnte nichts erkennen und schüttelte mit dem Kopf.

„Genauer hinschauen!“, beharrte Stimmulus und Micha konzentrierte sich. Er bückte sich hinab und untersuchte wie ein Botaniker die vor ihm stehenden Hälmchen. Plötzlich entdeckte er ein winziges Etwas, halb so groß wie ein kleines Schneckenhaus. Ein schwarzes Dach verschwand im Schatten des umherstehenden Grases und bedeckte ein altes, verfallenes, zwergenhaftes Gebäude. Er erkannte kleine Löcher in den Wänden des zerbrechlichen Gebildes, die die Funktion von Fenstern einzunehmen schienen. Aber glanzlos waren sie, es fehlten Glas und Rahmen.

„Das soll das größte Haus des Himmels sein? Das soll das Haus der Größe sein?“, fragte Micha ungläubig, als wollte Stimmulus ihn auf den Arm nehmen.

„Von außen natürlich nicht, aber von innen! Aber das Äußere sagt über das Innere ja bekanntlich häufig nicht fiel aus.“

„Und wie kann ich herausfinden, wie das Häuschen von innen aussieht?“, fragte Micha und wunderte sich. Eingefallen wirkten die Fenster, schäbig und unlackiert. Hier sollte die Größe wohnen? Was für eine Größe das wohl sein konnte, so klein und abgewrackt, wie sie sich hier präsentierte?!

„Denke an eine Situation“, half der Heilige Geist ihm, „in der du dich ganz klein und hilflos gefühlt hast. In der man dich fertiggemacht hat oder wo du das Gefühl hattest, auf ganzer Linie versagt zu haben.“

Micha fiel sofort etwas ein.

Er war einmal zu Gast gewesen auf dem Bauernhof seiner Tante. Micha hatte die Sommertage gerne im Heu des anliegenden Gehöftspeichers verbracht und dort mit seinem gleichaltrigen Cousin Verstecken gespielt oder sie hatten stundenlang zur Erntezeit auf dem Mähdrescher mitfahren dürfen.

Sein Cousin Frederik war ein netter Kerl, zuverlässig, freundlich. Manchmal ein wenig still, aber Micha mochte das an ihm. Sie konnten ewig am Kanal sitzen und angeln, ohne dass einer sich zu einer Unterhaltung genötigt gefühlt hätte. Andererseits lagen sie an anderen Tagen lange in ihrem Zimmer des Nachts beieinander und erzählten sich Geheimnisse und kicherten, bis ihnen die Augen zufielen.

Einmal war ein Fußballkollege von Frederik auf den Hof angefahren gekommen und Micha hatte gespürt, dass er den Jungen nicht mochte. Er wirkte so überheblich und übermäßig selbstbewusst.

„Welches Auto fahrt ihr?“, hatte der gefragt, nachdem er Michas Klamotten von oben bis unten gemustert hatte. Dass Frederik ihn mit „Hallo, Veith!“ begrüßt hatte, hatte er dabei stumpf ignoriert.

Micha antwortete artig – wie aus der Pistole geschossen: „Einen Mittelklassewagen.“

„Aha“, der Junge legte eine Pause ein. „Wenigstens ’nen neuen?“

„Nein, ist schon älter“, antwortete Micha mechanisch und bekam ein komisches Gefühl, das er zwar in der unteren Magengegend spürte, aber das nur langsam sein Gehirn erreichte.

„Mittelklasse ist doch Schrott! Mein Vater hat ein neues Cabrio, versteht sich!“ Veith schüttelte sein blondes Haupt, das in der Abendsonne hell leuchtete.

Micha wollte das Thema wechseln, aber er wusste nicht wie. Der Junge strahlte etwas aus, das keinen Widerspruch zuließ. Und er war schnell. Micha schätzte ihn auf mindestens ein Jahr älter.

Veith warf sich erneut die langen Ponyhaare aus dem Gesicht und wanderte um Micha und Frederik herum, die auf ihren verdreckten Fahrrädern den Radweg zum Haus heraufgewackelt gekommen waren, über und über mit Schlamm bedeckt. Veith hatte sich ihnen in den Weg gestellt und die Hand erhoben. Frederik deutete es wohl als Gruß, weil er pflichtbewusst und mit auffälligem Übereifer zurückwinkte. Micha kam es vor, als sei er in eine Polizeikontrolle geraten. Warum verhielt sich sein Cousin so sonderbar?

„Nichts gefangen, was?", fragte Veith und warf einen schiefen Blick in den Eimer. Sein linker Arm spielte mit dem Aufnäher seiner Markenjacke.

„Nein, war nichts los am Bach", antwortete der Cousin und schaute zu Boden. Micha fragte sich, woher die beiden sich kennen mochten, dass der Typ einfach so hier aufkreuzte. Erst viel später verstand er, dass Veith sich aufspielen, sich überlegen fühlen wollte. Dafür war Frederik, der Stille, der aushielt und nickte, wohl immer gut genug!

Momentan herrschte ohnmächtige Wortlosigkeit und Veith stolzierte darauf herum. Er genoss, dass die beiden nichts zu sagen wussten und hochmütig spazierte er – Michas Angelrute begutachtend – in seinem Inspektionskreis um sie herum. Veith musterte und fragte und befingerte alles. Die Jungs hielten ihren Buckel hin, während Veiths mangelnde Selbstbestätigung Flügel fing. Micha schaute verstohlen zu Boden.

„Was macht'n dein Vater so?" Veith kam jetzt zur Sache. Micha fiel kaum auf, dass er noch nicht einmal nach seinem Namen gefragt hatte.

Micha antwortete wie bisher knapp und eingeschüchtert. Was wollte der denn nur von ihm?

Veith hörte nicht zu. Mitten in die ohnehin lapidaren Worte seines Gegenübers fiel er ein: „War ja klar! Konnte ja nicht mehr sein, bei deinen Klamotten!"

Die Beleidigung saß. Sie ging mitten ins Herz. Micha spürte die Beklemmung, die auf seinen Lungen lag. Er atmete schwer und wusste nicht, wie er sich davon befreien konnte.

„Mein Vater ist Geschäftsmann", fuhr der Junge ungefragt fort. „Sehr erfolgreich, sag ich euch! Das ist was! Da kannst du noch richtig viel Geld verdienen!"

Damit ging es los. Veith redete stundenlang – zumindest kam es Micha so vor – von den Vorzügen und wunderbaren Eigenschaften seines Vaters. Davon, wie toll sein Vater war, wie großzügig die Gesten seines Vaters waren und wie er die guten Noten seines Sohnes mit Geschenken bedachte. Und davon, wie unschlagbar er selbst Fußball spielen konnte und wie viele Freunde und Bekannte er hatte.

Nach einer Weile schaltete Micha seine Gedanken aus dem Gespräch aus und versuchte sich nicht über die Beleidigungen zu ärgern.

Er blickte noch einmal zurück zu der Situation am Bach. Frederik und er hatten viele kleine Fische gefangen, darunter ein junges Rotauge, und dann beschlossen, es wieder in das Wasser zurückzuwerfen. Zu treu und unschuldig hatten sie die gläsernen Augen angesehen. Micha spürte, dass er davon gerne irgendwem erzählt hätte, aber Veith war dafür der Falsche. Michas höfliches Lächeln war inzwischen aus seinem Gesicht gewichen. Das schien Veith ohnehin nicht zu stören. Inzwischen war der bei seinen Schulnoten, die im letzten Zeugnis selbstverständlich alle glänzend ausgefallen waren.

Und er stellte seinem zuhörenden Gegenüber nicht eine einzige weitere Frage. Ein schweres Gefühl blieb in Michas Magengegend und der Wunsch, dass das alles bald enden würde.

„Ich habe mich klein gefühlt und unbedeutend", erklärte Micha Stimmulus. „Veith war so überzeugt von allem, was er sagte. Und ich war vollkommen unwichtig für ihn. Irgendwie hat er mich abgestoßen mit seiner Art! Ich hätte ihm am liebsten eine verpasst! Aber komischerweise konnte ich mich nicht einmal mit Worten wehren!"

Stimmulus blickte Micha mitten ins Gesicht und nickte verständnisvoll. Der Junge hatte das Gefühl, als könnte der Heilige Geist sich gut in die Nöte eines Kindes einfühlen! Micha fühlte sich in seinen Gefühlen ernst genommen.

Der übergroße, geschwungene Bart kitzelte ihn am Mund. Erstaunlich nah war der Heilige Geist ihm plötzlich gekommen.

„Was ist das? Du bist genauso groß wie ich?“, fragte der Junge überrascht.

„Falsch! Du bist genauso klein wie ich!“, antwortete Stimmulus lächelnd.

Als Micha sich umsah, wusste er, was das kleine Männchen meinte. Die eben noch winzigen Grashälmchen waren dem schrumpfenden Micha beängstigend nahe gekommen. Wie in einem Wald standen die palmartigen Grasbäume um ihn herum und es erschien Micha, als kämen sie ihm immer näher.

„Was passiert mit mir?“, fragte er ängstlich.

„Wer das Haus der Größe kennenlernen will, muss wissen, was Kleinheit heißt – ob in geistiger oder körperlicher Hinsicht!“, antwortete der Geist-Winzling an seiner Seite mit wissender Miene. Wie Micha verkleinerte auch er sich noch weiter und suchte aufmunternd nach Michas Fingern, während Micha etwas hilflos an seinen Kleidern herumzupfte. So winzig kannte er sich noch nicht!

Nun standen die beiden Freunde Hand in Hand vor der hölzernen Eingangstür des Hauses der Demut, in dem die Weisheit wohnen sollte. Die Behausung roch moderig und alt, als wäre sie seit Jahren nicht mehr beheizt worden. Die Nägel der rostigen Beschläge an der Haustür stachen krumm aus den Paneelen hervor.

Micha musste Stimmulus nichts mehr von der Situation erklären, die er sich in Erinnerung gerufen hatte. Der Heilige Geist wusste auch so von den Gefühlen, die Micha damals umgetrieben hatten.

Micha war verunsichert zurückgeblieben, nachdem Veith seine Show beendet und genügend von sich gesprochen hatte. Die vielen

Einwände und Erzählungen, die Micha hätte beitragen können, verstummten ungehört in seinen Gedanken.

Aber vielleicht doch nicht ungehört, denn plötzlich öffnete sich die Pforte unter einem dunkeltonigen, behäbigen Geräusch, als wäre das alte Gebälk des Hauses seit Äonen nicht mehr zu diesem seltenen Ächzen gezwungen worden.

„Was mochtest du an ihm?", fragte die alte Dienerin den Jungen. Sie trug ein schwarzes Kleid mit weißer Spitzenschürze und Haarhäubchen und kam direkt in medias res, während sie die Tür öffnete und mit höflicher Geste zum Eintritt einlud.

„Wie bitte?", fragte Micha und wunderte sich über die grußlose Absonderlichkeit der Frage nicht weniger als über das, was sich hinter der alten Tür verbarg und sich ihm und Stimmulus nun in umwerfender Pracht offenbarte. Auch wenn er im Himmel schon oft durch Türen gegangen war und dahinter Dinge gesehen hatte, die er vorher nicht vermutet hatte, so stellte dieser Anblick doch alles andere in den Schatten!

Goldbesetzte Brokatteppiche säumten die meterhohen Wände. Auf ihnen waren Bäume der japanischen Kirschblüte abgebildet, was zunächst nichts Besonderes war. Was aber im Vergleich zu irdischen Teppichen absonderlich erschien, war, dass die mit Blattgold versehenen Äste aus dem – eigentlich zweidimensionalen – Teppichgebilde weit in den Raum hineinragten und an ihren Spitzen eine Überzahl an Blütentrauben trugen, die das Zimmer mit feinem, süßlichem Duft erfüllten. Eine Unzahl an Schmetterlingen flirrte in frühlingshafter Geschäftigkeit um die Blumen herum und verlieh dem Raum trotz seiner großstädtischen Eleganz eine natürliche Note. Im Gewirr der Abertausend weißen Falter war die Decke kaum sichtbar. Nur ab und an versammelten sich die kleinen Insekten, um einen surrenden und flatterhaften, undurchdringlichen Teppich aus Flügeln und Schuppen zu kreieren, der in der Morgenbrise des geöffneten Goldfensters behäbig auf und ab wog.

Fein ziselierte Marmorsäulen stützten einen turmhohen Deckenpfeiler, der seinerseits zu allen Seiten quirlständig abstehend eine

Unzahl übernatürlich schöner und in tausend Farben schillernden Kronleuchter trug. Goldberahmte Bilder von gutmütig und weise dreinschauenden, aber ärmlich und benachteiligt aussehenden Menschen schmückten die Seitenflure, von denen sich abermals Nischen abzweigten, die Verborgenes behüteten. Der Raum war kreisförmig angelegt und das Erstaunliche war, dass an den rundlichen Wänden ein weiß gekälkter Kamin neben dem nächsten stand, in denen jeweils behagliche Herdfeuer loderten.

„Wofür braucht man so viele Kamine?", fragte Micha in die Wärme des Raumes hinein und wunderte sich, dass seine Stimme trotz der Höhe nicht widerhallte. Unterdessen schloss Stimmulus hinter ihnen die Tür und trat an seine Seite. Er nickte der grauhaarigen, von einer weißen Schmetterlingswolke umgebenen Frau nur kurz zu und schwieg.

„Auf dem Kaminsims stellen Menschen normalerweise etwas auf, das ihnen wichtig ist", erklärte die kleine Alte und wischte mit einem übergroßen Mob auf einem angrenzenden Sims Staub. „Fotos eines geliebten Menschen zum Beispiel oder die vererbte Schmuckkiste der Großmutter." Dann machte sie eine kleine Pause, um dem, was sie sagen wollte, größeres Gewicht zu verleihen.

„Das, was die Menschen im Innersten berührt, hat hier seinen Platz." Dabei lächelte sie und war schon wieder einen Kaminsims weiter, um in fleißiger Manier über die gläsernen Gefäße zu fegen, die eng beieinanderstanden.

„Das ist eine schöne Idee", sagte Micha. „Wo steht das Foto von meinem Lieblingsfußballverein?"

Die kleine Person lachte amüsiert und ließ es zu, dass sich ein kleiner, weißer Schmetterling auf ihre Nase setzte.

„Spaß beiseite, Micha! Dein Fußballverein in allen Ehren, aber hier landet nur das, was wirklich wichtig ist und was verloren gegangen ist."

„Verloren gegangen?"

„Ja", lachte die Alte erneut. Sie hatte ein sonniges Gemüt. „Ich habe hier eine Art Fundbüro."

„Ein Fundbüro?" Micha konnte es nicht fassen.

„Jawohl“, sagte die Dienerin des Hauses der Demut. „Du hast doch schon gehört, dass hier die Demut wohnt und die Weisheit. Und wer nicht mehr weiß, was in seinem Leben das Wichtigste ist und diese Dinge aus dem Auge verloren hat, der kann sich hier der Kenntnisse der Weisheit bedienen und sich sein Wertvollstes zurückholen. Und so bekomme ich entweder Besuch von den Menschen, wenn sie gestorben sind und hier ihr Liebstes zurückbekommen möchten oder die Gläser verschwinden schon vorher – während die Menschen noch leben. Das wäre der Idealfall.“ Sie seufzte. „Aber leider geschieht es nicht so häufig, dass jemand von sich aus seinen ihm abhanden gekommenen Lebenssinn, sein Wichtiges, wiederfindet.“

Sie fischte ein kleines Glas, das die Form eines Einmachglases hatte, aus der linken, hinteren Ecke und erklärte: „Sieh nur, da! Hier ist das Selbstwertgefühl einer jungen Frau drin.“

Sie hob es in die Höhe, hielt es gegen das Licht und versuchte etwas zu erkennen.

„Sie hat sich verstellen lassen, ihr Selbst aufgegeben, weil ihr Freund es so wollte. Langsam veränderte sie ihr Äußeres, blondierte sich die Haare, ließ sich ihren Körper umoperieren. Und sie vergaß, was sie selbst wollte und wie man das Wort ‚Nein!‘ ausspricht. Nach und nach passte sie sich den absonderlichen Vorstellungen ihres Partners an und tat alles, was er wollte. Auch verbotene Dinge. Und schließlich landete sie hinter Gittern, nachdem die Drogen ihren Körper aufgefressen hatten. Schade, schade! Armes Ding! ...“

Sie schüttelte traurig den Kopf und nahm ein weiteres Glas in die Hand.

„Ach, sieh mal! Hier ist das Glas von Veiths Vater!“

Sie seufzte. „Oh, ja! Der hatte auch eine wichtige Sache aus den Augen verloren. Tst, tst!“

Hastig drückte sie Micha das Gefäß in die Finger, so ungeschickt, dass fast der Deckel heruntergefallen wäre. Micha fing ihn auf und wand sich unter dem ungewöhnlich großen, neuen Gewicht. Zu gerne hätte er etwas darin erkannt, aber das Glas blieb fahl und undurchsichtig.

Er spürte, dass er das milchige Glas festhalten sollte, bis die alte Frau ihm etwas anderes auftrug. So lange würde er es halten und seine Last tragen.

Stimmulus nickte ihm aufmunternd zu und Micha erinnerte sich, dass der Heilige Geist ihn eben noch gelehrt hatte, Gewicht zu ertragen. So tat er, wie ihm geheißen und schlurfte mit dem schweren Behältnis der kleinen Dienerin hinterher, die die beiden Freunde in die Mitte des Raumes winkte.

Kalyptische Pläne

„Ich habe an alles gedacht! Der Plan ist brillant!", brüllte Esiema und holte Luft. Ihr Atem würde weit gehen müssen, wenn sie alle erreichen wollte, die in die Hauptkammer des apokryphischen Höhlensystems gekommen waren, um sich den dunklen Plan anzuhören. Obwohl sich die dunkle Höhle felderweit ausdehnen konnte, reichte der Platz nicht aus.

Eine derartige Sitzung hatte es hier noch nie gegeben! Es wimmelte nur so von dunklen, ameisenartigen Kalypsen! Ein Gewisper und Geschnatter, Gezirpe und Gezerre, ein Niedertreten und Aufbegehren, wohin das Auge reichte!

„Wir werden uns rächen für ihre Folter, für ihren Mord an uns!!", schrie Esiema weiter und ihre Stimme überschlug sich und kam doch nicht durch.

In den ersten Reihen schnaubte man zustimmend, grunzte hier und da ein bisschen, war zu sehr mit sich beschäftigt, um ihr wahrhaftig zuzuhören. Derweil schlugen sich die Kalypsen, traten einander und drängten in selbstverliebter Eitelkeit noch näher an die Sprechende heran, die anderen ignorierend, sie schlagend, sich heraufziehend an allem, was größer war. Es ging nicht um das gesprochene Wort, sondern darum, näher, besser, schneller, stärker zu sein.

Zu siegen.

Nur zu siegen.

Das war ihr einziges Begehren.

Und sie alle waren widerwärtig gut darin.

Die weißen Schmetterlinge

In der Mitte des Raumes standen drei lederne Ohrensessel kreisförmig beieinander. Die Alte setzte sich und verschwand für einen Augenblick in einer weißen Wolke aufflatternder Falter, die sich auf dem Sessel niedergelassen hatten und nun der Dienerin den Weg freigaben.

Stimmulus und Micha setzten sich und Micha entspannte sich. Schon lange hatte er keine Pause gehabt, während er den Himmel kennengelernt hatte. Er hätte sich nicht träumen lassen, dass es nach seinem Tod so anstrengend für ihn werden könnte!

„Ruhe dich aus!“, ermunterte ihn die Dienerin. „Nur in der Ruhe liegt die Kraft für echte Weisheit. In der Hektik des Alltags kommt niemand auf kluge Ideen!“

Micha lehnte sich zurück und sah nach oben in den Raumhimmel. Das wogende Geflatter der Schmetterlinge und die feinen Verästelungen der Krischbaumzweige beruhigten ihn. Er fühlte sich, als würden die Falter ihn auf eine unbestimmte Reise mitnehmen und ihn mit ihren Bewegungen wie eine Mutter sanft im Arm wiegen.

„Und?“, fragte die alte Dame freundlich und hantierte unter ihrer Schürze herum. Sie zog eine überlange Pfeife aus Glas hervor, die nach weltlicher Physik niemals unter die Schürze gepasst hätte. Die flötenartige Pfeife zog sich in einer langen Spirale um eine silbrige Schleife herum und schimmerte leicht transparent. Micha fragte sich, wie die alte Dame überhaupt damit laufen konnte, ohne ständig über die Spitze zu fallen.

„Was und?“, fragte Micha, der nicht ahnte, worauf sie hinaus wollte.

„Ich fragte dich, was du an ihm gemocht hast.“

„An wem?“

„An Veith natürlich“, half ihm Stimmulus, der sich zum ersten Mal zu Wort meldete: „Er war doch deine Eintrittskarte zum Haus der Demut, oder?“

„Ach, ja“, antwortete Micha verwirrt darüber, was er auf diese Frage antworten könnte.

„Wenn ich ehrlich sein soll“, fing er nach kurzen Überlegungen an, „ist mir nichts aufgefallen, was ich an ihm hätte mögen können. Er ist mir mit seinem ewigen Gequatsche über sich selbst ganz schön auf die Nerven gegangen! Nicht eine einzige Frage hat er mir gestellt! Stellt euch das mal vor!“

Es klang, als wollte sich Micha verteidigen. Er hatte noch nicht verstanden, dass es im Haus der Demut und Weisheit nicht um Anklage oder Abrechnung ging und dass er nicht im Gerichtssaal saß, sondern dass es um Verständnis ging. Für wen auch immer.

Stimmulus und die Dienerin nickten zustimmend und gaben Micha Zeit, diese Erkenntnis selbst zu gewinnen.

„Nun ja", fuhr er schließlich fort, „vielleicht hat er so viel von sich geredet, weil sonst keiner so viel von ihm spricht. Und wenn es sonst keiner tut, muss man es vielleicht selbst übernehmen?"

Stimmulus nickte zustimmend und zwinkerte mit dem Auge, als wollte er Micha Mut machen. Die Alte lächelte ihn an. In der Zwischenzeit hatte sie mit den Fingern geschnipst und eine große Anzahl kleiner, gut genährter weißer Raupen unter ihrem Sessel hervorgelockt, die wie von Geisterhand bereitwillig in einer langen Reihe vom Kissen über die Lehne entlang bis in die Pfeife krochen. Micha wurde mulmig in der Magengegend, als er das merkwürdige Schauspiel beobachtete. Die Dienerin stopfte und drückte die Raupen mit einem hammerartigen Pfuhl zusammen und entzündete sie mit einem schweren Steinfeuerzeug. Micha fand diese Vorstellung etwas ekelig und erwartete ein knackendes Geräusch, als die Frau sorgfältig nachstopfte. Aber anstatt dass Insektenpanzer zersprangen, erfüllte umgehend ein Duft von frisch aus der Knospe kriechenden Kirschblüten die gemütliche Sitzgruppe, mild und angenehm. Und als die Alte ausblies, schlüpften ihr anstatt Rauchschwaden transparente Schmetterlinge mit weißlichem Schimmer aus dem Mund, um sich – nach oben entschwebend – in leichtem Tanz gen Himmel zu erheben, auf einem Ast der Brokatteppichbäume zu landen und sich im Luftzug der übrigen Falter die frischen Flügel zu trocknen.

Micha bekam den Mund kaum zu und fragte: „Was ist das?"

„Worte der Weisheit. Je mehr du überlegst und Antworten findest, desto mehr werden aus äußerlich unauffälligen, scheinbar hässlichen Dingen wie fetten Raupen schöne und leichte Erkenntnisse. Ich rauche immer, wenn Menschen Lebensweisheiten erlangen. Ob im Himmel oder auf der Erde."

Damit beließ sie es und Micha überlegte, was diese komischen Insekten mit Veith zu tun haben sollten.

„Jedenfalls mochte ich ihn nicht", fuhr er fort, „und es hat mich gewurmt, dass ich nicht den Mumm hatte, ihm zu sagen, dass es mich nervte, wie viel er nur von sich sprach! Aber er war so umwerfend selbstsicher und wirkte stärker als ich …"

„Was er nicht war", fuhr die Dienerin fort und nahm einen tiefen Atemzug.

„Aber er hat es verdammt gut verkauft!", verteidigte sich Micha erneut.

„Aber wer ist der Reichere und Stärkere von euch beiden?", fragte sie.

„Ich habe mich nicht mit ihm gerauft, daher weiß ich nicht, ob er stärker ist. Aber auf jeden Fall ist er reicher! Sein Vater fährt einen …"

„Aber Micha!", die Dienerin lächelte milde. „Ich meine wirklichen Reichtum und echte Stärke! Du hast eine Familie, die dich liebt und annimmt, ohne dass du dich beweisen musst. Einen Cousin, der dich mag und der gerne seine Zeit mit dir verbringt. Du hast Freunde und einen Halt im Leben in der Fülle an Zuwendung, an Umarmungen, an Verständnis. Und all das macht dich stark."

Micha nickte langsam und verstand allmählich. Diese Dinge waren ihm immer selbstverständlich erschienen. Nie hatte er darüber nachgedacht.

Die Alte atmete weitere Falter in die vom Kaminfeuer erwärmte, behagliche Luft, sodass sich der Kirschblütenduft verstärkte und eine heitere Frühlingsstimmung verströmte.

„Aber Veith hat das alles nicht bekommen", fuhr sie fort. „Immer musste er sich abstrampeln, um Zuwendung zu erfahren. Der Vater arbeitete viel und hatte sehr hohe Erwartungen an seinen Sohn, die Mutter war mit einem anderen Mann durchgebrannt und ließ den Jungen im Stich. Veith bekam statt Liebe Markenklamotten und statt Bestätigung Druck, in der Schule der Beste zu sein. Im Grunde ist er ein armer Kerl, der immer um Anerkennung kämpft. Weißt du, Micha, …?", und dabei nahm sie einen noch viel kräftigeren Zug aus ihrer

Pfeife und blies eine große Wolke tänzelnder Schmetterlinge aus, „... dass alle Menschen im Grunde nur eines wollen?"

Micha sah sie lange fragend an.

Dann flüsterte er: „Geliebt werden?"

Die Dienerin stieß einen großen Schwall weißer Schmetterlinge aus ihren Lungen und hüstelte danach leicht. Ihr Lächeln wich ihr dabei nicht aus dem Gesicht, während sie zufrieden nickte.

„Genau! Geliebt, gemocht und verstanden werden! Ich bin mir sicher, dass Veith viel für eine solche Freundschaft gegeben hätte, wie sie dich mit Frederik verbindet!", sprach sie. „Die Menschen wollen Anerkennung finden, Aufwertung und Sicherheit erfahren. Sie wollen so angenommen werden, wie sie sind, mit all ihren Macken und Fehlern. Einige strampeln sich ihr Leben lang dafür ab und kommen doch auf keinen grünen Zweig."

Dann seufzte sie. „Leider artet diese Mangelerscheinung dann häufig darin aus, dass die Menschen egozentrisch werden. Dass sie nur sich selbst sehen oder auf alle möglichen Arten versuchen, andere zu beeindrucken oder sie abzuwerten, um sich selbst nicht so klein zu fühlen. Meistens geht dieser Schuss nach hinten los."

„Stimmt. Ich habe Veith nicht gemocht!"

„Das sagtest du bereits. Aber versuche doch mal so zu denken wie ich! Das Glas ist nicht nur halb leer, es ist auch halb voll. Der Junge, den du trafst, ist nicht nur schlecht und unsympathisch! Suche das Gute an ihm und du wirst mehr von dir selber erfahren!"

„So denken – das kann ich nicht!"

„Warum nicht?"

„Weil ich nicht wie du bin! Ich bin noch neu im Himmel! Ich habe keine Übung!"

Die alte Frau lächelte. Man sah ihr an, dass sie viel Geduld hatte.

Unterdessen schwebten die vielen Falter herab und setzten sich in einem Kreis um die drei Freunde. In jedem Geisterfilm hätte diese Szene etwas Beängstigendes gehabt. Hier war es so, als könnte es gar nicht anders sein. Als würden die Schmetterlinge mit den Worten der alten Frau zu einer Einheit verschmelzen und eine behagliche Ruhe ausstrahlen. Sie nahmen wie selbstverständlich Platz und bereicherten die Runde.

Stimmulus war dem Gespräch mit ungeteilter Aufmerksamkeit gefolgt. Nur bei den Worten zur Suche nach dem Guten im Menschen hatte er leicht genickt, als kämen sie ihm bekannt vor, als hätte er sie auch schon einige Male ausgesprochen, wenn die Stille menschlicher Gedanken ihn dazu einlud.

Micha dachte lange nach. Dann versuchte er es: „Ja! Ich mochte seine Augen. Er schaute manchmal etwas hektisch hin und her, als wäre er unsicher und würde etwas suchen. Und einmal, als ich an das Rotauge denken und Frederik anschauen musste, da kam es mir vor, als hätten seine Augen traurig ausgesehen. In dem Moment gefiel er mir."

„Weil er traurig war?", fragte die Dienerin.

„Vielleicht. Vielleicht wollte ich, dass er traurig ist, weil er so blöd zu uns war."

Wieder entstand eine Pause.

„Vielleicht war es auch, dass ich das Gefühl hatte, dass er in dem Moment endlich ehrlich war."

Er verstummte eine Weile, während sich weitere Falter von der Pfeife der Dienerin erhoben. „Ja, ich glaube, das war es! Ich wollte keine Fassade sehen, sondern den wirklichen, den echten Veith."

Die alte Weise lächelte zufrieden und lud mit einer sanften Handbewegung die Schmetterlinge zu einem Tänzchen ein. Diese erhoben sich und schwebten in einem Regen aus weißen Blütenblättern den Himmel hinauf, genau umgekehrt zu dem Erlebnis einer irdischen Frühlingsbrise, wenn die roséfarbenen Blätter der Kirschblüte langsam Richtung Erde schweben und den Betrachter entzücken.

Micha fühlte das Erhebende der Situation und blickte auf das Kamingefäß von Veiths Vater, das soeben noch schwer in seinem Schoß geruht hatte. Von diesem Gewicht war nichts mehr spürbar. Auch die Mattigkeit des Glases schwand allmählich. Micha half noch etwas nach und rieb einen kleinen Fleck blank. Sofort erschienen zwei traurige Augen, die ihn direkt ansahen. Fast hätte Micha das Glas vor Schreck fallen gelassen, wenn er sie im letzten Moment nicht noch erkannt hätte. Ein Auge blinzelte ihm zu …

„Stimmulus?", sprach die Dienerin. „Würdest du mir einen Gefallen tun?"

Sie stand auf, streckte müde ihre Arme aus und legte die gläserne Pfeife beiseite. Sofort versiegte der Strom emsig hervorkrabbelnder Raupen und verschwand im weichen Kissen ihres Sessels. Die vorhin noch vital wirkende alte Dame gähnte nun nach Leibeskräften.

„Ja, gerne!", antwortete der Heilige Geist und blieb sitzen.

„Wenn der Veith hier oben ankommt, muss er erst ins Kuschelzimmer und sich ein bisschen Liebe abholen, o.k.? Er hat noch was nachzuholen …"

„In Ordnung", antwortete er.

„Ich ziehe mich zurück", gähnte die Alte. „Ich bin heute nur ein Glas hier im Himmel losgeworden. Und nur wenige Behälter sind von selbst verschwunden, weil die Menschen auf der Erde ihr Wichstigstes im Leben zurückfanden. Alle übrigen Gläser mussten geputzt werden. Eine schlechte Ausbeute für einen langen Tag! Mach's gut, Micha! Schön, dich kennengelernt zu haben!"

Micha schaute verwirrt von der aus dem Raum schlurfenden Dienerin zu Stimmulus und fragte: „Wie? Das war es schon? Ich dachte, ich sollte etwas über mich selbst erfahren?"

Schon in der Tür wandte sich die Dienerin um und lächelte. „Ja, hast du das denn nicht?"

„Doch … schon! Ich weiß nun, dass ich stark bin, weil ich geliebt werde. Auch wenn ich mich klein fühle, weil andere vielleicht stärker wirken. Was sie oft aber nicht sind. Und dass ich die Stärken bei den Menschen suchen soll und nicht die Schwächen, was ja viel einfacher wäre. Klingt doch alles total logisch und einfach, oder?"

Die drei lachten. Micha stellte sich vor, wie das Wirrwarr seiner Worte für einen Außenstehenden klingen müsste. Dann senkte er den

Kopf. Sein Blick fiel auf das Glas in seiner Hand. Die traurigen Augen schauten noch immer geradeaus.

„Und was machst du jetzt mit Veith?“, fragte Micha die alte Dame.

„Was machst *du* jetzt mit Veith?“, fragte diese zurück.

„Nichts! Ich bin doch tot! Außerdem ist das Glas hier doch für seinen Vater, oder?“

„Natürlich bist du tot! Aber die Weisheit stirbt nie!“, antwortete die alte Frau verschmitzt und lächelte abermals. „Und darum bist du genau der Richtige für dieses Gefäß! Nimm es mit! Du wirst schon verstehen, wann du etwas damit anfangen kannst. Schließlich warst du hier bei der Weisheit und die weiß alles, auch, dass das Glas für dich bestimmt ist!“

„*Wo* war ich?“, fragte Micha verwirrt. „*Wer* bist du?“

„Die Weisheit!“

„Aber ich dachte du wärest nur eine Dienerin!“

„Genau das bin ich!“ Die alte Dame blieb gelassen und wartete darauf, dass die Worte sackten. Schließlich fuhr sie fort.

„Ich bin nur eine Dienerin und diene der Demut, die hier wohnt! Und wer sollte der Demut besser dienen als die Weisheit?“

Micha schüttelte den Kopf. Er war überfordert von so viel Symbolik.

„Und wo ist jetzt die Demut?“

Die Alte lächelte und tippelte auf Micha zu. Sie zog einen riesigen Staubmopp unter der Schürze hervor und fuhr mit einer gekonnten Handbewegung über seine Schultern. „Das bin ich auch!“, hüstelte sie unter der aufquellenden Staubwolke. „Junge, bist du verstaubt! Diese vielen weißen Schmetterlingsschuppen hier! Und die Blüten da …! Komm! Lass dir mal helfen!“

„Du bist die Demut und die Weisheit gleichzeitig?“, hustete Micha. Die Pollen der unzähligen weißen Blütenblätter hatten seinen Pullover über und über bedeckt. „Wie soll das funktionieren?“

„Mein Lieber“, fing die Weisheit liebevoll an. „Wusstest du denn noch nicht, dass der, der die Weisheit sucht, sie nicht unter den Reichtümern der Erde findet?“

„Keine Ahnung! Dazu habe ich mir noch keine Gedanken gemacht!“, prustete Micha weiter.

„Nur, wer anderen dient“, fuhr sie ungehindert fort, „wer sich selbst zurückstellt, wer sich nicht so wichtig nimmt, sondern seinen Nächsten liebt und vollkommen für diesen da ist, der ist wahrhaftig weise und demütig. Und überaus reich noch dazu, denn jede verschenkte Liebe kehrt tausendfach zurück! Sieh dir dieses Haus an! Es gefällt dir doch, oder?“

„Ja, natürlich!“

Die alte Frau drehte sich jugendlich im Kreis und fuhr mit ihrem Mopp Schlangenlinien in die Luft.

„Und was gibt es Schöneres, als in diesem Haus gleichzeitig als Weisheit rauchen und regieren und als Demut dienen zu dürfen?“

„Wahrscheinlich nichts!“, antwortete Micha.

„Na, bitte! Mach dich klein und du wirst groß werden! Diene der Demut und erhalte die Weisheit!“

„Die Letzten werden die Ersten sein – ist es das?“ Es dämmerte Micha allmählich und er war stolz darauf, in diesem Schlagwortabtausch etwas beitragen zu können. Er wollte ja nicht umsonst bei der Weisheit gewesen sein.

„Ja, genau! Jesu Worte begegnen dir hier überall!“ Stimmulus erhob sich ebenfalls. Langsam ging er auf Micha zu.

„Und seinen Nächsten lieben wie sich selbst? Das war doch auch so ein Spruch!“, ereiferte sich Micha weiter.

„Auch das! Du bist gut, mein Junge! Du hast es verstanden!“ Damit putzte die Dienerin ihm die letzten Staubkörner von den Schultern, nickte mit einem verschwörerischen Lächeln zum kurzen Gruß und verschwand in der Tür eines vergoldeten Nebenabteils, wobei ihr ein puderiger Schwarm feiner, weißer Schmetterlinge folgte wie die Schnuppe einem ihm befohlenen Stern am nächtlichen Firmament.

Fantasie

„Sie hat sich in den Schlaf gewogen und das alte Schlaflied gesummt, das ich früher immer für sie sang!", flüsterte die Mutter Klara zu, als Selma kurz aus dem Raum ging, um die Toilette aufzusuchen.

„Es ist zu viel für sie! Ständig streite ich mich mit ihm und sie bekommt alles mit!"

Die Hände rieben nervös aneinander, suchten eilig die Fortsetzung des Gespräches mit gestischen Gebärden.

„Selma tut mir furchtbar leid, aber ich weiß selbst nicht mehr weiter!", fuhr die Mutter fort. „Jetzt habe ich nicht nur das eine Kind verloren, jetzt bin ich auch noch eine schlechte Mutter für das einzige andere Kind, das ich noch habe!"

Sie jaulte auf und schluchzte herzzerreißend, in hektischer Eruption das Wichtige erledigend, die Gefühle herauslassend, bevor die Kleine zurückkommen würde.

Klara rückte ein Stück näher heran, nachdem sie die Teetasse abgesetzt hatte und aufgestanden war, um die Distanz zwischen ihnen zu überwinden.

Die Mutter fuhr sich durch die Haare, hinterließ einen leichten Fettglanz auf den durch die Finger gleitenden Strähnen.

„Sie rennt nur noch mit diesem Hasen durch die Gegend!", erzählte sie weiter. „Früher, ja früher war das ja noch süß gewesen, wie der immer mit musste. Mit ins Bett, mit ins Auto …! Aber jetzt ist sie neun Jahre alt und drückt ihn an sich, als wäre er das Einzige, was sie noch hat! Wir dürfen ihn nicht anfassen, geschweige denn waschen …!"

Dabei lachte sie kurz auf, sich ekelerfüllt schüttelnd.

Klara sagte vorerst nichts, lauschte nur. Sie streichelte mitfühlend den Rücken der Freundin.

Bis Zeit war für einen Satz.

„Lass ihn ihr! Sie braucht ihn!"

„Ich weiß!", schluchzte die Mutter. Sie schüttelte den Kopf: „So ein gottverdammter Mist aber auch!"

„Kinder verarbeiten Trauer auf ihre Weise …", fuhr Klara fort.

„Ja!", lachte die Mutter bitter. „Das kann ich dir sagen! Sie redet ständig von Kaninchen! Deshalb ja auch dieses pinke Monster die ganze Zeit!"

„Lass sie!", mahnte die Freundin milde.

„Ja, ja. Mach ich ja …!"

Die Mutter nahm einen Schluck Tee und wischte sich rasch die Tränen aus den Augen. Das Schlimmste war vorbei.

„Warum redet sie gerade von Kaninchen?", hakte Klara schließlich nach.

Die Mutter zuckte mit den Schultern: „Sie spricht immer von einem Himmelskaninchen, das Micha begleitet! Und vom Himmel in all seinen Facetten! In einer Tour!" Sie setzte die Tasse ab.

„Davon, wie gut Micha es beim lieben Gott hat. Wie lieb der liebe Gott zu ihm ist, wie viele Freunde Micha schon gefunden hat! Wie viele Schokoladenberge und Süßigkeiten es da gibt!"

„Ist doch gut, dass sie das glaubt!"

„Aber ich will's nicht hören!", brüllte die Mutter. „Micha ist nicht tot, also ist er auch nicht im Himmel!!!!"

Darauf sagte Klara nichts. Schaute nur verlegen zu Boden und fühlte die Ohnmacht in sich, die die Wortlosigkeit im Hilfswilligen schafft. Bis die Zeit verging, in der wieder gesprochen wurde und die Pause ihr herbeigesehntes Ende fand.

„Außerdem kann ich mit einem solchen Himmel nichts anfangen“, stieß die Verzweifelte bitter hervor.

„Aber Kinder schon.“

„Ist doch alles Quatsch!“

„Für Kinder nicht!“

„Dumme Illusionen!“

„Nichts ist dumm, was hilft! Und Kinder haben ihre eigenen Vorstellungen vom Himmel. Du etwa nicht?“

Die Mutter fing sich ein wenig und überlegte dann. „Ich glaube, ich würde mir nur Ruhe wünschen. Und Frieden mit meinem Mann. Und meine Kinder an meiner Seite ...!“

„Dann wird das wohl einmal dein Himmel werden!“, sagte Klara mit der Überzeugung einer weisen, alten Frau.

„Wie kommst du denn darauf?“, fragte die junge und sah zu ihr auf. Die rot geweinten Augen glitzerten.

„Nur so ... Ich glaube es eben.“

Der Segen

Die weise Demut band die Schleife der Schürze auf und faltete sie sorgfältig zusammen. Sie putzte die gläserne Spirale der zum Vorschein gekommenen Pfeife sorgfältig, wie sie es am Ende eines jeden Tages tat. Bald würde sie sich niederlegen und sich eine kurze Ruhepause gönnen.

Sie dachte an diesen Tag und den kleinen Jungen, der noch viel von ihr lernen konnte.

Weil sie – weise wie sie als Weisheit nun mal war – alles wusste, wusste sie natürlich auch, dass dafür jetzt keine Zeit mehr war und dass sie das Gespräch früh genug abgebrochen hatte.

Und weil sie alles wusste, wusste sie auch, dass Micha dennoch der Richtige war.

Und weil sie alles wusste, hatte sie viel Vertrauen in den kleinen Jungen, der – unbedarft wie er war – die Geschicke auf seine Weise lenken würde, wie – das wusste sie nicht.

Und wenn es etwas gab, was sie noch nicht wusste, so musste sie lächeln und das Lächeln begleitete sie die ganze Nacht und wachte in gespannter Erwartung über ihren Traum.

Die Herrin und Dienerin der Menschen legte sich erschöpft in ihre einfachen Kissen und fühlte sich gebettet wie eine Königin. Sie schloss die Augen und überlegte, was die weiseste Handlung der Weisheit sein könnte.

Lange überlegte sie.

Schließlich schickte sie ein lächelndes, sanftes Lied in die Luft, das Micha beschützen sollte. Mehr konnte sie nicht für ihn tun. Er musste sie selber finden – die Weisheit. Er musste sie selbst erfahren, durch Bitternis und Erfolg, durch Schmerz und Erfahrung. Sie segnete ihn aus der Ferne und lächelte ihr Lied so lange, bis sich die Schmetterlinge der Weisheit auf die Spitzen der Kirschblütenbäume setzten und ihrerseits in einen sanften, schwingenden Schlaf entfielen, der außer Ruhe und Geborgenheit nichts ausstrahlte.

Lied 10: Weisheit

Himmelsgefährtsbeförderungsprobleme

„Und wie krrriegen wirrr das Ding hierrr rrraus?", fragte Janardan und fuhr mit der flachen Hand an der Außenseite des Äqualoribus entlang. Nirgends befand sich ein Griff, ein Knopf oder Haken, ganz zu schweigen von einem Bildschirm oder Steuerrad. Die Blase war leer, das konnte man von außen durch die transparente Außenhaut sehen. Aber es gab keinen Eingang.

Die Haut der Kugel fühlte sich warm an. Trotz der Kälte der Höhle konnte sich Laurina an der wabernden Hülle erwärmen. Sie genoss es. Sie war müde, lehnte sich an und wirkte von der langen Himmelsodyssee angespannt.

„Janardan, ich baue ab!
Der Streit mit Josef, die Bibliothek, die Fahrten halten mich zu sehr
auf Trab!"

Janardan zog die Brauen zusammen. Er wunderte sich darüber, dass Laurina ermüden konnte. Das war eigentlich nicht möglich.

„Dann wünsch dirrr doch was! Etwas zu essen oder einen neuen Körrrper! Wirrr sind im Himmel!", antwortete er.

„Nein! Hier gibt es keinen Raum der Gestaltung und keinen Wutsch-Dienst! Wir sind schließlich nicht in meiner Wohnung, sondern weit weg vom Himmelszentrum!"

Sie war müde, daher reichte es nur für knappe Sätze.

„Dann sag mirrr, was du brrrauchst. Ich werrrde es dirrr holen!" Janardan pfefferte schon sein Gepäck vom Rücken nach vorne und wollte soeben seinen Teppich herausziehen, als Laurina meinte:

„Lass mich nicht allein!"

Ein einziger Satz, kein weiterer mit einem Reim à la „sein" oder „kein". Nein, ein schlichter Satz, aus dem die flehende Bitte umso klarer herausstach.

Janardan wurde es mulmig zumute. So deprimiert und kraftlos, so ängstlich und schwach hatte er seine Freundin noch nie erlebt!

„Ha, ha! Aberrr Laurrrina, ich bitte dich!" Er zwang sich zu einem Lachen, das eisiger klang, als er es sich vorgenommen hatte. „Du könntest doch auch mit mirrr mitkommen! Wie du willst!"

„Nein! Ehrlich! Lass mich nicht allein!"

Erneut dieses Flehen, erneut diese Schlichtheit der Bitte. Es war zum Fürchten.

„Aberrr warrrum nicht? Du hast doch wohl nicht etwa Angst?", fuhr Janardan fort und setzte sich an ihre Seite. Er legte sein Gepäck weg und wandte sich Laurina zu.

„Nein. Das nicht", antwortete sie.

„Was dann?"

„Ich weiß auch nicht. Ist nicht mein Tag vielleicht
oder komische Gefühle haben mich auch erreicht?"

Sie schaute ihn hilflos an und zwirbelte sich ihre langen, roten, Haare über den Zeigefinger.

„Auf jeden Fall bin ich heute etwas anhänglich,
auch wenn das Bild ist mehr als verfänglich."

„Aberrr ich bin doch immerrr bei dirrr!" Janardan wollte sie schützen, ihm schwante Schauerliches.

„Nicht immer,
das ist schlimmer!"

„Na, gut. Aberrr fast! Mehrrr wärrre auch nicht gut. Wirrr würrrden uns sonst nurrr strrreiten", meinte Janardan.

„Im Himmel doch nicht,
hier hat die Menschlichkeit ein anderes Gewicht!", sagte sie.

„Im Himmel doch wohl! Du weißt doch, wie schön unserrre Versöhnung immerrr ist." Janardan beharrt darauf.

„Hier gibt es keinen Streit,
hier gibt es nur Unendlichkeit", dichtete Laurina weiter, wobei sie sich an die Stirn fasste. Das Reimen bereitete ihr Probleme.

„Unseren schon."

„Das ist kein Streit, sondern eine Diskussion,
das weißt du doch schon!“, fuhr Laurina fort.

„Meine ich ja“, lenkte Janardan ein. Diese Diskussion führte doch zu nichts!

„Meinst du nicht!
Ich bin auf Streit nicht erpicht!“

Janardan seufzte: „Siehst du, du willst dich doch strrreiten! Du rrreimst schon wiederrr wild herrrum.“

Er legte seinen Arm um sie und fragte: „Mal ehrrrlich, Laurrrina! Was ist mit dirrr los?“

„Ich rackere mich den ganzen Tag ab“, antwortete sie nach einer Weile und seufzte,

„die Freunde, den Himmel zu retten.
Dafür, dass dieser Junge starb,
wofür, wovon wir keine Ahnung hätten.
Ich würde viel lieber
mal etwas für mich tun.
Die Reime, die Lieder
rausholen, die in mir ruh’n.
Ich habe Talent –
Doch niemand erkennt’s!
Ich frag mich, wofür
ich all das hier tu’!
Anscheinend komme ich
trotz Himmels nicht zur Ruh’!“

Dann hob sie zu einem Lied an, das Janardan in dieser Form noch nie von ihr gehört hatte. Sie hatte sich immer als Opernsängerin ausgegeben, ihm unzählige Arien vorgeträllert und besonderen Wert auf den Anspruch ihrer Musikalität gelegt. Und nun sang sie ihm einen schlichten Swing vor, der in seinen Reimen so simpel angelegt war, dass Janardan erschrak. Woher kamen die Comicspiralen, die sich durch die Töne zogen, woher die Bläser, die flirrenden Synthesizersounds, das Streicheln der Snare, die abgehackten

Pausen und vor allem – das deprimierende Credo der gesanglichen Aussage?

Janardan erschrak.

Lied 11: Ich habe Talent

Laurina endete ihr Lied und ließ den Kopf deprimiert auf den Unterarm sinken. Nun war es genug. Sie mochte nicht mehr.

Janardan versuchte seine Besorgnis zu überspielen, zog sie näher zu sich heran und munterte sie auf: „Doch! Ich errrkenne deine Talente! Und ich weiß, dass du etwas ganz Besonderrres bist! Du mit deinen verrrrückten Haarrren und den vielen Arrrmen, mit deinen Rrrreimen und deinem guten Herrrzen fürrr anderrre! Bleibe so, wie du bist!“

Wie fahle Worthülsen prallte sein eigenes Gerede an ihm ab. Vielmehr betäubte die Sorge sein Gehirn. Was war nur mit Laurina los?

Aber die schien sich von seinen Aufmunterungen erbauen zu lassen und lächelte ihn dankbar an.

Janardan atmete auf und war froh, dass Laurina seine Gedanken hier in der Höhle des Vergessens nicht erraten konnte. An seinem Arm krabbelte noch immer die Gänsehaut herauf, die er während des Liedes bekommen hatte.

Das, was ihn beschäftigte, war, dass Laurina sich in ihrem Lied um Geld, Ruhm und Popularität Gedanken machte. Dinge, die im Himmel nicht zählten und Laurina auch niemals wichtig gewesen waren. Er machte sich ernsthaft Sorgen. Was war geschehen? War sie vielleicht doch Josef zu nahe gekommen? Hatte sie sich infiziert? Wie konnte er ihr nur helfen? Laurina war seine Freundin. Er wollte nur ihr Bestes!

In diesem Moment ertönte ein perlendes Geräusch und die Blase gab ihren Eingang frei. Eine schillernde Tür klappte nach oben und lud die beiden zum Eintritt ein. Anscheinend hatte der Äqualoribus unsichtbare Ohren und einen ebenso sonderbaren wie eigenwilligen – nur auf besondere Kriterien reagierenden – Öffnungsmechanismus.

„Und du machst dirrr Gedanken darrrüber, wozu du gut bist?“, fragte Janardan. „Sieh doch, was du alles mit deinen Liederrrn und Rrreimen bewirrrken kannst, Laurrrina!“

Janardan ignorierte die Bitterkeit seiner Aussage und lachte erleichtert. Dann sprang er auf und kletterte übermütig ins Innere. Aber auch hier fand sich keine Spur einer Steuerungsmöglichkeit.

„Das Ding hierrr soll zu bewegen sein? Wie denn nurrr?“

Plötzlich stieß der Inder auf eine tickende Himmelsuhr mit fünf goldenen Zeigern, die alle in verschiedene Richtungen liefen. Von außen war davon nichts zu sehen gewesen! Die Ziffern mit arabischen und römischen Ziffern bis vierundachtzig wechselten wild die Plätze, doch Janardan schien mit der Uhr eine Menge anfangen zu können. Er erschrak, drückte Laurina die Tasche mit der Rolle in die Hand, zog seinen Teppich heraus, sprang hektisch darauf und rief lauthals:

„Oje! Ich habe gleich Dienst! Wirrr müssen zurrrück!!!“

Das Zimmer der Sichten

„Gehen wir jetzt zurück? Zu meinem Haus?“, fragte Micha. Stimmulus war wieder in seine Tasche gekrochen, nachdem Micha das Haus der Demut verlassen und seine ursprüngliche Größe zurückerhalten hatte. Zusammen wanderten sie über die Ebene weiter.

„Nein! Du sollst erst noch mehr vom Himmel erfahren. Aber jetzt bist du derjenige, der bestimmen darf. Dann kannst du dich schon mal daran gewöhnen!“, sagte Stimmulus vieldeutig. „Wozu hast du denn Lust?“

Micha überlegte und ließ sich die vielen Erkenntnisse, die er bisher gewonnen hatte, durch den Kopf gehen.

„Du sagtest vorhin, als du noch eine Taube warst …“

„Was keine Rolle spielt …“

„Ich weiß! Was aber so war … Jedenfalls sagtest du, du würdest in jeder Religion zu den Menschen kommen."

Stimmulus grunzte zustimmend und knackte an einer Möhre. Micha vernahm das dumpfe Knarzen aus dem hinteren Winkel seiner Hosentasche. Jetzt fing der auch noch damit an! Es reichte doch, wenn Alpha so verfressen war!

„Ich möchte gerne sehen, wie du das machst! Dieses ‚zu den Menschen kommen'", fuhr Micha fort.

„In Ordnung!", antwortete sein kleiner Freund schmatzend. „Komm mit! Wir gehen zum Zimmer der Sichten!"

Mit diesen Worten hob Micha im wahrsten Sinne des Wortes ab! Wenige Zentimeter über dem grünen Rasen der weiten Ebene schwebte er plötzlich fuß- und kontaktlos im Nichts und starrte erschrocken an sich herunter.

„Stimmulus, Heiliger Geist! Was machst du mit mir?"

In seiner Stimme lag Erschrecken. Er meinte sich zu erinnern, dass man ihm gesagt hätte, im Himmel gäbe es keine negativen Gefühle!

„Das ist nicht negativ! Das ist super! Und vor allem schnell!", scherzte Stimmulus und kniff Micha in den Oberschenkel, sodass dieser sich mit einem Mal in olympischer Manier in eine Bewegung versetzte, die mit menschlichem Laufen nichts mehr zu tun hatte. Die Beine rotierten wie bei einer Comicfigur aus den Videobeständen von Michas Vater und rollten radähnlich durch die Luft. Der Wind zischte an seinen Ohren entlang und klebte ihm die Haare an den Kopf. Ohne den Widerstand des Grases raste Micha in der Luft dahin, die Beine voran, den Oberkörper athletisch und lehrbuchmäßig zurückgeneigt, um einem Ziel entgegenzueilen, dessen Örtlichkeit er nicht kannte, um sich für eine Aufgabe zu rüsten, an der er noch schwer zu tragen haben würde, und um all diesem mit einer Leichtigkeit entgegenzueilen, die nur der Himmel vermitteln konnte.

Er bot ein sonderbar-skurilles Bild, wie er es nur aus Zeichentrickfilmen kannte. Aber das schien im Himmel nichts zu machen. Auf welche Weise und wohin die Reise auch ging! Der Heilige Geist wusste ja Bescheid!

Selmas Traum

Der Vater steckte die Nase durch die Tür. „Alles in Ordnung, Kleines?“ Man hörte die Sorge in seiner Stimme. „Ich hab ein Geräusch aus deinem Zimmer gehört!“

„Papa? Komm mal!“

Selma schlug die Decke zurück, setzte sich aufrecht hin und ließ sich dankbar in die Arme nehmen. Der Wecker zeigte 3.14 Uhr an. Das Mädchen fühlte sich mit einem Mal hellwach und glasklar im Kopf.

„Ich hab ihn gesehen!“, flüsterte sie.

„Wen?“, fragte der Vater.

„Micha!“

Ihr Vater rückte näher heran und verstärkte seine Umarmung. Er räusperte sich kaum hörbar. Ging das schon wieder los!

„Er ist im Himmel. Ich weiß es!“, sagte sie voller Begeisterung.

Der Vater atmete langsam und tief durch. Selma hörte, wie der Atemzug durch seine Luftröhre pfiff, erwachsen, männlich, typisch. Er wollte etwas sagen, aber sie ließ ihn nicht.

„Ich hab ihn gesehen! Er hatte ein Kaninchen dabei. Ein großes Kaninchen mit weichem Fell und es hielt Micha an der Hand.“

Der Vater schluckte. Schon wieder wollte er ansetzen, aber der Kindermund war schneller, stärker als er, der sich in seiner Schlaftrunkenheit die Augen rieb und das Wesentliche nicht sah. Eben noch hatte er sich im Dunkeln gestoßen.

„Er lief über eine grüne Wiese und hüpfte mit dem Kaninchen um die Wette. Ich weiß es, Papa! Sie haben gelacht und herumgealbert! Er hat sich gefreut, Papa! Ja, Micha hat sich gefreut!"

Selma freute sich ebenfalls. Ihr vom Kissen zerknautschtes Gesicht wurde drollig von ihren wild abstehenden, in Strähnen verklebten Haaren eingerahmt. Ihr Lächeln war bezaubernd.

So ein niedliches Mädchen, dachte der Vater, so niedlich!

„Ich weiß es, Papa! Er ist im Himmel, stimmt doch, oder?"

Der Vater setzte an, holte tief Luft, danach noch einmal. Am Ende brachte er nur ein kraftloses „Ja!" zustande und hauchte dabei alles aus sich heraus, was noch in seinen Lungen war.

„Aber du hast geschlafen, Mäuschen. Geträumt! Es war nur ein Traum!" Er wollte diese Worte sagen, aber irgendetwas hielt ihn davon ab. Eine Stimme flüsterte ihm, dass es manchmal gut war, Kinder einfach reden zu lassen. Gleichzeitig fragte er sich, warum erwachsene Menschen die Fähigkeit verloren hatten, mit offenen Augen zu träumen, warum sie stets um eine Abgrenzung von Realität und Fantasie, von Wachsein und Träumen bemüht waren. Was brachte es einem schon ein, außer ein wenig mehr Orientierung, aber auch viel weniger Trost?

„Ja! Er ist bei Gott und es geht ihm gut", rang er sich zu einer Antwort durch und schränkte dann ein: „Ich weiß nur nicht, ob das mit dem Kaninchen so stimmt …"

„Aber ich hab's doch gesehen", protestierte die Kleine. „Sicher stimmt das! Sonst hätte ich es doch nicht gesehen!"

„Stimmt auch wieder!", lachte der Vater und gab auf. Die Maus war zu bestechend. Im nächsten Augenblick zog er sie noch näher an sich und drückte seine Nase in ihr Haar.

„Papa?"

„Ja?"

„Warum streitest du so viel mit Mama?"

Der Vater atmete schon wieder tief ein. Er überlegte, wie er es am besten erklären könnte.

„Micha ist tot", fing er an. „Wie du schon sagst, ist er bei Gott im Himmel. Aber die Mama glaubt nicht, dass er tot ist, weil sein Herz noch schlägt. Sie sagt, dass er noch lebt, solange sein Herz schlägt. Sie will das unbedingt glauben."

„Stimmt doch auch, sonst würde sein Herz doch nicht schlagen, oder?", fragte das Mädchen.

„Nicht ganz", schwitzte der Vater und suchte nach Worten. „Es ist nicht so einfach zu erklären. Eigentlich kann der Micha gar nicht mehr leben. Alles an ihm ist tot."

„Aber das Herz nicht, hast du doch gesagt!"

„Ja, schon, aber ..."

„Also lebt er auch noch!"

Selma löste sich aus seiner Umarmung und setzte sich erneut aufrecht hin, jeder Wirbel erhobener, aufrechter Gedanke.

Der Vater kapitulierte. Er kannte seine Tochter und ihre eigene Logik, in der einen Minute zu behaupten, Micha sei im Himmel bei Gott und in der nächsten das Gegenteil. Er liebte sie und ihre Unbeholfenheit, ihre Kindlichkeit und Naivität.

„Papa, kann Micha tot sein und gleichzeitig leben?"

Der Vater blickte Selma ins Gesicht. Schon wieder hatte sie ihn überrascht. Schon wieder ins Schwarze getroffen! Wie töricht er war in seiner Überheblichkeit! Wie reich waren Kindergedanken!

„Ja", setzte er zu seiner Erklärung an. „Wir Christen glauben, dass Menschen, die tot sind, ewig leben!"

„Und warum streitet ihr euch dann?", gähnte die Kleine beiläufig und hielt sich die Faust vor den geöffneten Mund. Allmählich kehrte die Müdigkeit zurück.

„Ich weiß es auch nicht", flüsterte der Vater ehrlich und erschauderte vor Selmas Treffsicherheit. Wie hatte sie es wieder auf den Punkt gebracht!

„Ich glaube, weil wir so unendlich traurig sind."

Das war der beste Satz seines Tages, mehr war nicht drin.

Selma streichelte seinen Unterarm und stellte seine Behaarung mit dem Zeigefinger auf. Sie beobachtete, wie die Haare immer wieder umfielen. Ein schönes Spiel. Der Vater hielt still.

„Papa?"

„Ja?"

„Wir müssen morgen den Kaninchenstall ausmisten! Ich möchte, dass die Tiere es gut bei uns haben!"

Ihre Ernsthaftigkeit ließ keinen Zweifel zu. Ihre Überzeugung war ansteckend, ihr Glaube tief. Dann gähnte sie erneut und sank zurück in die Kissen.

Die Beklommenheit lähmte seinen Kehlkopf. Er konnte kaum sprechen.

„Sicher, Schatz, sicher!", flüsterte er schließlich, hilflos wie ein wortloses Kind. Er drückte ihr gerührt einen Kuss auf die Wange und wandte sich dem schmalen Lichtstreifen des Flures zu.

Er wollte nicht viel Lärm machen und schloss so behutsam die Tür, wie seine unbeholfen, erwachsenen Bewegungen es zuließen – so, als würde ein Engel schlafen, den er nicht wecken wollte.

Ein Engel aus dem Himmel.

Meteorit

Esiemas Stimme überschlug sich.

„Beherrscht euch doch endlich, ihr kalyptischen Ungeister! Ruhe!“, schrie sie und hieb ihre Arme gegen die drei klebrigen Kalypsen, die ihr bereits auf das Haupt geklettert waren, um siegestaumelnd und johlend ihren imaginären Anhängern zuzuwinken und an Esiemas Fetzen zu ziehen.

Diese Sitzung war wahrhaftig eine Herausforderung! Man war zwar gekommen, um den Plänen zu lauschen, aber noch immer hörte niemand wirklich zu, wie dies geschehen sollte.

Olobaid hatte das Treffen angeordnet, also gingen die Untergebenen hin. Das Herz war dabei genauso weit weg wie die Gedanken.

Aber Kalypsen hatten beides nicht. Und darum störten sie Esiemas Vortrag mit der ihnen innewohnenden Renitenz und Ignoranz.

Bisher galt für die Gesandten des Dunklen das, was sie auf der Erde vermittelten: dass sie Einzelkämpfer und Repräsentanten des Bösen waren. Dass sie sich als niederträchtige Gedanken, als Nebengespenster der Kommunikation in harmonische Gespräche drängten. Dass sie als Zweifel zwischen luftige Gedanken wehten. Dass sie allein ihr Dasein fristeten. Allein und kämpferisch.

Was wollte man da erwarten?

„Ruhe!“, versuchte Esiema es noch einmal, jedoch verebbte ihre Stimme nach wenigen, lauten Metern apokryphischen Widerstandes.

Kein Wunder, dass nur Gewalt wirkte, wo Verstand rar war!

Olobaid wäre nicht Olobaid, wenn er seine Kinder nicht kennen würde. Und so wehte er nun wie ein Wirbelsturm mit orkanartigem Gebraus durch die Öffnung und wirbelte dabei so viele Dunkle auf, dass diese gleich einem Meteoritenschweif von ihm mitgerissen wurden und hinter ihm herzogen, an der glitschen Höhlenwand der Apokryphe in einem dumpfen Platschen aufschlugen, herunterklatschten wie triefende Wischlappen und schmerzerfüllt ihren letzten Lebenshauch herausstöhnten.

Die Meute gröhlte und stürzte sich auf die Unglücklichen, ihre Gedärme in alle Himmelsrichtungen wirbelnd, die ekelerfüllte Schmach der Gescheiterten und die willkürliche Herrschaft des Mächtigen genießend wie gehirnmanipulierte Hörige einer menschenverachtenden Sekte.

Esiema lächelte Olobaid an und schenkte ihm ein dankbares Nicken. Wenn ihr Mund etwas Mundartiges gehabt und ihre Physiognomie beschreibbar gewesen wäre, so hätte Olobaid etwas erkennen können. Da beides nicht der Fall war, konnte er Esiemas Gesichtsausdruck nicht deuten, als er sich auf den großen Thron neben ihrem Rednerpult setzte. Die Gequälten in seinem Innern heulten auf, bevor sein Nebelarm sie zurück ins Innere quetschte. Olobaids Kopfwirbel setzte sich in Gang und zerriss mit seinem Tosen die Luft so ohrenbetäubend, dass Esiema vor Schmerz taumelte.

Olobaid nutzte diese Sekunden, um über Esiema nachzudenken.

Diese Kalypse hatte etwas, das ihm Unbehagen, Beklommenheit, ja fast Angst bereitete. Hatte er Freude und Dankbarkeit in ihrem Blick gesehen, als er hereingerauscht war? Hatte er den Funken von göttlicher Verschwörung, von Zusammenhalt und Freundschaft an ihr ausmachen können oder hatte er sich geirrt?

Und das, was Olobaid Angst machte, wurde normalerweise direkt niedergemacht.

„Gut, dass du kommst!", flüsterte Esiema in das Tosen hinein und nickte Olobaid zu.

„Hmm!", raunzte Olobaid zurück und knirschte mit den Händen, als würde er Knochen zermalmen. Die Stimmen in seinem Innern schrien auf.

Er überlegte.

Jetzt noch nicht.

Er brauchte sie noch.

Die vier Vorsilben

Micha und Alpha standen mit einem Mal mitten im Zimmer. Sie waren angekommen, ohne einzutreten, ohne die Tür öffnen zu müssen. Es war einfach geschehen.

Die Kammer war geblümt. Das war die verkürzte Aussage dessen, was sich ihnen in unendlicher Üppigkeit an den Wänden des quadratischen Raumes präsentierte. Weißgesprenkelte, metergroße Lilienblüten stülpten ihre pollenschwangeren Stempel in die Gegend. Blutrote Rosen verhüllten sich in zigfacher Überlappung hinter kräftigem, gesundem Blattwerk und schienen an den Wänden entlangzuwachsen – weit und prachtvoll. Roséfarbene Knospen unbekannter Blumen stritten mit gelben Margariten um die besten Plätze in diesem Meer aus bunten Blütenfarben.

Vereinzelt schwebten Schaukeln ohne Raumkontakt von der nicht erkennbaren Decke und trugen kleine violette Kalypsen in Form von harmlos aussehenden, liebreizenden Feen mit platinblonden Haaren. Sie kicherten, während sie einen Hauch von Sternenstaub bei jeder Bewegung losließen – hinreißend unschuldig!

Micha ahnte nichts, als er sie erblickte.

Käfer summten herum, Eulen heulten im Hintergrund ein unbekanntes Lied aus sanften Tönen. Vögel zwitscherten mit fetten Zikaden um die Wette und sangen in so übernatürlichem Erbarmen, dass Micha sich in seinem Selbst gestreichelt fühlte.

Dieser Ort war nicht von seiner Welt. Dieser Ort hatte sein eigenes Ich, sein eigenes Credo, seine eigene Sicht. Dieser Ort schien das zu konzentrieren, was die Schöpfung der Erde bereits vielfältig und liebreizend machte, aber hier zur Vollendung gebracht wurde, denn er war nicht von irdischem Ursprung.

Und doch waren es nur Wände, die Micha sah. Lebendige und bezaubernde Wände eines himmlischen Raumdschungels.

Abgelenkt von den gibbelnden Fabelwesen der Mitte, die von einem Leuchtkegel aus der Decke angestrahlt wurden und die ausgelassen an den natürlichen Seilen herumturnten, übersah Micha zunächst die vier geschlechtslosen Kreaturen, die jeweils in den Ecken des Zimmers auf einem ausgehöhlten, moosbesetzten Baumstumpf weilten und ihn andächtig betrachteten.

Obgleich sie ihn eine Weile beobachtet haben mussten, erschrak Micha nicht, als er sie schließlich nacheinander bemerkte. Es war ihm nicht unangenehm, dass sie jede seiner Bewegungen verfolgt haben mussten.

Und doch hätten sie nirgendwo besser sitzen können. Sie mussten dort sitzen. Es war ihr Platz. Schauend, in eine Ecke verbannt und doch mit vollem Überblick über alles, was im Leben durch die Tür geschneit kam.

„Wer seid ihr?“, fragte er direkt. Stimmulus lugte zwar neugierig aus seiner Hosentasche, aber das war in diesem Moment für Micha nicht wichtig. Er konnte auch ohne ihn fragen, was es zu fragen galt.

„Ich bin die Vorsicht", ertönte eine hohe Stimme aus der ersten Ecke.

„Und ich die Nachsicht", eine zweite, etwas tiefer.

„Ich die Umsicht", hallte es schließlich aus einem weiteren Winkel des Zimmers, bevor Micha ein gehauchtes: „Ich bin die Rücksicht", zum Schluss vernahm.

„Was tut ihr hier?", fragte Micha weiter, ein wenig verwundert von den sonderbaren Gestalten.

„Wir schauen, was das Leben uns bringt", antworteten die vier einhellig. „Wir lassen den Blick schweifen und halten die Sicht auf das, was es zu beachten gilt."

Ihre Stimmen bildeten einen stimmigen Mollakkord, perfekt im Zusammenklang, harmonisch in der Wirkung. Sofort fühlte Micha sich wohl, wusste, dass er hier gut aufgehoben war. Einzig beim Wort „beachten" kam es ihm so vor, als hätte er in ihrem Chor auch das Wort „beobachten" ausgemacht. Aber sicher war er sich nicht.

Nun trat Micha näher, folgte dem Winken des ersten Wesens. Die Vorsicht wedelte ihn mit vier grünen Armen heran, von denen Micha nicht erkennen konnte, ob sie mit Samt besetzt oder von Algen oder Moos übersät waren. Die Stelle, an der üblicherweise ein Kopf saß, bestand nur aus zwei langen Röhren, die sich ihm wie zwei überdimensionale Insektenfühler entgegenstreckten. Jeweils vier Augen saßen in zwei tiefen Gruben am Ende der Fortsätze, die sich fortwährend in einem hektischen Wirbel hin und her schlangen und Informationen aufzusaugen schienen. Es kam ihm so vor, als hätte die Vorsicht ihn schon lange erkannt, bevor er selbst ihre exakte Physiognomie wahrgenommen hatte.

„Wer ich genau bin?", fiepte die Vorsicht, ohne dass Micha etwas hätte fragen müssen. Sie hatte seine Gedanken erraten. „Ich sorge dafür, dass der Mensch sein Augenmerk auf die Aufmerksamkeit legt. Dass er das wahrnimmt, was es wirklich wahrzunehmen gilt und nicht irgendwelche Nebengespenster anheuert."

Micha schaute fragend. Er wusste nicht, was die Vorsicht damit meinte.

„Man sollte sich auf das konzentrieren, was wirklich geschehen oder tatsächlich gesagt worden ist und vorsichtig damit sein, alte Erfahrungen oder Gefühle mit einzubeziehen. Nur das annehmen und gewichten, was es wahrzunehmen gilt, und mit Achtung und Behutsamkeit agieren! Manchmal ist Fingerspitzengefühl eben wichtiger als alles andere."

Das alles war Micha zu abstrakt. Er verdaute noch den Begriff „Nebengespenster". Das verstand er überhaupt nicht!

„Was machst du zum Beispiel", fuhr sie fort, „wenn du dich über jemanden ärgerst?"

Micha pustete. Eine solche Frage hatte er in diesem fünffach von Blumen überlagerten Raumfeld nicht erwartet.

„Ich glaube, es kommt darauf an", antwortete Micha. „Wenn ich mich ganz doll ärgere, werde ich unheimlich wütend, brülle ihn an oder so … Weiß auch nicht genau. Oder ich fahre stocksauer nach Hause und rede nicht mehr mit demjenigen. So vielleicht … Hmm, oder?"

„Oder wie wäre es mit einmal durchatmen und erst einmal den Ärger verarbeiten?", fragte die Vorsicht. Ihre Augen hüpften vor Freude auf und ab. Sie hatte sichtlich Spaß daran, dass Micha sich ihr ohne Furcht genähert hatte. Sie selbst schien sich nicht so schnell auf jemanden zubewegen zu können. Ihre Füße waren verkümmert und wenn sie sich bewegten, dann zuckten sie immer eher ein wenig zurück, als dass sie sich nach vorne wagten.

„Auch keine schlechte Idee", überlegte Micha. „Das sagte meine Mutter immer: ‚Erst mal sacken lassen!'"

„Genau! Die aufgebrachten Gefühle sollten erst einmal verpuffen. Dann kann man sich besser auf das Wichtige konzentrieren", freute sich die Vorsicht.

„Und dann kommt der zweite Schritt", belehrte den Jungen eine weitere Stimme aus der hinteren Raumecke. Im nächsten Moment stand die Figur schon vor Micha, um beim folgenden Satz schon einige Meter weiter gehechtet zu sein. Sie hastete so schnell hin und her, dass

Micha erst im Verlauf des Gespräches erkennen konnte, wie viele Augen an den Kopf der blau-türkisen Gestalt geheftet waren. Bizarr wie bei einer Science-Fiction-Figur klebten grüne, kranzartig angeordnete Sehorgane am überschweren Haupt des ansonsten schlanken Wesens, das in ungeahnter Schnelligkeit über Wurzeln und Stängel hinweg und durch Schlupflöcher des Blattwerkes der Wände hindurch fuhr, ohne sie zu beschädigen – ja, geschweige denn zu berühren!

Eine kurze Weile verharrte die Umsicht, blickte Micha mit einem der vielen Augen ins Gesicht und dozierte dann: „Nach dem ersten Ärger setzt der Verstand ein, denn die Besonnenheit sollte siegen, keine kalyptischen Nebengespenster der Kommunikation sollten das Verständnis füreinander trüben."

Da war es wieder, dieses Wort! Es war zum Verrücktwerden! Was sollten diese komischen Gespenster sein? Kalyptisch? Was war das denn?

„Abgeklärtheit hilft weiter, Bedacht führt zum Ziel, Besonnenheit besiegt die Zweifel und den Schmerz …" Bei den letzten ihrer salbungsvollen Worte war die Umsicht schon wieder weiter und nahm eine neue Blume in Augenschein, die sich jüngst erst aus der Knospe gepellt hatte.

„Mit blinder Wut ohne den Willen zur Fassung verprellt man alle", fuhr sie fort, „und lockt die Kalypsen an, die lieb aussehenden, aber doch so biestigen, kleinen Ungeister, die die Kommunikation stören und immer mal wieder einen tanzenden Spuk durch die Gedanken schicken."

Mit einem großen Hüpfer war der schlanke Umtriebige bei den Kalypsen in der Raummitte angelangt. Auch hier befanden sich einzelne Schaukeln, die zwischen den dicken Lianen befestigt waren und in denen sich einige Kalypsen trollten.

Er setzte sich in eine der herabhängenden Schaukeln und legte den schweren Kopf für einen Moment an das Himmelstau, das nach oben schier unendlich weiterging. Die feenartigen Kalypsen wirbelten derweil ausgelassen auf seinem Kopf herum und hüllten mit ihrem Sternenstaub seine Augen in einen zarten Nebel – überlegen gibbelnd, kindlich geschwind. Kurzzeitig ließ er es sich gefallen, dann scheuchte er die zarten Wesen mit einer unwirschen Geste zur Seite und suchte sich erneut seinen Weg zum nächsten zu inspizierenden Etwas, was auch immer dies sei.

„Sprich mit ihm!“, hallte es plötzlich wieder unisono in seinen Ohren. Alle vier hatten sich zu Wort gemeldet und den Gesprächsfaden weitergesponnen.

„Mit wem?“, erkundigte sich Micha erneut, ohne zu wissen, wen er als erstes anschauen sollte. Er fragte sich, warum die Himmelsschule nicht eindeutiger war. Ständig überfrachtete man ihn mit wunderlichen Wesen, die symbolisches Zeug faselten. Er war es etwas leid, sich trotz seiner Vollendung im Raum der Gestaltung und trotz der positiven Gefühle, die doch – so ach – den Himmel bestimmen sollten, dumm fühlen zu müssen.

„Nur Mut!“, ermunterte ihn Stimmulus und lugte wiederum über den Rand der Jeanstasche. „Warum sollte es eine Schule geben, wenn du schon alles wüsstest? Das wäre doch langweilig!“

„Und warum habe ich dann immer das Gefühl, etwas Falsches zu sagen?“

„Weil das Falsche wichtig für eine Schule ist. Wenn es nicht das Falsche gäbe, dann wäre ja auch nichts richtig, oder?“

Micha nickte langsam. So hatte er es noch nie gesehen. Oft hatte er in der Schule mit dem Aufzeigen gezögert, aus Angst eine falsche Antwort zu geben. Er hätte sich nicht träumen lassen, dass das Richtige das Falsche als eine Art Daseinsbegründung benötigte! Warum hatte man ihm das nicht viel früher gesagt?

„Also“, ermunterte der Heilige Geist weiter. „Die vier Sichten haben dich gebeten, mit demjenigen zu sprechen, über den du dich ärgerst! Das direkte Gespräch kann so viel besser die Stimmungen und Gefühle wiedergeben, die dich plagen. Wie heißt der neuste Spuk auf Erden noch? SMS oder so? Beleidigen ohne Gesicht zu zeigen?“

„Ja, stimmt“, antwortete Micha.

„Genau! Das wird immer mehr!“, jubilierte eine tiefviolette Kalypse ungefragt und schlug eine Kapriole, bevor sie sich hinter einem Blütenblatt ein neues Kleid anzog. Das alte war ihr zu eng geworden, die Nähte platzen bereits auf.

„Wer ist das denn nun?“, fragte Micha

„Das sind die Nebengespenster der Kommunikation, die Kalypsen!“, erklärte die Rücksicht. „Sie geistern durch jedes menschliche Gespräch und tauchen bewusst oder unbewusst auf. Sie zerstören und stören die Verständigung, wo sie nur können und feiern jedes Misslingen mit einem Luftsprung. Und dabei wirken sie erst so unscheinbar und feenhaft. Sie verführen die Menschen mit feinen, bösen Gedanken. Dann – je mehr die Erdenbewohner sie zulassen und auf sie hören – desto größer werden sie. Ebenso schwarzer und fetter! Sowohl auf der Erde als auch im Himmel. Sie doch, wie sie aussehen!“

Und wirklich platzte einer fetten Fee das Kleid auf und darunter kam ein waberndes Dunkel zum Vorschein. Widerlich und wie verzerrt erschien das Lächeln der Kalypse nun!

„Vor allem werden es immer mehr in letzter Zeit“, kritisierte die Nachsicht entgegen ihrer eigentlichen Natur. Sie war mit der Rücksicht aus der Deckung getreten. Langsam näherten sich die beiden mit gebeugtem Gang gen Mitte. Die beiden himmlischen Wesen konnten weder so schnell laufen wie die Umsicht, noch hatten sie die überlangen Antennenaugen der Vorsicht. Aber dennoch vereinte sie etwas Besonderes.

Ihre Aura war umwerfend, ihr Charisma überbordend. Micha sah die zwei buckligen, von Falten übersäten und alt wirkenden schlammbraunen Körper an und wusste, dass diese Gestalten eine übernatürliche Kraft besaßen. Dabei waren sie nicht einmal schön, nein, alles andere! Die Rücksicht trug zwei Herzen in ihrem Gesicht, die anstelle der Augen dem Betrachter entgegenstrahlten. Das Rot des altbekannten Symbols trat überdeutlich aus dem ansonsten unscheinbaren Äußeren hervor und schien fast zu pulsieren.

Die Nachsicht besaß im Gegensatz dazu nur ein einziges großes Auge auf der Stelle, wo sonst das Herz zu liegen pflegt. Es strahlte groß, freundlich und zufrieden auf einen fixierten Punkt, den Micha für sich selbst hielt.

All das rührte den kleinen Jungen zu einem Gefühl tiefen Respekts. Er fühlte sich wie belohnt, den Figuren der Herzaugen bzw. Augenherzes leibhaftig begegnen zu dürfen. Er erkannte, dass etwas Einzigartiges von ihnen ausging und als er näher hinsah, wusste er, was es war: Sie hielten sich an der Hand und traten im Gleichklang ihrer Schritte langsam und bedächtig auf ihn zu. Und gemeinsam schienen sie trotz aller Gebrechlichkeit so kraftvoll zu sein, als läge das Gewicht der gesamten Welt auf ihren Schultern.

Und tatsächlich! Micha konnte etwas Braunes, Eingepacktes darauf entdecken.

„Lass die Gesprächszerstörer, den Neid, den Komplex, schlechter zu sein als andere, die Missgunst, all diese kalyptischen Nebengespenster der Kommunikation nicht in dein Herz einziehen“, verkündete die Rücksicht und bewegte sich unermüdlich weiter, ohne die kleinen, inzwischen zur ameisenartigen Gestalt mutierten Wesen aus den Untiefen des Bösen zu beachten, die an ihren Armen zerrten und sie mit geröcheltem und gurrendem Sternenstaubgesumme einzulullen versuchten.

In der Zwischenzeit kamen mehr Kalypsen an, wurden von den diensthabenden Erzengeln durch die Tür geschoben und zur Ruhe ermahnt. Aber das fiel schwer. Es waren viele dieser kalyptischen Widerlinge im Raum. Und je mehr sie sich der Mitte näherten, desto mehr wurden sie angezogen wie Fliegen von einer Lampe und veränderten sich von feenartiger Elfengestalt zum widerwärtigen, dunklen Insekt, das an der Rücksicht zerrte.

Ab und an geriet diese ins Schwanken, fing sich aber mithilfe der Nachsicht sofort wieder und trug das Gewicht, das – in ein Papier gehüllt – auf ihren Schultern lastete, ohne Umschweife weiter. Das Paket wankte nicht einmal. Fest verankert schien es auf den Knochen der geschlechtslosen, weisen Rücksicht zu ruhen, egal wie viele Kalypsen heute noch ankommen würden!

„Indem du versuchst, den anderen zu verstehen, seine Argumente wie die deinen in dein Herz zu übertragen und die Gefühle und Sichtweise des anderen nachzuempfinden, wird dir die Klugheit der Zuvorkommenheit, die wichtige Bedeutung der Rücksicht und der Überlegung bewusst. Das macht dich zwar schwerer und langsamer – herrje, sieh mich an! –, aber auch sorgfältiger, besonnener und selbstbeherrschter."

„Und es macht dich verständnisvoller und glücklicher!", fuhr die Nachsicht fort, noch immer den Kurs auf Micha haltend, der aufgrund der vielen Substantive einen unintelligenten Gesichtsausdruck angenommen hatte.

Die Rücksicht ächzte, so schwer war das Gewicht, das auf ihrem Rücken lastete. In diesem Moment wäre sie nicht weiter gekommen, wenn die Nachsicht sie nicht gestützt hätte. Gemeinsam liefen sie weiter und schließlich erkannte Micha, dass die beiden Sichten nicht auf ihn zukamen, sondern auf die Raummitte zusteuerten, wo sich inzwischen eine Überzahl fetter, schwarzer und widerwärtig kreischender Kalypsen versammelt hatte. Wie Ameisen konzentrierten sie sich auf das Zentrum und belagerten die Lianen. Sie zogen schwer an ihnen, sodass die Taue nur so wankten. Eine heimliche Panik schien die kleinen Geister unsichtbar einzugrenzen.

„Selber fett, selber fett!", pfefferte eine piefige, besonders bitter dreinschauende Kalypse der Rücksicht entgegen. Sie spiegelte ein Erdengespräch, einen schlechten Erdengedanken, ein gelungenes kalyptisches Manöver in die Gehirne der Menschen hinein. Ihr violettes Äußeres hatte sich ins Schwarze gewandelt, so wie auch die anderen Kalypsen mit abnehmender Distanz der beiden Sichten an Farbe verloren hatten. Wie in einem unheilvollen, kribbeligen Termitenhaufen hasteten und krabbelten die Kalypsen nun auf und ab, als hinge ihr Leben davon ab. Die Rücksicht und die Nachsicht liefen unbeirrt weiter auf sie zu.

„Ich kann es nicht so gut wie er!", vernahm Micha aus dem Stimmenwirrwarr der kleinen Kämpfer. „Er hat mehr als ich – wie ungerecht! Ich will das auch haben!!!", hieß es im gleichen Stil weiter.

Wie sonderbar, dass unmenschliche und doch so menschliche Gedanken hier im Raum der Sichten Wirklichkeit wurden, Gestalt gewannen und so widerwärtig aussehen konnten! Micha wunderte sich!

„Es gibt nichts Größeres, als der Milde und Großzügigkeit gegenüber dem anderen den Vorzug zu geben. Ein Streit lohnt sich nicht. Die Aussprache schon. Ein verständnisvolles Wort ist sinnvoller als jeder Vorbehalt“, flüsterte die Nachsicht. Sie brauchte nicht laut zu sprechen. Ihre sanfte Stimme übertönte das verzweifelte Gezeter der fetten Fiesen an den zentralen Raumtauen um ein Vielfaches.

„Heute ist ein blöder Tag! Ich bin einfach zu dick, alles an mir sieht furchtbar aus! Was sie nur wieder hat, ständig denkt sie nur an sich!“

Die kleinen Kalypsen schrien nun beinahe. Wild durcheinander ging das Kreischen. Sie kletterten verzweifelt die Lianen hinauf, um im selben Moment wieder an ihnen herunterzufallen. Glitschig waren die Seile, nicht gemacht für die schleimige Haut der Kalypsenhände. Diese hauten sich wutentbrannt und in schierer Todespanik furchtbare Sätze um die Ohren, die zunehmend ihr wahres Wesen entblößten. Micha konnte in all dem Durcheinander nicht mehr erkennen, wer von ihnen sich worüber ereiferte: „Er ist an allem Schuld, wenn er nicht …! Und wer liebt mich? Ich bin der Komplex! Siehst du, genau wie beim letzten Mal …! Dieser Fehler nervt mich …! Ich bin der Geiz! Ich die Missgunst! Ich der Neid! Ich hasse ihn, ich hasse, hasse …“

„Na, na, na!“, befahl die Nachsicht mit bestechender Sanftmut. Obwohl sie die Nachgiebigkeit vertrat, lag eine tief greifende Konsequenz und Unnachgiebigkeit in ihren Worten.

„Nun ist es aber gut, ihr kleinen Quälgeister!“, schalt sie weiter. „Wo ist die Milde der menschlichen Gedanken? Wo die Großzügigkeit?“

Bei diesen Worten kreischten einige der oberen Kalypsen lauthals auf. Sie glitschten an den Lianen herab und fielen unter lautem Getöse auf den harten Boden. Ihr Aufprall verhallte in einer aufsteigenden Nebelwolke. Eine um die nächste ehemals elfenartige Kalypse verschied auf diese Weise. Zeternd, kämpfend, schrill vor Angst schimpften sie bis zur letzten Sekunde ihre menschlichen Fehler und Gedanken in den Raum hinein, um dann doch der himmlischen Nachsicht zu unterliegen. Offensichtlich konnte das höllisch Negative der Erdengedanken und -gespräche in dieser göttlichen Atmosphäre nur verlieren!

Micha fand diese Erkenntnis sehr beruhigend und fragte sich, warum das auf der Erde nicht auch funktionierte.

„Wenn es uns Sichten nicht gäbe“, erriet die an Micha vorbeihastende Vorsicht seine Gedanken, „dann sähe es auf der Erde noch finsterer aus!“

Und schon war sie wieder weg. Micha blickte ihr verwundert hinterher und ließ diese Information auf sich wirken.

„Geduld! Vergebung!“, fuhr währenddessen die Nachsicht fort und hielt die Rücksicht an der Hand. Gegenseitig gaben sie sich Kraft und erst jetzt verstand Micha, dass die Parteien sich einen Kampf lieferten! Einen erbitterten Kampf der Giganten des menschlichen Mitgefühls einerseits gegen die Giganten der kommunikativen Quälgeister, die – ungerecht, selbstherrlich und doch unsicher – nach und nach den Stärkeren zum Opfer fielen.

Schon lange musste die Nachsicht nicht mehr in ganzen Sätzen sprechen. Ihre Schlagworte schlugen wie Schwerthiebe in die Bresche: „Langmut! Milde!“, verkündete sie weiter und löste auf der Gegenseite ein Ächzen und Aufstöhnen aus, das Micha weder irdisch noch himmlisch vorkam. Es kroch ihm eiskalt den Rücken herunter, denn er war noch nie Zeuge einer solch machtvollen Schlacht geworden!

So ging es noch eine Zeit lang weiter, in der Micha dem Schauspiel zusah wie ein Knabe, der im Schutz einer Baumkrone einem mittelalterlichen Schlachtfeld beiwohnte, machtlos, ohnmächtig und starr vor Entsetzen. Er erkannte, dass er selbst nicht im Ansatz zu solch einem Können in der Lage wäre.

Langsam setzte Ruhe ein. Die Körper der Herabfallenden waren verschwunden, einzig ein dunkler Schattenspiegel gleich einer harmlosen Pfütze bedeckte den grünbegrasten Raumboden. Ein sanfter, nebelartiger Schwaden löste sich aus der daraus aufsteigenden, dunklen

Nebelwolke, um auf dem Weg nach oben harmlos glitzernd zu verpuffen. Danach setzte Stille ein.

Micha atmete drückend durch den geöffneten Mund. Seine ansonsten als himmlisch-leicht empfundenen Glieder wogen bleiern. Er kam einige Schritte näher heran und lugte der Nachsicht über die Schulter, den Blick auf den Boden geheftet: „Sind sie tot?"

Die Nachsicht lachte humorvoll, als habe sie keinen Kampf, sondern einen erholsamen Fernsehabend hinter sich: „Hier sind alle tot!" Dann fügte sie verständnisvoll hinzu: „Spaß beiseite … Sagen wir mal: Sie sind fürs Erste eliminiert!"

„Aber sie kommen wieder, immer und immer wieder! In jedem Gespräch tauchen sie auf, in jeder menschlichen Begegnung werden sie stark", ergänzte die Rücksicht.

„Und wir müssen vorsichtig sein! Wie gesagt, es werden immer mehr …" schaltete sich die Vorsicht ein und wackelte schleppend auf ihren kleinen Füßchen heran. Der Gang schien ihr schwerzufallen. Auch die Umsicht legte eine Pause ein und verweilte in der Mitte des Raumes an den Lianen – zwischen den restlichen Tropfen der eben noch sichtbaren Pfützen hin und her springend.

„Und was macht ihr hier?", wollte Micha erneut wissen. Er war zu verwirrt ob des sonderbaren Schauspiels und froh, dass er sich traute, immer alles zu fragen.

„Wir haben sie im Blick – die Gespräche!", antworteten alle vier gleichzeitig.

„Und die menschlichen Gedanken!"

„Wir beobachten sie hier."

„Wir vertreten die Sicht der Dinge."

„Und die Sicht auf die Dinge!"

„Und kämpfen!"

„Und kommen als unterschiedliche Sichten zu den Menschen!"

„Und schauen aus eigener Sicht!"

„Und ermahnen zur Gnade und Geduld!"

„Zur Vorsicht …"

„Zur Umsicht …“

„Zur Nachsicht …“

„Und Rücksicht.“

Micha nickte und verarbeitete das Gesagte. Dann fragte er in die Runde: „Und wie kommt ihr zu den Menschen?“

„Wir verleihen uns an die Menschen“, antworteten die vier nacheinander. „Wer uns anfragt, zu dem kommen wir und fechten unseren Kampf gegen die Geister des Bösen. Und wer es bis zur Nachsicht geschafft hat, der ist besonders glücklich und frei.“

Die Rücksicht freute sich und klopfte der Nachsicht kameradschaftlich auf die Schulter. Diese hüstelte, Lob war sie nicht gewöhnt.

„Sonderbar, dass es diese bösen Kalypsen auch im Himmel gibt“, wunderte sich Micha weiter. „Ich dachte, hier wäre alles nur gut.“

„An irgendeinem Ort müssen wir doch auf sie aufpassen, oder? Und welcher Ort wäre sicherer als der Himmel? Was würde passieren, wenn die wilden Kalypsen überall herumgeistern könnten, wie es ihnen so passt?“

Die Umsicht blies sich kampfbereit auf. Sie war voll in ihrem Element und schaute schon wieder auf die Eingangstür, durch die gleich mehrere winzig kleine Kalypsen hineingedrängt wurden, in buntem Kostüm und harmlos kichernd. Im Verlaufe ihres Marsches zu den Lianen wuchsen sie langsam an, wurden dicker und garstiger und in ihrem wahren Ich klarer erkennbar.

„Das klingt logisch“, entgegnete Micha. Er schaute von einer Sicht zur nächsten und wurde von tiefer Dankbarkeit erfüllt.

Allmählich verstand er.

„Und ihr gewinnt immer?“, wollte er wissen.

Sie schauten zu Boden, betreten, verlegen wie reuig Gebranntmarkte, die sich für eine Sache schämten, die sie nicht verschuldet, aber sich doch zu eigen gemacht hatten.

„Leider nein“, war die kleinlaute Antwort. „Sie werden immer mehr! Sieh dir das doch an!“

Micha blickte zur Tür, durch die abermals kalyptisches Ungeziefer strömte.

„Aber noch halten wir durch! Doch wir wären aufgeschmissen ohne Hilfe!“

„Was für eine Hilfe? Von wem kommt sie?“, fragte Micha weiter.

Erst jetzt fiel ihm auf, dass sich Stimmulus schon lange nicht mehr zu Wort gemeldet hatte. Er schaute in seiner Hosentasche nach, krempelte das Innenfutter nach außen. Der kleine Wicht war verschwunden.

Die Rücksicht ächzte und wuchtete lauthals das gewichtige Paket auf den Boden. Einige gemalte Grashalme flogen hoch.

„Wir passen auf, dass diese kalyptischen Quälgeister nicht den Blick auf die Sicht der Dinge verstellen!“, erklärte sie japsend weiter und zog ein Messer heraus, um die Schnüre des Bündels durchzuschneiden.

„Und wer hilft euch nun?“, wollte Micha weiter wissen. Er hatte wohl verstanden, dass man ihm die Antwort schuldig geblieben war und wollte den freundlichen Wesen zeigen, dass er auch einen Blick auf die Sicht der Dinge hatte. Niemand sollte sagen, dass nicht auch er fein beobachten konnte!

Die alte Rücksicht schnitt behutsam an den hanfenen Stricken des Pakets, die Blicke der drei anderen folgten konzentriert jeder ihrer Bewegungen. Als es vollbracht war, waren sie bereit für ihre Antwort: „Hier ist unsere Hilfe, Micha! Die Hilfe, die den Gang manchmal schwerer macht, aber immer zum Ziel führt! Wir gehen keinen Weg ohne sie! Sieh nur!“

Umwege

Tanael nahm nicht den offiziellen Weg, nicht den kürzesten, um vom Himmel hinab zur Erde zu gelangen.

Das wäre zu auffällig gewesen!

Er blieb am Rand, reiste über Umwege, ging Stolpersteine ein, ertrug Nebelhüllen und Steinschlämme, Schwarztunnel und Drehauen – so weit das Auge reichte.

Es war beschwerlich, dort voranzukommen, wo der Himmel sich rar machte, wo das grenzenlos Gute seinen transparenten Schein verlor, wo Beschwerliches wie nagende Adern in die Vollkommenheit einzog, Risse – wie in einem jahrhundertealten Kunstwerk. Dort, wo kaum ein Engel entlangkam, weil es so unendlich weit fort war, war es verflixt einsam.

Tanael lief ein Schauder über den Rücken.

Wie lange war er nun wohl schon unterwegs?! Wie viel mochte im Himmel in der Zwischenzeit passiert sein? Vermissten sie ihn? Schicken sie Boten nach ihm aus? Machten sie sich gar Sorgen oder ahnten sie, was er vorhatte?

Je länger der kleine Engel am Rand herumflog und weitere kosmische Spiralen abkürzte, um im nächsten Wogenfeld den Schwosen auszuweichen, die bedrohlich aus dem Untergrund hervorstaksten, desto mehr zweifelte er an allem. So weit weg war er noch nie gewesen! Lustlos flog er weiter, dass die Flügel nur so flatterten!

Plötzlich vernahm er ein Geräusch! Hinter einem Felsvorsprung des passierten Schwosenfeldes drangen Laute durch ein winziges Loch im Stein, klein wie ein Stecknadelkopf.

Tanael flog dorthin. Jetzt war er ohnehin so weit gereist und hatte unzählige Liebeskugeln für eine außergewöhnlich ungewöhnliche Reise verbraucht, da kam es auf einen Ausflug in die Neugierde auch nicht mehr an!

Ein Rumoren war zu vernehmen, harte Stimmen im tosenden Knistern.

Tanael wunderte sich, als er den vibrierenden Stein abfühlte, von dem die Laute ausgingen. Hart war er und kalt. Doch aus dem Loch im Stein schmetterte ein Getöse hervor, dass die Luft davor nur so aufwirbelte. Tanael hielt seinen Finger vor die Aussparung und wurde sofort zur Seite gewirbelt. Der Druck hatte ihn umgeworfen!

Tanael war verwirrt. Etwas Derartiges hatte er noch nie gesehen!

Schließlich konzentrierte er sich auf seine Kräfte und hielt sein Ohr in den herausströmenden Windkanal. Er schwitzte, während er dagegen anarbeitete.

Tanael erschrak.

„Ich habe den Himmel gesehen! Das lächerliche Bisschen, was sie Göttliches nennen, ist zerbrechlich! Es wird uns ein Leichtes sein, den Himmel zu überwinden! Wir werden sie zermalmen!", vernahm er eine weitere geifernde, markerschütternde Stimme.

Vor Schreck fuhr Tanael zurück, sein Körper überschlug sich, er verlor seine Flugbahn und wirbelte fünffach um die eigene Achse, bevor er sich wieder fing. Heiliger!

Das waren sie doch, die Stimmen, die das negative Sonogramm des Engelsgesanges waren! Das war die Inkarnation des Schrecklichen, die verbale Zerstörung, der geballte triefende Unrat der Erde!

Tanael erschauderte und fürchtete sich. Ihn fröstelte, als er sein Lauschen fortsetzte, das gebläute Ohr vor den Tonfluss hielt und Zeuge des mörderischen Planes wurde, den eine ehrgeizige Kalypse in die Luft spie.

Tanael lauschte und verstand, während sich seine Augen mit Tränen füllten.

Das war die Apokryphe!!! Hier hielten sie sich versteckt! Hier, im Schlupfloch, im Riss, im Winkel des Himmels! Der äußerste Rand des Wunderbaren diente dem Bösen als Unterschlupf! Wie geschickt dieser Ort war! Niemand vermutete den Bankräuber in den Schließfächern des Safes, niemand das Waschpulver im dreckigen Fleck, niemand den Teufel im Engelsgewand!

Bei diesem Gedanken wurde es Tanael besonders mulmig. Was machte er hier nur? Was machten sie, die Kalypsen, die Bösen, hier? Sie wollten den Himmel einnehmen? Hatte er da richtig gehört?

Tanael war verwirrt und erschöpft. Nicht nur der lange Flug, sondern auch der diabolische Luftzug und die niederschmetternde Botschaft dieser Information hatten ihn geschafft. Die Sorge um andere, um den Himmel, bedrückte ihn so sehr, dass er sich ermattet auf einem Felsen ausruhen musste.

Wenn Gott das wüsste!!!!

Aber der war ja so verdammt weit weg!

Musikalische Lianen

Da bist du ja, Alpha! Wo warst du nur so lange?“ Micha freute sich sichtlich, seinen alten Himmelsbegleiter wiederzusehen.

„Junge, war das eng da drin!“ Das Kaninchen stöhnte, als es das Papier des Pakets aufriss und japsend nach Luft schnappte.

„Wie kommst du in die Kiste?“, fragte Micha weiter.

„Die Frage ist, wie komme ich hier wieder heraus?“, erwiderte Alpha und schaute sich Hilfe suchend um. Sofort streckten ihm die vier Sichten und Micha die Arme entgegen und zogen ihn behutsam an den Löffeln heraus.

„Halt, meine Möhre!“ Es durchzuckte Alpha und hektisch hüpfte er auf das papierene Bündel zurück, sein Vorderlauf verschwand im Schlupfloch und wurde erst herausgezogen, als die Pfote erfolgreich etwas Essbares herausgefischt hatte.

„Typisch Alpha!“, lachte Micha. „Verfressen wie eh und je!“

Sie fielen sich in die Arme und drückten sich wie zwei altbekannte Freunde, während die Sichten wortlos im Raumdschungel verschwanden. Sie schienen Alpha häufig genug anzutreffen und wollten diese freundschaftliche Szenerie wohl nicht stören.

Hier wurden sie schließlich nicht gebraucht …

„Sag, Alpha“, fragte Micha in einem neuen Anlauf. „Wo ist Stimmulus? Und was machst du hier?“

„Erstens: Der musste gerade zur Erde zu einer alten Frau und sie etwas fragen. Und zweitens: Helfen!“

Alpha konnte stundenlang reden oder das Wichtigste in einem einzigen Wort sagen. Das kannte Micha schon an ihm. Er wusste auch, wann Alpha mehr erzählen wollte und wann nicht. Jetzt wollte er nicht. So lenkte Micha ein, zu sehr freute er sich darüber, seinen Hasen wiederzusehen.

Alpha grüßte wortlos dankbar und vertraulich in alle vier Ecken, woraufhin die vier alten Sichten den Gruß bestätigten. Nur die Umsicht drehte noch eine Runde um den kleinen Jungen und seinen Himmelshasen und konnte es nicht lassen, die Umgebung noch ein letztes Mal nach Gefahren und Kalypsen auszuspähen.

„Ein feiner Kerl", lächelte Alpha, der der Umsicht hinterherschaute. „Er nimmt seinen Job sehr ernst!"

„Und welchen Job hast du?", fragte Micha.

„Das weißt du doch! Ich bin dein Himmelshase, dein Freund und Begleiter! Und ich zeige dir jetzt die nächste Station des Himmels!"

„Und welche soll das sein?"

„Die Sichten der Religionen. Du weißt doch, dass du hier im Zimmer der Sichten bist."

„Das habe ich mitbekommen. Aber ganz schön verrückt ist das, was die hier machen!"

„Was glaubst du, wie es auf der Erde aussehen würde, wenn es die Sichten nicht gäbe!" Alpha knackte beiläufig den letzten Rest seiner Möhre und leckte sich genüsslich die Pfoten.

„Das kann ich mir vorstellen!", antwortete Micha.

Jetzt schaute er sich um. Die Blätter des Himmelsdschungels bedeckten inzwischen die vier Ecken des Raumes und gaben von den Sichten nur Teile ihres farbigen Kostüms wieder. Wenn er nicht gewusst hätte, dass es die Vor-, Um-, Nach- und Rücksicht gäbe, wäre Micha nicht auf die Idee gekommen, nach ihnen zu suchen!

„Da geht es dir wie vielen Menschen!", beantwortete Alpha seine Gedanken – ganz nach alter Manier.

„Dass es diese vier Sichten gibt, daran denkt kaum jemand. Vor allem diejenigen nicht, deren Gehirne und Gespräche von Kalypsen durchsetzt sind", erklärte Alpha.

Micha überlegte weiter.

„Warum sollen hier die Sichten der Religionen sein?", fragte er. „Und wenn ja, wo denn? Ich sehe sie gar nicht!"

„Und ob!“, antwortete Alpha. „Schau mal nach oben, wohin dich die Lianen führen! Sie reichen über diesen Raum hinaus. Hier ist die Abwehrstation der Sichten, die alle Kalypsen bekämpfen, aber oberhalb liegen die Religionen in der weißen Raumkugel.“

„Aha ... Und was haben jetzt die Religionen mit den Kalypsen zu tun?“

Alpha erklärte geduldig weiter, während er auf eine Liane hüpfte, die einen eigentümlichen Klang von sich gab: „Die Religionen der Menschen beruhen auf tatsächlichen Ereignissen und Übernatürlichem. Aber jede Religion wird über Sprache vermittelt – und Sprache und Gespräche, Texte und Gedanken können missverständlich oder einseitig, schwer verständlich oder vieldeutig sein! Unsere alltägliche Sprache ist voller Vorbehalte und Störungen jeder Art. Darum gibt es hier die vier Wächter, die Sichten, die ihr Bestes tun, um zum einen die Gespräche zwischen den Menschen zum Positiven zu lenken und zum anderen auch die Religionen für die Menschen rein zu halten für das, was wirklich wichtig ist.“

„Aber wieso mischst du jetzt Gespräche mit Religion? Irgendwie verstehe ich das immer noch nicht!“

„Religion und ihre Werte werden doch in ganz normalen Gesprächen zwischen Menschen weitergegeben! Und da können sich immer Kalypsen einschleichen und alles gefährden, was jede Religion an guten Dingen in sich trägt! Darauf müssen die vier Sichten Acht geben.“

„Und was soll das Gute der Religionen sein?“

„Das Wesentliche, das ist die Liebe zu Gott und die Werte und Tugenden, die eine Religion vertritt, aber auch verlangt. Nur, dass sie dabei durch ihr eigenes Fenster sieht. Die Sichten helfen, dass die Fenster der jeweiligen Religion nicht von den Kalypsen verdreckt werden. Die schwarzen Biester machen sich einen Spaß daraus, andere Fenster – aber nur nicht das desjenigen, der spricht – zu beschmutzen. Die Sichten helfen, dass alle Fenster sauber bleiben!“

„Alle Fenster?“

„Ja, Micha. Die Religionenfenster sind in gewisser Hinsicht auch Gesprächsfenster“, erklärte das Kaninchen weiter und hüpfte eifrig voran. Es erklomm die Liane im Handumdrehen und sah nach der Hälfte der Strecke zu Micha herunter.

„Komm schon! Ich zeig dir was!"

„Was machst du da?", fragte Micha.

„Ich klettere hoch!", antwortete Alpha und wieder erklang die wunderbare Melodie, die schon seine ersten turnerischen Bewegungen begleitet hatte. Als hätte der kleine Hase Klavierseiten angezupft und auf ihnen ein fremdartiges und doch vertrautes Lied gespielt!

„An den Lianen hochklettern soll ich?"

Micha kam es vor, als hätte er selten so viel gefragt wie hier in diesem Himmel!

Aber er wurde abgelenkt! Diese Musik! Vielleicht klang es auch nach Harfen oder Streichern. Micha konnte es nun nicht mehr klar zuordnen. Auf jeden Fall erschall vor ihm Außergewöhnliches, während Alpha weiter hinaufturnte.

„Nein, das sind keine Lianen, die du hier hörst!", dozierte Alpha. „Du sollst an etwas anderem hochklettern! Am Übermenschlichen, am Erhebenden, am Göttlichen des irdischen Lebens. Hier erklingt das, was die Menschen zu den Religionen befördert!"

„Aha … Sieht aus wie Taue. Und was soll das Göttliche und Erhebende zum Beispiel sein?" Auch Micha schnappte sich ein grünes Seil und kletterte, so gut es seine Kräfte hergaben.

„Zum Beispiel Musik!"

Alpha setzte sich wieder in Bewegung.

„Wusstest du nicht, dass auch Menschen, die eigentlich an keinen Gott glauben, Situationen erleben, in denen sie ihren Atheismus bezweifeln? In denen sie glauben, dass es einen Gott geben muss, der all das so wunderbar geschaffen hat? In denen sie in ihrer Seele berührt werden von einer Macht, die nicht von ihrer Welt ist? Die Musik kann so eine Macht sein."

„Doch! Ich glaube, das gibt es! Darüber haben wir doch schon einmal gesprochen, oder?"

„Ja, ganz am Anfang. Aber nun hast du viele Stationen des Himmelslebens kennengelernt. Jetzt bist du so weit, um den Kern zu sehen. Und dafür sind die Religionen wichtig! In jeder Religion gibt es die Musik, bei den Naturvölkern genauso wie bei den großen Religionen. Sie spielt eine Rolle, denn darin können die Menschen sich ihrem Gott unmittelbar näher fühlen. Und wer keine Religion hat, aber vielleicht doch einen Gott, an den er irgendwie glaubt, aber irgendwie auch wieder nicht, der kann den Weg über die Musik gehen. Die Musik kann uns zu Gott führen und Gott führt uns zur Musik. Die Musik ist der direkte Weg zum ganzen, gelebten Gefühl und diesen musikalischen Weg nehmen wir jetzt! Ganz einfach!"

Alpha sprach mit großer Leichtigkeit. Es schien ihm nichts auszumachen, dass er an den Lianen wie ein Äffchen nach oben klettern musste. Micha bereitete es mehr Mühe, seinem kleinen Freund zu folgen. Gemeinsam erklommen sie die Musikseile, die von einem natürlichen Lichtkegel erleuchtet wurden.

Längst schon hatten sie die obere Begrenzung des Raumdschungels verlassen und kletterten nun in einem erleuchteten Kubus, der wie eine transparente Röhre im All wirkte, an den schier unendlichen Lianen weiter nach oben. Um sie herum regierte ein schwarzes Nichts.

„Wohin klettern wir?", fragte Micha begriffsstutzig. Im Hinterkopf wusste er, dass man es ihm schon einmal gesagt hatte.

„Über die Musik zu den Religionenfenstern!", wiederholte Alpha geduldig. „Von da aus kannst du auf das schauen, was du – als katholischer Christ – den Kern deines Glaubens nennst."

Inzwischen war die Welle von Tönen, die von den Lianen ausging, zu einem überbordenden Gefühl angeschwollen. Es klirrte und summte, es brummte und schwebte in jeder Körperzelle von Micha, während er die Taue hielt. Mal erschien es ihm, als hörte er die Digeridoos der Aboriginees, dann wieder meinte er eine altbekannte, klassische Melodie, im Anschluss daran menschliche Stimmen in einem Chor und danach ein meisterhaftes Gitarrensolo in einem Rockkonzert zu hören.

Die Musik war so vielfältig, dass Micha sie nicht filtern, geschweige denn zuordnen konnte.

Inzwischen war ihm das Klettern leichter gefallen. Behände schwang er sich zwischen den vielen herabhängenden Lianen hin und her und immer erschien es ihm bei einem Wechsel, als bekäme eine musikalische Nuance in dem Allklang der Instrumente mehr Gewicht. Bald floss die Lautstärke zurück wie bei einem leichten Plätschern einer in den Fluten versinkenden Angel, um danach wieder zu einem Turm an umwerfenden Dezibel – wie bei einem Musikfestival – anzuwachsen. Es pulsierte um Micha herum wie bei seinem eigenen Herzschlag – ging auf und ab wie die Höhen und Tiefen seines Lebens, spiegelte Angst und Freiheit, Erlösung und Trost auf einmal wieder und erhob ihn schneller und schneller nach oben und wilder und sicherer zwischen den Tauen hin und her. Wie benommen, wie hypnotisiert zog er sich weiter hinauf, spürte seine Himmelsarme noch weniger als üblich, wurde hüllenlos, wie ein Ton leicht und frei vom Erdrückenden, vom Körper, vom Gedanken, vom Sein.

Er wurde Musik, wunderbar und himmlisch-transzendental.

Und er wurde angezogen vom Lichtkegel, von dem, was oben auf ihn wartete und seine behütende Wärme hinabschickte ins Jenseits und die diesseitige Welt darunter.

Micha nahm die Töne des Himmels in seine Gebeine auf, sog all die Liebe und Weisheit, die in ihnen lagen, auf - nicht wissend, dass er eine besondere Fähigkeit besaß. Eine Fähigkeit, gefühlte Musik zu erspüren, zu erleben und zu konservieren.

Diese Musik in ihm würde noch über Leben und Tod entscheiden.

Zu einer anderen Zeit.

An einem anderen Ort.

Und plötzlich war er angekommen.

Olobaidische Verwirrung

Er war wieder in seinem Winkel der Apokryphe angekommen. Olobaid war sich nicht sicher. War es gut gelaufen?

Die Kalypsen – ja, die hatten ihm ihre Treue und Unterwerfung geschworen. Die waren leicht zu handhaben.

Aber die andere.

Die eine.

Die bereitete ihm Kopfzerbrechen, verwirrte seinen Geist.

Olobaid gähnte und spie Nebelfeuer in die Einsamkeit. Er war müde. Die Sitzung hatte ihn geschwächt, obgleich er es nie zugeben würde, denn der Herrscher des Bösen hatte nicht erschöpft zu sein. Es gab ohnehin niemanden, dem er das gestehen könnte, niemanden, dem sich ein Anführer anvertrauen würde, denn keiner verdiente in seiner Hierarchie, in der er als oberste Spitze zu gelten hatte, so etwas Ähnliches wie Vertrauen.

Das hätte ihn befördert, auf eine bessere Stufe gestellt.

In Olobaids Reich waren alle Untertanen die gleichen ekelerregenden Viecher aus Niedertracht und Nichtigkeit.

Alle gleichbedeutend dem Nichts.

„Alle?“, fragte es flüsternd in ihm.

Olobaid ignorierte willensstark, schüttelte sich und hing weiter seinen philosophischen Gedanken nach: „In diesem kulturellen Mief hatte es etwas derart Widerliches wie Vertrauen ohnehin nicht zu geben! Verflucht noch einmal!"

Die Gedanken bohrten, gaben nicht auf.

„Siehst du nicht die eine, die anders ist, die dein Vertrauen annimmt und dir ihres schenkt?", fragten sie.

Er lachte ekelerregt auf und schüttelte sich. Die Stimmen in seinem Innern klangen leiser als üblich.

Er dachte zurück.

Zu demokratisch war es bei der Versammlung zugegangen, zu diplomatisch, zu wenig grausam und bestialisch – ja, fast schon gesittet hatte Olobaid das Wort an die Seinen gerichtet und sie von Esiemas, nein, seinen Plänen unterrichtet! Sie hatte ihn die ganze Zeit beobachtet und ihm Worte zugeraunt, die er unversehens an die Meute gerichtet hatte, ohne darüber nachzudenken.

Und es war die beste Rede gewesen, die er je gehalten hatte!

Olobaid hustete bitter auf und aus seinem nebulösen Haupt schrien die gequälten Stimmen nun lauter, die seine Gedanken zu übertönen trachteten. Aber sie kamen nicht dagegen an.

„Sie ist schlauer als die anderen! Sie macht dir Konkurrenz!", flüsterten die Gedanken.

Olobaid grunzte und stand auf, wie Schwerter hieben die Worte in sein Bewusstsein.

In der leeren Apokryphe hallten die im Feuerarm verdunstenden Nebel bleich von den Wänden wider, als er sich abstützte. Kraft tankte.

„Gib Acht!", schrien die Gedanken.

„Sie hat den Himmel gesehen! Sie hat dir den Plan entwickelt! Sie ist kreativ und gewitzt, unberechenbar und aufmüpfig!"

Olobaid keuchte und hob das Nebelhaupt, dass der Tornado nur so wirbelte. Die Stimmen der Einbildung brüllten lauter: „Pass auf! Sperr sie ein! Töte sie!"

Olobaid schlug um sich, schwankte wie ein Betrunkener in der Dunkelheit der Nacht, der den unheilvollen Graben, das kurzfristige

Bett des Maßlosen, schon vor sich sieht, um sinnentleert für einige Stunden hinabzustürzen.

Der große Schwarze stützte sich am Stein ab, die Faust zischte, als das Feuer auf die Kälte stieß.

Dann machte er sich auf den Weg zu Esiemas Winkel.

Schnell musste er sein, bevor sie schon weg war!

Wie alle anderen.

Die weiße Raumkugel

Gerade wollte Micha Alpha noch einmal fragen, wo er eigentlich so lange gesteckt hatte, da war Alpha auch schon wieder weg.

Micha kletterte hinter Alpha her und durch das Loch des weißen Raumes in die Kugel hinein. Wie eine Feuerwehrstange führten die Lianen durch die Aussparung am Boden und ließen keinen anderen Weg zu. Sie endeten in der Mitte der kugelrunden Blase und standen – entgegen jedem irdischen physikalischen Gesetz – pfeilgerade in der Luft, schwingend und doch standfest.

Die Hülle um ihn herum war blasig und vom reinsten Weiß, das Micha je gesehen hatte. Aber es quälte nicht mit grellem, gleißendem Licht seine Augen, sondern nahm seinen Blick sanft auf und trug ihn in die Weite der Kugel hinein bis nach ganz oben, wo viele verschiedene bunte Fenster am Kugelrand in unterschiedlicher Größe und Form in bizarrer und doch beruhigender Aufreihung angeordnet waren.

Ein Fenster war einfarbig und von einem schmückenden, großen Baumdekor erfüllt. Ein anderes erinnerte ihn an bleigefasste, gotische Kirchenfenster katholischer Kirchen. Ein drittes schien aus einem morgenländischen Palast entnommen zu sein, so kleeblattartig und lieblich schimmerte es an der Decke. Ein weiteres war einfach rund, ein anderes dreieckig und gelb, ein viertes war so klein, dass es schien, als passe nur ein astronomisches Fernrohr hindurch. Einige Fenster waren durchsichtig, andere milchig eingetrübt. Wieder andere erstrahlten in so abwechslungsreichem Bunt, dass man ihren Rand kaum wahrnahm. Es war ein prachtvolles Schauspiel!

„Komm näher“, vernahm Micha von oben. Verwirrt sah er sich um. Sein bisheriges Verständnis von einer Kugel war, dass man, wenn man auf ihrem Grund stand, schwerlich an den Seiten heraufklettern konnte, wenn man nicht wie ein unglückliches Insekt im Becherglas übermütig forschender Kinder wirken wollte. Aber die Stimme kam ihm bekannt vor.

„Alpha? Wo bist du?“

„Immer bei dir! Das weißt du doch! Nun komm schon!“

„Willst du mich veräppeln? Wie denn? Wohin denn?“

Micha sah Alpha nicht.

„Nach oben, mein Freund! Wer will, der kommt auch nach oben und kann gucken! Und kann mich sehen!“

„Aber ich will ja!“ Micha sah sich verzweifelt um. Er hatte nicht die geringste Idee, was Alpha meinte. „Herrje, nun hilf mir doch bitte! Wo bist du denn nur?“

„Hier oben! Willst du mich wahrhaftig finden?“

„Ja, natürlich! Dafür stehe ich doch hier!“

„Dann soll es auch so sein!“, antwortete die Stimme von oben.

In diesem Moment wurde Micha nach oben getragen. Es kam ihm so vor, als würde ihn eine unsichtbare Hand behutsam aufheben und der Kugelspitze entgegenführen, sofern man in dieser Kugel von einer Spitze sprechen konnte. Michas Blick war wie gebannt auf die Religionenfenster gerichtet. Darum erschrak er, als er plötzlich eine andere Stimme hörte:

„Ist's rrrrrecht so? Oderrrr möchtest du ein wenig langsamerrrr nach oben steigen?"

Micha erschrak. Ein kleiner, weiß gekleideter Mann mit einem Riesenturban und Zahnlücke stand neben ihm, den Micha doch schon einmal gesehen hatte, oder nicht? Richtig! Es war vor Josefs Haus gewesen!

Janardan hatte Dienst und war für den Hebemechanismus zuständig. Das, was Micha wie ein schwebendes Etwas vorkam, war nicht weniger als Janardans fliegender Teppich – sein altbewährtes Transportmittel. Gemeinsam standen der kleine Junge in seinem gestreiften Sweatshirt und der schlanke, kleine Inder mit dem breiten Grinsen auf dem vom Rot dominierten, filigran gewebten Kunstwerk aus 1001 Nacht und Micha konnte wieder nur staunen. Wie war es möglich, dass sogar die Dichtung im Himmel wahr wurde?! Immer schon hatte er sich für orientalische Märchen begeistert. Und nun stand da dieser winzige, weiß gekleidete, gutmütige Kerl vor ihm und brachte ihn auf seinem Teppich seinem Gott näher.

Aber wie konnte das sein? Die meisten Inder waren doch Hindus und nicht Christen, oder? Was wollte der ihm zeigen? Wer würde ihm nun auf der anderen Seite der Fensterscheibe begegnen? Eine Naturgewalt, eine Manifestation des Karmas, ein Jesus und sein graubärtiger Vater, ein Jahwe – oder gar griechische Götterbilder der Antike? Micha war froh, dass er bald eine Antwort bekommen würde.

„Wer bist du?", fragte Micha den kleinen Inder. Dabei fiel ihm auf, dass er außer mit Alpha, Josef, Jesus, den Sichten und den beiden Himmelsgestalten des Heiligen Geistes noch mit keinem ‚normalen' Himmelsbewohner gesprochen hatte.

„Gestatten, Janarrrdan!" Der Mann wollte gerade höflicherweise seinen Turban abnehmen, da verhedderte er sich schon in den Anfang des langen Bindenbündels. Und noch bevor Micha sich entscheiden konnte, ob er darüber lachen oder Janardan helfen sollte, stand der kleine Mann schon bis in den Knien in einem weißen Leinenwirrwarr und schimpfte aus Leibeskräften:

„Dummes Ding dies! So was Dummes aberrr auch!"

Es kam Micha so vor, als wäre der Inder ein bisschen verlegen. Zumindest schaute er ihn ab und zu so sonderbar aus den Augenwinkeln an. Vielleicht hatte er sich deshalb so tollpatschig verhalten?

„Wie wäre es mit einem Hut als Kopfbedeckung? Ist praktischer!", rutschte es Micha heraus, dann wurde ihm klar, dass ein Hindu diesen Tipp vielleicht auch als kulturelle Beleidigung begreifen könnte. „Ähm, Tschuldigung! Mein Name ist Micha!"

„Ich weiß!"

„Woher weißt du das?"

„Du bist hierrrr im Himmel. Da kennt jederrrr jeden!", dabei drehte er sich zur Seite, sodass Micha nicht seine roten Ohren erkennen konnte, und fuhr fort: „Weißt du denn nicht, dass hierrrr jederrrr in dein Herrrrz schauen kann?"

„Ach ja! Alpha hatte mir so etwas erklärt, aber ich habe noch niemanden kennengelernt, der in mein Herz geguckt hätte!"

Janardan runzelte die Stirn und stierte ironisch auf Michas Brust: „Sieht ganz gut aus! Keine weiterrren Vorrrkommnisse, derrr Herrr! Darrrrfst hierrr bleiben!"

Dann kicherte er wie ein Kind und hielt sich dabei die zierliche Faust vor den Mund, was einen niedlichen Eindruck machte. Micha wurde klar, dass er den kleinen, weißbeleinten Kauz mit seinem einmaligen Sprachfehler so gut leiden konnte, dass er den Gegentest, ob Janardan wohl auch ein reines Herz und nichts zu verbergen hatte, gar nicht erst in Erwägung zog.

„Und was machst du hier mit mir, Janardan?", fragte Micha.

„Ich zeige dirrr die Sichten der Rrrreligionen auf Gott. Und wenn du magst, führrre ich dich danach noch weiterrr herrrum. Soll ich?"

„Oh, gerne!“, freute sich Micha. Er war dankbar für etwas Abwechslung.

„Ich fliege die Menschen hoch“, fuhr Janardan fort, „und rrrrrubbele die Fensterrrr noch einmal blank, damit alle eine gute Sicht haben. Die Kalypsen, die es bis nach hierrr oben schaffen, machen nämlich sehrrr harrrtnäckige Flecken auf die Fensterrr, musst du wissen! Glücklicherrrweise ist gerrrade keins von den Biesterrrn da. Die vierrr Sichten müssen wohl wiederrr frrrisch aufgerrräumt haben. Stimmt's?“

„Ja!“, nickte Micha eifrig. „Ich habe das gerade mitbekommen! Ein interessantes Schauspiel!“

Und nach einer Pause: „Und bist du freiwillig hier?“

„Natürrlich!“, ereiferte sich Janardan. „Jederr arrrbeitet im Himmel frrreiwillig und verrrichtet seinen Dienst mit Frrreude! Und was soll deine Aufgabe werrrden?“

Die Frage war keck, als wolle er testen, ob Micha wusste, was auf ihn zukommen könnte.

Micha war betreten. Er wusste nun davon, dass er eine besondere Aufgabe bekommen sollte, aber hatte noch nicht die geringste Ahnung, wie es nun weitergehen würde.

„Ich habe etwas gehört, ja! Ich hoffe nur, dass ich das auch kann, was man von mir verlangen wird!“

Janardan lachte: „Und ob! Jederrr bekommt im Himmel nurrr die Aufgaben, die errr auch bewältigen kann. Das läuft genau wie auf derrr Errrde. Das Ganze soll doch Spaß machen, oderrr? Sonst wirrrd die Ewigkeit hierrr ein bisschen zu lang!“

„Nun, auf der Erde ist ja nicht alles so spaßig. Viele müssen sogar sehr stark leiden. Aber willst du sagen, dass man das, was man auf der Erde aushalten muss, vom Himmel auferlegt bekommt? Ich dachte, vieles davon wäre einfach Schicksal!“

Micha philosophierte. Der Raum ließ seine Gedanken heller werden. Er fühlte sich inspiriert durch die vielen Fenster, die von oben auf ihn herabschauten und ihr bunt gesprenkeltes Licht auf seinen Körper und seine Seele warfen. Micha schaukelte auf dem Teppich hin und her, die Musik verklang leise an den Spitzen der Lianen und die Ausläufer der Lieder erfüllten die Himmelsblase mit fröhlicher Leichtigkeit. Eine Leichtigkeit, die sich auf Micha auswirkte.

„Derrr Zeitpunkt des Todes ist festgelegt. So viel ist sicherrrr! Von allem anderrren gibt es nur Theorrrien!", antwortete Janardan.

Micha summte eine Melodie, die er vorher nicht kannte und nun doch mitsummen konnte. Sie drang von den Musiktauen zu ihm herüber. Wie ergreifend diese Melodie war, wie einnehmend und beschwingt!

„Und was sind das für Theorien?", fragte er.

„Zum Beispiel lautet eine, dass man sich vorrr dem Beginn derrr Schöpfung aus einerr Vielzahl von Krrreuzen und Schicksalsschlägen, die einen trrreffen könnten, selbst eines aussucht."

„Ja, stimmt. Das hat der Heilige Geist mir auch schon mal erklärt, dass er mit den Menschen bespricht, wie er ihnen beim Aushalten der Bürde behilflich sein kann. Aber wir sind damit nicht weit gekommen."

„Man bekommt so viel auferrrlegt, wie man trrragen kann. Dafürrr hat man vielleicht in anderrren Berrreichen Glück und Zufrrriedenheit. Besonderrrs starrrke Menschen müssen aberrr auch besonderrrs viel trrragen."

„Und sie halten das aus?"

„Leiderrr nicht immerrrr! Es gibt viele Menschen, die so schlimme Sachen errrleben, dass sie darrran zerrrbrrrechen! Und dass ihnen sogarrr der Glaube ausgeht!"

„Eben! Das ist ja eine blöde Theorie! Ich glaube nicht, dass sie stimmt!", sagte Micha.

„Aber wenn der Heilige Geist es doch sagt? Jeder muss nun mal ein Kreuz erleiden. Es geht nicht ohne! Aber Gott kann helfen, es auszuhalten!"

„Schon. Aber ich möchte das lieber den lieben Gott persönlich fragen!"

„Aberrr derrr liebe Gott ist doch …“, wollte Janardan einwerfen, aber Micha hörte ihm nicht zu und sprach einfach weiter:

„Wir sind doch schließlich hier an der Quelle. Außerdem wollte ich Gott schon die ganze Zeit kennenlernen, aber es klappt irgendwie nicht. Ständig rennt Alpha weg, wenn ich danach frage. Auch der Heilige Geist, ob als Stimmulus oder Taube hauten einfach ab! Irgendwas ist doch faul in dem Laden hier!“

„Ärrrgerrre dich nicht! Hierrr gibt es doch keine schlechten Gefühle!“

Janardan schaute weg. Micha sah nicht, dass er verlegen wirkte und offensichtlich gerne das Thema gewechselt hätte. „Faul in dem Laden hier!“ – wie Recht Micha hatte!

„Ich ärgere mich auch nicht wirklich! Ich werde nur allmählich ungeduldig!“ Janardan streichelte Micha sanft über den Arm. Seine schlitzförmigen Augen blinzelten ihn schelmisch an: „Du solltest meditierrren! In derrr Rrruhe liegt die Krrraft!“

„Das hat man mir schon einmal gesagt! Dann kamen lauter Schmetterlinge und Raupen und schließlich hatte ich ein Glas in der Hand. Herrje! Wo ist das Gefäß denn jetzt? Ich habe es verloren!“

Micha sah sich verstört um. Er hatte schwören können, dass er das Glas noch vor Kurzem in der Hand gehalten hatte. Es konnte sich doch nicht in Luft aufgelöst haben – oder etwa doch?

„Keine Angst! Im Himmel geht nichts verrrlorrren. Und wenn, dann suchen wirrr es jetzt mittels der Hypnose! Hierrr – lege dich auf den Teppich und, ooooohm, ich werrrde dich in Hypnose verrrsetzen! Ich bin gut in Hypnose!“

Etwas an diesem kleinen, herumhüpfenden Wicht hielt Micha davon ab, seinem Ratschlag zu folgen. Der fliegende Teppich hüpfte bedrohlich auf und ab, während Janardan sich in Rage freute. Die Aussicht auf ein „Hypnoseopfer“ beschwingte ihn offenkundig.

Micha ging eine Weile in sich und vertraute dann darauf, dass er auch ohne Hilfe sein Gefäß wiederfinden würde. Demnächst würde er die Weisheit einfach noch einmal besuchen und sich das Glas von Veiths Vater abholen! Vielleicht hatte er es ja dort stehen lassen? Oder er würde Alpha, seinen Freund und Himmelshasen, fragen. Der wusste doch immer Rat!

Je länger er darüber nachdachte und so erfreut er auch über die Abwechslung war, die ihm Janardan bot, so sehr vermisste er seinen kleinen Hasen nun doch! Wo steckte der nur wieder?

Klara allein

Klara starrte an die Decke. Sie lag schon lange wach. Das war nichts Außergewöhnliches für sie, nichts Besonderes für Menschen in ihrem Alter. Dennoch war diese Nacht anders, Klara spürte es. Sie fühlte sich heute sonderbar erleichtert, war beim Gedanken an ihren Josef nicht so niedergeschlagen wie sonst, versuchte nicht vergeblich seine Stimme in ihrem Gehirn wiederzubeleben. Ein Gespräch mit ihm zu führen. Seine Nähe zu spüren. Seine Meinung zu hören. Nein. Sie lag einfach da und das genügte ihr.

Nur wenige Geräusche drangen vor bis zu ihrem Bett. Die nahe gelegene Straßenbahn fuhr schon seit Stunden nicht mehr. Einzig die Sirenen der Polizei hielten Einzug in das an den Hinterhof grenzende Zimmer. Auch im Treppenhaus war Ruhe, eine Ruhe, die tagsüber die lachenden und lärmenden Nachbarkinder bereitwillig vertrieben, während sie sich nach der Schule – in kindliche Gespräche vertieft – am Geländer hochzogen.

Klara störte das nicht. Sie mochte Kinder und das Leben, das sie verbreiteten. Aber es war eben nicht mehr ihre Welt, zu der diese Kinder zählten. Sie war zur Zuschauerin des Lebens geworden, war über das sie umgebende, pulsierende Tempo gealtert, hatte es hinter sich: die Freude ohne Reflexion, das Leben in den kindlichen Tag hinein. Danach kamen die Jugend und dann das Mutterdasein, die Sorge, die viele Arbeit, die erfüllenden und erfüllten Tage.

Es war vorbei. Und das war auch gut so.

Sie war ohne eigene Angehörige in der Nähe. Alle waren sie weg, die vier Kinder und ihre Enkel – fortgezogen in andere Städte. Beruflich, versteht sich. Manchmal kamen sie sie besuchen, gaben sich redlich Mühe, schickten liebe Briefe und telefonierten wöchentlich. Fragten nach, was es Neues gäbe. „Neues? Nichts Besonderes. Ach ja, doch. Eine neue Frau kennengelernt mit einer kleinen Tochter und einem hirntoten Kind. Haben viel Kummer. Wunderbare Menschen. Sonst nichts. Hier passiert nicht viel. Wisst ihr ja."

Sie lag und atmete den wohltuenden Frieden der Nacht. Stille in der Dunkelheit. Der Brustkorb hob und senkte sich, die Augen blieben geschlossen, die Glieder ausgestreckt auf ihrer Kaltschaummatratze. Teuer bezahlt, Gelenk schonend eingekauft, weil Josef es sich wünschte. Er wollte, dass sie ihren Arm schonte, dass sie gut lag, wenn sie ruhte.

Nun ruhte er schon lange vor ihr. Allein, wie sie jetzt.

„Klara?", flüsterte eine Stimme direkt aus ihrem Inneren. Sie wusste nicht, woher diese Worte kamen. Aber sie fragte es sich auch nicht. Sie erlebte einen jener Momente, in denen es nur wenige Fragen gab, die es zu stellen galt. Alle anderen hatten keine Chance.

„Ja?", antwortete sie, ohne die Lippen zu bewegen, ohne die Augen zu öffnen, ohne die Glieder anzuheben. Lautlos in eine Ruhe hinein, die mitten in ihr lag. Die sie einwickelte und puderig streichelte. Wie ein Traum seine Geliebte liebkost, so küsste der Frieden ihre Seele.

„Klara", wieder die Stimme, „bist du bereit?"

Sie atmete weiter, nicht verwundert über die Frage. Einmütig mit dem sie umgebenden Hier und Jetzt. Ganz Leben und gelebte Ruhe.

Sie nahm sich Zeit. Atmete ein, atmete aus. Die leichte Decke wogte wie ein ruhendes Meer in der Dunkelheit, fahle Schatten im Auf und Ab.

Sie ließ ihren Geist durch ihren Körper fahren und begann mit dem linken Bein. Von dort breitete sich in ihr ein bleischweres und doch leichtes Gefühl aus, das sich wie eine Betäubung durch ihre Glieder zog. Dann war das Knie dran, die alte Narbe, die sie als Fünfjährige bekam, als sie in eine Harke fiel. Der Oberschenkel. Immer kraftvoll gewesen, immer behände. Hatte sie getragen, all die Zeit.

Sie erreichte die Hüfte, die Narbe im Bauch, die beim vierten Kind nötig geworden war, als es falsch herum in ihr steckenblieb, und die sie bei jedem Wetterumschwung zwickte.

Sie verabschiedete sich. Langsam verneigte sich ihr Geist vor ihrem Körper, der sie so lange begleitet hatte, der – zwar nicht perfekt –, aber doch immer ausreichend hübsch gewesen war und zu ihrem Charakter gepasst hatte. Den sie mochte mit all seinen Macken, den Falten, den grauen Haaren. So etwas interessierte sie schon lange nicht mehr.

Er war gut zu ihr gewesen, der Körper. Ihr Geist hatte sich in ihm wohlgefühlt, hatte ihn immer angenommen. Die perfekte Einheit.

Danke den Armen, für die vielen Jahre im Spülbecken und an der Waschmaschine. Die Jahre des Kindertragens und Mannstützens, des Einkäufeschleppens. Auch danke für die Zeit der Gebrechen, die Zeit der gefühlten Grenzen, die Zeit der Schwere, die wichtig ist für jemanden, der geht.

Sie atmete ein und aus und dachte an ihn, ihre große Liebe. Es durchströmte sie eine ruhende Freude, die Gelassenheit und Getragenwerden ausdrückte. Die wortlos war und doch alles sagte. Die dankbar war für das Leben und die Liebe.

Dann dachte sie an ihn, zu dem sie so oft gebetet, der ihr so oft Kraft gegeben hatte. Mit dem sie schließlich gehadert hatte, gerade in der letzten Zeit.

Der doch immer da war. Das spürte sie jetzt.

Er war alles, was in diesem Moment wichtig war. Er war ihr Begleiter, ihre Ruhe, ihre Zufriedenheit.

Er war bei ihr und gab ihr all die Kraft und das Vertrauen, das sie jetzt brauchte, um dem Leben Lebewohl zu sagen.

„Ja", antwortete sie lächelnd und atmete ein letztes Mal aus.

Die Religionenfenster

„Aber ich bin doch hier!", ertönte plötzlich eine dunkle, warme Stimme aus der Religionenkugel von oben und das Licht, das die Blase erfüllte, verstärkte sich zusehends.

„Wer?", fragte Micha und wunderte sich über die Tiefe der Stimme, während Janardan von seinem Teppich aufstand und erneut hektisch an seinem auseinanderfallenden Turban zuppelte. Er hatte sich für die Hypnose schon halb entkleiden wollen, da verstand er, dass sein Klient ihm wohl durch die Finger gehen würde. Aber er schien es ihm nicht übel zu nehmen. Nun räusperte er sich und richtete sich pflichtbewusst auf.

„Das ist errrr!", zischte Janardan Micha zu und wies mit einer Kopfbewegung nach oben.

„Wer?"

„Na derrr, nach dem du suchst!"

Das Licht in der Religionenkugel verstärkte sich. Es wurde wärmer und wärmer und Micha fühlte sich mit einem Male so, als wäre er im Bauch seiner Mutter geborgen. Wohlig und behaglich. Wie an einem

Platz, für den es keine andere Bestimmung gibt als den, einfach für ihn da zu sein.

„Was? Wirklich? Der liebe Gott?", fragte Micha eifrig. „Fahr mich bitte näher heran! Ich will ihn sehen können!"

Janardan drückte auf ein rot-kariertes Muster seines Teppichs und das Gefährt setzte sich nach einem behäbigen Holpern weiter in Bewegung auf ein Fenster zu, das wilder Wein, Efeu und mauvefarbenen Blüten umrahmten. Die Bewachsung erstreckte sich so üppig über das Fensterglas, dass es kaum sichtbar war. Janardan beugte sich nach vorne und riss einige Blätter ab: „Das hierrr ist mein Fensterrr! Diese rrrübzäblige Esaupiuspflanze ist sehrrrr widerrrrstandsfähig. Sie kann überrrr einhunderrrt Menschenjahrrrre werrrden, was für eine Staude schon errrrstaunlich ist, nicht wahrrr? Und sie macht mirrr beim Fensterrrrputzen besonderrrrs viel Arrrrbeit!"

Micha interessierte sich nicht für Botanik. Teilnahmslos und gleichzeitig ungeduldig zog er die Schultern hoch und wartete mit gespannter Höflichkeit ab, dass Janardan sein Hindufenster freiräumte und polierte, um ihn dann hoffentlich bald zu seinem eigenen Fenster zu führen.

„Schau doch mal!", ermunterte der kleine Inder seinen neuen Bekannten. „Ist wunderrrbarrr! Diese Naturrr! Guck mal, eine Kuh!"

„Nein, danke!", zwang Micha sich zur Freundlichkeit. „Ich warte auf mein Gottesfenster!"

Janardan zwinkerte ihm verschmitzt zu: „Du weißt wohl noch nicht viel von Gott, was?"

„W-W-wieso meinst du?" fragte Micha.

„Na, weil man sich selbst errrst dann rrrichtig kennenlerrrnt, wenn man seinen Nächsten beachtet. So ist es auch mit dem Glauben. Was weißt du schon von deinerrr Rrreligion, wenn du nichts von den anderrren weißt?"

Das erschien Micha logisch und beschämt schaute er zu Boden.

„Mach dirrr nichts drrraus, Jungchen! Komm einfach herrr und guck!"

Und wie Micha schaute! Er schielte zunächst verstohlen mit einem Auge, danach wagte er den vollen Blick! Durch das Fenster schaute er auf die Natur in einer Schönheit, die außerirdisch, galaktisch, umwerfend, wundervoll und grandios war. Etwas Derartiges hatte er noch nie gesehen und doch erschien es ihm, als sei es ihm schon häufig begegnet. So vielfältig, so rein strahlte sie in ihrer Gesamtheit, so fließend war der Übergang von Leben und Tod, von Geburt und Wiederauferstehung, von Sterben und Aufgehen im Nächsten, dass es unbeschreiblich war! Und was ihn am meisten überwältigte, war das Licht, das alles erfüllte und die Behaglichkeit, die ihn beim Betrachten von Kopf bis Fuß erfüllte.

„Ich weiß! Ist schön, nicht wahrrrr?“, fragte Janardan verständnisvoll. „Ich darrrf nicht zu lange hindurrrchgucken, sonst werrrde ich mit meinerr Arrrbeit nicht ferrrtig!“ Er zog sein Staubtuch hervor und wienerte, was das Zeug hielt.

„Was ist das, was ich da sehe?“, fragte Micha, während er in seinen Blick versank und schaute und schaute.

„Liebe, Vollkommenheit, Natur, Wärme und Licht“, antwortete Janardan im Takt der Armbewegungen. Sein ganzer Körper bebte unter der Belastung des Putzvorgangs und hatte doch die Leichtigkeit eines musizierenden Dirigenten. „Von einigen auch ‚Gott‘ genannt, von anderen anders.“

„Das hört sich gut an!“, stöhnte Micha und verfing sich ein weiteres Mal in die Aussicht – auf der Fensterbank herumlümmelnd wie ein verliebter Schuljunge, der seiner Liebsten hinterherblickt.

„Soll ich dirrr noch anderrre Fensterrr zeigen?“

„Ja, gerne!“, bat Micha.

Janardan fuhr ihn nach getaner Arbeit zu dem sternförmigen, freundlichen Fenster. „Darrrf ich vorstellen? Hierrr wohnt Jahwe!“

Micha schaute hindurch und war verwundert. Das, was er sah, erschien bläulich eingefärbt. Wieder erfüllte die Aussicht ihn mit tiefer Zufriedenheit und Freude und wieder hätte er Stunden auf das blicken können, was ihm gezeigt wurde.

„Janardan, was sehe ich hier?“, fragte Micha.

„Liebe, Vollkommenheit, Naturrr, Wärrrme …“, begann dieser.

„… und Licht?“, setzte Micha fort und kicherte. Offensichtlich hatte er soeben etwas erlernt.

„Ja, genau!“, antwortete Janardan. „Im Judentum heißt dieses Etwas Jahwe!“

Janardan musste Micha wegzerren, es warteten noch viele Fenster auf ihn und immer antwortete Janardan auf Michas Frage, was er denn hier als Gottheit erblickte, das Gleiche. Immer überwältigte ihn die Aussicht mit ihrer Schönheit und Anziehungskraft. Immer hatte er das Gefühl, hierher und nirgendwo sonst hinzugehören. Immer wurde Micha erhoben von einer Leichtigkeit und Innigkeit, die nur miteinander Verbundene fühlen können. Er schaute auf einen Teil seiner Selbst und gleichzeitig auf das, was die Menschheit an Wahrheit und Wunderbarem hervorgebracht hatte, weil eine übermenschliche Macht dabei zur Seite gestanden hatte. Auf Werte, die – Körper geworden – für alle Menschen gleichermaßen gelten, auf menschliche Sehnsüchte eines jeden Menschen nach Liebe und Vollkommenheit, die nur das Göttliche stillen kann.

Stets merkte er, dass an diesem Aussichtsfenster noch nicht das Ende des Vollkommenen erreicht war, sondern erst mit einem oberflächlichen Blick darauf erhascht wurde. Um wie viel perfekter und umfassender musste es dann erst sein, wenn man in dieses transzendentale, Körper gewordene, übermenschliche und doch urmenschliche Gefühl des Göttlichen, das sich hier als Landschaft zeigte und jenseits der Glasscheibe verblieb, eintauchen durfte! Wie gerne wollte er das erleben!

Micha schwang sich mit dem geschickten, kleinen Teppich seines Freundes von Fenster zu Fenster und wurde mit jedem Blick reicher. Mal schimmerte das Licht gelblich, mal rötlich, mal war die Aussicht milchig trüb und hatte den Charme eines Winterfrostes, mal bunt und überschäumend vor Farbigkeit. Mal war die Wärme stärker, mal das Licht – bald die Natur, bald die Vollkommenheit. Die Gewichte wechselten, der Inhalt blieb.

Die Liebe – stets die Liebe – war das Wichtigste, das die Menschheit in ihrer Religiösität zum Besseren erhob. Die Weltenseele hatte sich offenbart und ihm hier einen Blick auf ihre Gültigkeit und ihre überirdische Weite gewährt, ihre Güte und Weitsicht gezeigt.

Lediglich die Farben der Fenster unterschieden sich, ihre Form, ihre Bewachsung – die Wahrheit des darin Gezeigten veränderte sich nicht und überzeugte Micha zutiefst mit der Einsicht, dass es sich lohnte, an dieses Etwas zu glauben und sich dessen Wahrheit zu eigen zu machen.

Längst schon hatte er den Wunsch verloren, seine Aussicht mit „Gott" zu titulieren. Wenn er das tat, so erwuchs dies eher aus einer Art Routine und der Unfähigkeit des menschlichen Wortschatzes, für das Gesehene Worte zu finden.

„Und wo ist nun mein ‚Gott'?", fragte er Janardan, der ihn wacker durch die Gegend juckelte – beglückt davon, mit welchem Reichtum Micha die Aussichten erfüllten. Eigentlich ahnte der Junge die Antwort. Er wollte es nur einmal gesagt haben. Janardan fuhr ihn weiter zu Michas Glaubensfenster, das aussah wie ein normales, weißes Hausfenster. Auffällig war nur der silberne Griff, der an der Seite angebracht war und ihn anfunkelte. Es kam Micha so vor, als öffnete er sich von selbst, während er sich darauf zubewegte.

Eine bekannte Stimme drang von außen an sie heran: „Hier wohnen auch die Liebe, Vollkommenheit, Natur, Wärme und Licht! Das kennst du doch nun schon, oder?"

Alpha blinzelte von außen durch die geöffnete Luke und schaute kopfüber auf den kleinen Jungen herab. Er bekam das Grinsen nicht aus dem Gesicht, während in seinem Mund – wie könnte es anders sein? – eine grüne Möhre schalkhaft wackelte.

„Alpha!", rief Micha. „Du alter Gauner! Schön, dass du wieder da bist! Aber warum verkrümelst du dich ständig?"

Alpha grinste, schob seine Beine schwungvoll nach vorne in den Raum und landete auf Janardans Teppich. Dieser bebte unter dem neuen Gewicht und kam kurz ins Strudeln. Janardan und Micha hielten sich am Fensterrahmen fest, um einen möglichen Sturz abzuwenden.

Einzig der Verursacher blieb ungerührt und schmatzend vor ihnen stehen und schien sich über die Vorsicht der beiden zu belustigen. Micha kam es vor, als vermeide Janardan einen direkten Blickkontakt zu Alpha. So, als habe er etwas zu verbergen.

„Wovor fürchtet ihr euch, wenn ihr doch das Göttliche gesehen habt?", fragte dieser und lächelte gewinnend. Dabei stupste er Janardan in die Seite und fragte mit einem verschwörerischen Grinsen. „Was sollte euch schon passieren?"

Fortgewichen

„Was könnte passieren, wenn Esiema zu viel vom Göttlichen gesehen hatte? Zu viel vom Göttlichen sehen würde?", fragte sich Olobaid und schnaufte vor Anstrengung. Wahrscheinlich war Aufmüpfigkeit gegen die Obrigkeit noch das geringere Übel!

Er warf die Tür auf.

Esiemas Raum war leer. Sie war bereits fort. War gewichen, entschwunden, auf und davon! Wusste er es doch!

Zu fleißig war sie! Zu ehrgeizig hatte sie jeden Schritt geplant. Esiema hatte sich also ein zweites Mal in den Himmel zurückgewagt, war mit den anderen gegangen! Zur Hölle noch mal!

Es war außergewöhnlich, den Himmel als Kalypse überhaupt zu überleben. Ein zweites Mal – und dann auch noch freiwillig – dort zu sein, das könnte Folgen haben, die der Kalypsendespot nicht abschätzen konnte.

„Verdammt!“, brüllte er ohrenbetäubend und ärgerte sich über sich selbst, dass ihm dieser Gedanke nicht eher gekommen waren. Er hätte ihr verbieten sollen, mitzugehen!

Olobaid griff sich vor Wut schäumend in die Magengegend und zog einige Stimmen an den Armen nach draußen. Er schleudert sie zu Boden und trat mit seinen Nebelschuhen so sadistisch und genüsslich darauf herum, dass jeder Henkersknecht ein baldiges Verstummen der leidenden Stimmen ersehnt hätte.

Nicht jedoch Olobaid!

Erst als die letzte Zuckung gezuckt, das letzte Stöhnen gestöhnt und das letzte Flehen gefleht worden war, fand er wieder den Kopf für einen klaren Gedanken.

Er richtete sich auf und zog sich die Nebelgestalt zurecht.

Er musste los! Schnell!

Der Aufbruch

„Wir müssen los! Schnell! Die Himmelssitzung tagt gleich!“, ermahnte Alpha und schob den Rest der Möhre in den Mund.

„Was bedeutet das?“, fragte Micha aufgeregt.

„Das wirst du gleich erfahren“, antwortete Alpha.

„Es ist diiiiiieeee Sitzung der Sitzungen“, erklärte Janardan.

„Ja, genau die!“ Alpha blieb gelassen und kaute zum letzten Mal, bevor er schwerfällig schluckte.

„Und was ist mit meiner Schule hier?“, fragte Micha.

„Die ist hiermit beendet. Du weißt alles, was du wissen musst! Nun komm!“

Damit drehte er sich um, zupfte so wild an den Fransen des Perserteppichs, dass dieser sich in Windeseile im Kreis drehte.

Micha fühlte sich überfahren. Das war es jetzt also schon mit der Schule? Und warum verstand er dann noch immer nicht, was sein Auftrag sein sollte? Warum erschien ihm noch so vieles rätselhaft? Wollte ihm Alpha nicht noch die Liebesblasen zeigen?

„Festhalten!“, schrie Janardan warnend. Immer schneller wirbelte der Teppich im Kreis und erzeugte einen Strudel, der sich – wie ein Tornado – nach unten verjüngte und nach oben trichterförmig auslief. Es entstand ein Sog im Inneren des Wirbels, der die Luft komprimierte und die weiße Raumkugel langsam verformte. Die Blasendecke und damit auch die bunten Fenster wurden nach innen gezogen. Es war ein absonderliches Schauspiel und obwohl Micha mit seinen Begleitern diesen Sturm verursachte, konnte er – gleich einem Betrachter – den Vorgang genau verfolgen. Die Fenster fielen zusammen wie welkes Blattwerk, zogen in Windeseile an ihnen vorbei und versanken auf dem Grund des Tornados.

Obwohl die Szene etwas Destruktives an sich hatte, war Micha nicht betrübt, sondern lächelte zufrieden. Auch Janardan, der Meister der Pflanzen, bedachte den Zerfall der Natur und den gesamten Ablauf trotz seines wild umherwirbelnden Turbans, der schon wieder aus der Form geraten war, mit einem zufriedenen Nicken und flüsterte:

„Aus allem entsteht etwas Neues. Die Welt ist im Fluss und kommt und geht. Wenn etwas verrrgeht, so ist es nicht verrrlorrren, sonderrrn nurrr an einem anderrren Orrrt. Es gibt noch viele Menschen, die die Religionenfensterrr sehen möchten!" Und dann fügte er geheimnisvoll hinzu, während sein Ohr Micha verschwörerisch nahe kam: „Auf uns warrrtet noch etwas anderrres!"

Micha schaute sich fragend um. Alpha hatte sich in aller Seelenruhe auf den Teppich gelegt und überantwortete sich dem kreisenden Treiben. Nichts deutete darauf hin, dass dieser ihm die Frage beantworten würde, die im nicht mehr vorhandenen Raum stand.

Auch Janardan musste ihm eine Erklärung schuldig bleiben, denn er drehte sich um und konzentrierte sich auf die Fahrt auf dem holprigen Gefährt, das ins Bodenlos-Schwarze eintauchte – einer neuen Dimension entgegen!

Die Erkenntnis

„Klara?“

Der Schlüssel klirrte, als sie ihn aus dem Schloss zog. Im Treppenhaus hallten die schrillen Geräusche wider.

Sie betrat den kleinen, voll gestopften und dennoch einer heimlichen Ordnung gehorchenden Flur mit zögerlichen Schritten. Auf ihre Anrufe hatte niemand reagiert und das war fünf Stunden her. Normalerweise blieb Klara nirgendwo länger als zwei Stunden, zu sehr schmerzte dann der Arm, zu müde waren die Knochen für große Ausflüge.

Irgendetwas hatte Michas Mutter bewogen, heute bei Klara vorbeizufahren. Eine innere Unruhe, ein Gefühl, das sie nicht näher beschreiben konnte. „Weibliche Intuition“ würde ihre beste Freundin es nennen, eosterisch wie sie war. Und dann weiter an ihrem grünen Tee schlabbern, vom letzten Besuch bei der Kartenleserin erzählen und sich vor die Salzlampe setzen.

Verrückte Frauen waren das, mit denen sich Michas Mutter umgab. Nette, kleine Verrückte und Verdrehte wie sie selbst – Künstler eben. Und dennoch fand sich Michas Mutter selbst sehr bodenständig. Sie hatte einen ordentlichen Beruf, ein Engagement an der Oper – immerhin. Sie war verheiratet, nicht drogenabhängig oder einer Sekte verfallen. Und sie erzog zwei Kinder nach allen Regeln der Moral und Menschlichkeit, zumindest nach ihren eigenen. Das war doch was!

„Zumindest ein Kind“, fuhr es ihr blitzartig in den Sinn.

Michas Mutter seufzte und schüttelte mit einer unwirschen Bewegung ihre aufkeimende Tristesse aus dem Kopf. Sie hatte sich schlicht Sorgen gemacht um ihre neue, alte Freundin, die auf ihre Weise ebenso absonderlich war wie all die anderen Frauen. Die einer älteren Generation angehörte, andere Sichtweisen und Einstellungen vertrat. Die Michas Mutter mit ihrem Verständnis für Schmerz sehr geholfen hatte in den vergangenen Wochen.

Die ihr letzte Woche einen Schlüssel zugesteckt hatte.

Michas Mutter hatte verdutzt aufgeschaut, als Klara ihr den kühlen Gegenstand in die Hand gedrückt und die Finger schnell zur Faust geschlossen hatte, als wollte sie fremde Blicke vom Verborgenen abwenden. Sie hatte mit den Augen geblinzelt und nur kurz kommentiert: „Man weiß nie. Ich möchte, dass du einen Schlüssel hast. Ich hab sonst niemanden …“, dann vertraulich genickt, an ihrer Kaffeetasse genippt und mit einem Lächeln ein anderes Thema angeschnitten.

Michas Mutter hatte den Schlüssel angenommen. Zunächst zögerlich in ihrer Hand bewahrt und ihn dann – wie verstohlen – in der rechten Vordertasche ihrer Tweedhose verschwinden lassen. Sie hatte etwas fragen wollen, aber gespürt, dass die alte Frau nicht reden wollte, zumindest nicht darüber.

Sie hatte es als Geschenk aufgefasst, als Vertrauensbeweis.

„Du hast einen Schlüssel?“, fragte die Esoterische. „Nicht, dass du sie noch pflegen musst, wenn sie mal bettlägerig wird!“ Daraufhin hatte Michas Mutter beschlossen, dass sie ihrer Freundin nicht alles erzählen musste. Dass diese ohnehin nicht alles verstehen würde.

Aber Klara verstand, das wusste Michas Mutter. Und nun hatte sie selbst auch verstanden, den Schlüssel angenommen, ihn verwahrt und das Geschenk als Geheimnis vor anderen gehütet.

Sie hielt ihn fest in der Hand, als sie den Gang entlangging und den Hall ihrer fragenden Stimme unbeantwortet von den Wänden vernahm.

Sie zögerte, nachdem sie schließlich den letzten Raum erreicht hatte, den sie noch nicht durchsucht hatte. Die Tür des Schlafzimmers war geschlossen, als läge etwas bisher Unbeantwortetes dahinter.

Die junge Frau zweifelte. Sollte sie tatsächlich nachsehen? Oder würde Klara verärgert reagieren, wenn sie plötzlich neben ihr stände und sie fragen, was sie denn hier wollte? Oder wenn sie sich im Schlafzimmer gerade umzog und sie nicht gehört hatte? Michas Mutter malte sich den erschrockenen Blick aus und ein Schauer lief ihr über den Rücken.

Nein, wahrscheinlich hätte Klara Verständnis. Würde sich freuen über die Zuwendung. So war Klara nicht.

Aber dennoch wurde es Michas Mutter plötzlich mulmig zumute. Was, wenn ihr Gefühl sie trog und alles in Ordnung war? Wie erklärte sie sich? „Ich dachte nur …! Ich wusste auch nicht genau …!“

Eine nicht messbare Zeit lang stand die Mutter vor der Tür und ließ die Sekunden an sich entlangstreifen.

Sie fasste sich ein Herz und drückte die Klinke herunter.

Die dunklen Vorhänge waren noch zugezogen, ein fahles Licht drang hinein, genug, um den Hügel auf dem Bett freizugeben.

Michas Mutter trat weiter hinein, einen eiskalten Blitz im Kreuz.

„Klara?“, flüsterte sie. „Schläfst du noch?“

Sie ging näher heran, das Licht schmeichelte der alten Frau, die ihr Gesicht der Decke zugewandt hatte. Als läge sie dort wie vor einer Pforte, durch die sie eintreten wollte. Die fahle Blässe stand ihr, sie ließ die Züge jünger wirken, fast vornehm.

Langsam näherte sich Michas Mutter, wie betäubt von der Trägheit ihrer eigenen Bewegungen.

Und wieder, wie ein Flehen, die bereits beantwortete, wie erstickt klingende Frage: „Schläfst du?“

Sie fragte, obgleich sie längst die geöffneten Augen gesehen, längst den eingesunkenen, bewegungslosen Brustkorb registriert hatte.

„Klara?“ Sie rüttelte sie sanft – mehr, um überhaupt etwas zu tun.

Dann verstand Michas Mutter ein weiteres Mal. Hier, an diesem Ort, zu dieser Stunde, an dieser einsamen Bettstatt mit der Leiche ihrer alten, lieb gewonnenen Freundin begriff Michas Mutter die Gänze des Lebens, den Lauf der Dinge, den Zusammenklang des Kommens und Gehens, des Anfangs und des Endes.

Sie setzte sich auf die Bettkante und ergriff die erkaltete Hand der alten Frau, die ihr mit jedem Tag mehr bedeutet hatte. Sie streichelte die Hand mit Respekt und Dankbarkeit und mit einer Innigkeit, die nur Geistesverwandte spüren können.

Langsam atmete sie, ließ sich von der Ruhe der Toten anstecken und nahm die Milde des außergewöhnlichen Bildes in sich auf. Sie begriff den Sinn des Daseins, hörte den Klang der Weltenseele und die Stimme ihres Sohnes im hinteren Winkel ihres Bewusstseins. Sie begriff, dass alles seine Fügung hat, alle geschenkte Zeit ihren Sinn und sei sie noch so kurz oder lang.

Sie streichelte und weinte warme Tränen der Rührung und Dankbarkeit. Weinte den Abschied und die Hoffnung auf ein Wiedersehen im Irgendwo, weinte in die Stimme ihrer Erinnerung hinein, die sie reicher gemacht hatte. An Lebenserfahrung, an Freundschaftsahnung, an Mutterglück. Sie weinte und weinte und streichelte beharrlich die Hand ihrer neuen, alten Freundin, die ihr mit ihrem letzten Bettgruß genau das gegeben hatte, was sie brauchte, um überleben zu können: Weisheit und gläubige Ruhe an die Fügung des Lebens und den Zusammenhang der Dinge.

Sie wusste, dass der Himmel ihr diese Frau nicht umsonst geschickt hatte. Dass Klara gekommen war, um ihr mit ihrem letzten Gesichtsausdruck zu helfen, das Leben weiterhin überstehen zu können.

Nun würde sie heimgehen und ihn in den Arm nehmen können. Sie würde ihrem Mann ihr „Ja!" ins Ohr flüstern und gemeinsam würden sie weinen und sich verabschieden von dem, der bis dahin ihr Leben gefüllt hatte. Weil sie wussten, dass es keinen anderen Weg gab, dass sein musste, was wohl so sein sollte. Auch wenn sie es nicht begreifen konnten. Sie würden die Maschinen abstellen lassen, ihn beerdigen und beweinen, wieder und wieder. Aber es würde so sein, wie der Himmel es für Micha vorgesehen hatte.

Und all das konnte sie jetzt begreifen, weil sich zu der Trauer um ihren Sohn die Trauer um ihre Freundin gepaart hatte, von der sie nun in irgendeiner surrealen, transzendentalen Ahnung hoffte, dass diese ihren Micha im Himmel in den Arm nehmen würde, um ihm zu sagen, wie sehr seine Eltern ihn liebten.

All das begriff sie nun und indem sie ihre Freundin streichelte und sich verabschiedete und weinte, was das Zeug hielt, wurde sie ruhig und friedlich.

Es war Klara, die ihr zu Lebzeiten geholfen hatte. Es war Klara, die ihr im Tod half. Es war Klara, die vor ihr lag – ruhig, friedfertig, im Einklang mit sich und dem Tod.

Es war Klara, die lächelte.

Klara und der Stuhl

Klara lächelte, als sie seine Stube betrat.

Sie musste direkt durch eine Flut von Hobelspänen waten, um das Fenster zu erreichen. Sie freute sich, ließ frische Luft ein und schüttelte belustigt den Kopf, bevor sie zum Besen griff: „So läuft das hier also ohne mich!"

Der Raum war so, wie sie es sich für ihren Josef erwartet hatte: bescheiden in der Dekoration, zweckmäßig in der Einrichtung, warm in der Holzvertäfelung, die dem Zimmer etwas Behagliches und Heimisches verlieh. So war zu Hause seine Werkstatt eingerichtet gewesen, so war ihr Josef! Sie kehrte – der Macht der Gewohnheit folgend – die Holzreste zu einem kleinen Haufen zusammen und wanderte weiter durch die Wohnung. Zärtlich strich sie über den Holzstaub des Werktisches und malte mit jugendlicher Leichtigkeit ein Herz hinein. Selten hatte sie sich so über Staub gefreut! Sie kicherte förmlich.

Man hatte ihr mitgeteilt, dass Josef gerade nicht da sei. Sie wollte trotzdem schon einmal seine himmlische Wohnung betrachten, wollte seine Nähe fühlen. Nun stand sie hier am Ende einer seltsamen Reise, die sie durch einen Lichttunnel geführt und ihr Bilder ihres Lebens gezeigt hatte. Ein Weg, der begann, als sie ihren Körper verließ, als sie ihren toten Leib von oben sah, der in ihrem Bett lag. Eine weinende Frau saß daneben und hielt eine Hand, die nun sonderbar weit weg zu sein schien, als habe sie sie keine einundsiebzig Jahre lang begleitet. Michas Mutter, für die sie warme Gefühle empfand und die sie sogleich erkannte, streichelte diese Hand, schloss die Augen der Toten und Klaras Geist schwebte dahin.

All das hatte Klara von oben gesehen und eine wunderbare Leichtigkeit und Freude begleiteten sie bei dem Abschied, der ihr nicht wie ein solcher erschien, sondern mehr wie ein Nach-Hause-Kommen, ein endlich Geborgen-Sein im anderen, bevor sie ihrem Körper und der weinenden Frau entschwand und einging in ein unbeschreibliches Etwas voller Licht und Liebe. Gerne hätte sie noch ein tröstendes Wort gesagt, gerne erklärt, was mit ihr geschah, aber sie hoffte, dass die Mutter dort unten auch ohne Worte und Gesten spüren konnte, dass das Wunder des Lebens und Todes sie davontrug und überaus liebevoll umgab. Wo so viel Himmel war – so viel Liebe –, da mussten die Menschen doch etwas davon mitbekommen!

Klara erreichte das hintere Zimmer der Wohnung, das durch einen schmalen Spalt geöffnet war und aus dem bekanntes, wärmendes Licht fiel. Klara ging näher und blickte hinein. Jesus und Josef hatten ihr offenbar einen eigenen Raum vorbereitet.

In der Mitte all ihrer Lieblingssachen, ihrer Sammelpuppen, Häkelarbeiten und Familienfotos, ihres geerbten roten Samtsofas und ihres zu Kinderzeiten lebenden Lieblingshamsters, ihrer silbernen Bilderrahmen und Rote-Beete-Gläser stand ein Stuhl, wie Klara noch nie einen schöneren erblickt hatte.

Aus warmem Edelholz und vielerlei Schnitzereien aus Stationen ihres Lebens gefertigt, lud ein mit geschwungener Feder gezeichneter, schillernder Sessel zum Verweilen ein. Seine Rückenlehne bestand aus puren Federn, die dem Rücken des Sitzenden ein kuscheliges Bett bereiten sollten und in der Luft zu schweben schienen, dennoch zusammengehalten aus einem Hauch von zarter Seide, transparent, durchlässig und in zartem Lachston gehalten. Die Beine wurden aus hölzernen Händen gebildet, die – nach oben und unten stützend – die Kraft von Zyklopen vereinigten, unumstößlich und beständig. Die Sitzfläche war weich wie wärmendes Wasser und die Armlehnen passten sich augenblicklich der Form ihrer Unterarme an, als Klara sie vorsichtig darauf niederließ. Der Arm schmerzte nicht mehr.

Lied 12: Hier wird's schön

„Er ist für dich", waren seine ersten Worte nach so langer Zeit.

Klara erschrak und fuhr herum. In der Tür stand ihr Mann, der Mann, den sie ihr ganzes Leben geliebt und den sie in den letzten Jahren ihres Erdendaseins so schmerzlich vermisst hatte. Klein, im Blaumann, mit kariertem Hemd und Sägespänen im Haar und einem übervollen Lachen auf den Wangen. Es durchfuhr sie eine Welle von Erleichterung, von unsäglicher Freude und Liebe, dass ihre Knie eingeknickt wären, wenn sie gestanden hätte.

„Ich wusste, wie er werden musste. Ich brauchte kein Maß zu nehmen. Gefällt er dir?"

Sie fielen sich in die Arme und Klara atmete den Geruch ihres Mannes ein, den Teil, den sie immer geliebt hatte. Er roch nach ihrem ersten Rendevouz, nach der Arbeit mit Holz und nach stundenlangen Spaziergängen im Wald und einer Nacht des körperlichen Begehrens, die sie schon fast vergessen hatte. Sie versenkte sich in den Geruch und stupste die Nase tief in seine Schulter hinein, während beide vor Freude weinten.

„Ich hab dich so vermisst“, bekannte sie unter einem Schniefen.

„Ich weiß“, brummte er und drückte sie an sich.

„Du warst so weit weg und ich war so allein!“ Sie sprach zwar aus und erinnerte sich daran, was sie einmal genau so schwer gefühlt hatte, wie diese Worte wogen. Aber sonderbarerweise konnte sie das Gefühl nicht mehr heraufbeschwören. Sie wusste nicht mehr, wie sie waren: Leere und Einsamkeit. Das einzige, was sie zu diesem Zeitpunkt fühlte, war Fülle und Vollendung.

„Ich war immer bei dir!“, antwortete ihr Mann für seine momentane Gemütslage ungewohnt milde.

„Aber du hast nichts gesagt!“, ihr Vorwurf hatte die Leichtigkeit einer davonflatternden Libelle.

„Aber Jesus hat den Menschen doch gesagt, dass die Liebe immer bei euch ist. Und ich bin doch auch deine Liebe oder hat sich daran etwas geändert?“

Sie liebte seinen Humor und das verschmitzte Grinsen, das in sein Gesicht treten konnte. Auf der Erde hatten oft Sorgen des Alltags diese Unbefangenheit verhindert.

„Natürlich“, hauchte sie und fragte: „Hast du mich vermisst?“

„Ich war dir jede Sekunde ganz nah und ich wusste, dass du irgendwann kommen würdest. Außerdem gibt es hier keine negativen Gefühle.“

Er überlegte einen Moment und fügte hinzu: „Zumindest sollte es nicht so sein. Wir verzehren uns nicht nach den Liebsten, wir freuen uns auf sie.“

Er drückte sie eine Weile und schluckte angesichts der letzten Erinnerungen zaghaft. Beide genossen den Himmel, der sie umgab. Glücklicherweise bemerkte Klara nicht, dass Josef bei den negativen Gefühlen an Laurina und Janardan denken musste. Er hatte selbst gemerkt, dass er sich verändert hatte, obgleich er es nicht zeigen durfte.

„Aber mir ging es schlecht“, antwortete die Ahnungslose. „Ich habe dich so gebraucht, dass mir dein Fehlen körperlich wehtat.“

„Ich weiß, ich konnte es von hier oben sehen. Ich habe mit dir gefühlt“, antwortete er.

„Warum tut das Vermissen auf Erden so weh?“

„Weil die Zeit gegen uns kämpft und mit Sicherheit gewinnt. Der Zeitpunkt, wo wir den Verstorbenen das letzte Mal sahen und in den Arm nehmen konnten, rückt immer weiter weg. Der geliebte Geruch verschwindet aus den Kleidungsstücken, die Erinnerungen verblassen. Was bleibt, ist der Schmerz und das Loch und es gibt keinen gleichgestaltigen irdischen Ersatz. Neue Gewohnheiten ziehen in unsere Leben ein und verdrängen alte Bilder, der menschliche Trott aus Aufstehen, Essen, Ein- und Ausatmen, aus ungewollter Körperlichkeit zwingt uns ein Verhalten auf, bei dem das Vermissen nur noch als Schmerz fühlbar wird. Es ist die Zeit, die gewinnt! Andererseits ist das auch gut so. Denn irgendwann wird auch der größte Schmerz ein wenig schwächer.“

Dabei seufzte er und fuhr nach einer Pause fort:

„Ich glaube, wir leiden auch, damit wir im Himmel erkennen, wie wunderbar es uns geht. Du weißt doch, es gibt kein Licht ohne Schatten, kein Gutes, wenn nicht auch irgendwo das Schlechte existierte, keine Erlösung, wenn es nicht auch Qualen gäbe. Das sagt Gott zumindest immer.“

„Wir müssen auf Erden leiden, damit wir das im Himmel begreifen? Das finde ich aber hart!“

„Ist es auch. Aber das ist nicht Gottes Schuld. Was bleibt, ist das Ergebnis. Was das Leben mit uns treibt, ist die eine Sache. Oft sind wir selbst es, die einander Böses antun. Aber was Gott immer steuern kann, das ist der Himmel. Und im Himmel gibt es nur die Liebe selbst. Hier regieren vollkommen Gottes Gesetze und du siehst ja, wie wunderbar das ist.“

Er wünschte, seine Worte könnten vor ihm selbst überzeugter klingen. Aber Klara schienen sie zu genügen. Sie schwieg eine Weile und wollte Ewigkeiten genießen, bevor sie weiter das Gespräch suchte. Vielleicht genoss sie – in Erdenzeit gemessen – auch Ewigkeiten, wer konnte das schon sagen?

„Ich war bei dir“, fuhr er fort, „die ganze Zeit konnte ich dich sehen. Aber wer noch häufiger bei dir war, in den Zeiten, als ich zum Beispiel an einem Stuhl arbeiten musste, das war und ist der liebe Gott und du spürst ja, dass er die ganze Zeit hier ist.“

Er zog sie mit einer Zärtlichkeit und Offenheit an sich, die sie von der Erde nicht kannte. Der Himmel hatte ihn offener und beredter gemacht, sie sah die ganze Breite seiner Liebe mit einem einzigen Blick. Sie sah Gott in einem einzigen Blick.

„Ja – aber es war lang!“, seufzte sie abermals.

„Für dich auf Erden: Ja. Für uns im Himmel: Nein. Lang und kurz gleichzeitig! Hier verläuft alles Ewigkeiten lang, wenn wir es wollen. Oder wir können die ganze Fülle der Großartigkeit in einem einzigen großen Moment verschwenden, wenn uns danach ist und es zu den Umständen passt.“

„Ja“, sprach Klara und kuschelte sich abermals an: „Hier ist der Himmel, hier ist die Ewigkeit. Hier ist meine Liebe und mein Zimmer an deiner Seite. Hier ist der Himmel!“

Es war Klara, die nun erkannte, wofür das Leben gut war. Es war Klara, die den Himmel annahm, wie der Himmel sie annahm. Es war Klara, die glücklich war mit demjenigen, den sie über alle Maßen liebte, und die sich wohlfühlte an dem Ort, über den sie so lange nachgedacht hatte und den sie sich doch nicht vorstellen konnte. Sie war nun endlich angekommen.

Es war Klara, die lächelte.

Das Zentrum des Himmels

Er war angekommen!

Der Teppich fuhr dem Ziel mit enormer Geschwindigkeit entgegen. Nun warf Micha endlich einen Blick von oben auf das, was seine kühnsten Träume sprengte, was alles bisher Gesehene in den Schatten stellte.

Vor ihm war die Dunkelheit dem Licht gewichen, das so geheimnisvoll, warm und altbekannt war wie nichts, womit Micha einen Vergleich aufstellen konnte. Einzig die Aussage, dass das Licht den Raum und die Zeit beherrschte und ihn mit seiner Geborgenheit anzog, erschien Micha trefflich. Und um dieses Meer aus Wärme, Licht und Geborgenheit spielte ein reißender Fluss aus Stimmen und überirdischen Melodien in einem übererdengroßen Bett mit seinen Ufern.

Micha schaute näher hin. Das, was er ausmachte, musste doch klarer zu fassen sein, aber die Begrifflichkeiten versagten. Der Junge gab dem Sog nach und spürte, dass es nichts gab, was er mehr ersehnte, als zu diesem himmlischen Universum dazuzugehören. Davon beherrscht zu werden, um zu herrschen – über sich selbst, über die Zeit und den Raum. Und um einzutauchen in das, was er nicht kannte und doch besser kannte als alles andere.

Obgleich sie noch weit weg waren, wurde Micha allmählich gewahr, dass es sich bei dem großen Fluss, der in vielen bunten Perlen dahinglitt, um ein Meer aus Kugeln handelte. Seidig schimmerten sie, verschwanden wie Tropfen hinter den glatten Spiegeln der benachbarten tanzenden Bälle, die sich in ungeahnter Geschwindigkeit spielerisch auf und ab bewegten. Und dazwischen sah er lachende Gesichter, Münder, Körper in unmaterieller Umrandung. Er fühlte, dass Musik Gestalt angenommen hatte, dass Gefühl fassbar war in himmlischer Körperwerdung und dass glückliche Menschen darin badeten wie Hände, die den Seifenschaum eines Vollbades durchdringen – sich reinigend, sich labend. Welch ergreifendes Schauspiel!

„Wir sind da“, erklärte Alpha dem staunenden Micha.

„Was ist das?“, fragte Micha. Seine Armhaare flirrten vor Aufregung unter dem Pullover.

„Der Himmel! Sein Zentrum aus Liebe, Vollkommenheit, Natur, Wärme und Licht! Hier und jetzt in Form des Liebesflusses! Wir können auch zur goldenen Stadt fahren oder – wenn dir das lieber ist – zum ewigen Paradiesgarten! Es gibt viele Manifestationen des Himmels.“

„Ich dachte, ich hätte ihn schon kennengelernt!“

„Nur einzelne Teile! Dies aber ist das Zentrum!“, antwortete das Kaninchen.

Micha starrte mit offenem Mund auf das überirdische Szenario und konnte es kaum erwarten, dass der Teppich sein Ziel erreichte. Auch Janardan trieb der Anblick Tränen der Freude in die Augen. Obgleich der Inder diese Vollkommenheit des Lichts schon gesehen haben musste, spürte Micha dessen erneute Ergriffenheit.

„Was fließt da?“, fragte der Junge weiter.

„Der Fluss der Liebe. Pausenlos, ewig und unerschöpflich glitzern und fließen die Liebesperlen. Es gibt keinen Anfang und kein Ende, nur die Gelegenheit für die Menschen in dem zu baden, was dem Leben einzig Sinn gibt“, erklärte Alpha weiter.

„Einzig Sinn gibt?“

„Ja! Das ist die Liebe!“

„Aha!“

„Denke doch mal an Menschen, die wissen, dass sie bald sterben werden. Dass ihnen nur noch kurze Zeit zum Leben bleibt“, sagte Alpha.

„Was ist mit ihnen?“

„Wenn sie dann noch einmal mit ihren Angehörigen und Freunden sprechen können, so sagen alle das Gleiche. Im Angesicht des Todes sind sie maßlos ehrlich. Sie bitten um Vergebung, sie sprechen Dinge aus, die sie ein Leben lang geheim hielten. Oder sie sagen ihren Liebsten, dass sie sie liebten, lieben und immer lieben werden."

„Ja! Das habe ich schon einmal mitbekommen, im Fernsehen! Das war unheimlich traurig!"

„Und zugleich unheimlich schön! Denn Sterbende verschenken das Wertvollste, was man verschenken kann. Und das Einzige, was ewig währt! Sie verschenken etwas Überzeitliches, etwas Ewiges, das jeden Tod übersteht! Warum sollte man sonst sagen, dass man jemanden liebt, wo man doch weiß, dass man danach sowieso sterben wird? Was hätte der Betroffene von der Liebe, wenn sie in dem Moment erlöschte, in dem ein Mensch in den Tod übergeht? Warum sollte man sich so etwas dann sagen, wenn man sowieso nicht mehr viel Zeit hat? Dann könnte man doch besser etwas anderes sagen, oder?"

„Womöglich schon. Nur so habe ich es noch nie gesehen …", antwortete Micha.

„Dafür bist du ja hier, um all das zu erfahren. Die Liebe ist ewig und wird ewig verschenkt. Sie endet nicht mit dem Tod desjenigen, der sie verschenkt. Die Liebe ist das Band, das das Leben mit dem Tod verbindet. Sie ist die Treppe, die uns hinausführt zum ewigen Miteinander, die Brücke, die den Fluss überquert!"

Bei diesen Worten wirkte Alpha sehr erfreut, und fast schon stolz sprach er mit einer präsentierenden Pfotenbewegung: „Und hier ist sie!"

„Was?"

„Die Liebe! Sie wohnt hier und tanzt ihren ewigen Reigen in immer neuen Perlen!"

„Was für ‚Perlen'?" fragte Micha. Er konnte das alles noch immer nicht begreifen.

Abrupt blieb der Teppich stehen. Mitten im Schwarzen, mitten auf dem Weg zum Licht, mittendrin traf die Vollbremsung in Michas Herz – wie der Aufschub eines Treffens den wartenden Verliebten schmerzt.

Alpha wandte sich um und lugte an Janardan vorbei, dessen Turban wegen des Stopps wieder mal aus der Form geraten war und der nun unbeholfen an dessen Enden fingerte. Alpha blickte Micha ernsthaft in die Augen.

„Pass auf, Micha! Denn nun erkläre ich dir etwas ganz Wichtiges. Was konntest du in deinem Fernrohr sehen, als du in deinem himmlischen Zuhause warst?"

„Darrrrf ich das überrrhaupt hörrren?", fragte Janardan verlegen dazwischen. „Ich möchte mich nicht in Prrrivates einmischen!" Er hatte den Turban fertig repariert, fuhr aber noch immer nervös mit den Fingern hin und her und fühlte sich sichtlich unwohl.

„Aber Janardan! Du bist doch schon lange im Himmel! Du weißt doch, dass ich Micha erklären möchte, wie die Liebesblasen funktionieren!"

„Das schon! Aber meinst du, dass ich das alles hörrrren darrrrf?", fragte Janardan weiter, Unsicherheit in der Stimme.

„Du weißt doch sowieso, wer er ist!" Alpha gab Janardan einen freundschaftlichen Klaps. „Ich glaube, du mischst dich ab und zu gerne mal in Dinge ein, oder?"

Alpha lachte verschmitzt und Micha wurde klar, dass das Kaninchen den indischen Teppichfahrer in Verlegenheit gebracht hatte. Mehr noch. Janardan hatte zusammengezuckt, als Alpha das Wort „einmischen" gebraucht hatte. Warum, das verstand er nicht, sondern registrierte nur, dass der Hindu verschämt nach unten blickte und sich verteidigte: „Laurrrina und ich, wirrr haben es doch nurrr gut gemeint …!"

„Ich weiß!", antwortete das Kaninchen milde und legte seine samtene Pfote auf Janardans Hand, wie um einen Deckel auf ein geöffnetes Glas zu legen und den Inhalt sorgsam zu verschließen.

Micha verstand wie gewohnt nichts, doch irgendetwas ließ ihn ahnen, dass Alpha Micha und Janardan nicht umsonst miteinander bekannt gemacht hatte. Verwirrt schaute er zwischen den beiden hin und her und beschloss nach einer Weile, auf den alten Gesprächsfaden zurückzukommen.

„In dem Fernrohr sah ich meine Mutter, wie sie sich auf mich freute, als ich noch nicht geboren war!"

„Genau! Und du hättest noch viele andere Situationen deines Lebens sehen können, in denen man dich geliebt hat, oder nicht?!“, fragte Alpha.

„Ich denke schon! Aber was ist mit den Situationen?“

„Wer auf Erden jemanden liebt, in welcher Form auch immer, der produziert Liebe, oder?“

„Ja! Bis hierhin kann ich noch folgen!“, antwortete Micha.

„Ihr Menschen denkt aber, dass die Liebe nur ein Gefühl ist, das verpufft, oder?“, fragte Alpha.

„Ja, ich glaube schon, dass wir das denken!“

„Ha!“, lachte Alpha laut auf und freute sich wie ein Gewinnender beim Roulette. „Hab ich dich! Alle denken das! Einfach alle!“

„Ja und? Warum sollten wir das nicht denken?“

„Weil das der Urirrglaube der Menschheit schlechthin ist, zu glauben, dass es die Liebesblasen nicht gibt!“

„Ich versteh nur Bahnhof!“

„Pass auf!“, versuchte Alpha es weiter und setzte sich direkt vor Micha hin, während er sein Hinterteil – genüsslich auf dem Teppich Platz nehmend – hin und her schubberte. Dabei wies er auf das Szenario aus Licht, Fluss und Wärme, das Micha magisch anzog. Zu gerne wäre der kleine Junge weitergeflogen und hätte sich in die Fluten geworfen, die sich hier wie die Erde einem Astronauten feilboten – schimmernd in einem Meer von Dunkelheit. Es kam ihm auch so vor, als lockten ihn die Blasen mit zarter Stimme heran, luden ihn zum Spiel ein.

„Das da vorne ist der Sinn des Lebens“, erklärte Alpha. „Er schwimmt in riesigen Ufern, die sich endlos erschöpfen und niemals überlaufen. Dieser Fluss birgt das Kostbarste, was die Menschen sich schenken können: ihre Seelen, ihre Leidenschaften, ihren Lebenssinn – eben die Liebe.

Nichts hätte Bestand ohne die Liebe. Sie ist das, was die Welt zusammenhält. Sie ist Fundament jeder Beziehung – sei es Liebesbeziehung, Freundschaft oder respektvolles Miteinander. Sie ist Grundlage jeder reinen Freude, jedes unschuldigen Spaßes, jedes guten Gefühls.

Die Liebe macht jeden Augenblick lebenswert und gibt ihm einen Sinn. Sie fragt nicht nach, sie verschenkt sich nur, sie bereichert und vergrößert sich, je verschwenderischer die Menschen mit ihr umgehen. Sie erhellt jeden Augenblick, gibt dem Tag einen Sinn, verschönert die wichtigen Stunden des irdischen Lebens mit ihrem Lächeln und Strahlen. Sie ist die reine Hoffnung, die selbstlose Hingabe, die pure Innigkeit des Daseins. Nur, wer mit vollem Herzen und überglücklich einen anderen liebt, hat in diesem Moment keine weiteren Wünsche mehr, keine irdischen Begehrlichkeiten, keine materiellen Sehnsüchte. Es verflüchtigt sich alles ins Belanglose."

Micha nickte. Dieses Kapitel konnte er nachvollziehen.

„Frage eine Mutter, die ihr frisch geborenes Kind in den Armen hält", fuhr das Kaninchen fort, „was sie gegen ihre Liebe für dieses Baby eintauschen würde: ein Haus, Reichtum, die neueste und teuerste Mode? Sie wird den Kopf schütteln und wissen, dass ihre Mutterliebe und das Wesen auf ihrem Schoß gegen nichts aufzuwiegen sind. Nichts wird ihr so kostbar sein wie ihr Kind und die Liebe zu ihm."

Er sah Micha tief in die Augen. Janardan kratzte sich noch immer etwas verlegen unter dem Turban. Dennoch hörte er aufmerksam zu, was das kleine Himmelskaninchen weiterhin zu verkünden hatte.

„Und warum sind diejenigen so unendlich traurig, die einen Menschen verlieren?", fragte Alpha weiter. „Warum bricht ihnen der Boden unter den Füßen weg? Warum stirbt ihr Lächeln einen fahlen Tod auf einem blassen Gesicht? Warum ist das Glas ihres Lebens nunmehr eher halb leer als halb voll? Warum scheint es keinen Trost zu geben, nicht den geringsten, wenn eine Frau ohne ihren Mann allein weiterleben muss, wenn Eltern ihr Kind begraben müssen?"

Micha zuckte mit den Schultern, auf diesen emotionalen Wechsel war er nicht gefasst. Es überraschte Micha immer wieder, wie vielschichtig sich Alpha mit den Gefühlen der Menschen auskannte.

„Weil sie nicht wissen, wo ihre Liebe hingeht", antwortete Alpha und machte dabei ein bedeutungsvolles Gesicht, als würde er Micha etwas bisher nie Ausgesprochenes verkünden.

„Weil es so wirkt, als würde alles verpuffen, was sie für die Liebsten empfanden und empfinden. Als gäbe es keinen Adressaten mehr, weil der geliebte Mensch gegangen ist, tot ist, unter der Erde liegt. Er kann nicht mehr antworten, weil der Verstorbene nicht mehr die Sprache der Lebendigen spricht. Weil er sich an einem anderen Ort befindet, den die Menschen auf der Erde nicht kennen. Und so lieben und vermissen sie ins Leere hinein. Und unerwiderte, nicht ankommende Liebe macht traurig, weil sie sich nicht spiegeln oder vermehren kann. Liebe wird nur mehr, wenn man sie an jemanden verschenken darf. Nur dann kommt sie zurück. Wenn man nicht weiß, wo sie hingeht, und man nicht das Gefühl hat, dass sie zurückkommt, dann wird man traurig. Und so geht es vielen Menschen, die ihren Ansprechpartner verlieren."

„Und jetzt sagst du, dass das nicht so ist?", fragte Micha.

„Nein! Und das ist doch die frohe Botschaft! Gott sagt: Ich bin bei euch alle Tage und ich bin die Liebe! Die Liebe bleibt bei den Menschen! Sieh doch da vorne! Hier kommt jede Liebe an, zu jedem Zeitpunkt der Menschheit. Die Liebe zum Partner, zum Kinde, zum Freunde. Hier wird sie konserviert und für die Menschen aufbewahrt! Auch die Liebe zum toten geliebten Menschen selbstverständlich. Und der freut sich hier oben darüber und badet in den Blasen und wiegt sich in der Liebe der Seinen hin und her, unerschöpflich und wundersam. Ist das nicht toll?"

Und wahrhaftig erschien es Micha, als sprängen die Blasen vor Übermut und Freude noch wilder hin und her. Gut gelaunte Menschen badeten darin und spielten mit den Liebesbällen.

„Jede Beziehung, die von gegenseitigem Respekt zeugt, enthält eine Form von Liebe. Jede Art der Freundschaft ist auch eine Liebesform", erklärte Alpha weiter. „Und hier im Himmel ist Platz für jede Liebe, die irgendwann empfunden wurde. Nichts geht verloren, nicht das geringste Bisschen, auch wenn die Menschen, die die Liebe einst empfunden und damit die Blasen hergestellt haben, schon lange hier oben sind und in ihrer eigenen Liebe baden!"

„Liebe deinen Nächsten wie dich selbst“, entgegnete Janardan und lächelte Micha aus seinem braungebrannten Gesicht an. Die Zahnlücke blitzte Micha freundlich entgegen. Wie sehr dieser Inder mit sich im Reinen, wie liebenswert seine Aura war! Und wie wohl es tat, den wichtigen Sätzen des Lebens im Himmel in allen möglichen Situationen zu begegnen! Micha dachte an die Weisheit zurück und war froh, dass er die Erkenntnis von der Wichtigkeit der Nächstenliebe inzwischen voll mit Sinn füllen konnte.

„Ob ein Vater sein Kind in den Armen wiegt, ob zwei Freunde vertraut miteinander lachen, ob ein Wort des Mitleids und der Einfühlsamkeit an den Nachbarn gerichtet wird, ob zwei Liebende sich umarmen und küssen, ob sich zwei Streitende versöhnen und einander Achtung entgegenbringen …“, erläuterte Alpha weiter.

„Ob man einen Streit schlichtet oder sich auf die Seite der Benachteiligten schlägt, ob man innig zu Gott betet oder in innerer Harmonie die Natur betrachtet und für die Sonne und die Luft dankt, ganz gleichgültig! Ob Toleranz, Mitmenschlichkeit oder Barmherzigkeit! Jede Art von Liebe findet ihren Weg nach hier oben in den Himmel. Mal rot, mal gelb, mal blau …“

Nun sah Micha genauer hin. Ihm fielen die unermesslich vielen Farben auf, in denen die Seifenblasen lieblich glitzerten. Es gab große und kleine, einige mit einer dicken Schale, andere in zerbrechlicher und winziger Ausprägung. Es gab ovale und irisierende, kompakte und puderig schimmernde, gefleckte, gescheckte und einfarbige, gestreifte und karierte, durchsichtige und farbige. Micha erkannte, dass es anscheinend kaum etwas gab, was so vielseitig war und so unterschiedlich aussehen konnte wie die Liebe.

„Und was ist jetzt mit den Blasen da vorne? Diesen Liebesblasen?“, fragte er weiter.

„Die kommen direkt von den Menschen hierher!“, antwortete Alpha. „In dem Moment, wo ein Mensch eine Form von Liebe empfindet, steigt eine Blase auf kürzestem Weg nach hier oben in den Himmel, wo sie für alle Zeiten bei uns bleibt! Ist das nicht wunderbar?“, fragte er erneut. Alpha selbst schien sich unermesslich an der Liebe erfreuen zu können.

Micha war baff! Wie sollte er sich das vorstellen? Würde er auf Erden dann ständig durch eine frisch gebildete Blase hindurchrennen, sobald er sich bewegte? Sobald er eine Situation beobachtete, in der die Menschen sich dieses positive Gefühl entgegenbrachten? Machte er die Blasen nicht kaputt? Gab es nicht ein riesiges Durcheinander bei all den Blasen, die – millionenfach gebildet – in jedem Moment des Lebens an einem anderen Ort der Erde erzeugt wurden und die permanent nach oben stiegen?

„Nein!", antwortete Alpha schlicht und lächelte. Seine Augen waren auf das wärmende Blubberspektakel vor ihm gerichtet, das in überirdischer Ordnung zugleich dem gleichförmigen Fließen des Stromes gehorchte. Micha fragte nicht mehr. Wenn Alpha so eindeutig antwortete, war Fragen überflüssig. Jede Antwort las er an dem Spiegelbild auf den Pupillen des kleinen Himmelskaninchen ab, die – zu zufriedenen Schlitzen verengt – eine Unzahl an harmonisch wirkenden Farben aus Liebe und Wärme abbildeten.

Micha verstand, dass er hier beim Zentrum angelangt war, dass hier die Maschinerie des Himmels und der Erde weilte und beschloss, sich ganz der ausstrahlenden Behaglichkeit der Blasen hinzugeben, auf Gedeih und Verderb.

Es war verrückt, was Alpha ihm da gerade erzählt hatte, aber er musste es einfach glauben. Der Beweis lag vor ihm, verlockend wie eine süße Geburtstagstorte einen halb Verhungerten anlacht. Er öffnete seine Gedanken und versenkte seinen Blick in das wogende Meer der Liebe, während sich der Teppich langsam in Bewegung setzte und ihn seinem Ziel näher brachte. Derweil lockte den kleinen Jungen das Lied der Liebesblasen und versetzte ihn in eine Verzückung, die sich seines ganzen Geistes bemächtigte und von der er sich am liebsten nie mehr entfernt hätte.

Lied 13: Tanz des Liebesflusses

In Scharen

„Als Esiema an ihm vorbeischwirrte, meldeten sich Tanaels Eingeweide. Am liebsten hätte er sich stante pede kopfüber erleichtert. Da Engel aber keine Engelskugeln wieder aus sich herauskatapultieren konnten und ein sich übergebender Engel ohnehin jede engelsübliche Ästhetik vermissen lassen würde, blieb ihm dieses zweifelhafte Vergnügen erspart und er drückte sich in die Raumspirale, in die er sich geflüchtet hatte, damit sie ihn nicht sähen.

Sie – die anderen!

Tanael war geflohen, nachdem er den Ernst der Lage und seine Einsamkeit angesichts der drohenden kalyptischen Gefahr verstanden hatte. Engel waren zwar immer noch stärker als Kalypsen, aber ein einzelner Engel gegen ein Heer aus den Biestern der Nebelwelt würde wahrscheinlich keine Chance haben. Gleichwohl. Tanael wollte es nicht auf einen Versuch ankommen lassen. War er doch ohnehin schon geschwächt genug!

Den ersten Tross hatte Tanael noch nicht sehen können, weil er da noch unterwegs war. So war Esiema für ihn die Erste, die aus der Apokryphe kam. Sie rauschte in schwindelerregendem Tempo an ihm vorbei und wirbelte dabei so viel Staub auf, dass Tanael in seine schützende Ecke gepresst wurde und ein Niesen unterdrücken musste.

Der Engel sah ihr hinterher. Er hatte schon viele Kalypsen gesehen, auch einige eingefangen, wenn er Dienst hatte und mit anderen Engeln zusammenarbeiten konnte, aber diese Kalypse hatte etwas Andersartiges an sich. Es war nicht die Tatsache, dass die Feentarnung – wie an diesem Ort des Himmels noch üblich – gefehlt hätte, sondern Tanael erkannte, dass sie weitaus größer war als normale Kalypsen und auf den ersten Blick dunkler erschien. Und wenn man den Schweif aus Nebelstaub genauer betrachtete, so kam es ihm vor, als schimmerte er am Ende weißlich.

Das war ungewöhnlich! Im Reich des Dunklen gab es keine Farbe, die Reinheit und Unbeflecktheit ausdrückte. Auch nicht im unbedeutenden, nachfolgenden Schweif.

Aber diese Kalypse …

Noch bevor Tanael seine Gedanken beenden konnte, wurde er ein weiteres Mal in seinen Unterschlupf gedrückt. Dieses Mal rückten sie in Scharen aus, johlten wie die Geier und machten dabei ein so unvorsichtig lautes Getöse, dass es Tanael vor Schreck schüttelte.

Normalerweise waren Kalypsen umsichtiger, denn überall lauerten Engel auf sie. Die Geister des Bösen könnten auf ihrem Weg zur Erde jederzeit eingefangen werden. Aber diese hier schienen nicht einen Gedanken an himmlische Gegner zu verschwenden!

Tanael lugte vorsichtig um die Ecke und traute seinen Augen kaum.

Der gesamte Weg war gerappelt voll mit Kalypsen! Sie flogen über- und nebeneinander, nahmen sich gegenseitig auf die Schultern, um Platz zu sparen und schoben einander an, damit es denn schneller ging.

Er fühlte sich wie in einem Tunnel eingesperrt, auf den ein überdimensionierter Rammbock zuprescht, hilflos dem Ende überantwortet.

Er sah der dunklen Menge entgegen und schwitzte unsichtbaren Engelsschweiß aus. Was hatte er sich nur bei seinem Vorhaben gedacht lassen? Warum war er nicht im Himmel geblieben? Was war nur mit den Kalypsen los, die sich offensichtlich gegenseitig halfen? Wie konnte das sein?

In diesem Moment sah Tanael, was mit der Menge geschah. In unbekannter Eintracht schienen die ansonsten planlosen und tölpeligen

Kalypsen einem heimlichen Plan zu folgen, einem Plan, der ihnen offensichtlich Selbstbewusstsein und Kraft verlieh und sie ordnete und regierte.

Vor der Abbiegung zur Erde teilten sie sich auf. Die eine Hälfte flog zur Erde, die andere nahm den Weg geradewegs auf den Himmel zu! Den Weg, auf dem Tanael soeben entlanggeeilt war.

Auf den Himmel zu?

Was hatten sie vor?

Nichts da!

„Was hast du vor? Findest du nicht, dass du ihm jetzt bald mal erklärrrren müsstest, wo derrrr Hase lang läuft?“, fragte Janardan, während der Teppich weiter auf den lodernden Liebesfluss zurauschte. Es war nicht mehr weit.

„Welcher Hase? Momentan sitze ich doch“, stellte Alpha trocken fest und blinzelte dann verschmitzt. Er hatte Humor! Das musste man ihm lassen!

„Du weißt genau, was ich meine! Du hast ihm eben selbst gesagt, dass sie schon tagen!!“, antwortete Janardan beinahe empört und schaute Alpha fest in die Augen. Micha fand, dass die Anspannung gar nicht zu Janardan passte, diesem meditierenden Pflanzenmännchen, das sonst so gutmütig dreinschauen konnte.

Alpha hielt eine Zeit lang inne. Dann nickte er Janardan mit einer geringfügigen Kopfbewegung zu. Der Chauffeur-Inder drückte zufrieden eine grün umrandete orangefarbene Teppichraute, sodass das Gefährt mit einem markerschütternden Ruck die Richtung wechselte und in schwindelerregender Geschwindigkeit davonsauste.

Micha verlor das Gleichgewicht und fiel auf die Seite.

„Was macht ihr da? Ich wäre fast vom Teppich gestürzt!", brüllte er empört.

Dieser war seinem ursprünglichen Ziel schon verlockend nahe gekommen. Die verspielten Menschen im Liebesfluss winkten ihm bereits einige Zeit lang zu und warfen mit lustigen Liebeskugeln. Sie tobten in einer Spielform, die Micha zwar fremd, aber sehr reizvoll erschien und nun sollte er darauf verzichten! Endlich waren dort auch Kinder! Endlich hätte er spielen und laufen, schwimmen und tanzen und sich im wärmenden Licht wohlig und behaglich fühlen können, da bremste dieses bekloppte Himmelskaninchen die ganze Aktion ab! Micha war kurz davor, verflixt ärgerlich zu werden!

„Was soll das?", brüllte er noch einmal und rappelte sich wieder auf. Er fuhr sich durch die Haare und zog sich den Pullover glatt.

„Es tut mir leid, Micha, aber Janardan hat recht. Die Himmelssitzung wartet", antwortete Alpha knapp.

Damit war die Sache beschlossen und zum ersten Mal seit seiner Ankunft kauerte Micha verkniffen hinter seinen beiden himmlischen Begleitern und biss sich auf die Zunge.

Zweifel

Olobaid biss sich auf die nicht vorhandene Zunge und versuchte, seinen Gedankentornado unter Kontrolle zu bringen, der in ihm herumwehte wie der Sturm um sein Auge. Er konnte keinen klaren Gedanken fassen.

Gerade als er losrasen wollte, seiner Wut an anderer Stelle Luft zu machen, Esiema einzuholen und sie zurückzuhalten, hielt er noch einmal inne. Er zögerte und witterte mit seinem übergroßen Riechorgan in die Luft hinein.

Nichts.

Olobaid schlug mit der Faust gegen den Stein und horchte auf den Hall. Die Räumlichkeiten waren leer. Niemand war mehr in Esiemas Unterschlupf. Keine weitere Kalypse! Nicht das geringste Kriechwesen seiner Schöpfung. Er war allein. Bestimmt!

Aber etwas anderes ahnte, spürte er. Irgendetwas war noch da. Etwas, das ihm Unbehagen bereitete, weil es so abartig war.

Dann sah er sich um und entdeckte sie: Pläne von der Architektur des Himmels. Hell, goldig, strahlend. In geordneten Linien wurde abgebildet, was er so verabscheute! War geometrisch korrekt aufgeschrieben, was seinen tiefsten Hass auf sich zog.

Mit einem Mal fiel es ihm wie Schuppen von den Augen. Sie, seine Brut, seine Abart, seine Züchtung bewegten sich darauf zu! Alle! Und allen voran gerade sie – Esiema!

Vielleicht waren sie sogar schon da?

Die große Himmelssitzung

Alle anderen waren schon da!

Als sie den großen Raum betraten, richteten sich schweigend alle Blicke auf sie. Sie hatten sich durch den Hintereingang – am Engelszimmer mit der großen Scheibe vorbei – geschlichen, weil Alpha es so wollte, aber dennoch war ihr Kommen nicht unbemerkt geblieben. Es musste etwas durchgesickert sein.

Alle schauten sie an und mit „alle" waren auch alle gemeint! Sie starrten sie an – nein, vielmehr *ihn* an, sie glotzten, sie fixierten, sie gafften aus der letzten Ecke und lugten über jede schulterne Mauer. Wie konnte es nur so viele Augen geben!

Erwartung lag in ihren Blicken und noch etwas anderes, das Micha zunächst für einen freundlichen Willkommensgruß hielt.

Micha schaute unsicher in die Reihen zahlloser Augen, als die Menge vor ihnen auseinanderwich und fragte sich, warum die Menschen sie so ansahen. Er wäre am liebsten wieder umgekehrt und weggerannt, aber konnte doch nicht anders, als dem kleinen Kaninchen hinterherzustapfen.

Schon wieder waren sie in einer sonderbaren Räumlichkeit gelandet. Das Zimmer besaß zwar eine Zimmerdecke und an den weit entfernt liegenden Außenwänden gardinenbehangene, Gemütlichkeit ausstrahlende Fenster. Aber dennoch hatte der Raum kein Inneres, seine Wände gaben weder die Stimmen der Abertausend Insassen noch die

Geräusche der Freunde wider. Wie hätte Micha auch ahnen können, dass er hier persönlich im sogenannten „Himmelszelt“ angekommen war, einem Raum, der alles andere als ein Zelt, sondern der Versammlungsraum der Menschen war!

Der Junge war zwar klein, aber der Kleinste von ihnen dreien, Alpha, schritt selbstbewusst und unbekümmert voran, gefolgt vom ebenfalls winzigen, indischen Teppichbesitzer und Fensterreiniger, dem die Aufmerksamkeit sichtlich ähnlich unangenehm war wie Micha, der als letzter hinterherlief. Wie die Orgelpfeifen zerstoben die drei Zwerge die Meute, die mit Leichtigkeit und Lauten der Bewunderung und Anerkennung in Bewegung geriet, um sich dann – ähnlich einer hundertfach multiplizierten Kirchengemeinde, die nach einem Gebet Platz nimmt, – schnaubend und flüsternd auf dem Boden niederzulassen.

Wie vielgestaltig waren die Menschen, wie wunderbar ihr Äußeres, das wenig mit dem Erscheinungsbild von Menschen auf der Erde gemeinsam hatte! Es gab alles, was die Fantasie hervorbringen konnte: riesengroße oder mausekleine Menschen, die vielarmig, vollbusig, flachsblondig, grünlich-grau, bewachsen und aus Kunststoff, Zeitung oder unsichtbarem Material oder sonst wie beschaffen waren – unbeschreiblich! Allein eine unbenannte Ahnung, die Micha im Raum der Gestaltung gewonnen hatte, gab ihm ein, dass die vor ihnen stehende Menge aus toten und doch lebendigen Menschenseelen – gleich ihm selbst – bestand.

An der Seite war ein einziger Thron aufgebaut, ansonsten glich die Raumebene einem glatt gebügelten Plateau. Die Menschen befanden sich alle auf einer Höhe, aber von der erhabenen Thronecke lächelte eine alte Frau der gesamten Menschheit zu. Die Weisheit hatte sich ihre Schürze sorgsam auf den Knien ausgebreitet und das Häubchen noch einmal zurechtgerückt, um dann mit schnellen Handbewegungen ihre kristallene Pfeife zu stopfen. Je länger sie auf dem Thron saß, rauchte und schaute, desto mehr weiße Schmetterlinge erhoben sich vor ihr in die Lüfte und zogen um ihr Haupt einen weißen, flirrenden Kranz. Micha lächelte zurück, als sie ihm wohlwollend zuzwinkerte.

Im Stehen erkannte Micha eine Frau mit roten Haaren und mehreren Armen aus der Szene mit Josef, die ihm – genau wie die Dienerin der Menschheit – freundlich zunickte. Aus ihrem Blick las Micha nicht die gespannte Erwartung, wie sie in den Augen der Übrigen lag. Vielmehr schaute die Frau hektisch zwischen Janardan und Alpha hin und her. Als wollte sie eine Stimmung aufschnappen. Als wäre sie ängstlich und belastet. Micha sah, dass Janardan der Rothaarigen aufmunternd zuzwinkerte.

Außer dieser Frau, Josef, der weiter vorne saß, und der Weisheit war Micha noch keinem der Anwesenden bewusst begegnet. Aber sie schienen ihn zu kennen …

Wie sie zu diesem Ort gekommen waren, hatte Micha in seiner Wut kaum verfolgt. War die Stadt, zu der sie flogen, aus Gold gewesen? Hatten kleine possierliche Wesen mit durchsichtigen Flügeln auf den Dächern gehockt und sie gewienert, dass sie nur so blitzten? Hatte er den Strom der Menschen gesehen, die tanzend und singend und von den Engeln angeführt durch die Straßen gezogen waren oder hatte er sich das alles nur eingebildet? Er wusste es nicht mehr, denn er wollte nicht mehr sehen, was Alpha und Janardan ihm zeigten. Er durfte ja ohnehin nicht teilhaben an etwas, das Spaß machte! Er musste zur Schule gehen oder Ewigkeiten durch die Sonne marschieren, dass ihm die Füße vor Schmerz nur so brannten. Oder er sollte Gläser der Weisheit schleppen und – hupps! – verlieren und das von Menschen, die er weder kannte, noch deren Söhne er mochte. Oder er sollte etwas über einen Mann lernen, der auf Erden so schäbig und gemein gewesen war, dass er sich Jahrtausende den Mund fusselig zu reden hatte! Sollte der doch quatschen! Was ging ihn das alles an?

Micha wollte nicht mehr und fand mit einem Mal alles wertlos, was er vorher zu schätzen gelernt hatte!

Er streikte!

Er war dem Licht so nah gewesen, er hatte die Liebe so vollkommen vor Augen geführt bekommen und plötzlich war ihm die Freude mit einem Knopfdruck vor der Nase weggeschnappt worden! Er hatte sie schon fast berühren können, diese Liebesblasen! Hätte fast sein Gesicht darin gespiegelt! Die Blasen, die ihm gegolten hatten, hatte er bereits erkannt. Er hatte die Liebe seiner Oma gesehen, die seiner Mutter, als sie ihm ein Gedicht schrieb. Die seines Vaters, als er ein Lied komponierte, das seinem erstgeborenen Sohn gegolten hatte! Und die seiner Schwester Selma, als er ihr Lakritze abgab und sie ihm daraufhin einen Kuss auf die Wanne drückte. Er wollte endlich eintauchen, endlich die Liebe und Vollkommenheit spüren, endlich ankommen in der Ewigkeit und das genießen, was ihn so verlockend begrüßte. Und plötzlich war es aus! Himmelssitzung! Pah! Schluss jetzt!

„Micha, würdest du uns bitte sagen, was du gefühlt hast, als du hierher fuhrst?"

Alpha war im Zentrum der Menschenmenge angekommen. Er hatte sich auf ein schlichtes Kissen gesetzt und Janardan und Micha einen Platz neben sich angeboten. Obgleich die drei mitten unter den Menschen saßen, spürte Micha, dass ihn jeder sehen konnte. Es gab keine Bühne, kein weiteres Podest und doch klebten die Blicke aller auf ihrem Tun.

Micha fühlte sich ertappt. Diese Frage war ihm sichtlich unangenehm. Er empfand sich bloßgestellt von demjenigen, den er für seinen Freund gehalten hatte.

„Micha, bitte sag uns, was du eben gefühlt hast, als wir hierher fuhren und du doch nicht in den Liebesfluss eintauchen durftest! Ja? Bitte!", wiederholte Alpha sein Anliegen.

Micha überwand sich, Tausende – ach – millionenfache Blicke an seinen Lippen. Er beschloss, die Wahrheit zu sagen. Im Himmel sagte man die Wahrheit. Da war er sich sicher!

„Ich wollte nicht mehr! Ich war sauer!"

Die Menge erschrak! Ein ersticktes Staunen ging durch die Reihen! Man hatte mit so einem Gefühl wie „Ungeduld" gerechnet, aber das! Das ging zu weit!

„Ich wollte endlich bei den Liebesblasen sein! Ich wollte mal genießen und Spaß haben! Ständig muss ich hier irgendwas lernen und erledigen! Ich dachte, im Himmel finge der Genuss an!" Micha traute sich nun. Es musste doch mal gesagt werden! Und es war ihm egal, wie viele es hören würden. Sie wollten es doch so!

Man war baff! Das, was sie hörte, erstaunte die Meute sichtlich.

„Meine lieben Brüder und Schwestern!", fing Alpha salbungsvoll an. Micha wunderte sich schon wieder. Er fühlte sich wie in der Kirche, wenn ein Pastor die Gemeinde anspricht. Und nicht minder wunderte es ihn noch immer, dass alle offenkundig auf sie gewartet hatten. Und dann war Alpha noch der Hauptredner und führte die Sitzung? Wie kam das denn?

„Das ist die erste Auswirkung des Problems: die Wut!", fing Alpha an. „Sie bekommt jetzt eine Chance, wo sie vorher nie eine Chance hatte. Wir sind hier im Himmel und jeder von euch weiß, dass die Wut hier nichts verloren hat. Wir kennen hier keine schlechten Erdengefühle, aber Micha ist das erste Opfer dieses Umschwungs. Die schlechten Erdengefühle! Sie werden kommen und unseren Himmel vergiften, wenn wir nichts dagegen unternehmen!"

Ein Stöhnen und Gröhlen, ein Aufschrei der Empörung jagte über die Köpfe hinweg.

Josef, der in der dritten Reihe neben seiner Frau saß, senkte schuldbewusst den Kopf. Es war ihm, als hätte Alpha seinen Blick bemerkt. Klara schaute verwirrt zwischen Alpha und Josef hin und her. Sie versuchte zu verstehen, was abgelaufen war und schüttelte fragend Josefs Knie. Dann flüsterte er ihr etwas ins Ohr.

Micha fühlte sich eingeschüchtert. Was hatte er da nur gesagt! Beschwichtigend fügte er hinzu: „Das war ja nicht so gemeint. Ich wollte doch nur …!"

„Ist schon gut, Micha!", fiel ihm Alpha ins Wort. „Niemand verurteilt dich oder deine Gefühle! Du kannst nichts dafür, dass du wütend warst! Das ist schon in Ordnung! Es ist nur nicht üblich, dass jemand, der im Himmel ist, so empfindet!"

Dann fuhr er fort und ließ einen bedeutsamen Blick durch die Menge schweifen: „Und das zeigt unser Problem, das wir alle schon mitbekommen haben!"

„Ja, die Engel haben Hunger, stimmt's?“, sagte ein kleines Mädchen. „Großen Hunger sogar!“

Obgleich Tausende von Blicken auf das kleine Mädchen gerichtet waren, war es weder dem Kind unangenehm, plötzlich so sehr im Mittelpunkt zu stehen, noch fanden es die umsitzenden Menschen unangebracht, dass die Kleine Alpha unterbrach. Micha wunderte sich über diese sonderbare Form der Sitzung. Auf der Erde hatten Kinder den Mund zu halten, wenn es wichtig wurde. Das hatte er noch in Erinnerung. Hier im Himmel war es ein Kind, das das Problem am deutlichsten ansprach, ein Mädchen aus der Menge – und nicht der Vorsitzende. Micha beschloss, dem Himmel noch einmal eine Chance zu geben. So schlecht schien er vielleicht doch nicht zu sein!

„Einen Bärenhunger habe ich, das kann ich dir sagen!“, ertönte es auf einmal aus der sechsten Reihe. Seraphim erhob sich, sonst ein Bär von einem Engel, nun schwach und klapprig. Er stützte sich auf seinen Stock und rappelte sich mühsam hoch, während sein Gewand fahl und blass war wie ein geschirrspülgeschädigtes Wasserglas.

Alpha erschrak. „Sag, Seraphim! Geht es dir so schlecht? Eben sahst du doch noch nicht so entkräftet aus! Und hättest du nicht jetzt Gesangsdienst?“

Aus seinen Worten klang echtes Mitleid und Micha wusste, dass es Alpha weniger um himmlische Pflichterfüllung als vielmehr um Anteilnahme und Sorge ging.

„Ja, Alpha, aber es geht einfach nicht. Ich kann mich kaum mehr halten“, krächzte er. Seine Stimme klang so leise und angeschlagen, dass ihm jeder seine Schwäche abkaufte.

„Es gibt einfach zu wenig Liebesblasen! Es reicht hinten und vorne nicht für uns Engel aus. Wir haben schon eine Krisensitzung einberufen, um zu überlegen, wie wir uns selbst helfen könnten. Du weißt das, du warst ja dabei! Aber wir haben keine Handhabe. Wir sind einfach von den Menschen zu abhängig!“

„Wieso abhängig? Was meinst du damit?“

Ein Ruck ging durch die Menschen. Alle richteten den Kopf auf, das Schnauben und Schnäuzen setzte aus. Konzentrierte Blicke stachen Micha in die Seite. Doch er war zu vertieft darin, den großen, beeindruckenden Engel weiterhin zu befragen: „Warum hast du denn so großen Hunger? Hier gibt es doch den Wutsch-Dienst, oder nicht? Bestell dir doch diese Liebesblasen, die ihr Engel braucht! Du kannst gerne in meine Wohnung kommen und dich bedienen, wenn der Dienst in deinem Haus nicht funktioniert! Dafür brauchst du doch die Menschen nicht!"

Micha bemerkte im ersten Moment nicht, wie ihn die Menge anstarrte. Pure Fassungslosigkeit lag auf den unzähligen Gesichtern, die es einfach nicht glauben konnten. Köpfe wurden geschüttelt, kleine Tränen aus den Augenwinkeln gewischt, nervöse Hände in Schößen aneinandergerieben. Es war wieder das kleine Mädchen, das im allgemeinen Raunen die richtigen Worte fand: „Alpha! Sag nicht, du hast es ihm noch nicht gesagt?!"

„Was noch nicht gesagt?", fragte Micha zurück. „Was meint sie, Alpha? Ist es das, dass ich noch nicht hier sein darf? Dass ich eigentlich noch leben sollte? Ist es das?"

Micha fühlte sich unbehaglich, dass scheinbar alle um ihn herum etwas wussten, von dem er keine Ahnung hatte.

Alpha zog eine grüne Möhre aus seiner Vordertasche und biss zaghaft hinein. Sein stierender Blick war kraftlos und traurig. Er kaute eine Weile, während diese überfußballfeldgroße Menge von Menschen geduldig wartete und ihn sorgfältig im Auge behielt. Dann atmete er langsam durch die Hasenscharte aus.

„Lieber Micha! Ich habe dich nicht umsonst ferngehalten von den vielen Menschen, die es im Himmel gibt. Sie hätten dich belagert und mit ihren Erwartungen erdrückt und dir bestimmt von dem Problem erzählt."

„Was ist das für ein Problem?" Micha schluckte. Ihm wurde unwohl. Er kannte Alpha inzwischen und spürte, dass dieser noch lange nicht fertig war.

„Ich wollte, dass du den Himmel erst kennenlernst und dir ein Bild von den Dingen machst. Dass du Kraft schöpfst und dich bildest, bevor du ihn retten musst!"

„Wen retten muss?"

„Den Himmel!"

Nun war es Micha, der vor Verwunderung lauthals prustete und sekundenlang husten musste. Er hatte sich auf eine große Aufgabe vorbereitet. Das schon! Oder es zumindest versucht, indem er artig der Himmelsschule gefolgt war. Und er hatte versucht, sich vorzustellen, was das für eine große Aufgabe sein könnte. Aber so etwas hatte er nicht vermutet! Wie hatte er sich verschluckt, obwohl er nicht einmal etwas gegessen hatte!

„Ich soll … bitte was?"

„Den Himmel retten!" Alpha sprach ruhig, aber er schaute auf den Boden.

„Aha!"

Kraftloser ging es nicht. „Wie denn? Wovor denn? Warum denn ich?" Jede Faser seines körperlosen Himmelsdaseins schrie wortlos.

Micha hüstelte weiter. Als wollte er Zeit gewinnen. Wofür auch immer. Er hatte sich leider nicht verhört.

Alpha schaute ihn besorgt an, aber er konnte ihn nicht weiter schonen. Die Zeit der Erde, die Menschenzeit, sie drängte. So erklärte er weiter.

„Du hast doch die Liebesblasen gesehen, oder? Die wunderbaren, segensreichen Beweise der Liebe, die die Menschen füreinander empfinden, wenn sie sich lieben. Die Menschen produzieren sie, wenn sie sich Liebe und Anerkennung, Respekt und Mitmenschlichkeit entgegenbringen."

„Ja, natürlich! Die kenne ich jetzt! Zu denen wollte ich doch eben unbedingt! Wenn du mich gelassen hättest …"

„Genau die!", antwortete Alpha. „Wir im Himmel brauchen die Blasen zum Überleben. Sie geben uns wichtige Nahrung … !"

„Aber ich dachte, im Himmel bräuchte man nicht zu essen", fiel Micha ihm ins Wort.

„Ihr Menschen nicht oder zumindest nur, wenn ihr wollt. Jetzt geht es aber um unseren Hunger, den Engelshunger." Seraphim hatte wieder die Stimme erhoben. Er erhob sich abermals und schlurfte auf seinem Saquilimstock in Richtung Raummitte. Die Menge aus unterschiedlichsten Lebewesen und Kreaturen stob zeitgleich auseinander. Aus dem Gesicht des vertrauenerweckenden Hünen sprachen die Kraftlosigkeit und Mattheit von Jahrzehnten harter Arbeit voller Hunger.

„Unsere Engel nehmen die Liebesblasen der Menschen in Empfang und putzen den Goldstaub von ihren Oberflächen. Dann verwenden wir die äußeren Hüllen, pressen sie zu unseren Engelskugeln und geben die eigentlichen Liebesblasen in den zeitlosen Liebesfluss, wo sie ewig leuchten und die Toten erfreuen. So können wir gewährleisten, dass kein Augenblick empfundener Menschenliebe verloren geht", erklärte er Micha. „Aber wir benötigen die Hüllen der Liebesblasen!"

„Stimmt!", erinnerte sich Micha nun vage. Das hatte Alpha ihm schon einmal kurz erläutert. Aber aufgrund der Fülle an Informationen, die seither auf Micha eingeprasselt waren, hatte er die Liebesblasenerklärung und die Abhängigkeit der Engel von der Menschenliebe aus den Augen verloren.

„Wir nehmen die Hüllen und quetschen sie zusammen", fuhr Seraphim fort. „Das klingt jetzt grob und einfach, ist aber sehr schwer und aufwändig. Jeder Engel braucht die kleinen Engelskügelchen, um vorwärtszukommen und die Flügel zu bewegen. Und wenn wir zu wenig Menschenliebe im Himmel haben, so schrumpfen unsere Vorräte dahin und wir Engel müssen hungern."

Erst jetzt sah Micha, dass der Engel gar nicht auf seinen Füßen lief. Er schwebte langsam auf sie zu, aber mit einer besonderen Schwerfälligkeit. Der Riese musste sich mit dem Stock Halt auf dem Boden verschaffen. Diese Fortbewegung und sein glanzloses Gewand ließen den Engel seine Eleganz einbüßen. Es war Schwäche, die aus seinen Bewegungen sprach. Schwäche und Schmerz.

„Und wenn die Liebesblasen doch ewig hier sind, warum könnt ihr dann nicht auch ewig deren Hüllendingsbums nehmen? Einfach immer wieder?“, fragte Micha verzweifelt.

„So einfach ist das nicht“, lachte der Engel gutmütig. „Die darin enthaltene Liebe währt zwar ewig, aber die Liebesblasenhülle, die die Liebe von der Erde in den Himmel trägt, gibt es pro Blase nur einmal. Und im Moment haben wir leider viel zu wenige Liebesblasen der Menschen. Schon viele Erdenjahre lang müssen wir hungern. Aber so schlimm wie jetzt war es noch nie!“

Micha überlegte eine Zeit.

„Und wenn die Engel hungern, können sie die Menschen nicht mehr beschützen?“, fragte Micha. Er ahnte Schauriges. Er schaute sich um und sah in die vielen Gesichter der Menschen, die ihn in ihre Mitte genommen hatten. Er begriff, warum er – ein kleiner unbedeutender Junge – plötzlich die Aufmerksamkeit der gesamten himmlischen, transzendentalen Welt genoss. Die weißen Schmetterlinge der alten Frau hatten sich über seinem Haupt versammelt und zogen einig ihre Kreise.

„Und wenn die Menschen nicht mehr von den Engeln beschützt werden können,“, krächzte er atemlos weiter, „sterben Menschen, deren Stunde noch nicht gekommen ist, auch wenn sie erst zehn Jahre alt sind?“

Es herrschte ergriffene Stille. Abermillionen Gesichter nickten andächtig. Michas Augen, Mund und Nase standen offen. Er hätte jeden Blässepreis gewonnen. Ihm wurde klar, dass alle Bescheid wussten. Und nun er selbst endlich auch.

„Und diese Menschen, die in den Himmel kommen, obwohl sie hier noch nichts zu suchen haben, die bringen ein paar Erdengefühle mit, die im Himmel auch nichts zu suchen haben, stimmt's?“

Michas Stimme zitterte. Er fühlte sich erdrückt und benommen. Endlich hatte er alles verstanden! Endlich wusste er, wieso Alpha ihn von den meisten Toten ferngehalten hatte, warum sie die Ereignisse nur aus einer großen Distanz beobachtet hatten: die Ankunftsstation der Menschen, den Flughafen der Engel am Himmelsportal. Endlich wusste er, warum er sich ab und an schwach und in seiner Gestalt schwammig fühlte. Endlich setzte sich das Bild zusammen, das Alpha ihm seinerzeit in Ausschnitten gezeigt hatte.

Nun hatte er seine Aufgabe erhalten, aber niemand beantwortete ihm die Frage, wie er denn bitteschön den Himmel retten sollte, wie er es bitteschön machen sollte, dass die Menschen sich wieder liebten und die schlechten Gefühle wieder aus dem Himmel wichen. Wie bitteschön stellte sich diese versammelte Menschheit das denn nur vor???

Wie gerne hätte er sich in ein tiefes Loch verkrochen, geschützt vor den vielen Augen. Er fühlte eine namenlose Schuld in sich, die gestützt war von der Erkenntnis, nicht persönlich schuldig zu sein, sondern allmenschlich und prinzipiell. Ihm schwante, dass auch dieses Gefühl nichts im Himmel verloren hatte und doch war es da. Er bekam kaum noch Luft, seine Himmelsgestalt wog gewichtig und erschien ihm stofflich schwer wie ein Menschenkörper. Dann sah er sich um, ängstlich, vorsichtig.

Eine letzte Frage wollte er noch stellen, stöhnend, um Fassung bemüht – Josefs Bild vor Augen.

„Ist das ansteckend?"

„Leider ja", antwortete bleiern der große Engel Seraphim und es wurde mit einem Mal klar, dass nicht nur Hunger seinen Gang erfüllte, sondern auch niederschmetternde Traurigkeit und Resignation. Dieses Bild hatte nichts mit dem Himmel zu tun, den man sich im Allgemeinen vorstellte. Dieser Himmel war zerbrechlich und angreifbar und zeigte sich in erschreckender Offensichtlichkeit im Antlitz dieses großen Streiters für die Menschen, des Erzengels und Gottesboten, des Beschützers und Paten der Engel, der nun Gestalt gewordene Kraftlosigkeit und menschliche Traurigkeit verkörperte. Wo war seine imposante Himmelserscheinung geblieben?

„Wen kann ich anstecken?", flüsterte Micha weiter und wunderte sich im selben Augenblick darüber, warum die Menschen noch nicht weiter von ihm weggewichen waren.

„Im Grunde jeden, der dir begegnet. Zunächst deinen Schutzengel", antwortete Alpha ruhig. „Darüber dann auch alle anderen Engel.

Unsere Engel hat es bereits fast vollständig erwischt. Viele sind kraftlos und krank. Nur noch wenige konnten ihre positiven Energien bewahren. Aber wie lange noch? Das ist eine Frage der Zeit. In diesem Fall sogar eine Frage der Erdenzeit. Die große Weltkrise ist die erste Folge dieser Engelsschwäche. Sie hat die Menschengesellschaft schwer erschüttert und noch verwundbarer und damit unsere Schutzengel noch notwendiger gemacht. Wenn sie nur arbeiten könnten! Aber wie sollen sie das – angesichts der Kriege, die geführt, der politischen Aufstände, die von den Machthabern brutal niedergeprügelt werden? All das sind Folgen des Mangels an Liebe, Folgen des menschlichen Egoismus und der Wertelosigkeit vieler Menschen, die keine guten Gefühle mehr für ihre Mitmenschen haben …"

Bei den letzten Worten flüsterte Alpha. Man sah ihm an, wie weh es ihm tat, solche Worte in den Mund nehmen zu müssen.

Als sei er persönlich betroffen!

„Die Infektion der Menschen im Himmel mit der Krankheit geht schleppender voran", flüsterte er weiter. „Im Gegensatz zu den entkräfteten, anfälligen Engeln hat es hier noch nicht so viele getroffen. Aber man weiß noch nicht, wie es weitergeht, wenn auch die Menschen hier oben alle krank werden."

Alpha raufte sich vor Sorge das Fell. Er wirkte nervös. „Sie können ja nicht direkt über mehr Liebesnahrung gesunden wie unsere Engel. Bei ihnen ist es komplizierter, viel komplizierter."

„So ist es also eine Frage der Zeit, bis alle Toten ihre alten, negativen Gefühle aus dem irdischen Leben zurückbekämen", half Gabriel, der eben durch die Tür gekommen war. „Der Himmel wäre dann nicht mehr das, was er einmal war, wenn die Menschen hier oben genauso belastet und schwermütig würden wie auf der Erde."

Alpha hatte Tränen in den Augen, die Menge raunte.

„Es gäbe Streit", sagte das kleine Mädchen besonnen.

„Missgunst", fuhr eine Frau mittleren Alters im lachsroten Sommerkleid fort.

„Missverständnisse", meinte ein Teenager mit tiefer Mannesstimme.

Man schrie auf. Was das bedeutete, wussten anscheinend alle. Der Teenager fuhr fort: „Die Kalypsen hätten gesiegt! Sie könnten ihre ganze Energie entfalten, jedes menschliche Vertrauen untergraben, jedes Gespräch vergiften oder unmöglich machen. Es wäre nicht auszudenken!"

Man raunte und hustete, Unruhe breitete sich aus. Micha dachte an die schwarzen, fetten Kalypsen aus dem Raum der Sichten zurück und schüttelte sich angewidert.

„Diese schwarzen Wesen aus der Apokryphe wären eine echte Gefahr", flüsterte eine alte Frau. Die Erkenntnis wogte über die Köpfe hinweg und ließ die ansonsten sonnige Atmosphäre der Himmelssitzung für einen Augenblick gefrieren, als zöge ein Nebelschauer kühl durch die Gedanken.

„Es sind die Menschen, um die ich mir die größten Sorgen mache, Micha", fuhr Alpha fort, doch auch ohne diesen Kommentar hätte Micha begriffen, was in Alpha vor sich ging.

Die Menge lauschte nun ergriffen, kein weiterer Laut drang nach vorne. Man hörte ein Schlucken, ein tiefes Einatmen, ein Tränenwegwischen, aber die Menschen blieben sitzen. Sie ließen sich nicht einschüchtern. Man atmete schwerfällig und erdengleich, aber man blieb sitzen.

Micha litt schweigend.

Auch Josef schaute betreten zu Boden. Seine Ohren glühten rot auf. Sein Wutausbruch heute Nachmittag war ihm noch sehr präsent. Ertappt und schuldbewusst schaute er auf Laurina, die mit hochrotem Kopf dasaß, und Janardan und versuchte aus ihren Mienen zu lesen, ob sie das Gleiche dachten wie er.

Dabei beobachtete er, dass Janardan nervös hin und her rutschte und immer wieder den Blickkontakt zu Laurina suchte, die verlegen an ihrer Tasche herumnestelte.

„Meine Schuld", flüsterte Micha betreten und senkte den Kopf. „Meine Schuld! Was habe ich da in Gang gebracht!"

Der Junge sank in sich zusammen und schüttelte wild mit dem Kopf.

„Wie gesagt, Micha, es ist nicht deine Schuld! Es fehlt die Liebe der Menschheit! Das hat mit dir persönlich nichts zu tun!“, wollte Alpha trösten.

„Doch! Hat es wohl!“, schrie Micha plötzlich auf und sprang hoch. Ein neuer Wutausbruch entflammte in ihm, der dieses Mal das menschliche Publikum zu einem Raunen hinriss, aber dennoch niemanden zurückweichen ließ.

„Warum schützt du die Menschen nicht, Alpha, wenn ich sie anstecken kann? Warum lässt du mich zu ihnen? Was zum Kuckuck soll ich hier?“

Verzweifelt raufte er sich die Haare und trat wütend seinen ausgeblichenen Turnschuh auf die Erde, dass es nur so donnerte.

Alpha blieb ruhig und ließ sich mit seiner Antwort Zeit. Man sah seiner Miene an, dass er auf diesen Vorwurf eingestellt war.

„Ich habe dich lange vor ihnen bewahrt und sie vor dir bewahrt“, erklärte er sich. „Denk doch nach, wie lange du kaum jemandem begegnet warst. Nun ist das anders …“

Micha überlegte kurz, dann suchte er Josef. Den hatte er doch eben irgendwo zwischen den Gesichtern gesehen!

„Was ist anders? Was redest du da?“, schrie Micha und suchte weiter.

„Warum bringst du mich genau hierhin, wo alle Menschen vereint sind? Ich kann sie infizieren, allen die schlechten Erdengefühle zurückgeben, die sie doch im Himmel ablegen konnten! Warum bringst du sie in Gefahr? Du solltest mich einsperren und sie vor mir schützen! Geht doch weg! Weichet von mir!“

„In dem Moment, als du starbst, war es geschehen … Jetzt ist eine andere Stunde gekommen“, flüsterte Alpha. „Die Stunde der Entscheidung. Jetzt wird alles auf eine Karte gesetzt.“

„Aber du machst es doch nur noch schlimmer, wenn ich hier unter ihnen bin!“, brüllte Micha abermals und drehte sich im Kreis. Er suchte nach einer Möglichkeit, nach draußen zu rennen, ohne den Menschen dabei zu nahe kommen zu müssen und brüllte wieder und wieder aus Leibeskräften: „Weichet fort! So weichet doch endlich fort von mir!“, während Millionen Augen auf ihn geheftet blieben und ihn anstarrten, ruhig und vertrauensselig.

Lied 14: Weichet fort

Freitagnachtpläne

Klein zu sein, bedeutete im Himmel nicht Schlimmes. Es bedeutete genauso viel wie groß zu sein. Darum bemerkte auch niemand die sich kleinmachende, weißlich schimmernde Kalypse, die an Michael und dem anderen Erzengel zum zweiten Mal vorbei durch die Tür schlüpfte, während der Rest des Himmels sich im großen Sitzungssaal versammelte.

Sie lächelte unscheinbar, wie alle kleinen, bunten Kalypsen unscheinbar lächelten, wenn sie – noch im lieblichen und elfengleichen Kleid der bezaubernden Fee – in das Zimmer der Sichten geführt und an den beiden Erzengeln vorbeigeschickt wurden, um dort von den vier Dienern der menschlichen Kommunikation „kontrolliert" zu werden.

Diese Kalypse wusste Bescheid – woher, das wussten nur die, die bei der Apokryphensitzung gewesen waren. Die übrigen Unglücklichen im Zimmer hatten offensichtlich noch keine Ahnung, aber dafür war ja jetzt endlich Esiema da!

Sie war mitgegangen, mit ihren Brüdern und Schwestern. Es galt, zu siegen! Koste es, was es wolle!

So legte sie ihr Sonntagsgesicht auf und brütete ihre kalyptischen Freitagnachtpläne weiter aus, Pläne von Ausbruch und Erwachsenwerden, von Macht und Aufstieg, von Rebellion und Übernahme – ganz so, wie ihr geheißen ward.

So, wie sie es selbst erfunden und auf ihre listigen Schlachtpläne gezeichnet hatte.

Dabei lächelte sie, wie sie es auch den anderen Kalypsen durch Olobaid hatte befehlen lassen.

So zart ihr Äußeres auch schien, so gereift und durchtrieben waren ihre Absichten.

„Das lassen wir uns nicht gefallen!“, raunte Esiema ihrer Spielkameradin zu, die noch gibbelnd zwischen den Raumdschungelblättern auf und ab lief und nicht verstand – nickend.

„Denkt daran, was Olobaid gesagt hat!“, einer zweiten, die nicht reagierte. „Wir sollen uns wehren“, einer dritten.

Sie lächelte abermals und spie ihre Parolen in die Raummitte auf andere schwärzer werdende Kreaturen der Dunkelheit, die – wie Fliegen vom Licht angezogen – auf die Lianen zueilten.

Die Rücksicht und Nachsicht bemerkten die Andersartigkeit, die Individualität, die überbordende Renitenz dieser antreibenden Kalypse nicht, sondern brachten sich ahnungslos und routiniert in Position, um langsam auf die übrigen garstigen und fetten Biester zuzugehen und sie zu vernichten – auf sie einredend, beschwichtigend, versöhnlich ihr „Toleranz, Mitgefühl, Vergebung …“ flüsternd wie Gebetsmönche.

Pfui, wie hasste sie diese Worte, die sich wie Gift in ihre Glieder ätzten!

Die kleine Kalypse sah sich um und versuchte einen klaren Gedanken in dem triebhaften Verhaltensmuster zu fassen, das auch langsam ihren Geist eroberte und ihren Körper fetter und widerlicher werden und ihren Gang in Richtung Lianen zusteuern ließ.

Dann erinnerte sie sich an ihren Auftrag aus der Apokryphe, an den scheinbar nur sie sich entsinnen konnte.

Wie konnte das sein? Es waren doch eigentlich alle zugegen gewesen! Hatte nur sie zugehört? Waren die Übrigen schon so lange hier festgehalten worden? Oder hatte der Himmel ihre Geschwister schon zu sehr erobert, sie schwach und geisteslahm werden lassen in der Kürze der Zeit?

Oder war Esiema schneller als andere Kalypsen? Hatte sie besondere Kräfte?

Indem Esiema den Lianen näher kam, reifte der Wille in ihr, den Plan hinauszubrüllen. Den Plan, so einfach, dass es kaum zu fassen war: Esiema hielt sich die Ohren zu!

„Denkt an Olobaid! Lauscher zu, Hände auf die Ohren!!“, schrie sie, sich im Kreis drehend.

Sie rannte zwischen den ekelhaften Kriechwesen her und animierte sie, es ihr gleichzutun.

„Haltet durch, ihr Kalypsen!“, schrie sie. „Macht es so wie ich! Ohren zu! Bald kommt Nachschub! Bald überrollen wir den Himmel! Hört nicht hin, was die Sichten euch sagen!“

Sie gestikulierte vor den herabfallenden Unglücklichen, bis einige es ihr gleichtaten, die drauf und dran waren, der magischen Affinität der Musiklianen zu erliegen.

Die Kalypse wurde nicht müde, auch den oberen fetten Nebelgeistern des Bösen, die sich soeben an den Tauen emporhangelten, zuzubrüllen: „Schützt eure Ohren! Klettert nicht hoch, sondern bleibt unten und stellt euch taub! Dann habt ihr die besten Überlebenschancen! Bald kommen mehr von uns! Bald!“

Langsam erkannten die vier Sichten das Spiel, das hier gespielt wurde. Verwundert sahen sie sich an. Schwäche und Ratlosigkeit lag in ihrem Blick. So taten sie das, was ihre Bestimmung war: Sie ließen die anderen gewähren, waren tolerant, gaben Zeit, warteten ab, übten sich in Geduld und setzten auf ihre bewährten Kräfte des Mitgefühls in Form ihrer tugendhaften Beschwörungsformeln.

Als sich die Tür öffnete und der nächste Schwall Gefangener, nein Erobernder, durch den Eingang kam, wurden die Sichten schlagartig außer Kraft gesetzt.

Das Blatt hatte sich gewendet. Die gütigen Wesen wurden überrumpelt.

Siegesgewiss wie die Gladiatoren vor dem Kampf strömten die ungetarnten, schwarzen Neuankömmlinge hinein – einig als Botschafter des Bösen – und breiteten sich rücksichtslos in jeder Ecke des Raumes aus. So zahlreich, dass es einen schauderte!

Und sie hielten sich die Ohren zu.

Alle.

So ein durchtriebenes Monster!!!!

Esiema lächelte.

Das Vertrauen

„Lächeln und einatmen, Micha! Entspanne dich erst einmal!", sagte das kleine Mädchen mit dem Selbstbewusstsein einer erfahrenen Frau, die keinen Widerspruch zuließ.

„Bleib hier in unserer Mitte und setz dich hin!"

Micha erstarrte und eine betretene, erkennende Stille blendete die Gemüter. Die Menschen blickten zu dem Mädchen auf – klein wie es war.

Das Überraschungsmoment und die unvorhersehbare, klare Aussage des Befehls ließen Micha willenlos zusammensinken. Die Kleine erhob wieder das Wort.

„Möchte irgendjemand von euch, dass Micha vor uns weggesperrt wird?", fragte sie in die Runde. Millionen Gesichter blickten sie an.

„Möchte irgendjemand nichts mit Micha zu tun haben, nur weil er vor seiner Zeit sterben musste? Nur weil sein Schutzengel zu schwach war?"

Niemand regte sich, niemand wich zurück.

„Hat irgendwer Angst von euch? Angst vor Micha? Angst vor dem, was uns bedroht? Angst vor den Dingen, mit denen er uns anstecken könnte? Vor schlechten Gefühlen? Vor äußerer Gefahr?", fragte das Mädchen weiter.

Man schien zu überlegen.

Es dauerte eine Weile.

Dann war es, als flögen mit einem einzigen Windhauch Millionen von Blütenblättern gleichzeitig von den Bäumen auf die Erde. Es schüttelte, es rüttelte wortlos, leise. Einig.

Die weißen Schmetterlinge oben im Zipfel des Himmelszeltes wirbelten in einer tonlosen Staubwolke auf und flirrten in der Luft. Kurzzeitig wirkte es, als sei die Luft geschwängert von den unschuldigen Faltern der Weisheit, um danach wie von Geisterhand zeitgleich wieder in die Lüfte zu entschweben.

Micha blickte auf das Podest, wo die Weisheit saß. Er konnte sie kaum mehr erkennen, denn sie schien in einen weißen Nebelschleier aus Faltern und transparenten Schuppen gehüllt zu sein, der ihr Innerstes verdeckte und der sich diffusionsartig über der Menschenmenge auszubreiten schien.

Und doch!

Blitzte dort nicht ein Lächeln hindurch?

Es begann abermals zu regnen und Micha lief ein Schauer der Ergriffenheit über den Rücken.

Alle Menschen schüttelten den Kopf, erst langsam und verhalten, dann kräftiger und voller Überzeugung. Das war der Moment, als sie näher an ihn heranrückten, ein kleines Stück nur. Aber es reichte Micha um abermals zu verstehen, dass Vertrauen und Glaube das größte Gut waren, das den Himmel ausmachte. Das einzige Gut, das die Kraft aufbringen konnte, um schwierige Situationen überhaupt meistern zu können. Und das einzige Gut, das der Himmel besaß und immer besitzen würde – aller kalyptischen Gefahr zum Trotz.

Was soll nun geschehen?“, fragte das Mädchen erneut – zufrieden vom Ergebnis der Abstimmung. Alpha hielt derweil gedankenverloren in der Brusttasche nach einer gestreiften Möhre Ausschau.

Laurina ergriff das Wort. Micha erkannte die Rothaarige nun eindeutig aus der Szene vor der Schreinerei. Ihre Ausstrahlung und die Art, wie sie ihre lange Mähne zurückwarf, gefielen ihm sofort. Sie hatte sich erhoben, war ein wenig unbeholfen an Alpha vorbeigeeiert und steuerte nun auf Janardan zu. Sie lächelte ihn verlegen an, als wüssten sie beide um etwas, das nur sie etwas anging. Dann atmete Laurina kräftig ein, ließ den Blick über die Menge schweifen und obgleich ihre Worte selbstbewusst und fröhlich wirkten, meinte er einen verhaltenen Unterton daraus zu hören. Ab und an schaute Laurina auf das kleine Kaninchen, das auf dem Boden kauerte, als wollte sie seine Zustimmung erhaschen, als wäre es ihr wichtig, dass er ihr wohlgesinnt war.

Doch Alpha rührte sich nicht. Und so setzte sie zu ihren Reimen an:

„Keine Frage! Es gibt nur einen,
der den Himmel retten kann!
Dieser Bub wird uns vereinen
und bringen alles in Fug und Bahn!“

Janardan räusperte sich. Er musste ein Lächeln unterdrücken. Micha verstand, dass Laurina ihm nahestand und dass das Verziehen des Mundes schüchterne Freude und verhaltener Stolz auf ihre Funktion als Wortführer war. Doch als Janardan auf den meditierenden Alpha schaute, zuckte er zusammen, als hätte er vor irgendetwas Angst. Doch das Himmelskaninchen ließ sich zu keiner äußeren Regung herab. Hatte es nicht selbst Micha vor einiger Zeit gesagt, dass es ihn für den Erwählten hielt?

„Genau! Micha soll es machen!“, rief ein dunkelhaariges Wollschaf mit hellroten Lippen und den längsten Beinen der Versammlung. „Wer sollte es besser können?“, eine andere Stimme aus dem linken Hinterflügel des Raumes.

Das Raunen schwoll an, die Meinung geisterte wogenhaft über die Köpfe hinweg. Sie formierte sich ungefragt und flüsterte millionenfach nur ein einziges, kurzes, bekanntes, greifbares Wort: „Micha!“

Vertrauen wurde greifbar, Hoffnung erstand zum Leben, das Lächeln bezwang die matten Gefühle engelhaften Hungers und menschlicher Vorbehalte.

„Micha wird es schaffen! Er rettet den Himmel und die Welt! Micha wird es schaffen! Von Gott ist er bestellt!“, riefen sie.

Und nicht nur das!

Sie gröhlten, sie jubilierten, sie feierten ihren Alltagshelden, ihren Antiführer, ihre Überzeugung im schwachen Kindheitsgewand. Sie fielen ein in gregorianische Gesänge, klangen ab zu flüsternder Eingebung, um bald erstarkend im Chor in hardrockartigem Orkan zu einem einzigen Lied zu eskalieren, eine Melodie schmetternd, die keiner Einstudierung bedurfte, die direkt aus dem Herzen als gelebte Hoffnung die Luft vibrieren und die Micha eine Kraft und ein Vertrauen spüren ließ, die nur der Himmel versprühen konnte.

Micha erkannte, dass das die Herrlichkeit des Himmels war, ihre Energie, von der die Erde keine Ahnung hatte.

„Micha wird es schaffen! Er rettet uns das Himmelszelt!“

Es war nicht die Tatsache, dass sie ihn feierten. Es war nicht die Ehre der Erwähltheit, die ihn zeitgleich befremdete wie auch ehrte, sondern die Tatsache, dass es möglich war, Abermilliarden toter Menschen zu einen, ohne dass es auch nur einer einzigen Diskussion bedurft hätte. Und dabei hatten sie alle noch nicht einmal Einzelheiten erfahren, wie Micha es anstellen sollte, den Himmel zu retten! Sie vertrauten ihm blind und benötigten dazu offenkundig keine weiteren Informationen. Er würde es schon schaffen!

Wie konnte die Erde doch vom Himmel lernen!

Die Menschheit hatte ihn nicht nur an sich herangelassen, obwohl er sie alle infizieren könnte mit seinen niederschmetternden Menschengefühlen, obwohl er doch die Schuld für die Wut und den Hunger der Engel und die Infektion der Menschen trug.

Nein! Sie hatte noch viel mehr getan. Sie hatte ihn, den Aussätzigen, den Gebrandtmarkten, den Keim des Übels, zum Retter erwählt und ihn nicht nur in ihre Mitte gestellt und angenommen. Die Menschheit hatte ihn auch noch erhöht und zum Anführer erkoren, ihm ihr volles Vertrauen, ihre gesamte himmlische Ewigkeit geweiht.

Wie unglaublich übermenschlich der Himmel doch war!

Wie konnte die Erde vom Himmel lernen!

Inzwischen hatte Alpha sich erhoben und der Rothaarigen am Rock gezupft. Diese ließ sich sogleich zu ihm nieder und senkte betreten den Kopf. Alpha flüsterte Laurina etwas zu und sie nickte verstohlen. Ihre Wangen erröteten und Micha sah, dass sie sich schämte und den Kopf schüttelte. Zeitgleich war Janardan aufgestanden und auf beide zugegangen, war vor Alpha auf die Knie gesunken und hatte Alphas Pfoten genommen, als wollte er sie küssen. Alpha zog die Hände weg, aber nicht beleidigt, sondern besänftigend, als sei die Liebkosung nicht nötig. Sie sprachen miteinander sehr aufgeregt und die Frau nickte eifrig, wobei sie die Hände zum Dank zusammenlegte. Dann verschwanden die beiden, nachdem die Rothaarige eine Tasche ergriffen hatte, aus der eine lange Schriftrolle herauslugte, die beinahe herausgefallen wäre.

Alpha lächelte zufrieden und setzte sich wieder hin. Als er langsam seinen Kopf hob, verebbte die tosende Begeisterung, als wüsste die Menschheit, dass er nun sprechen wollte.

Seine Augen verengten sich zu Schlitzen und man sah die Lachfalten in den äußeren Winkeln. Sie zeigten Zufriedenheit und Vertrauen. Die Himmelsbevölkerung hatte entschieden und offensichtlich gab es kaum etwas, was Alpha hätte zufriedener machen können. Er räusperte sich und die Masse hing ihm an den Schnurbarthaaren, die vor Erregung zitterten.

„Micha! Du siehst, dass wir alle dir vertrauen! Du wirst den Himmel retten, wie auch immer das geschehen soll!"

Der Jubel war frenetisch und schien nicht enden zu wollen. Micha hatte in der überwältigenden Zustimmung und dem anschwellenden Gesang kaum Zeit, sein Gefühl aus der unteren Magengegend zu beachten, das leise zu ihm hinaufkroch und zwischen den Eingeweiden nach einer Stimme suchte.

Lied 15: Micha wird es schaffen

Gelebter Himmel

„Errrr hat gesagt, es ist okay!", rief Janardan außer sich vor Freude. Er war mit Laurina herausgestürzt und im Korridor vor dem Sitzungssaal „Himmelszelt" fielen sich die beiden in die Arme.

„Kannst du das glauben? Es ist okay!", rief Laurina
„Ich wusste, dass er es mitbekommen hatte,
Alpha kennt doch jede Platte!
Er kriegt einfach alles mit!
Mit seiner Weisheit hält keiner Schritt."
Sie freute sich ausgelassen und tanzte auf der Stelle, vor und zurück.
„Aber er hat uns verziehen,
uns sein Vertrauen geliehen.
Er hat es nicht an die große Glocke gehängt
und uns damit nicht an andere verschenkt!
Die Menschheit nicht informiert! Ist das nicht toll?
Und – herrje – wie war das voll!
Was hatte ich für Bedenken!
Würde Gott uns sein Vertrauen schenken?"

Janardan antwortete: „Das Jüngste Gerrricht und nicht eine einzige Verrrurteilung! Wirrr sind mit heilerrr Haut davongekommen! Derrr Himmel ist da, wo Verrrgebung gelebt wirrrd."

„Ich habe diesen Sprrruch schon einmal vernommen", sprach Laurina,

„hätte aber nie gedacht, dass wir Vergebung bekommen!"

„Und dass Alpha uns mit dieserrr grrroßen Aufgabe betrrraut!", freute sich Janardan weiter. „Damit hätte ich errrst rrrecht nicht gerrrechnet! Was sagte errr? Josef solle auch mitmachen? Das ist gut! Alpha sagte, dass fürrr diese Mission nurrr echte Frrreunde geeignet seien – wie wirrr drrrei. Wirrr drrrei gehörrren zusammen!"

„Auch wenn Josef das vielleicht nicht gefallen könnte, jetzt, wo seine Klara wieder da ist! Aber wie sagt man so schön: Wie gewonnen, so zerronnen!", antwortete Laurina.

„Nun sei mal nicht so hämisch!", meinte Janardan. „Lass uns verrrgessen, was Josef uns alles an den Kopf geworrrfen hat. Außerrrdem wissen wirrr, warrrum das so warrr. Vielleicht hat es ihn ja tatsächlich schon errrwischt und errr hat die bösen Errrdengefühle berrreits?"

Dabei unterdrückte Janardan seine Angst, dass es um Laurina schon ähnlich bestellt sein könnte, und er fuhr fort:

„Alpha wirrrd schon seine Grrründe dafürrr haben, dass errr will, dass wirrr alle zusammen in den Äqualorrribus steigen!"

Laurina nickte, zog die Rolle aus der Umhängetasche, öffnete sie und gab den Beutel Janardan zurück. Sie musste noch einmal an Alpha denken und warf sich die Mähne in den Nacken.

„Willst mal im Himmel was stibitzen,
solltest du nur zum Alpha flitzen.
Denn ist der Himmel in großer Not, ..."

„... verrrzeiht errr dirrr vielleicht das Verrrbot!", ergänzte Janardan und beide steckten die Köpfe zusammen, um erneut den Startermodus der Transportblase in der Schriftrolle zu studieren und das – mit himmlischem Segen – zu Ende zu bringen, was sie einst verbotenermaßen begonnen hatten.

Jesus glaubt

Plötzlich waren alle weg – wie vom Erdboden verschluckt. Micha verstand nicht, warum die Szenerie im Himmel ständig wechselte, wenn gerade der Höhepunkt erreicht war. Und er wusste auch nicht, ob er das gut finden sollte!

Alle hatten sie gesungen, einfach alle! Groß und klein, alt und hässlich, jung und hübsch, in ausgefallener oder alltäglicher himmlischer Gestalt – gleichgültig. Es sangen alle, ohne Ausnahme! Und plötzlich war da nur noch dieses „Plötzlich". Dieses Wort, das nur ein Wort war und doch alles in einem ausdrückte. Den krassen Wechsel, die Stolperstufe im galoppierenden Gang, die schlechte Nachricht an einem goldigen Tag.

Plötzlich ... war es still geworden um Micha und seinen staunenden Mund, der während des Liedes offen stand und nun langsam antrocknete. Micha rieb sich das schmerzende Hinterteil, schloss die Lippen und versuchte sich zunächst einmal zu orientieren.

Es war nichts mehr da. Nur ein weißer, toter Raum mit einem einzigen Barhocker, auf den er sich setzte. Sekunden vorher noch hatten ihm Cherubim und Seraphim, die Chöre der Engel und Erzengel, der Menschen und Gestalten friedfertig und hoffnungsvoll ihren Optimismus entgegengejubelt, die Menschen hatten ihn auf die Schultern gehoben und durch den Saal getragen, ihn mit ihren Augen fixiert, mit ihren Schulterschlägen motiviert.

Die Sprache, die einzig ihre Begeisterung angemessen ausdrücken konnte, war der Gesang, die Musik aus unzähligen Kehlen. Micha war sprachlos und hatte die Aufmerksamkeit nicht gewollt, das Lied nicht genießen können. Die Erwartungen an ihn erdrückten ihn und am liebsten hätte er sich unsichtbar gemacht und wäre wie ein Mäuschen herausgeschlichen.

Pustekuchen! Man huldigte ihm, man baute auf ihn und Micha wusste zwar nun, warum er für diese Aufgabe auserwählt wurde, aber überhaupt nicht, ob er ihr gewachsen war. Er fühlte sich hundeelend, da half auch die beste Manifestation und die ausgeprägteste Himmelsgestalt nichts mehr!

„Nur Mut!“, knackte es plötzlich neben ihm und Micha meinte die Stimme Alphas gehört zu haben. Gleich würde das Kaninchen vor sein Gesicht huschen und ihm eine Möhre anbieten, vielleicht in Lila, vielleicht in Blau?

„Hab keine Angst!“, erklang es weiter, aber von Alpha keine Spur! In einer Ecke erkannte Micha nun ein Leinenhemd mit langen Haaren darüber.

„Jedem wird mulmig, wenn er vom Himmel zurückmuss auf die Erde.“ Der Kopf erhob sich und die Gestalt schlurfte auf ihn zu. Haare wurden nach hinten geworfen. Ein Lächeln freigegeben.

„Obwohl …“, erklang es nachdenklich weiter. „So viele waren es bislang noch nicht. Aber ich, ich verstehe dich!“

Langsam ging die Gestalt weiter. Sie hatte die Arme zum Gruß ausgebreitet und Micha erkannte ihn von Weitem. Er erinnerte sich – der Ankunftsplatz, das Lächeln!

„Du bist auch aus dem Himmel zurück auf die Erde gekommen, nicht wahr?“, fragte Micha den freundlichen, jungen Mann, der ihn mit einem offenen Blick direkt ins Gesicht sah. Er war sich sicher, dass er Jesus erkannt hatte.

„Sozusagen“, antwortete dieser langsam.

„Und wie war das?“

Micha hatte sich beherrschen wollen, aber aus seinen Worten kroch die Angst langsam in Jesu Ohren. Sie waren zwar unter dem langen Haar versteckt, aber funktionierten sehr gut – besonders bei leisen Tönen.

„Gar nicht so schlecht. Micha, es wird schon klappen! Hab Vertrauen in dich! Wir alle glauben, dass du es schaffst! Du weißt doch, der Glaube kann Berge versetzen.“

Micha wurde es mulmig und er zögerte seine Antwort ein wenig heraus. Obwohl er wusste, dass er bei niemandem ehrlicher sein konnte als bei Gottes Sohn Jesus, war ihm sein Geständnis unangenehm.

„Ich weiß aber gar nicht, ob ich selbst so einen starken Glauben habe. Ich weiß gar nicht so genau, woran ich glauben soll …", gab er zögerlich zu.

„Siehst du mich denn nicht?", fragte Jesus. „Stehe ich leibhaftig vor dir oder nicht? Spürst du die Liebe, die hier regiert?"

In diesem Moment erschien es Micha, als verstärke sich die Sympathie, die Jesus ausstrahlte, noch um ein Vielfaches. Mal meinte er, die Züge seines Vaters in seinem Gesicht zu lesen, dann wieder das Lächeln seines Großvaters. Jesus strahlte eine Vertrautheit aus, die Micha veranlasst hätte, alles zu gestehen, was es zu gestehen gäbe. Aber es gab nichts, was Jesus nicht ohnehin gewusst hätte!

Micha fiel Jesus in die Arme, als sei er sein Vater. Es tat gut, dass er jemanden berühren, sich Trost und Geborgenheit abholen konnte. Jesus schien das nicht zu stören. Im Gegenteil! Er erwiderte Michas Umarmung mit liebenswerter Innigkeit.

„Natürlich, schon …", beantwortete Micha die Frage. „Aber ich glaube nicht, dass ich es schaffen kann, die Menschen zur Liebe zu bewegen."

In diesem Moment hatte der Junge das Gefühl, dass er diesem Gottessohn alles sagen durfte, was ihm auf der Seele lag.

„Wenn du an die Liebe glaubst, so macht sie dich stark", machte Jesus ihm Mut und verstärkte seine Umarmung.

„Sie ist die einzige Macht, der kein Mensch widerstehen kann. Die Liebe kämpft für alles, die Liebe erhält alles, sie hält alles aus. Sie gibt Mut und vergrößert sich, wenn sie losgelassen wird. Keine Atombombe der Welt kann mehr Kraft zum Ausdruck bringen als die Liebe. Nichts kann mehr und grundsätzlicher bewegen als sie. Die Liebe zu den Menschen macht dich stärker, als du es dir vorstellen kannst."

Micha löste sich aus Jesus Armen und schaute zu Boden.

Seine aufmunternden Worte erreichten ihn trotz ihrer umwerfenden Bedeutung, ihrer Ehrlichkeit und Eindringlichkeit nur zögerlich. Wie durch eine Dunstglocke schien Micha die Welt plötzlich wahrzunehmen. Zu gefangen von seinen Zweifeln war er, als dass die Worte direkt in seinem Herzen angekommen wären.

„Glaubst du, ich hätte die ganzen Prüfungen überstanden, wenn ich nicht den Glauben an die Liebe gehabt hätte?“, fuhr Jesus fort. „Wenn ich nicht davon überzeugt gewesen wäre, dass es sich lohnte für meine Sache zu kämpfen?“

„Du hast ganz schön gelitten, nicht wahr?“ Diesmal war es Micha, der einfühlsam war.

„Das kannst du aber laut sagen! Es war hart, die Beschimpfungen und Verleumdungen der Menschen ertragen zu müssen, diese Schmerzen während der Geißelung und Kreuzigung! Die Freunde, die ich hatte und die teilweise nicht zu mir gestanden haben. Es fiel mir auch nicht leicht, zu sterben und meine weinende Mutter in Schmerzen zurückzulassen.“

„Das glaube ich dir“, sagte Micha mitfühlend. Allmählich schien sich der Dunst zu lichten. Er schaute Jesus immerhin wieder an.

„Es gab Momente,“, fuhr der junge Mann fort, „in denen ich sehr verzweifelt war und mich von meinem Vater verlassen fühlte. Und doch habe ich meine Sache vollendet und bin gestorben, um die Menschen zu schützen und zu retten. Und um ihnen klarzumachen, dass es ein Leben nach dem Tod gibt, an das zu glauben, sich lohnt. Ich weiß, dass alles, was ich getan habe, einen tieferen Sinn hatte und es den Preis wert war und ich bin froh, dass ich diesen Weg gegangen bin!“

Jesus war ein Mensch gewesen. Das spürte Micha nun ohne Zweifel. Wie empathisch er war, wie menschlich!

„Aber du bist Gottes Sohn und damit viel begnadeter und talentierter als ich!!“, antwortete der Kleine verzweifelt. Er bewunderte diesen charismatischen Mann, der in seinem schlichten Leinenhemd wirkte wie ein stattlicher König, der so unglaublich nett zu ihm war – ein Freund und Familienmitglied gleichzeitig.

„Das ist ein entscheidender Unterschied!", ereiferte er sich weiter. „Du hattest mehr drauf als ich und konntest Tote zum Leben erwecken, Wasser zu Wein machen, ganz tolle Reden halten und das ganze Programm! Aber ich bin nur ein kleiner Junge und weder kann ich besonders gut Schmerzen ertragen – mein gebrochenes Bein mit sieben Jahren hat mich echt umgehau'n – noch kann ich irgendwelche Leute heilen! Und Reden halten kann ich auch nicht! Du solltest mal meine Aufsätze lesen! In der Schule schreibt ja nicht mal einer bei mir ab, so schlecht bin ich! Ich bin nur ein normaler, kleiner Junge. Ein Kind! Mehr nicht!"

„Das bist du! Zum Glück! Die Einzigen, die die Zukunft in der Hand haben, die wirklich noch etwas bewegen können, sind die Kinder. Ich habe sie immer geliebt und liebe sie noch heute. Sie haben mich nie enttäuscht mit ihrer Ehrlichkeit und Aufrichtigkeit. Sie sagen das, was sie denken und verstellen sich nicht. Sie wollen Zuneigung, Aufmerksamkeit und Liebe und lassen sich nichts vormachen. Das finde ich wunderbar an ihnen. Ich liebe Kinder von Herzen und damit liebe ich dich, Micha. Dich ganz besonders! Und ‚normal' ist kein Kind! Jedes Kind ist etwas Besonderes! Und du, Micha, auch du bist etwas ganz Besonderes!"

„Das ist schön, dass du mich liebst. Das freut mich wirklich, aber – lieber Jesus – wie soll ich das nur schaffen? Es ist wunderbar, dass der ganze Himmel mir vertraut, aber ich selbst habe keine Idee, wie es gehen könnte! Ich möchte euch doch nicht enttäuschen! Ich möchte nicht versagen!"

Bei den folgenden Worten blickte er Jesus direkt in die Augen. Er griff die warmen Hände des Jünglings und drückte sie mit kindlicher Intensität: „Lieber Jesus, ich habe Angst davor, es nicht zu schaffen, Angst davor, zurückzukehren, wohin noch kein Mensch jemals ging! Als Toter zurück auf die Erde? Wie soll das gehen? Ich habe eine Wahnsinnsangst! Bitte hilf mir!"

Die letzten Worte hatte Micha fast geflüstert. Jesus hatte ihn aufmerksam und ernsthaft angeschaut und schließlich genickt.

„Ich weiß, was Angst bedeutet, ich weiß, was Alleinsein heißt. Auch ich musste einen harten Weg gehen, auf dem ich oft gezaudert habe, auf dem das Böse mich verführen wollte. Aber wir verlassen dich nicht! Der Gott in deinem Herzen ist immer bei dir, wir alle sind bei dir!"

Als Jesus sah, dass Micha den Kopf schon wieder gesenkt hielt, fuhr er aufmunternd fort: „Es gibt ein Transportgerät, das dich zur Erde bringen wird. Es heißt Äqualoribus und ist eine Transportblase. Sie ist inzwischen schon ziemlich verstaubt und in die Tage gekommen. Du weißt ja, es ist bisher noch nicht vorgekommen, dass der Himmel jemanden zur Erde schickt, der kein Engel ist. Dazu bedarf es schon eines außergewöhnlichen Gefährtes. Du wirst es bald kennenlernen, wenn du erfahren hast, was Freundschaft ist. Wenn du das weißt, dann steht deiner Abfahrt nichts mehr im Wege. Und glaube mir, die Liebe, das Vertrauen auf Gott und die Freundschaft werden dich auch wieder zurückbringen!"

Micha nickte bedächtig. Er war dankbar dafür, dass Jesus ihm verraten hatte, wie er zur Erde kommen konnte, aber was sollte das mit dieser Zusatzaufgabe? Freundschaft? Zu wem denn? Er kannte doch hier – außer Jarnadan – noch keine Menschenseele! Das hatte Alpha doch sorgfältig verhindert!

„Und auf der Erde bestimmst du selbst, wie es weitergeht", fuhr Jesus fort. „Vertraue darauf, dass dir eine Idee kommen wird, wenn es so weit ist. Du selbst wirst dann wissen, was zu tun ist. Du wirst deinen eigenen Weg gehen und du darfst dir sicher sein, dass wir alle hier auf deiner Seite sind. Wir werden dich unterstützen, was auch immer du beschließt! Wir vertrauen dir! Wir brauchen dich! Und Gott wird dir helfen! Ich werde dir helfen! Und Stimmulus sowieso!"

In diesem Moment holte Jesus Luft, um zu einem Lied anzusetzen. Micha erstarrte und lauschte der vollen Stimme des freundlichen, jungen Mannes gebannt, der die Lieder der umherschwirrenden Engel aufgriff und in einem einzigen, beinahe fröhlichen Hoffnungslied vereinte. Es erfasste Micha in seiner Musikalität so sehr, dass er sich dabei erwischte, wie sein Fuß im Takt gegen die Kante des Barhockers schlug und wie allmählich Optimismus in seine Seele einkehrte.

Lied 16: Ich halt' dich fest

Micha nickte ergriffen. Er wusste nun mit Gewissheit, dass es keinen Zweck hatte, sich weiter zu wehren. Doch er wollte sich auch nicht mehr wehren. Er spürte die Ohnmacht, die den Himmel erfasst hatte und die seine Taten lähmte. Er wusste, dass sich alle an ihn klammerten, weil es keine Alternative gab. Und er wollte Jesus nicht enttäuschen. Zu nett war dieser Mann zu ihm, zu einfühlsam und nah mit seinem milden Lächeln und seinem optimistischen Gesang!

Er musste es versuchen, ob er wollte oder nicht. Schon allein Jesus zuliebe – und wenn dann der ganze Himmel dranhinge … nun gut! Er musste die Pille schlucken! Und irgendwie würde es vielleicht ja auch gehen. Micha beschloss, Jesus einfach zu glauben. Eine andere Wahl hatte er ohnehin nicht.

Micha seufzte auf und schlüpfte vom Barhocker herunter. Als er sich umdrehte, sah er, wie die Luft in den Schaumstoff des kunstledernen Bezuges zurückkehrte, ohne eine Delle zu hinterlassen.

„Reparieren!", schoss es ihm hoffnungsvoll durch den Kopf. „Ich muss es nur reparieren, das System …" Das klang schon besser für ihn, der kein Redner war, kein Heiliger. Aber vielleicht ein Bastler, ein Entdecker, ein Forscher, der die Welt verstehen wollte. Der seine eigenen Erklärungen brauchte, der etwas ausprobierte, ohne die Folgen immer komplett überdacht zu haben.

„Ich werde die Delle im System reparieren, das Loch stopfen, den Abfluss zwischen Himmel und Erde reinigen oder sonstwas." Micha kicherte. Seine handwerkliche Fantasie war immerhin schon wieder soweit gediehen, ihm seinen Optimismus zurückzubringen.

„Dann wollen wir mal sehen, was mir so einfällt! Vielleicht muss ich ja auch nur einen Knopf drücken oder eine bestimmte Blume finden oder mir etwas ausdenken", murmelte er weiter vor sich hin und bemerkte gar nicht, dass er schon davonstapfte – so in Gedanken vertieft, dass er sich nicht einmal von Jesus verabschiedete, der nach den letzten Tönen seines Liedes sanft die Hand hob und Micha hinterherwinkte, wobei sein Lächeln noch einige Zeit in der Luft lag.

Den Hauch einer Ewigkeitssekunde lang.

Gedankenübertragung

„Jetzt hat Klara eine Ewigkeit auf mich gewartet, jetzt soll ich sie gleich wieder allein lassen!", beschwerte sich Josef in Gedanken und polterte zur Tür herein. Jetzt wurde er erst recht mürrisch! Auch das noch! Er sollte auch mit! Er sollte zu Erde!

Was dachte sich dieses Kaninchen dabei?

„Wo ist der kleine Junge?", fragte Klara ihren Mann, nachdem dieser von Alpha zurückgekehrt war. Der kleine Hase hatte ihn bei der Sitzung zur Seite gezogen und mit ihm gesprochen, während die Himmelsbewohner weiterhin ihr Lied über Micha schmetterten.

Jetzt war der Himmel für Josef vervollständigt, seine Frau war bei ihm und dann sollte er mit auf diese Reise gehen? Josef grollte und ignorierte die Blicke seiner Frau.

„Wo ist Micha?", wiederholte Klara geduldig und beobachtete, wie Josef einige Sachen in einen Beutel warf.

„Warum willst du das wissen?", entgegnete er barsch und wollte seine Gedanken verbergen. Hatte sie es doch gemerkt? Er würde es ihr jetzt erzählen müssen. Er konnte sie nicht länger schonen, denn zu gefährlich war der Umgang mit ihm. Wie hatte er sich auf sie gefreut, wie hatte er genossen, dass sie da war! Einzig der Groll hatte ihn eingetrübt. Dieses neue, widerliche Gefühl, das ihn seit einiger Zeit ereilte. Von dem er vermutete, dass er es sich bei den Engeln geholt hatte.

Er durfte es nicht länger aufschieben. Sonst würde sie sich noch an ihm infizieren. Jetzt noch – kurz bevor er ohnehin gehen musste!

„Das weißt du genau!“, antwortete sie.

Sie wusste Bescheid, einfühlsam und weitsichtig wie sie war.

Josef überlegte eine Weile und blickte seiner Frau tief in die Augen. Sie nickte und wortlos beschlossen beide, das Thema nicht weiter anzusprechen. Wenn sie sich angesteckt haben sollte, wäre es ohnehin schon geschehen!

„Ich habe ihm etwas von seiner Mutter zu geben“, sagte Klara. „Etwas, das euch schützen und helfen wird, wenn ihr aufbrecht.“

Josef schaute traurig zu Boden. Klara wusste, dass er nicht gehen wollte.

Sie sprach: „Ich ahnte, was Alpha von dir wollte, als er dich eben ansprach. Und du *musst* mitgehen und diesem Jungen helfen! Er ist ein guter Junge. Das sieht man auf den ersten Blick! Ich mag ihn und ich mochte seine Mutter …“

Josef schaute seine Frau an und lächelte. Wie wenig sie sich verändert hatte! All ihre Eigenschaften hatte der Himmel noch einmal herauskristallisiert und – ähnlich einem feinen Tafelsilber – an die Oberfläche geholt und fein herausgeputzt. Ihr liebenswürdiges Herz stand ihr gut und ließ sie strahlend schön und jung aussehen.

„Du bist unverbesserlich!“, lachte er. „Du kannst mitkommen zum Äqualoribus, wenn du keinem verrätst, wo er ist.“

Der Äqualoribus

„Kann mir mal einer verraten, wo der Weg zur Erde ist?“, brummelte Micha, als er allein vor sich hinstapfte. Wohin er gehen sollte, das hatte ihm niemand gesagt.

Die Straße, auf der er sich gerade befand, war keine richtige Straße, die Landschaft nicht zu definieren und auch das Ziel dem kleinen Jungen unklar. Er ging einfach geradeaus, irgendwoher und irgendwohin. Der Himmel musste doch an einer Stelle ein Ende haben! Und da, wo das Ende sein würde, würde bestimmt auch irgendwo die Erde oder wenigstens der Weg dorthin beginnen oder dieser komische Äqualoribus stehen! Micha musste ja in irgendeiner Weise anfangen, aber er war allein und das stimmte ihn nicht unbedingt hoffnungsvoller.

Wo waren die alle, die ihm helfen sollten?

„Haaalt!" Laurina und Janardan hielten ihn auf. Sie waren dem kleinen Jungen gefolgt, der eben hinter einem Hügel verschwinden wollte. Jesus hatte ihnen dabei geholfen, Micha nach der Himmelssitzung wiederzufinden und ihnen die Richtung gewiesen, in die Micha verschwunden war.

„Hierrr sind wirrr, Micha! Bleib stehen!", rief Janardan hinter Micha her und richtete eine Pflanze auf, die Micha im Vorbeigehen zertreten hatte. Einen Schnuselwurz – besonders selten! Janardan widerstand der Versuchung, das goldblättrige Etwas genauer unter die Lupe zu nehmen und eilte hinter Micha her.

„Du hier?", fragte Micha verwundert.

„Ja, ich, wieso?", fragte Janardan.

„Keine Ahnung. Ich weiß auch nicht ...", sagte Micha verwirrt.

„Du bist wohl noch etwas durrrcheinanderrr, was?"

„Ja, im Moment schon. Ich weiß gar nicht, was ich machen soll. Ich soll den Himmel retten und muss dazu wohl anscheinend irgendwie zur Erde, aber ich habe vergessen, Jesus zu fragen, wo dieser Bus ist, und jetzt weiß ich nicht, wo und wie das alles hier gehen soll."

„Na, dafürrr sind wirrr doch jetzt da!", sagte der Inder.

„Ihr wollt mir helfen?"

„Na, klar doch!", sagte Laurina.

„Wir finden schon das Loch,
um vom Himmel zur Erde zu gelangen.
Darum brauchst du nicht zu bangen."

Micha blickte betreten zu Boden: „Das finde ich aber nett von euch! Ich habe nämlich sonst keinen – außer Stimmulus, der eben wieder in meine Jacke gekrochen ist und mir sagte, dass Alpha auch gleich nachkäme … Er wollte wohl noch mit jemandem sprechen."

„Hallo, Leute!", fiepte es aus der Tasche und eine altbekannte, winzige Nasenspitze zwängte sich hervor. „Dann wollen wir mal, was?"

„Ja, es kann losgehen! Janardan und ich haben etwas für euch!", sagte Laurina, die das wertvolle Schriftstück aus der Tasche gezogen hatte und sich nun in einem Papierknäuel wälzte:

„Janardan, wie kriegen wir den Äqualoribus noch mal hierher?
Wie war das doch gleich?
den Durchblick zu haben, das ist dein Reich!"

Janardan tat das, was er am besten konnte. Er rollte seinen Teppich aus, zog seinen Beutel voller Kräutlein aus dem Gewand hervor und verteilte einen Teil davon sorgfältig auf dem kreisförmigen Muster. Dann setzte er sich in ihre Mitte und meditierte.

Micha raunte Laurina zu: „Was macht der denn jetzt? Ist er völlig übergeschnappt?"

„Nein!", antwortete Laurina. „Der Äqualoribus reagiert auf die Steuerkünste dessen, der ihn ruft. Und Alpha hatte Janardan die Navigation übertragen, bis du sie übernehmen wirst. Wir mussten die Blase erst aus der Höhle der Vergessenheit herausbekommen und hierher schaffen."

Und wieder fuhr sie sich aufgeregt durch das Haar und sagte:

„Hach, jetzt habe ich in der Aufregung sogar das Reimen vergessen!
Hoffentlich wird sich wenigstens Janardan nicht vermessen,
wenn er das Ding zur Erde lenkt!
Bei der letzten Fahrt mit ihm hätt' ich mir fast was verrenkt!"

„Es steht geschrrrieben, dass man zurrr Lenkung derrr Trrransporrrtblase nur das machen soll, was man am besten kann", unterbrach Janardan seine Meditation und legte nun mahnend den ausgestreckten Finger auf die Lippen, bevor er sich wieder seiner Lieblingsbeschäftigung zuwandte.

Die Freunde schwiegen betreten und beobachteten, was geschah.

Nach wenigen Augenblicken erschien eine flirrende, zyklopische und exorbitante, lilafarbene Rundblase am Horizont, die leichtfüßig und knapp über dem Boden herüberschwebte und dabei im Winde waberte, sodass sich ihre Umrisse darin verzerrten. Langsam schwebte sie auf die Freunde zu und im Spiegelbild konnte Micha zahlreiche Gestalten zählen, die ihr Antlitz auf der silbrigen Kugel widerspiegelten.

Hatte er sich nicht verzählt? Standen dort mehr als vorhin!? Gedankenverloren hörte er kaum, wie Laurina begeistert Janardans Satz vollendete:

„… und es scheint so, als hätte es funktioniert!"

Die Erkenntnis

Ob sie wohl funktionierten? Auf den ersten Blick wirkten die Schlachtpläne sehr überzeugend!

Obgleich es Olobaid in den Augen schmerzte, studierte er die sich im stetigen Fluss befindenden Grundrisse, die Abbildungen der himmlischen Vollkommenheit, die Ästhetik der Linien, den Gleichklang der Formen und Räume. Zunächst sah alles so aus, wie kriegerische Formblätter nun mal aussahen. Pfeile und Beschriftungen markierten Eingänge und Schleichwege, Umwege und Pläne B – die Notlösungen für unkontrollierte Wendungen. Zahlen lieferten Aufschluss über Truppenstärken, Hindernisgrößen und Verlustprognosen und versuchten den sich ständig ändernden Himmel in seiner Unendlichkeit und Vielfalt physikalisch abzubilden und algorithmisch zu erfassen.

Olobaid war beeindruckt.

Nicht nur von der zeichnerischen Genauigkeit der Pläne und den bestechenden Fertigkeiten des Urhebers, sondern vor allem von der detaillierten Kenntnis der himmlischen Gegebenheiten.

Wie konnte Esiema nur so viel vom Himmel wissen?

Was für ein Spiel spielte sie?

Warum hatte sie, gerade sie, diese miefige, ekelhafte Kriechkreatur, den Himmel überlebt? Warum hatte sie unbeschadet türmen und sich darüber hinaus noch so umfassende Kenntnisse ihrer Peiniger und deren heimischer Lokalitäten aneignen können?

Warum war sie so wortgewandt, warum so überzeugt und willensstark, dass sie freiwillig mit den anderen Kalypsen in die Schlacht zog? Was hatte sie vor?

Olobaid schlug mit der Faust auf den Tisch, dass die Pläne nur so flogen.

Ein Nebelschauer zog ihm über den Rücken, er musste sich schütteln.

Diese Kalypse wurde ihm immer unheimlicher! Er stöhnte auf, warf sein schweres Haupt in den Nacken und boxte sich selbst in den Bauch, einzig um die Stimmen der Gequälten daraus wahrzunehmen und sich an ihrem Schmerz zu laben.

Esiema, Schauderkalypse, Feind, linkisches Monstrum, falsche, garstige Ameise, vom Himmel befleckter Abschaum! Wie es ihn grauste!

Wusste er es doch!

Jetzt wurde es aber wirklich Zeit zu handeln!

In dem ihn umgebenden Dunkel war nichts, was er sich zur Hilfe nehmen konnte. Er hatte doch alles durchsucht, oder?

Olobaid sah sich um.

Menschliche Freundschaft

Micha sah sich um. Inzwischen waren neben Laurina, Janardan und Stimmulus auch Alpha sowie Josef mit Klara erschienen.

Klara hielt sich im Hintergrund und schob ihren Mann vor, ganz als wollte sie mit dieser Geste zeigen, dass sie nicht zu den Auserwählten gehörte.

Josef trat zu den anderen. Sie alle gaben sich feierlich die Hand, anscheinend um zu beteuern, dass sie von nun an ein geheimes Band miteinander verbinden würde.

Insbesondere als der Himmelsschreiner seine beiden Freunde berührte, zog ein angenehmer Wind auf, der sie sanft streichelte. Sie lächelten sich an. Offenbar hatte Alpha allen Bescheid gegeben, die er für diese Mission auserwählt hatte, und es konnte losgehen.

Micha schaute begeistert in die Runde und zählte auf: „Janardan, Laurina, Josef, Alpha und Stimmulus. Ihr wollt mir alle helfen?“

„Na, klarrr, das haben wirrr dirrr doch schon gerrrade gesagt!“, antwortete Janardan.

„Aber warum macht ihr das?“, fragte Micha.

„Warum, warum –

nun frag doch nicht so dumm!“, antwortete Laurina aufgeregt.

Ihre Stimme überschlug sich fiepsend und zwischendurch entglitten ihr immer wieder einzelne unkontrollierte Operntöne. Sie strich sich nervös über die Frisur und hüpfte ab und an leicht übermotiviert in die Höhe. Ihr selbst schien das kaum aufzufallen.

„Wer soll dir denn sonst helfen?", brummte Josef. „Du kennst doch sonst keinen außer uns, oder?"

Das stimmte natürlich. Abgesehen von den Milliarden von Gesichtern während der Himmelssitzung war Micha fast mit niemandem in Kontakt getreten. Und bei der Sitzung konnte man ja kaum von „kennen" sprechen. Micha schien Josefs Feststellung persönlich zu nehmen und wollte sich gerade verteidigen, als Alpha dazwischenging.

„Glaube mir, die Mannschaft, die ich da für dich zusammengestellt habe, wird schon ihre Gründe haben, um mit dir diese Erdenreise anzutreten, oder?"

Mit einem verschwörerischen Augenkniff in die Runde gebot Alpha jeder weiteren Nachfrage Einhalt. Man grunzte zustimmend, obgleich sich Micha nicht des Eindrucks erwehren konnte, dass den anderen Menschen auch nicht vollends klar war, wie sie zu dieser Ehre gekommen waren.

Wie dem auch sei – Micha war froh, nicht allein zu sein und Unterstützung zu bekommen.

„Komm, Micha! Die Erde wartet auf uns!", ermunterte Stimmulus und kniff Micha schelmisch in den Oberschenkel.

Der Junge wollte gerade in die Transportblase einsteigen – die Tür oder das, was man in diesem runden, gleichförmigen Körper dafür halten konnte, stand bereits offen – , als Klara noch etwas sagen wollte.

Micha wusste, dass die Frau mit den langen, blonden Haaren und dem Tuch auf dem Kopf, die nun zu ihnen trat, Klara war. Er wusste es, ohne dass man ihn genauer darüber informiert hätte. Wieder wunderte er sich über den Himmel. Man begegnete einer Frau und fühlte sich ihr doch sogleich sonderbar zugetan.

„Deine Mutter", fing Klara an. „Ich kannte deine Mutter!"

Micha hielt an, mitten in der Bewegung. Er erstarrte sozusagen und wandte sich der sportlichen Blondine zu.

„Meine Mutter?" Dann wusste er es. Er verstand mit einem Mal alles. „Du bist ihre Freundin, nicht wahr? Du bist Klara, oder?"

„Woher weißt du das?"

„Du bist doch gerade mit Josef gekommen. Da liegt die Vermutung doch nahe, dass du seine Frau bist, oder? Außerdem habe ich dich in Josefs Fernrohr gesehen!"

„Was?", brüllte Josef, aber sein Entsetzen hielt nur eine kurze Zeit an. Er überlegte, bei welcher Gelegenheit dies passiert sein könnte. Dann fiel ihm die Einmessung des Stuhls für Micha wieder ein und ebenso sein Wutanfall gegenüber seinen Freunden. Mit einem verlegenen Blick auf die beiden beschloss er, sich nicht weiter zu beschweren.

„Ich wollte es dir noch beichten", wandte sich Micha schuldbewusst an Josef, der den Vorfall mit einer kurzen Handbewegung abwedelte.

„Ja – deine Mutter ist meine Freundin", sagte Klara und drehte den kleinen Jungen zu sich, damit er sich nun wieder ihrem Anliegen zuwenden möge.

„Aber wir haben uns erst nach deinem Tod kennengelernt." Dann fegte sie schwungvoll ihre beachtliche Mähne nach hinten und fügte hinzu: „Ich habe mir inzwischen ein flotteres Aussehen gegönnt. Ich war meinen lahmen Gang und meinen kranken Arm leid, weißt du?"

Josef schüttelte den Kopf und lächelte seine Frau an.

Sie wartete nicht auf eine Antwort. Frauen, die so übervoll lachten und mitten aus dem Himmel kamen, warteten nicht auf eine Antwort.

„Deine Mutter", fing sie erneut an. „Ich habe sie in der Kirche getroffen und wir haben viel geweint um dich und um Josef!"

„Das tut mir leid!", entschuldigte sich Micha kleinlaut und schaute zu Boden.

„Ach, i wo! Das muss dir doch nicht leid tun! Du trägst doch keine Schuld! Und hier sind wir auch ohnehin nicht mehr an einem Ort, an dem Schuld eine Rolle spielt. Schuld gibt es hier nicht mehr, nur Vergebung und Freude!"

Micha dachte an seinen Ausflug an den Ort der Versöhnung zurück und lächelte, weil er ihre Worte mit Sinn und Gefühl füllen konnte.

Dennoch bereitete es ihm Unbehagen, dass seine Familie seinetwegen so viel Kummer erleiden musste. Daran erkannte man die Reste seiner weltlichen Emotionswelt – Gefühle, die ihn immer wieder niederdrückten.

Klara erriet seine Gedanken und wischte die Zweifel mit einer wilden Handbewegung aus der Luft.

„Das zählt jetzt nicht mehr. Wichtiger ist, was ich dir sagen will!"

Dann zog sie eine kleine Murmel aus der Vordertasche ihres karierten Ponchos und legte sie auf die offene Handfläche, sodass Micha sie in Ruhe mustern konnte.

„Siehst du das hier?"

Micha nickte – gespannt auf ihre Erklärung.

„Das habe ich den Engeln aus der Kantine für dich abgeschwatzt. Es ist die Hülle einer ganz besonderen Blase. Eine Engelskugel, die viel Kraft gibt, weil geballte Energie in ihr steckt. Ich dachte, sie hilft vielleicht nicht nur Engeln …"

„Und was ist das Besondere daran?", fragte Micha fasziniert und streichelte die türkise Murmel sanft mit der Fingerkuppe. Obgleich sie glatt aussah, fühlte sich ihre Oberfläche an wie weicher, gewärmter Samt.

„Es ist die pure und konzentrierte Mutterliebe deiner Mama, Micha! Deine Mutter liebte und liebt dich über alles!"

Micha hielt den Atem an. Obwohl er das, was diese blonde Schönheit ihm sagte, immer gewusst hatte, trafen ihn die Worte mit großer Intensität. Es war etwas anderes, ob man zu Lebzeiten eine Sache unterschwellig immer gespürt hatte oder ob einem jemand im Himmel eine überzeugende Murmel vor die Nase hielt, aus der alles stofflich abzulesen war.

„Ich weiß", flüsterte er. „Zum Glück!"

„Ja, zum Glück!", trällerte Klara und strahlte eine so überzeugende Lebensfreude und Leichtigkeit aus, dass Micha für einen Augenblick die Schwere seiner Verantwortung für die Welt vergaß. Gerne hätte er sich jetzt auf den Schoß der Frau gesetzt, weitere Geschichten über seine Familie gehört und sich in ihr Lachen versenkt.

Klara setzte sich auf den Rand der Transportblasenöffnung und zog den Jungen behutsam auf ihren Schoß. Wie gut, dass der Himmel Gedanken lesen konnte!

„Weißt du, dass sie dich sogar uuuuuuuunwahrscheinlich lieb gehabt hat und dich auch heute noch liebt?"

Micha nickte und legte seinen Kopf auf ihre Brust. Es tat gut, wenn einen jemand in den Arm nahm. Sogar im Himmel tat das noch gut! Klara gab ihm so viel Ruhe und Kraft. Er hätte noch lange auf dem Schoß sitzen können.

„Ja", flüsterte er wieder und erinnerte sich an den Spruch, den seine Mutter ihm abends häufig in das Ohr geflüstert hatte. Er sah sie förmlich vor sich. Er konnte ihren Duft vernehmen, der oben aus der Bluse an ihrem Hals entlangkroch und nach Arbeit und Lachen roch. Er liebte die Liebe seiner Mutter, die vielen überschwänglichen Male gegenseitiger Beteuerung.

„Ich liebe dich von Atemzug zu Atemzug", hatte sie zum Beispiel abends immer geflüstert und ihn in ihren Armen gewogen. „Und wenn ich eine große Blase mit meiner Liebe voll geatmet habe, steigt sie in den Himmel auf und zerplatzt."

Dabei hatte seine Mutter ein lautes, schnalzenden Geräusch von sich gegeben, bei dem Micha immer hatte lachen müssen. Schon vorher hatte er sich darauf gefreut und jedes Mal gespannt abgewartet, dass es käme.

„Und alle Liebe, die darin ist", fuhr sie fort, „wird in die Winde gepustet und kommt als Kussregen zu dir zurück."

Dann hatte sich die Mutter auf Micha gestürzt und ihm unter wildem Getöse Tausend Küsse auf Haut und Haar gegeben, sodass der kleine Junge vor Begeisterung nur so quietschte. So war sie, diese Liebe, tausendfach erlebt und nie satt daran geworden!

Wie hatte seine Mama mit ihrer kleinen Geschichte nur ahnen können, dass der Himmel wirklich so war? Dass es tatsächlich Blasen gab! Vielleicht nicht so, wie sie es sich vorgestellt hatte, aber immerhin so ähnlich. Was wäre die Welt ohne Mütter?

„Danke! Ich bin auch eine Mutter“, flüsterte Klara, die seinen Gedanken gefolgt war. Micha sah, dass sie sich von seinem Kompliment geschmeichelt fühlte.

„Aber die Murmel“, nahm Klara den ursprünglichen Gesprächsfaden wieder auf. „Denke an die Engelskugel. Ich bin sicher, dass deine Mutter möchte, dass du sie mitnimmst auf deine Erdenreise. Und dass sie dir Mut und Kraft gibt!“

„Und das ist eine besondere Engelskugel? Ist sie unser Abendritual von den fliegenden Küssen, das meine Mutter immer mit mir gemacht hat und das mir gerade eingefallen ist?“

Dann zögerte er: „Oder ist sie die Hülle der Liebe, die sie empfand, als sie mit mir schwanger war und einen schönen Text für mich geschrieben hat? Ich habe das nämlich in meinem Fernrohr gesehen!“

Bei dem Stichwort „Fernrohr“ schaute er betreten zu Josef. Doch für Josef war der Vorfall offensichtlich erledigt. Er starrte beeindruckt zu seiner Frau und man spürte förmlich, wie stolz er auf sie war.

„Nein, das leider nicht! Es ist die äußere Hülle einer anderen Liebesblase, aber auch einer besonderen Situation, weil deine Mutter sie fühlte, als du zum ersten Mal mit Selma über die Hauptstraße gingst“, erklärte Klara weiter.

„Oh“, sagte Micha, „das ist lange her! Ich kann mich kaum daran erinnern, denn da war ich noch klein!“

„Und Selma erst!“, sagte Klara. „Weißt du, was so außergewöhnlich an der Murmel ist?“

„Nein“, Michas Antwort klang gespannt und unsicher, als hätte ihn die Ehrfurcht gepackt.

„Es war die pure Liebe für dich und deine Schwester und natürlich auch etwas Sorge um euch beide.“

Micha nickte.

Es war ein heller Sommertag gewesen, der Asphalt hatte den Geruch von Straße freigegeben und das dunkle Grau hatte wegen der Sonnenerwärmung an den Kinderfüßen geschmerzt, die klein gewesen waren und davon noch keine Ahnung hatten. Er hatte hinüber wollen zur Gerburgis. Die immer Süßes hatte, vor allem die kleinen Brausebonbons mit Colageschmack. Cola gab es zu Hause nicht, Cola gab es nur bei Gerburgis.

„Ich nehme Selma mit“, hatte der kleine Vierjährige seiner Mutter gesagt. Er hatte gewusst, dass die Ausbeute mit der Kleinen im Schlepptau größer werden würde. „Wir gucken mal bei Gerburgis!“

Die Mutter hatte gelächelt und etwas gedacht, dass der kleine Fratz nicht wusste, nur spürte. Sie hatte eine Sekunde zu lang in ihre beiden erwartungsvollen Gesichter geschaut und ihr liebes Mutterlächeln gelächelt. Jenes Mutterlächeln, bei denen die Augen sich zu schmalen Schlitzen verengen und gerührt aus Falten und Tränenflüssigkeit herabsehen auf zwei winzige Geschöpfe, die die Welt bedeuten.

„Kannst du das denn schon?“, hatte die Stimme mit den Augenfalten gefragt und die Antwort bereits vorweggegeben.

So war Micha über die Straße spaziert, die stolpernde kleine Schwester fest an der Hand haltend, die beobachtende, zurückhaltende Mutter an der Ecke.

Einem Ziel entgegen, das den Kinderhimmel versprach. Meter um Meter, Selma festhalten, Colabonbons holen. Gleich würde er es geschafft haben.

Und schon waren sie angekommen! Der kleine Fratz platzte vor Stolz.

„Wenn man sich um jemanden sorgt, dann zeigt das auch, dass man ihn liebt, nicht wahr?“, riss Klara ihn aus den Gedanken. Sie sprach mit ruhiger Stimme. Micha war ihr sehr zugetan. Sie tat ihm so gut! Nicken war das Einzige, was er zustande brachte.

„Aber was noch viel mehr wiegt und die Murmel so schwer macht, das ist, dass deine Mama dir vertraut hat. Sie hat an dich geglaubt – mit vollem Herzen! Und sie wusste, dass du es schon machen wirst. Micha, deine Mutter glaubte an dich und sie würde es auch heute tun, wenn sie jetzt da wäre! Und dafür bin ich hier, ich, ihre Freundin. Um dir das auszurichten.“

Micha sagte nichts mehr, Tränen stiegen in seine Augen und suchten ihren Weg nach draußen.

„Du wirst es schon schaffen, Micha! Die Liebe deiner Mutter und ihr Glaube an dich begleiten dich! Nimm die Murmel, nimm meine Freundschaft zu deiner Mutter, nimm deine Freunde! Sie alle werden dir helfen!“

Micha schluckte. Er wog die Kugel in der Hand, sodass sie unter ihrem wärmenden Gewicht nachfederte, und blickte in die Runde.

Jetzt wusste er, was Freundschaft bedeutete. Dass sie über den Tod hinausging. Dass sie sich um den anderen sorgte und mitfieberte, bis alle glücklich im Himmel vereint waren. Dass der Himmel einem Freunde an die Seite stellte, sei es durch großes Leid auf der Erde oder durch gemeinsame Nöte im Himmel.

Er würde sie annehmen, alles und alle annehmen: die Kugel, die Freundschaften und das Vertrauen.

Er drückte Klara wortlos und nickte dann seinen neuen Freunden zu, die mit ihm schweigend und ergriffen in den Äqualoribus stiegen. Sie kannten sich alle nicht lange, aber dieser Moment hatte sie aneinandergeschweißt. Sie wurden nicht gefragt, ob sie einander wollten, aber nun schien es – wie bei einer göttlichen Fügung – von allen dankbar angenommen worden zu sein. Sie würden gemeinsam ihren Weg gehen und füreinander einstehen.

Es war mit einem Male allen klar, dass das unsichtbare Band, das sie miteinander teilten, Freundschaft hieß.

Der Junge schloss behutsam die Finger um die Murmel, die ihm Kraft und Vertrauen versprach. Er wollte diesen Glauben an das Vertrauen und an die Freundschaft teilen und daraus schöpfen. So ließ er sie mitsamt der geschlossenen Hand langsam in die Tasche gleiten, um sie so schnell nicht mehr loszulassen.

„Kommt, Freunde!“, rief er. „Los geht's!“

Kämpfende Engel

„Los geht's!", brüllte Selma und stürzte sich in die Rolle vorwärts. Nach dem Hüpfen auf der Matratze kam das allabendliche Turnritual. Erschöpft sank Selma in die Arme der Mutter. Die Frage kam unvermittelt. Wie immer.

„Mama, gibt es Engel, die kämpfen?"

„Nein, Schatz! Die gibt es nicht. Engel tun nur Gutes. Gegen jemanden zu kämpfen ist nichts Gutes."

Die Mutter drückte ihre Tochter an sich. „Wie kommst du nur wieder auf so eine Frage, Liebling? In deinem Kopf spukt einfach zu viel herum."

„Aber ihr kämft doch auch", verteidigte sich die Kleine.

„Wir? Wer?"

„Na, Papa und du!"

„Wir kämpfen doch nicht! Wir diskutieren", erklärte die Mutter.

„Das meine ich nicht! Ihr kämpft um Micha!"

Die Mutter überlegte und streichelte Selmas Stirn. Das Mädchen lag im Bett und stellte seine üblichen Ich-will-nicht-ins-Bett-gehen-Fragen, um den Zeitpunkt der Trennung in die Nacht noch eine Weile hinauszuzögern.

Die Mutter seufzte ergeben.

„Ja, Liebling! Das stimmt."

„Also ist kämpfen auch nichts Schlechtes, sondern was Gutes."

Die Mutter lachte und sagte: „Du hast wieder mal gewonnen.“

„Also“, beharrte die Kleine, „kämpfen Engel jetzt oder nicht?“

„Du stellst Fragen! Woher soll ich das wissen?“

„Aber ich dachte, du wüsstest das!“

„Ich weiß es nicht, aber ich will manchmal etwas glauben und das hilft mir genau so viel, als wenn ich es wüsste!“, sagte die Mutter.

„Was willst du glauben?“

„Ich will glauben, dass der Micha wieder aufwacht! Eigentlich will ich auch an Gott und an den Himmel und an ein ewiges Leben glauben, aber manchmal will ich das auch wieder nicht. Dann bin ich einfach nur wütend!“

„Auf Gott?“

„Ja, auch. Auf alles …“

Die Mutter verstummte. Dieses Mal streichelte Selma ihre Hand. Ganz leicht und kindlich zart mit angewinkeltem Zeigefinder. So strich sie immer ihrem Kaninchen über die Wange.

„Und wenn du mal nicht wütend bist?“, fragte Selma nach einer Weile.

Die Mutter seufzte und überlegte.

„Dann stelle ich mir vor, dass eine ganze Armee von Engeln den Himmel aufreißt und unseren Micha wieder hinunterschubst, weißt du?“

Natürlich wusste Selma.

Sie nickte und wortlos drückten sich die beiden innig.

„Machst du gleich selbst dein Licht aus?“, fragte die Mutter im Gehen.

„Ja!“, sprach die Tochter und zog die Bettdecke glatt – für eine weiche Landung.

Von ganz oben.

Das Risiko

Von oben und der Seite betrachtet wirkte der Äqualoribus unscheinbar. Er flirrte unhörbar und wirkte mit seinem wabernden Außenhäuten eher so zerbrechlich wie eine Seifenblase anstatt wie ein himmlisches Fahrzeug.

Doch sie hatten keine Wahl.

Klara schaute den Freunden nach, wie sie im Äqualoribus verschwanden. Das Transportgefährt war nun verschlossen und ließ sich nicht mehr öffnen. Keine Tür war von außen zu sehen.

Es war ihr nicht viel Zeit geblieben, sich von dem zu verabschieden, den sie doch gerade erst zurückbekommen hatte. Aber dennoch war ihr die Trennung leichtgefallen. Es mochte sein, dass noch niemals eine solche Reise vom Himmel zur Erde unternommen worden war, dass der Äqualoribus normalerweise nicht benutzt wurde, weil kein Toter mehr zur Erde zurückkehren konnte, aber sie vertraute Alpha und Stimmulus, den cleveren Himmelskennern.

Sie wussten, was sie taten! Oder nicht?

Klara schaute auf die baumhohe Kugel, die nun sonderbar zu ruckeln begann, und flüsterte: „Wenn du jemanden liebst, gib ihn frei …“, ein Leitspruch, der ihr bereits zu Lebzeiten geholfen hatte und nun in der Luft lag, als wäre erst kürzlich über ihn gesprochen worden.

Eigentlich wollte sie gar nicht so genau wissen, was ihr nun von der Seite aufgedrängt wurde: „Alpha hat nicht gesagt, dass die Reise zur

Erde große Risiken bergen kann, oder? Ein Mensch ist kein Engel, der zwischen den Plattformen hin und herspringen kann …"

Gabriel stand neben ihr, aus dem Nichts erschienen. Warum musste er ihr das gerade jetzt mitteilen, wo sie so ruhig und hingebungsvoll vertraut hatte?

„Was willst du damit sagen?"

„Dass die Erde eine Gefahr für jemanden darstellt, der sich an den Himmel gewöhnt hat! Die Leichtigkeit des Seins wird eingetauscht gegen die Schwere stofflicher Materie, fassbarer Umrisse und körperlicher Physiognomie. Die Gefühle wiegen auf der Erde gravierender. Daher sind Kraftlosigkeit, Hass, Intoleranz und Egoismus schwere Geschütze, die die irdische Atmosphäre der Sterblichkeit gegenüber den ungeschützten Himmelsbewohnern auffährt."

Der Erzengel blickte eine Zeit lang gedankenverloren geradeaus.

„Ich hoffe, dass alle gesund genug sind, um das Abenteuer zu überstehen!", ergänzte er besorgt und blickte unverhohlen in Klaras Gesicht.

Doch die starrte ungerührt geradeaus.

Er fuhr fort: „Alpha weiß, worin er seine Liebsten verstrickt. Ich hoffe es vor allem für den Jungen. Ihn hat es bei seinem ungeplanten Tod schwer getroffen! Die Erdengefühle haben ihn schon im Himmel häufig ermattet! Wie soll das nur auf der Erde gehen?"

„Alpha wird schon wissen, was er tut!", antwortete Klara trotzig und schluckte schwer, denn in ihrem trockenen Mund ließ sich kaum mehr etwas zusammenkratzen. Sie überlegte, ob sie noch einmal zum Äqualoribus rennen, anklopfen und die Freigabe ihres Mannes fordern sollte, aber sie ahnte, dass das keinen Zweck hatte. Die Kugel hatte schon angefangen zu vibrieren und es war ihr nicht mehr möglich, die vorherige Eintrittsstelle, die so etwas wie eine Tür gewesen sein mochte, näher zu lokalisieren.

Auch wusste sie, dass Josef ohnehin nicht wieder aussteigen würde. Nicht, wenn er einen Auftrag hatte, wenn er gebraucht wurde. Mochte sie dabei noch so besorgt sein, mochte sie noch so sehr eine Ahnung in sich tragen!

„Risiko …“, hallte es in ihr nach. Dann fuhr sie den Engel an: „Warum sagst du mir das überhaupt? Willst du mich beunruhigen?“

„Ich dachte, dass du es wissen solltest“, verteidigte sich Gabriel.

„Schon, aber …“

„Was aber?“

„Was nützt mir das Wissen? Kann ich etwas tun?“, fragte sie verzweifelt.

Gabriel grübelte, als hätte Klara eine neue Richtung angestoßen.

Dann antwortete er: „Du hast recht! Wir sollten die Gesandten unterstützen und nicht einfach nur abwarten. Vielleicht können wir helfen!? Ich werde Alarm schlagen. Wir können sie doch nicht alleinlassen, wenn sie unten ankommen, oder?“

„Nein“, flüsterte Klara erleichtert und melancholisch zugleich. Sie wusste noch zu gut, wie es war, das Alleinsein.

„Nein! Das können wir nicht.“

Zur Erde

„Das können wir nicht“, beantwortete Josef Michas Frage und zuckte unwissend mit den Schultern.

„Ihr könnt mir nicht erklären, wie das Ding funktioniert?“, fragte Micha zum zweiten Mal. Er war entsetzt!

Der Junge kroch in der Blase herum und suchte nach einem Steuerinstrument, einem Knopf oder Ähnlichem.

„Es gibt eine Schriftrolle über den Äqualoribus“, half Janardan und hielt Micha das Papier unter die Nase. „Sie sieht schon etwas mitgenommen aus, weil wir den Äqualoribus erst aufspüren und hierher befördern mussten und sie bei jedem Gebrauch weiter auseinanderfällt, aber das Wichtigste sollte noch zu erkennen sein.“

Bei diesen Worten verabschiedete sich schon wieder eine große Ecke aus dem Papier, fiel herab und löste sich im Nichts auf. Die Schriftrolle sah bereits sehr mitgenommen und eher wie ein Schweizer Käse aus. Große Lücken klafften auf der Oberfläche.

„Du bist nun der Navigator", informierte Alpha weiter. „Wir alle, die Blase inklusive, vertrauen deinem Kurs. Du bist der Einzige, der das Transportmittel zur Erde bringen kann. Wie, das musst du selbst wissen."

„Was steht in der Rolle?"

„Dass du das machen sollst, was du am besten kannst", antwortete das Kaninchen. „Das hat bei Janardan auch schon funktioniert."

„Dann soll Janardan das doch machen", antwortete Micha verzweifelt, wusste aber sogleich, dass dieser Einwand ohnehin kein Gehör fand. Er war der Navigator, der Erwählte, die Person des himmlischen Vertrauens.

„Janardan hat den Äqualoribus im Himmel gesteuert. Nun bist du dran. Die Erde ist dein Revier", antwortete Stimmulus.

Micha konzentrierte sich.

„Was ich am besten kann?", dachte er. Was so einfach klang, löste bei Micha ein großes Fragezeichen aus. Sollte er eine große Blase aus vier Kaugummis blasen? Darin war er spitze! Oder sich ordentlich die Hose versauen, wenn er mit seinem Freund auf die benachbarte Birke an ihrem Grundstück kletterte. Darin fand zumindest seine Mutter ihn „spitze"...

Das alles würde ihnen schwerlich nützen.

Alpha sah ihm tief in die Augen: „Micha! Was willst du machen?"

Micha überlegte. Wie anstrengend doch diese vielen Fragen und Entscheidungen waren! Bleischwer lag die Verantwortung der Aufgabe auf seinen Schultern.

„D-den Himmel retten vielleicht? U-u-und die Erde vielleicht auch noch? S-s-so mal eben?", stammelte Micha und wollte komisch wirken. Die Ironie kam bei den Freunden nicht an. Man nahm ihn ernst und betrachtete ihn mit gespannter Miene.

„Und wohin willst du also?“, half Alpha weiter.

Micha fühlte sich wie ein Erstklässler. Was sollte er denn sagen? Aber er spürte, dass Alpha ihm helfen wollte. Micha konnte sich an seinem Blick festhaken. Die Erkenntnis stieg dämmrig in ihm hoch: „Zur Erde!?“

Mit einem Male rüttelte die Blase und hob einige Zentimeter vom Himmelsboden ab. Sie schloss sich noch enger um sie herum und waberte warm vor sich hin, wobei die Oberfläche in irisierenden Farben glitzerte.

Obgleich keine Sitzgelegenheiten vorhanden waren, reisten die Freunde komfortabel, an die Wände gelehnt und wie von einem Wasserbett getragen. Es war nicht zu sagen, wie schnell es ging, noch weniger, welchen Weg sie einschlugen. Sie flogen ohne zu fliegen, antimateriell und doch fassbar. Durch einen Raum, der auf keiner Karte existierte und durch Sphären, deren Schönheit ihren begrenzten Geist überstieg. Sie erahnten, dass der Himmel eigentlich unendlich war und doch erreichten sie die Tore des Himmels und passierten sie ohne weitere Schwierigkeiten. Sie waren so schnell und die flüssige Hülle des Äqualoribus so stark, dass sie jede Schallmauer, jede atmosphärische Haut problemlos überstanden hätten, wenn es etwas physikalisch Vergleichbares bei dieser Reise gegeben hätte.

Aber dieser Weg war anders und hatte mit Physik wenig zu tun.

Teil 2:

Die Erde

Liebesblase

Es rumpelte.

„Angekommen!“, schrie Stimmulus erfreut und hüpfte munter von einer Schulter zur nächsten. „Wir sind auf der Erde!!!“

„Um dir bei deinem Auftrag zu helfen, wie du die Welt und den Himmel retten könntest, will ich dir zunächst etwas zeigen, Micha! Bist du damit einverstanden?“

Micha nickte. Er hatte ohnehin keine bessere Idee. Das Kaninchen hatte ihm im Himmel geholfen, so würde es das auf der Erde sicherlich auch schaffen.

„Wir suchen eine Frau namens Miju“, sagte Alpha. „Du sollst zunächst das Wichtigste auf der Erde an ihr erkennen. Kannst du uns die Blase lichten, damit wir sie sehen können? Sie müsste hier in der Nähe sein!“

„Nein“, entgegnete Micha unsicher. Er wusste noch immer nicht, wie er mit diese Transportblase umgehen musste. Offenbar reagierte sie auf seinen Befehl, sie zur Erde zu fahren, aber wie sollte er jetzt einen bestimmten Menschen finden?

„Was sagt denn die Gebrauchsanweisung, Janardan?“ Alpha wandte sich Hilfe suchend dem kleinen Inder zu.

Janardan murmelte eine Zeit lang vor sich hin und biss sich auf die Finger, während er mit Josef die Anleitung auf der Schriftrolle studierte. Schließlich schien er sie verstanden zu haben.

„Du musst hierrr durrrch das Äquatum schauen und dich dabei sehrrr starrrk konzentrrrierrren!“

Micha kniff die Augen zusammen und starrte auf den Blasenteil vor sich. „Und woran zum Kuckuck soll ich dieses Äqua-Dingsbums erkennen?“

„Es ist der mittlere Teil unseres Äqualoribusses“, half Josef weiter und rollte die Schriftrolle weiter aus. „Du findest ihn direkt vor dir. Er ist lila und irisiert ein wenig.“

„Iri-was? Kann nicht mal jemand vernünftig mit mir reden? Ich bin erst zehn!“

„Nein! Nicht mehr, nicht mehr …“, gluckerte Laurina und hielt sich den dicken Bauch. „Du weißt doch – nach Himmelszeit bist du jetzt …“

„Jaaa – ein Teil der Unendlichkeit und damit alterslos und weise!“, pampte Micha und stahl ihr damit jede Reimmöglichkeit. „Das weiß ich doch längst! Aber das heißt nicht, dass ich diese ganzen Wörter kenne, mit denen ihr da um euch werft!“

Langsam wurde er ungeduldig. Die Erde schien ihre Wirkung zu entfalten und Micha langsam wieder zurückzuerobern. Schon längere Zeit hatte er keinen Unmut mehr in sich gespürt, aber mussten die alle jetzt so einen Blödsinn erzählen?

„Ganz ruhig, Micha! Ärgere dich nicht!“

Alpha nahm Michas Hand in die kleine Kaninchenpfote. Sie war warm und weich und beruhigte Micha augenblicklich.

„Pass auf! Der Teil des Äqualoribus' vor dir hat einen schimmernden, lilafarbenen Ring. Er ist ganz schmal und du musst genau hinsehen. Erkennst du ihn?“

Micha blinzelte und nickte schließlich langsam.

„Und jetzt?“, fragte er konzentriert.

„Je länger du darauf schaust“, fuhr Alpha fort, „desto mehr wird er schwingen. Schließlich wird er immer größer werden und sich auf unsere gesamte Blase ausdehnen. Und wenn du so weit bist, hast du es geschafft und kannst uns allen einen freien Blick auf das Erdengeschehen und damit auch auf Miju gewähren.“

„Das soll ich können?", fragte Micha unsicher.

„Du kannst noch viel mehr", flüsterte Alpha und Micha spürte, dass er es ernst damit meinte.

Micha hielt die Luft an. Er wollte jetzt keine negativen Schwingungen mehr spüren und sich voll seiner Aufgabe widmen.

Das Äquatum schimmerte tatsächlich ein wenig. Micha starrte auf den schmalen Streifen vor seinen Augen und biss die Zähne zusammen. Langsam versetzte sich der Ring in Schwingungen. Zunächst waren es nur sanfte Wellen, doch dann wurden sie kraftvoller, gleich einem aufziehenden Sturm auf dem Meer. Der schillernde Streifen wippte hin und her und nahm einmal die Breite eines umfangreichen Bandes an, dann wiederum wurde er so schmal, dass Micha ihn kaum sah. Die Transportblase rüttelte sanft und Micha begann zu schwitzen. Es war sehr anstrengend, zumal er das Äquatum nicht aus den Augen verlieren durfte.

Plötzlich wechselte der Streifen seine Farbe von Lila zu Grün, dann erschienen gelbe und braune Flecken und wie bei dem alten Fernseher, den Micha einmal bei seinem Opa auf dem Dachboden entdeckt hatte, flimmerte die Mattscheibe schließlich in wilden, bunten Flecken hin und her. Micha wurde schwindelig. Die vielen Farben ermüdeten seine Augen. Der Äqualoribus setzte sich abermals in Bewegung. Die Freunde spürten es an den Vibrationen der Blase.

„Wann ist es vorbei?", flüsterte Micha ängstlich.

Alpha drückte aufmunternd seine Hand. „Halte durch! Du machst das sehr gut! Wir kommen Miju immer näher!"

In diesem Moment klarte sich das Bild auf. Die Farben waren verschwunden und den sechs Gefährten bot sich ein sauberer Blick nach draußen, einzig eingetrübt durch die Schwingungen der Transportblase selbst. Wie bei einer Seifenblase waberte das Bild hin und her. Die Freunde blickten sich um. Sie schwebten ohne Untergrund in einer riesengroßen, wässrigen Kugel, die selbst wiederum zu fliegen schien.

Laurina gluckste aufgeregt: „Er hat es geschafft! Unser Junge! Der Kleine ist wirklich gut!

Wie fein er seine Pflicht hier tut!"

„Welcher ‚Kleine'?", entgegnete Micha sofort, „ich dachte, ich sei alterlos!?"

Laurina tippte Micha amüsiert auf die Schulter und gibbelte weiter, keine Spur mehr deprimiert und ratlos wie im Himmel.

„Recht so, Kleiner! Recht so! Ein Sprichwort sagt: ‚Macht jemand einen Witz auf deine Kosten, lass bald schon seine Nägel rosten!'"

Einen Moment herrschte irritierte Stille, dann brachen alle in Gelächter aus. Janardan rollte die Augen: „Na, wenigstens sind deine Sprüche noch genau so schl… kreativ wie im Himmel!" Die Freunde lachten und Laurina am lautesten.

Fast schon hätten sie in ihrem Übermut die kleine, ärmliche Frau zu ihren Füßen übersehen. Sie schlenderte langsamen Schrittes über eine staubige Straße und schien schwer bepackt zu sein. Sie wendete der himmlischen Gemeinschaft den Rücken zu, sodass die Freunde nicht erkennen konnten, was sie mit sich trug.

„Da!", rief Alpha, „Da ist sie! Das ist Miju!"

Alle blickten auf sie herab. Die Transportblase wurde allerdings plötzlich unschärfer und Laurina hauchte auf die Hülle wie auf einen Spiegel und versuchte sie blank zu reiben.

„Das nützt nichts", sprach Alpha. „Die Blase zeigt uns nur das, was wir wissen müssen und nur dann, wann wir es wissen müssen."

„Und was müssen wir wissen?", fragte Micha.

„…, dass Miju ihren Sohn liebt. Mehr als alles andere."

Wie von Geisterhand erschien in goldfarbenen Lettern eine Schrift auf der Innenseite der benebelten Blase. Buchstabe für Buchstabe erschlossen sich für die Freunde die rätselhaften Sätze, um danach sofort wieder zu verschwinden.

„Miju ist eine Heldin, auch wenn sie sich niemals als solche bezeichnen würde. Sie weiß nichts davon. Sie ist damit beschäftigt zu überleben. Doch es geht ihr dabei nicht um sich. Nur für ihren Sohn hält sie so viel Elend aus. Und dabei produziert sie so viele Liebesblasen wie kaum ein anderer Mensch in der Stadt. Deswegen ist sie im Himmel hoch angesehen."

„Was macht sie denn?“, fragte Micha neugierig.

„Sie wohnt in dem Elendsviertel ihrer Stadt und wandert jeden Tag vier Kilometer, um zu ihrer Arbeitsstelle zu gelangen.“

„In welcher Stadt?“, fragte Laurina.

„Ist das so wichtig? Nimm irgendeine Großstadt, in der immenser Reichtum Seite an Seite mit großer Armut existiert. Es spielt keine Rolle.“

„Also gut. Was ist das Besondere daran? Sie läuft zur Arbeit. Okay, ein Fahrrad zu haben wäre komfortabler, aber immerhin hat sie Arbeit“, gab Micha klug zu bedenken.

„Darum geht es nicht. Sie trägt ihren Sohn auf den Armen, jeden Schritt durch die staubige Stadt. Ohne Schuhe. Vier Kilometer hin, vier zurück. Ihr Sohn heißt Kiku und ist behindert. Seine Beine sind von Geburt an verkrüppelt und weil Miju arm ist und kein Geld für eine Operation hat, kann er nicht laufen. Nicht einmal einen Rollstuhl kann sie sich leisten. Sie besitzt nichts außer einer kleinen Einzimmerwohnung in einem ärmlichen Viertel, deren Miete sie sich vom Mund abspart.“

In diesem Moment klarte sich die Blase wieder auf und die Freunde konnten nach draußen schauen. Miju schlurfte langsam Schritt für Schritt voran und die entstellten, abgespreizten Beinchen ihres vierjährigen Sohnes schlugen gegen ihre Oberschenkel. Sie hielt ihren Sohn fest und eng vor dem Körper und versenkte ihr Gesicht in seinen Haaren. Sie liebte seinen Geruch. Sie liebte seine Stimme, wenn er ihr eine Geschichte erzählte, die er sich in der Zeit des Wartens für sie ausgedacht hatte.

Kiku wurde von Mijus Arbeitgeber geduldet. Er musste sich in eine kleine Kammer setzen und warten, bis die Mutter ihre Arbeit als Fabrikangestellte beendet hatte. Dabei besaß er kaum Spielzeug. Nur ein kleines Auto und die Geschichten in seiner Fantasie begleiteten ihn den ganzen Tag. Dieses Auto liebte Kiku. Und seine Mutter liebte Kiku und sie ihn. Und während die sie umgebenden Menschen hektisch ihren Geschäftigkeiten nacheilten und Kiku und Miju keines Blickes würdigten, lief dieses kleine Paket aus Mutter und Sohn in unendlicher Harmonie und Unantastbarkeit der Abendsonne entgegen. Es war, als schienen sie gänzlich unberührt von jeder Hektik, jedem Neid oder jeder Missgunst – wie entrückt von der Welt der Realitäten.

Der schöne Teil des Tages hatte begonnen und Miju atmete voller Wohlbehagen ihren Sohn und seine Stimme ein.

„Was sagte der kleine Prinz dann zu seinem Nussknacker?", fragte Miju interessiert.

„Nein, nicht zum Nussknacker!", korrigierte Kiku seine Mutter. „Der konnte doch nicht hören! Zu seinem Diener sagte er das!"

„Oh, das habe ich wohl verwechselt!", lachte die Mutter amüsiert. „Und was sagte er nun?"

„Dass er sich sputen soll. Ansonsten wäre die Prinzessin weg!" Miju lachte. Die Geschichten ihres Jungen waren nie ganz logisch, aber gespickt mit liebevollen Details und Witzen.

Ruckartig drehte sich Kiku um. Miju wusste, wohin er starrte. Zum Wasserverkäufer an der Ecke. Wie jeden Tag hatte er großen Durst von all dem Staub und Dreck, der sie umgab. Die Mutter las seine Gedanken: „Möchtest du ein Glas?" Kiku zögerte. Seine Mutter fragte sonst nie. Er wusste, dass sie kein Geld für solche Dinge übrig hatte. Zu Hause konnte er aus dem Wasserhahn trinken. Das Wasser war zwar stark eisenhaltig und roch alt und gammelig, aber es war preiswerter als das hier. Wie gerne hätte er einen Schluck genommen!

„Nein, Mama! Danke! Wir sind ja gleich zu Hause!" Sein Durst war kaum mehr auszuhalten. Den ganzen Tag hatte er nichts bekommen.

„Wir könnten es uns einmal gönnen", fuhr die Mutter fort. „Es gibt bald eine Gehaltserhöhung, hat der Chef gesagt." Kiku erkannte an ihrer Stimme, dass sie log. Warum wollte sie, dass er jetzt etwas trinken sollte?

„Weil sie ihn liebt und glücklich sehen will. Auch wenn es über ihre Kraft und ihren Geldbeutel geht."

Die Schrift der Transportblase schaltete sich wieder in das Geschehen ein. Gleichzeitig trübte sich die Mattscheibe und alle Menschen außer Miju und Kiku verschwammen in einem unklaren Farbengewirr. Laurina entrüstete sich:

„Halt! Jetzt verschwimmt uns hier die Sicht!
Kauft sie das Wasser jetzt oder nicht?“

„Das ist nicht wichtig“, antwortete Alpha. „Wichtig ist der Moment der Liebe und das, was in ihrem Namen passiert! Seht! Die Transportblase zeigt uns, was die Menschen auf der Erde nicht sehen können!“

In diesem Augenblick zuckte der Äqualoribus und das Äquatum tanzte wie ein bunter Reifen auf der Blase hin und her. Schließlich sahen die Freunde, wie sich um die arme Mutter und ihren geliebten Sohn eine Blase manifestierte, zunächst unscheinbar und durchsichtig, dann in einem satten Rot und voller wogender Kraft. Sie umgab sie wie eine schützende, kreisrunde Hülle.

Micha schaute auf Alpha, der in der Mitte der kleinen Gefolgschaft saß und dessen Haare zu Berge standen. Sie bewegten sich in einem unsichtbaren Wind, als würde jemand genüsslich Alphas Fell streicheln und ihn mit einer sanften Meeresbrise kitzeln. Es ging Alpha gut, es ging allen gut, die die Perfektion dieses Augenblicks betrachten und die das große Geschenk, das in diesen Augenblicken des Lebens lag, erkannten. Leider schaute nur sonst niemand außer ihnen so genau hin.

Die irdene Umgebung des liebenden Paares wurde zu einem unerkennbaren Brei, nur Miju und Kiku erstrahlten in großer Klarheit und Präzision in ihrer wundersamen roten Liebeskugel. Sie umgab nun das liebende Paar wie eine riesengroße, für die Außenwelt undurchsichtige Blase und isolierte sie von allen anderen Menschen in ihrer Umwelt. Die Kugel war groß und, obgleich die Himmelsfreunde sie nicht am eigenen Leib erleben konnten, spürten sie mit Gewissheit eine große Kraft und Intensität, die von ihr ausging, als sie mit Leichtigkeit gen Himmel stieg, um einer neuen Liebesblase der beiden Platz zu machen.

„Was ihr da seht, ist die Liebe, die die beiden produzieren.“

„Wow!“, Micha starrte gebannt auf Kiku und Miju und spürte ihre Verbundenheit. Er war wie gefesselt von der Innigkeit und Harmonie, die sie ausstrahlten. In diesem Moment schickte die Transportblase ihre letzten Buchstaben auf die Außenhülle, bevor sie langsam im Nichts versickerten, als wollten sie sich in einen angenehmen Schlaf legen:

„Liebe ist nicht logisch, nur maßlos und unendlich."

Schwere Geschütze

Maßlos, schier unendlich war Olobaids Wut! Er konnte sich nicht erinnern, wann er zum letzten Mal so aufgebracht war!

„Das hast du davon!", dachte Olobaid und schob Gerümpel zur Seite, um an die hintere Kammer seiner Behausung zu gelangen.

Er hatte zurückgehen müssen, um sich das zu besorgen, was er für seinen eigenen Plan gebrauchte. Auf Esiemas Pläne pfiff er – pah!

Die Waffenkammer war verschlossen.

Olobaids ungelenke Nebelarme hantierten zu wenig mit Schlüsseln, als dass sie Übung in Öffnungsmechanismen von Türen hätten und so fielen ihm die eisernen Metallknochen auf den Boden.

Die Gequälten ächzten, als sich das feurige Eisgewicht hinunterbeugte und nach dem Filigranen fingerte.

Olobaid fühlte erneut blinde Wut und übermenschlichen Hass in sich aufkeimen. Solche Arbeiten verrichten müssen! Und das als Herrscher! Das hatte er doch ohnehin nur ihr zu verdanken!

Sein Kopftornado wirbelte und Olobaid bäumte sich auf. Schwarze Nebelsplitter stoben in die Dunkelheit hinein. Es war, als schlote ein altertümlicher Vierzylinder mit einem vorsintflutlichen Industriekamin um die Wette.

Außer sich vor Wut schmetterte Olobaid die Schlüssel gegen den Tresor und verursachte dabei eine solche Wucht gepaart mit einem Atem raubenden Luftzug des Bösen, dass die verschlossene Tür unversehens aus der Angel flog.

„Na, bitte!“, murmelte der eloquente Einsame und griff sich die größte aller Waffen.

„Jetzt aber!“

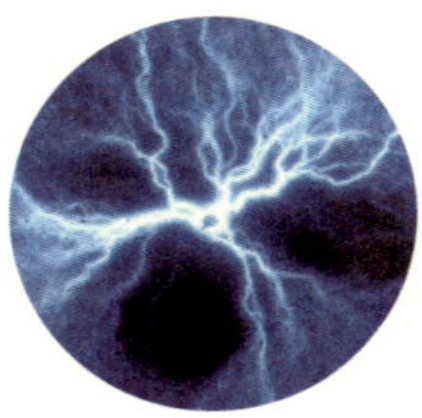

Michael

„Jetzt aber! Lasst mich durch!“, rief Michael und schob sich durch die herumlaufenden Engel hindurch, um in den Sitzungssaal der Engel zu gelangen.

Der Erzengel hatte die Tür zum Raum der Sichten bewacht und war nun Hals über Kopf mit dem Letzten seiner Kräfte hergeflogen. Er dachte zurück.

Er war eingenickt, nachdem er einige kleine, goldig süße Kalypsen hereingelassen hatte, die ihn unscheinbar angestrahlt hatten. Irgendwie war ihm eine besonders unschuldig dreinblickende, ameisenartige Kalypse bekannt vorgekommen … Doch dann hatte ihn die Schwäche übermannt und es war um ihn geschehen.

Das war ein Fehler gewesen, sicher! Aber schließlich hatte er lange nichts mehr gegessen und nicht damit gerechnet, dass die Kalypsen so schnell und so zahlreich sein könnten! Plötzlich waren Scharen von ihnen gekommen, hatten die Tür gestürmt, den Raumdschungel – den Ort der Sichten – eingenommen, sich lärmend an den Lianen hochgezogen und alles verwüstet! Wie heimtückisch sich die Kalypsen dabei die Ohren zuhielten! Es war ein Jammer, eine Katastrophe!

„Sie sind frei! Die Kalypsen sind frei und es kommen immer mehr!!!", rief er aus Leibeskräften.

Doch Michael störte die allgemeine Geschäftigkeit nicht, es waren ohnehin alle in heller Aufregung. Die Engel saßen mit ihren Fernrohren an der Durchsichtsscheibe des Raumes, die einen besonders schönen Blick auf die Erde freigab, und suchten das Firmament nach Besonderem ab. Einer checkte das Wetter, ein Zweiter die Lufttemperatur, ein Dritter teilte die Böen ein – es durften nicht zu viele sein.

Die anderen Engel beobachteten die Menschen und eine weitere Abteilung, die im Nachbarraum saß, koordinierte die restlichen Schutzengel. Nur eine kleine Abordnung war zur Erde beordert worden – für die besonders dringenden menschlichen Notfälle.

Alle anderen Engel hatte Gabriel, ob sie wegen des Hungers oder von Krankheit geschwächt daniederlagen oder nicht, zum Dienst einberufen. Nichts durfte schiefgehen! Die Menschen mussten kurz selbst sehen, wie sie fertig wurden.

Es war offenkundig, dass man sich mühte. Dass man tun wollte, was man konnte.

Besonders großen Einfluss hatten die Engel nicht auf das Wetter, aber die verstanden sich gut mit den Winden und Blitzen.

„Reißt euch zusammen!", schrie Markaturiel ein aufkommendes Tief mit einer Handvoll Blitzen an und schniefte rotnasig in ein kariertes Taschentuch. Inzwischen hatte es ihn voll erwischt. „Die Mission muss gelingen! Bleib zu Hause, Silberpfeil! Nur für kurze Zeit!“

„Der Äqualoribus braucht optimale Flugbedingungen“, ordnete Gabriel an. Er stand erhöht auf einem Podest und verteilte Anweisungen. Soeben erreichte ihn Klara, die aus dem Versammlungssaal „Himmelszelt“ gekommen war und von dort Bericht erstattete: „Die Menschen haben jetzt ihre Fernrohre geholt. Ganz so, wie du sagtest! Wir schauen zu und beobachten alles genau. Können wir noch mehr machen?“

„Nein, vorerst nicht. Danke, dass ihr uns helft!“

„Mist! Unsere Gesandten sind in eine Schneefront geraten! Was wollen sie denn da?“, bellte ein kleiner, unerfahrener Engel dazwischen. Er war völlig außer sich. Man hatte ihm die Hauptaufgabe der Observation des Äqualoribus übertragen und er rutschte nervös auf seinem Schemel hin und her, während er an der Scheibe zur Erde klebte.

„Gerne geschehen! Endlich läuft es mal umgekehrt!“, beantwortete Klara freundlich Gabriels Kommentar und ergriff die ausgestreckte Hand des Erzengels, in der ein Telefon lag. Er nickte nur, als er es ihr überreichte. Sie blickte ihm lange in die Augen und schien wortlos zu verstehen, was er ihr mit einem Kopfnicken übertrug.

Niemand hatte dem Erzengel Michael zugehört, der nun endlich mit wilden Handbewegungen auf Gabriel zueilte, um ihm von der kalyptischen Invasion Bericht zu erstatten.

Der Krieg

„Wo sind wir?", fragte Micha. Die Blase hatte sich verdunkelt, es roch nach Rauch und Tod, nach Verwesung und kaltem Schnee, der in eisiger Luft in die Lungen schnitt.

Wie sie dorthin gekommen waren, wusste niemand. Es geschah einfach mit ihnen. Alpha schien damit zufrieden zu sein, dass Micha jetzt wusste, wie Liebesblasen entstanden. Ob es noch mehr gab, das Micha über das Leben wissen sollte, dazu äußerte er sich nun nicht mehr.

Das Kaninchen hatte vielmehr geschwiegen, sich auf den Boden der Blase gesetzt und die Hände über den Löffeln verschränkt, als die Vibrationen einsetzten und die Blase abhob. Micha wusste zwar nicht, was kam, aber intuitiv stellte sich ein unangenehmes Gefühl ein. Er hatte den Äqualoribus nicht gesteuert, nein, sicher nicht, sondern dieser hatte sich von selbst bewegt, als hätte er eine eigene Meinung darüber, was Micha und seine Freunde sonst noch vom Leben auf der Erde erfahren sollten.

„Im Krieg!" Die Lettern erschienen wieder auf der Mattscheibe, dieses Mal in Schwarz. Von goldener Pracht keine Spur mehr. Der Äqualoribus hatte die Frage beantwortet, die Alpha offensichtlich nicht beantworten wollte.

Die fernen Gewehrschüsse hallten hohl auf den Wänden der Blase wider. Die Freunde hockten sich unwillkürlich auf den Boden, wie um sich zu schützen. Die Atmosphäre drückte auch Tote, Unsichtbare, vom Himmel Geschickte nieder.

„Oh! In welchem denn?“, flüsterte Micha, kaum hörbar unter den Salven der Maschinengewehre.

„Das ist unerheblich“, schaltete sich Stimmulus ein und lugte aus Michas Hosentasche hervor. „Alle Kriege sind grausam, bei allen sterben Menschen, viele Menschen, unschuldige Menschen. Immer sind Verzweiflung und Trauer die Folge. Nimm eine Szene aus der Zukunft oder eine aus der Vergangenheit. Es ist einerlei. Es gibt nichts Gutes an einem Krieg, zu welcher Zeit auch immer er stattfindet, einfach gar nichts.“

Aus Stimmulus' Stimme sprachen Bitterkeit und Frustration. Man merkte, dass er schon oft diese Situationen erlebt haben musste. Auch das kleine Kaninchen kauerte noch immer in der Mitte der Freunde und verschränkte die Arme, als wollte es sich selbst Wärme und Sicherheit geben.

„Und der da?“, fragte Micha mit einem Blick auf den Mann, den er nur undeutlich durch die Blasenoberfläche erkannte.

„Der sitzt im Schützengraben und friert, denn …“, begann Alpha.

Das Äquatum tanzte dieses Mal wie von selbst über den kugeligen Körper. Der Äqualoribus klarte sich auf und gab das frei, was die Abenteurer auch schriftlich erklärt bekommen sollten. Aus der nebelhaften Hülle stiegen die bewährten Buchstaben an der Innenseite des Äqualoribus entlang. Sie nahmen Alphas Worte auf und führten den Gesprächsfaden weiter, der sich um das Leben eines Soldaten im Schützengraben spinnen ließ, denn …

„… es war Winter, vielleicht ein harter Winter, der das Eis des Sees zentimeterdick erstarren ließ, der den Vögeln das Unterkleid verklebte und die Wege wochenlang zuschneite. Man könnte aber auch sagen, es war Winter und der Schnee wollte nicht so recht kommen. Eben einer jener Winter, in denen die herbstlichen Temperaturen die Witterung durcheinanderbrachten, in denen einige Vögel vorzeitig zurückkehrten, um viel zu früh ihre freudigen, Trost versprechenden Gesänge in die Luft zu schicken, die für Verwirrung und unbeantworteten Optimismus sorgten.

Es spielte keine Rolle, welcher Winter genau es war. Denn der Krieg dauerte schon einige Jahre und damit lange genug, um so oder so wieder seine jahreszeitlich bedingten Opfer einzufordern. Ob Menschen im Matsch, durchfeuchtet vom ewigen Regen und der Tragik unangemessener Kleidung, an Krankheit oder Siechtum dahinschieden oder Menschen, deren Extremitäten blau anliefen, in klirrender Kälte einfroren und an Wundbrand qualvoll krepierten. Der Krieg wie der Winter waren grausam und der Menschen unwürdig. Und doch taten die Erdenbürger einander das an. Immer und immer wieder.“

Die Schrift stockte, als müsste sie Atem holen, stimmlos klagten die Worte weiter an.

„Einigen wir uns auf die klirrende Kälte und den Weihnachtsabend …“

„Was macht der Mann da? Wo sind wir denn nun genau?“, fragte Micha, verwundert über die scheinbare Beliebigkeit des geschilderten Ereignisses.

„Exemplarrrrische Situation, oft errrlebt, leiderrrr zu oft“, zischte Janardan leise. Er hoffte, diese Information würde Micha reichen. Dieser zog unwillig die Brauen zusammen und versuchte zu begreifen. Doch die Worte fielen lautlos weiter auf sie herab, wie die umherwehenden Flocken, die der Schnee vor sich hertrieb.

„Schon seit mehreren Wochen war Hermann hier stationiert, direkt ganz vorne, in Feindnähe. ‚Feindberührung‘ nannten sie es. Wer hier heil herauskam, bekam einen Orden. Oder durfte gehen, weil er ein Bein oder einen Arm eingebüßt hatte – dafür aber sein Leben, und sei es noch so halb, zurückbekam. Hermann hatte noch alles: Bein, Arm und Leben, aber keine Ahnung, wie lange noch. Und er besaß noch mehr: Hunger, kalte Füße und eine Unendlichkeit an Sehnsucht in sich. Alles brannte in ihm, obwohl die Finger sich vor klirrender Kälte kaum bewegen ließen – eingefroren wie sie waren. Der Zeigefinger klebte am metallenen Abzug, das Fernrohr hatte bereits einen rot beränderten Kringel um sein rechtes Auge gezeichnet.

Schon lange beobachtete er ihn, ihn, der im anderen Graben lag – keine achtzig Meter von ihm entfernt. Hermann erkannte die feindliche Mütze, auch wenn sie eine noch so gute Tarnung abgeben sollte. Auch wenn sie sich seit Stunden nicht bewegt hatte. Er war ein alter Hase. Er kannte sich aus. Er wusste, dass der andere auch dort lag und ihn beobachtete. Er war ein alter Hase, denn Hermann lebte noch."

Der Äqualoribus machte eine Pause, als wollte er eine imaginäre Buchseite umschlagen.

„*Juri fror. Alle froren in diesem Winter. Und er dachte an daheim. Es würde Geschenke geben und Wodka getrunken werden. Man würde ohne ihn lachen. Es schauderte ihn. Ob es überhaupt etwas zu lachen gab? Ob es überhaupt etwas zu essen, zu feiern gab? Lebten sie noch, die Lieben? Oder waren sie vertrieben, gepeinigt, vergewaltigt, geschlagen, getötet worden? Juri schluckte schwer. Das Bild seiner Frau flirrte einen kurzen, klaren Moment lang durch seine Gedanken, bevor es sich schlagartig im Grau verlor. Schon zu oft hatte er es – der Einsamkeit und Härte des Krieges zum Trotz – in hoffnungsvoller Liebkosung in seine Erinnerung heraufbeschworen – ihr Bild, ihr Antlitz, das er so sehr liebte. Schwerer fiel es ihm, ihre Stimme zu erkennen, die ihm Süßes ins Ohr flüsterte. Warmes gegen die Kälte der Seele.*"

Eine kleine Liebesblase stieg von der einen Frontseite auf. Sie war schwach, zerbrechlich und so ermattet und kalt gefroren, dass sie zwar nur langsam ihren Weg nach oben fand, aber dennoch der Witterung und dem Zahn des Vergessens trotzte. Auch die durch die Luft zischenden Gewehrkugeln vermochten sie nicht zu zerstören.

Auf der gegenüberliegenden Seite des Äqualoribusses zogen die Buchstaben schwarz über den halbkreisförmigen Bildschirm. In der Mitte zerflossen die Lettern der beiden Geschichten zu einem einzigen Brei, einem Buchstabensalat, der sich allmählich auflöste. Die Freunde schauten vom Grund der Blase verwirrt zwischen den inneren Halbmonden hin und her, um sich darüber klar zu werden, was der Äqualoribus da mit ihnen machte. Sie wollten keinen Teil der beiden Geschichten verpassen. Gebannt saßen sie da und froren gemeinsam im grauen Dickicht des Blaseninnern, während die Kälte des Augenblicks auch in ihre Seelen einzog.

Ihr Blick glitt ins Gegenüber und schemenhaft sahen sie von der anderen Frontseite ebenfalls eine zierliche Liebesblase. Eisgetrübt, schmerzverzerrt, aber beharrlich stieg sie gen Himmel.

„Seine Frau konnte gut kochen. Sie garte traditionellerweise die Gans einige Stunden im Bräter, bevor sie die schmackhafte Soße in den Ofen gab. Hermann liebte die Gans, die Lieder, die Frau. Das Singen der vier Kinder, die nach draußen geschickt wurden, das Christkind zu suchen, während er und sie die Geschenke unter den Weihnachtsbaum legten. Während die Schwiegermutter letzte Anweisungen zu den von ihr gestrickten Socken herausposaunte, die bitte einen Ehrenplatz auf dem größten Geschenk des jeweiligen Kindes zu bekommen hatten. Auch sie aufgeregt und angespitzt von der Stimmung des knisternden Kaminfeuers, des ergreifenden Festgottesdienstes, in dem sie der Stimme des Pastors fleißig gelauscht hatten, der vom einen Gott sprach, vom einzig wahren, einzig existenten Gott der Christenheit. Wie sehr sie das alles glaubten und glauben wollten! Wie glücklich sie waren über das kleine, tönerne Christkind der selbst gebauten Krippe, das den Anlass gab für frisch gebügelte Hosen und gestärkte Oberhemden, für ‚liebe Kinder‘ einen ganzen Tag lang, und für so viel unschuldige Freude und Feierlichkeit. Es war schön, zu glauben. Es machte glücklich.“

Die andere Kugelhälfte meldete sich weiter:

„Juri wollte glücklich sein. Wollte dabei sein, bei dem, von dem er nicht wusste, ob es das noch gab. Er hatte Hunger und hätte zu gerne einen Happen des Festmahls erhascht, bei dem in üppigen Jahren genug übrig blieb, sodass die Hunde davon bekommen konnten. ‚Einmal leben wie ein Hund!‘, dachte er und blickte auf die Fetzen seiner Handschuhe, die mehr Löcher als Strickmaschen besaßen.“

Und wieder wanderten die Blicke der himmlischen Gruppe auf die gegenüberliegende Mattscheibe, deren Buchstaben ihr Augenmerk fesselten.

„‚Hundejahre!‘, schimpfte Hermann wortlos. ‚Mit uns kann man es ja machen!‘ Seine blauen, aufgeplatzten Lippen pressten sich lautlos aneinander. Leer und bitter versuchte er es wieder. Den Verstand ausschalten. Schon lange wollte er nicht mehr er selbst sein. Schon lange diese Vergangenheit vergessen, die sein Tagewerk war und ihn pausenlos begleitete. Er verließ seinen Körper im Geiste, wenn er den Abzug drückte und der Knall des Todes durch die Luft jagte, der dröhnend und zischend in abgemagertes, erkaltendes, von Plackerei geschundenes Fleisch schnitt. Zu viele hatte er bereits getötet. Zu wenig wusste er, was er nun noch zu seinem Gott beten sollte. Die Worte waren mager geworden wie die Liebe in ihm selbst. Ein ‚Verzeih!‘, ein ‚Bitte nicht!‘ – das war der auf das Überleben reduzierte Leitsatz seines Denkens geworden. Und wieder würde er töten müssen, denn der Kerl da gegenüber lebte noch! Das spürte er! Ihn konnte er nicht täuschen, ihn nicht! Auch wenn er sich nicht rührte. Hermann wusste, dass er noch lebte! Lautlos fixierte er erneut die feindliche Kopfbedeckung, die ebenso spärlich war wie seine eigene.“

Micha schluckte schwer. Er schaute durch die dämmrige Hülle des Äqualoribus auf das abgeerntete Getreidefeld zwischen den Schützengräben und spürte die Kälte des Bodens und der Herzen. Kein Schnee schmolz, kein Leben erleuchtete die Natur und keiner nahm den Glanz wahr, den der Mond auf die weißen Kristalle des Frostes legte. Micha wurde unendlich traurig und schaute hilflos in die Runde. Ratlosigkeit und Ergriffenheit lag auf den Gesichtern.

Erst jetzt sah er, dass Alpha nicht mehr zusammengekauert zwischen ihnen saß, sondern im Vierfüßlerstand verzweifelt seine langen Lauscher auf die Außenhülle der Blase gelegt hatte. Neben ihm stand Stimmulus und horchte ebenfalls. Beide sogen auf, konzentrierten sich und wollten hören, was draußen gesagt wurde. Alphas Körper war gekrümmt, war gespanntes Hören geworden. Micha sah, dass er ab und zu den Kopf schüttelte – langsam und sehr traurig.

„Juri fror. Er wollte sich reiben, doch wusste er, dass sein Gegenüber ihn beobachtete. Er rührte sich bereits seit Stunden nicht mehr

und wenn, dann war er peinlich darauf bedacht, keinen großartigen Stellungswechsel zu vollziehen. Das Gewehr stand neben ihm. Noch gestern hatte er den Kolben geputzt. Kolbenputzen war wichtig, denn das konnte das Überleben bedeuten. Man durfte keinen Fehler machen. Nicht einen einzigen.

Juri senkte vorsichtig den Kopf und schaute auf seine Schuhe, sein dicker Zeh lief darin seit einigen Tagen schwarz an. Juri wusste, wie Erfrieren funktionierte. Die andere Seite war auch schon dran gewesen. Dennoch brannte es unerträglich, bevor das Schwarz gewann. ‚Durchhalten!', dröhnte er sich zu. ‚Nicht schwächeln!'

Seine Tochter lächelte ihn an und hielt ihm den Ball hin, auf dass er ihn zurückwerfe. Er liebte sie so sehr, die Kleinen! Und nun waren sie so weit weg und stattdessen blieb ihm nur dieser sonderbare Helm ihm gegenüber. Das Bild verschwand und die Angst kehrte zurück. Diese unendliche Angst, im nächsten Moment sterben zu müssen!"

Alpha zuckte, kurz hatte er die Augen geschlossen gehalten und war dann zurückgeschreckt, als wäre er abgewiesen worden. Noch immer lauschte er mit ganzer Kraft und schien sein Ohr in die Blase hineindrücken zu wollen.

„‚Ich will noch nicht sterben!', dachte Hermann. ‚Oh, Gott! Ich will nicht sterben!'"

Der Äqualoribus zitterte bei den rot umrandeten Worten, die übergroß am Kugelkörper prangten.

Alpha schauderte erneut und atmete schwer auf. Laurina hastete zu ihm und umfasste seinen Körper an Bauch und Rücken.

„Oh je! Alpha! Was ist mit dir?

Sag es mir!", brüllte sie.

Alphas Körper war eiskalt geworden. Als wäre kein Leben mehr darin. Sie zog ihn auf ihren Schoß und wärmte den kleinen, fröstelnden Hasen mit ihren vielen Armen, während sie ihn wie eine Mutter Schutz gebietend hin- und herschaukelte und dabei leise summte. Ihre Augen schauten hektisch und ratlos in die Runde, ihr verhaltener Gesang erklang jedoch unbeirrt weiter.

„Hier nimm das!“, sagte Janardan und löste seinen Turban auf, der sich sogleich in einem Fluss aus Stoff ergoss. Er warf die losen Knäuel hektisch auf Alpha und stopfte sie – Wärme gebend – unter dem Kleinen fest, der inzwischen laut hustete und immer schwerer zu atmen schien. Micha verstand nicht, was hier vor sich ging. Und es beschlich ihn ein unbekanntes Frösteln aus Machtlosigkeit und Traurigkeit.

Dabei bemerkte er kaum, dass Stimmulus sich zurückgezogen hatte. Nachdem er vergeblich Beschwörungsformeln gegen die Außenhaut geflüstert hatte, war er deprimiert in Michas Tasche geschlüpft – den Kopf gesenkt, das Mützchen in der Hand haltend. So, als hätte er aufgegeben.

„‚Nimm das!‘, presste Juri bitter hervor. Die lange Patronenhülse lag kalt auf seinen Spinnennetz-Handflächen und wurde zitternd in den Lauf geschoben. Das Gewehr rastete mit einem metallischen Klicken ein, übertönt von erneuten Bombeneinschlägen in der Umgebung.“

Micha stand auf und löste sich von den Freunden, die verzweifelt um das kranke Himmelskaninchen hockten. Er drehte sich in die Mitte des Äqualoribus – dort, wo er die beiden Männer am besten erkennen konnte. Micha suchte den Horizont nach Liebesblasen ab. Nichts passierte, nicht das geringste Bläschen zwischen den Männern! Nur Hass und Eis!

Der Junge hatte gesehen, dass Juris Mütze sich bewegt und Hermanns Gewehr unbemerkt den Lauf gesenkt hatte. Er ahnte, was hier vor sich ging und wollte am liebsten aus der Transportblase herausspringen und sein Entsetzen in die Kälte brüllen.

„Juri hörte die Musik. Er liebte die Streicher seines Lieblingsstückes, die ihre Melancholie in sein Herz versenkt hatten. Er dachte an seine Kinder, seine Frau und drückte eine angstvolle Träne aus dem zitternden Augenwinkel. ‚Hilf mir!‘, flüsterte er und holte die von Kälte vertriebenen Kräfte in den Körper zurück. Mühsam erhob er sich.“

Alpha schrie auf, als hätte man ihm in den Bauch getreten.

„Was machst du da?“, brüllte Micha Juri an und donnerte seine Fäuste gegen den Äqualoribus. „Was, zum Henker, soll das??? Ihr zwei! Macht das nicht! Nein!!!!!“

Der Äqualoribus erstattete unbeirrt Bericht, aber die Buchstaben wurden größer und verzerrter. Inzwischen war das Schwarz gänzlich dem Rot gewichen, als die Transportblase wieder die Geschichte von Hermann aufgriff.

„‚Meine lieben Kinder! Nur für euch! Gott steh' mir bei!' Hermanns Oberkörper hatte den Schützengraben verlassen. Er wollte ihn sehen, Mann gegen Mann. Wissen, wie so einer aussieht. Bestimmt war er ein wildes Tier! Es musste ein wildes Tier sein und wilde Tiere durfte man töten! Bestimmt durfte man das!"

Alpha schrie wie ein Gefolterter – sterbend, gequält, kein Leben hervorbringend.

Micha kam es so vor, als läge ein kalter, schwerer Stein in seiner Hosentasche. Der Heilige Geist rührte sich nicht mehr.

„Juri krabbelte auf den Graben, während der gefrorene Schlamm in seine Schienbeine schnitt. Er starrte mit gezücktem Gewehr auf sein Gegenüber. Er lief auf Hermann zu. Wenige Meter entfernt stand er: sein Schicksal, sein Feind – sein Tod? In seinen Ohren zischten die Bomben, detonierte sein Blutkreislauf in donnernden Einschlägen."

„Auch Hermann hörte nichts von den Angriffen."

Der Satz erschien auf der gegenüberliegenden Seite, dort, wo er bislang nicht hingehörte. Die Worte zerflossen ineinander. Nicht mehr zuzuordnen waren die beiden Geschichten, die nunmehr einmündeten in eine einzige.

„Sie zögerten, sie fixierten einander. Sie überlegten – die Gewehre aufeinander gerichtet."

Alpha hatte sich mit letzter Kraft aufgerichtet und krabbelte unbeholfen zu Micha, während seine Beine vor Schwäche einknickten.

Laurina ließ ihn gehen und die losen Turbanfetzen fielen an ihm herab. Josef schaute Laurina verzweifelt an, Tränen in den Augen. Auch Janardan kratzte sich am Kopf und wirkte unbeholfen angesichts der Spannung der Situation.

Alpha hielt den Kopf gesenkt und hob ihn erst, als er bei dem kleinen Jungen angekommen war. Micha sah, dass er kalten Schweiß ausschied. Er hatte noch nie ein Kaninchen schwitzen sehen, schon gar nicht bei so einer Kälte. Alpha erhob die Pfote und hämmerte mit letzter Kraft ebenfalls an die Transportblase. Verzweiflung klang aus seiner engelsgleichen Kaninchenstimme, während er schrie: „So hört doch!! Hört doch hin!!! Liebt einander! Lasst euch leben!“

„Sie hörten nichts“, berichtete der Äqualoribus weiter. *„Sie fühlten nichts. Sie standen nur da, während der Wind in der Abenddämmerung unbeirrt die trockenen Schneeflocken von der Erde hochtrieb und oben ineinander verwirbelte, auf dass sie in einem traurigen Tanz fallen sollten.“*

Alpha weinte und kniete verzweifelt neben Micha auf dem Boden der durchsichtigen Kugel. So hatte Micha ihn noch nie gesehen! Alpha litt wie kein Mensch leiden könnte.

Doch mit einem Mal wurde Micha klar, dass er selbst verantwortlich war für das, was der Äqualoribus ihnen zeigte, wohin dieser die Freunde führte und wann er sie auch wieder davon wegbrachte. Mit der Macht eines Hammerschlages ereilte ihn die Sorge um sein Himmelskaninchen und das schlechte Gewissen über sein Versäumnis, viel zu lange der Szene beigewohnt und seine Chance zur Flucht nicht erkannt zu haben.

„Weg hier!“, brüllte er in die Blase hinein, die sogleich ihre Lettern ins Äquatum zurückzog, sich vibrierend für den Weiterflug rüstete und einen sanften Schimmer auf die Oberfläche legte. Nicht genug, um zu verhindern, dass sie noch sahen, wie erkaltete Finger die Abzüge drückten und die beiden leblosen Körper dumpf auf der Erde aufschlugen.

Lied 17: Töte ihn nicht

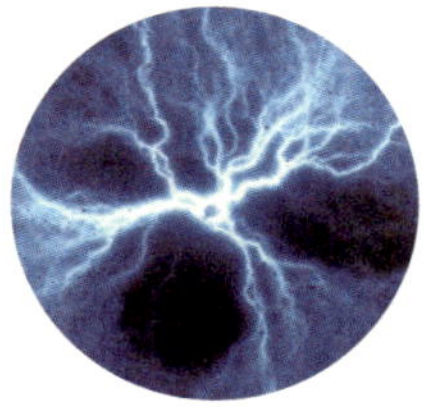

Noch viel weiter

„Wo sind die Kalypsen jetzt?“, fragte Gabriel den anderen Erzengel Michael.

„Diese dicken Biester!“, antwortete der abwesend. „Fett sind sie geworden! Fetter als man sie kennt und schwärzer als der Abgrund! Und sie haben die Sichten überwältigt. Diese starken Wesen! Einfach überwältigt!“

„Und wie geht es den Sichten im Moment?“, fragte Gabriel besorgt.

Michael zuckte mit den Schultern. „Schlecht. Sie sind schwach, sehr schwach!“

Gabriel saugte verbrauchte Luft in seinen Rücken, als erhoffte er sich Stärkung aus dem Nichts.

„Wo sind sie jetzt, die Kalypsen?“, wiederholte er kleinlauter seine anfängliche Frage.

Der Angesprochene starrte ihn hohlwangig und wortlos an. Wie schlecht auch er aussah!

„Wenn ich das wüsste“, flüsterte Michael bekennend.

„Was vermutest du?“

„Schon ein Stück weit!“

„Wie weit? Bis zur Tür hinaus und dann? Über den Korridor?“, fragte Gabriel.

Der andere Erzengel nickte ertappt.

„Über den Schulflur?“

„Gabriel, es tut mir unendlich leid! Ich wollte nicht, dass …", fing Michael an.

„Das braucht dir nicht leid zu tun! Ich bin es aber leid, dass in diesem Himmel auf einmal jeder meint, sich für etwas entschuldigen zu müssen, das er nicht getan hat!"

„Aber ich war zu schwach, zu müde …", fuhr der unangeklagt Gescholtene wieder fort.

„Ich weiß doch! So hör schon auf!", antwortete Gabriel. Und wieder seine Frage: „Wie weit sind die Kalypsen jetzt? Über den Schulflur?"

„Bestimmt …", ein Flüstern, eine Scham, ein Schweigen, ein gesenkter Kopf: „Bestimmt sind inzwischen noch viel mehr da!"

Gabriel zögerte, verarbeitete. Dann überlegte, plante er.

„Wie weit???", beharrte er.

Michael sah ihn an. Pure Hilflosigkeit.

„Weiter!!! Noch viel, viel weiter!"

Wohin?

„Wie geht es weiterrr?", fragte Janardan. „Sag schon, wohin nun?" Er rüttelte unsanft an Michas Schulter, der noch immer wie versteinert vor sich hin stierte. Die menschliche Grausamkeit hatte ihn erstarren lassen.

Obgleich er nicht wusste, ob ihnen die Gewehrkugeln etwas hätten anhaben können, hatte er das Gefühl von Rettung. Er hatte sich und die Freunde bewahren können. Sicherlich, in letzter Sekunde retten können.

Aber was hatte er Alpha angetan? In welche Gefahr hatte er sein kleines Himmelskaninchen gebracht, der doch offensichtlich unter dem Krieg körperlich zu leiden hatte! Nur um alle Abgründe des menschlichen Lebens kennenzulernen? War es nötig, alles zu sehen und alles zu verstehen, wenn man den Himmel retten wollte? Konnte man überhaupt alles verstehen, was die Menschen einander antaten? Hätte er verhindern können, dass sich Hermann und Juri gegenseitig umbrachten?

„Ich hab es nie verstanden", japste Alpha neben Micha. Die Kriegsszene hatte ihn geschwächt, krank gemacht. Seine Stimme echote leise auf den Seiten des Äqualoribus wider und es schien, als gäbe es nur sie – diese Stimme – und sonst gar nichts.

„Was?", fragte Micha, obwohl er die Antwort wusste. Irgendwie kam es ihm so vor, als hätte er diesen Dialog schon einmal geführt.

„Die vielen Kriege, das Töten von Menschen, das blutrünstige Gemetzel, immer und immer wieder."

Micha machte eine bedeutsame Pause. Er hatte dazugelernt. Die Schule des Himmels, seine Sehnsucht nach Gott und die vollständige Annahme und Hingabe von Gottes Liebe, seine eigenen negativen Gefühle und das Gefühl großer Verantwortung hatten ihn belehrt, reifer gemacht für seine große Aufgabe. Ihn – den kleinen Jungen, der er noch immer war und den er doch schon lange hinter sich gelassen hatte.

„Ich weiß jetzt, was du meinst, Alpha …" Er wartete erneut. Die Freunde hörten seinen Atem rasseln. Auch er hatte mit den Folgen des kriegerischen Wahnsinns zu kämpfen. Man spürte, dass Micha fröstelte, obwohl sie bereits seit geraumer Zeit die Kälte des unbarmherzigen Winters hinter sich gelassen hatten, obwohl der Äqualoribus mit aller himmlischen Wärme und Behaglichkeit ausgestattet war. Gegen die

Kälte der Erfahrung wusste auch das bewährteste himmlische Transportmittel nichts aufzubieten.

Micha schüttelte den Kopf und raffte seine Entschlossenheit zusammen.

„Ich übernehme jetzt die Verantwortung!“

„Wofür? Aber Micha, du trägst doch nicht die Schuld an den Kriegen und dem Bösen auf der Welt!“, versuchte Stimmulus ihn zu beruhigen. Er war wieder aus der Tasche geschlüpft, als es wärmer wurde. Laurina umarmte Micha ein kurzes und herzliches Mal. Seine Entschlossenheit rührte ihre mütterliche Ader, die mit zunehmender Erdennähe immer mehr durchschlug.

„Das meine ich nicht! Aber ich werde euch nicht mehr in irgendeine Gefahr bringen. Alpha ist mir dazu zu wichtig, als dass ich ihn noch einmal gefährden würde.“

Alpha atmete beschwerlich. Man hörte, dass er sich über die Worte freute, wenngleich er auch weiterhin kraftlos dalag.

„Mehr muss ich nicht sehen“, fuhr der Junge fort. „Man hat mir gezeigt, wie Liebe entsteht und wie sie Blasen bildet. Und ich habe gesehen, wo es keine Blasen mehr für den Feind, den Mitmenschen gibt und wozu die Menschen fähig sind! Ich fürchte, es gäbe noch viele Beispiel wie diese. Mir reicht es! Ich will nicht mehr, dass uns die Situationen etwas zuleide tun, dass sie uns krank machen und uns die Luft wegbleibt. Oder was auch immer da eben mit uns geschehen ist auf dem Schlachtfeld.“

„Verrrrstanden habe ich das auch nicht“, gab Janardan zu, froh darüber, seine Unbehaglichkeit äußern zu können.

„Man hat uns nicht gehört“, meldete sich Alpha. Er sprach langsam, aber es lag viel Gewicht in seinen Worten. „Wer auf einen anderen schießt, hört nicht, was wir zu sagen haben. Und solange wir hier auf Erden sind, macht mich das krank und schwach.“

„Allerdings!“, pflichtete Stimmulus bei. Der kleine Mann war auf Michas Schulter gehüpft und saß nun direkt neben Michas Ohr, als wollte er mit seiner Stimme genau an der richtigen Stelle sein. „Das erlebe ich oft bei den Menschen. Ich brülle mir die Seele aus dem Leib, aber es hört keiner zu!"

„Und was sollen wir jetzt tun?", fragte Josef und schaute zu Micha. Hatte der Junge bei aller Entschlossenheit auch eine Marschrichtung?

Damit hatte er den Kern des Zweifels ausgesprochen, denn es war klar, dass niemand eine Antwort wusste.

„Warrrrte, ich lese noch einmal in derrr Anleitung nach!", rief Janardan und verschwand schon in einem Wirrwarr zerknüllten Papiers. Dabei wurde deutlich, dass sich schon ein Großteil der alten Schriftrolle aufgelöst hatte. Auch der kleine Inder, der sonst immer seine seelische Ausgeglichenheit wahrte, ließ sich von den Erdengefühlen anstecken, sodass eine nervöse Wut aus ihm sprach: „Mistige Hinterrrallerrrwurrrzelsumpfnatterrrr! Die Hälfte derrr Schrrriftrrrolle ist schon hinüberrr! Es wirrrd langsam Zeit, dass wirrr eine Lösung finden! Es muss doch einen Hinweis geben, wie man jetzt am besten weiterrrfliegen sollte!"

„Gib dir keine Mühe!", sagte Alpha. „Ihr habt es zwar geschafft, die Schriftrollen und den Äqualoribus zu beschaffen, aber steuern und lenken kann nur der ihn, der den himmlischen Auftrag dafür bekommen hat. Darüber steht nichts in der Rolle."

Erwartungsvolle Blicke hefteten sich auf Micha, der verstohlen hin und her blickte. Er war entschlossen. Na klar, das war er! Aber dennoch hatte sich bislang noch keine wirklich gute Idee eingestellt. Micha stand wie versteinert da und wartete, dass sich endlich ein Geistesblitz zur Rettung von Erde und Himmel zu Wort meldete.

In diesem Moment vibrierte etwas in Michas Hosentasche.

„Was ist das?", fragte er. „Du sitzt doch auf meiner Schulter, Stimmulus! Du kannst es nicht sein, der mich da zwickt!" Micha ließ die Hand in die Tasche fahren und tastete etwas Rundes. Er holte die schwere, kleine Liebesmurmel hervor, die er von Klara mit auf den Weg bekommen hatte und die er in der Zwischenzeit längst vergessen hatte.

„Was passiert hier?", fragte er erstaunt.

„Der Himmel ruft dich an!", erklärte Stimmulus. Daran sah man, dass er schon länger im Geschäft war. „Heb ab! Nun mach schon!"

„Wie denn? Das ist doch kein Telefon!“, rief der kleine Junge hilflos, zog die Kugel heraus und hielt sie auf der offenen Handfläche. Sie pulsierte in unterschiedlichen Regenbogenfarben und wackelte so stark, dass sie Micha fast aus der Hand fiel.

„Drangehen!“ zischte Stimmulus und zog Micha am Ohr, sodass dieser aufschrie. Micha zog zögerlich die Hand zu seinem Mund und hauchte rein intuitiv:

„Hallo? Hier ist Micha!“

In diesem Moment erschien blitzartig ein übergroßes Panoramabild auf der Innenseite des Äqualoribus und umschloss die Freunde ringsum. Tausende von Gesichtern blickten die sechs erwartungsvoll von der Mattscheibe aus an, ganz vorne Klaras mit einem Telefonhörer in der Hand, die das Wort ergriff:

„Hallo, ihr Lieben! Wir verfolgen das Ganze hier oben durch unsere Fernrohre! Das war ja ganz schön knapp gerade!“

„Klara!“, rief Josef und strahlte übers ganze Gesicht. Sie nickte ihm herzlich zu und fuhr dann fort: „Ihr müsst euch beeilen! Der Himmel ist in Gefahr! Die bösen Kalypsen sind aus dem Raum der Sichten ausgebrochen und es kommen neue in den Himmel hinein. Wir wissen nicht, wie weit sie schon gekommen sind!“

Diese Nachricht ließ Stimmulus und Alpha zusammenzucken. Sie fuhren zusammen, als hätte ihnen jemand eine Ohrfeige verpasst. Verzweifelt schauten sie sich an, sodass Alphas Kaninchenhaare und Stimmulus’ Zipfelhütchen zitterten. Sie brauchten nicht zu sprechen, um sich zu verstehen. Aber niemand achtete auf die beiden.

„Aber was noch wichtiger ist“, fuhr Klara fort. „Wir haben mitbekommen, dass Michas Eltern überlegen, die Maschinen abzustellen!“

„Was für Maschinen?“, fragte Micha überrascht und erkannte an den Reaktionen seiner Zuhörer, dass sie nicht darauf eingestellt waren, ihn unwissend zu sehen.

„Ich habe nicht alles geschafft“, schaltete sich Alpha beschwichtigend in die Szene ein, nachdem er die vielen vorwurfsvollen Blicke registriert hatte. Er erhob sich schwerfällig, als müsse er eine Rede halten, die ihm alles abverlangte. Und das nach allem, was er gerade durchgemacht hatte!

„Was hast du nicht geschafft? Sag nicht, dass es noch mehr gibt, was ich nicht weiß!“, brüllte Micha entsetzt. Das durfte doch nicht wahr sein!

„Doch! Leider ist es so. Ich muss dir noch mehr erklären.“

Alpha japste Mitleid erregend. „Micha, du weißt doch, dass du bei einem Unfall gestorben bist.“

„Ja. Das weiß ich!“

Micha kämpfte gegen seinen Unmut an. Alpha blieb ruhig und erklärte weiter.

„Du lagst erst im Koma, doch inzwischen haben deine menschlichen Organe aufgegeben. Du hängst an der Beatmungsmaschine und giltst als klinisch tot!“

Micha war wie erstarrt. Was sollte das nun wieder?

„Also bin ich nun tot oder nicht?“

„Klinisch tot schon! Hirntot eben! Sonst wärest du doch auch nicht bei uns!“

„Aber?“

„Aber dein Herz schlägt noch von selbst!“, ergänzte Alpha.

Micha schluckte schwer. Auf einen solchen Gedanken war er überhaupt nicht gefasst.

„Aha. Das heißt?“, fragte er.

„Dass ein Teil von dir, der irdische und körperliche, noch auf der Erde ist und dort – nun sagen wir mal – so was ähnliches wie lebt.“

„Aber ich dachte, ich wäre tot!“

Micha stützte sich rücklings mit den Handinnenflächen an der runden Außenhaut ab, während er langsam daran hinunterglitt. Er fühlte, dass die Blase innen warm war und nach außen hin kälter wurde. Sie mussten sich schon weiterbewegt haben, ohne dass er einen konkreten Befehl gegeben hatte.

„Bist du ja auch!

Hört auf mit diesem Schlauch!“ Laurina wurde es zu bunt. Was machte man nur mit diesem kleinen Jungen!

„Das ist verwirrend." Micha wurde schwindelig und seine himmlische Körperadaption schwirrte. Er hatte mit einem Mal wieder das Gefühl, seine Hülle stofflich spüren zu können. Sie fühlte sich bleiern und behäbig an und erschwerte ihm seine Atemzüge.

„Bin ich ein Geist? Ein Untoter? Ein Monster oder ein Gespenst? Etwas, wovor die kleinen Kinder immer Angst haben? Sagt, bin ich so etwas?"

Aus seiner Stimme klang die Angst messerscharf heraus.

„Aber nein!", antwortete dieses Mal Stimmulus. „Nicht, dass es schlimm wäre, ein Geist zu sein", sprach er und lächelte dabei schelmisch.

„Aber ich kann dich beruhigen. Es gibt keine Gespenster oder Untoten! Das weißt du doch schon lange!"

„Aber nichtsdestotrotz könnte uns diese Eigenschaft an dir, zwischen Himmel und Erde zu stehen, hilfreich sein", erklärte Alpha und an der Reaktion der Belegschaft der Kugel und der vielen Augen, die aus dem Panoramakino der Blase schlagartig auf ihn gerichtet wurden, erkannte Micha, dass Alpha nun etwas Vielsagendes von sich geben würde.

Aber Alpha schwieg.

„Wie meinst du das?", fragte Micha.

„Du entscheidest. Unser Schicksal liegt in deiner Hand. Welchen Weg auch immer du gehen wirst, wir gehen ihn mit. Du allein wirst den Himmel retten. Dein Wesen steht zwischen dem Tod und dem Leben. Damit bist du abermals etwas Besonderes, denn schließlich bist du von allen, die jemals gelebt haben, auserwählt worden."

„Auch von Gott?", fragte Micha zum ersten Mal. Schon lange schwirrte ihm der Gedanke durch den Kopf, wo Gottvater denn die ganze Zeit bisher gesteckt hatte. Ihn musste das Problem doch wohl auch etwas angehen!

Wieder richteten sich alle Augen auf Alpha – zigfach, tausendfach starrten die Kugeloberflächengesichter auf dieses kleine Kaninchen herab.

Und nun kam es endlich, dass er das sich anbahnende Wichtige sagte. Allerdings registrierten das aber nur alle anderen – außer Micha, der mit seiner geistigen Verwirrung und seiner körperlichen Irritation zu kämpfen hatte.

„Ja, auch von Gott."

Pausen taten gut, Pausen waren wichtig. Das Anschauen, das Vertrauen-Schenken und das Aufeinander-Verlassen-Können dieses Augenblicks waren ebenso tief wie sie auch offen vor allen lagen – wie die Buchseite eines allseits bekannten, vielleicht sogar auswendig gelernten Comicstreifens.

Das alles hatte zwar nichts mit einem Comic gemeinsam, aber die Blicke hatten es für einen kurzen Himmelsmoment mehr als in sich.

Nichts wie hin

„Ich will ja nicht stören", räusperte sich Klara auf der Mattscheibe und rüttelte die in sich gekehrte Runde des Äqualoribusses auf.

„Du störst nicht", sprach Alpha ruhig und wendete dabei nicht den Blick von Michas Augen ab.

„Zum einen werden bald die Maschinen abgestellt und ihr müsst überlegen, ob ihr etwas dagegen unternehmen wollt", fuhr sie fort, „zum anderen löst sich eure Gebrauchsanleitung allmählich in Luft auf und zum Letzten ist Tanael nun auch auf der Erde gelandet. Er steuert auf Michas Familie zu. Ich denke, ihr solltet bald etwas unternehmen, bevor euch die Erdenzeit davonrennt!"

„Tanael hat keine Erlaubnis, auf der Erde zu sein", schaltete Stimmulus sich ein. Alpha legte ihm besänftigend die Hand auf die kleine Schulter.

„Aber er will Micha retten, glaube ich!“, drängte sich ein kleiner grüner Engel in den Fokus, der für die Überwachung eines himmlichen Außenbereichs zuständig war. „Ich habe ihn in meinem Bezirk getroffen. Er hat geschimpft und sonderbar gesungen. Das klang ganz anders als hier oben. Gar nicht richtig engelshaft.“

Der Grüne kratzte sich nachdenklich an den Haaren und wurde dann sanft von Gabriel, dem Erzengel, zur Seite gedrängt, damit dieser sein hübsches, aber sichtlich geschafftes Gesicht vor das Telefon, die Himmelskamera, halten und dramatisch berichten konnte:

„Alpha! Wir wissen nicht genau, was Tanael vorhat! Weil er keinen Auftrag hat, sondern auf eigene Faust losflog, kann er alles anrichten. Wir glauben, dass er in einem schlechten Zustand ist. Er ist krank und hätte niemals starten dürfen. Wir wissen nicht, ob er auch ansteckend für die Menschen ist mit seinen sonderbaren Engelsgefühlen oder was sein Hunger auf der Erde sonst noch anrichten könnte.“

Er fuhr sich nervös durch die langen Haare: „Himmel! Hier gerät alles aus den Fugen! Ein kleiner Junge, der seine schlechten Gefühle zum Himmel trägt, weil sein Schutzengel durch die schlechten Taten der Menschen zu wenig zu essen bekommt und selber anfängt, Dummheiten zu machen. Und jetzt auch noch die Kalypsen! Es gelangen viel zu viele von ihnen in unsere Gefilde! Michael hatte uns gerade davon Bericht erstattet! So viel Unkontrollierbares – und das in unserem Himmel! Wo soll das nur enden?“

„Ich weiß“, antwortete Alpha besorgt, fast schon schuldbewusst. Er senkte traurig den Kopf. Er dachte nach.

Aber auch an Micha gingen die anklagenden Worte Gabriels nicht spurlos vorüber. Gabriel beschlich die Reue, als er in einem Seitenblick die Scham des betretenen Jungen erkannte.

„Micha! So habe ich das nicht gemeint! Entschuldigung! Du hast doch keine Schuld daran! Aber wir sind alle verflixt aufgeregt hier!“

Dann hielt er sich erschrocken die Hand vor den Mund und schaute entrüstet um sich: „Herrje! Jetzt fange ich auch noch an zu fluchen! Ein Erzengel, der flucht! Bin ich etwa auch schon infiziert?“

Panisch sah er an sich herab und strich sich über das seidene Leinengewand, wobei er in seiner Hektik etwas lächerlich wirkte. Er suchte sich nach weiteren Veränderungen seiner Engelshaftigkeit ab und fuhr erst fort, als er auf die Schnelle nichts entdeckte:

„Und Tanael hat etwas zu essen gestohlen! Alpha, unser Verdacht hat sich leider bestätigt, dass Tanael hinter den verschwundenen Kugeln stecken muss! Denkt euch das mal! Ein Engel, der den anderen Engeln die Liebesnahrung vor der Nase wegklaut! Und das im Himmel! Hat man so etwas schon gesehen?!"

Gabriel war sichtlich bestürzt.

Erstaunlicherweise blieb Alpha noch immer ruhig, als hätte er insgeheim einen Entschluss gefasst, den er nun für gut befunden hatte. Wie konnte er nur so ruhig bleiben? Gabriel hatte ihm von der kalyptischen Invasion berichtet und er blieb ruhig?!

Er machte wieder eine bedeutsame Pause, schaute in die Runde und verkündete nun allen, den Engeln und toten Menschen, seinen Entschluss:

„Wir werden Tanael vertrauen! Sicherlich – er ist krank. Er hat Hunger. Er hat einen Fehler gemacht. Aber er ist ein Engel – unser Engel! Und er kann nichts dafür, dass er Micha nicht schützen konnte. Wir werden ihm vertrauen, denn er hat es verdient! Und ich bin sicher, dass er nicht in böser Absicht reist!"

„Und wenn er an den Maschinen herumfummelt?" Gabriel gab nicht auf. Alpha nickte.

„Wenn er Micha wieder ins Leben zurückholen will?" Alpha nickte abermals.

Gabriel echauffierte sich sichtlich: „Und wenn es ihm gelingt, dass Micha wieder zum Leben erweckt wird und der Junge dann alles über uns ausplaudert? Soll das Geheimnis des Himmels in aller Munde kommen? Sollen wir entzaubert werden?"

„Was ist denn so schlimm daran?", fragte das Himmelskaninchen zurück. „Außerdem müsste das voraussetzen, dass die Menschen wieder an uns alle, den lieben Gott, den Himmel und die Engel, glauben würden. Und das wäre doch etwas Gutes, oder?"

Es war erstaunlich, wie Alpha es schaffte, in jedem Zweifel das Dunkle zu ersticken und das Positive einer jeden Situation zu erkennen.

Alpha fuhr fort: „Im unauffälligsten Fall wird man Michas Erzählungen als ‚Nahtoterfahrung' abtun oder ihn zum Psychologen schicken. Das schadet uns alles nicht", schaltete sich Stimmulus ein, der viel Erfahrung mit den Menschen hatte.

Micha wunderte sich, mit welcher Gelassenheit hier über ihn gesprochen wurde!

„Moment einmal!", fuhr er hoch. „Was soll das alles? Was redet ihr da über mich? Warum fragt ihr mich nicht direkt, was ich davon halte?"

Es war gut, dass er sich wehrte. Wer sich wehrt, weiß, wer er ist und was er kann.

Man schämte sich. Micha hatte ins Schwarze getroffen.

„Und was bedeutet das mit den Kalypsen? Sie haben die Sichten überwältigt, sagtest du?"

„Ja", flüsterte Gabriel und wirkte mit einem Mal wie ein sterblicher, alter Mann.

„Sie waren so zahlreich, dass sie den Raum gesprengt haben. Von da aus strömen sie im Moment aus und es kommen immer mehr!"

Ein Raunen wurde hörbar. Man erkannte, dass die Angst um sich griff.

Kalypsen im Himmel? Das kannte man.

Kalpsen in rauen Mengen? Das war neu.

„Und ich sage euch", fuhr Micha energisch fort. „Ich halte nichts davon, hier noch weitere Zeit zu vertun! Haben wir nicht eine Aufgabe zu erfüllen? Warum denken wir so lange über Tanael nach, der unerlaubt fliegt? Warum über mich, der ich anscheinend noch auf der Erde herumliege! Tatsache ist, dass ich hier bin, bei euch im Himmel und dass wir ihn retten müssen! Dunkle Biester, miese Kalypsen, sagtest du? Wir sollten keine Zeit verlieren! Der Himmel braucht uns! Schließlich haben wir einen klaren Auftrag! Ich zumindest!"

Jetzt war sie wieder da, die Entschlossenheit, die ihn schon am Anfang ausgezeichnet hatte. Man hörte einen zustimmendes, bewunderndes und zugleich erleichtertes Raunen durch die Kugel kreisen. Köpfe wurden genickt. Zeigefinger auf Micha gerichtet und geflüstert. Anerkennung stand im Raum.

„Was ist unser Auftrag?“, schmetterte Micha mit einem Mal so pathetisch wie ein Politiker auf einer seiner Wahlkampfreden und blickte auffordernd in die Menge.

„Den Himmel zu retten!“, brüllte das kleine Mädchen aus der Himmelssitzung. Um einen besseren Platz zu ergattern, hatte sie Gabriel zur Seite geschubst, der unbeholfen auf dem Boden landete.

Zeitgleich nutzte dieser die Chance, um sich davon zu überzeugen, dass auch sein hinterer Körperteil noch nicht unter der allgemeinen Krisensituation gelitten hatte. Aber die Flügel klebten noch. Er erhob sich schwerfällig, vom Hunger und der Enttäuschung über sich selbst sichtlich gezeichnet, und wirbelte dabei eine Menge Engelsstaub auf.

„Den Engeln etwas zu essen zu beschaffen!“, hustete er in die Kamera.

„Das Gleichgewicht wiederherzustellen“, johlte die Menge und Micha wusste mit einem Mal, was er zu tun hatte.

„Was sagtest du, Klara? Wir haben nicht mehr viel Zeit?“

Klara schüttelte den Kopf.

Micha fuhr fort: „Die Kalypsen überrollen den Himmel?“

Sie nickte.

„Dann haltet sie auf! Und Tanael fliegt zu meinem Elternhaus?“

Man nickte abermals.

Micha traf schnell eine Entscheidung, die der Äqualoribus sofort in einem altbekannten Ruckeln umsetzte: „Dann nichts wie hin!“

Daheim

Kaum hörbar flirrte das Himmelsgefährt ins Zimmer, von der Entschlossenheit des kindlichen Willens gesteuert. Es schrumpfte auf ein winziges kosmisches Bläschen zusammen, glitt langsam durch einen schmalen Fensterspalt des undichten Holzfensters und setzte sich – wieder zu stattlicher Größe angewachsen – direkt neben das Fenster auf den alten Perserteppich.

Die Freunde hatten sich von ihren himmlischen Zuschauern verabschiedet und sich auf den Boden der Blase gehockt, bereit für eine rasante Reise. Das Äquatum hatte in einer flirrenden Linie auf und ab getanzt. Schwarz war es geworden, polternd und so eng, dass es ihnen fast die Luft abgeschnürt hatte. Sie hatten sich aneinander festgehalten, als sich die Wände des Äqualoribus eingedellt und sich gegen ihre Rücken gepresst hatten.

Doch nun war es geschafft! Das Zimmer strahlte eine behagliche Wärme aus, zumindest so weit, wie die Blase den Blick erlaubte. Die Freunde atmeten auf.

Janardan freute sich über den Teppich des Arbeitszimmers und sinnierte: „Auch ein sehrrrr hübsches Modell. Fast so hübsch wie meinerrrrr", und streichelte sanft über die Musterung an der Stelle, an der die Blasenunterfläche auf der Wolle auflag.

Mahnend zog ihn Laurina zurück: „Ich sage dir –
deswegen sind wir nicht hier!"

Die sechs Gesandten sahen sich um, wobei das wabernde Fenster des Transportmittels nun die gesamte Breite des Raumes, seine antiken Gemälde und die vielen Bücher, die Schatulle der Großmutter und die exklusiven Stuckreliefs der Altbaudecke zeigte. Sie musterten die Schätze mit anerkennendem Interesse, doch Micha blickte wie gebannt auf einen einzigen Punkt, der sich in einer dunklen Ecke befand.

Zusammengekrümmt und hutzelig saß er auf dem abgewetzten Hocker vor dem Klavier und hielt den Kopf gesenkt. Die Hände lagen schlaff in seinem Schoß. Sein Brustkorb bewegte sich schwer auf und ab. Zwischen den Schulterblättern hob und senkte sich ein Hügel aus Knochen und Schmerz, der mit jedem Atemzug gegen die Ungerechtigkeit des Daseins anzukämpfen schien. Dies war die einzige Bewegung, die von dem Rücken, der vor ihnen saß, ausging. Ein gekrümmter Buckel – mehrere Hundert abgearbeitete Menschenleben alt.

„Lebt der noch?", flüsterte Josef überrascht, während Michas Augen sich mit Tränen füllten. Nie hatte Micha seinen Vater so kraftlos erlebt.

„Natürlich lebt der noch!", beschwichtigte Laurina schnell und boxte Josef in die Seite, damit er nicht noch weiter fragte. Mit einer stummen Kopfbewegung deutete sie auf Micha, der an der rutschigen Außenhülle herabgesunken war wie ein schlaffer Waschlappen und nun scheinbar unbewusst die gleiche Körperhaltung wie sein Vater einnahm. Zusammengesunken und schwer hockte er auf dem Boden des Äqualoribus und schien alle schmerzerfüllte Trauer der Welt auf seine Schultern übernehmen zu wollen. Der Anblick seines Vaters nahm ihm die Lebendigkeit. Mattigkeit und Schwäche traten auf seine Hornhäute und verklebten den getrübten Blick.

Alpha beugte sich herunter und blickte Micha ernsthaft in die Augen. Sorge stand darin. Er hatte gewusst, dass er Micha mit dieser Mission viel zumuten musste. Nun war es geschehen. Und es würde noch viel schlimmer kommen – kommen müssen.

„Er leidet", flüsterte Micha und blickte matt zu Alpha auf. Seine Zunge klebte am Gaumen fest. Nichts war mehr himmlisch an seiner jugendlichen Gestalt, die er im Raum der Gestaltung erhalten hatte. Allzu menschlich wirkte der kleine himmlische Junge im Dunstkreis der elterlichen Trauer.

Alpha nickte und nahm Michas Hand. Das kleine Kaninchen kroch auf Michas Schoß und streichelte den Handrücken zärtlich mit seiner samtenen Pfote.

„Er leidet meinetwegen", flüsterte der Junge.

Die Worte waren kaum zu hören.

Auch Stimmulus hüpfte auf Michas Schulter und kroch ganz nah an seine Ohren heran. Die Hutspitze kitzelte den kleinen Jungen am Ohrläppchen, aber Micha fühlte nichts – nichts außer dem Leiden seines Vaters.

„Deswegen sind wir hier“, flüsterte Alpha zurück. „Um ihm zu helfen, indem wir der Welt helfen.“

„Wie können wir der Welt helfen, wenn wir nicht einmal meinem Vater helfen können?“, begehrte Micha plötzlich auf. Bitterkeit, Ratlosigkeit und Schwäche sprachen aus jeder Silbe.

„Was sollen wir hier schon? Wie soll ich den Himmel und die Welt retten, wenn ich es nicht einmal ertrage, dass mein Vater leidet? Dass es Kriege und Grausamkeiten gibt? Dass es Hass gibt, der die Seele zerstört und das Gute in uns zum Schweigen bringt? Dass der Tod Familien zerstört, Schmerz bringt, der kaum zu ertragen ist?“

Er wollte sich erheben, aber sank röchelnd in sich zusammen. Man merkte ihm deutlich an, dass ihn die Erdengefühle bereits beschwerten. Nach der Traurigkeit kam die Wut, wieder diese Wut.

„Was – zum Kuckuck – soll ich hier? Ich, ein kleiner Junge! Sagt mal, spinnt ihr?“

Er schien vergessen zu haben, dass er selbst den Befehl zu diesem Ziel gegeben hatte. Vergessen zu haben, dass er eben noch vor Kraft und Selbstbewusstsein gestrotzt hatte, während er nun ein überfordertes, trotziges Kind war.

Laurina rang nach Luft, ihr wurde es ganz anders. Nervös fummelte sie mit ihren vier Armen an ihrer Frisur herum, hektisch sah sie sich um.

Janardan hatte seine Begeisterung für Teppiche abgelegt und schaute nun besorgt auf den kleinen Jungen zu seinen Füßen.

„Was können wirrr tun?“, fragte er, mehr an Alpha gerichtet.

Auch Josef hatte sich heruntergebeugt und fühlte sich von väterlicher Zärtlichkeit übermannt. Vielleicht hatte seine Frau dieses Verhalten in ihm ausgelöst, als sie ihm zuwinkerte, bevor auf dem Bildschirm das Schwarz zurückkehrte. In ihren Augen hatte er den altvertrauten

Blick gesehen, den Blick aus vergangenen, aus glücklichen Tagen. Er musste an früher denken, als sie sich einig waren, wie sie ihre Kinder erziehen wollten, wann sie sie ermahnen, wann mit ihrer zärtlichen Liebe umfangen wollten. Oft waren sie einer Meinung gewesen, hatten gleiche Grundsätze und Wertvorstellungen gehabt. Einig waren sie sich gewesen, sehr oft einig. Sie hatte geblinzelt und ihm damit einen Tipp gegeben. Sie – seine weise, treue, liebende Frau.

Und nun überschlugen sich die Ereignisse. Obgleich sich Josef bisher zurückgehalten hatte, wurde er – bedingt durch die markerschütternde Assoziation, die die Augen seiner Frau in ihm ausgelöst hatten – schlagartig wütend. Er versetzte dem Kaninchen einen Kick mit dem Fuß. Aus Versehen wurde er fester, als er beabsichtigt hatte, und ohne dass Josef es wollte, bohrte sich seine Stimme laut durch die Luft:

„Alpha! So hilf ihm doch!"

Das Bild

Das Bild fiel von der Wand. Es mochte nichts Besonderes sein, dass Bilder von der Wand fielen, aber dieses war ein eher leichtes Foto, das schon seit Jahren an einer Stahlschnur mit einem Wanddübel verbunden war. Bombenfest. In diesem Moment geschah es trotzdem.

Der Vater schaute sich um, bestürzt, erschrocken. Unsicher lauschte er auf ein weiteres Geräusch, ahnte ein Erdbeben, gab einem Unwetter eine Chance, horchte nach Straßenlärm oder Wandbohrungen. Nichts war zu hören, rein gar nichts.

Ihn fröstelte. Er schüttelte den Kopf und zog die Strickjacke enger um seinen Leib. Dann stand er auf, ging zu den Glasplittern des Bildes und hob sie auf. Dabei fasste er in eine Scherbe. Blut tropfte auf das Foto. Es zeigte seine Frau und ihn, das kleine Baby in der Hand. Das Lächeln tief verwurzelt auf den von den Anstrengungen der nächtlichen Geburt gezeichneten Gesichtern. Auf der Glückwunschkarte des Krankenhauses, das mit dem Foto zusammen eingerahmt gewesen war, prangte ein blauer Babyfußabdruck und daneben der Schriftzug: „Willkommen im Leben, Micha!“

Hintertüren

Auch die Kalypsen kamen durch die Hintertür. Ihr Erfolg im Raum der Sichten hatte sie zwar beflügelt, aber nicht übermütig gemacht. Es galt, Olobaids Anweisungen zu befolgen. Vorsicht war das oberste Gebot.

So zogen die ersten von ihnen nicht mit Pauken und Trompeten durch das Portal der goldenen Stadt, sondern schlichen sich durch die

Himmelkanalisation, durch die Versorgung des Himmelshighways, die Leitungen des Wutsch-Dienstes und die Kabel der Himmelstelefone.

Sie blieben zunächst zurückhaltend, hielten sich zu zweit an den Händen und schauten um die Ecke, bevor sie sich ungesehen weiterwagten.

Doch mit ihrer Anzahl nahm auch ihre Dreistigkeit zu und sie streunten durch die Straßen und riefen lauthals ihre Bissigkeitsparolen über den Platz. Hier konnten sie sich austoben, denn es war niemand da, der sie hätte aufhalten können. Alle Menschen befanden sich auf Spähstation und die wenigen Engel, die zu Notfällen zur Erde hasteten, waren viel zu beschäftigt und zu ermattet, um den Kampf mit den garstigen Biestern aufnehmen zu können.

Stolz tauschten die Kalypsen Geschichten darüber aus, wie sie die vier Sichten im Raumdschungel überfallen hatten, nachdem die Engel an der Tür vor Schwäche ihren Wachdienst nicht mehr wahrnehmen konnten und in einen ohnmächtigen Taumel fielen.

Diese hatten den Aufstand der Kalypsen weder bemerken, noch abwenden können, weil ihre Schwäche, die Krankheit, die Überforderung siegte, noch bevor die Situation eskalierte. Es waren mehr schwarze Kalypsen eingedrungen, als die Sichten hätten verkraften können und es waren mehr Kalypsen wieder aus dem Raum entkommen, als der Himmel vertragen konnte.

Sie hatten sich fett und schwarz gefressen, waren so hässlich geworden, wie sie nun einmal waren, wenn man sie mit Verstand betrachtete. Jetzt brauchten sie kein buntes Tarnkleid mehr, nicht den Charme und Flimmer der zauberhaften Feenwelt.

Mit ihrer kalyptischen Invasion auf der Erde waren Konflikte gestiegen, Komplexe stark geworden, Missgunst und Neid hatten zu große Chancen bekommen.

Kurzum: es sah schlecht aus für die Erdengespräche!

Schlecht für den Waffenstillstand zwischen verfeindeten Gruppierungen, schlecht für den Frieden in kriegerischen Auseinandersetzungen, schlecht für die Abmachungen zu Klimakonferenzen und

Menschenrechtsbestimmungen, schlecht für Versprechungen in Finanzierungsfragen und Geldanlagen, schlecht für private Beziehungen wie Freundschaften und Ehen.

Es waren dunkle Zeiten für die Menschen, in denen die Hintertüren geöffnet wurden.

Eine Hintertür im Vertrag, von Verantwortung freigesprochen.

Die Klausel vorbehalten.

Das Veto bereits im Kopf.

Hintertüren waren gefährlich.

Und sie begannen im Himmel –

wenn dieser sie nicht mehr im Griff hatte!

Herzschlag

„Was machst du da, Josef?", tadelte ihn Laurina. „Bist du verrückt? Er darf doch nicht wissen, dass wir hier sind!"

Auch der Himmelsschreiner hatte sich erschrocken. Er hatte weder beabsichtigt, Alpha so hart zu treffen, noch wollte er etwas in dem Zimmer zerstören. „Entschuldigung! Das wollte ich nicht!"

„Schon gut, Josef!", Alpha strich sich über das Bein, bevor er fortfuhr.

„Jetzt ist das Bild hin. Wir müssen vorsichtiger sein", sagte er und legte den Zeigefinger auf die Lippen. „Es gibt Leute, die glauben, dass Tote über irgendein Medium mit ihnen sprechen oder Gegenstände bewegen können. Ich für meinen Teil halte nichts von solchen spirituellen Dingen. Das gibt es normalerweise nicht."

„Wirrr sind eben die Ausnahme und können so etwas", fing Janardan an. „Offensichtlich kann derrrr Äqualorrribus mehrrr als wirrr ihm zugetrrraut hätten."

Er streichelte in einem Anflug von technikverliebter Zuneigung die Innenseite. „Immerrrhin sind wirrr hierrrr, auf derrr Errrde, wo sonst kein Toterrr mehrrr hinkommt."

„Aber das ist das erste Mal, dass der Äqualoribus benutzt wurde!", erklärte Alpha.

„Ich bin ständig hier", erklärte Stimmulus, doch man hörte ihm nicht richtig zu, denn seinen Job auf der Erde kannte ohnehin jeder der Anwesenden.

„Was machen wir nun,
der Mann erfährt doch nichts von unserem Tun?", flüsterte Laurina, Panik in der Stimme.

Die Aussicht, dass Michas Vater eine Ahnung von ihrer Anwesenheit bekommen könnte, war ihr unangenehm. Sie war keine Voyouristin, wollte nicht unerlaubt teilhaben an der erdrückenden Stimmung des Mannes.

All das Gerede war für eine andere Person ganz weit weg. Wurde vielleicht im Hintergrund geflüstert, lief vielleicht auf irgendeinem Fernseher, war vielleicht nur ein Traum. Realer war das Hier und Jetzt und das tat weh.

„Papa", flüsterte Micha mit Tränen in den Augen. Der Mann stand abermals mit dem Rücken zu ihnen gewandt an der Fensterbank und betrachtete das zerstörte Bild.

„Papa!"

Es war eigentlich nicht möglich, dass der Äqualoribus ein Geräusch nach außen entließ, aber aus irgendeinem Grund schaute der Vater auf, als habe er einen Laut gehört.

Laurina zuckte zusammen, Alpha schaute hektisch hin und her. War es Zufall oder waren tatsächlich Michas Worte zu ihm gedrungen?

Einzig Janardan freute sich: „Das ist doch toll, wenn errr uns verstehen kann! Sieh doch! Errr hörrrt dich, Micha! Dann kannst du ihm ja sagen, was errr tun soll und die Welt wirrrd besserrr. Ganz einfach, oderrr?“ Er hüpfte wie ein kleiner, hungriger Zwerg um sein Abendfeuer, auf dem gebratene Täubchen angerichtet waren.

„Ganz so einfach ist es nicht!“, sagte Stimmulus. „Ihr wisst doch, dass es Toten untersagt ist, mit Lebenden Kontakt aufzunehmen! So etwas gibt es einfach nicht! Und das darf es auch nicht geben!“

„Offensichtlich doch! Es klappt doch!“, freute sich Janardan weiter. „Ich weiß garrr nicht, was ihrrr für ein Problem habt?! Wirrr sind auf einerrr besonderrren Mission und müssen immerrrhin den Himmel rrrretten. Und die Welt noch dazu! Das erforrrderrrt besonderrre Maßnahmen!“

„Und das soll alles geschehen, indem Micha mit seinem Vater spricht?“, fragte Josef, skeptisch wie eh und je.

„Ich kann auch mit ihm sprechen!“, meinte Stimmulus und streichelte fast schon ein wenig eingeschnappt die Barthaare. Man schien seine Fähigkeiten nicht mit in die Diskussion einzubeziehen.

„Michas Vater hat die Stimme des Heiligen Geistes doch bereits gehört und sie hat ihn ruhiger und vertrauensseliger gemacht. Das wisst ihr doch! Aber seine momentane Trauer wird sie nicht mildern“, meinte Alpha daraufhin.

„Hast du sonst eine Idee, Micha? Was, glaubst du, sollen wir tun?“, fragte Josef.

„Mein lieber Papa!“, flüsterte Micha weiter. Er hatte die Konversation gar nicht verfolgt, war ganz weit weg und doch schon lange nicht mehr so nah gewesen. Wie gebannt schaute er seinen Vater an, der – angezogen von unbeschreiblichen Ahnungen – sich umgedreht hatte und nun langsam auf sie zugelaufen kam, den Blick konzentriert in ihre Richtung gewandt und gleichzeitig in die Ferne schweifend. Schritt für Schritt bewegte er sich näher. Micha stand auf. Er blickte seinem Vater direkt ins leere, suchende Gesicht, während sich Laurina schutzsuchend an die Rückwand der Blase drückte.

Der kleine Tote spannte alle Muskeln seines Körpers an und fühlte unter all der Nebelhaftigkeit der Himmelsfigur dennoch, wie so etwas wie sein Herz laut schlug. Es schien beinahe zu poltern. Woher dieses Geräusch, das es eigentlich nicht mehr geben durfte, kam, wusste er nicht.

Herzschlag

Sein Herz donnerte wie wild.

„Papa! Mein lieber Papa!“ Er hatte es gehört, nein, mehr nur gespürt. Es waren keine klaren akustischen Signale gewesen, die sein Ohr erreicht hatten. Vielmehr lag die Stimme in der Luft, wurde von ihm aufgesogen mit einer Ahnung, die man den siebten Sinn nennen mochte. Ganz gleich. Er ahnte, er wusste, er fühlte, dass hier gerade etwas mit ihm passierte, das er noch nicht verstand.

Er ging ein paar Schritte zum anderen Fenster hin, es war Michas Lieblingsfenster gewesen, weil man durch die zwei eingelassenen, getönten Scheiben die Welt in Rot und Grün sehen konnte. Es lag direkt an der Spielfläche der Kinder. Hier hatte er oft gestanden und den Kleinen bei ihrem unbekümmerten Spiel und Gezanke zugesehen. Lachend, streitend, sich verschwörerisch im Spiel versenkend hatten die Sprösslinge seinen Blick nicht bemerkt. Er hatte es geliebt, einfach zuschauen zu können, ohne von ihnen gesehen zu werden. Sich Inspirationen für seine Stücke zu holen. Zu wissen, warum er so viel arbeitete, warum er versuchte, seiner Familie ein guter Vater und Ernährer, ein erfolgreicher Pianist zu sein. Für dieses Lächeln tat er es, für dieses Streiten und Versöhnen und die vielen Gedanken über die rasante Entwicklung von kleinen Babys zu kleinen Kindern zu kleinen Persönlichkeiten mit Vorlieben und Macken. Wie oft hatte er geschmunzelt und gestaunt, wie oft war er glücklich gewesen. Glücklich, wenn er an diesem Fenster stand, das immer einen Spaltbreit geöffnet war. Langsam lief er darauf zu.

Sein Herz pochte aufgeregt.

Weine nicht!

Michas Herz pochte aufgeregt.

„Papa!", flüsterte Micha erneut. Der vormals gebeugte Mann stand nun aufrecht vor ihm. Sein Atem prallte an der Haut der Blase ab, bevor Teile davon langsam hindurchdiffundierten und gasförmig schillernde Schlieren zogen. Micha sog daran. Vertrautheit überfiel ihn und ließ sich seine Augen mit Tränen füllen. Der Vater konzentrierte sich, als suchte er etwas. Seine vom Nass gefüllten Augen trafen Michas.

Der Stamm und sein Apfel, das Vorbild und der Nachahmer, der Spielkamerad und sein Schüler im Leben, der Vater und der Sohn standen sich gegenüber – bereit sich in die Arme zu nehmen, wenn sie gekonnt hätten, wenn nicht der Tod eine unüberbrückbare Distanz von zwanzig Zentimetern gemauert hätte, eine irisierende, himmelsgleiche, geisterhafte Haut. Ihre Pupillen lagen auf einer Linie und waren weit geöffnet, sogen Liebe auf und strahlten sie gleichzeitig ab. Ein Wechselspiel durch die Zeiten und Welten hindurch – wortlos, kompromisslos. Es war ein besonders intimer und tiefer Moment zwischen zwei liebend miteinander Vertrauten, bei dem die Freunde die Blicke verschämt zur Seite wendeten. Zu persönlich erschien ihnen, was dieser Mann an Liebe für seinen Sohn auszustrahlen vermochte und was die Blase zum Schwingen brachte, dass es nur so ruckelte.

„Papa! Nun sei doch nicht so traurig. Weine doch nicht! Ich bin doch hier!“ Micha schlug verzweifelt mit der Faust gegen den Äqualoribus. Die Wand bebte kurz auf, ansonsten tat sich nichts. Sein Vater stierte unverändert geradeaus. Er schien nichts gespürt zu haben. Micha schluckte. Er versuchte das Gesicht seines Vaters mit dem Finger nachzuzeichnen, erst die Nase – angefangen an der Nasenwurzel – dann die Wangen und schließlich den vollen Mund, den auch er besaß, den er von seinem Vater geerbt hatte. Seine Hand zitterte leicht, als sie die Barriere streichelte, als seine Fantasie das Relief betastete, das nicht fühlbar war. Die Hand, die doch nur die Innenwand des Äqualoribus streichelte.

„Ich soll die Welt retten, Papa!“, flüsterte er. „Und den Himmel auch! Die Engel haben Hunger, weil die Menschen zu wenig Liebe produzieren. Verstehst du?“ Seine Stimme klang nun schrill: „Papa! Du musst mir helfen!! Kannst du mich hören? Papa!!!“

Lied 18: Weine nicht

„Nein! Kann er nicht.“

Alpha saß auf dem Boden. Er war zusammen mit Stimmulus dicht bei Micha geblieben und saß zu seinen Füßen. Der treue Freund schaute gedankenverloren in das Innere der Blase, während Micha sein Gesicht angespannt gegen die Außenhülle presste. Das Himmelskaninchen sprach so gelassen, dass es Micha fast schon wieder wütend machte.

„Du hast doch mitbekommen, dass man uns nicht hört", fuhr es fort. „Im Krieg waren wir auch erfolglos. Wir könnten Stimmulus schicken, der braucht den Äqualoribus nicht, um mit den Menschen zu sprechen. Aber dazu müssten wir erst zurück. Dann könnte Stimmulus gehen oder der liebe Gott persönlich oder ein Engel. Aber solange wir hier drin sind, müssen wir es auch bleiben. Das ist die Regel."

„Die Regel? Zum Kuckuck! Was für eine Regel?", schrie Micha.

„Die Himmelsregel!"

„Was für eine bekloppte Regel ist das?" Micha geriet außer sich. Wieder schlug sein Herz eine hohe Taktzahl.

„Nur so funktioniert der Äqualoribus. Wir dürfen damit zur Erde fahren, wir können unter den Menschen sein, aber mit ihnen reden, nein, das können wir im Äqualoribus nicht. Dafür ist die Außenhülle zu stabil."

„Und was sollen wir dann hier?", blaffte Micha weiter.

„Das musst du wissen. Du bist der, der die Befehle erteilt! Es ist wichtig, dass du uns leitest und ich bin mir sicher, dass du das schaffst." Alpha blieb weiterhin ruhig. Er zog wie gewohnt eine Möhre aus der Brusttasche und knabberte mit unverschämter Ruhe daran.

„Ich soll das wissen? Willst du mich veräppeln? Ihr seht doch, dass ich nicht die geringste Ahnung habe!"

Unter seinem Schreien vibrierte der Äqualoribus.

Luftzug

In diesem Moment runzelte Michas Vater die Stirn. Es war ihm, als wäre ein starker Luftzug durch das Fenster geweht und hätte seine Haare bewegt. Aber im Spiegelbild der Fensterscheibe hatte er zeitgleich bemerkt, dass weder seine Frisur noch die Vorhänge auch nur einen Millimeter zur Seite gewichen waren.

Es konnte kein Wind sein an diesem windstillen Tag, der schien, als hätten die Engel des Himmels jede Luftbewegung unterbunden. Er musste lächeln bei diesem Gedanken an seinen Kindheitsglauben von den Engeln, die Plätzchen backten, wenn das Abendrot aufzog, oder munter pupsten, wenn eine Brise etwas umstieß.

Ja, es wurde ihm sanft bei diesen Hirngespinsten, in die er sich flüchtete, um vor sich selbst etwas ganz anderes zu verbergen.

Leise summte er vor sich hin und formte lose Silben in die stehende Luft. Es war eine Ahnung, ein Nicht-Wissen, ein Irgendwie-Doch.

Lied 19: Vermiss dich so

Gesendete Liebe

„Da! Micha! Er hat etwas bemerkt, glaube ich! Er hat eine Ahnung! Seht doch!“

Josef hatte es zuerst gesehen. Er hatte mit großer Konzentration die Situation studiert und Michas Vater nicht aus den Augen gelassen. Als Micha seinen Hilferuf ausstieß, verzweifelt gegen die Wand der Transportblase getrommelt und seine Wut gegenüber Alpha und den himmlischen Geschicken hinausposaunt hatte, war es dem Himmelsschreiner so vorgekommen, als hätte sich bei Michas Vater eine leise Vermutung eingeschlichen, als hätte der Blick Irritationen verraten.

Josef hatte es schon bereut, als das Bild von der Wand fiel und Zeugnis über die ungestümen Gefühle gegeben hatte, die ihn in letzter Zeit im Himmel befallen hatten, als er noch auf Klara gewartet hatte. Wie hatte er sich schwer gefühlt, beinahe krank! Nun schien vielleicht doch eine Lösung in Sicht zu sein und er wollte mithelfen, dass diese Mission klappte. Der Himmel durfte nicht krank werden!

„Ich weiß es! Er spürt mich! Hört doch, was er singt!“, rief Micha ganz außer sich.

„Aber ich fürchte, das reicht nicht“, argwöhnte Janardan. „Selbst wenn wir Dinge bewegen könnten oder du noch lauter schreien könntest! Er wird dich niemals klar verstehen, sonst hätte er schon längst reagiert.“ Dann nach einer Weile leiser: „Hört doch! Er hat aufgehört. Das Lied ist schon zu Ende.“

Laurina tröstete Micha: „Er scheint dich wirklich unheimlich zu vermissen!"

Die Wahrheit war hart, aber alle wussten, dass jetzt die Zeit drängte und sie sich nicht länger mit dem Lied des Vaters aufhalten konnten. Die Erdenzeit pflegte mit taktierter Genauigkeit voranzuschreiten. Sie nahm keine Rücksicht auf himmlische Besonderheiten. Sie mussten nun ihren eigenen Weg gehen und danach handeln.

Micha schaute verzweifelt in die Runde. Es herrschte gespannte Ruhe. Niemand gab einen Laut von sich, nur das leise Keuchen des Vaters drang zu ihnen herüber.

„Was soll ich denn nun tun?" Michas Verzweiflung wuchs, obwohl Stimmulus ihm das Nackenhaar streichelte.

„Herrgott! Mein Vater vermisst mich so, dass er vor Schmerzen leidet. Dennoch kann er mich nicht hören! Mein Gott, so sag mir doch endlich, was ich tun soll, so hilf mir doch!"

Micha weinte. Er kniete sich auf den Boden des Äqualoribusses inmitten seiner Freunde, faltete die Hände und schluchzte vor Traurigkeit. „Ich soll den Himmel retten. Ich komme direkt von dir, oh Gott, den ich noch nicht einmal gesehen habe. Direkt aus dem Himmel! Und wo bist du jetzt? Jetzt, wo ich dich brauche? Jetzt, wo ich um deine Hilfe bitte?!"

Er zog seine Nase hoch und ließ die Tränen laufen, wie sie kamen. „Wenn es dich wirklich gibt, in dem Himmel da oben! Dann hilf mir doch jetzt bitte!!! Oder Jesus! Du hast mir auch deine Hilfe versprochen! Und die Weisheit auch! Oh Gott, wo seid ihr denn jetzt alle?"

Stimmulus streichelte und flüsterte beruhigend auf Micha ein, aber dieser war zu aufgebracht, um die Worte genau zu verstehen, zu laut war sein Schluchzen.

Josef, Laurina und Janardan standen dem kleinen Jungen hilflos gegenüber. Laurina wollte dichten, aber es fiel ihr zum ersten Mal nichts ein. Janardan versuchte, in der aufgerollten Gebrauchsanweisung nach einer wissenschaftlichen Lösung zu forschen oder seine Erfahrungen aus der Pflanzenwelt einzubeziehen. Aber es kam ihm kein Kraut in den Sinn, das in der Lage wäre, die Wände des Äqualoribusses zu beeinflussen, abgesehen davon wusste er selbst bis vor Kurzem ja noch nicht einmal, dass es ein solches Gefährt gab.

Und Josef starrte traurig und wie gefesselt vor sich hin. Er versuchte sich vorzustellen, was seine Frau in einer solchen Situation tun würde. Oft hatte er an sie gedacht, wenn er sich im Leben wie gelähmt vorkam. Seine bessere Hälfte wusste häufig Rat. Soeben musste er an ihr mildes Lachen denken und ihren Optimismus. Gewiss würde sie Micha einfach in den Arm nehmen und mütterlich trösten. Sie hatte so viel Herz für andere, sie konnte so gut aufbauen, wenn jemand weinte und verzweifelt war. Gerade wollte er aufstehen und den kleinen Jungen von seiner Gebetshaltung auf den Arm nehmen, da kam ihm Alpha zuvor oder zumindest das, was vorher Alpha gewesen war.

Das Himmelskaninchen war nicht mehr Alpha – vielleicht auch doch, aber auf jeden Fall auf eine besondere Weise anders.

Bei den letzten verzweifelten Hilferufen Michas war Alpha gewachsen. Er hatte eine große Möhre gegessen, die wie von selbst auf einmal in seine Hände geraten war, als hätte sie jemand anders dort hineingelegt. Er hatte sie schnell gegessen, fast hektisch, und war daraufhin in schwindelerregendem Tempo gewachsen. Schon lange war er einsichtig geworden und hatte das Leid des Jungen nicht mehr ertragen können. Der Himmelshase durfte sich eigentlich nicht einmischen, es mischte sich nie in die Dinge ein, die die Menschen selbst entscheiden mussten. Aber helfen konnte Alpha – ja, das konnte er! Und nun wollte er helfen, so aktiv, wie es eben ging.

Er hatte sich ausgedehnt, war so groß und flauschig geworden, dass in der Blase kaum mehr Platz für die Freunde blieb und er füllte beinahe jede frei gewordene Lücke aus. Sein Fell streichelte mit seiner zartfühlenden Wärme die Wangen der Abenteurer.

Alpha hob den weinenden Jungen mit einer Sanftheit hoch, die anrührend war. Sofort versiegten dessen Tränen in seinem warmen Fell, sofort fühlte Micha sich geborgener, hielt die Augen geschlossen. Laurina, Janardan und Josef wurden sanft an das andere Ende der Blase gedrückt und starrten mit offenen Augen das Schauspiel an. Sie verstanden die Welt nicht mehr und den Himmel schon gar nicht. Warum hatte Alpha so lange gewartet, bis er Micha half? Warum hatte er aus seinem Wesen und seinem Wissen einen Hehl gemacht?

„Aber Micha ...“, flüsterte Alpha und streichelte Micha innig, leise flüsternd und doch anwesend.

„Micha, beruhige dich doch!“, fuhr er fort. „Wir sind doch alle bei dir und helfen dir! Verzage nicht!“

Hierbei schwang Sorge mit. Sie war verborgen unter den folgenden Mut machenden Aussagen, aber dennoch spürte man, dass sich Alpha um Michas Gesundheitszustand Gedanken machte. Er hatte geahnt, dass die Rettung der Welt Micha das ewige Leben kosten könnte. Er hatte Angst und wollte seinen kleinen Freund nicht verlieren. Nein! Er musste alles tun, was in seiner Kraft stand. Allen Vorsätzen und Himmelsregeln zum Trotz.

Jetzt wussten die Freunde Bescheid. Der Punkt war erreicht.

„Es wird schon klappen, wenn du auf dich selbst vertraust“, flüsterte Alpha in Michas Ohr. „Hier ist dein Vater, der dich liebt. Und du liebst ihn. Und er spürt deine Anwesenheit, obwohl er es nicht versteht. Er hofft, dass du da bist, obwohl er keine Beweise dafür hat. Und er will ein Zeichen von dir, das nur du ihm schicken kannst. Nur du kennst die Sprache, die dein Vater verstehen kann.“

Zärtlich streichelte das große Kaninchen Micha und fuhr fort: „Denke an das, was du in der Himmelsschule gelernt hast! Denke an die Menschen, die anderen die Tür öffnen – wie am Ort der Vergebung. Denke an die Weisheit, die dir die Demut beigebracht hat und die dich lehrte, auch denjenigen zu mögen, den du eigentlich ablehnst! Denke an die Engel, die für die Menschen da sind und sie beschützen. Denke an die Sichten, die mit liebender Rücksicht, Umsicht, Nachsicht und Vorsicht einzig den Zweck verfolgen, den Menschen ihre Liebeswürdigkeit zu erhalten. Und dann stelle dir noch einmal den Liebesfluss vor, der das Kostbarste birgt, was die Menschen sich schenken können: ihre Liebesblasen, ihre Liebessituationen! Micha, erinnere dich!“

Dabei schüttelte Alpha ihn leicht.

„Alles, was der Himmel uns lehrt, alles, was die Welt zusammenhält, alles, was uns retten wird, ist einzig die Liebe! Nur die Liebe zählt! Sie ist das Kostbarste und Mächtigste, was wir uns zu geben imstande sind. Sende deinem Vater deine Liebe, alles, wovon dein Herz voll ist, denn das ist die Sprache, die er versteht!! Nur die Liebe! Es ist immer die Liebe, die in jeder Situation die richtige Sprache spricht! Und du wirst sehen, was diese Liebe alles bewirken kann – für deinen Vater und für die Welt!"

Alphas Kopf fuhr zärtlich auf Michas Wange hin und her und streichelte sie mit seinem sanften Fell. Auch Stimmulus saß auf Michas Schulter und flüsterte weiter auf Micha ein.

Welche Worte es waren, die die Veränderung in ihm bewirkten, wusste Micha nicht. Aber als der Junge langsam die Augen öffnete, erschien es ihm, als hätte er auch die lächelnden Augen von Jesus über die Bildschirminnenseite des Äqualoribus flitzen sehen. Sein Lächeln munterte ihn auf, gab ihm überirdischen Mut.

Micha atmete Kraft ein und beruhigte sich. Er ließ sich von seinem Freund Alpha tragen, von ihm verstehen, von ihm leiten.

„Du weißt doch", fuhr Alpha fort, „die Liebe kann alles, die Liebe hält alles aus! Die Liebe ist so stark, dass keine Macht, auch kein himmlisches Gefährt, sie aufhalten kann und wird. Sie kostet uns die letzte Kraft, aber nur, wenn wir sie verschenken, kann sie wachsen. Lass sie wachsen, Micha! Verschenke und nutze sie – nur zu!"

Lethargisch ließ sich Micha wiegen, gewann langsam Kraft und holte die Luft in seine Lungen zurück. Die ausgestreckten Arme hoben sich, Finger kontrahierten und entspannten sich wechselseitig unter der himmlischen Massage aus Zuwendung, Vertrauen und Geborgenheit. Micha verstand seinen Hasen nicht, aber er ließ es geschehen und sich einen Moment lang fallen, um auf sich selbst zu vertrauen und darauf, dass seine Liebe zu seinem Vater kraftvoller war als sein himmlischer und irdischer Körper gleichzeitig. Er sammelte sie, seine ihn erfüllende Liebe. Er sammelte so lange, bis er senden konnte. Senden mit jeder

Zelle seiner leiblosen Gestalt. Eine Liebe, die keines Körpers bedurfte und doch von eben jenem gefühlt und ausgestrahlt wurde.

Wie auch immer das geschah.

Liebesakkorde

Etwas Sonderbares geschah. Noch immer starrte der Mann auf diesen Punkt im Nichts des Zimmers. Er spürte etwas so hautnah, dass es ihm übernatürlich erschien.

Liebe wurde greifbar.

Schwingungen flirrten über seine Armhaare – ungesehen, zart gefühlt.

Draußen bellten die Hunde aufgeregt. Eine Frau fuhr gegen einen Lattenzaun und zerdellte ihr Auto. Aus einer anderen Ecke schrie ein Kind. Es war gefallen.

Micha erstand auf.

Die Erinnerung gewann Gestalt.

Der kleine Fratz saß im Planschbecken und goss Selma einen Becher Wasser über den Kopf. Selma japste kurz auf, aber beschwerte sich nicht. Als sie das schallende Lachen ihres Bruders vernahm, fiel auch sie mit ein, ohne zu verstehen – klein wie sie war. Ein „G“ lag in der Luft, ein „G“ wie Glück. „D“ankbarkeit überfiel ihn. „A“bertausend „M“ale „D“ankbarkeit.

Der Vater lächelte, seine Liebe war so stark, dass er sich zum ersten Mal seit Monaten wieder besser fühlte. Die Bilder erfüllten ihn und gaben ihm das Gefühl, sein Sohn sei wieder ganz nah bei ihm. Langsam ging er zurück zum Klavier und setzte sich auf den abgewetzten Stuhl. Er öffnete all seine Sinne und erkannte die luftigen Akkorde mit einer inneren Ahnung, die ihm nicht weiter bekannt war und die doch noch nie so deutlich zu ihm gesprochen hatte. Er war gewiss kein Bauchmensch, nein, er entschied Dinge mit dem Kopf! Und doch erschien es ihm, als würden die Anweisungen für die Akkorde aus dem unteren Teil der Magengegend entspringen: G, D, Am, D … Sein Körper wurde leicht, kein Stein beschwerte mehr jeden Atemzug. Es klang schön in ihm – engelsgleich.

„Was liest du da?", fragte der Vater seinen Sohn. Dieser schaute nicht auf, las versunken weiter und knabberte an seinem Paprikastreifen. Und klappte beiläufig den Buchdeckel hoch. „Wissen – Unsere Erde?", fragte der Vater, sichtlich um einen Gesprächseinstieg bemüht. „Hmmm", die Antwort, der Blick nach unten. Der Vater wartete, betrachtete seinen Sprössling mit Stolz und Verwunderung und beschloss, ihn lieber allein zu lassen. Er strich dem Jungen sanft über das Haar und machte ihm einen Kakao mit Strohhalm. Im blauen Becher, nicht im gelben – der war für Mädchen. Im blauen. Vatersein war schön.

Er klappte endlich den Deckel hoch, legte die Hände auf das Klavier. Fing an zu spielen, was als ungehörter Akkord seine Sinne einnahm, was die Luft vibrieren ließ. „E"in „M"ensch, „E"in „M"ensch, „C"hristus „g"ibt „H"alt. Er wusste nicht, woher er die Worte hatte, woher die Musik kam, die ihn in Tonfolgen erfüllte. Einzig die Bilder erlebter Liebe wogten in ihm auf und wirbelten durcheinander, was an diffusen Liebeseindrücken und Resten christlicher Erziehung in ihm schwebte: Erinnerung, Musik, Worte der Eingebung mündeten in den Akkorden, die einen harmonischen Erdenklang in das vor Erstarrung taube Zimmer malten: Em, Em, C, G, H …

Wieder ein Schrei von draußen. Wieder war etwas schiefgegangen.

Ja – passten die Schutzengel denn heute gar nicht auf?

Schalldruck

„Ich passe die ganze Zeit auf, aber ich verstehe es einfach nicht. Was passiert hier?“, flüsterte Laurina. Schon wieder hatte sie nicht gereimt. Und merkte es nicht einmal. Josef, Laurina und Janardan blieben an die Kugelinnenseite gepresst und konnten kaum fassen, was sie erlebten.

„Pssst“, mahnte Stimmulus und legte den Finger an den Mund. „Der Äqualoribus sendet!“

Das allgemeine Fragezeichen musste nicht weiter angesprochen werden.

Stimmulus fuhr fort: „Wenn Michas Stimme schon nicht durch den Äqualoribus kommt, dann soll die Hülle wenigstens für Micha arbeiten!“

Und wirklich. Man spürte an der Innenseite das sanfte Vibrieren des Transportmittels. Es schwang sich langsam hoch und wurde schließlich so stark und eindringlich, dass es ihre himmlischen Körper erzittern ließ. Die Schwingungen waren angenehm und begleiteten überirdische Töne, die zunächst stofflich fassbar – ähnlich violetten Kugelblitzen – von Micha ausgehend durch die Blase zitterten und sich dann von innen auf die Oberfläche legten. Sie breiteten sich aus und versanken wie Steine, die – von der Wasseroberfläche verschluckt – zum Wohlgefallen der Kinder Wellen schlugen. Sich selbst verschlingend, im Echo und aufschwingender Wiederholung versinkend. Mit jedem Akkord, jedem Ton wurde die Wirkung unglaublicher.

Wie Gebannte starrte das menschliche Trio in einen fremden Traum hinein, von dem es doch ein Teil war – nicht begreifend, wie Gefühl Ton, wie Ton Musik, wie Musik Welle, wie Welle Schwingung und entsendete Liebesluft irdischer Musikakkord werden konnte. Aber es geschah trotzdem.

„Micha sendet seine Gefühle für seinen Vater und seine Erinnerungen in Form von Tönen und sein Vater empfängt", erklärte Stimmulus den offenen Mündern. Woher Stimmulus das alles plötzlich wissen konnte, fragten sie sich nicht. Der Heilige Geist wusste wohl so manches besser als die Menschen.

„Wie?" Das war alles, was der stammelnde Janardan, der geistesabwesend die Schriftrolle fallen ließ, von sich geben konnte. Er begriff, dass seine Zeit der Hilfestellung im Moment vorbei war. Hier geschah etwas viel Größeres, das ihn zum staunenden Betrachter degradierte.

„Jeder Ton ist Schalldruck, beliebig oft transponierbar", flüsterte Stimmulus weiter. Er versuchte, seinen Freunden zu erklären, was hier physikalisch passierte. Aus äonenlanger Erfahrung wusste er, dass Menschen Erklärungen liebten, die sich logisch anhörten. Schwer konnte man ihnen mit der Schöpfung in sieben Tagen oder dem Leben im Paradies kommen. Sie brauchten Futter für ihre nach wissenschaftlichem Halt gierenden Geister.

„Der Äqualoribus sendet Michas Liebesmusik, die Töne seines Herzens, die eigentlich unsichtbar sind. Und doch wissen wir alle, dass es sie gibt. Oberhalb von zwanzig Kilohertz können menschliche Wesen nichts mehr hören, aber – wenn sie besonders sensibel sind – vielleicht spüren. Das machen wir uns hier zunutze."

„Der Äqualoribus vibriert im Ultraschallbereich und erzeugt Töne oder Akkorde?", fragte Janardan interessiert. Stimmulus nickte: „Und bringt die Fluidelemente der Luft zum Schwingen. Michas Vater spürt das, obwohl er eigentlich nichts merkt, geschweige denn hört."

„Ich höre nur die Hunde“, bemerkte Josef trocken. Und wirklich drang ein aufgebrachtes Gebell durch den Spalt des Fensters, dass es fast schon unheimlich war.

Die vielen Schreie verunglückender und unachtsamer Menschen hörte er nicht.

Etwas Besonderes

Als er das Schreien hörte, war es um ihn geschehen. Viel weiter hatte er nicht denken können. Nur bis zu diesem Moment, bis er das Kind in den Armen halten würde. Und dann war es soweit! Man drückte ihm den Jungen in die Hand, blutverschmiert, das Weinen färbte ihn blau, die Lippen zitterten. Schrill – der Schrei, voll – der Klang.

„Ein Junge – wie soll er heißen?“

Man lächelte ihn an und blickte in einen Spiegel der Freude. Das Lächeln brannte sich so in sein Gesicht, als wollte es nie wieder von ihm gehen.

Der Vater formte die Melodie in die Luft wie ein Gesicht in den Tonblock. Es würde etwas daraus werden. Das sagte ihm dieser siebte, neue Sinn. Er schwang sich hin und her. Die Melodie machte ihn fröhlich, versöhnte den gequälten Geist. Der Pianist war beim Refrain angekommen. Es war ein Engelslied, das spürte er an der Leichtigkeit, mit der das „Emoll“ mit dem „C“hristus „d“es „H“immels korrespondierte, das ihm durch den Kopf spukte und ihn wie ein weiches Kaninchen streichelte. Der Vater lächelte, als ihm kurz klar wurde, wie verrückt das war, was hier mit ihm geschah. Aber er ließ es geschehen, wollte hören, wozu sein geschundener Geist ihn trieb: Em, C, D, Hm. Die Töne passten zueinander, die Akkorde waren leicht und frisch, belebend wie die Liebe.

„Warum kommen die *Sägen* in den Himmel?“ Er brauchte eine Weile, bis er das Wort verstanden hatte. „Die *Seelen* sind bei Gott, obwohl der Körper stirbt, mein Junge“, antwortete er schmunzelnd. Oft schon hatte er es ihm erklärt und wieder und wieder hatte der Kleine gefragt. Er musste sich manches Mal zur Geduld zwingen und doch war er gerührt von der Intensität, mit der Micha alles wissen wollte. Gerade über den Tod. Vielleicht waren alle Kinder so. Vielleicht fragten alle Kinder das Gleiche. Aber nein, bestimmt nicht! Sein Sohn war etwas Besonderes.

Natürlich war er das!

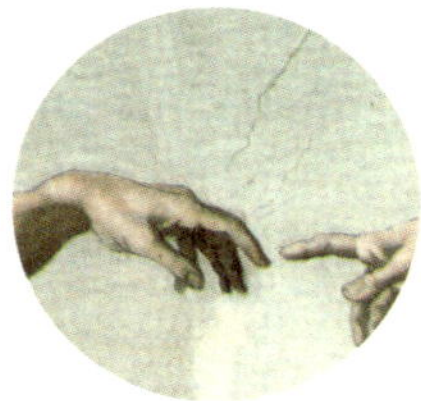

Er liebte

Micha schwitzte und atmete hektisch ein und aus. Auf den geschlossenen Augen lag ein konzentrierter Gesichtsausdruck. Ab und an zuckte er stark, sodass auch Alpha unter seinen ruckartigen Bewegungen einknickte, sich aber dann erhobenen Hauptes wieder zu voller Größe aufrichtete. Beide leisteten Schwerstarbeit: Michas Himmelskörper arbeitete, er keuchte gequält auf und wurde wechselseitig flirrend unsichtbarer, um im nächsten Moment wieder Materie zu gewinnen und selbst dem kraftvollen Himmelskaninchen mit seinem Gewicht zu schaffen zu machen.

Alpha widerstand jeder Veränderung des Geistes und Körpers, die Micha durchzuckte. Er trug und schuftete, was das Zeug hielt und hielt Micha mit übermenschlichen und übernatürlichen Kräften auf den ausgestreckten Armen. Ab und zu wischte er eine Träne aus seinem Gesicht, denn er ertrug es kaum, den Jungen derartig ans Ende seiner himmlischen Kräfte zu bringen, die ihm die Vibrationen abverlangten. Der Äqualoribus brummte in höchsten Tönen, dass sich die Freunde die Ohren zuhalten mussten. Sie konnten sich nicht mehr an der Außenhülle anlehnen, sonst hätten die Schwingungen ihnen den Schädel eingeschlagen.

Doch Micha spürte davon nichts.

Er liebte.

Mit der ganzen Kraft seines körperlosen Geistes.

Und sendete Bilder und Töne, Worte und kraftvolle Erinnerungen.

Gestützt von der Weisheit der Himmelsschule.

Und tat das, was er am besten konnte.

Das, was der Äqualoribus von ihm verlangt hatte, um die Erde zu erreichen.

Das, was den Himmel retten sollte.

Das, was er von Anbeginn seines Lebens gelernt und sich über den Tod hinaus bewahrt hatte.

Er liebte.

Er spielte

In Tönen lag Liebe über den Tod hinaus, in Erinnerungen die Wachheit und Freude klarer Tage.

„,E'ine ,M'illionen ,C'höre ,a'uf ,m'einem ,D'ach", dachte der Vater aus einer unbekannten Eingebung heraus: Em, C, Am, D. Wie in Trance kamen die Gedanken über ihn und senkten sich auf die Tasten herab.

Er schwang sich vor und zurück, vor und zurück. Die Melodie war eingängig, bestechend einfach. Ein simpler Ohrwurm, ein Kinderschlager, ein Fröhlichmacher, ein Tröster.

Das Lied erinnerte ihn an Micha. Micha mochte solche Lieder, hatte immer zu ihnen gesungen. Damals – als er noch lebte.

„Engel“, flüsterte der Vater unwillkürlich in die Luft hinein. Was für ein wunderbares Wort: „Engel!“ War Micha ein Engel? Flog er nun?

„Ich hab dich lieb!“, der kleine Körper drückte sich mit aller Kraft an ihn. Auf dem Wickeltisch war die optimale Ausgangslage für einen „Papahüpfer“. Seine Antwort klang tiefer, erwachsener trotz der gleichen Gefühle in Vaterform. Erwidernd. Liebe war so einfach. „Und feste drücken, feste! Ahhhh! Sooooo lieb hab ich dich!!!“

Er spielte.

Das war alles, was gesagt werden musste.

Endlich.

Wieder.

Er spielte und empfing das, was in der Luft lag.

Und schrieb die Akkorde und ein einziges Wort auf einen Fetzen Papier.

Und produzierte eine riesengroße, unsichtbare, flirrende Blase Vaterliebe.

Er spielte –

Michas Lied –

aus der Liebe heraus und in die Liebe hinein.

Er spielte –

seinem Jungen bei seinem Auftrag zu helfen.

Er spielte –

zur Rettung des Himmels und der Erde.

Michas Lied über die Liebe.

Michas Lied an die Welt.

Versöhnung

Sie öffnete die Haustür und konnte kaum glauben, was sie hörte. Er saß am Klavier und spielte. Und wie er spielte! Eine Weile lauschte sie der Melodie im Flur, als könnte sie den wunderbaren Zauber, der von den Tönen ausging, vertreiben, wenn sie sich ihnen zu schnell näherte. In der Zimmertür stehend nahm sie sich Zeit, um seinen Rücken erneut zu betrachten. Er bog sich im Rhythmus der Melodie, er federte wie eine goldene Weizenähre, die der Wind streichelt.

Seine Finger glitten magisch über die Tasten und obwohl er mit dem Rücken zu Michas Mutter gewandt dasaß, wusste sie, dass seine Lider geschlossen waren. Sie spürte es an der Musik, die den Raum mit Leben und Zauber füllte. Sie fühlte es an der Melodie, die beschwingt und gleichzeitig melodramatisch die Luft zum Flirren und das Kristall im Wandschrank zum Vibrieren brachte, sodass ihr die Armhaare zu Berge standen. Aus der Musik sprach Liebe, tiefe Liebe und Verbundenheit, die keine Macht der Welt zerstören konnte.

Zum ersten Mal seit Monaten empfand sie wieder ihre eigene Liebe zu diesem zart besaiteten, kreativen Künstler, ihrem Liebhaber und Teamgefährten, ihrem Freund und Vater ihrer Kinder, ihrem Partner in privaten und musikalischen Fragen. Und zum ersten Mal seit Monaten hörte sie wieder den Klang seines Instrumentes, das mit seinem Wesen verwachsen war. War er unfähig, es zu bespielen, blieb sein Geist ungehört, seine Gedanken eingeschränkt, seine Aura nur halb. Das Klavier war für ihren Mann ein alternativer Weg, mit seiner Umwelt zu kommunizieren und seine Frau verstand die Sprache nur zu gut.

Wortlos setzte sie sich neben ihn ans Klavier und summte die Melodie, die zu den Akkorden des Tasteninstrumentes passte. Irgendeine Eingebung aus nicht näher definierbarer Ahnung diktierte ihr die Töne in den Mund, den sie geschlossen hielt, als wollte sie ein Geheimnis bewahren. Sie legte ihren Kopf an die Schulter ihres ebenso wortlosen Mannes, der ihr Kommen erstaunt registrierte und ihrer Annäherung mit Freude entgegnete, der ihr einen Kuss auf die Stirn drückte, während seine Finger weiter die Tastatur streichelten. Kommentarlos setzte er seine Musik fort, als würde nun das innige Spiel zweier Verliebter erst richtig beginnen, zu dem Zeitpunkt, wo die Braut das Zelt ihres Verlobten betritt, um in Erwartung der Dinge die Nacht unendlich werden zu lassen. Abgeschottet von der Umwelt gingen die beiden in der Melodie auf und lebten den Klang der Töne aus Klavierseiten und menschlicher Stimme und verstanden sich ohne ein einziges Wort, während die Bilder um sie herum rauschten wie in einem kosmischen Freilichtkino.

Die Mutter schwang sich hin und her. Sie war von Dankbarkeit erfüllt für die Minuten der Musik, für die Harmonie, die sie ihr vermittelte, für die Unschuld, die frei war von den Sorgen des Übrigseins, des Allein-Zurückbleibens.

So musizierten sie eine Weile weiter und beide spürten, dass sie einen ganz besonderen Moment erlebten, einen Moment, der für sie beide bahnbrechend und zukunftsweisend werden sollte.

Einen Moment, den der Himmel schickte.

Ja, an dem es so schien, als sei der Himmel zu Gast.

Hinweise

Wie man sich als ungebetener Gast aus dem Himmel verhielt, war Tanael noch nicht klar. Der Engel wusste selbst nicht genau, was er suchte. Er hatte noch keine Ahnung, wie er es anstellen sollte, seinen Fehler wiedergutzumachen, aber er war wild dazu entschlossen.

Dieses Mal gab es keinen eindeutigen himmlischen Auftrag, keinen weisen Finger, der ihm die Richtung zeigte. Nachdem er die Kalypsen aus der Apokryphe gesehen und von ihren diabolischen Plänen gehört hatte, war er panisch aufgebrochen, um schnell seinen unaufgetragenen Auftrag zu erfüllen. Doch da er eigenmächtig handelte, fühlte er sich entsprechend unbedarft und ziellos und war einfach drauflos in Richtung Erde geflogen.

Und nun fand er sich in dem Wohnzimmer von Michas Familie wieder, lehnte sich erschöpft und geschwächt auf seinen Engelsstab und lauschte der Musik, die vom oberen, hinteren Zimmer langsam durch das Treppenhaus gekrochen kam.

Fröhlich, leidenschaftlich, zugleich aber auch schwer und entschlossen klangen die Töne ineinander und verwoben sich zu einem musikalischen Gedicht, wie er es selten auf der Erde vernommen hatte. Weniger eine Melodie als vielmehr eine Lebensweisheit ohne Worte, weniger einzeln in Geräuschphänomene auseinander zu dividierende

Töne als vielmehr ein Gefühlsteppich der besonderen, der – ja, fast himmlischen Art.

Tanael erschrak. Irgendetwas stimmte nicht mit diesem Lied! Tanael brach der Schweiß aus, sofern er als Engel ohne klaren Körper zu schwitzen in der Lage war. Etwas war geschehen! Das erkannte er an der Melodie. Plötzlich ahnte er etwas! Es war eine Melodie, wie nur der Himmel sie schicken konnte! Tanael sah sich ängstlich um. Er war doch der Einzige, der hier war, wo er nicht sein durfte, oder? Andere Engel waren für diese Familie nicht zuständig und hatten hier nichts zu suchen und sie durften schon gar nicht einfach so auf einem menschlichen Klavier herumklimpern und etwas von den Geheimnissen des Himmels preisgeben! Aber dennoch: Es musste eine himmlische Melodie sein! Ein Mensch dachte sich so etwas nicht aus!

Tanael schwebte die Treppe hoch, fiel auf die Knie und kroch vorsichtig vorwärts in Richtung Musikzimmer. Auch wenn er wusste, dass ihn die Menschen sowieso nicht sehen konnten, traute er der Situation nicht. Wer würde am Ende des Flures auf ihn warten? Schließlich war er ja hier auf Erden, obgleich er es eigentlich nicht durfte!

Wie in Zeitlupe lugte er am Türrahmen vorbei in den offen stehenden Raum. Mit dem Rücken direkt vor ihm stand Selma, einen Stoffhasen in der einen, ihre Schnürschuhe in der anderen Hand. Sie trug einen Schlafanzug und darüber ihr rotes Wollmäntelchen, das – arglos übergeworfen – falsch geknöpft war. Sie rührte sich nicht von der Stelle, sondern blickte ebenfalls gebannt auf die sich vor ihr bietende Szene – wortlos, zufrieden, lächelnd und still.

Michas Mutter und Vater musizierten. Beide saßen auf der kleinen Klavierbank, Schulter an Schulter, und wiegten ihre Körper im Fluss der Melodie hin und her. Sie waren so eins miteinander wie zwei Sträucher, die gemeinsam vom Wind geschüttelt werden, aber sich so sehr Halt geben, dass ihre Bewegung wie vereinheitlicht erscheint, wie verwachsen und dem Wind widerstehend.

Die Hände des Vaters wirbelten über die Tasten, um sie im nächsten Moment wieder zu streicheln. Sein ganzer Körper schien in den

Bewegungen der Finger aufzugehen. Wie entrückt, wie beseelt, wie überzeitlich und damit wie von der Weisheit und Harmonie des Himmels angesteckt wirkte sein Spiel.

Selmas Mutter sang ohne Text, sie murmelte, gurgelte, intonierte und betonte, ohne ein einziges Wort gebrauchen zu müssen. Mal wurde sie so leise wie die feinsten Töne des Instrumentes, dann wiederum nahm sie die Lautstärke der Tasten auf, um sie in dramatischen Höhen zu verstärken. Es war ein perfektes Lied, auch ohne Text, eine perfekte Situation ohne Worte, eine perfekte Harmonie ohne Zweifel, ein perfektes Vertrauen aufeinander und auf das, was mit den beiden Musikern, Mann und Frau, Vater und Mutter, auch immer geschehen mochte.

Tanael erhob sich und erkannte, dass Selma schon längere Zeit dort stehen musste, so ergriffen wirkte sie von der Musik und der Versöhnung ihrer Eltern.

Doch gleichzeitig kam es dem kleinen Engel so vor, als verstünde Selma, was hier gespielt wurde. Als würde sie sich zwar über den häuslichen Frieden freuen und die Besonderheit des Bildes begreifen, aber gleichzeitig ein Unwohlsein empfinden, das nur Tanael als Experte für himmlische Begebenheiten kannte.

Selma spürte die Gefahr, ohne sie in Worte fassen zu können. Sie kam sich schäbig vor, weil sie sich so lange gewünscht hatte, dass sich ihre Eltern wieder versöhnten. Nun war es so weit und sie freute sich darüber, sicherlich, aber irgendwie … Etwas in ihr hatte sie bewogen, die Jacke überzustreifen und nach den Schuhen zu greifen. Ein anderes Etwas in ihr hatte ihr geheißen, sich wenigstens zu verabschieden.

„Ich geh noch mal zum ihm“, flüsterte sie gegen die überstarke Geräuschkulisse an und hielt ihren Kuschelhasen fest an den Ohren. „Spielt ihr nur noch schön weiter, ich bin dann mal weg, o.k.?“

Sie wusste, dass sie nicht gehört wurde. Das war so gedacht.

Sie drehte sich um und sah Tanael an. Zumindest kam es ihm so vor. Es machte Tanael fertig, dass ihn ständig Leute ansahen – bedeutungsschwanger, wissend …

Selma hielt eine kurze Zeit inne und schien zu überlegen. Dabei blickte sie ihm mitten ins Gesicht, legte den Kopf schräg und verzog den kleinen Mund schließlich zu einem Lächeln, einer Idee, einem kindlichen Gedanken. Tanael kannte es, wenn Kinder sich etwas ausdachten, das nur sie interessant und lustig fanden. Und Engel. Aber keine Erwachsenen. Die waren anders. Die weinten nur und sprachen nicht miteinander oder sie schafften es doch irgendwie und saßen am Klavier und spielten sich die Seelen aus dem Leib.

Selma verstand ihre Eltern nicht und wusste doch mehr, als sie sich selbst zutrauen würde. Aber wenn sie eines verstand, dann ihre neue Idee. Ihre Augen blitzten Tanael an und der kleine Engel lächelte dankbar zurück.

Aber er hatte sich getäuscht. Schon im nächsten Moment schaute Selma an ihm vorbei, stürzte zur Tür und rannte rücksichtslos durch seinen Engelskörper hindurch zur Haustür, um sie mit einem lauten Krachen ins Schloss fallen zu lassen.

Tanaels Körper waberte im Windhauch nach und als sich seine Silhouette wieder gefangen hatte, blickte er ihr nach und sein Gesicht wurde ganz Fragezeichen.

Doch offenbar hatte ihm das Aufrütteln gut getan! Erst jetzt, als sein Blick wieder in das Zimmer fiel, bemerkte Tanael die große, irisierende Blase, durch deren schimmernde Oberfläche fünf überraschte Gesichter zu ihm herüberblickten …

Auf seine Weise

Als er ihn erkannte, schrie Josef, der für die lauten Ausrufe zuständig war, aus Leibeskräften: „Sieh doch, da vorne ist Tanael!“

Die Freunde schraken zusammen und starrten – ausgehend von ihrer hinteren Raumecke – auf die Tür. Alle – bis auf Alpha und Micha, die sich in ihrer Entrückung nicht stören ließen – blickten den kleinen Engel an, als sähen sie ein Gespenst. Auch wenn sie wussten, dass Tanael zur Erde geflogen war, so war es dennoch ungewöhnlich, ihn plötzlich hier aufauchen zu sehen.

Tanael bemerkte sie nicht sogleich. Er schaute auf die kleine Familie und konzentrierte sich auf das vor ihm stehende Kind, bis es ihn umrannte, dass er am Boden lag. Nachdem er sich aufgerappelt und sein unsichtbares Engelsgewand gerade gezupft hatte, erkannte er den Äqualoribus.

Tanael stockte, dann hob er abwehrend die Hände, als wollte er verhindern, dass ihm jemand zu nahe käme, und trat ein paar Schritte zurück. Plötzlich drehte er sich um und stolperte davon, als sei der Teufel hinter ihm her.

„Was will der hier?“, wiederholte Laurina.

„Helfen“, flüsterte Stimmulus.

„Helfen?“

„Ja, auf seine Weise.“

„Und was ist ‚seine Weise'", fragte Janardan.

„Das weiß ich nicht, denn er selbst weiß es auch noch nicht!", sagte Stimmulus.

„Woher weißt du das?"

„Ich bitte dich! Bin ich der Heilige Geist oder nicht?"

Dabei blieb es.

Obwohl Stimmulus einen lockeren Spruch losgelassen hatte, lachte niemand. Die Stimmung war zu angespannt, zu überfrachtet mit den Ereignissen, die sich hier ansammelten. Zuerst die Frau und dann das Kind, das hilflos und einsam in der Tür gestanden und wie gebannt vor sich hin gestarrt hatte, bis es davongelaufen war und dabei den unsicheren Tanael über den Haufen gerannt hatte.

Aber eine Person hatte die Gesandten besonders beeindruckt: die Frau. Wie sie langsam und ergriffen durch die Tür geschritten war und sich neben ihren Mann platziert hatte. Sie hatte gelächelt und trotz der roten Flecken auf ihrem Gesicht und der geschwollenen Augen hatten ihre Augen etwas Beruhigtes und Entspanntes gehabt.

All das sahen nur die Freunde, Micha selbst sah es nicht. Noch immer lag er in Alphas Armen und schickte seine Liebe in Form eines Liedes hinüber. Aber als seine Mutter zum Summen ansetzte, zuckte Michas Körper zusammen. Seine Hüfte schnellte in die Höhe und zerrte ihn bogenförmig nach oben, wobei seine himmlische Hülle kurzzeitig Alphas Arme verließ. Seine Mutter hatte das Tragen übernommen. Ihre Stimme war ihm kurzzeitiger Halt, bevor er – noch bleischwerer als vorher – in Alphas Arme zurückplumpste und das überdimensionierte Kaninchen fast zu Boden riss.

Alpha kam es so vor, als müsste er nun die doppelte Last tragen. Auch er hielt die Augen geschlossen und schnaufte vor verzweifelter Anstrengung unter der Bürde.

Daraufhin war Josef unter die Arme Alphas gekrochen und begann sie zu stützen. Er verstand, dass es nichts Wichtigeres gab, als die Übermittlung der Liebe Michas zu seinem Vater zu sichern. Die Vibrationen des Äqualoribusses mussten auf Gedeih und Verderb ankommen, so viel war klar! In den Augen seiner Frau hatte Josef Sorge gelesen und den Aufruf zur Eile. Das sollte etwas bedeuten, so gut kannte er sie!

Josef war zwar ein starker Kerl, der wenig zimperlich auch schwere Arbeiten erledigen konnte, aber was er hier trug, übertraf jeden Stamm schwärzesten Ebenholzes, den er in seinem irdischen und himmlischen Dasein je geschleppt hatte. Auch er keuchte, während Laurina mütterlich um beide herumscharwenzelte, sofern in der Enge Raum dafür war, und ihnen vor lauter Ratlosigkeit fortwährend den Schweiß von der Stirn tupfte. Bei Alpha musste sie hüpfen, was der tragischen Szene eine lächerliche Note verlieh, bis Stimmulus ihr das Stofftaschentuch abnahm und – seinerseits auf der Schulter Alphas sitzend – ihre Aufgabe erledigte.

Janardan las verzweifelt in den letzten losen Fetzen der Schriftrollenanleitung und versuchte, sich für den Rückflug zu informieren. Er wusste nicht, ob Micha – selbst wenn die Mission gelingen und das Lied vollendet werden sollte – genügend Kraft für den Weiterflug aufbringen könnte.

Woher sollte Micha wissen, ob dies schon die Erfüllung des Auftrags war? Dem Vater die Liebe und Akkorde zu schicken? Na und? Davon wurde noch kein Himmel gerettet! Davon wurde noch kein Mensch zum Guten bekehrt! Davon würde kein einziger weiterer Mensch mehr Liebe produzieren als bisher! Eine andere Möglichkeit musste her oder sie müssten zurück zum Himmel fahren und erst Kraft tanken, bevor sie einen zweiten Versuch würden starten können. Sie hatten doch auch noch einen zweiten Versuch, oder?

Erst jetzt fiel Janardan auf, dass die Gruppe ohne jede Planung gestartet war. Sie wussten weder das Ziel noch die Art der Rettung und jetzt, wo er genauer darüber nachdachte, meldeten sich die ersten Zweifel zu Wort. Sicherlich – alle hatten groß getönt, dass Micha es schon schaffen würde, dass sie ihm doch nur zu vertrauen bräuchten, doch Janardan gefiel diese Möglichkeit mit einem Mal überhaupt nicht mehr. Man sah doch, dass das hier nur ein kleiner Junge war! Dass er schwach und gebrechlich war!

Janardan wurde misstrauisch und schaute verstohlen von der Gebrauchsanweisung auf. Er wollte zurück! Zurück in den Himmel, denn er hatte nicht vor, den Rest seines Himmelslebens – und damit eine schlappe Ewigkeit – in einer Blase zwischen Himmel und Erde zu verbringen, ohne auf halbwegs normale Weise mit jemandem kommunizieren zu können. Wer würde seine Pflanzen versorgen, wer die Fenster der Religionen putzen, wer auf seinem Teppich fliegen und wer die wöchentlichen Meditationen leiten? Er sollte hier unten versauern, wenn der Kleine versagte? Nein!

Sein Blick traf Stimmulus. Der weise Zwerg hatte Janardan schon länger beobachtet und sagte nun: „Das sind die Erdengefühle, Janardan! Hab keine Angst! Sie beschleichen nun auch dich!"

„Was meinst du? Ich sage doch gar nichts!", versuchte Janardan seine Enttarnung zu überspielen und fühlte sich gleichzeitig unendlich mies, denn der erste Anflug einer Lüge war getan.

„Ich verstehe dich", tröstete Stimmulus unbeirrt weiter, als hätte er nichts gehört. „Es ist nicht einfach, der Erde zu widerstehen. Die dunklen Gedanken sind allgegenwärtig und überfallen einen. Hatte Alpha euch denn nicht gesagt, dass ein Erdenflug eine Gefahr darstellt? Dass das Menschliche euch zurückerobern könnte?"

„Eine Gefahr?

Ist das wahr?", tönte Laurina erboßt.

„Alpha", brüllte sie weiter und zerrte dem übergroßen Hasen am Fell.

„Wovon spricht Stimmulus da?

Was ist das für eine Gefahr?"

Selmas Spiel

„Ich liebe die Gefahr! Sie hätten mich auch entdecken können, aber ich bin ausgebüchst – durch die Hintertür“, flüsterte sie ihm ins Ohr. „Als Mama und Papa Klavier gespielt haben. Endlich mal wieder! Ich bin Hals über Kopf weg, obwohl ich doch schlafen sollte. Wollt' ich aber nicht. Da bin ich einfach abgehau'n. Und jetzt bin ich hier.“ Sie kicherte.

„Es hat immer besonders gut geklappt, wenn wir zusammengehalten haben und Mama und Papa nichts davon wussten, stimmt's?“

Ihr Ton war verschwörerisch, fast vergnügt.

„Weißt du noch, als wir uns auf dem Dachboden versteckt haben und sie uns überall suchen mussten? Das war lustig! Außer dass Mama irgendwann geweint hat …“ Schuldbewusst senkte sie den Kopf.

„Aber konnte ja keiner ahnen, dass sie das so ernst nimmt und uns erst so spät findet.“

Sie schaute erneut auf und das Blinzeln kehrte in ihre Augen zurück.

„Aber sonst war's doch lustig, oder? Wie du die alten Klamotten von Opa angezogen hast und wir Gespenst gespielt haben.“

Sie stupste ihn an. Micha zeigte keine Reaktion.

Er lag vor ihr wie ehedem. Die Lichter waren etwas abgedunkelt, denn der Tag neigte sich seinem Ende entgegen. Aber das Fiepen der Geräte währte unbeirrt fort und die vielen blinzelnden blauen und gelben Dioden hätten einem heiteren Wechselspiel geleuchtet, wenn der Anlass nicht so traurig gewesen wäre.

„War doch lustig, oder?"

Fast verzweifelt klang die Frage.

Selma war hartnäckig. Und verspielt. Und liebevoll.

Ein Kind mit einer eigenen Welt, deren Grundsätze sie nach Lust und Laune änderte. Im Spiel war sie die Herrin der Regeln, die Königin des Scheiterns und Gewinnens, die Göttin der eigenen Welt. Sie liebte das Spiel, das sich fernab von der Realität vollzog, die sie manchmal nicht verstand. Deren Bestimmungen so völlig anders waren als ihre eigenen. So unlogisch, so grausam. Es gab nichts, das man einfach ändern und von Neuem beginnen konnte, wenn man es sich so wünschte. Die Wirklichkeit schlug mit geballter Faust zu und spielte ihren Tanz mit den Menschen – und nahm sie anderen einfach weg.

Sie tat das nicht. Selma spielte ihren Zeitvertreib rücksichtsvoller, aber ebenso unlogisch, wie ihr das Leben selbst manchmal erschien.

„Mama weiß nicht, dass ich bei dir bin. Ich dachte, dann machen wir das hier mal allein. Wir zaubern zusammen. Und wenn das Spiel aus ist, dann machst du die Augen auf, o.k.? So geht das Spiel!"

„Wie geht das Spiel?"

Sie wollte, dass er das fragte. Und wenn nicht er selbst das fragte, dann wenigstens ein Geist, der aus ihm herausstieg und mit ihr sprach. Den hätte sie auch akzeptiert, ihn meinetwegen mit nach Hause genommen. Um einen zum Reden zu haben, wo sonst alle so viel schwiegen.

Aber der Geist sprach nicht mit ihr. Und Micha erst recht nicht. Beide schwiegen. Wie gerne hätte sie erklärt, wie ihr Spiel ging, wie gerne gestritten und meinetwegen freiwillig verloren, wenn das Micha zurückgeholt hätte.

Das war etwas Besonderes! Selma konnte nicht gut verlieren. Sie ärgerte sich oft minutenlang und wurde dann grollend aufs Zimmer geschickt, bis sie es verkraftet hatte. Niemals hätte sie so gerne verloren wie heute.

„Wer zuerst die Augen aufmacht, hat gewonnen, o.k.?“

Selmas Spiele waren einfach und kompliziert zugleich. Sie erklärte es diesmal nicht, Micha hatte das Spiel auch so verstanden, zumindest hatte er keinen Einspruch erhoben. Damit war doch alles klar!

Verschwörerisch faltete sie die Hände und setzte an zu ihrer Verkündigung, die Gebet und Regel, Beschwörung und Zauberei gleichzeitig war. Man merkte jedem Vers an, dass dieses neunjährige Kind alles an Fantasie und dichterischer Fähigkeit aufgeboten hatte, um die Worte zusammenzubekommen:

„Wir Kinder verändern die Welt mit unserem Glauben
Wir hexen daran herum und wollen alles klauben,
was uns in die Finger fällt.
Darum wird sich die Welt
für dich heute erhellen,
du musst in die Höhe schnellen
und öffnen deine Augen,
dann wirkt der Kinderglauben.“

Selma war stolz auf ihr Spiel und glaubte mit großer Hingabe daran, dass es dieses Mal klappen würde. Nie hatte sie sich so große Mühe ausschließlich für ihren Bruder gegeben, hatte ewig dafür gebraucht, um für „Glauben“ ein passendes Reimwort zu finden und sich sogar mit dem Wörterbuch beschäftigt, das ihr nur diese verstaubte Wortvariante lieferte. Aber egal! Selma nahm alles, um das zu bekommen, was sie wirklich wollte. Und selten wollte sie etwas mit so viel Herzblut, wie dieses Spiel richtig zu spielen. Sie glaubte, dass der Zauber nur wirken könnte, wenn sie alles von sich gäbe, was sie zu leisten imstande war.

„Hast du mich verstanden, Micha, oder muss ich den Text noch einmal sagen?“

Sie hielt die Augen verschlossen und tastete nach seinem Kopf, fühlte seine Haare, die in der Nähe seiner Wangen auf dem Kissen lagen. Sie ergriff eine Strähne zwischen Zeige- und Mittelfinger und hielt sie fest.

„Ich hab die Augen zu, o.k.? Ich warte jetzt, ja? Hast du mich verstanden? Du musst keine Angst haben, ich bin hier und gucke auch nicht, wenn du jetzt die Augen aufmachst. Du darfst sie einfach öffnen, ohne dass einer dich dabei erwischt, ja? Ich hab die Augen zu! Versprochen! Und dann hast du gewonnen."

Sie legte die Stirn auf die Bettkante und murmelte erneut verschwörerisch ihren kindlichen Reim, als wolle sie sich selbst davon überzeugen, dass Worte zaubern könnten.

Eine Weile verging und das kleine, sonst so zappelige Mädchen stritt tapfer gegen die Zeit und hielt ihre Lider geschlossen. Sie atmete und vernahm das Piepen der sonst so störenden Maschinen nur aus der Ferne.

Dann änderte sich ihr Tonfall, aus Spiel wurde ernst. Die Stimme verriet, dass Selma alles so meinte, wie sie es sagte.

„Du wachst auf, wenn einer immer bei dir bleibt, stimmt's?" Ihre Worte waren erfüllt von der Bedeutung, die nur Geschwister füreinander empfinden, wenn sie sich ganz nah sind und alle Hemmungen fallen. Wenn Bedeutung Lebenserhaltung, Nähe Luft zum Atmen wird und sich spiegelndes Brauchen das Denken bestimmt.

„Wenn einer immer zu dir hält, stimmt's? Ich bleibe hier!" Dabei gähnte sie mit geschlossenen Augen und hielt die Hand in der Finsternis vor ihrem Mund.

„Ich bleibe länger, als du es dir vorstellen kannst. Ich bleibe länger als der liebe Gott."

Sie kicherte. Kinder springen. Vom Spiel zum Ernst, vom Unsinn zur Weltenregel.

„Stell dir das mal vor! Länger als der liebe Gott!"

Sie gluckste in sich hinein und erinnerte sich an die Worte ihrer Eltern, die ihr eingebläut hatten, dass der liebe Gott immer bei einem bleibe, in guten und in schlechten Zeiten. Sie fragte sich, wo der liebe Gott in den letzten Monaten geblieben war. Sie hatte wenig von ihm gehört. Ihre Eltern hatten nicht viel von ihm gesprochen.

„Ich bleibe einfach länger als er!“, murmelte sie mit einem kleinen Aufbäumen in der Stimme. „Ich gewinne! Ich kann zaubern! Wir Kinder können viel bewegen, hast du mal gesagt!

Eine Pause.

„Ich glaube daran! Und ich warte, Micha! Ich bleibe hier und warte auf dich!“

Die Müdigkeit kroch ihren Knöchel hoch und kitzelte sie so leicht, dass sie zucken musste.

„Und dann, wenn er weg ist, der liebe Gott, dann nehme ich dich wieder mit nach Hause, abgemacht? Und ich lass die Augen zu, o.k.? Versuch's mal, vielleicht gewinnst du ja! Und ich helfe dir dabei! Nach Hause … Abgemacht?“

Sie gähnte abermals und vernahm das Piepen nur noch aus der Ferne, bevor sie leise murmelnd den Kopf auf den Unterarm legte und in eine andere Welt hinüberglitt:

„Abgemacht!“

Lied 20: Ich warte

Unbehagen

„Abgemacht! Erst gehe ich und dann ihr! Denkt an die Ohren! Bei Gefahr verschließen!“, flüsterte sie.

Esiema schlich den Dunklen voran. Sie kannte sich am besten aus. Sie gab den Ton an, zwar leise und verhalten, aber ihre Gefolgschaft hatte verstanden, dass Esiema etwas Besonderes war, dass sie wusste, was sie tat.

Sie schlich schlau und geistesgegenwärtig, führte, winkte die Kalypsen durch schmale Gänge und heikle Situationen und hielt sie zurück, wo es gefährlich wurde. Sie bewegte sich mit einer Selbstverständlichkeit durch die himmlischen Gefilde, die ihr selbst ein teuflisches Vergnügen bereitete.

Oder wie sollte man sonst das Gefühl nennen, das sich in ihrem Hals breitmachte und sie wie ein Kloß erfüllte? Dieses Gefühl, dass da etwas ist – im eigenen Körper, etwas, das eine eigene Meinung hatte.

Da war es! Schon wieder juckte es sie von innen und kroch schließlich in den triumphierenden, verwirrten Geist hoch.

Eigentlich war es nur ein Flüstern, wenn es sie nicht erschüttert hätte wie ein Donnerschlag: „Esiema! Was machst du da nur?“

Sie schüttelte den Kopf und sah sich um. Hinter ihr liefen lediglich die fetten Geifernden und kratzten sich vorwärts, Sabber der Lust in den Mundwinkeln. Sie schrien und jammerten voll bösen Wohlbehagens.

Niemand von ihnen flüsterte.

„Hast du nicht meine Herrlichkeit gesehen, Esiema?"

Sie richtete sich auf, hielt ihren Vorwärtstrieb an, dass die Kalypsen hinter ihr ineinanderrannten und sich verkeilten.

„Was ist mit dir, Esiema?", brüllten dieselben ungeduldig und kampfeswillig, die stetige Wut an der Oberfläche tragend.

„Was ist mir dir?", brüllte das Flüstern leise in ihr. „Was tust du da nur? Oh, Esiema! Hast du es denn nicht gefühlt, als du mich schautest?"

Sie schwitzte, versuchte den Sprechenden in der Gefolgschaft auszumachen, doch niemand schaute wissend zurück.

„Bist du tatsächlich so böse? Willst du uns wirklich zerstören?", flüsterte es unbarmherzig weiter. Ihr Kopf dröhnte, sie presste ihre Nebelarme dagegen, doch die Stimme ließ sich nicht unterdrücken.

„Alles Gute, was es gab und künftig geben wird, soll sterben?"

Sie wieherte gequält, selbst Olobaid hatte ihrem Geist nicht solche Schmerzen auferlegt. Was sie fühlte war neu, zerbarst ihr Innerstes und hinterließ einen Scherbenhaufen des Altbekannten.

Aber das, was in ihr übrig blieb, war klein und hilflos wie ein Kind.

Zart, lieblich und unendlich unwiderstehlich.

Das Gespräch

Zart, lieblich und unendlich unwiderstehlich hatte das Lied geklungen.

Als die Melodie geendet und beide eine Weile ergriffen und schweigend dem Nachklang der Schwingungen gelauscht, sich erholend wie Taumelnde aus fremden Welten das Ufer des Jetzt zurückerobert hatten, sagte er – den Kopf gesenkt:

„Ich hatte so ein Gefühl, als wäre er hier gewesen!"

„Ich auch."

„So lange, wie ich spielte, war er bei mir."

Sie nickte nur.

„Sonderbar, oder?", sagte er.

„Manchmal passieren solche Dinge, die man sich nicht erklären kann", antwortete sie.

Jetzt war sie es, die ihren Arm um seinen Rücken schlang und liebevoll auf und ab führte. „Sie sind wie Wunder. Eigentlich unwahrscheinlich, eigentlich logisch nicht möglich, aber sie passieren."

Fragend sah er sie an. Sie wusste, dass er wissen wollte, warum sie wieder seine Nähe suchte, warum sie plötzlich so verständnisvoll und liebenswürdig zu ihm war. Warum sie anscheinend wieder etwas mit ihm anfangen konnte.

Er schaute sie lange an, ohne ein Wort zu sagen.

Die Mutter war es, die seine seit Langem gestellte Frage schließlich beantwortete:

„Ja! Es wird das Beste sein. Wir sollten die Maschinen ausstellen lassen."

Es durchfuhr ihn heiß und kalt. Wie ein Hammerschlag traf ihn dieser Satz.

Er wusste nicht, ob es Erleichterung oder Schmerz war, was er fühlte. Er wusste nur, dass mit diesem Satz etwas geschah, etwas, das stärker war als ein Augenblick, der verging. Der Satz würde bleiben.

Der Mann nahm sie in den Arm und drückte sie einige Minuten erleichtert und von Qualen erfüllt, jedoch ohne eine weitere äußere Bewegung. Der Himmel hatte ihm seine Frau zurückgeschenkt. Hatte ihr die Sprache und die Töne zurückgegeben, wie auch ihm selbst. Er war erleichtert wie der biblische Vater, der seinen verlorenen Sohn in den Arm nimmt, wie der verlassene Ehemann, dessen Frau zu ihm zurückfindet, wie ein Schiffbrüchiger, der endlich das rettende Boot entdeckt. Er dankte einer unsichtbaren Macht, dass sie wieder seine Sprache sprach und seine Gedanken erraten konnte. Und gleichzeitig verfluchte er das Schicksal, das sie beide zu solchen Sätzen, solchen Nöten zwang.

Im Fluss der Tränen, die ihr aus den Augen schossen, konnte sie nun sogar den Mund zu einem Lächeln bewegen, das gequält, aber doch hübsch war in seiner Aufrichtigkeit von Erleichterung und Schmerz. In der Nähe dieses Augenblicks wurde ihnen beiden wortlos klar, dass sie zwar ihr halbes Leben verloren hatten, aber eben doch nur die eine Hälfte, während die andere geduldig bis zur Wiederentdeckung ausgeharrt hatte. Dass ihr Miteinander, ihre Tochter, ihre Zukunft, ihre Musik und ihr Glaube noch lebendig waren und sie in dieser zwar wackeligen und nur halben Fülle eines Lebens doch mit der Gewissheit von Gläubigen ahnten, dass Michas Leben nicht umsonst gewesen war, sondern in ihrer Liebe weiterleben würde.

So saßen sie da und fühlten nicht, wie viele Tränen ihre Augen verließen und die Pullover durchweichten, sie fühlten nur sich und die Kraft des Gemeinsamen.

„Klara ist gestorben", sagte Michas Mutter kurz und spürte an seinem Rücken, wie der Schock ihren Mann durchsetzte. Die Kraft seiner Umarmung verstärkte sich und seine Stirn berührte ihre Schulter wie verzweifelt. Er sagte nichts, sondern drückte nur mit großer Inbrunst ihre Knochen an sich, als wollte er gegen eine weitere Macht ankämpfen oder seiner Frau seine Männlichkeit überlassen, seinen Mut und sein Rückgrat in einem weiteren aussichtslosen Kampf gegen das Leben und den Tod.

„Es ist o.k.", sagte sie, um ihn zu beruhigen. „Es ist schon in Ordnung. Keine Angst, es geht mir ganz gut."

„Wirklich?", fragte er und löste sich von ihr. Zum ersten Mal an diesem Abend trafen sich ihre Blicke und sie las Besorgnis und Nähe darin.

„Ja. Sie hat mir geholfen. Sie lag ganz ruhig da, zufrieden und friedlich."

Michas Mutter wischte sich die Tränen nicht mehr aus dem Gesicht. Sie liefen einfach an ihr herunter und suchten sich selbst den Weg über Hügel und Falten, hinein in ihren offenen, lächelnden Mund.

„Denk dir nur – sie lächelte! Sie ist gestorben und hat dabei gelächelt, als wäre der Tod eine Erlösung oder ein Freund, der sie endlich abholt."

Dabei schnäuzte sie sich die Nase in das hingehaltene Taschentuch, ergriff seine Hand und drückte sie unter Tränen, während sie ihm tief in die Augen blickte.

„Es wird richtig sein, wenn Micha geht. Der Himmel will es so, ob wir das wollen oder nicht. Es ist seine Bestimmung, schon jetzt zu sterben. Das habe ich nun begriffen. Es soll alles so sein, wie es ist."

Sie schnäuzte abermals in das Taschentuch. „Wer weiß schon, wofür das gut sein soll …"

„Gut?", fragte der Vater in beinahe entsetzter Neugierde. Ihre Ruhe beglückte ihn, aber sie machte ihm auch Angst. „Wofür sollte es gut sein, dass unser Junge stirbt?"

Seine Frau weinte und schaute ihm lange ins Gesicht. Die Tränen liefen und liefen. Sie schüttelte den Kopf und flüsterte: „Ich weiß es nicht, Liebster!“

Dann nahm sie den Blick nach vorne und blickte gedankenverloren auf die nicht wahrgenommenen Akkorde auf dem Papier. Ihr Gesicht war pure Leere.

„Ich weiß es nicht.“

Sauer

„Ich weiß nicht, was das soll, Alpha! Sag schon! Ich habe dich etwas gefragt!“

Laurina konnte fuchsig werden, wenn man sie nicht beachtete. Aber Alpha war noch wie entrückt. Seine übergroße Gestalt wuchtete mit aller Kraft den überschweren Micha, obwohl das Lied längst beendet war und Michas Eltern miteinander sprachen.

Micha sendete nicht mehr, der Äqualoribus hatte inzwischen die Vibrationen aufgegeben und war wieder auf dem Erdboden gelandet. Aber Micha blieb weiterhin so schwer und kraftlos, dass Alpha ihn tragen musste. Alpha schwitzte und schaute voller Schmerz auf den kleinen, apathischen Jungen in seinen Armen.

Micha lag dort wie tot. Sein Brustkorb hob und senkte sich nur noch kaum sichtbar. Er atmete nicht mehr in himmelsüblicher Manier, sondern lag schlaff, aber ruhig da – wie ein soeben Verstorbener, der sich in Gottes Hände begeben hatte.

Laurina registrierte Alphas besorgte Blicke und riss ihren Unmut zusammen. Sorge keimte auf.

„Was ist mit ihm?", fragte sie reimlos.

Das Kaninchen streichelte Michas Stirn mit seinen Löffeln, als wollte es zärtlich Abschied nehmen.

„Er ist am Ende seiner Kraft! Ich fürchte, er wird es nicht mehr lange schaffen!", antwortete Alpha.

„Wie meinst du das – ‚nicht mehr lange schaffen'?! Was soll das heißen?"

„Dass er abbaut!"

Die Stimme klang unendlich traurig. Alpha brachte die Worte kaum heraus. Daraufhin schrumpfte er ein kleines Stück zusammen. Im Äqualoribus war nun mehr Platz als vorher.

„Das sehe ich!", kreischte Laurina in höchsten Tönen und ihre Stimme überschlug sich. „Und was bedeutet das?"

Alpha hob den Blick und sah sie mit tränenerfüllten Augen an: „Dass wir ihn verlieren werden, wenn er verliert!"

Janardan, Josef und Laurina erschraken. Josef kniete nun auf allen vieren auf dem Boden.

Da Alpha inzwischen wieder auf seine ursprüngliche Größe zusammengeschrumpft war, hatte er Micha auf den Rücken Josefs gebettet und sich auf seine Hinterläufe neben Micha gestellt. Ihn bei der Hand haltend, die Hand zärtlich liebkosend. Wie eine Mutter, die am Krankenbett ihres dem Tod geweihten Sohnes sitzt.

Entscheidung

„Wer soll am Krankenbett sitzen? Wie sollen wir es machen?“, fragte der Vater.

„Du gehst und sprichst mit den Ärzten.“ Ihre Stimme klang überzeugt.

„Du?“, fragte er.

„Ja, du. Geh allein. Ich kann es nicht.“

Er schluckte. „Du willst nicht mitkommen?“

Sie schüttelte den Kopf und wiederholte: „Nein. Ich kann es nicht.“

Und wieder liefen die Tränen, denn das, was sie sagte, war ihr Innerstes. „Ich habe ihm versprochen, dass ich ihn niemals aufgeben werde. Verstehst du?“

Die letzten Worte gewispert, von Tränen erstickt.

„Du gibst ihn nicht auf, wenn wir die Maschinen abstellen lassen“, antwortete er. „Was hier geschieht, ist schon lange nicht mehr unsere Entscheidung.“

Er streichelte sanft ihre Hand und blickte sie mit ruhigen Augen an. Auch er hatte Tränen in den Augen, aus denen Liebe floss.

„Doch, irgendwie schon“, sprach sie. „Ich weiß zwar, dass es richtig ist, diesen Weg zu gehen. Aber ich kann mich nicht daran beteiligen. Ich hätte das Gefühl, mein Kind zu verraten.“

„Und dann willst du doch deine Zustimmung geben?“

Er fragte feinfühlig.

„Ich will es nicht! Ich will meinen Sohn nicht verlieren. Aber ich habe begriffen, dass ich es muss! Dass mich das Schicksal nicht fragt, was ich am liebsten hätte. Es hat uns getroffen, ob wir wollen oder nicht. Und nun ist es an der Zeit, sich damit abzufinden, dass das, was nun einmal so ist, unabwendbar ist. Ich habe es an Klara erkannt, die im Tod ihr persönliches Glück, ihren eigenen Sieg fand. So muss es sein. Aber wir? Ja, wir haben verloren."

Sie starrte vor sich hin. Ihre Pupillen waren von der Seite kaum zu sehen. Rotadrig wurde das Weiß durchsetzt. „Und in all dem Traurigen", schluchzte sie weiter, „soll es wenigstens noch etwas Gutes geben – zumindest für ein anderes Kind …", sie heulte laut auf „… und deren Eltern."

Sie raffte sich wieder zusammen, richtete den geknickten Rücken auf, saugte Luft ein, dass sich der Brustkorb hob: „Solange noch Zeit ist, sollten wir es machen. Bevor alles ohnehin zu spät ist. Bevor es nicht mehr geht, dass sein Tod zumindest noch einigen Menschen nützt."

Der Vater weinte. Eine Weile saßen sie Hand in Hand nebeneinander auf dem Klavierhocker, schwiegen und ließen ihrer Verzweiflung und ihren Tränen freien Lauf. Sie hatten einen Entschluss gefasst, aber das machte nur eine Entscheidung leichter, nicht ihren Abschied, nur einen Lebensabschnitt, nicht ein ganzes Leben, nur die Erinnerung, nicht das Weiterleben.

„Wann?", fragte er, bekam es kaum über die Lippen. Die Stimme bebte bei diesem einzigen kurzen Wort.

„Jetzt! Geh schon …"

„Du bist dir sicher?"

„Ja, bitte geh!"

Ordnung

„Wohin soll ich gehen?“, fragte sich Tanael und schwebte weiter umher. Ziellos hatte er Michas Elternhaus verlassen und die menschlichen Straßen passiert, wehte hierhin, taumelte dorthin. Wusste auch nicht so recht.

Ein Engel ohne Auftrag war etwas Ungewohntes, ein Engel, der sich von gestohlenen Liebesblasenhüllenperlen ernährte, ebenso.

Unsicher schob sich Tanael noch eine weitere bunte Murmel in den Mund, aber die wahre Gaumenfreude wollte nicht aufkommen. Er lutschte kurz und schluckte dann hastig hinunter, was sein Gewissen ohnehin schwer belastete. Wovon er sich aber neue Kraft versprach für … ja, wofür denn? Eine Idee? Einen Einfall? Einfach genial, genial einfach?

Er ging das, was er erlebt hatte, noch einmal durch, um Ordnung in seinen wirren Kopf zu bekommen, dessen Locken ebenso ungeordnet waren wie der Plan, nach dem er jetzt verfahren wollte.

Man hatte also doch eine Abordnung vom Himmel geschickt! Tanael hatte Alpha erkannt, er war riesengroß, und den Jungen, den er schon dessen ganzes Leben lang kannte. Micha war tatsächlich hier, zurück auf der Erde, im Musikzimmer seiner Eltern!

Tanael schüttelte den Kopf. In seinem ganzen Engelsdasein hatte es so etwas noch nicht gegeben. Dass ein Junge plötzlich in Himmelsgestalt wieder vor seiner Familie stand. Ob das Gutes verheißen konnte?

Er seufzte. Unangeleitetes, unhimmlisches Denken war anstrengend!

In Ordnung … Offenbar übernahmen die Gesandten aus der Transportblase die Eltern. Die konnte er sich also momentan nicht vorknöpfen.

Aber er hatte sich doch ursprünglich ohnehin etwas anderes vorgenommen, oder nicht? Genau, er wollte den Jungen retten! Den Jungen, den er in den Himmel befördert hatte und der dort doch gar nicht hingehörte. Also sollte er sich gefälligst auch an Micha halten. Wo war der doch gleich? Im Krankenhaus? Wollte Selma nicht auch dorthin? Ja, richtig! Die kleine Schwester.

Allmählich lichteten sich seine Assoziationen. Er fand den Faden einzelner engelsgleicher Erdengedanken wieder, den er weiterspinnen konnte. Er war es nicht gewohnt, dass kleine Mädchen ihm ungefragt und unkontrolliert seinen Himmelskörper über den Haufen rannten. Das hatte Spuren bei ihm hinterlassen und nicht nur seine Frisur durcheinandergebracht.

Ja, richtig.

Das kleine Mädchen.

Wollte zum Jungen.

Gut.

Zum Jungen.

Obgleich es windstill war, da man von anderer, höherer Stelle jede Luftbewegung kontrollierte, war dieser Hauch, der in der Luft lag und nun hastig am roten Kreuz vor weißem Grund vorbeizog, besonders eigenwillig. So eigenwillig, als ginge er immer seinen eigenen Weg – zur Not durch die Hintertür!

Der Nächste

„Warum hat er nur so einen schweren Weg?“ Laurina streichelte die andere Hand Michas. Die lag leblos und schwer in ihrer und hinge schlaff herab, wenn sie nicht von der Frau gehalten würde.

„Verlieren sollen wir ihn?“, fragte sie fassungslos. „Den kleinen Kerl hier verlieren?“

Sie schüttelte den Kopf: „Nein! Ich habe ihn gerade so lieb gewonnen!“

Janardan rutschte nervös hin und her. Er war beunruhigt wegen des Jungen, aber auch, weil bleischwere Fragen und Gedanken seinen Geist überschatteten.

„Was ist jetzt? Wie soll das hierrr weiterrrgehen?“, rollte es aus ihm heraus. Janardan wollte fortsetzen, was Laurina begann, bevor die Muttergefühle sie vereinnahmten. Er wollte protestieren.

Alpha blieb ruhig und fixierte weiterhin den Jungen.

„Was sollen wirrr jetzt machen?“, beharrte der kleine Inder und schüttelte Alpha, der nicht reagierte.

Eine Weile verging, in der der sonst so Sanftmütige das Himmelskaninchen kontinuierlich anstupste, mit zunehmender Intensität. Das Boxen stand am Ende.

Die Zeit verging.

„Weiter!“, flüsterte Alpha schließlich, Tränen in den Augen, den Blick langsam gehoben.

„Was?“, fragte Josef von unten, den Kopf zur Seite gedreht. Auch er wollte wissen, was los war, und bekam da unten nur die Hälfte mit.

Einmal hatte sein Gefühlsausbruch sie alle fast verraten, aber nun bestand keine Gefahr mehr – das Arbeitszimmer war leer. Die Mutter hatte ihren Mann hinausbegleitet und während sie unten an der Tür standen und einander innig und lange umarmten, konnten die Freunde hier oben doch weiter diskutieren! Die Menschen konnten sie doch ohnehin nicht hören, oder? So brüllte er beinahe. „Was?“

Das war das Stichwort.

„Weiter, sagte ich!“, wiederholte Alpha leise, als gäbe es keine Alternative.

„Na, du bist aberrr optimistisch!“, antwortete Janardan ironisch und mit einem Anflug von Verdrossenheit. „Ich sehe nicht, dass wirrr hierrr weiterrrrkommen! Was soll das mit dem Lied und dem Senden derrr Liebe? Haben wirrr nicht Wichtigerrres vorrr?“

Alpha saugte Luft ein, richtete seinen geschwächten Körper auf und blickte auf. Im ersten Moment hätte man meinen können, sein Blick verriet Verärgerung über die Kritik, aber es war etwas viel Weiseres und Sanftmütigeres, das nun sein Lächeln bestimmte.

„Was sollte es Wichtigeres geben, als Liebe zu senden?“

Die Antwort saß und Janardan schaute beschämt zur Seite.

Aber dennoch wollte er es nicht dabei bewenden lassen. Wie gesagt – die Erdengedanken hatten bereits seinen Geist durchsetzt.

„Aberrr wirrr sollen den Himmel rrretten und damit auch die Welt und wirrr hampeln hierrr nurrr bei den Elterrrn herrrum! Das kann doch nichts werrrden!“

Er knüllte vor Erregung unachtsam die Schriftrolle in seiner rechten Hand zusammen und verletzte dabei einen weiteren Teil, der sich noch nicht von selbst zerstört hatte.

„Mist!“, schrie er und zuckte dann zusammen. Ihm fiel auf, dass die Schriftrolle und die Menschheit etwas gemeinsam hatten.

Er hatte sich über sich selbst erschrocken. Erst das mangelnde Verständnis, das eher an menschlichen als an himmlischen Wertvorstellungen orientiert war, dann die überbordende Wut und die Verzweiflung. Es war doch zum Turbanraufen!

Obgleich Janardan nun sehr mit sich selbst und der Veränderung seines Charakters beschäftigt war, hört er noch, wie Alpha von sich gab: „Warum glaubst du nicht, dass Michas Eltern wichtig sind, Janardan? Wie sollen wir den Himmel und die Erde retten, wenn wir nicht bei den Nächsten damit anfangen? Wo soll die Welt denn sonst beginnen, wenn nicht beim Nächsten?“

Erdengefühle

„Janardan saß auf dem Boden und schmollte. Es passte ihm nicht, dass Alpha seine Bedenken nicht richtig ernst genommen hatte. Zumindest kam es ihm so vor. Das konnte das Himmelskaninchen doch wohl nicht ernst meinen! Sie sollten hier ausharren und alles einem kleinen Jungen überlassen, der offensichtlich entkräftet und geistesabwesend vor sich hin sinnierte! Das war nicht einmal mehr Meditation! Das war ein Zustand vor dem Aus!

Dieses Mal war es Alpha selbst, der Janardan auf seine Gefühle hinwies: „Es sind die Erdengefühle, da hatte Stimmulus schon recht! Nun hat es auch dich erwischt, Janardan! Das tut mir leid!“

„Was soll das heißen?“, blaffte dieser.

„Nun hat die Erde dich auch schon erfasst!“, sagte Alpha. „Ihre Gefühle sind sogar durch die Hintertür dieses Himmelsgefährtes gekrochen! Du warst doch im Himmel verschont geblieben! Als Einziger von euch dreien! Ist dir nicht aufgefallen, dass Laurina und Josef schon infiziert waren? Dass sie sich an der Schwere der Engel angesteckt hatten? Dass bereits Wut, Komplexe und Verzweiflung ihre Gedanken vergiftet hatten?“

„Ach, das war es!“, schnaufte Laurina und sah einen Moment von Michas Hand hoch. Jetzt verstand sie, warum sie sich nicht genügend beachtet und anerkannt gefühlt hatte, warum sie das Gefühl hatte, dass niemand ihr Talent würdigte. Auch Josef grunzte. Sein Vierfüßlerstand strengte ihn an, aber auch die Erinnerung an so manch grollende Stunde im Himmel ließ ihn beschämt zu Boden schauen.

„Ihr wisst, dass es nicht eure Schuld war, dass ihr euch infiziertet!“

Josef sah auf, sein Gesicht pure Reue.

„Aber daher musste ich euch auf jeden Fall mitnehmen, bevor ihr weitere Menschen anstecken konntet. Ihr wart die ersten und bislang einzigen Menschen, die es im Himmel erwischt hatte“, fuhr Alpha fort. „Eine Erkrankung der Menschen ist viel gravierender als die der Engel. Die Engel werden sich erholen, wenn sie wieder genügend Liebesperlen zu sich nehmen können.“

„So sie denn jemals wieder genug davon bekommen werden“, schnaufte Josef bitter auf. Mit seinem gebeugten Stand wirkte er wie ein Pferd, das seinen Unmut durch die Nüstern pustet.

„Aber die Menschen“, fuhr Alpha fort, „die im Himmel schlechte Erdengefühle empfinden …“

„Was ist mit denen?“ Laurina hing ihm an den Lippen.

Alpha zögerte. Es fiel ihm sichtlich nicht leicht, den Freunden die Wahrheit zu sagen.

„Die erholen sich vielleicht niemals mehr. Es sei denn, sie gehen die Gefahren einer Erdenreise ein! Und auch hier können sie von den Erdengefühlen heimgesucht werden. Vielleicht schlimmer und fortwährender als im Himmel …“

Janardan fuhr hoch und fuchtelte wild mit den Armen: „Na, bitte! Wie schön! Herrrzlichen Dank, Alpha, dass du uns um Errrlaubnis gefrrragt hast, ob wirrr das denn überrrhaupt wollen oder nicht! Mirrr zumindest ging es im Himmel sehrrr gut! Und jetzt hörrre ich nurrr ‚Gefahrrren einerrr Errrdenrrreise‘ und so einen Mist!“

Der dunkelhäutige Inder regte sich so auf, dass seine Haut ganz rötlich schimmerte. So kannte man ihn nicht.

„Das stimmt, Janardan! Entschuldige, dass ich dich mit ins Boot geholt habe, obwohl es dich im Himmel noch nicht erwischt hatte!“

Alpha schaute zu Boden. Er war es offensichtlich nicht gewohnt, Leute hinters Licht zu führen und ihnen Entscheidungen aufzudrücken, ohne sie um Erlaubnis zu fragen. Normalerweise mischte sich Alpha nicht in die Entscheidungen der Menschen ein.

„Ja! Das kannst du wohl laut sagen! Was hast du dirrr dabei gedacht?“ Janardans Turban löste sich, so aufgeregt hüpfte das kleine Männchen hin und her.

Stimmulus betrachtete die Szene mit gespannter Aufmerksamkeit. Auch ihm war es unangenehm, was Alpha hier zu verkünden hatte.

Daher versuchte er es so: „Janardan! Sei doch mal ehrlich! Du hast dich doch selbst auf die Suche nach dem Äqualoribus gemacht! Es hatte dich doch die ganze Zeit gereizt, das Ding aufzuspüren und zu erkunden!“

Jetzt ging Janardan erst recht in die Luft.

„Ich wollte nurrr helfen! Ich dachte, so etwas sollte man im Himmel! Josef helfen, damit Micha ihn mitnimmt auf die Rrreise zurrr Errrde und errr zu Klara kann! Nurrr um Klara vielleicht aufzubauen oderrr so was! Aber das hatte sich in derrr Zwischenzeit ja dann errrledigt – schön für Josef! Aber das konnte doch keinerrr ahnen, dass eine Errrdenrrreise so eine gefährrrliche Angelegenheit ist! Ich hatte es nurrr gut gemeint!“

Obwohl Janardan schon mehrfach verzweifelt an seiner Wickelkrone gezwirbelt hatte, flog sie wieder auseinander.

„Siehst du“, nickte Alpha, „und genau deswegen habe ich dich mitgenommen! Weil ich wusste, dass du alles für deine Freunde tun würdest. Für Josef und für Laurina, denn ihr drei gehört zusammen! Ihr seid doch Freunde, oder?“

Darauf konnte man nur nicken.

Alpha wandte sich Janardan zu. Seine Löffel berührten Janardans Turban, der sich daraufhin in null Komma nichts wieder zu einem perfekten Etwas zusammenband. Wie von Geisterhand.

„Bist du mir dann immer noch böse, dass ich dich mitnahm, ohne dich genau zu informieren?“

Janardan druckste eine Weile herum.

„Nein!“, antwortete er kleinlaut. „Aberrr was ist das denn fürrr eine Gefahrrr, von derrr du immerrr sprrrichst? Was wirrrd mit uns, wenn Micha versagt? Wirrr errrholen uns nicht, sagtest du? Was heißt das genau? Und was wirrrd aus den anderrren Menschen im Himmel?“

Alpha sah ihm hohlwangig ins Gesicht. Es verging eine Weile, in der die Freunde ahnen konnten, dass eine gewichtige Auskunft folgen würde. Dann hauchte er, als sei dies eine Antwort auf alle gestellten Fragen: „Es würde den Himmel kosten …“

Die Transportblase erstarrte und mit ihr die Gesichter der anwesenden Erdenbürger. Damit hatte man nicht gerechnet. So ernst sah es aus?

Stimmulus wollte aus der Beklemmung helfen. Man merkte, dass er es gewohnt war, Trost zu spenden: „Wir brauchen euch alle drei! Wir brauchen euch als Freunde, die füreinander alles tun würden!“

Die Angesprochenen nickten wie Firmlinge, die gebannt vor dem Weihbischof standen und ergeben jeden religiösen Auftrag abnicken würden, den er ihnen gäbe.

„Eure Freundschaft bringt uns zurück, wenn wir Glück haben!“, antwortete Alpha weiter. „Und eure Fähigkeiten! Das, was euch auszeichnet, was euch charakterisiert, was euch zu euch selbst macht! Wir brauchen euch, damit Micha seinen Auftrag erledigen und den Himmel retten kann. Versteht ihr? Die Welt braucht euch so, wie ihr wirklich seid!“

Man nickte einträchtig.

„Aber, wer euch noch viel mehr braucht …“ , Alpha wies auf das kleine, apathische Bündel in seinen Armen, „… das ist euer neuer, kleiner Freund hier!“

Träume, erwachet!

Wie ein treuer Freund saß die kleine Schwester bei ihrem Bruder, die Arme verschränkt, den schlafenden Kopf darin versunken und nahm weder das Piepen der Geräte wahr noch den leichten Luftzug, der sich neben sie abzusetzen schien.

Selma war in die Welt der Träume eingetaucht, lächelte zufrieden. Ein kleiner Tropfen Speichel schlich sich aus ihrem geöffneten Mund in ihren Ärmel, wo er unbeachtet im Strickwerk versiegte. Sie schlief eine kindliche Unbeschwertheit lang, eine Hoffnung auf ein verlorenes Spiel lang, einen angebrochenen Abend lang, der eigentlich in ihrem eigenen Bett stattfinden sollte. Aus dem sie ausgebüchst war, um über ihren Bruder zu wachen, ihren Bruder zu wecken, wenn er sich denn endlich einmal dazu bequemen würde, aufzuwachen.

Sie schnaufte im Krankenzimmer kraftvoll durch die Nase und wischte sich über den Mund, als Tanael ihr über das Haar strich. Weiter rührte sich das schlafende Mädchen nicht.

Träume waren anders als die Wirklichkeit.

Sie fuhr im Traum hoch, als er sie ansprach:

„Selma! Erwache!"

„Wer bist du?", fragte sie.

„Michas Schutzengel! Man nennt mich auch Tanael!"

„Tanael? Komischer Name!"

„Der bedeutet ‚Beschützerengel der Kinder'!"

„Ja? Beschützt du mich auch mal?“

Tanael nickte langsam.

„Macht das Spaß?“, fragte sie weiter und räkelte sich gähnend: „Du siehst nämlich irgendwie traurig aus, wenn du mich fragst!“

„Kann schon sein!“

„Warum bist du denn traurig?“, fragte sie weiter und ergriff den Engel bei der Hand. Sie wollte ihn zur Tür führen und ihm etwas zeigen.

„Weil ich Hunger hatte und deinen Bruder nicht retten konnte.“

„Oh! Du warst das!“, entgegnete sie knapp.

Tanael fühlte sich ertappt. Selma war schnell bei des Pudels Kern angelangt.

„Ja – ich war das!“

Tanael schämte sich sogar im Traum. Ob Wirklichkeit oder nicht, Engel blieben immer in der Verantwortung. Selma taperte ungehindert weiter. Sie schien sich von seinem Geständnis nicht großartig beirren zu lassen und öffnete mit kindlicher Vorfreude die Tür des Krankenhauszimmers, um Tanael die Schätze, die sich dahinter verbargen, zu zeigen. Schließlich kam sie nicht alle Tage ein Engel in ihrem Traum besuchen.

„Was ist das?“, fragte Tanael.

„Das ist für Micha, wenn er aufwacht!“, antwortete Selma.

„Aufwacht?“, fragte Tanael und freute sich verhalten. Die Kleine war genau das, was er brauchte!

„Ja! Ich spiele ein Spiel mit ihm. Und wenn er vor mir die Augen öffnet, dann hat er gewonnen und kriegt das hier! Das ist mein Geschenk für ihn!“

Das Leuchten ihrer Augen spiegelte sich in den meterhohen Bergen von grünem und rotem Wackelpuddig, der sich turmhoch vor ihnen auf einer Wiese aufbaute.

„Toll, oder? Wie im Himmel!“ Sie kicherte unbeschwert.

Woher nahm ein Kind so viel Weisheit?

Weil es war, wie das Leben selbst.

Weil es liebte, wie das Leben selbst.

Weil es sich verschenken konnte, wie das Leben sich selbst verschenkte.

Tanael lächelte – ganz nach Tanaelart – und nickte:

„Ja, wie im Himmel!"

Mutterseele

Das Lächeln, das Micha verschenkte, als seine Mutter in diesem Moment in den Raum zurückkehrte, war bezaubernd. Es zeigte sich nur kurz und war doch so echt und wirklich, wie der Himmel in diesem Moment der Wirklichkeit beiwohnte.

Man sagt ja, dass sich in einer Familie die Gegengeschlechtlichen besonders anziehen: die Tochter hat eine besondere Beziehung zu ihrem Vater, der Sohn zur Mutter. Man mag von dieser Theorie halten, was man will, aber es geschah an diesem Ort zu dieser Stunde tatsächlich, dass Micha aus seiner lethargischen Schwäche hochfuhr, sanft lächelte und am ganzen Körper erzitterte, als seine Mutter gebeugten Hauptes zurück in das Musikzimmer trat und mit ihrer gebeutelten Aura den Äqualoribus erzittern ließ.

Fahl sah sie aus, schwach und kraftlos. Aber sie lief erhobenen Hauptes und weinte nicht, als sie mit langsamen Schritten auf den Klavierschemel zuging.

„Richtig, richtig! Weitergehen!“, feuerte Stimmulus sie an, „Weiterspielen! Wir brauchen noch einen Text für das Lied! Mach schon!“, als sie sich setzte.

So schnell ging es nicht. Nicht bei einer Mutter, die soeben im Begriff war, alles zu verlieren, was ein Mutterherz reich und voll machte. Sie saß erst nur.

Saß und schaute vor sich hin.

Und sah den Zettel zunächst nicht.

Sah nicht den Titel des Liedes, nicht die Akkorde.

Weggetreten.

Einsam.

Und holte eine Packung Taschentücher aus ihrer Hosentasche, sie zu benutzen, wenn es Zeit würde.

Zeit, sich zu verabschieden.

Vom Leben.

Der Mutterseele.

Vom Sohn.

Mutterseelenallein.

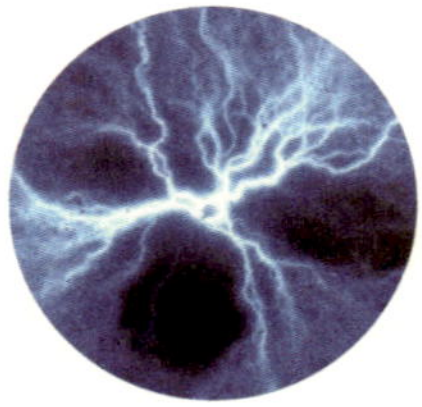

Aufhalten!

Nebuel war allein. Er war der Erste, der von Gabriel geschickt worden war, die Kalypsen aufzuhalten. Er war auf den Aussichtsturm geflogen und stellte mit Erschrecken fest, dass eine schwarze Lawine ungezieferartigen Gewimmels aus dem Hochplateau auf sie zurollte. Es waren so viele, dass sogar Nebuel beim Zählen Probleme hatte. Dieser Engel, der die Jahre der Erdenzeit zu jedem Zeitpunkt seines Engelsdaseins in seinem weisen Bart gespeichert hatte und sie in Windeseile in Millisekunden umrechnen konnte. Ja, er kannte sich aus mit den Zahlen! Aber was er hier sah, übertraf seine kilometerlange Erfahrung um ein Vielfaches. Mit dieser unüberschaubaren, herandonnernden Großmacht entindividualisierter Einzelwesen hatte er nicht gerechnet. Er erzitterte markerfüllt, wandte sich schwitzend um und rief verzweifelt um Verstärkung.

„Nieder mit der Menschlichkeit!“, skandierten derweil die Kleinen, die in quadratischen Reihen ähnlich einem Heeresregiment durch das Portal der goldenen Stadt marschierten, als könnte nichts sie aufhalten.

Leider gab es außerhalb des goldenen Portals keine Tore, die man hätte schließen können, weil das im Himmel bisher niemals nötig gewesen war. Ebenso wenig besaß man Waffen, denn auch diese waren bisher nicht erforderlich gewesen. Ein Himmel mit einer derartigen Übermacht an Feinden – das war neu!

Wo blieb nur Gott, um ihnen zu helfen??

Leben

„Ich helfe dir, du Armer!“, flüsterte Alpha und legte den zuckenden Micha zusammen mit Josef langsam und vorsichtig auf den Boden der Blase. Er legte seine samtene Pfote auf den Äqualoribus, auf dem sich – seit längerer Zeit mal wieder – eine goldene Schrift abzeichnete, als wollte sich die Kugel ihrerseits in das Geschehen einmischen. Himmelskugeln waren nun einmal auch eigentümliche Wesen.

„Nichts ist belebender als Mutterliebe!“

Alpha nickte, als halte er mit der Blase Zwiesprache. Zeitgleich erhob sich der Äqualoribus vom Boden und vibrierte näher zu Michas Mutter heran – wie angezogen von jeder geweinten Träne.

Und das Wunderbare geschah. Mit jedem Meter, den die Blase zurücklegte, gewann Micha wieder an Farbe und Lebenskraft. Langsam begann sein Brustkorb wieder Atmungsbewegungen einzuleiten. Auch durch die Dicke der sonderbaren Kugelwände schien er die Nähe der Mutter zu spüren, wie ein Fötus, der sich in seiner Fruchtblase sicher und geschützt, geliebt und ernährt fühlt. Der Mutter so nah, so ganz in ihr verborgen.

Es erschien Micha so, als hielte ihn die Hand der steinernen Mutter aus dem Raum der Gestaltung, als wiegte ihn ihr Lächeln in den kräftigenden Schlaf. Er fühlte sich wie ein Säugling, der sich – tränenüberströmt und in Rage geweint – einzig an der Brust der Mutter, ihrem Gesang und Geruch beruhigte.

Engel

Als nicht mehr gebrauchte, verödete Seelenwüste erschien der Frau das Herz in ihrer Brust. Verdörrt fühlte sie sich, vertrocknet an Leben.

Auf die vormalige Einsicht folgte nun die Einsamkeit, auf die Entscheidung gegen die Hoffnung folgte die Leere, auf die Verzweiflung die Starre.

Einsam und still schlich sich die Nacht in ihre Seele.

Was sollte eine Mutter fühlen, die ihr Kind dem Tod freigab, die ihre Ideale verriet, an die sie immer geglaubt hatte, die ihre Versprechen brach?

Sie saß und starrte und fühlte die Minuten. Wie lange würde er jetzt noch leben? Welche Sekunde war die, in der er hinübergehen würde: über den großen See, den langsamen, uferlosen Fluss, die Straße aus Licht? Oder einfach in ein dunkles Nichts. Die Sekunde der Entscheidung, des Knopfdrucks, des Vorbeiseins.

Sie wusste nicht mehr, woran sie glauben sollte, obwohl ihr christlich geprägtes Bild vom Jenseitigen ihr beharrlich etwas Schönes vorgaukeln wollte und ihr Kraft anbot, sich darin zu wiegen, wenn es ihr gelänge.

Sie beschloss, die Bilder zuzulassen, damit die Zeit vorübergehen würde. Die Zeit, die von nun an bleischwer auf ihren Schultern lasten sollte. Die Zeit, die aus vieren drei machte, aus Fülle Schwere und aus Glück einen dunklen, deckellosen Faltkarton des Gewesenen.

Ihr Blick fiel auf das Papier, die in Eile hingeworfenen Akkorde und den Titel, das einzige Wort, das ihr ins vernebelte Bewusstsein drang: „Engel".

Die Mutter lächelte, fand das Wort schön, liebte das Tröstende darin, das Kindliche, das die Fantasie beflügeln konnte, wenn man wollte.

Sie wollte.

Wollte fliehen, wollte bewusst leben. Wollte seinen letzten Lebensaugenblick durch seine Brille sehen, seine kindlichen Schöpferkräfte, die nun nie mehr aus einem hirntoten Gehirn hervorspringen mochten, in ihrem Kopf freilassen, zulassen, nachleben, selbst gestalten.

Sie lächelte und zeitgleich wurde ihr bewusst, dass es grotesk war zu lächeln, wenn das eigene Kind stirbt. Sie schimpfte in Gedanken mit sich und das war genau das, was sie nicht gebrauchen konnte.

Wer unter Strom steht, sucht sich eine Übersprungshandlung, das machte der Entenerpel mit seinem Flügelputzen genauso wie der Säbelschnäbler mit seiner Schlafstellung. Eine Mutter, die lächelte, wenn das eigene Kind starb, konnte nur diesen kurzen Augenblick die Fassade aufrechterhalten. Danach würde die Anspannung siegen.

So kam es.

Zum Glück saß sie auf dem Klavierhocker.

Sie brach zusammen.

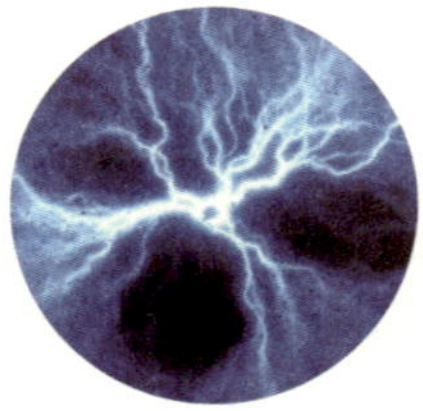

Invasion

In dem Moment, in dem die Kalypsen den Himmel eroberten und alles zusammenbrach, hatten die Menschen den Hörer aufgelegt, waren auf ihre Plätze im Himmelszelt zurückgeströmt und hatten ihre himmlischen Augen an die Fernrohre geheftet. Alle ehemaligen Erdenbewohner nahmen die Mission sehr ernst. Sie wollten den Engeln helfen, die in ihrer Abteilung schwitzten und schufteten, was das Zeug hielt.

Wie in einem Bienenkorb arbeiteten die Engel im Engelszimmer eifrig an den äußeren Umständen, verfolgten den Äqualoribus auf Schritt und Tritt und verständigten sich über das Wetter sowie die zahlreichen zusätzlichen Unfälle, die sie nach dem Gelingen des Auftrags auszubaden hätten.

Woran sie aber hätten erkennen müssen, dass etwas auf der Erde und damit auch in ihrem Himmel faul war, das waren die vielen zusätzlichen Streitereien und Missverständnisse sowie die große Krise auf der Erde.

Mit Besorgnis schüttelten sowohl die Engel als auch die helfenden Menschen ihre Köpfe.

Sogleich trat die erste Kalypse, eine besonders fette, namenlose Anführerin, die Tür des Sitzungszimmers der Engel ein. Eine zweite stürmte im selben Augenblick den Versammlungsraum der Menschen, in dem kurz zuvor noch die gesamte Himmelsschar getagt und Micha mit ihrem himmlischen Segen verabschiedet hatte. Das Bersten der Tür ließ die zahlreichen Fernrohre der Menschen, die nebeneinander aufgereiht standen, erzittern.

Eine dritte schwang sich auf das goldene Dach der Stadt und winkte hinunter zu den kleinen Biestern, den gibbelnden, kleinen Rackern menschlicher Missverständnisse, die – so zart und unschuldig wie eine Morgendämmerung – einstmals kein Wässerchen zu trüben schienen und die nun mit ihrer Ankunft den Himmel wie eine schwarze wabernde Woge aus Teer zu überrollen drohten. Es waren Kinder des Missverständnisses, Kinder des Neides und Stolzes, der Missgunst und der Lüge, die so verhalten und liebenswert wirkten, dass sich ihnen alle Türen öffneten.

Hintertüren brauchten sie nicht mehr.

Die Fetten zertraten die Türen, die Kleinen ließ man freiwillig hinein, hinein ins Herz, hinein in Erdengespräche, da hinein, wo sie für den Himmel stark und schwarz wurden.

So schwarz, dass die große Flut schließlich losrollen und allem Guten ein Ende setzen konnte.

Man wusste ja nicht.

Man ahnte ja nicht.

Man kannte ja nicht.

Mama

„Ich weiß nicht …“, stotterte Josef unsicher. „Ich kenne mich nicht aus. Wie sollen wir uns nun einbringen?“, fragte er konzentriert weiter. Er zwang sich, nicht auf die verzweifelte Mutter zu achten, sondern überlegte lange, wie es nun weitergehen könnte. Die Zeit drängte.

„Ich bin zwar guten Willens, Alpha, aber ich weiß im Moment nicht, wie ich helfen kann! Du sprachst von Talenten, die wir jetzt nutzen könnten ... Hmmm. Einen Stuhl kann ich hier schwerlich schnitzen. Also: Was soll ich tun?“

„Das wirst du schon noch merken“, antwortete Alpha und verfolgte gespannt die Veränderungen an Micha, die die Nähe zu seiner Mutter bewirkte. Besorgt schaute er zu Michas Mutter, die auf dem Hocker saß und vor Verzweiflung bebte. Man merkte ihm an, dass er mit der Frau litt, die die dunkelste Stunde ihres Lebens erlebte.

Das Gesicht des Jungen gewann langsam seine Himmelsfarbe, seine Hose ihr Jeansblau, sein Haar das seidige Dunkel von vormals zurück. Stimmulus hüpfte an den Rand des Äqualoribus und flüsterte der Mutter etwas zu, musste aber wieder feststellen, dass der Äqualoribus dicht war wie eine Forscherkugel in maritimer Tiefsee.

Micha brachte es unterdessen sogar fertig, sich aufzurichten und nun vor den besorgt dreinblickenden Freunden zum Sitzen zu kommen.

„Was guckt ihr so?“, fragte Micha wie ein Taumelnder, seines Gedächtnisses beraubt, allein eine müde Ahnung in sich tragend. Er hatte seine Mutter noch nicht bemerkt, sondern kratzte sich am Kopf und schüttelte sich fröstelnd.

Man sah ihn an, mitleidig, ernsthaft. Fragend.

„Mir geht es gut!“, versicherte er ihren besorgten Gesichtern. Sein Blick war irritiert.

Sie schauten noch immer besorgt und verängstigt.

„Was ist?“, fragte er und ließ seine Augen über die Köpfe der Freunde hinweg ins Abseits fahren und dann sah er sie: das weinende, erschlagene, niedergestreckte Etwas am schwarzen Musikinstrument.

„Mama!“

Mit einem Satz stand er auf wackeligen, aber festen Beinen neben Stimmulus am Blasenäußeren und schlug wieder und wieder darauf ein:

„Mama, Mama!“

Er sollte es besser wissen.

Aber er tat es nicht.

„Mama? Mama!!!!“, brüllte er weiter.

Man hielt ihn nicht fest. Man ließ ihn gewähren und senkte den Blick.

„So schau doch her! Ich bin hier!“, schrie er und trommelte gegen die Dichte der Äqualoribuswand. Sie musste ihn doch einfach hören!

Er gab nicht auf. Niemals würde er seine Mutter aufgeben! Das hatte sie ihm auch immer gepredigt. Wann nur? Wann hatte sie das noch mal zu ihm gesagt?

Eingebung

Sie schlug mit den Fäusten auf das schwarze Klavier, sodass die Saiten erschütterten und ein unkontrolliertes Geräusch freigaben.

Das Weinen schüttelte ihren Körper durch und sie konnte sich nicht beruhigen. Minutenlang.

Plötzlich stockte sie, richtete den geschundenen Körper auf und atmete eine Zeit lang aktiv in den Bauch hinein. Sie beschloss, gegen diesen Augenblick tiefster Verzweifelung anzukämpfen, und balsamierte die dornengekrönte Verzweiflung in ihr mit dem einzigen Wort, das sie erfüllte und das sich abermals auf das zerknitterte Bündel Papier vor ihr niedersetzte. Wabernde Tränen verzerrten das Schriftbild des in den Geist gesaugten Wortes: „Engel!"

Der Überfall

Der Engel meldete sich: „Ihr müsst euch beeilen! Die garstigen Kalypsen haben den Himmel überflutet! Sie werden immer dicker und unverschämter!"

Dieses Mal hatte Gabriel angeklingelt und die schwere Liebesmurmel in Michas Hosentasche erzittern lassen, dass es Micha fast zu Boden riss. Irgendwie klang der Ton bedrohlicher als beim letzten Mal, sodass Micha die Kugel schnell in die Hand und die Verbindung zum Himmel aufnahm.

Was sie daraufhin auf dem Bildschirm des Äqualoribusses sahen, erschreckte alle!

Gabriels Gesicht war verschrammt und hatte jede Engelhaftigkeit und graziöse Anmut verloren. Auf seiner rechten Wange klaffte eine faustgroße Lücke, aus der glitzernde Perlen rannen und hinter der man die Transparenz sehen konnte, die die Engel in ihrem Wesen ausmachte. Mit dieser durchsichtigen Schicht, die in ihrem Inneren eingelagert war und „das Nichts" genannt wurde, machten sie sich unsichtbar für die Menschen, wenn sie die Erde betraten. Aber im Himmel war keine Schutzschicht nötig. Hier war jeder Engel sichtbar, konnte sein eigentliches Wesen offenbaren und die Schutzhülle in sich selbst verschließen, damit sie nicht beschädigt würde. War der Engel in seiner schwer fassbaren und doch vorhandenen Körperlichkeit verletzt, dann war auch sein Nichts in Gefahr. Denn dann drohte auch seine Fähigkeit, auf der Erde unsichtbar zu sein, verloren zu gehen.

Gabriels Schramme war also nicht nur eine Schramme. Es war der Anfang vom Ende! Es ging ums Ganze, es ging sozusagen um alles, was die Engel ausmachte. Um alles, was den Himmel ausmachte! Was würde geschehen, wenn die Engel für die Menschen plötzlich sichtbar werden würden? Sie könnten dann doch wohl kaum mehr zur Erde fliegen? Wer sollte dann die vielen Erdenbewohner beschützen? Nicht auszudenken!

Stimmulus und Alpha waren zutiefst erschüttert. So etwas hatte es noch nie gegeben.

„Was i-i-st m-mit dir?", stammelte Alpha verstört. Im Hintergrund der Mattscheibe erschien das Szenario genauer. Der Äqualoribus gab das gesamte Panorama aus dem Sitzungszimmer der Engel frei und zeichnete den Umriss der weinenden Mutter auf der Erde nur noch blass gegen die bewegten Bilder aus dem Himmel ab.

Man kämpfte, man schlug, Stühle flogen, Fernrohre gingen zu Bruch. Flügelfedern wirbelten durch die Lüfte, Fäuste wurden erhoben. Schwarze Körper wuchteten sich durch die Gegend und prallten dumpf auf dem Untergrund auf, dass es nur so schepperte und das Bild des Äqualoribusses erzitterte. Die Kalypsen krackselten an den Wänden hoch, sie schmissen sich auf die Deckenleuchter und rissen die Wände ein. Diese Kalypsen waren so garstig, dass nicht nur ihre Parolen, ihr widerliches Gejohle von Egoismus, Stolz und Herrschsucht unerträglich war, ihre Fratzen waren es ebenso, die sich – bis zur Unkenntlichkeit verzerrt – in einem wahnhaften Gezeter emporschwangen. Die Scheibe zur Erde, die im Engelszimmer lag, war bereits eingetreten worden. Lange Spinnennetze zeugten auf glasigem Grund von der Beschädigung, die jeden weiteren Blick zum Schutz der Menschheit und auf die Mission, die den Himmel retten sollte, erschwerte.

Die Kalypsen gewannen rasch die Oberhand, denn Engel waren es nicht gewohnt zu kämpfen …

Es war eine Katastrophe!!!

Der Entschluss

Wir sind es gewohnt, zu entscheiden.

An einem Tag beschließt man, zum Friseur zu gehen. An einem anderen, einen alten Freund wieder anzurufen, zu dem der Kontakt eingeschlafen ist. An einem dritten Tag kauft man sich Magen-Darm-Tee, um die Bauchschmerzen zu lindern oder man beschließt zu einem anderen Zeitpunkt, das Abo für die längst nicht mehr so gründlich gelesene Wochenzeitschrift zu kündigen.

Das Leben ist voller Entscheidungen, großen und kleinen, wichtigen und unwichtigen. Viele Entscheidungen werden uns Menschen abgenommen. Wann wir sterben, zum Beispiel. Das ist festgeschrieben in die Weltenseele und den Gang der Dinge.

Als der kleine Junge von dieser Welt ging, hatte der Himmel zwar einen Fehler begangen, aber dennoch war Micha für die Seinen verloren. Daran rüttelte auch der Zwischenzustand des Komas nichts. Mit dem darauffolgenden Hirntod war für die Ärzte alles klar.

Nicht für seine Mutter und auch nicht für seinen Vater. Sie hatten gerungen und gekämpft, gehofft und doch verloren.

Sie hatten die wichtigste Entscheidung ihres Lebens gefällt. Das „Ja", das nötig war, um die Maschinen abstellen zu lassen, die seinen Körper organisch am Leben erhielten, war das schwerste und bitterste Wort, das sie je hatten sprechen müssen. Und diese Bitterkeit einte sie, obwohl sie jetzt räumlich voneinander getrennt waren, obwohl der Vater allein schweigend und mit einem von Kummer übervollen Herzen langsam die Treppen des Krankenhauses hinaufschritt, so als ginge er den letzten Gang seines Lebens, bevor der Henker und Herr der Knöpfe dem Erdendasein seines Sohnes und damit seinem eigenen ein Ende setzen würde. Bevor die geliebte, beobachtete und mit allen Nuancen aufgesogene Unschuld der Kindheit seines Kindes für alle Zeiten vorüber sein sollte.

Er senkte den Blick und ging bedächtig über den gekachelten Fußboden und registrierte nichts außer der Leere in sich. Er versuchte, den einmal gefassten Entschluss als richtig zu fühlen. Es musste so sein, es sollte so sein, gewiss!

Der Aufzug führte ihn in den dritten Stock. Von Weitem hörte er die Schwester schimpfen, sie giftete ihre Kollegin an. Wie durch eine Wand aus Watte vernahm er: „… ja nur neidisch! Ich kann es nun mal besser als du!"

Worüber Menschen sich doch stritten! Er schüttelte den Kopf. Hätte gerne jedes Problem gegen seines eingetauscht, sich gerne persönlich einen Finger abgeschnitten, ach was, eine ganze Hand hergegeben, einen Arm, sein Leben – im Tausch gegen seinen Sohn! Egal, welcher Einsatz! Er hätte ihn gezahlt! Aber es wurde nicht gefragt, wie das Leben oder die Chancen dazu verteilt wurden.

Es war, so oder so, nur geliehen …

Gern hätte er seine Frau bei sich gehabt, aber er wusste auch, dass das nicht möglich war, nicht gegangen wäre. Sie wäre zusammengebrochen.

Spätestens hier, auf den Stufen, die in den schmalen Korridor hineinführten, wäre sie kollabiert. Dort, wo die Schrift „Intensivstation" von innen beleuchtet aus dem Edelstahl prangte.

Er kannte sie.

Es war besser so.

Er war angekommen, atmete ein, als könnte man Mut einatmen, hob die Hand und – ließ sie fallen.

Ein weiteres Mal fuhr der Arm hoch und schlenkerte kraftlos zu Boden.

Er konnte es nicht.
Verzweifelt prallte seine Stirn an die Tür zum Arztzimmer.
Man öffnete.

Rauchende Weisheit

„Öffnet die Türen nicht! Lasst alles zu! Es sollen nicht noch mehr herein!“, wies Gabriel seine Engel an, bevor er sich wieder den Gesandten zuwendete.

„Die Kalypsen, die garstigen Gesprächsbiester, sind ausgebrochen! Sie werden den Himmel erobern, wenn ihr euch nicht beeilt! Und danach die Erde vollends bevölkern! Niemand wird sie aufhalten können!!“ Gabriel hastete seine Wörter in den Apparat, dass die Murmel in Michas Hand nur so schepperte. Der kleine Junge konnte sie kaum halten, sodass Josef ihm zur Hilfe eilte und seinen Unterarm abermals stützte.

„Wir kämpfen zwar, so gut wir können“, fuhr Gabriel fort, „aber die Kalypsen sind inzwischen stärker, als wir es gewohnt sind! Ihr müsst euch beeilen!“

Gabriel hauchte nur noch. Erst jetzt sah man vollständig, wie es um ihn bestellt war. Er lag mit dem Oberkörper auf dem Boden und bog seinen überstreckten Kopf angestrengt in den Nacken, um seine

Nachricht in das Telefon zu befördern. Man sah, dass er gestürzt war, sein Gewand war übersät von dreckigen Flecken, die Haare standen ungeordnet und von schwarzem Pech überschüttet zur Seite ab. Sein Arm war eingeknickt und krümmte sich in einem sonderbaren Winkel vom Körper ab … Er stützte sich auf seinen Flügel, der – federlos und blass – von hinten um seinen Körper herumgebogen war und ihn wie eine wärmende Decke umgab. In seinem Nacken stand ein großer, schwarzer Fuß, bereit den Druck auf den Rücken jederzeit zu verstärken. Oberhalb von ihm bellte ein garstiges Lachen. Die Menschen und Engel befanden sich im Kampf mit den Kalypsen. Unter ihnen auch Klara. Sie kämpfe, so gut sie konnte.

Zahlreiche Federn flogen umher – unter ihnen auch Gabriels.

„Mein Gott, Gabriel!", schrie Stimmulus angsterfüllt, ganz außer sich über das Schicksal des Freundes. Auch Laurina stieß einen entsetzten Schrei aus, während Micha – wie hypnotisiert und der Sprache nicht mehr mächtig – auf die Mattscheibe starrte.

Im Hintergrund kämpfte der Mob weiter gegen die Schar der Engel an und mittendrin erkannte Micha die kleine Dienerin im schwarzen Kleid. Ihr Häubchen hatte sich zwar verschoben und ihr spitzengesäumtes Schürzchen war bereits befleckt, aber noch immer strahlte sie inmitten des Tumults eine edle Anmut und Reinheit aus, an die sich offensichtlich nicht einmal die Biester herantrauten. Sie versuchten zwar, an ihrem Rock zu ziehen, aber wurden von den weißen Schmetterlingen vertrieben, die die Weisheit in die zankerfüllte Luft hauchte und die sie wie eine schützende Wolke umgaben. Gleich einer Insel aus Unschuld und Vorausschau stand die kleine Dame unerschütterlich im Meer der schwarzen Widerlichkeit zwischen Engelsfedern, umher geworfenem Mobiliar und beißenden Schmährufen und rauchte und blies weiter, als wollte sie gegen das Chaos anrauchen. Erst auf den zweiten Blick erkannten die Freunde, dass die Weisheit nicht allein dort stand.

Gewicht

Was auf dem Papier stand, würde vollzogen werden. Ob es weise, ob es richtig, ob es sinnvoll wäre oder nicht.

Damit war das Chaos in seinem Gehirn komplett.

„Sie müssen noch unterschreiben", sprach eine Stimme.

Eine Hand legte sich sanft auf seine Schulter. Blieb liegen, drückte ihn, als wollte sie Kraft geben. Der Vater spürte das unterschwellige Zittern der Muskulatur.

Er nahm den schweren Füllfederhalter und wog ihn in der Hand. Zweimal, dreimal.

Wie viel Tinte wog eine Unterschrift? Zehn Milligramm? Ein Hauch von Nichts für eine lebenslange Last.

Seine kalt schwitzende Hand setzte auf, zögerte, strich das Papier glatt, das von der geknickten, darunter befindlichen Vollmacht der Mutter aufgewellt wurde.

Er sah auf und suchte Rat im milden Blick des eilig herbeigerufenen Pfarrers. Dieser nickte ernsthaft und zwinkerte unbeholfen.

Der Vater setzte erneut an, zögerte wieder, schüttelte den Kopf und fuhr mit der Faust auf den Tisch. Den Körper im Kutschersitz niedergestreckt.

Er brauchte noch Zeit.

Doch Zeit verging.

Wieder wog er den Füller. Er war wertvoller und schwerer als die üblichen Reklamekullis. Der Arzt hatte ihn aus einer besonderen, abschließbaren Schatulle entnommen. Es ging wohl auch bei einem Füllfederhalter um Würde.

Auch beim letzten Namen aus einem reichen Leben zu viert um Würde.

Vielleicht waren zehn Milligramm zu wenig geschätzt?

Er würde es nie nachprüfen.

Er drehte das Ding unbeholfen und versuchte, die Tränen nicht auf die Urkunde tropfen zu lassen. Er dachte an seine Frau und an ihr Lächeln, als sie das frisch geborene Kind in den Armen hielt.

Er schwitzte am Kopf und fühlte die stechend kalten Füße aus den dünnen Socken.

Mit Mühe kratzte er sein Todesurteil aus blauen, gezackten Hügeln auf das Papier.

Es war vollbracht.

Vollstreckt.

Man hörte nur den dumpfen Schlag des Kopfes auf dem Tisch. So leise wie ein Bombenknall der Erinnerung.

Die Mappe wurde behutsam unter seinem Arm weggezogen.

Und zugeklappt.

Die Diskussion

„Da ist Jesus!“, brüllte Janardan gegen das Getöse der himmlischen Kampfszene an.

Und wirklich erkannten sie das Gesicht des sympathischen Mannes, der mit der Weisheit aufgeregt die Köpfe zusammensteckte. In einem kurzen Augenblick, in dem die weißen Falter auseinanderstoben und das – wie entrückt wirkende – Paar mitten im Kampfgeschehen zeigten, erkannten sie, dass beide einig nickten. Offensichtlich hatten sie einen Plan.

„Ich kann nicht mehr lange! Ihr müsst etwas unternehmen! Bringt es schnell zu Ende!“, japste Gabriel zu Micha und auf dem Äqualoribus verzerrte sich das Bild wie bei einem Störprogramm im Fernsehen.

In diesem Moment fegte Jesus – ohne sie zu berühren – die fette Kalypse zur Seite, die über Gabriel trohnte, warf sich selbst zu Boden, drehte das Telefon in seine Richtung und brüllte in die Muschel: „Ich habe mit der Weisheit gesprochen, was zu tun ist. Ihr solltet eingreifen! Ihr solltet ein Zeichen setzen und zeigen, dass Wunder möglich sind! Wir kommen hier oben schon klar!“

Man hörte, wie die Decke einbrach. Zunächst an einer Stelle, dann an eine zweiten. Staub wirbelte herum und ließ Jesus husten.

„Seid ihr da sicher? Die Menschheit hat genug Wunder gesehen“, antwortete Alpha erboßt, als wüsste er, worauf Jesus hinauswollte. „Diese Wunder haben die Leute auch nicht davon abgehalten, einander

Böses anzutun und die Liebe zu vernachlässigen! Das hat doch keinen Zweck!“

„Warte, warte! Ich bin noch nicht fertig! Au!“, rief Jesus.

Er hatte einen Schuh an den Kopf geworfen bekommen. Das Bild auf der Innenseite des Äqualoribusses verzerrte sich abermals und klarte sich nur mühsam wieder auf. Im Hintergrund sah man viele Menschen mit den schwarzen Kalypsen kämpfen. Auch Klara und die Küchenfee Lilli lieferten sich ein Gefecht mit einem schwarzen Nebelwesen.

„Ihr solltet den Jungen nicht sterben lassen! Ihr müsst eingreifen!“, fuhr Jesus fort.

Micha bekam große Augen. Schon wieder wurde über seinen Kopf hinweg diskutiert!

„In solche Dinge greifen wir nicht ein! Wir holen keine Toten zurück! Michas Todesstunde ist unabänderlich festgeschrieben und damit vorbei! Sein Körper bleibt sich selbst überlassen! Habt ihr keine bessere Idee?“, schrie Alpha seine Verärgerung heraus.

„Wenn die Menschheit sieht, dass der Junge wieder lebendig wird, obwohl er schon tot war, dann wird sie sich bekehren, meinst du nicht, Alpha?“ Stimmulus stellte sich auf Jesus Seite und hüpfte auf die andere Schulter von Micha.

„Nein! Derartige Wunder hat es schon viele gegeben. Und kein Mensch hat sich beeindrucken lassen! Das Problem sind die Kalypsen, die Biester der Kommunikation“, beharrte Alpha und wies auf die Szenerie im Hintergrund von Jesus und der Weisheit. „Sie werden sich vermehren, sie werden die Erde überfluten, wie sie es jetzt schon im Himmel versuchen!“

Die kleine Gesellschaft im Äqualoribus lauschte gebannt. Sie durften Zeugen einer überaus ausschlaggebenden Diskussion einer überaus eingeschworenen Trinität sein.

„Die Kalypsen treten in jedes Gespräch, jeden Wirtschaftszweig, jeden privaten Plausch ein! Sie werden Beziehungen vergiften und Vertrauen in die Flucht schlagen! Es geht doch schon los! Die große Erdenkrise ist momentan doch schon das Erste, von dem alle sprechen. Wir müssen zunächst hier unsere Mission beenden! Das hat Priorität! Seht euch doch um, was bei euch los ist! Micha hat entschieden, dass wir hier bei seinen Eltern sind und darum wird es auch richtig so sein!“

Nun brüllte er noch lauter, wobei seine Stimme unter dem Tumult der zu Bruch gehenden Stühle und Fenster, deren Zerstörung als übergroßes Panoramakino auf sie herabstrahlte, kaum mehr wahrnehmbar war. „Wir sollten den Menschen vertrauen! Micha hat seinen Eltern ein Lied geschickt! Das wird der richtige Weg sein! Das wird es sein, was die Menschen bewegen kann! Lieder hegen Hoffnung, geben Kraft und lassen an Wunder glauben!“

„Aber uns läuft die Zeit davon!“, wandt Stimmulus ein. „Bis das Lied erstmal um die Welt ist, ist eine Ewigkeit vergangen! Eine Wiedererweckung wäre eine Sensation und würde die Gemüter vielleicht schneller erreichen!“

Er hüpfte auf den Boden. Es war klar, dass er noch mehr wagen würde als ein Lied. So machte er sich für seine ganz eigene Mission startklar, stellte sich auf zwei Beine, zupfte seine Hose zurecht und erhob sein Haupt.

Alpha ahnte, was Stimmulus vorhatte.

„Stimmulus! Wir brauchen dich hier!“, warnte Alpha. „Wie sollen wir es ohne dich schaffen?“

„Der Junge an sich ist ebenso wichtig! Mens sana in corpore sano!”, antwortete der Heilige Geist. „Ihr bleibt hier bei Michas Seele und seinem Lied, ich bei seinem Körper und Jesus bleibt im Himmel! Es ist besser, wenn wir drei uns aufteilen!“

„Ich weiß nicht“, schüttelte Alpha unsicher den Kopf.

„Aber ich!“, rief Stimmulus entschieden. „Es steht ohnehin zwei gegen einen, Alpha! Du bist überstimmt!“

Stimmulus griff die Murmel aus der geöffneten Hand des Jungen, blickte auf die Mattscheibe direkt in Jesus verzweifelte Augen und brüllte hinein: „Gibt es noch etwas, Jesus? Wir haben keine Zeit mehr!“

Aber Jesus antwortete nicht.

Eine fette, schwarze Kalypse, die sich vormals gänzlich auf Gabriel geworfen hatte, quetschte sich mit ihrem Hinterteil auf seinen Oberkörper und spielte Hoppe-Hoppe-Reiter mit ihm, wobei unter ihrem Gewicht sein Atem schwerfällig pfiff. Die sonst so anmutige Weisheit stand neben ihm und schmetterte mit dem Mut der Verzweiflung ihr Lied der Weisheit in die Lüfte und schlug mit ihrer Glaspfeife in Form einer aufschäumenden Welle aus weißen Schmetterlingen auf das Biest neben ihr ein, als gelte es, ihr eigenes Leben zu retten. Sie sang und hieb im Takt ihre Schmetterlinge auf die Kalypse, dass es ein Grauen war. Jede Grazie, jede Anmut war von ihr gewichen, ihr Gesicht war panisch und gequält und ihr sonst so sanftes Lied hatte den Anklang eines Vermächtnisses an eine – an Taubheit leidende – irdische, äußere Welt.

Micha lief ein Schauder über den Rücken. Schon lange kannte er die Töne des Liedes, trug sie in sich, seitdem er bei der alten Dame gewesen war, doch nie hatte er sie so deutlich vernommen wie jetzt.

„Drum versuch's, kleiner Mann!“, brüllte sie, als würde sie das Lied nicht nur für Micha, sondern den Rest der Welt singen. Ihr Kleid flog auf und ab, das Häubchen wippte unter den atemlosen Seufzern der erliegenden Kalypse.

Während der leidende Jesus auf der Erde lag und den Anschein machte, ohnmächtig zu sein, trieb sie weiter ihre Schmetterlinge auf die Nebelwesen. Ihr Jesus hatte genug gelitten. Die Weisheit würde ihn retten!

Und während sie hektisch auf und ab hüpfte, fiel aus ihrer Kleidertasche ein weißlich schimmerndes Gefäß, auf dessen Wölbung ein paar Kinderaugen hervorlugten. Das Glas rollte über den Boden und kam genau vor dem Telefonhörer zum Stoppen, sodass die Augen die Gesandten in hundertfacher Vergrößerung von der Leinwand des Äqualoribusses herab unschuldig anblickten.

Micha bekam eine Gänsehaut, als er in die weit aufgerissenen Pupillen blickte.

Sein Glas! Da war es!

„Jesus!!!!“, brüllten die besorgten Übersinnlichen Stimmulus und Alpha gleichzeitig, doch es war nur noch die Weisheit, die nach der Beendigung ihres Liedes antworten konnte und ihren letzten Kampfaufruf in das Getöse schickte, während sich ihre Schmetterlinge fortwährend auf die fette Kreatur stürzten: „Ihr dürft einander niemals im Stich lassen! Denkt daran! NIEMALS!“

Mit ihrem letzten Schrei versetzte sie der Kalypse einen derartigen Falterschlag, dass diese geschwächt zu Boden sank und mit einem Knall aufprallte, bei dem sich ein weißer Wirbel wild in die Luft pustete.

Daraufhin verlosch das Bild auf dem Äqualoribus, als sei es nie dort gewesen, und eine atemlose, gähnende Stille zerriss die Erdenluft.

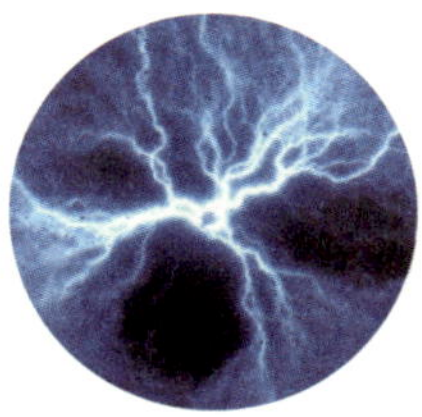

Vereint in Gottes Namen

„Wir haben keinen Kontakt mehr! Stille am Apparat!“, stellte die Weisheit fest, nachdem sie Jesus wieder auf die Beine geholfen und ergebnislos auf die Gabel des Telefons gedrückt hatte. Kein Ton drang aus der Muschel. Eine fette, schwarze Kalypse hatte den Stecker zertreten, genau wie die anderen die Innenausstattung des Mobiliars zersetzt hatten. Einige Schattenwesen waren inzwischen sogar durch die eingerissene Decke des Sitzungszimmers auf die Dächer der goldenen Stadt gekrochen und hatten begonnen, daran zu lecken und das Gold abzuknabbern. Sie fraßen den Himmel auf! Beileibe!

Ihr garstiges Geschrei war überall zu hören: „Egoismus! Dreistigkeit! Wertlosigkeit!!!“, johlten sie fratzenhaft und diffundierten in jede Himmelsecke wie Schwefelwasserstoff, der die Riechkolben wie faule Eier malträtiert und den Atmenden warnt, bevor er – schließlich nicht mehr wahrgenommen – den Ahnungslosen, sich der Rettung nahe Fühlenden dem sicheren Tod überantwortet. Noch sah man die Fetten, hörte die Anweisungen. Doch die kleinen, unachtsam und rücksichtsvoll eingelassenen Biester, die Ameisen unter den kalyptischen Eindringlingen, begannen langsam aber sicher ihren Zersetzungskampf. Und man nahm sie kaum wahr, gewöhnte sich an das Schwarz, das Gewimmel. Wie klein waren Moleküle, wie unbedeutend schlechte Gedanken, wie gleichgültig ausgestoßen Bewertungen schlechter Art! Ausgeworfen wie Erbrochenes, nur geruchlos.

„Danke, meine Gute!“, hechelte der sich aufrichtende Jesus. Er klopfte sich den Staub aus den Kleidern und stützte sich an der Demut ab. „Die anderen Engel! Sie werden mir helfen! Los, komm!“

Und damit verließ er den geschundenen Raum voller Nebelmoleküle, wirr und wabernd im Grau. Die Weisheit kam hinterher, gefolgt von der gehetzten und verletzten Klara. Jesus Gewand strahlte wie immer und Klara hielt ihren Blick daran geheftet, als sie ihm – gleich einer Straße aus Licht – aus dem Raum folgte.

Verwirrung

Micha hielt den Blick an die Kugel geheftet. Obgleich die Verbindung zum Himmel unterbrochen und damit eigentlich keine Übertragung mehr möglich war, starrten Micha von der Liebesmurmel in seiner Hand zwei wohlbekannte Augen an. Die übrige Innenseite des Äqualoribusses blickte ihnen in tristem Schwarz entgegen.

Es lag eine unbestimmte Traurigkeit, aber auch ein Appell in den schlichten Kinderaugen, ein Appell, den Micha nicht sofort deuten konnte.

Was sollten Veiths Augen auf der Kugel? Warum hatte die Weisheit das Glas bei sich? Wollte sie es Micha noch gegeben haben? Wie konnte es sein, dass die Augen nun hier waren – auf seiner telefonischen Liebesmurmel? War das Zauberei oder etwas, das man nur verstehen konnte, wenn man sich im Himmel vollständig auskannte? Lebten die Weisheit und ihre Spuren nur im Himmel oder auch hier auf der Erde, wo sie nun in einem unschuldigen Kinderblick übertragen wurden?

In diesem Moment ergriff Stimmulus die bläulich schimmernde Liebeskugel aus Michas Hand und maß, auf und abfedernd, ihr Gewicht.

„Die brauche ich", murmelte er.

„Wofür?", fragte Micha, noch immer beeinträchtigt durch die Gewalt der himmlischen Bilder. Allen erging es ähnlich. Außer Stimmulus hockten die menschlichen Gesandten und Alpha geschockt auf dem Boden und versuchten sich von ihren Eindrücken zu erholen. Insbesondere Josef war niedergeschmettert. Seine Frau hatte mitgekämpft!

„Du willst deiner Familie doch ein Lied senden!“, sagte Stimmulus.

„Will ich das?“

„Das hast du doch eben bei deinem Vater schon begonnen!“

„Hab ich das?“, fragte Micha schwach.

„Sag bloß, du weißt das nicht mehr!“ Stimmulus war überrascht.

Micha ging in sich. Er fühlte Mattigkeit und Traurigkeit und eine erdengleiche Schwere seines Herzens und seiner Gedanken in sich, die ihm die Tränen in die Augen trieben und seine Erinnerung eintrübten.

„Ich weiß nur, dass ich meinen Vater gesehen habe und mich ihm plötzlich ganz nahefühlte. Ich weiß, wie sehr ich plötzlich meine ganze Liebe für ihn empfand.“

„Und die hast du ihm gesendet, in Form eines Liedes!“ Laurina schaltete sich in das Gespräch ein. Sie wollte schnell eine Lösung finden, wie es weitergehen würde. Offensichtlich musste es jetzt flott gehen!

„Aha!“

„Und was sollen wirrr jetzt unterrrnehmen?“, fragte Janardan mit einem scheelen Blick auf die Schriftrolle. Es waren nur noch wenige Bruchstücke davon übrig. Es würde eng werden, wenn sie noch zurückwollten, verdammt eng.

Micha sah auf und wieder gelang es ihm, das irdische Bild außerhalb des Äqualoribusses wahrzunehmen. Seine Mutter saß auf dem Stuhl und weinte. Aber inzwischen tat sie auch etwas anderes. Sie spielte – zwar unbeholfen und langsam, aber voller Konzentration und Hingabe – das Lied, das sie eben noch so eindrucksvoll und innig mit ihrem Mann verbunden hatte. Micha begriff den Trost und die Hoffnung, die in den beschwingten Akkorden lagen und die damit wie eine Ironie, ein Schutz vor dem Schmerz des Verlustes, wie eine Flucht vor der Wirklichkeit wirkten.

„Sie nimmt Abschied von dir“, erläuterte Alpha und streichelte Micha, der voller Mattheit und Abgeschlagenheit eine fahle Blässe um den Mund annahm. „Du musst ihr den Text schicken, sonst kann sie es nicht vollenden!“

„Welchen Text?“

„Na, den deines Liedes!“

„Warum?“

„Weil jedes Lied, das um die Welt gehen soll, einen Text haben muss! Schließlich soll damit etwas ausgedrückt werden, das den Menschen etwas bringen soll“, antwortete Alpha.

Laurina setzte sich neben Micha und streichelte seine Hand:

„Mein armer, kleiner Freund!
Was musst du alles durchstehen!
Doch wir, wir werden mit dir gehen!“

Laurinas mütterliche Ader hatte einen Blick für die Ernsthaftigkeit der Lage. Sie und Alpha registrierten Michas Gesundheitszustand und sorgten sich um seine blasse und abgeschlagene Gesichtsfarbe. Ihnen war klar, dass Micha nicht umsonst so unbeholfen nachfragte. Er holte gerade noch das Letzte aus sich heraus, das herauszuholen war. Lange würde es nicht mehr gut gehen.

„Was soll denn in dem Text des Liedes ausgedrückt werden?“, fragte Micha mit schwacher Stimme, um sich zu orientieren.

„Na, das, was der Tod bringt“, Alpha antwortete leise. Ebenso leise verstummte seine Hoffnung.

„Und was ist das außer unendlichem Schmerz für die Hinterbliebenen?“, hauchte der Junge.

„Er bringt auch Trost und Freude mit sich. Er bringt einen neuen Anfang, ein Leben bei den Engeln, eine Leichtigkeit und Unbeschwertheit, die es zu retten und zu bewahren gilt. Schließlich brauchen die Engel nun einmal die Menschenliebe!“, kämpfte Alpha weiter. Es galt, Micha zu überzeugen.

Doch der blickte nur auf seine Mutter.

„Dafür sind wir da?“, eine weggetretene Frage, unpräzise, gestammelt, als sei der Mund zu trocken, das Herz zu lahm und die Seele längst anderswo.

„Dafür sind wir auf der Erde! Um sie und den Himmel und damit alle Menschen zu retten!“ Alpha rüttelte Micha, als wollte er seine Kräfte zurückschütteln.

„Ach ja …“, Micha flüsterte. Sein Blick schweifte immer wieder zu seiner Mutter. Ihre Traurigkeit verzerrte sein Gesicht, die Falten ihrer Augen übertrugen sich auf die Schwere seiner Himmelsgestalt und zogen seine Leichtigkeit, seine Gedanken, seine Kräfte herunter.

„Was ist jetzt? Kann ich endlich?“ Stimmulus fummelte ungeduldig mit der Liebesmurmel in der Hand herum.

„Einen Moment noch“, mahnte Alpha freundlich. Die übrigen Gesichter zeugten von Unverständnis.

„Micha, willst du mit ihr sprechen?“, fragte Alpha.

„Mit wem?“

„Mit deiner Mutter!“

„Das geht?“, Michas Gesicht hellte sich auf. Seine Augen strahlten.

„Eigentlich nicht!“, antwortete Alpha. „Zumindest nicht, solange der Äqualoribus so bleibt, wie er ist.“

Josef, Janardan und Laurina schauten sich verwirrt an. Was wurde hier gespielt?

„Das heißt?“, fragte Micha weiter.

„Bist du bereit, alles auf eine Karte zu setzen? Alles auf ein Lied?“

Stimmulus’ Arm wog das Murmelgewicht auf und ab, als könnte er es nicht erwarten, endlich loszulegen.

„Was wollt ihr von mir?“ Micha schaute sich Hilfe suchend um. Er verstand nicht.

Alpha sah seine Freunde an. Janardan scharrte mit den Füßen. Er war ungeduldig und unzufrieden. Die Situation schmeckte ihm überhaupt nicht.

Josef und Laurina hingen ihm an den Lippen und gierten danach, zu begreifen, was Alpha hier andeutete.

Dieser seufzte.

„Wir müssen den Äqualoribus beschädigen“, erklärte er, „damit deine Worte nach außen dringen können, denn nur die Schwingungen der Transportblase reichen nicht aus für den Text. Akkorde sind damit machbar, aber keine Worte. Wir wollen, dass deine Mutter hört, was du ihr sagst, damit sie deinen Text dichten kann und nicht ihren eigenen! Damit das Lied vollendet wird, das die Welt retten soll. Denn es ist schließlich *dein* Lied! Dein Lied an die Welt!“

Micha zitterte. Er bekam Angst.

„Du willst doch die Welt retten, oder Micha?“

„Ja, natürlich. Aber warum sagst du das so ernst?“

Alpha zögerte. Dann flüsterte er.

„Weil wir es nicht überleben könnten.“

Er hüstelte einen trockenen Kloß aus der Röhre und wartete mit der Fortsetzung ein weiteres Mal, bevor er herausbrachte:

„Vor allem du.“

Verschwommene Ahnung

Das wirst du nicht überleben, meine Liebe!“, raunte Olobaid in Gedanken und flog weiter. Das Gewicht seines Geschützes zog ihn nach unten, aber der Herrscher des Bösen ließ sich davon nicht beirren, zu groß war seine Wut auf Esiema.

Nach den Spiralnebeln und den Mariglonfeldern in den weiteren Regionen des Himmels kamen die sphärischen Gelübde, direkt neben dem Locus credibilus. Noch immer war er am Rand des Himmels, den er so sehr verabscheute, und doch wusste er, dass es nicht mehr weit war. Er kannte sich aus.

Lange war es her, dass er von hier vertrieben worden war – nein besser, dass er freiwillig gegangen war –, aber dennoch wusste Olobaid über den Himmel Bescheid. Nicht mehr präzise, nicht mehr so deutlich wie sich Esiema auskannte, aber dennoch mit einer verschwommenen Ahnung, die mehr Intuition als Wissen war.

Olobaid hatte das Himmelszentrum seither gemieden, suchte nicht mehr die Gefahr, das kritische Spiel, die Verlockungen des Abseitigen.

Nun ging es nicht anders.

Er hatte keinen mehr, den er sonst schicken konnte.

Er musste sein eigenes Spiel spielen.

Gesiebte Himmelsgefühle

Und was ist das für ein Spiel, das du mit ihm spielst?“, fragte Tanael.

„Ich bleibe einfach länger bei ihm als der liebe Gott!“, antwortete die Kleine.

„Mama sagt immer, der liebe Gott ist immer bei einem. Ist er aber nicht! Sonst würde der doch wohl mal endlich meinen Bruder wecken! Findest du nicht?“

Der Engel zuckte unbeholfen die Schultern. „Gottes Wege sind unergründ …!“, wollte er formelhaft entgegensetzen, aber Selma war schneller.

„Ich pass' auf! Und wenn Gott weg ist, dann wacht Micha auf und hat gewonnen. Ich verzichte.“

„Klingt logisch!“, antwortete Tanael ernsthaft. Kindliche Fantasien waren ihm nicht fremd, kindliche Spiele den Engelsspielen ähnlich. Auch Tanael gewann gerne und umso mehr rechnete er Selma an, dass sie freiwillig verlieren wollte. Er mochte ihren Plan.

„So lange warte ich hier auf ihn!“, ereiferte sich die Kleine weiter. Auch im Traum war sie noch niedlich anzuschauen mit ihren roten Wangen und der kleinen Stupsnase unter schlitzförmigen, braunen Augen.

„Hmm!“, nickte Tanael und wusste nicht, wie er es ihr sagen sollte.

„Sag es doch einfach!“, kam sie ihm zuvor.

Zum ersten Mal konnte ein Mensch Himmelsgedanken lesen, hatte erraten, was ein Engel dachte. Das war schon verwunderlich! Sollte er bei seinem gescheiterten Schutzengeldienst nicht nur von den Erdengefühlen infiziert worden sein, sondern womöglich auch im Gegenzug etwas von seiner himmlischen Außergewöhnlichkeit auf einen Menschen übertragen haben? Jetzt, hier? An dieser Stelle, an diesem Ort, zu dieser Stunde? War Tanael leck wie ein Sieb, in das negative Erdengefühle eindringen konnten, das aber gleichzeitig auch etwas von seiner Engelhaftigkeit abgab, sie versprühte mit seiner tänzelnden, perlenden Unbeschwertheit und himmlischen Kraft?

War das möglich, dass ein kleines Mädchen die Sorgen eines Engels erkannte?

Tanael nahm ihre Hände und bedeckte sie mit seinen glänzenden, durchsichtigen Engelsfingern. Ihre Hand ließ es hingebungsvoll geschehen. Ihr Blick klebte erwartungsvoll und freundschaftlich auf seinem Gesicht.

„Was willst du mir sagen?“, ihre erneute Aufmunterung.

„Du musst deinen Bruder am Leben erhalten! Du musst dafür sorgen, dass sie die Beatmungsmaschinen nicht ausstellen, verstehst du?“

Die Kleine nickte und verstand nicht.

„Ich habe keine anderen Hände als deine. Du bist das Werkzeug meines Handelns, verstehst du?“

Die Kleine nickte und verstand ein bisschen.

„Wenn die Ärzte kommen und handeln, dann handelst du auch, ja? Ich werde dir helfen, werde dir etwas zuflüstern, in Ordnung?“

Die Kleine nickte und verstand.

Der Engel nickte und verschwand.

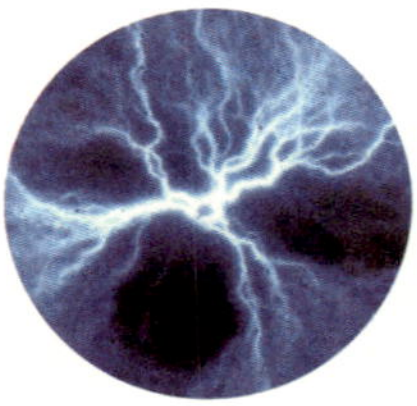

Hinter der Weggabelung

Die Engel waren hinter der Mauer an der Weggabelung verschwunden. Nun steckten sie die Köpfe zusammen. Sie hatten sich rechtzeitig retten können. Waren unbeobachtet fortgeflogen, hatten die Listen der Helfer gecheckt, einen Plan ausgearbeitet. Die kleine Gruppe kniete auf dem goldenen Asphalt und fuchtelte an dem mit heißer Nadel gestrickten Engelsplan, ein dem Hunger abgerungenes Produkt verzweifelter Nächstenliebe, herum.

Flöbilites rann der Schweiß von der niedrigen Stirn und blieb in seinem gräulichen Hemdskragen hängen.

„Wie lange halten wir das aus?“, fragte er angsterfüllt und schwach den Erzengel und duckte sich. Eine neue Bataillon schwarzer Kalypsen zog an ihnen vorbei, bemerkte sie allerdings nicht.

Seraphim hatte sich vor Schwäche bereits auf den abgetretenen Stufen der Himmelstreppe vor der großen Basilika niederlassen müssen, ein Flügel begann sich zu senken. Seitdem schien er noch schwächer zu sein. In seinem müden Gesicht lag eine Abgespanntheit, die Nebuel und Flöbilites an ihm noch nie gesehen hatten. Und sie hatten seit Menschengedenken viel gesehen!

Seraphim lehnte den Kopf an den Mauerblock zur Linken und flüsterte kraftlos: „Wir sollten warten, bis sich die Kalypsen sicher fühlen. Sie sollen glauben, sie hätten über den Himmel und die Menschheit gesiegt!"

„Aber wir sind nicht viele", wandte Markaturiel ein. Der Kleine flog hektisch hin und her, sein Goldstaub flirrte entzückend auf und nieder, aber es war keiner da, der sich daran erfreuen konnte. Er suchte nach den anderen Engeln des Himmels, aber auch sie schienen in Deckung gegangen zu sein.

„Aber wir sind anders!", sagte Seraphim. „Anders als die Kalypsen es sind. Wir denken anders, als sie denken können. Die Selbstlosigkeit siegt irgendwann immer über den Egoismus. Wir müssen nur auf unsere Chance warten! Und dann schlagen wir zu – auf unsere Art!"

„Und Gott?"

„Gott wird uns helfen!"

Der Wurf

„Ich könnte nicht überleben?“, fragte Micha. „Aber ich bin doch schon tot.“

Janardan wurde ungeduldig: „Das hatten wirrr doch alles schon! Legt endlich los!“

Er bekam Angst. Um den Himmel, um seine Freunde und vor allem – um sich selbst. „Ich will endlich weg hierrr!“

„Ja, aber da warst du tot und damit bei Gott“, erklärte Alpha dem kleinen Jungen weiter – mit einer Grabesruhe. „Der Tod, den ich meine, ist anders.“ Alpha klang traurig. „Es würde so sein, als hätte es dich nie gegeben. Es würde einfach nichts von dir übrig bleiben. Nicht einmal mehr eine Erinnerung oder ein Gedanke.“

Micha überlegte.

„Vielleicht wäre das gar nicht so schlimm. Dann müsste meine Familie nicht mehr so leiden.“

„Gilt das auch für uns?“, blaffte Josef erdenschwer. „Na dann, Prost Mahlzeit!“

„Wir wollen das nicht!

Schau mir ins Gesicht!

Hört auf mit den Plänen!

Wollt ihr den Untergang erwählen?“, erboßte sich Laurina und hechtete zu Stimmulus, um ihm die Kugel abzunehmen.

„Bringt uns nicht noch weiter in Gefahr! Du darfst den Äqualoribus nicht beschädigen!

Dann kommen wir nicht zurück!!!

Das wäre unser Unglück!!"

Janardan hüpfte auf und ab: „Rrrecht so, Laurrrina! Hol dirrr die Kugel! Lass dirrr das nicht gefallen!"

Laurina und Stimmulus liefen im Äqualoribus hin und her. Stimmulus wich Laurina aus.

„So hört doch auf zu streiten!", setzte Alpha einen Schlussstrich unter das allgemeine Aufbegehren.

„Habt ihr denn nicht gehört, dass wir zusammenhalten müssen? Dass wir niemanden im Stich lassen dürfen? Dass der Himmel untergehen wird, wenn wir nicht alles auf eine Karte setzen? Was glaubt ihr, was da oben gespielt wird? Meint ihr, wir könnten den Himmel mit unserem Gezanke retten? Wenn wir so weitermachen, wird bald nicht mehr viel davon übrig bleiben!"

Das saß!

Aufgerüttelt und zermürbt standen die drei Erdenbürger in der Kugel. Laurina kaute auf den Nägeln, Janardan ballte die kleinen Fäuste zusammen und biss sich auf die Lippe und Josef schüttelte fortwährend den Kopf.

Micha bekam nicht mit, was gesprochen wurde.

„Wir brauchen eine Lösung. Und Micha hat diesen Weg gewählt. Wir sollten ihn jetzt zu Ende gehen. Egal, was es kostet!", sagte Alpha.

Micha starrte wie entseelt geradeaus. Er hatte seine Mutter fixiert und an der Innenseite des Transportgefährtes entlang ihr Haar gestreichelt, in Gedanken liebkost, sich an sie geschmiegt wie eine Katze.

„Mama, was auch immer es kostet", flüsterte er und sprach die weisesten Worte seines Himmelslebens. „Ich muss dich aufgeben. Ich muss gehen, wenn es so sein soll. Ich muss deine Gedanken verlassen, deinen Schmerz, dein Herz. Wenn es hart kommt, so muss ich dir sogar deine Liebe zu mir, deine Erinnerung an mich, stehlen. Wenn das der Kelch sein soll, so möge er an mir vorübergehen! Aber wenn das der Preis für den Himmel sein soll, so werde ich den Kelch trinken!"

Die Freunde hörten auf zu streiten, zu diskutieren, sich selbst zu sehen.

Sie lauschten der übersinnlichen Magie der Worte eines Menschen, der – erwacht aus der Verwirrung und Tumbheit – sich noch ein letztes Mal aufbäumt, um zu regeln, was zu regeln ist. Um zu sagen, was gesagt werden muss. Um sich zu verabschieden.

Die Freunde schämten sich und schauten zu Boden. Dann nickten sie, zunächst langsam, dann eifrig, verstehend, hingebungsvoll vertrauend und entließen Stimmulus symbolisch in die Ungewissheit.

„Mama!", flüsterte der Kleine und nahm Stimmulus die Liebeskugel der Mutter, das himmlische Telefon zum Himmel, das Abbild der Augen Veiths, aus der Hand. Bei ihm ließ Stimmulus es zu. Er streichelte Micha die Hand, als dieser die Murmel berührte.

„Ich nehme deine Liebe zu mir", fuhr Micha fort. „Die Liebe, die mich stark machen und die mir Kraft geben sollte. Ich nehme sie, diese kleine, schwere Murmel, um dir mein Lied zu schicken. Das Lied, das die Welt retten soll. Das Einzige, was ein kleiner Junge überhaupt zu geben hat."

Micha stiegen die Tränen in die Augen und er holte noch einmal tief Luft. Aber er war entschlossen, es zu sagen: „Und wenn es so sein soll, dann nehme ich mich selbst aus deinem Leben, um anderen ein ewiges Leben zurückzugeben. Verzeih mir! Leb' wohl, liebe Mama!"

Er drehte den Oberkörper zurück und holte mit dem Arm aus. Mit der Kraft eines letzten Schlages aus der Hand eines Totgeglaubten, Kraftlosen sprengte die metallische Liebeskugel eine faustgroße Öffnung in den Äqualoribus. Das Krachen betäubte die Ohren der Himmelsgesandten, bevor sauerstoffgeschwängerte Luft mit der Wucht eines Luftgewehres aus der Erdatmosphäre in das wabernde Himmelsgefährt einschlug und ihre Ohren zu zerfetzen drohte.

Glas

Als draußen ein Flugzeug die Schallmauer durchbrach und mit einem Krachen die Ohren der Mutter zu zerfetzen drohte, fiel das Glas zu Boden, das vor den Büchern auf der Kante gestanden hatte. Ein unscheinbares Wasserglas, vom Geschirrbrand weißlich eingefrostet. Die Mutter stand auf und hob es auf. Es war nicht zerbrochen, aber auf dem Boden lag eine fünf Cent große, blaue Glasmurmel.

„Wahrscheinlich eine von Selmas Murmeln", dachte die Mutter. Sicherlich hatte die Kleine sie in das Glas hineinplumpsen lassen. Oder der Vater hatte Ordnung machen wollen und die Kugel darin entsorgt.

Wie dem auch sei. Sie seufzte und richtete sich auf, die Kugel in der Hand. Sie betrachtete sie gedankenverloren. Eine grün-blau gestreifte Spirale wand sich in einem Gefängnis aus Glas. Starr und unbeweglich.

„Auch die Spirale kann nicht, wie sie will", dachte sie.

Sie ging zurück zum Klavier und schaute dabei auf ihre Hände. Sie entdeckte den Zettel im Wasserglas, sorgfältig zusammengefaltet, aus kariertem Papier. Achtlos nahm die Mutter ihn heraus und legte ihn zu sich auf das Klavier, direkt neben die Spielmurmel. Sie würde ihn nachher wegwerfen. Bestimmt war es ein alter Einkaufszettel. Das Glas würde sie gleich mit in die Küche nehmen und in die Geschirrspülmaschine stellen. Gleich. Wenn es vorbei war.

Sie setzte sich.

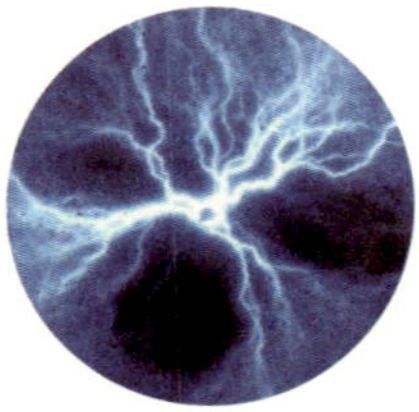

Das Vertrauen

In diesem Moment erschien Jesus. Er rannte auf die Engel zu, dicht gefolgt von Klara und der Weisheit. Ihre geschlagenen, geschundenen Körper waren übersät mit Blessuren, jedoch strahlten sie eine Wärme und Überzeugung aus, die beeindruckend war. Jesu Stärke würde sich nicht von ein paar schlagenden Kalypsen unterkriegen lassen!

Jesus trat zu den Engeln. Sie nahmen ihn in ihre Mitte.

„Liebe Freunde“, sprach er. „Ihr habt dem Himmel immer treue Dienste geleistet. Und auch jetzt seid ihr hier und bereit, alles für Gott und die Menschen zu tun. Für diese Selbstlosigkeit verdient ihr die Liebe aller. Denn nur die Liebe ist der Weg, die Wahrheit und das Leben! Und nur die Liebe ist unsere einzige Chance!“

Die Engel schauten betreten zu Boden. Das Pathos der Rede vergegenwärtige ihnen den Ernst der Lage.

„Ich werdet es schaffen! Ihr und eure besonderen Talente werdet den Himmel bewahren. Der Himmel wäre nichts ohne die Engel, nichts ohne eure helfenden Hände! Auch wenn die Menschen noch nicht einmal wissen, dass es euch gibt.“

Die Engel fühlten sich geschmeichelt, aber wurden sogleich von einem Grollen überrascht, das sie sofort auf den Boden der Tatsachen zurückbrachte. Die Schwarzen rückten bedrohlich nahe.

„Ich muss mich beeilen! Die anderen Geschlagenen, Geschundenen unter den Himmelbewohnern brauchen meine Hilfe!“, flüsterte Jesus.

Er nickte der Weisheit und Klara zu, die sich auch hinter die Mauer gequetscht hatten und ängstlich die Invasion des Himmels beobachteten.

„Es wird Zeit!“, flüsterte die Weisheit angespannt.

Jesus nickte.

„Achtet auf das, was Micha tut!“, sprach er und blickte seinen Helfern in die Augen.

„Die Weisheit, die alles weiß, bleibt bei euch und hilft euch dabei, ebenso alles zu wissen. Sie spürt, wo Micha ist und was er treibt. Unsere Verbindung zur Erde ist leider gekappt. Das Telefon kaputt. Wir haben nun nur noch die einzige Möglichkeit über unsere gute, alte Freundin.“

Die Engel lauschten gebannt, während die weise Dame verlegen ihr Schürzchen zurechtzupfte. Sie war es – als Demut – nicht gewohnt, auf derartige Vertrauensbekundungen selbstbewusst zu reagieren. Zu groß war ihre Bescheidenheit.

Jesus fuhr fort: „Aber die Weisheit wird euch helfen, die Welt zu retten. Und ihr – liebe Freunde – möget dann dem Himmel und der Himmel schließlich der Welt helfen! Aber ihr müsst alles geben, versteht ihr? Auf eure Weise! Wir haben nur diesen einen Versuch!“

Seraphim nickte, die anderen taten es ihm gleich – gerührt, geehrt, nervös.

Nach einer in ernsthaftem Schweigen verbrachten Weile antwortete der Erzengel:

„Wo Jesus ist, da ist auch Gott. Wo Gott ist, ist auch Jesus und damit auch die allumfassende, alles errettende Liebe. Wo zwei oder drei in seinem Namen vereint sind, da ist Gottes Liebe mitten unter uns, oder?“

Jesus nickte.

„Und ob wir nun Menschen oder Engel sind, was spielt das für eine Rolle, wenn wir im Dienst der Liebe handeln, nicht wahr?“

Alle Umherstehenden nickten.

„Unsere Verstorbenen helfen hier oben vom Himmel aus, die Gesandten helfen von unten dem Himmel und wir Himmelsbewohner helfen der Erde! Wenn wir alle zusammenarbeiten, könnte es klappen", fuhr Seraphim fort.

Jesus drückte ihm innig und vertrauensvoll die Hände. Ihre Blicke trafen sich und Seraphim meinte aus Jesu Blick eine gerührte Dankbarkeit abzulesen und einen Schub an Liebeskraft, den nur Jesus zu geben imstande war und der alles hell überstrahlte.

Dann drehte der Sohn Gottes sich um und eilte mit Klara an der Hand davon, den Leidenden zu helfen. Es war ihm anzumerken, dass er es kaum abwarten konnte, den geliebten Menschen wieder zu Hilfe zu eilen.

Die Engel blickten einander an. Einen Moment lang herrschte überwältigende Rührung, während sie sich ratlos gegenüberstanden. Dann sprach der kleinste der Engel überrascht.

„Er vertraut uns so sehr, dass er es nicht einmal selbst macht! Den Himmel retten! Das könnte er doch viel besser!"

„Nein, er opfert sich lieber für die Leidenden hier im Himmel auf", antwortete Seraphim und schüttelte den Kopf. Seit Urzeiten hatte er Gott in seiner Dreieinigkeit erlebt, doch schien dieser ihn immer noch überraschen zu können.

Darauf blickte er die anderen Engel an. Das Mysterium Gott mit seiner unendlichen Liebe für die Menschen und seinem Vertrauen auf ihre Fähigkeiten würden sie vielleicht niemals ganz begreifen.

Schließlich sagte Flöbilites:

„Auf unsere Weise sollen wir helfen? Dann gibt es nur den einen Weg! Auf geht's!"

Silberschlieren

„Zu Hilfe! Was passiert denn jetzt?“, brüllte Josef gegen das ohrenbetäubende Rauschen an.

„Die Himmelsatmosphäre entweicht langsam aus dem Äqualoribus“, antwortete Alpha. „Micha, du musst dich beeilen! Wie soll der Text lauten?“

Das Kaninchen wurde hektisch. Es hatte sich wieder aufgebauscht, um Micha mit seinem weichen Bauchfell abzufedern. Alpha wusste, dass die Beschädigung der Außenhülle Micha an die Wand pressen würde, was in seinem Zustand mehr als bedenklich war, und wollte diese Wucht abfedern. Allerdings war der Junge bei dem starken Aufprall derartig in Alphas Magengegend geworfen worden, dass Alpha sich vor Schmerzen den Bauch rieb. Doch das schien ihn nur kurzzeitig zu interessieren.

„Micha! Hörst du mich? Du musst loslegen, deine Mutter wartet!“

Unheilvolle, schlangenartige Schlieren zogen sich langsam durch die Öffnung in die angenehme Luft des Äqualoribus hinein und vergifteten diese süßlich mit ihrem scheinheiligen, silbrigen Zittern.

„Passt auf!“, mahnte Alpha. „Ihr dürft die Schlieren der Erdenluft nicht einatmen! Haltet eure Nasen fern davon! Sie vergiften uns sonst!“

„Warrrum?“, schrie Janardan.

„Weil sie böse Erdengefühle sind! Passt auf, sonst ist es vorbei mit euch!“

Die Freunde, ohnehin von den veränderten Druckverhältnissen in die Ecke gedrängt, erschraken. Janardan suchte Schutz auf Josefs Arm und Laurina streckte den Kopf an den Schlieren vorbei in die Höhe. Sie mochte sich kaum bewegen, während Janardan hektisch hin und her zappelte: „Die Schrrriftrrrolle!“

Und wirklich! Sie lag am Boden des Äqualoribus unter einer Schicht sich sammelnder, bleischwerer Erdenluft, die fortwährend durch das kleine Loch im Äqualoribus unter lautem Getöse hineinfuhr, während die langsamen, giftigen Schwaden manifestierter, schlechter Erdengefühle mehr Zeit hatten. Sie wanden sich spiralig durch das Loch hinein, schillerten silbern und kreisten um sie wie eine Schlange, die sich ihrer Beute sicher war.

„Du musst die Gebrauchsanweisung retten, Janardan“, ordnete Alpha knapp an.

„Warrrum?“, japste Janardan und klammerte sich an Josefs Arm fest. „Wirrr haben sie bislang doch auch nicht gebrrraucht! Es ging doch alles auch so!“

„Es ging überhaupt nur wegen der Rolle!“, erklärte Alpha. „Wäre sie nicht mitgeflogen und hätte sie sich nicht mit jedem zurückgelegten Meter weiter in Luft aufgelöst, so wären wir überhaupt nicht vorangekommen!“

„Das verrrstehe, werrr will!“ Janardan schüttelte den Kopf. Er hatte gehörig die Nase voll.

„Wir brauchen sie und dich für den Rückflug!“, ermunterte Alpha weiter. „Mach' dich schlau, Janardan, bitte!“

„Du bist witzig!“, wetterte Janardan. „Hättest du mirrr das nicht vorrrherrr sagen können? Dann hätte ich sie in meinerrr Tasche verrrstaut und sie nicht einfach auf dem Boden liegen gelassen!“

Wieder wurde Janardan wütend. So eine Fehlplanung aber auch!

Die angenehme Luft des Äqualoribus war passé. Laurina atmete hektisch und fuhr mit dem Kopf hin und her. Mit ihren vielen Armen versuchte sie nun, die Schlieren wegzudrücken, allerdings teilten sich diese nur noch mehr auf und wurden zu dünnen Fäden, in denen sich ihre Arme langsam verhedderten. Sie fühlte sich wie ein Insekt im Netz der Spinne gefangen und quetschte langsam den Kopf zur Seite, die Nase in die Luft gestreckt.

„Stimmulus! Hilf mir!“, brüllte sie.

„Es tut mir leid, Freunde! Ich muss gehen!“, grüßte Stimmulus zum Abschied, zückte seinen Hut und verneigte sich. Ihm, dem Erdengewöhnten, schien die Luftveränderung weniger auszumachen. Er kletterte durch das kleine Loch, während seine Kleidung von der hereinbrechenden Erdenluft zwar an seinen Körper gedrückt wurde, ihn aber dennoch in Windeseile verschwinden ließ – ohne ein weiteres Wort.

„Wohin zum Kuckuck geht der?“, grunzte Josef, schwer von Begriff.

„Zum Erdenmicha“, antwortete Alpha kurz und schielte sorgenvoll auf den kleinen Jungen in seinen Armen. Micha hatte seit dem Wurf kein Wort von sich gegeben, überhaupt – kaum geatmet.

„Micha!“, rüttelte Alpha ihn sanft. „Los doch, sprich mit ihr! Sag deiner Mutter den Text des Liedes!“

„Ich?“, erwachte Micha schwerfällig und blickte dem Kaninchen in die sorgenschweren, hektischen Augen. „Ich bin doch ein kleiner Junge, hab noch nicht sehr viel erfahren ...“, flüsterte Micha, als wollte er sich rechtfertigen.

Die Mutter hob den Kopf, suchte verwirrt, weinte, hielt sich die Ohren zu und ließ sie wieder los, schaute sich hektisch um.

Wie durch ein Wunder schien es, als habe sie verstanden.

Josef und Janardan johlten: „Ja!! Sie hört es! Weiter, Micha! Weiter!“

Die Mutter lachte irr auf – wie über einen verrückten Witz. Sie schüttelte den Kopf, als habe sie beschlossen, sich fortan nicht mehr zu wundern. Der Zettel lag vor ihr, den schon ihr Mann während seiner überirdischen Begegnung benutzt hatte. Sie drehte ihn um und kritzelte die Worte auf, als könnten sie sofort entfliehen, wenn sie sie nicht konservierte.

So setzte sie sich und schrieb.

All das mochte einige Erdenzeit gedauert haben. Die Freunde hatten kein Gefühl dafür.

„Guuuut", kommentierte Josef jede Bewegung der Mutter. „Guuut so! Weiter! Schön schreiben …"

Er grunzte und beobachtete sie und achtete dabei nicht auf die Schlieren, die sie umgaben. Sollten sie doch da sein. Es musste doch weitergehen! Schnell! In dieser engen Situation schien Josef über sich selbst hinauszuwachsen. Wie ein Baum trug er den kleinen Inder.

Laurina zitterte. Sie hatte panische Angst und war zu keiner weiteren Handlung fähig, während die Erdenluft pressluftartig durch die Öffnung schoss und die Silberschlieren langsam, aber unablässig Einzug hielten und sie umgaben.

Sie hatte versucht, den Erdengefühlen zu entkommen und war schon am weitesten von ihnen eingenommen worden. Nur noch wenig freie Luft lag vor ihrer Nase. Josef schien es in seiner Unbeschwertheit besser zu gehen. Auf ihn hatten es die Silberschleier aber auch weniger abgesehen.

„Josef! Heb du doch bitte die Gebrrrauchsanleitung auf!", bat Janardan verzweifelt. Seine kurzen Ärmchen reichten nicht, um durch den dichten Silbernebel am Blasengrund hindurch zu reichen. Aber auf Josef war Verlass! Während er Janardan trug, holte er tief Luft und bückte er sich gleichzeitig hinab, um mit seinen langen, arbeitsamen Armen das zu holen, was sie retten sollte, retten könnte – wenn sie Glück hatten!

Flüstern

„Du willst Micha retten, indem du ihr etwas flüsterst?", fragte die Taube den kleinen Engel, als sie ankam. „Seit wann kannst du das denn? Ich dachte immer, das sei mein Job!"

Tanael fuhr zusammen. Der Heilige Geist persönlich hatte ihn an der Schulter getippt, dass er vor Schreck umfuhr. Er hatte ihn erwischt – mittendrin.

„I-i-ich dachte …", stammelte er.

„Du dachtest, dass, wenn du in einen Traum einsteigen kannst, du auch locker in das Bewusstsein eines Menschen hineinkommst, wenn er wach ist, stimmt's?"

„I-i-ch dachte …", zitterte Tanael – angstvoll.

Die Erde!

Wieder die Erde!

Im Himmel hatte er keine Angst vor Gott. Da wusste er besser, wie gütig dieser war. Da wusste er um dessen Gerichtsbarkeit, um dessen Gnade und überbordenden Geist. Hier unten auf der Erde war – wenn man keinen klaren Auftrag hatte – alles verdreht und die kleine Taube, die vor ihm auf dem Klinikboden gelandet war – ein gewichtiges Drittel des gesamten Gottes –, jagte ihm gehörig Angst ein. Tanael zitterte.

„Du bist wohl ganz schön…", stammelte er.

„... böse auf dich?", fuhr der Heilige Geist fort, der nun mit einem leisen „Puff!" die Gestalt von Stimmulus annahm. Wie leichtfüßig Stimmulus die Gestalten wechselte!

Tanael nickte – langsam. Seine Beine baumelten auf der Bettkante nervös hin und her.

Der Heilige Geist seufzte. „Wie lange kennst du mich schon?"

„Weiß nicht, Äonen?"

„Mindestens! Und – was glaubst du – bin ich dir böse?", fragte Stimmulus weiter.

Tanael zog die Schultern hoch: „Ein bisschen vielleicht?"

„Nein!", sagte Stimmulus. „Ich bin nur ein bisschen ... sagen wir mal ... enttäuscht von dir, dass du mich nicht gut genug kennst."

Und wieder diese Scham! Tanael wollte das nicht mehr, aber er konnte nicht anders.

„Dass du mich nicht genug kennst", fuhr der Heilige Geist fort, „um zu wissen, dass ich dir nicht gram bin. Gut – ich bin vielleicht etwas enttäuscht darüber, dass du mir nicht vertraut hast. Warum hast du Alpha oder mich nicht einfach gefragt, ob du zur Erde fliegen darfst?"

Tanael riss die Augen auf. Auf so eine genial-einfache Idee wäre er nie gekommen! Er scheuerte mit seinem Hosenboden neben der schlafenden Selma hin und her, die noch immer am Bett ihres Bruders hockte.

Das Mädchen schlief ruhig und friedlich und schien keinen Laut wahrzunehmen.

Derweil schaute das kleine Männchen den Engel eindringlich an. Seine wachen Augen wirkten hell und freundlich, als er die entscheidende Frage stellte: „Glaubst du ernsthaft, wir hätten es dir verboten?"

Tanael schämte sich schon wieder.

„Nun hat es sich aber ausgeschämt!", fuhr Stimmulus fort. „Und nun sag mir, was ich tun soll! Die Kleine, ja, die brauchen wir. Und sie braucht uns."

Er schüttelte lächelnd den Kopf, während er das Mädchen betrachtete: „Und dann hat sie doch glatt gedacht, sie könnte länger bei ihrem Bruder bleiben als der liebe Gott! Wie niedlich Kinder doch sind! Sie glauben tatsächlich an solche unmöglichen Dinge! Und genau deswegen mag ich Kinder so sehr! Ihr Glaube macht sie so unwiderstehlich! Auch wenn er manchmal unrealistisch ist!“

Dann wandte er sich wieder dem kleinen Engel zu: „Und wir helfen ihr, was, Tanael? Wir sind doch schließlich Freunde, oder?“

Der überwältigte, wortkarge Tanael lächelte sein erleichtertes, himmlisches, kraftvolles Lächeln. Das bezauberndste Lächeln, dessen er fähig war und er saugte die Worte des Heiligen Geistes auf wie ein durchlöchertes Sieb, das dringend gestopft werden musste:

„Ja! Das sind wir – Freunde!“

Fenstergriff

Musste der Türspalt gestopft werden oder war ein Fenster geöffnet? Irgendwie zog es.

Die Mutter stand auf und schloss das Fenster. Dann überkam es sie wieder. Den Griff in der Hand haltend, meinte sie, seine Stimme zu hören. In ihrem Kopf! Sie hielt sich daran fest, um den Kollaps abzuwenden. Es war seine Stimme! Ohne Zweifel!

War sie wahnsinnig geworden? Wahnsinnig vor Liebe, vor Schmerz, vor Verlust?

Sie schrie auf und hielt sich die Ohren zu, erschreckt von der Erkenntnis.

Dann ein Kopfschütteln und die Gewissheit: Es war seine Stimme.

Und sie sprach doch, oder? Sicherlich! Sie sang! Sie dichtete! Sie diktierte! Aber langsam, stockend.

Dann lauschte sie, den Wahn in Kauf nehmend, seine Stimme aufsaugend. Das, was übrig blieb, aufnehmend wie sich ein im Zuckersaft ertrinkendes Insekt an einen Strohhalm klammert.

Sie ließ es zu, wollte es so. Fragte sich nicht.

Ging zurück zum Klavier und spielte weiter.

Und schrieb auf, was seine Stimme ihr flüsterte.

Sie kritzelte, horchte, schüttelte den Kopf, schrieb wieder und spielte weiter. Summte den Wahn in ein Lied hinein, einen Text, den Micha ihr schicken musste. Es konnte nur Micha sein. Es war seine Stimme!

Leise, schwach, aber da.

Wie verrückt sie war!

Wie egal das war!

Schnell schreiben, die Stimme festhalten!

Schnell das Zarte, Verstummende, Wankende bewahren!

Schnell, bevor es zu Ende sein würde!

Unentdeckt entdeckt

Schnell hatten sich die wenigen Engel hinter der Mauer versteckt! Esiema sah es. Vorsichtig waren die weißen, erfahrenen, etwas polternder die jungen, noch starken Engel gewesen, doch Esiema hatte trotzdem mitbekommen, was sie trieben. Die Boten des Himmels duckten sich, damit die rollende Masse sie nicht sah und sie quetschten sich zusammen und planten.

Die Kalypsen, die ohnehin nicht nachdachten, die schwarz und blasiert direkt aus der Apokryphe herüberfuhren und den Himmel unreflektiert und nichts achtend besetzten, bemerkten den hellen Schein aus der Ecke, in der sich die weißen Boten des Glücks verkrochen hatten, ohnehin nicht.

Anders Esiema.

„Geht voran!“, befahl sie ihren Gefolgsleuten und trat an die Seite, sie vorbeizulassen. „Voran, voran!“, heischte sie und fixierte den Schein im unscheinbaren Spalt an der Mauer.

Einige ihrer Feinde hatten sich dort verschanzt. Sie spürte es ungesehen. Ihr siebter, vom himmlischen Licht hervorgebrachter Sinn flüsterte es ihr ein.

Esiema kroch näher, als die übrigen Kalypsen vorbei waren. Sie wollte hören, was die Engel sprachen. Wie viele mochten es sein? Welche Waffe hatten sie? Würde Esiema es allein gegen sie aufnehmen können?

Herkules

Laurina, er schafft es nicht ohne deine Hilfe!", brüllte Alpha. Die Himmelsatmosphäre wurde dünner, löchriger. Bleischwere Erdenluft pfiff hinein, und pustete die Haare der Gesandten nach hinten.

Micha war so bleich wie ein Toter, konnte kaum die Lider heben. Die Sendung seiner Liebe zu seinem Vater hatte ihm schon alles abverlangt. Offensichtlich besaß er keinerlei Reserven mehr. Er fantasierte etwas von Engeln in sinnlosem Zusammenhang, wobei sein spannungsloser Kopf leer auf dem Kaninchenfell ruhte. Der Kleine konnte ihn nicht mehr heben, sich nicht mehr rühren.

Alpha wurde hektisch und sträubte sein Fell. Micha würde nicht mehr lange unter ihnen sein! Sie mussten sich beeilen, wenn er noch eine Chance haben sollte. Sie brauchten einen Reim, einen Sinn! Eine Stimme, die kräftig genug war, die Mutter zu erreichen, die schon wieder die Stirn runzelte, weil sie ihren Sohn so schlecht verstand.

„Laurina!", befahl Alpha erneut. „Hilf ihm! Du kannst doch dichten!"

Die langhaarige Sängerin versuchte unterdessen vergeblich, mit ihren vier Armen und vierzig Fingernägeln an der glatten Außenhülle des Äqualoribus hochzukrabbeln. Die Schlieren kamen immer näher.

„Laurina! So hilf uns doch!!!"

„Aber ich kann nicht!"

„Du kannst doch!“, brüllte Alpha.

„Aber die Erdenluft!“, schnaufte sie und schleuderte wieder einen Arm durch die dünner werdende Kugelatmosphäre.

„Du musst es wagen!“, ermunterte sie nun auch Josef.

„Du musst es fürrr deinen Freund tun!“, fuhr Janardan fort. Alle ereiferten sich.

„Erinnere dich an die Worte der Weisheit!“, fügte Alpha hinzu. „Lass ihn nicht im Stich! Lass uns alle nicht im Stich!“

„Aber ich kann nicht!“, wiederholte sie kreischend. Ihre ängstlichen, hektischen Augen fuhren panisch hin und her.

„Und ob!“, schrie Josef und setzte Janardan kurzzeitig auf einer freien Stelle des Bodens ab. Er wuchtete seinen Oberkörper herum, schleuderte seine Pranken in die Höhe, hielt Laurina die Nase zu und zog sie mit ganzem Körpereinsatz aus dem diffusen und undurchdringlichen Silberschleier heraus. Die Schlieren zerbarsten wie ein gesprengtes Fischernetz. Josef schnaubte, wendete sich nach diesem Herkulesakt um und schrie kampfeswütig auf, wobei Laurinas rote Haarmähne durch die Erdenluft schnitt. Mit der einen Hand schnappte er seinen kleinen, indischen Freund vom Boden mit der anderen hievte er seine verrückte Freundin an die Decke des Äqualoribus, wo die Luft noch rein war. Die Schlieren bebten wie blaue Tinte in einem Aquariumsgewitter zu ihren Füßen, wütend von der Zerstreuung.

„Nun aber dalli, Freunde!“, drückte Josef gequetscht heraus und stemmte gleich einem Gewichtheber seine Freunde in die Höhe – unbeirrbar, entschlossen, wie ein Vater, der seine Kinder aus dem Feuer holt, wissend, dass nichts so wichtig war wie sie.

Er war bereit, alles zu geben und sei es das eigene Leben.

Langsam krochen die Silberfäden um seine Füße. Aber er schaute nicht zu Boden.

Er dachte an Klara und stemmte weiter.

Seine Stirn schweißnass.

Schlafend

„Er dachte an seine Frau, als er die Krankenhaustür öffnete. Dann erschrak der Vater im Innersten, als er seine kleine Tochter am Bett seines Sohnes sah. Er hatte gedacht, sie schliefe zu Hause! Dann war sie also ausgebüchst und hierher gerannt! So eine Kleine, seine Kleine!

Was dabei wieder alles hätte passieren können! Ein kleines Mädchen zu so später Stunde unterwegs!

Man habe sie auch nicht bemerkt, sagte die verstörte Schwester und setzte zum Weckvorgang an.

„Lassen Sie sie, bitte!“, flehte er, ihre Hände zuckten zurück.

So einer hatte nicht mehr vieles, was er wollte. So einem versagte man keine Bitte.

Er wollte sie noch einmal betrachten. Sie, seine beiden Kinder. Einmal noch. Beide in einen Schlaf getaucht, der sie einte und doch trennte – wie der Tod sich vom Leben trennte, wenn er einen daraus mitnahm.

Selma saß auf dem Krankenhausstuhl und lehnte ihren Kopf auf ihren angewinkelten Unterarm auf der Bettkante, ihre Stirn nahe an Michas Ohr. Wie damals lagen sie dort, als die Kleine in das Bett ihres großen Bruders gekrochen war, weil sie Angst vor Gespenstern hatte, die es nur in ihrer beider Fantasie gab. So nah, so einig, so geschwisterlich harmonisch, wie es meist nur im Schlaf vorkam.

Micha hatte für Selma oft den großen Gefahrenerretter gemimt, mit einem Besenstiel auf die garstigen Biester gezielt und sie mit einem überzeugenden Wangenschnalzer zu Fall gebracht. Er konnte ein Held sein, wenn er seine kleine Schwester beeindrucken wollte – und wenn seine Einbildungskraft ihn ließ.

Gerührt trat der Vater zu seinen Kindern, seinem gesamten Lebensglück, heran und ließ seinen Blick über ihre Haare, ihre Wangen und Nasen fahren, die sich so ähnlich, so sehr Schnittmengen seiner und der Gene seiner Frau waren und doch sie selbst waren mit ihren Eigenheiten und Vorlieben.

Diese gebündelte, liebliche Kindheit und Unschuld brach ihm das Herz. Es rüttelte in ihm und riss, als hätte ihm jemand einen Dolch in den Brustkorb gerammt.

Er saugte dieses Bild in sich auf, wohl wissend, dass es das nie wieder geben würde. Und damit zog er einen Schmerz in sich hinein, für den es keinen Ausdruck gibt.

In diesem Moment geschah etwas, das für Menschenaugen nicht sichtbar war.

Eine unsichtbare, dickwandige, übergroße Liebesblase mit tonnenschwerem Inhalt schwebte ungesehen und ungeahnt durch die Zimmerdecke nach oben. Sie war zum Bersten gefüllt und würde auch im Himmel auffallen. Solch übergroße Vaterliebe wurde gerne genommen.

Er zitterte und die Tränen liefen mehr, als er es gewollt hätte.

Man half ihm daher, die Kleine auf das Nachbarbett zu legen. Der Mann in Schwarz war kräftig und packte mit an, während die beiden in Weiß ihre Notizhefter hervorzogen, abhakten, abzeichneten, Messungen eintrugen und schließlich den Block in die Hände der hinzueilenden Schwester legten.

Man wollte ihm noch Zeit geben, einige letzte Minuten, in denen er Abschied nehmen konnte. Man ließ ihn kurz allein.

Er dankte ihnen.

Man beteuerte, dass sei schon kein Problem, denn die Kleine schliefe ja. Sie dürfe bleiben, heute einmal – ausnahmsweise. Man würde ihm seinen Wunsch nicht abschlagen. Er könnte sie dann ja gleich mit nach Hause nehmen.

„In Ordnung“, seine dankbare Antwort, wohl wissend, dass nichts in Ordnung war.

Rein gar nichts.

Wahn

Wahn konnte schön sein, einem eine Ordnung vorgaukeln, dankbare Antworten auf unbeantwortete Fragen geben.

Sie strich sich über das Gesicht, die genässten Wangen, die kalte Nasenspitze, die Feuchtigkeit in den Mundwinkeln und saugte die Luft ein, die sie würde brauchen müssen, um es zu vollenden, was sie eben kraft einer unbestimmten Macht auferlegt bekommen hatte. Einmal Micha sein, ihn noch einmal auferstehen lassen, ihm zu Ehren, in der Stunde seines Todes, wo er heimging zu den Engeln.

„Bin noch ein kleiner Junge, hab noch nicht sehr viel erfahr'n“.

Sie hörte die Stimme flüstern. Genoss es. Wollte mehr.

Sie summte, wurde wieder jung, gerade zehn Jahre alt und trug Jeans mit Steppnähten und die moderne Langhaarfrisur, die im Moment ‚in‘ war.

Sie verstand nicht viel vom Klavierspiel, kannte ein paar Akkorde, aber dennoch glitten die Finger – wie von einer unsichtbaren Kraft getrieben – über die weißen und schwarzen Rechtecke und wollten noch einmal das heraufbeschwören, was sie eben mit ihrem Mann verbunden hatte und wozu die krickelige, vertraute Schrift unter dem Schriftzug sie einlud und die Worte in ihrem Ohr sie zwangen.

Sie schlug die Akkorde an und spürte, dass der einzig würdige Abschied von ihrem Sohn war, ihn mit ihrer Liebe, ihn in seiner Kindlichkeit, ihn in seinem eigenen Lied gehen zu lassen. Ein Lied, das er singen könnte, wenn es ihn noch gäbe, und das er ihr gerade flüsterte. Das tat er doch gerade, oder? Sicherlich tat er das. Woher sollte sie sonst wissen, was sie aufzuschreiben hatte!

Sie kicherte irr und beschwor die Stimme noch einmal herauf, die ihr den Text diktierte. Die ihr erlaubte, den Schmerz und die Verzweiflung zu betäuben, die sich langsam in ihren Knochen einrichteten, als wollten sie sie so schnell nicht mehr verlassen.

„Ich lasse mich nicht mehr verlassen“, dachte sie, ent-, ‚ver-’rückt von der Wirklichkeit schrieb sie, während ihre Gedanken taumelten.

„... Und doch so viel, um zu versteh’n, was Liebe alles kann.“

Sie fühlte, dass sie auf der Kippe stand. Dass dies der Moment war, wo sich entschied, ob die Nachbarn würden tuscheln können: „Die haben sie weggebracht. In die Klinik! Die hat es nicht verkraftet, ist durchgedreht! Total durchgeknallt!“

Sie lächelte.

Durchgeknallt!

Was für ein schönes Wort!

Wie viel verändert werden konnte, wenn etwas irgendwo durchgeknallt war!

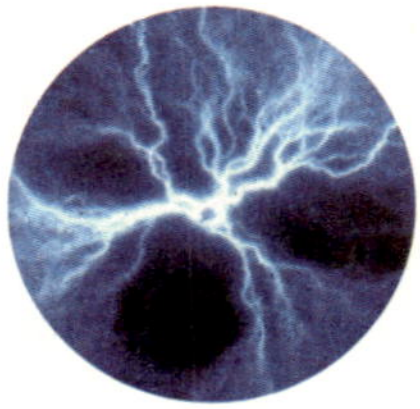

Einen Moment

Wartet! Einen Moment noch!“, mahnte die Weisheit die Engel. „Wisst ihr, was ihr zu tun habt?“

„Nun, unsere einzige Waffe ist das, was wir am besten können!“, sagte Markaturiel.

„Das stimmt natürlich, aber wir sollten auf Micha Acht geben!“, antwortete die alte Frau.

„Warum?“, fragte Nebuel.

„Weil Micha uns etwas zu schenken hat. Das wird von großer Wichtigkeit für uns sein!“

„Und was sollen wir nun tun?“, fragte Seraphim und kletterte wieder von der Mauer herab, auf die er sich schon heraufgequält hatte. Das Dröhnen der schwarzen Kalypsen war inzwischen so beängstigend geworden, dass es schwierig wurde, zwischen dem Spalt oder oben auf der Mauer unentdeckt zu bleiben.

Einen schwarzen Schatten hatte er soeben auch noch ausmachen können ...

„Noch abwarten. Eine kurze Weile nur. Vertraut mir!“

Aus der Ferne

„Nur eine kurze Weile warten, Kleine!" hatte der Vater geflüstert. „Dann geht es nach Hause!"

Selma wachte auf. Ein leises Knartzen hatte sie geweckt, ein Ruckeln ihren Körper durchzuckt. Sie spürte, dass sie hochgehoben, zu ihr gesprochen worden war.

Der Vater hatte sie umgebettet. Sie lag nun auf dem zweiten Bett im Krankenzimmer. Mitten auf der Folie.

Man hatte sich nicht die Mühe gemacht, ihre vorübergehende Stätte abzuziehen. Um die Sterilität zu wahren. Für den nächsten Fall, das nächste Leben, das entschieden wurde zwischen Apparaten und Medikamenten – zwischen Schicksal, Fügung und Gottvertrauen.

Sie fühlte, dass sie wach war, aber hielt die Augen geschlossen – vorsichtshalber! Man wusste ja nie.

Leise drangen geflüsterte Laute an ihr Ohr. Sie hörte eine vertraute Stimme das „Vaterunser" murmeln. Hörte, wie sich jemand in ein Taschentuch schniefte, nahm das hohle Geräusch der Beatmungsmaschine nur aus der Ferne wahr, so lange, wie es dauern würde, bis dass das taube Gefühl aus ihren Beinen verschwand. Sie kannte dieses Aufwachen in Raten und fand es immer spannend.

Und während sie sich fragte, ob ihre Finger wohl schon ihrer Anweisung aus dem Gehirn gehorchen würden, fiel ihr ein, was sie geträumt hatte. Ein Engel war ihr erschienen! Ein Engel!

Er hatte gesagt, dass man Michas Maschinen ausstellen wollte!? Was war das für eine Nachricht? Wo war sie überhaupt?

Ach ja, richtig! Bei Micha!

Die Augen blieben zu. Vorsichtshalber.

Und sie wurde ganz Ohr. Man hatte ihr gesagt, sie sollte lauschen und auf eine Anweisung hören – eine Stimme, die ihr sagte, was sie zu tun hätte. Und wenn ein Engel einem so etwas sagte, dann tat man besser, was er wollte. Sonst käme der Engel bestimmt nicht mehr wieder. Und das wäre doch zu schade, oder?

Also tat sie, wie ihr geheißen und beschloss ein Werkzeug zu werden und versuchte zu verdrängen, welche Konsequenz sich aus „Maschinen abstellen“ ergeben würde. Sie wollte nicht ganz zu Ende denken, was ihr Gehirn zu ahnen begann.

Also blieb sie liegen und tat so, als schliefe sie.

Also lauschte sie …

… und fragte sich, ob das eben die Stimme ihres Vaters gewesen war.

Also lauschte sie …

… und fragte sich, wer da schniefte.

Abschied

Micha“, sprach der Vater schniefend und führte seine Lippen an das Ohr seines kleinen Sohnes.

„Micha! Du sollst wissen, dass ich dich über alles liebe. Dich und Selma. Und die Mama! Ich liebe dich mehr als mein Leben und ich würde alles dafür geben, wenn du nicht sterben müsstest!“

Weiter kam er nicht. Es gab Worte, die ließen sich einfach nicht aussprechen.

Es war kaum mehr Weinen zu nennen, das Schluchzen übertraf für einige Sekunden das Piepen der Geräte und das hohle Pfeifen der

Beatmungsmaschine. Der Mann japste, schrie auf, fing sich, riss sich zusammen, wollte seine Tochter nicht wecken.

Er streichelte dem Kleinen unaufhörlich die Hand, das Gesicht und den Körper, wieder Hand, Gesicht und Körper und hätte ihm gerne noch viel mehr gesagt. Alles, was ein Vater seinem Sohn im Laufe seines Lebens zu vermitteln gehabt hätte, was vielleicht sinnvoll und klug, hilfreich und wegweisend gewesen wäre, hätte er ihm gerne gesagt. Ihm geholfen, eine Richtung zu finden, eine Freundschaft zu erhalten, einen Beruf auszuwählen, sich für eine Frau zu entscheiden, ein gemeinsames Bier zu trinken und über begangene Erziehungsfehler und Lebensentscheidungen zu lächeln.

Er hätte ihm so gern geholfen, so gerne alles mit ihm geteilt, was ein Vater und ein Sohn zu teilen hatten.

Es war unerträglich.

Die Geräte vergifteten wieder mit ihrem hohlen, toten Geräusch die Atemluft. Er zog sich den Kragen weit, schnaufte durch verengte Luftwege und betrachtete verzweifelt die selige Ruhe des kindlichen Gesichtchens.

Der Vater stand auf, zog Michas Decke zurück und drückte den Sohn an sich, dass dieser sich bog wie ein Regenbogen. Einzig widerstandslos, schwer und bleich.

Nach einer nicht zu messenden Weile flüsterte er, den Kleinen wiegend, drückend, erstickt – kaum hörbar:

„Wir sehen uns wieder – beim lieben Gott! Zu einer anderen Stunde an einem anderen Ort! Gewiss, Micha! Gewiss sehen wir uns wieder!"

Er legte den Jungen ab und setzte sich wieder auf den Stuhl davor, mit dem gebeugten, geschlagenen Rücken zu Selma gewandt.

Seine Hand krallte sich in den Oberschenkel und grub sich fingerkuppendick ein. Er spürte nichts davon.

Dann schnäuzte er sich die Nase in das durchfeuchtete Papiertaschentuch und stieß schmerzerfüllt das Letzte hervor, was bleischwer an seinem Herzen zog: „Bitte, mein Sohn …!"

Er stolperte, er zitterte, er bebte: „… bitte ver-, verzeih mir!"

Schwäche

„Es gibt nichts zu verzeihen!“, brüllte Stimmulus laut in das schlechte Gewissen hinein. Aber das Gewissen war stark und hatte sich eine große Mauer gezimmert. Größer als die Wahrheit. Da nützte auch seine Himmelsgestalt nichts.

Stimmulus hüpfte, dass sein Spitzhütchen nur so vom Kopf rutschte. Er war außer sich. Diese Mission kostete ihn alle Kraft!

Zunächst durch das Löchlein schlüpfen und den Wechsel von äqualoribaler Himmels- zu profaner Erdenluft überstehen, ohne dass er sich auf seinen üblichen Transportwegen bewegen konnte, die ihn ständig zur Erde führten. Hier musste er durch das tumbe Gasgemisch der Atmosphäre, sich mit diesem vereinigen, um hindurchzukommen und hatte – auf diesem ungeistigen Weg das Krankenzimmer betretend – eine Menge an übersinnlicher Präsenz eingebüßt. Dieser Auftrag ging wahrlich allen an die Substanz!

Und nun war da dieses niedergeschlagene Hauch von Nichts am Kranken- und bald Totenbett und igelte sich ein in einen Kerker aus Schuld-, Liebes- und Vatergefühlen, die ihn taub machten für die wunderbare Stimme des Heiligen Geistes.

Doch damit nicht genug!

„Ich baue ab!“, flüsterte Tanael und setzte sich ermattet auf die Bettkante.

„Wie?“, brüllte Stimmulus. „Jetzt!? Gerade jetzt?!?“

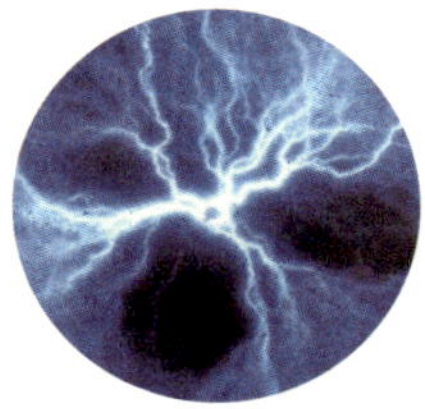

Der einzige Weg

„Jetzt! Es ist soweit!“, flüsterte Seraphim.

Er lugte um die Ecke und starrte auf die Kalypsen, die einige Meter vor ihnen eine kurze Pause eingelegt hatten. Fett und vollgefressen lungerten sie auf den goldenen Dächern und strotzten vor Selbstgefälligkeit. Einige streichelten sich die runden Bäuche und rülpsten ungehalten in die himmlisch-laue Nachtluft hinein, während andere ihren kampfeswütigen Himmelswahn fortsetzten.

Wie widerlich!

Wie sicher sie sich fühlten!

Wie ungeschützt sie doch waren in ihrer Einfältigkeit und Dummheit!

Die Weisheit schüttelte den Kopf, als sie die Kalypsen ansah. Traurigkeit lag darin.

Geschwind krabbelten die anderen Engel hoch, während die alte Dame und Seraphim unten warteten.

Die übrigen Engel postierten sich auf der großen Mauer, einer neben dem anderen. Todesmutig und selbstvergessen wandten sie ihre Gesichter der Menge zu und pumpten Luft in ihre Engelslungen. Sie würden es tun, was auch immer es kosten würde.

Es war ihr einziger Weg.

Das Einzige, was sie von diesen Wesen da unten unterschied.

Es war ihre gelebte Selbstlosigkeit, die keine Rücksicht darauf nahm, ob man sie steinigen würde oder nicht. Ob man sie überrollen würde oder nicht.

Doch da war etwas!?

Seraphim schaute noch einmal um die Ecke.

Und starrte direkt in ihr Gesicht.

Schwarz, ekelerregend, bedrohlich – boshaft!

Eine Gestalt, so widerlich wie die Apokryphe selbst!

Eine Kalypse!

Wecken

„Es ist soweit!“, flüsterte Tanael in Selmas Halbschlaf hinein. Er versuchte, seine Schwäche vor ihr zu verbergen, um seinen unaufgetragenen Auftrag erfüllen zu können. „Du musst jetzt aufstehen!“

„Aber pass auf, dass man dich nicht bemerkt, Selma!“, ermahnte Stimmulus und schaute mit einem sorgenvollen Blick zu Tanael.

Beide sprachen gedämpft, waren noch niedergeschlagen von der Trauer des Vaters, die sie aufgewühlt hatte.

Stimmulus hatte sich auf die Schulter des Vaters gesetzt und ihm unsichtbar die Schläfen gestreichelt, wieder und wieder. Dabei hatte er ihm tröstende Worte zugeflüstert, ihm Mut gemacht, ihn trotz seiner

Winzigkeit tragen wollen durch Trost und Frieden, durch Unendlichkeit und übermenschliche Kraft.

Der Vater hatte es nicht gehört, nicht hören können.

Zu groß war der Schmerz.

Ja

Zu kurz war die Zeit.

Die Minuten, die der Vater sich für einen persönlichen Abschied erbeten hatte, waren verstrichen, die Ärzte inzwischen wieder zugegen. Auch der zweite hatte sein unabhängiges Gutachten unterzeichnet, alles Notwendige veranlasst, alles Menschenmögliche getan.

Nun wurde es Zeit.

Zeit, die Maschinen abzuschalten, die den Kreislauf stabilisierten, Sauerstoff in die Glieder pumpten – sein Herz am Leben hielten.

Zeit, die Brücke zu überschreiten, für alle Zeiten Klarheit zu schaffen, Micha dorthin überzusiedeln, wo Ruhe und Frieden herrschten und eine Unendlichkeit an Liebe.

Zeit, es zu beenden.

„Sind sie so weit?", fragte der Pfarrer einfühlsam, nachdem er die Krankensalbung verabreicht, den kleinen Körper gesegnet, sein irdisches Kreuz auf dessen Stirn gezeichnet hatte.

Seine Hand lag auf der Schulter, auf der Stimmulus saß. Stimmulus flüsterte und flüsterte, machte Mut, gab Halt, Kraft und Trost.

Der Vater atmete ein, als wäre es sein letzter Atemzug.

„Ja", sprach er und nickte kaum sichtbar. Geschlagen – wie Jesus am Kreuz.

„Ja!"

Schauer

Esiema fühlte sich wie geschlagen. Ihr lief ein Schauer garstiger Erregung über den Körper, als sie um die Ecke lugte, einem Engel direkt ins Gesicht.

Sie erschrak, zögerte kurz.

Dann beschloss sie, dem Blick standzuhalten, das Duell anzunehmen, das Wesen und seine Freunde zu fixieren, zu kontrollieren. Vielleicht würde sie sogar Macht über sie gewinnen, über die, die hier so verloren in der Ecke kauerten oder auf der Mauer standen und doch in ihrem arroganten Weiß so machtvoll strahlten!

Esiema war voller Verachtung.

Aber etwas faszinierte sie.

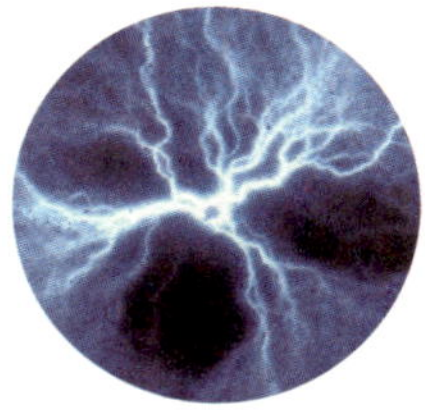

Duell

Seraphim schaute Esiema noch immer fasziniert in die Augen. Hinter dem Erzengel stand die Weisheit, zwar war sie klein und hutzelig, aber nicht schwach. Die Weisheit beobachtete, was vor ihr geschah.

Wie gebannt tauschten Seraphim und Esiema ihr Innerstes aus, wie duellierende Gleichstarke, die bereit für den Tod waren. Seraphim hielt den Blick auf die Kalypse konzentriert, während sich seine Gefährten oben postierten, um sich einen guten Überblick zu verschaffen. Der Engel würde ihnen folgen. Gleich.

Doch zunächst war da Esiema.

Sie war stark. Diese Kalypse war gefährlich. Das war dem tiefen, abgründigen Schwarz der Augen anzumerken.

Er musste die Weisheit vor ihr schützen. Sie war doch so klein und alt.

Seraphim sorgte sich und duellierte weiter, den Blick starr nach vorne gerichtet wie eine Turnierlanze, die schützenden Arme nach hinten zur Weisheit gestreckt.

Esiema war dunkel.

Doch noch unheimlicher:

Sie war anders.

Reime

Laurina atmete auf. Josef hatte sie vor dem Unheimlichen gerettet – vorerst!

Ihr Gesäß lag auf Josefs Hand, ihre Füße standen auf seinen Schultern und von dieser Warte aus hatte sie einen guten Blick auf den kleinen Micha, der leichenblass in Alphas Armen lag und um das Letzte rang, was an ihm Leben genannt werden konnte.

Seine Lippen waren eingerissen, glänzten fahl im tosenden Wirbel hereinbrechender Erdenluft, die ihn zunehmend auszutrocknen schien. Michas Mund bildete tonlose Worte, die sie kaum verstand. Laurina starrte verbissen auf ihn, versuchte verzweifelt ihre Panik zu unterdrücken, um sich auf das Entziffern seiner Worte zu konzentrieren.

Micha sprach von Engeln! Er wollte seiner Mutter erzählen, dass die Engel den Menschen halfen und das schon seit einer Ewigkeit! Der kleine Junge schüttelte sich, als er das Wort „Ewigkeit“ über die Lippen brachte und dabei zusammenzuckte, als regiere an anderer Stelle eine andere Macht, die mit aller Gewalt dieselbe zu unterdrücken suchte.

„Wir Engel fliegen, durch die Zeit!

Und wir helfen schon seit einer Ewigkeit!“, dichtete sie zusammen und brüllte es nach draußen, den Kopf schüttelnd, nicht wissend, ob das, was ihr spontan einfiel, für ein Lied taugte. Aber sie hatte nicht die Zeit sich über literarische Güte Gedanken zu machen. Es musste schnell gehen!

Michas Wangen lagen eingefallen auf den himmlischen Gesichtsknochen und bebten auf und nieder, geschüttelt von den sich ausgleichenden Druckverhältnissen, die die Erdenluft ihnen aufzwängte.

Ja – nun erkannte Laurina das, was mit Micha vor sich ging. Er verließ sie nicht nur langsam und schlotterte deswegen zwischenzeitlich auf, nein! An dieser Stelle ging es schon lange nicht mehr nur um ihn! Er kämpfte! Und zwar nicht nur um sein Überleben! Er kämpfte einen unsichtbaren Kampf in sich selbst. Als wollte er alles ausrotten, was er an schlechten Dingen in sich hatte. Als wollte er sich der negativen Gefühle entledigen, die er in sich trug und die den Himmel vergiftet hatten, bevor er sich endgültig aus dem Leben und dem Tod verabschiedete. Als ginge es nicht nur um seine eigene Persönlichkeit, sondern um die gesamte Menschheit schlechthin.

„Menschlichkeit", hauchte er und dachte abermals an die Himmelsschule, die Weisheit, die er aus ihr ziehen konnte, die Kraft der Liebe, die dort überall zugegen war.

„Barmherzigkeit", ein weiteres Wort, kaum wahrzunehmen.

Langsam verschied er. Mit jedem Wort ein bisschen mehr.

Alpha weinte. Er krallte seine behaarten Pfoten in Michas Körper, als wollte er ihn so vor dem Untergang bewahren, als könnte er festhalten, was eine schicksalhafte Fügung für den Kleinen vorgesehen hatte. Alpha schien mit sich selbst zu hadern. Er schluchzte und schüttelte den Kopf, während er wimmernd den kleinen Körper an sich drückte: „Was habe ich dir angetan? Was habe ich dir zugemutet, kleiner Junge?"

Micha rührte sich kaum mehr. Schlaff hing seine Hand an seinem Körper herab.

Janardan schaute von den Schriftrollenfetzen auf, die ihm ständig wieder aus der Hand fielen, sodass er sie in der Luft auffangen musste, und die er verzweifelt in eine Reihenfolge zu bringen suchte.

Er wollte die Lage prüfen, sehen, wie lange sie noch hätten, bevor die Erdenluft und die darin transportierten Gefühle sie niederdrücken würden. Noch sagten ihm die Schriftzeichen auf den Rollenschnipseln nichts. Seine Augen glänzten feucht und irritiert, während Josef unter seinen beiden Freunden schwitzte und ignorierte, dass die Schlieren bereits seine Hüften erreicht hatten.

„Weltkrisen, Firmenpleiten, Scheidungsquoten …"

Die verzerrten Buchstaben erschienen auf der gegenüberliegenden Seite des Äqualoribus. Sie flirrten auf und verschwanden sogleich wieder wie bei einem defekten Fernseher.

„Was ist das?", schrie Josef, während Laurina weiter dichtete und ihre Reime durch die Luftströme nach draußen brüllte.

„Der Äqualoribus verliert seine Kräfte", antwortete Alpha und zitterte.

Den Jungen ließ er nicht los. Er hielt ihn wie ein Vater seinen eigenen Sohn hält. An sich geklammert, als könnte er damit das Leben in ihm festhalten.

„Kriege, Missverständnisse, Streit …"

Der Äqualoribus vibrierte unter dem Gemisch aus Kohlendioxid, Stickstoff, Sauerstoff und anderen Gasen. Diese Erdenluft war giftiger als Säure und ätzte sich langsam in die Innenwand des Äqualoribus. Dieser schien sich aufzubäumen, mit seinen trotzigen Lettern den Kampf aufzunehmen gegen irdische Lüfte.

Doch plötzlich waren dort nicht nur Lettern, sondern zahlreiche Zahlen und metallische Uhrzeiger zu sehen. Die Himmelsuhr, die Janardan und Laurina in der Höhle im Äqualoribus kennengelernt hatten, blitzte im Wechsel mit den Buchstaben auf der Innenseite auf. Beide spiegelten Nachrichten und Stimmungen der Menschen wider, gaben Auskunft über das, was die Erdenluft an Schwingungen in die Transportblase trug. „Er informiert uns, so weit er noch kann …", fuhr Alpha fort und weinte: „Und er sagt uns die Zeit an, die uns noch bleibt."

Dann wurde Alpha still. Er verstand, worauf die Erdenworte und die sich auf einen Punkt zubewegenden, in wirren Richtungen verlaufenden Kreise der Himmelsuhrzeiger schließen ließen, und während ihm weitere Tränen über das behaarte Kaninchengesicht rannen, sagte er: „Die Kalypsen … Sie haben es bald geschafft!"

„Was?“, brüllte Josef gegen das Tosen an.

„Den Himmel einzunehmen. Ebenso wie die Kalypsen in Scharen zur Erde strömen. Aber mehr als üblich, viel mehr …“

„Das erkennst du daraus?“, fragte Josef erneut, aber niemand hörte ihn in dem Brausen des Windes.

„Je mehr schlechte Nachrichten uns der Äqualoribus sendet, desto stärker sind die Kalypsen geworden!“, erklärte Alpha traurig und senkte den Kopf.

Janardan wurde schwindelig. Die eintreffende Erdenluft überforderte ihn. Unwillkürlich fuhr seine Hand in die Umhängetasche, die er noch immer bei sich trug und in der er ein paar Dinge verstaut hatte.

In seine Hand fiel ein unscheinbares Kräutlein.

Verletzter Stolz

Olobaid grollte. Esiema war dran!

Er wollte die aufmüpfige Kalypse niedertrampeln wie ein unscheinbares Kräutlein, sie vernichten. Von nichts und niemandem würde er sich jemals wieder die Autorität aus der Hand nehmen lassen!

Seine Waffe wog schwer in der Hand. Es war die größte, die er hatte finden können.

Olobaid flog weiter durch den Himmel. Die vielen Schwarzen seiner Brut hatte er mit Wohlgefallen registriert, die Invasion nur aus der Ferne laufen lassen.

Es war ja alles gut organisiert gewesen.

Man hatte ihn nicht gebraucht. Sie konnten es allein, seine Kalypsen.

Ohne ihn.

Olobaid unterdrückte, was an verletztem Stolz in ihm aufbegehrte, bis er sie sah: die Gruppe weißer Engel auf der Mauer. Ein Letzter stand unten, neben ihm eine alte Frau mit weißem Schürzchen, und beide hielten Blickkontakt mit einer Dunklen seiner Art.

Er blickte sie an, seine Brut, seine Dienerin, seine Konkurrentin.

Esiema! Da war sie!

Olobaid lud die Waffe und fixierte sein Opfer. Sie würde ihm nicht entkommen, diese niederträchtige Kreatur!

Näher

Selma fixierte die Rücken der Ärzte. Sie waren zu beschäftigt, um sie zu beachten. Der Zeitpunkt war gut.

Dann drückte sie sich hoch. Das Knistern bemerkten weder Weißkittel noch Schwarzkutte, die sich an dem anderen kleinen Körper zu schaffen machten, die Kissen zurechtrückten, die Schläuche zogen. Infusionen wurden herausgerollt, Listen abgehakt.

Man ließ den Mann zugegen sein. Es war sein Wille gewesen. Er wollte den Weg bis zum Schluss gehen.

Selma wurde heiß und kalt. Sie verstand nicht ganz, was passierte. Aber dass es ernst war, dass ihr Vater schluchzend den Kopf auf die tränenüberströmte Hand Michas drückte, dass die Rücken verrieten, dass die dahinter befindlichen Gesichter traurig und gefasst wirken mussten, all das verstand sie mit einem naiven Gefühl einer ahnungslos Gelassenen, einer Kreuzbetrachterin, einer Verschonten.

Man senkte den Kopf, man trauerte mit dem zerbrochenen Bündel am Bett und war doch hilflos in dieser eisigen Atmosphäre sterilen, ungelebten Lebens.

Selma hörte ein Flüstern, aber ihr fehlte die Zeit, sich darüber zu wundern. Sie war vielmehr froh, dass endlich mal jemand aus diesem Jenseitigen mit ihr sprach. Wo sie doch allabendlich um Nachricht und Gnade gefleht hatte! Sie gab sich dieser inneren Stimme mit einer kindlichen Aufopferung hin, die rührend war und zugleich anerkennenswert kraftvoll. Welcher Erwachsene konnte schon so hingebungsvoll vertrauen?

„Zur Beatmungsmaschine!", hatte man ihr geflüstert. „Roter Notknopf!". „Rot" verstand sie, „Defibrillator" nicht. „Ein Ding aus zwei Bügeleisen mit Kabeln verbunden, direkt neben dem Bett", hieß es. Sie suchte verzweifelt, keinen Laut zu äußern, kein Knistern zu verursachen. Sie sank zu Boden und kroch über den grauadrigen Linoleumboden.

Entgegen ihrer Gewohnheit versuchte sie nicht, Fantasiewesen aus den Strichen zu spinnen. Selten waren ihr wahllos aufgezogene Linien so egal gewesen wie jetzt.

Selma schwitzte und gab sich redlich Mühe. Sie schaute sich um und versuchte sich zu orientieren, die medizinischen Geräte zuzuordnen.

Kinder waren gut im Geheimnisse-Durchziehen, aber schlecht im Leise-Sein.

Alles verbraucht

„Selma, beeile dich!“, brüllte Stimmulus aus Leibeskräften. „Du musst deinen Bruder retten!“

Das Mädchen kroch leise und vorsichtig voran und nickte erschrocken, die Haltung ergeben.

Stimmulus schrie seine Anweisungen, als hinge seine eigene Existenz davon ab. Wie gut, dass ihn sonst niemand hören konnte!

Die Kleine war aufmerksam, passte beim Aufstehen auf, glitt gehorsam zu Boden.

Der Heilige Geist konnte sich schwer konzentrieren. Die Blässe Tanaels zog ihn in seinen Bann und beunruhigte ihn sehr. Mit einem Seitenblick auf Selma wisperte er ihm zu:

„Herrje! Warum jetzt? Warum musst du gerade jetzt abbauen?“

„Ich kann nicht mehr“, sagte der Gefragte und ließ seine blau schimmernden, transparenten Flügel hängen. Das sagte alles! Ein Engel hielt seine Flügel aufrecht, das war Engelsgesetz! Wer dazu nicht mehr in der Lage war, hatte ein ernsthaftes Problem!

„Was hast du denn nur?“, fragte Stimmulus erneut und beobachtete das Mädchen, das unachtsamerweise auf ein Bein des Bettes zusteuerte, an dem eine lockere Klammer an einem Seil herunterbaumelte. Selma würde doch wohl nicht …!

„Was wohl?“, fragte Tanael zurück und stützte sich auf seinen Stock auf. Er atmete Erdenluft ein, die ihm nicht zustand, bei einem Auftrag, den er nie erhalten hatte, und ernährte sich von Kugeln, die er nie hätte nehmen dürfen. All das musste sich doch einmal rächen! Langsam kroch das Nichts aus seinem Körper. Es diffundierte durch seine Engelsporen und ließ ihn sogar für Stimmulus durchsichtiger erscheinen, als er sein durfte.

„Ich habe Hunger!"

„Dann wirf etwas ein, Herrgottnochmal!", fluchte ein Teil Gottes und streckte die Hand nach dem kleinen Mädchen aus.

Selma stockte kurz, die Stimmen schienen sie zu verwirren.

„Ich habe nichts mehr!", stammelte Tanael.

„Du hast alles verbraucht?", japste Stimmulus.

„Alles!"

„Herrjemine!!!", brüllte der Heilige Geist und stürzte auf das Bettbein zu.

Geräusch

Zuerst schalteten sie die kleine, messende Maschine aus, danach die mit dem blauen Rand. Der Bildschirm stürzte ins Schwarze zusammen, hatte allen Strom verbraucht.

Selma betrachtete die Bewegungen beunruhigt. Es ging ihr alles viel zu schnell. Noch fummelte sie am Defibrillator herum, prüfte die

Stromzufuhr, indem sie langsam mit den Fingern das Kabel entlangtastete und die Steckdose suchte. Sie schwitzte und schaute angstvoll auf die vielen Schuhe und Kittel vor ihrer Nase. Glücklicherweise waren ihr nur die Fersen zugewandt, die Zehen hatten Wichtigeres zu tun. Hatten etwas Medizinisches zu beenden, was vor ihr nur in Geräten gluckerte und flimmerte und von dem sie eigentlich nicht viel und doch alles verstand, nämlich dass es um ihren Bruder ging, der da oben lag.

Sie richtete ihren verkrampften Rücken noch mehr auf und versuchte, nicht an die Bettfedern des Krankenbettes zu stoßen. Wirklich. Sie gab sich Mühe!

Dann sah sie es: Vor ihr schwebte die am Metallfuß befindliche Klammer im Raum, nicht hängend, sondern frei in der Luft hängend. Das braune Band bog sich in einer Kurve nach oben und setzte jedes physikalische Gesetz außer Kraft. Viel verstand Selma noch nicht von Physik, bei ihr in der Schule hieß das Ganze sowieso nur „Sachkunde", aber dass das nicht normal sein konnte, das verstand sogar sie.

Selma stutzte und überlegte, bevor eine Stimme wieder brüllte: „Pass mit der Klammer auf! Sie scheppert, wenn sie an den Metallfuß stößt!"

„Okay, danke!", schwitzte und entschuldigte sich das Mädchen in Gedanken.

„Gerne", antwortete die Stimme und flüsterte: „Deinetwegen habe ich mich eingemischt! So etwas mache ich sonst nie! Wie soll ich dir sonst beweisen, dass ich immer da bin? Auch wenn du nicht daran glaubst, sondern glaubst, du könntest länger bei Micha bleiben als ich …" Selma sah das Lächeln nicht.

„Oh, Entschuldigung!", antwortete sie verwirrt.

„Nein, nein! Deswegen nicht! … Hör zu! Der rote Knopf an der Beatmungsmaschine ist – wie gesagt – der Notknopf. Er verhindert, dass die Atmung aussetzt! Verstehst du? Auch wenn sie die Maschine an der anderen Seite ausstellen, kannst du Micha darüber retten, klar?"

„Klar“, wisperte die Kleine und wusste nicht, ob sie sich selbst für verrückt erklären sollte oder ob tatsächlich geschehen konnte, was ihr da geschah.

Warum glaubt man immer, man sei verrückt, wenn man besonders gut erkennt?

Vernichten

In diesem Moment erkannte Olobaid, was die Engel vorhatten. Er spürte die Kraft, die die weißen Kämpfer in ihre Lungen pumpten, die Luft, die – dem Sog folgend – unter seinen Füßen herwehte und warm und behaglich war. Er erschauderte. Wie entsetzlich und unerträglich war es, dass diese wenigen, diese schwachen, schäbigen Engel alles gefährden könnten! Nur, weil sie zusammenarbeiteten? Nur, weil sie einen Glauben und einen Auftrag hatten?

Die Engel setzten an. Sie würden es tun! Mit geballter Wucht verstand er, was passieren würde!

Gleich würden sie kämpfen und seine Kalypsen umpusten! Eine um die andere, bedingungslos, ewiglich vernichten! Da würde es nichts bringen, dass sie sich die Ohren zuhielten!

Er musste es verhindern! Er konnte es verhindern! Den Engeln ein Ende setzen, die Invasion zu einem Ende bringen! Sein Reich retten und erweitern! Die Mission beenden!

Warum hatte er nur einen einzigen Schuss mitgenommen? Olobaid ärgerte sich.

Das Fernrohr seiner Waffe schwankte, Esiema geriet aus dem Blickfeld, wurde aus dem runden Auge herausgedrängt. Plötzlich unwichtig, plötzlich verschont!

Olobaid veränderte den Modus auf Gruppenstärke. Er maß den Abstand neu ein und fixierte ein weiteres Mal die wenigen Weißen auf der Mauer. Die Kraft war im Gange, sein Scheitern angeleiert!

Er ahnte, dass er nicht viel Zeit hatte. Der erste Engel wollte schon anfangen.

Jetzt und hier!

Dann drückte er ab.

Das Finale

Laurina dichtete meisterhaft. Obgleich sie zittrig Silbe für Silbe aus ihren zusammengepressten Mundwinkeln drückte, machte sie ihre Sache gut. Sie hatte die Augen inzwischen geschlossen und ließ Michas Worte in sich wirken, um die besten Reime daraus zu spinnen, die sie fand. Doch sie spürte, dass in diesem ernsthaften Augenblick, aus dem sie womöglich nicht so lebendig hervorgehen würde, wie es sich für eine Tote gehörte, zu ihrem persönlichen Zenit gelangte, ihren eigenen Höhepunkt erreichte. Dass sie mit einem Mal wusste, warum sie gelebt hatte und gestorben war, warum Janardan ihr Freund im Himmel geworden war, warum sie die Suche nach der Schriftrolle und dem Äqualoribus auf sich genommen und letztlich mit ihrem Schaffen und sich selbst gehadert hatte.

Alles sollte so sein, um alles auf eine Karte, alles auf ein Lied, alles auf einen letzten Augenblick der Kreativität zu setzen! Sollte sie dieser bemitleidenswerten, leidenden Frau da vorne, die soeben ihr Kind verabschiedete, die richtigen Reime noch zur richtigen Zeit zukommen lassen, so würde Laurina die wichtigste Aufgabe in ihrem Dasein erledigt haben! Und dann würde es keine Zweifel mehr geben, dass sie etwas konnte, dass sie etwas wert war, dass sie liebenswert war, weil sie lieben und geben konnte!

Ja, in letzter Zeit hatten sich viele kritische Gedanken in ihr eingestellt, hatten sie unsicher gemacht und anfechtbar gegenüber anderen. Sie hatte ihre eigene Selbstkritik auf jeden projiziert, der ihr begegnet war, auch wenn derselbe – wie gemeinhin im Himmel üblich – kein Problem mit ihr hatte. Laurina fühlte sich schon lange nicht mehr himmlisch, sondern in ihren Komplexen eher irdisch. Nun tat es wohl, ein einziges Mal zu wissen, welche Begründung den Umständen zugrunde lag und endlich etwas dagegen unternehmen zu können!

Obwohl es ihr niemand gesagt hatte, wusste sie, dass sie die schlechten Erdengefühle, die sie im Himmel niedergedrückt hatten, nach dieser bestandenen Aufgabe nicht mehr haben würde. Sie hatte sich nur dieses eine Mal vor dem Himmel zu beweisen. Dem Himmel, der sonst nie etwas forderte, sondern nur schenkte. Und der Auftrag hieß: „Liebe deinen Nächsten wie dich selbst!"

Laurina sah Micha an, den kleinen, lieben Jungen, den sie schon lange in ihr Herz geschlossen hatte, und sie spürte einen alles zerfetzenden Stich in sich. Wenn sie versagte, würde er gehen müssen! Sie vielleicht auch, das wusste sie noch immer nicht genau. Aber er, der Kleine da vorne, der würde es auf jeden Fall nicht schaffen.

War das der Grund, warum Josef so schuftete? Warum er nicht ein einziges Mal an sich heruntersah? Warum er ignorierte, dass sich die Silberschlieren bereits um seinen Brustkorb geschwungen hatten, bereit dazu, ihm die Luft abzuschnüren? Jederzeit? Ächzte und schwitzte er deshalb so selbstlos für Janardan und Laurina? Um damit sich selbst von den Erdengefühlen zu befreien? Um Micha seine vollkommene Liebe zu schenken, seine Hingabe?

War nur der wirklich im Herzen frei, der für andere lebte?

Die Zeiger auf der Oberfläche des Äqualoribus tickten weiter, jeder in eine andere Richtung. Wie viele waren es? Vier Zeiger? Sechs?

Je länger Laurina darauf starrte und die aufpoppenden Nachrichten auf der gegenüberliegenden Seite des Transportmittels las, umso mehr wurde ihr klar, dass die Zeiger doch einer heimlichen Ordnung gehorchten und trotz aller Verwirrung gemeinsam auf einen einzigen Punkt zutickten – und das war das Loch in der Hülle!

Wie die Zwölf auf dem Zifferblatt mit dem ankommenden Zeiger die Geisterstunde um Mitternacht einläutete, so war nun allen Anwesenden klar, dass ihre und besonders Michas Zeit abgelaufen sein würde, wenn die vielen Zeiger das Loch erreichten. Sie spürten, dass das Loch der Schlusspunkt des Himmels und der Erde sein würde, der letzte Sand, der durch Michas Lebensuhr rieselte, die letzte verzehrte Engelskugel, die jemandem Kraft spenden könnte, das letzte Wort, das die Menschheit erreichen könnte, bevor alles zu spät wäre. Die Zwölf würde Michas letzter himmlischer und irdischer Atemzug sein, mit ihr würde sich alles vollenden, würde alles ein Ende finden – sei es ein gutes oder ein schlechtes.

Laurina weinte. Die Erkenntnis durchflutete sie wie die hereinbrechende Erdenluft mit einer Woge aus Stärke und dem eiskalten Willen zum Aufbäumen. Sie stellte sich mit den Füßen auf Josefs Schultern, damit sie das kleine Loch an der Oberseite des Äqualoribus besser erreichte, und ächzte ihre letzten Worte in die irdische Atmosphäre – zur empfangenden, schreibenden Mutter: „... eurer Liebe und Barmherzigkeit!“

Es war vollbracht. Das Lied über die Engel war fertig! Micha hatte gesprochen und die Engel hatten aus Micha gesprochen. Und sie – Laurina de Voilée, vielarmige, verkannte und sich selbst verkennende Opernkünstlerin – hatte Micha und den Engeln ihre Stimme geliehen und sie der Mutter übermittelt, die dort saß und schrieb.

Und sie sah, dass es gut war.

Stimmen

„Lass es doch geschehen! Wenn ich meinen Jungen hören kann, dann ist alles gut“, dachte die Mutter und ließ es zu, ließ die Stimmen an sich heran. Die ihres Jungen und die Frauenstimme, die sie an sich selbst erinnerte, sich überschlagend, im schmetternden Sopran, durchdringend wie eine Welle.

Ab und an vernahm sie eine dunkle dazwischen, eine andere mit einem Sprachfehler. Ein Hin und Her von himmlischen, nicht existenten Stimmen, die nur eine Verrückte, eine dem Schmerz Verfallene, im Schmerz Gefangene hören konnte.

„Sprachfehler!“, dachte sie. „Wie niedlich!“

Sie lächelte, hielt die Augen geschlossen und kritzelte das Papier mit ihren blauen Strichen voll – stakselig, unschön!

Lesbar.

Sie war nicht mehr da. Nicht mehr in diesem Raum.

Sie folgte den Stimmen, wollte mit.

Bloßer Körper, bloße Hand, bloße Schrift im Erdenschweren.

„Hab weder Bibel noch Koran tiefer gehend studiert …“.

Sie gab sich hin und nahm an, was man ihr sandte. Ergeben und wehrlos. Gefangene ihrer eigenen Liebe, fatalistisch dem Schicksal vertrauend, müde und kraftlos.

Eine Welle, die sie trug?

Meinetwegen.

„… und doch weiß ich, dass nur die Liebe mich zu den Menschen führt!“

Schmerz macht wehrlos.

In Filmen gab es einen Cut, wenn das Wichtigste gesagt, wenn die Szene zu Ende war. Niemand würde je erfahren, wie die beiden, die sich schlimme Dinge an den Kopf geworfen haben, aus ihrer Situation herausgekommen sind. Ob sie sich noch verabschiedeten, bevor sie die Jacke anzogen?

Das Leben ging einfach weiter.

Ohne Cut.

Was macht eine Mutter, die ihr Kind verabschiedet hatte?

Kurz danach?

Ohne Cut?

Was macht sie, wenn der imaginäre Knopf bereits gedrückt worden war?

Wer weiterleben muss, der flieht.

Vater wird …

Selma hat …

Micha war.

Ich war auch.

Tschüs.

Trauer

„Ich war … Ich war gerne … euer Engel! Sag das … auch … den anderen beiden!“, verabschiedete sich Tanael flüsternd. Die Stimme klang traurig und ermattet, war kaum mehr wahrnehmbar.

„Nein! Du darfst dich nicht aufgeben!“, schrie Stimmulus dem Engel entgegen, der fahl und blass auf das Bett gesunken war, auf dem Selma zuvor gelegen hatte. „Reiß dich zusammen! Du musst kämpfen! Um Michas willen! Um deiner Selbst willen! Um Himmels willen!!!“

Stimmulus erschauderte, denn Tanaels Anblick jagte ihm Angst ein. Seine Himmelsgestalt war kaum mehr zu erahnen. In bläulichen Schlieren erschienen soeben noch sein Umriss und die Aderung seiner feinfühligen Flügel. Ein Flirren lag in der Luft und breitete sich schlierenförmig aus.

Dieser Engel löste sich in Luft auf! Keinen Auftrag zu haben war das eine. Dem war noch mit Engelskugeln zu begegnen. Aber sobald es auch diese nicht mehr gab, gab es auch keine Berechtigung mehr, weiterzuleben. Wahrlich! Er verschwand, verhungerte auftragslos – beispiellos verloren.

Sogar der Heilige Geist, der eigentlich alles wusste und alles konnte, erschrak. Bislang hatten es alle Engel in den Himmel zurückgeschafft! Einfach alle!

Aber Stimmulus ahnte, dass dieser Engel bleiben würde, wo er war, denn er wollte nicht gehen, bevor er nicht vollbracht hatte, wozu er gekommen war. Vollbracht um jeden Preis, den es kosten würde! Und wenn es die eigene Unsterblichkeit war!

Stimmulus erkannte voller Trauer, dass er ein Wesen gehen lassen musste, wenn es dieses so für sich entschieden hatte, wenn es einen längeren Aufenthalt auf der Erde wählte als es mit den Kugeln bestreiten konnte. Um sich hinzugeben für einen anderen!

Und es würde für den Engel keinen Himmel mehr geben, kein Wiedersehen in der Ewigkeit, keinen fröhlichen Tanz. Der Heilige Geist wusste bislang nicht, was Verlust bedeutete, denn bis dato waren alle Geliebten wieder im Himmel gelandet. Bislang hatte er selbst niemals verloren, was kostbar war.

Stimmulus zitterte, seine Lippen bebten. Zum ersten Mal ahnte er, was es heißen konnte, jemanden, den man liebte, so vollkommen zu verlieren. Verstand er, wovor die Menschen solche Angst hatten.

Tanael würde sterben. Gehen für Micha. Warten, bis es geschah, um alles zu versuchen, was ein Engel versuchen konnte. Um wiedergutzumachen, wofür er nicht verantwortlich war.

„Wir haben es hier gleich geschafft! Halte durch!“, stieß Stimmulus verzweifelt heraus und rüttelte, nachdem er hastig von der Schulter des Vaters zu Tanael gesprungen war, dessen durchsichtige Silhouette.

Hektisch blickte er zeitgleich auf Selma, die unter der Bettkante hockte und auf Anweisungen wartete. Er schaute hastig umher, als gäbe es Halt im Raum und dann stieß er auf ihn, diesen geschlagenen Vater mit dem krummen Rücken, dem er sich plötzlich so unendlich nahefühlte. Dessen Angst und Trauer er jetzt stofflich nachempfand, weil auch er nun Trauer und Angst kennengelernt hatte. So sehr, dass es ihn körperlich umhaute und ihm, diesem autarken Himmelswesen, die Luft nahm!

Er musste handeln! Jetzt! Jetzt sofort!

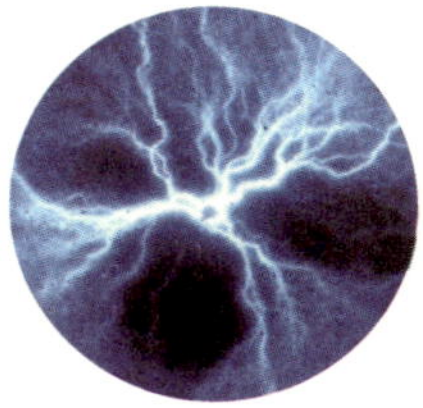

Gesang

Jetzt war ihre Zeit gekommen. Die Weisheit hatte ihre Hand auf die Schulter des großen Engels gelegt. Die Dienerin der Menschheit stand dort und wirkte, obgleich sie wesentlich kleiner als ihr Mitstreiter war, auf sonderbare Weise erhaben. Sie lächelte, als sie mitbekam, wie Seraphim und Esiema sich duellierten. Sie lächelte, als sie die Dunkle in Augenschein nahm.

Seraphim dachte nach, während er sich in Esiemas Augen verfing. Beide schauten und maßen sich und Seraphim spürte die Schwingungen, die von der Kalypse ausgingen.

Sie war anders.

Sie war es wert.

Wie gerne hätte er länger geschaut, länger nachgedacht! Doch er musste sich nun kümmern!

Er registrierte das bedrohliche Sausen, das in der Luft lag, nicht. Hörte keine Munition, die anders war. Anders als das, was ohnehin abgefeuert wurde.

Er dachte nur an diese letzte Chance der Engel.

Es war die einzige Möglichkeit, nun alles auf die Kalypsen niederregnen zu lassen, was sie aufzubieten hatten.

Sie selbst zählten nicht. Das einzige, was von Bedeutung war, war der Himmel und den galt es zu bewahren!

So riss Seraphim sich von Esiema und der Weisheit los und stürmte nach oben zu den anderen. Der Zeitpunkt war erreicht.

Die demütige, alte Frau stand nun allein da, dicht am dunklen Auswurf des Bösen. Sie nickte und schaute milde auf die Kalypse vor sich.

Esiema wirkte wie erstarrt. Sie konnte sich kaum rühren, während die Weisheit ihre Augen in sie hineinbohrte, das Verborgene darin zu sehen.

Doch dann war ein Geräusch zu hören. Von weiter oben. Töne.

Und eine kleine Welle rollte los.

Eine zarte Flut goldenen Glanzes spülte alles hinweg, öffnete die Ohren und legte jeden Widerstand lahm.

Himmlisch wunderbar, unwiderstehlich das umwerfend, was hier nicht hingehörte.

„Ich bin noch ein kleiner Junge, hab noch nicht sehr viel erfahr'n! Und doch so viel um zu versteh'n, was Liebe alles kann!"

Höllisch entsetzlich surrte ein Getöse dazwischen – lauter als der Engelsgesang!

Ein Schall überrollte die Ewigkeit, zunächst nur nah, doch bald schon fern. Wie lieblich! Wie tödlich!

„Hab weder Bibel noch Koran, tiefer gehend studiert.

Und doch weiß ich, dass nur die Liebe uns zu den Menschen führt!", sangen sie.

Lieblich, laut!

Unter der himmlischen Waffe wich das Schwarze.

Als höllische Waffe kam das Schwarze.

Rettung

Die schwarze Kalypse löste sich von der alten Frau, die sie noch immer fixierte.

Esiemas Sinne schwanden, als sie das Lied der Engel vernahm, das in leisen Perlen auf sie herunterregnete wie ein sanfter Sommerwind.

So widerlich liebenswert klang das, was sie hörte, dass Esiema sich schütteln musste. Ja – es war ihr wahrlich nach einer Gänsehaut, nach abstoßender Gebärde – und doch nach einer hingebungsvollen Bewunderung, die sie vollends verwirrte!

Esiema war sich plötzlich nicht mehr sicher, ob sie die Musik verachten oder lieben sollte. Aber sie konnte nicht lieben. Sie kannte doch das Lieben nicht! Wie sollte eine abartige Musik dieser ekelerregenden Geschöpfe da oben etwas in ihr bewirken, wo nichts war?

Die Kalypse drehte sich um, wollte ihre Kämpfer warnen, sie zum Ohrenschutz anhalten, da schaute sie zum Himmel und sah ihn!

Olobaid hatte bereits gefeuert, die Munition war unterwegs, flog in schwindelerregendem Tempo vorwärts. Esiema fixierte die Munition und es wurde ihr mit einem Mal anders.

Die Engel bemerkten nichts. Setzten fort, was sie begonnen hatten. Hieben Töne auf die geschwächten Kalypsen herab, die zurückwichen und sich – gekrümmt und geschlagen, jeder Kampfesstrategie entsagend – zurückzogen.

Olobaid schwebte über ihnen in seinem undurchdringlichen Nebelgewand und schaute herab. Seine Vernichtung flog weiter – mit großer Geschwindigkeit auf die Engel zu!

Der Herrscher des Dunklen grollte und stieß schwarze Blitze an geballter Wut aus, die auf den goldenen Dächern und weißen Böden des himmlischen Untergrundes zerbarsten.

Schnell doch, schneller! So flieg doch!

Esiema blickte wie gebannt. Nun war sie allein, außer dieser sonderbaren, ältlichen Person, die sie immer noch ansah und die sie nicht verstand.

Der Blick irritierte sie, Esiema wollte nicht, dass die Frau sie so anschaute, dass sie ihre Augen in ihren Rücken bohrte.

Die Kalypse hätte sich lieber noch länger mit Seraphim duelliert. Oder war es am Ende kein Duell gewesen? Eher ein stummes Gespräch? Ein Blick in den Spiegel? Ein Wiegen im Wohligen? Ein Vergeben und Haltgeben?

Was war mit ihr geschehen? Was hatte Seraphim mit ihr gemacht? Was der Gesang und was – zum Henker – diese vermaledeite Musik?

„Nichts", flüsterte es in ihr.

„Nichts verändert, was nicht ohnehin da war. Der Engel hat nur das herausgeholt, was es zu entdecken galt", setzte die Stimme fort.

Esiema drehte sich hastig zur alten Frau um. Hatte sie gerade gesprochen?

Die Waffe flog weiter durch die Himmelsluft und Esiema wurde mit einem Mal klar, was mit den Engeln geschehen würde, verstand, dass Olobaids Geschoss die Engel zerfetzen, die kalyptische Invasion besiegeln würde. Schlagartig wusste sie, dass der Himmel hier und jetzt ein für alle Zeiten enden würde. Dass das geschehen würde, was sie sich vormals so sehnlichst erhofft hatte. Dass der Himmel, den sie so gehasst hatte, untergehen, scheitern, sterben würde!

Der Himmel, an den sie glaubte.

Nun.

Auf einmal.

Plötzlich.
Der Himmel, der an sie glaubte.
Was schaute die Frau so komisch?
Was schaute die Frau so lieblich?

Mit überdimensional unbekannter, innerer Kraft. Aufgerissen wie eine Mauer erschien ihr ihr eigener Geist. Blitzartig wurde ihr klar, warum es sie gab, klar, was gut und liebeswert an ihr war.

Die Engel hatten ihr gezeigt, warum es sich lohnte zu leben. In dem Moment, als sich das Schwarze ihrer Person in Seraphims mildem Blick spiegelte, sah sie, dass sie nicht nur böse und dunkel war, sondern dass etwas an ihr anders war.

Sie sah, dass dieser Engel – und damit all die anderen da oben auf der Mauer und vielleicht auch diese sonderbare, alte Frau da unten – an sie, Esiema, die aufmüpfige, gerissene, widerliche Kalypse … glaubten!

Der Gruß

Es war nicht zu glauben! In der vorletzten Sekunde, bevor die Zeiger das Schwarz der Öffnung erreichten, sprang Janardan hinauf. Er hielt sich mit beiden Armen an dem kleinen Loch an der Oberseite des Äqualoribus fest und schlenkerte hilflos mit den Beinen, während die hereinströmende Erdenluft seinen Körper hin und her warf.

Die Freunde brüllten: „Janardan! Was machst du da?“

„Bist du mit dem Text ferrrtig?“, schrie Janardan herab und Laurina nickte zitternd. Was hatte Janardan vor? Wenn er fiele, würde er direkt in den Erdenschlieren landen, mitten in den schlechten Gefühlen! Und dann wäre es um ihn geschehen!

Doch Janardan fiel nicht. Auch er raffte die letzten Kräfte, die er besaß, zusammen, um seinen Teil der Mission zu erfüllen. Erst jetzt erkannten die Gesandten, dass in seiner rechten Hand etwas Grünes blitzte.

„Ich werrrde es fürrr dich tun, Micha!“, brüllte Janardan. „Ich werrrde dirrr helfen, denn auch du bist einerrr von uns! Du bist mein mentalerrr Brrruderrr, Micha! Mein Brrruderrr!“

Seine Worte hallten durch die Öffnung nach außen, quetschten sich der Strömung entgegen, hatten eine unendliche Kraft und noch einen langen Weg vor sich.

„Werrr auch immerrr bei dirrr ist, was auch immer gerrrade mit dirrr geschieht, es gibt Leute, die dirrr beistehen, die um dich kämpfen, dich und deinen Geist. Dich und deinen Körrrperrr!“

Es waren Worte der Allmenschlichkeit, der Zusammengehörigkeit der Menschenkinder, vereint in Geburt und Tod, in Schmerz und Freude, in Erde und Himmel. Janardan brüllte seine Ausgeglichenheit hinaus, seine Kraft, seine Mitmenschlichkeit, seine indische Liebe zur Natur, zur Gottheit, zur inneren Einkehr.

„Ich gebe dirrr den Impuls!“, kreischte er in den Luftstrom hinein.

Das Äquatum flirrte aufgeregt auf und ab, wilde Bilder erschienen auf der Mattscheibe, um kurz darauf wieder zu verschwinden. Es kam einem so vor, als bildete die bizarre Linie auf dem Äqualoribus ein Sonogramm einer menschlichen Stimme ab, als bekämen himmlische Stimmen eine fassbare Klanggestalt.

Man hörte die Worte schwingen wie ein Sitar, sich wellenförmig ausbreitend, sich vermehrend in einem Gesang, das für ein anderes Wesen bestimmt war, um universell bestehende, nicht stofflich fassbare Hilfe zu beschwören. Hilfe, die aus einer Kraft entspringt, die in der Atmosphäre ungebündelt, in Elementarteilchen verteilt, herumstreunert und darauf wartet, für einen guten Zweck zusammengeführt und verbraucht zu werden.

All das geschah auf eine ganz persönliche, ja fast meditative und übersinnliche Weise und produzierte etwas, das nicht erklärbar war. Das einzig von dem Äquatum ausging, das wie ein Ton durch die Atmosphäre waberte und wie ein unwirkliches und doch Wirklichkeit gewordenes Lied wirkte. Heraus aus dem Loch, hinein in die Welt.

Kilometerweit.

Impuls

„Nutze den Überraschungseffekt! Sie werden nicht mit dir rechnen! Du kannst es schaffen! Zuerst den Knopf drücken, dann aufspringen und die beiden Bügeleisen auf Michas Brust setzen. Er wird von dem Elektroimpuls hochgedrückt werden."

Die Stimme klang hektisch und gleichzeitig besorgt, aber die Anweisungen waren von einer außergewöhnlichen Präzision.

Selma nickte und konzentrierte sich.

Sie fuhr fort: „Bitte erschrecke dich dann nicht! Du musst die Bügeleisen auf seiner Brust festhalten! Es wird schwer, weil du noch so klein bist, aber du musst es versuchen, sonst schafft er es nicht! Er braucht einen Impuls von einem irdischen Wesen!“, wies die Stimme an.

„Impuls, Impuls“, ratterte es in der Kleinen. Sie hatte noch vieles, was sie nachschlagen musste. Impuls würde das erste Wort sein.

„Und du musst schneller sein als die Ärzte! Wenn sie dich entdecken, werden sie dich von deinem Vorhaben abhalten! Also musst du schneller sein, verstehst du?“

„Verstehe“, nickte Selma stumm und fixierte den roten Knopf.

Über ihr pumpte die Ziehharmonika im durchsichtigen Behälter ein stumpfes, trostloses Lied aus Auf und Ab. Und wenn sie genau hinhörte, dann kam es ihr plötzlich so vor, als riefe jemand: „Bruder!“

Nein! Es war kein Rufen, es war Gesang.

Wer war dieser „Bruder“? War Micha gemeint? Was bedeuteten diese indischen Klänge, die in der Luft lagen und ihr Herz berührten? Was war das für eine Melodie, die – eigenartig und fremdländisch – langsam zu ihr herüberwehte, in ihr wuchs und sich mit ihrer eigenen Lebensmelodie vereinte?

„Ich helfe dir! Erkenn das Leben, Gott schenkt's und Gott holt's!“, hieß es. Und wieder dieses „Bruder“ – geleiert, verzögert, gehallt. Sonderbar klang das!

Was geschah mit ihr, die sie sich plötzlich mutig fühlte? Als würde ihr Unterstützung von anderswo zuteil.

Anderswo, wo Leute auch mitfieberten, mitlitten, auf den Punkt hinarbeiteten. Anderswo, von wo man ihr Kraft in Form eines Liedes zusandte, in Form eines guten Grußes, eines Ausdrucks der Zusammengehörigkeit und des Mitfühlens! Wie wohl das tat! Wie verrückt das war!

„Ich gebe dir den Impuls!“

Woher konnten die das wissen, die diese Töne sandten? Wer gab jetzt den Impuls? Sie selbst oder der Engel oder der, der da sang? Was ging hier vor sich?

Wer würde eine solche Musik machen? Im Krankenhaus wohl niemand!

Und doch vernahm sie die Töne in aller Deutlichkeit! War es am Ende eine Form von Meditation? Von übersinnlichen Kräften? Luftschwingungen? Oder war es Gott selbst, der da sprach?

All das konnte ein neunjähriges Mädchen noch nicht erwägen, all das verstand sie nur mit einem einzigen, feinen Sinn, der Mitfühlenden geschenkt ist.

„Sternenglanz und Sonnenpuder", sang es in ihr.

„All das sei, lieber Bruder, wenn du aufwachst, dein! Ich halt zu dir, ich halte Wache und ich lache, wenn du kommst, um um die Wette zu schreien!"

Und sie fühlte und hörte mit ihrem inneren Ohr mit, was man ihr sandte: Engel oder Unbekannte. Was machte da schon den Unterschied, wer hinter all dem stand? Sang da jemand anders? Oder sang sie am Ende sogar selbst?

Gleichgültig.

Es war spannend und anders.

Sie liebte es.

Sie fühlte sich angefeuert, motiviert, ihren Bruder zu retten. Ihn zurückzuholen ins irdische Leben. Sie würde alles wagen, hatte plötzlich Kraft und Mut, fühlte sich alt und reif, groß und stark wie die Erwachsenen!

Sie würde gewinnen … ihn gewinnen lassen!

Lied 21: Bruder

Pflaster

Janardan holte – wie ein vom Gewinn angefeuerter Sportler – abermals zu einem Kraftakt aus, schwang seinen Körper athletisch zurück – soweit in dem hereinbrechenden Sturm bei diesem hageren Männlein von Athletik gesprochen werden konnte – und ließ eine Hand los, um mit dem Arm ausholen zu können, während er sich mit der zweiten am Loch festklammerte. Mit einer kraftvollen Bewegung stemmte er die Faust gegen die Luftströmung, die an der kleinen Öffnung besonders kraftvoll war, und stopfte sein Kräutlein in das Loch hinein – die Pflanze, die er in seiner Tasche gefunden hatte.

In dem Moment, als das Grünzeug die Wand des Äqualoribusses berührte, verstummte der Luftstrom. Wie von Geisterhand wuchs und vergrößerte sich Janardans Pflanzenpflaster in Windeseile zu einem luftdichten Verband, der den Äqualoribus hermetisch gegen die Erdenluft abschloss. Sogleich klirrten die Schlieren herab wie zerborstenes Porzellan.

Rein wurde die Luft. Sauber.

„Was war das?

Das machte Spaß!“, sang Laurina und sprang auf den Boden. Unter ihr plätscherten silbrige Tröpfchen auf und ab.

„Eine Vorrrstufe derrr Arrrnika-Pflanze. Auf derrr Errrde wurrrde sie schon vorrr langerrr Zeit von den Menschen ausgerrrottet und ist damit ebenso tot wie wirrr.“

Janardan kicherte vergnügt. „Wie gut, dass ich mein Gewächshaus habe und damit alle toten Pflänzchen aufnehmen kann!"

„Dann musst du aber bald anbauen!", scherzte Josef und klopfte sich die schmerzenden Arme aus. „So, wie die Menschen drauf sind!"

Dann fuhr Josef fort: „Aber wir scheinen es geschafft zu haben, oder?"

Die silbrigen Glitzertröpfchen auf dem Boden zeugten von einer zauberhaften Auflösung der Schlieren ins ungefährliche Nichts und ließen Josef erleichtert in den befreiten Brustkorb hinein atmen. Die kleine Gesellschaft stand nun in einem harmlosen Silbersee, der ängstlich zitterte und jede Bedrohlichkeit verloren hatte.

Alpha konnte sich von der allgemein guten Stimmung nicht anstecken lassen. Wie versteinert stand er da und hielt den Jungen auf den Armen. Keinen Zentimeter wich er zur Seite.

„Wir haben es noch nicht ganz geschafft!", mahnte er.

Erschrocken fuhren die Freunde herum.

Alpha schaute auf den kleinen, tapferen Sieger des Augenblicks in seiner Hand. Micha lag noch immer wie tot da. Sein Gesicht war furchterregend leichenblass. Die Freunde eilten zu ihm und Laurina streichelte sein Gesicht. Wie lieb sie den Jungen doch hatte!

In diesem Moment erreichten alle Zeiger auf der Innenseite des Äqualoribus die verwundete Stelle, das ehemalige Loch, die Null, die Stelle, an der sich alles entscheiden sollte.

In diesem Moment tat sich etwas auf Michas Gesicht. Die Freunde sahen genau hin. Es war sonderbar und wunderbar zugleich.

Alpha rief: „Janardan, du musst dich beeilen! Wir müssen schnell zurück!"

Janardan ließ sich auf den Boden des Äqualoribus mitten in die silbrige Pfütze fallen und setzte zur Meditation an. Damit war er schon einmal erfolgreich gewesen. Vielleicht klappte es ja ein zweites Mal mit dem Navigieren!

Das letzte Fetzchen der Schriftrolle hatte er auf seine Knie gelegt und beschlossen, sich in dieses eine Wort hineinzumeditieren, das von der großen Gebrauchsanweisung übrig geblieben war und das ihn nun anstarrte, aufforderte, anfeuerte.

Ein einziges Wort aus einer so umfassenden Schriftrolle! Ein einziges Wort, das dazu taugte, ihnen den Weg zu weisen.

Den Weg von der Erde in den Himmel.

Den einzigen Weg, den es gab, um zum Glück zu gelangen.

Ein einziges Wort für die Liebe zum Nächsten.

Es lautete: „Mitmenschlichkeit!"

Mitengelichkeit

Olobaids Munition flog unaufhaltsam voran.

Nur noch wenige Meter auf die Engel zu.

Gleich würde es vollendet, gleich besiegelt sein!

Esiema schaute auf den wütenden Nebeltornado – direkt in seine wutentbrannten Augen. Dunkel, schwarz und unbarmherzig stach sein unerbittlicher Hass sie nieder.

Esiema wusste nun, was sie zu tun hatte.

Nicht für sich, sondern für die anderen wollte sie leben.

Dagegen an!

Jetzt!

Sie holte aus und sprang.

Vom zerberstenden Knochennebel erschien die tongeschwängerte Luft kurzzeitig blutig auf.

Berechnung

Die Töne in ihr sangen weiter: „Die Welt wird sich erhellen, du wirst in die Höhe schnellen! Komm Bruder, ich lass dich gewinnen, deine Zeit nicht verrinnen!"

Selma schüttelte den Kopf und konnte kaum fassen, was hier geschah. Ging es tatsächlich um Michas Leben und war sie diejenige, die ihn retten sollte?

Sie schwitzte und atmete lauter, als sie es vorhatte. Doch man hatte sie nicht gehört.

Die Männer hantierten weiter.

Sie würde es wagen!

Das Kind war gestern, die Retterin jetzt!

Michas Herzschlag piepte laut und hämmernd und erfüllte die eiskalte, nach Tod riechende Atmosphäre mit einem Funken Hoffnung, während die flirrende Linie auf dem Bildschirm in immer gleicher Amplitude ausschlug.

Selma wollte, dass das weiterging! Wollte keinen durchgängigen Horizont auf der Röhre, sondern diesen wiederkehrenden Berg stillen Lebens, der kam und ging – wie das Leben selbst.

Wenn die da vor ihr nur nicht so viel herumwerkeln würden!

Sie holte Luft und überlegte, wie viele Schritte sie brauchen würde. Zwei zum Knopf, am schwarzen Schuh vorbei, dann drei zurück zu Micha. Wann musste sie dann diesen Defibri-Dingsbums in die Hand nehmen? Vorher? Oder erst laufen und den Knopf drücken?

Der Mann, dieser Arzt da, durfte ihr aber nicht in den Weg treten, dann würde sie darum herumhuschen müssen. Es würde ungefähr sieben Sekunden dauern, sieben Sekunden, um ihren Bruder zu retten.

Doch sie hatte ja Hilfe, sie bekam Beistand vom Engel! Und sie hatte ihr Lied. Das Lied für ihn, ihren „Bruder, Bruder …"

Das eine Ende

Die Mutter dachte an Selma, die gerade ihren Bruder verlor. Ein Schmerz hieb sich in ihre Seite.

Und dennoch … Selma würde der Text gefallen. Sie mochte Engel.

Die Frau saß kreidebleich auf dem Schemel. Sie atmete durch den Mund – an ihrer Nase hing ein Tropfen Kondenswasser, ausgeatmete Feuchtigkeit auf kaltem Grund – und schrieb auf, was noch in der Luft lag.

„Ja, wusstet ihr, dass Engel fliegen können – durch die Zeit?
Und dass sie helfen – schon seit einer Ewigkeit!
Doch all das trägt den Preis unserer Menschlichkeit, unserer Liebe und Barmherzigkeit!"

Die letzten Worte quetschte sie unter die Zeilen. Hatte gerade genug Platz.

Sie schwindelte, spürte das Fieber im Herzen und den Frost auf der Haut. Die Fröhlichkeit des Liedes war dahin, die Realität holte sie ein.

Ihr wurde kalt.

Der Text war fertig.

Bestimmt war es vollbracht, der Kelch getrunken, die Tür geschlossen.

Micha tot.

Keine Hintertür mehr.

Kein Zurück.

Bestimmt.

Erneut weinte sie und beruhigte sich erst nach Minuten.

Ihr Blick fiel auf den karierten Papierschnipsel aus dem Murmelglas von vorhin. Sie entfaltete ihn. Himmlische Zaubermacht gewann Gestalt. Unrealistisch, überirdisch.

Eine Telefonnummer. Und zwei fotografierte Kinderaugen starrten sie an.

Traurig und allein!

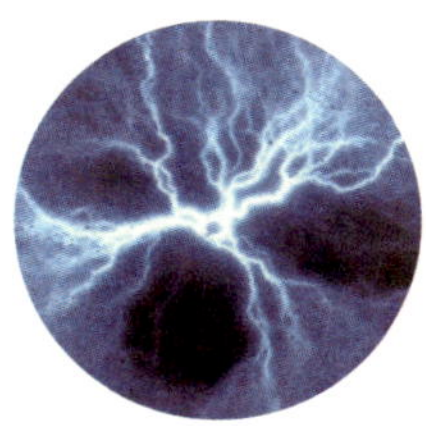

Dankbarkeit

Die Engel erschraken. Sie blickten einander an, machten eine traurige Pause. Eine kurze Sekunde, eine musikalische Atempause lang sangen sie nicht, sondern schauten betroffen auf den schwarzen, verpuffenden Nebel vor ihren Augen. Der tosende, unbarmherzige Knall hatte sie irritiert.

Doch nicht so Seraphim. Er schaute auf die Weisheit herab, die noch immer unten an der Mauer stand und zu ihnen heraufnickte, als gäbe sie ein Zeichen. Ein Zeichen, dass es nun so weit sei. Dass nun an anderer Stelle das vollendet worden sei, was hier zählen würde.

Der Engel erwiderte das Verständnis, lächelte und unterrichtete seine Gefolgsleute wortlos über das Geschehen. Seine Blicke drückten alles aus, was wichtig war.

„Glaube an das Gute im Gegenüber und es tritt zum Vorschein", war darin zu lesen.

„Es ist niemals zu spät, sich für den richtigen Weg zu entscheiden", war darin zu lesen.

„Wenn ich das Gute für euch tun kann, so ist es das Beste für mich", war darin zu lesen.

„Solange ihr lebt und mich liebt, werde ich auch leben und lieben", war darin zu lesen.

Es waren Esiemas Gedanken gewesen, nun Teil des Himmels.

Ein Schauder zog den Engeln über den Rücken und sie spürten, was sie dem verpuffenden, schwarzen Nebel des Nichts vor ihnen, der ehemaligen Kalypse Esiema, schuldeten.

Dankbar.

Erneute Kraft in die Lungen pustend.

Und sie nahmen Esiemas Stärke in sich auf, ihren Mut, sich für andere zu opfern. Sich gegen ihre Natur zu entscheiden, weil der Geist und das Herz sie dazu veranlassten.

Und die Engel beschlossen stumm, dass sie – sollten sie diese Aufgabe bestehen – Esiemas Andenken bewahren und als ewige Botschaft des Friedens in die Welt tragen würden, gestärkt vom Glück des Guten.

Plötzlich wussten sie den gesamten Text des einzig bestimmenden, einzig rettenden Liedes – konnten ihn herausposaunen, ohne zu zögern.

Und die Weisheit stand schweigend unten und lächelte. Sie strahlte mehr aus, als sie körperlich hergab, geschlagen, mit schiefem Häubchen und der geballten Ahnung der Welt in einem einzigen Köpfchen.

Und einem einzigen Lächeln.

Angekommen, ankommend im Lied.

Strahlend im Text.

Über die Zeiten hinaus, über irdische und himmlische Grenzen hinweg.

Die Engel verstanden wortlos, drehten sich wieder dem himmlischen Kampf zu und fuhren fort, während sie dem zweiten, dunklen, grollenden Nebelfleck hinterherschauten, der – über den Kalypsen schwebend – nun donnernd das Weite suchte.

Er schimpfte und blähte sich auf.

Ein Nebel – so anders als der soeben verpuffte, in himmlische Lüfte eingehende … verstorbene!

Das andere Ende

Wir werden die Beatmungsmaschine jetzt ausstellen. Ihr Sohn wird nun versterben. Nur dass Sie darauf vorbereitet sind … Es tut mir sehr leid", sprach der Arzt ruhig und so einfühlsam, wie er konnte. Der Vater hatte den Kopf gesenkt und nickte. Auf dem Linoleum sprangen die auftreffenden Tränen aus der Pfütze hoch.

Der Arzt drückte sein Beileid in die Schulter des Vaters und wandte sich dann um. Die Beatmungsmaschine schepperte hohl ihre letzte leblose Tristesse in den Raum.

Bedächtigen Schrittes ging er darauf zu, wie ein Sargträger auf seinem letzten Dienst.

Ein weißer Kittelarm wanderte langsam zum Knopf und setzte auf.

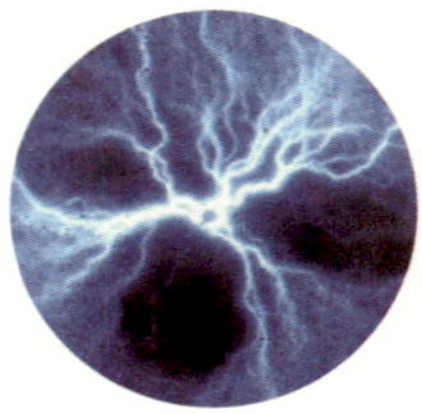

Michas Lied

Zum Gesang anhebend setzte die Musik ein, wuchs über sie hinaus, pustete sich ins Weite mit der Kraft einer unaufhaltsamen, Frieden spendenden Welle.

Die Engel sangen ihre Dankbarkeit für die gefundenen Verlorengeglaubten heraus, für die Mitmenschlichkeit und den Mut, für die Freundschaft und die Liebe.

Sie sangen von Barmherzigkeit und fliegenden Engeln, die den Menschen seit einer Ewigkeit halfen.

Sie sangen von Mitmenschlichkeit und der Pflicht füreinander.

Sie sangen sich das Herz aus ihrer Seele mit der letzten Kraft der Verzweiflung – hinein in den schwarzen Untergang, den Kampf, die verwehenden, ins Nichts sich verlierenden Überbleibsel des kalyptischen Gefechts.

Tränen rannen über ihre Gesichter. Sie gaben alles, was sie hatten. Alles, was die Erde und den Himmel retten würde, alles, was ihnen die Dankbarkeit in Bezug auf Esiema und die Nächstenliebe gebot.

Alles, was die Weisheit wusste, ohne ein einziges Wort zu diktieren.

Alles, was ihnen Micha schickte.

Alles, was die Mutter empfangen und niedergeschrieben hatte.

Von der Erde, direkt in den Himmel.

„Wir Engel fliegen durch die Zeit und wir helfen schon seit einer Ewigkeit!“

Gelebter Gedanke, Gestalt gewordenes Wort, gewonnene und erfahrene Liebe.

Alles, was das Böse vertreiben konnte.

Alles, was die Welt zusammenhielt.

„All das trägt den Preis eurer Menschlichkeit, eurer Liebe und Barmherzigkeit!“

Sie sangen Michas Lied über sie selbst.

Sie sangen Michas Lied über die Liebe.

Lied 22: Engel

Jetzt!

Tanael japste, seine Umrisse waren so blass, dass Stimmulus sie kaum mehr wahrnehmen konnte. Sein Atem klang hohl wie das Singen einer alten Säge, das Scheppern einer metallischen Maschine, die vom Leben nicht viel versteht. Der Heilige Geist schaute verzweifelt zwischen den Schritten des Arztes und dem sterbenden Engel hin und her. Er musste sich entscheiden, konnte fliehen und Tanael mitnehmen oder handeln und es zu Ende bringen.

Gerne hätte er die anderen beiden jetzt dabeigehabt, sich beraten in dieser Frage. Er war allein, bitter allein mit der Gewissheit, dass es bald vorbei sein würde.

Ja, zu Ende bringen. Es würde ein Ende geben. Hier und …

„Jetzt!“, schrie Stimmulus aus Leibeskräften. „Selma! Springe auf und drücke den Knopf! Denke an den Defibrillator! SCHNEEELLLLLLLL!!!!!!!!!!!“

Und es geschah, dass geschah, was geschehen musste. Es geschah, was seit Urzeiten in den Gang des Lebens eingeschrieben war.

Es geschah, dass das Leben zum Leben zurückkehrte und der Tod zum Tod.

Es geschah, dass Leben und Tod sich vereinten, wie sich Mutter und Kind vereinen, Freund und Feind oder Geist und Körper.

Es kam zusammen, was zusammengehörte. Es verschmolz, was unvereinbar war und doch einander bedurfte – sich brauchend, sich entgegengesetzt abstoßend, sich anziehend wie Tag und Nacht, Himmel und Erde und Leben und Tod.

Es geschah, dass verloren wurde, was immer verliert. Dass gewann, was einzig den Sieg verdiente und dass im schwarzen Nebel verschwand, was ewig unrettbar war.

Es geschah, dass herauskam, was nach außen gehörte, und floh, was besser nie gekommen wäre.

Es geschah, dass die Gesandten heimkehrten. Dass die, die nach Hause gehörten, ihr Zuhause fanden.

So geschah es mit diesem sterbenden, leblosen, dahinsiechenden Körper.

Der Defibrillator wurde aufgesetzt.

Ein Knopf gedrückt.

In einem einzigen, glitzernden, sprühenden Moment eines gleichzeitig himmlischen wie auch irdischen Knalls – während dieser Millisekunde eines transzendentalen Himmelsgewitters – geschah dies alles gleichzeitig.

Es wurde Licht.

Es flimmerte und funkelte. Es glänzte.
Und erlosch.
Und Micha lächelte.

Die Taube

Es wurde dunkle Nacht und in der Besonderheit der Stunde bemerkte niemand die einfache Haustaube, die vor dem Fenster des Krankenhauses auf einem Ast saß und genüsslich eine Flugfeder durch die Schnabelspitze zog.

Nur Selma, die – schweißgebadet und außer Atem – für einen kurzen Moment nach draußen geblickt hatte, meinte, ein leichtes Zwinkern in den Augen des Vogels bemerkt zu haben.

Selma sah sich um: War sie gemeint? Oder er, der kleine Engel ihres Traumes? Wo war er eigentlich, dieser gutmütige, blondlockige Bote aus fernen Gefilden? Wo war die Stimme, die sie geleitet, ihre letzten verzweifelten Bewegungen gelenkt hatte?

Sogleich riss sie sich aus der Umarmung ihres Vaters los, wischte sich die Tränen vom Gesicht und eilte zum Fenster, um ihren Eindruck zu überprüfen und der Taube nachzustellen.

Da erhob sich der Vogel in die Lüfte und zog schwungvoll und kapriziös seine Kreise – groß und immer größer.

Selma öffnete das Fenster und blickte der Taube hinterher.

Dabei erschien es ihr, als zöge ein sanfter Windhauch an ihr vorbei. Aber sonderbarerweise nicht von draußen in das Zimmer hinein, nein, umgekehrt …

Und wenn das kleine Mädchen genau hinschaute, dann kam es ihm so vor, als ob das Gefieder des unscheinbaren grauen Vogels am Firmament in der Sanftheit des scheidenden Tages auf seinem Flug gen Himmel immer weißer wurde.

Teil 3:

Der Himmel

Omega – das Ende

„Wo bist du, Gott?"

Micha betrat zögerlich den Raum, der am Ende des Schulflures lag. Das kleine, altbekannte Kaninchen folgte ihm. Micha war sehr aufgeregt, endlich sollte er dem lieben Gott begegnen, wie lange hatte er darauf gewartet! Oft schon hatte er versucht, sich Gott vorzustellen. Jesus, ja – den hatte er damals kennengelernt, und den Heiligen Geist auch, einmal als Stimmulus, dann wieder als freundliche Taube. Aber Gott selbst, Gottvater – wie sollte der wohl aussehen? Wie ein alter Mann mit grauem Rauschebart, der auf einem goldenen Thron saß und ihn mit einem milden Lächeln empfing? Das erschien ihm zu einfach. Sicherlich hatte dieser Gott mehr zu bieten.

Micha wartete und sah sich um.

Der Raum war leer, vollkommen leer.

„Ich kann dich nicht finden, lieber Gott, wo bist du?"

Micha lief in der Kammer hektisch auf und ab und suchte in jeder Ecke nach etwas Besonderem. Doch der Ort war und blieb leer, übersichtlich bis in den letzten Zentimeter. Er erstrahlte in hellem Licht, einem freundlichen Licht, das an einen warmen Sommertag erinnerte. Oder an den Tag seiner Ankunft im Himmel. Damals – als er das Licht anhaben wollte, war es ebenfalls hell geworden, warm und geborgen.

Und in diesem Licht hatte er Alpha entdeckt, seinen allgegenwärtigen Freund.

Das war lange her. Micha konnte sich kaum erinnern. So viel hatte er seitdem schon erlebt!

Zwar fühlte sich der kleine Junge behaglich und geborgen an diesem Ort, aber dennoch war er enttäuscht, dass Gott nicht anwesend war.

„Lieber Gott, nun komm doch endlich! Ich warte schon so lange auf dich! Ich habe dich doch überall gesucht!“

Hilfe suchend blickte Micha sich um.

„Hier bin ich!“, wisperte eine leise, ihm vertraute Stimme von unten. Micha schaute zur Seite und sah nur das kleine Kaninchen.

„Du? Aber du bist doch Alpha, mein Freund!“

„Eben! Und ich bin nicht nur Alpha, was griechisch ist und ‚Anfang' bedeutet, sondern ich bin auch ‚Omega‘, das Ende. Ich bin der Anfang und das Ende jeden Lebens, ich habe die Welt geschaffen nach meinem Willen und euch Menschen die Möglichkeit gegeben, an mich zu glauben oder nicht. Und ich habe auch dich geschaffen, als meinen Sohn, nach meinem Abbild und zu meiner ewigen Freude.“

Micha schnaufte irritiert auf und schüttelte den Kopf.

„Was soll das, Alpha? Was redest du da? Du sollst Gott sein? Dass ich nicht lache! Du warst doch die ganze Zeit bei mir und ich habe nicht gesehen, dass du dich in Gott verwandelt hättest!“

Micha wurde schon fast ärgerlich. Diese Situation war zu ernst, als dass Alpha Scherzchen mit ihm treiben sollte!

Der Himmelshase sah ihn ernsthaft an und schwieg wartend. Da verstand Micha, dass Alpha es ernst meinte und langsam ließ er den Gedanken auf sich wirken. Konnte es sein? Das kleine Kaninchen sollte Gott sein?

Alpha erriet seine Gedanken:

„Du hast recht, ich trete üblicherweise nicht unbedingt in Form eines Kaninchens auf, aber für dich erschien mir diese Gestalt am besten. Du hast doch immer Kaninchen besessen und warst sehr gut zu ihnen. Nicht ein einziges Mal hast du vergessen, sie zu füttern, oder?“

„Nein, n… n… nein!“, stotterte Micha und war sich gleichzeitig nicht mehr ganz sicher. Was ging hier vor sich?

„Deswegen wollte ich dein Himmelskaninchen sein oder auch Himmelshase, ist ja egal! Auf jeden Fall dein vertrauter Begleiter, jemand, den du automatisch magst.“

Micha starrte ihn ungläubig an. Das war nicht zu fassen!

„Ich bin dein Freund, das hast du genau richtig gesagt“, fuhr Alpha fort. „Ich bin immer an deiner Seite, immer für dich da, ob du mich gerade brauchst oder nicht. Ich begleite dich durch jede Stunde deines Lebens von der ersten Lebenszeile an, die du schreibst, bis hin zum ewigen Leben hier im Himmel. Ich bin der beste Freund, den du je hattest, denn ich lasse dich niemals allein, niemals!“

Micha war sprachlos, das war viel, zu viel auf einmal! Ein Kaninchen war also Gott und Gott war immer bei ihm?

„Lass das Kaninchen ruhig heraus, aber der Rest stimmt. Ich hätte auch als dein rotes Logikspiel erscheinen können, das du so magst. Aber das flauschige Fell meiner langzahnigen Geschöpfe gefiel mir einfach besser.“

Und Alpha streichelte sich selbstgefällig über den behaarten Bauch. Dann schnipste er mit dem Finger und sofort erschienen zwei Stühle, auf denen die Freunde sich niederließen. Micha sank eher darauf herab, so geschafft war er von diesen Neuigkeiten.

„Also gut, mein Freund und immer bei mir …“, pustete Micha heraus. „Das habe ich jetzt abgespeichert.“

„Ja! Überlege doch einmal, was wir alles gemeinsam erlebt haben! Ich ließ dich niemals allein. Ein Teil von mir, ich selbst, Jesus oder der Heilige Geist, waren immer bei dir oder auch alle drei zusammen. Ist dir das nicht aufgefallen?“

Tatsächlich! Wenn Micha zurückdachte, fiel ihm keine Situation ein, in der Gott nicht bei ihm gewesen wäre. Micha lächelte.

„Ich bin all das, was es an Gutem im Leben gibt“, fuhr Gott fort. „Ich bin jedes gute Gefühl, jede gute Tat und jeder gute Gedanke. Ich stecke in allem, was fruchtbar ist und voller Liebe. Das Einzige, was seit jeher Bestand hatte und was alle Zeiten und Ewigkeiten überdauern wird, ist die Liebe. Sie ist Alpha und Omega, Anfang und Ende. Sie ist immer da und damit das Leben selbst. Ich bin die Liebe. Die reine, vollkommene und absolute Liebe."

Micha schluckte. Plötzlich stiegen Tränen in seine Augen und er erkannte, was Gott meinte. Gott strahlte sie aus, diese Liebe! Sie durchdrang jede Pore seines Körpers und war zugleich kraftvoll wie mächtig und belebend. Sie trug seine Seele wie auf einem unsichtbaren, weichen Kissen und umgab ihn wohlig und warm. Alpha musste nichts mehr erklären. Micha verstand ihn auch so. Diese Liebe war rein und unverfälscht und Micha spürte Freundschaft, Zuneigung und Verbundenheit gleichzeitig.

Sein Geist schien zu springen. Mal fühlte es sich an, als wiege seine Mutter ihn auf ihrem Schoß in den Schlaf. Dann wiederum fühlte er die Dankbarkeit nach, die er erlebt hatte, als sein Freund Steffen ihm in der Klassenarbeit eine Mathematiklösung zuflüsterte. Gleichzeitig sah er Selma, seine kleine Schwester, als sie nach langer Krankheit wieder die Augen öffnete, nachdem das Fieber verzogen war. Wie erleichtert war er da gewesen, nachdem sie tagelang vor sich hin gedöst hatte und nicht einmal ansprechbar war! Er hatte Angst um sie gehabt und er hatte begriffen, dass er sie nicht nur brauchte, sondern auch von Herzen liebte. So ging es weiter und er fühlte jede Situation seines Lebens, die von Liebe, Freundschaft oder menschlichem Respekt bestimmt war, noch einmal nach.

Und plötzlich spürte er nicht nur die Liebe in seinem Leben, sondern auch die der anderen Menschen, ob im Himmel oder auf der Erde. Die Liebe, die sie anderen gaben und die sie auch ihm schenkten.

Es schien ein orkanartiger Wind aus Gefühlen aufzuziehen und ihn wie im Auge des Tornados verschlingen zu wollen. Und doch blieb alles still. Kein Haar wurde gekrümmt, kein Lüftchen wehte aus der wirbelnden Gefühlswelt in seinem Innern.

Eine Allmacht umgab ihn, ein großes, ausuferndes, unbeschreibliches Etwas, das körperlos über den Dimensionen zu schweben schien und eine Ruhe und Harmonie ausstrahlte, die er noch nie erlebt hatte.

Und in diesem uferlosen Gefühlsmeer erkannte er auch sie, seine Vertrauten! Er sah das Vergangene – eine Erdenreise, ein Erdenleben lang – her.

Da war sie – Laurina, die sich zu ihm hinunterbeugte und ihm den Schweiß von der Stirn tupfte! Und Janardan, der sich an ein kleines Loch klammerte und um sein Leben brüllte. Und schließlich Josef, der Gutmütige, der Starke, der die Erde mit seiner geballten Kraft auf den Schultern zu tragen schien.

Es waren seine Freunde, die ihm ihre Mitmenschlichkeit, ihre Treue erwiesen und in einem selbstlosen Kampf um sein Überleben ringen. Überleben? Da war doch was …

„Haben wir es geschafft?“, fragte Micha.

„Was?“

„Den Himmel zu retten? Hat das Lied etwas gebracht?“

„Oh, ja doch!!!“ Alpha knabberte an einer Möhre.

„Was ist passiert?“

„Nachdem deine Mutter den Text fertiggestellt hatte, haben deine Eltern das Lied der Menschheit über das Internet zur Verfügung gestellt. Deine Geschichte und dein Lied gingen um die Welt und erreichten die Herzen der Menschen.“

„Oh, das freut mich. Dann hatte ich sozusagen Erfolg?“

„Wenn es dir um irdischen Erfolg gehen sollte: Ja, den hattest du! Das Lied wurde wochenlang überall gespielt. Aber das zählt hier im Himmel nichts.“

Micha schaute beschämt zu Boden und verteidigte sich: „Nein, es geht mir nicht um Ruhm oder so etwas. Ich wollte nur wissen, ob meine Mission Erfolg hatte und ich den Himmel retten konnte. Und ich möchte wissen, ob die Menschen sich besserten und einander mehr Liebe schenkten als vorher?“

„Aber natürlich! Du hast deine Sache prima gemacht und wir alle danken dir dafür von ganzem Herzen! Ohne dein Lied hätten die Engel die Kalypsen niemals besiegt! Dein Lied hat ihnen die Kraft verliehen, den Himmel zurückzuerobern und alles Leid aus dem Himmel zu vertreiben. Der Himmel konnte überleben, Micha! Dank dir! Darauf darfst du sehr stolz sein!“

Alpha lächelte ein niedliches, kaninchenhaftes Siegerlächeln. Dann fuhr er abgeklärt fort:

„Aber, was die Menschen anbelangt, da haben sich nach einer kurzzeitigen Liebeseuphorie irgendwann wieder alte Gewohnheiten und eine Unachtsamkeit im gegenseitigen Umgang eingeschlichen, die betrüblich, aber nun mal auch menschlich sind.“

„Hmmm, das tut mir leid!“

Micha hatte sich schon gefreut. Und nun das!

„Ach, das muss dir doch nicht leid tun!“, erwiderte Alpha. „Einige wenige haben wir für längere Zeit erreicht und für die hat es sich doch gelohnt, oder? Du weißt doch: Ich mag verlorene Söhne und vereinzelte schwarze Schafe, die sich bekehren, genauso gerne wie die ganze Schar. Und ich werde niemals aufhören, um jeden einzelnen zu kämpfen!“

Ein optimistisch gestimmter Alpha zog erneut eine von seinen Möhren aus der Tasche und biss herzhaft hinein.

„Und diese Gebete, Micha! Wunderbar! Die Essensabteilung habe ich dir bislang auch noch nicht gezeigt!“

„Es gibt noch vieles, was du mir zeigen wolltest, Alpha!“, ermahnte ihn Micha scherzhaft.

„Ja, mein Freund. Das holen wir noch nach! Ich werde zumindest immer satt …“

Er lächelte wissend und biss ein weiteres Mal in die Möhre.

„Aber durch dich müssen unsere Engel nun auch nicht mehr hungern“, fuhr Alpha fort. „Die Nahrungsmittelsituation könnte immer noch ein wenig besser sein, aber immerhin ist seitdem kein Engel mehr krank geworden und die kranken unter meinen unermüdlichen Helfern sind wieder gesundet.“

„Na, da bin ich aber froh!“

„Ich auch. Micha, du kannst wirklich sehr stolz auf dich sein!"

Alpha hüpfte auf seinen Schoß. „Ich jedenfalls bin es!"

„Danke!", freut sich Micha und schaute bescheiden zu Boden.

„Und meine Eltern?", fragte er weiter.

„Die liebten und lieben sich noch immer und mit jedem Tag ein bisschen mehr. Veith hat sie besucht."

„Veith?"

„Ja!"

„Warum hat er sie besucht? Er kannte sie doch gar nicht!", rief Micha.

„Er hat sie kennengelernt. Weil deine Mutter ihn angerufen hat!"

Micha wurde nachdenklich. Schließlich fielen ihm das Glas, die großen Augen auf der Innenseite des Äqualoribusses und die Murmel ein: „Deshalb hat die Weisheit mir …"

Alpha nickte: „Deshalb …"

Eine Weile verging, in der Micha nachdachte.

„Und geht es ihnen gut, den beiden?"

„Frag sie doch! Sie sind inzwischen angekommen."

„Meine Eltern sind auch schon im Himmel?"

„Schon?" Alpha lachte. „Natürlich, Micha! Die Zeitrechnung ist hier eine andere als auf der Erde."

„Naja! Das mit der Zeit hast du mir ja auch bis zum Schluss nicht vernünftig erklärt", lächelte Micha schelmisch. Und dann, wie bei einem oft gehörten Scherz: „Aber wir haben ja Ewigkeiten Zeit dazu …!"

Alpha und Micha lachten.

Der Junge überlegte danach weiter.

„Und wie haben sie ihr sogenanntes Kreuz, das sie auf der Erde zu tragen hatten, gemeistert?"

Endlich konnte er den lieben Gott fragen! Jetzt war die Zeit dafür, wie es sich doch mit dieser sonderbaren Theorie mit den Kreuzen, von der er so viel gehört hatte, verhielt. Wie gut, dass ihm das jetzt einfiel!

„Was auch immer deine Eltern erlebt haben", antwortete Alpha, „was auch immer sie zu erleiden hatten, sie haben es tapfer und gottergeben durchgestanden. Ich gab ihnen die Kraft, weil sie mich anriefen und sich trauten, mir zu vertrauen. Dann konnte ich ihnen auch helfen."

„Dann hast du ihnen also ein Kreuz auferlegt?"

„Nicht auferlegt. Ein Kreuz bekommt jeder. Ich bin nur derjenige, der beim Tragen hilft, wenn man mich lässt. Ich helfe, dass die Belastung leichter wird. Ich richte auf, wenn man möchte, dass ich aufrichte. Ich weise die Richtung, wenn man mich darum bittet."

„Dann bin ich ja beruhigt, dass meine Eltern dich in Anspruch genommen haben …"

Er wurde nachdenklich.

„Dann war ich ihr Kreuz?!"

Alpha überlegte: „Ja, aber nicht nur. Ihr Kreuz und ihr Glück! Sie hätten nicht eine Sekunde deines Lebens missen mögen!"

Darüber musste Micha erst eine Weile nachdenken. Er würde es mit der Zeit schon verstehen, was Alpha ihm angedeutet hatte.

„Und was ist mit den Kalypsen?", fiel Micha nun ein.

„Die Engel haben sie in die Flucht geschlagen! In dem Moment, wo die Kalypsen glaubten, sie seien Herren des Himmels, vertrieben die Engel sie mit ihrem Gesang von Mitmenschlichkeit und Liebe. Es war dein Lied, ‚Engel', das sie sangen, Micha!"

„Mein Lied?"

Micha stutzte. Da war doch was? Er musste sich konzentrieren, um sich zu erinnern. Sein Schädel brummte, so durcheinander war er plötzlich.

„Das Lied, das du über den Äqualoribus gesendet hast!"

Micha erinnerte sich. Richtig – so war das gewesen!

„Es gibt nichts", fuhr Alpha fort, „was den Kalypsen mehr schaden könnte als gelebte, Musik gewordene Mitmenschlichkeit. Und die Kalypsen sind zur Erde geflohen und haben sich in die Herzen der Menschen geflüchtet, die von Musik nichts wissen wollen und die keine Liebe an sich heranlassen. Oder sie haben sich in die Apokryphe verzogen."

„Die Kalypsen sind nicht mehr hier oben im Himmel?", fragte Micha.

„Nein! Sie sind da, wo sie immer bleiben werden: in der Apokryphe! So lange, wie es das Gute gibt, wird es auch das Schlechte geben."

Micha schüttelte den Kopf, als wäre er aus einer Trance erwacht und versuchte, den neuen Gesprächsfaden zu verstehen, um ihn dann weiterzuspinnen. Erst nach einer Weile sah er seine Erdenreise deutlich vor sich.

„Was ist mit meinen Freunden, Laurina, Janardan und Josef?", fragte Micha.

„Sie konnten sich über ihre Erdenreise von den negativen Erdengefühlen, von denen sie hier im Himmel befallen wurden, befreien. Es war gut, dass sie dich begleiteten! Ohne sie hätten wir es niemals geschafft!"

„Ja, das stimmt!", pflichtete Micha bei und beschloss, seine Freunde aufzusuchen, sobald das Gespräch mit Alpha beendet sein würde. Es gab so vieles mit ihnen zu besprechen! Und er wollte sich bei ihnen bedanken – das war sein Herzenswunsch!

„Und die Sichten?", fragte Micha.

„Die passen weiterhin auf die Kalypsen, die die Engel einfangen, auf. Bei ihnen geht das Spiel wie gehabt. Ich bleibe im Paket auf ihren Schultern und helfe ihnen, das Böse zu bekämpfen."

„Das ist möglich? Aber sie waren doch so geschwächt!"

„Das kam im Laufe der Menschheitsgeschichte öfter vor, aber letztlich hat meistens die Vernunft irgendwann gesiegt. Die Sichten auf die Dinge werden niemals ausgerottet werden. Solange es Menschen gibt, wird es verschiedene Sichten geben."

„Also geht es ihnen gut?"

„Ich freue mich, dass du dich so um sie alle sorgst. Und ich kann dir versichern: Ja, es geht ihnen gut! Sogar Tanael, deinem Schutzengel! Erinnerst du dich an ihn aus der Abflugstation?"

Micha nickte zögernd. „Ich dachte, du hättest nicht bemerkt, dass ich mit ihm Blickkontakt hatte."

Alpha lachte amüsiert: „Ich bitte dich, Micha!"

„Und was war mit ihm?", fragte der Junge.

„Auch er hat es überlebt, als er dich auf der Erde mit Selmas und Stimmulus' Hilfe retten wollte."

Plötzlich wurde Micha still. Ein dumpfes Gefühl machte sich in seinem vormals doch so perfekt adaptierten Himmelskörper breit.

„Retten – ach ja! Mich gab es ja auch noch! Ich lag im Koma, richtig?"

Alpha lehnte sich zufrieden zurück: „Ich sehe wohl, Micha, dass du hier genau richtig bist! Du, der du dich erst nach allen anderen erkundigst, bevor du nach dir selbst fragst."

Michas Mund wurde trocken.

„Und was ist jetzt mit mir – ich meine mit meinem E-E-Erden-Körper?"

Micha wirkte nervös.

„Du bist jetzt hier, bei mir", antwortete Alpha gelassen.

„Und in der Zwischenzeit? Habe ich noch einmal gelebt? Konnten Stimmulus, Tanael und Selma mich in das Leben zurückholen?"

„Warum willst du das wissen?"

„Es interessiert mich eben."

„Was spielt das für eine Rolle? Lege es aus, wie du möchtest! Stelle dir alle Jahre vor, die du gerne gehabt hättest, wenn du direkt gestorben wärest. Oder erfreue dich ihrer, wenn du sie hattest. Im Himmel ist das einerlei! Du kannst dir hier wünschen, was du willst."

„So egal ist das?"

„Nicht direkt egal …", meinte Alpha. „Aber der Himmel kann dir alles schenken, was dir auf der Erde begehrenswert erschien. Es macht keinen Unterschied, ob Erlebnisse real waren oder hier die Vollkommenheit fiktiv bleibt. Wichtig ist dein Gefühl hier. Und das ist vollkommene Liebe, vollendetes, reiches Leben und unendliche Harmonie der Seele bis in die Unendlichkeit hinein."

Und nun spürte Micha, wie wahr diese Worte waren. Warum sollte er hadern, wenn sein Erdenleben kurz gewesen sein sollte, wo er doch hier alles hatte, was ihm begehrenswert erschien? Wo doch hier die Liebe und das Glück aus jeder Pore sprossen, wo er wohlig umgeben wurde mit allem, was ein Menschenherz lachen ließ! Vielleicht war es auch anders gekommen. Vielleicht war er auch alt und weise geworden. Was machte das schon?

Und so legte sich Micha zurück und ließ es geschehen, dass er endlich ankam, dass sein Gefühl einen Anker auswarf, den er nie mehr einziehen würde. Dass er sich in diese Bilder, Gefühle und Stimmen versenkten konnte, um darin auf ewig einzutauchen,

befreit atmend,
Ruhe tankend,
Frieden genießend,
ewiges Leben schöpfend.

Er taumelte, das Zimmer schwand, das Dunkel waberte um seine Augen und trug ihn wie auf Federn zu einem fernen Ort inmitten der Dunkelheit. Einem Ort der Helle und der Behaglichkeit, zu den Blasen der Liebe, die in ihrem ewigen Fluss tanzten. Er ließ los, fiel und landete weicher, als er es sich in seinem irdischen Geist hätte vorstellen können.

„Alpha, äh, lieber Gott. Was ist das? Mir wird so wunderbar ums Herz", sagte Micha.

„Das ist der Himmel, mein Sohn und Freund! Der Himmel ist die Liebe, die wunderbare, vollkommene und unendliche Liebe. Hier wird es dir gut gehen! Das verspreche ich dir, denn jetzt bist du angekommen.

Herzlich willkommen!"

Lied 23: Herzlich willkommen II

Epiloge:

Dialog zwischen Micha und Alpha

„Du, Alpha?“, fragte Micha.

„Hmm.“

„Ist diese Geschichte wahr?“

„Ja und nein!“

„Wie meinst du das?“

„Ja. Es gibt einen Gott und Gott ist die Liebe und Gott ist so unendlich groß, dass wir ihn nie begreifen können werden. Und in dieser Größe ist jede Menge Platz. Platz für Geschichten, Platz für dich und auch für mich, ein kleines, verfressenes Kaninchen.“

„Das mit dem ‚verfressen‘ hast du gesagt!“

„Aber du hast es immer gedacht!“, lachte Alpha.

„Nun ja …!“

„Macht ja nichts, stimmt ja! Auf jeden Fall gibt es vieles in dieser Geschichte, das wahr ist. Niemand hat bisher Gott gesehen. Wer sollte also darüber urteilen, was an ihm wahr ist und was unwahr? Die Menschen machen sich nur ein Bild von ihm und Bilder können sehr unterschiedlich sein. Da ist ein alter Mann mit langem, grauem Bart genauso richtig oder falsch wie ein Kaninchen. Aber viel wichtiger als Bilder sind die Botschaften, die diese Bilder und Geschichten vermitteln. Und insbesondere eine Botschaft hat Gott uns selbst gegeben. Und damit ist sie wahr!“

„Und welche?“

„Dass Gott die Liebe ist und die Liebe die stärkste und wunderbarste Macht ist, die es jemals geben wird. Viel mehr musst du nicht behalten!“

In einer Pause schwiegen beide.

„Und die Blasen?“, fragte Micha.

„Vielleicht gibt es sie, vielleicht auch nicht. Es spielt keine Rolle, denn das, was es wirklich gibt, ist die Liebe. Das weiß jeder von uns. Und jeder weiß auch, dass er sie braucht und dass es etwas gibt, das unsere Liebe verdient.“

„Und was verdient meine Liebe?“, fragte Micha.

„Das musst du selbst herausfinden, indem du ganz tief in dich hineinhorchst! Aber du musst wissen, dass dieser Jemand deine Liebe nicht nur verdient, sondern sie auch braucht.“

„Mich braucht jemand?“

„Natürlich! Das hast du doch gelernt, oder? Und fühlst du dich noch so klein und ungebraucht – du wirst gebraucht! Vielleicht von den Engeln, damit sie satt werden. Vielleicht ist aber auch das nur erfunden. Aber auf jeden Fall von den anderen Menschen. Jede gelebte Liebe hat ihren Sinn. Womöglich für die Ewigkeit und den Erhalt des Himmels, unter Umständen aber auch nicht. Aber auf jeden Fall ist sie wichtig für den Moment und für den anderen Menschen, dem du diese Liebe schenkst. Gott hat uns beauftragt, ihn, uns selbst und den Nächsten zu lieben, denn am Ende ist alles eins und alles mit allem verbunden. Und alles geht auf in dieser großen, allmächtigen Liebe.“

„Hmm. Klingt kompliziert!“

„Und ist so einfach!“

Und schon wieder hingen beide für eine Weile ihren Gedanken nach.

„Du, Alpha?“

„Hmm.“

„Ich hab dich lieb!“

„Und ich dich erst!“

Dialog zwischen Micha und der Erzählerin

„Bin ich tot?", fragte Micha die Erzählerin.

„Nein!"

„War ich tot?"

„Ja!"

„Was denn nun?"

„Ist egal. Du darfst jedenfalls gehen. Du hast alles erledigt. Du hast es gut gemacht. Du hast deine Flügel zurück und darfst wegfliegen, wenn du magst."

„Willst du mich nicht mehr?"

„Doch! Du bist ein Teil von mir! Das Beste aus meinem erschöpften Gehirn am Ende eines arbeitsreichen Tages. Mehr war nicht drin. Vielleicht ist bei anderen noch etwas zu holen. Darum geh!"

„Wohin denn? Sag, willst du mich nicht mehr?"

„Wie könnte ich dich verstoßen, wie dich vergessen? Du bist mein Kind, meine Idee, meine Moral, mein Leben! Es fällt mir schwer, dass du gehst, aber du hast doch gelesen: ‚Wenn du etwas liebst, lass es los!'"

„Aber wenn ich bei dir bleiben will?"

„Dann bleib und erfreue meine Tage! Ich freue mich, wenn mein Gedankenkind bei mir bleiben will, aber dein Platz ist auch in anderen Herzen!"

„Warum?"

„Vielleicht wächst du dort zu neuen Ideen heran, beflügelst zu hoch geschätzten Wertvorstellungen, kreierst kluge Einfälle, inspirierst zu guten Liedern ... Wer weiß?"

„Was bin ich denn? Nur eine Idee? Mehr nicht?"

„Ja, vorerst nur das – eine Gedankenfigur vielleicht. Du hast meinen Tag glücklicher und bewusster, meine Wahrnehmung schärfer und reflektierter gemacht. Dafür danke ich dir. Vielleicht stößt du später aber auch andere zu Gedanken an, zur Liebe, die man sich offenbart, wo man sie sonst vielleicht eher im Verborgenen gehalten hätte. Wie bitter ist es, wenn man seine Liebe oder die Möglichkeit zur Versöhnung zu spät erkennt und die Stunde des möglichen Ausdrucks verstrichen ist. Lebendig gehalten wird die Liebe in einer Blase, die nach oben steigt und Leben rettet. Das ist doch was, oder? Immerhin mehr als nur eine Idee!"

„Ja, das stimmt. Aber vorher sollte ich schlafen und mich sortieren, bevor ich abfliege."

„Dann schlaf, mein Kind, schlaf ein! Ich werd immer bei dir sein!"

„Gute Nacht, Mutter!"

„Gute Nacht, mein Kind!"

- - - -

„Ach ja, Mutter?"

„Ja?"

„Wie geht ‚fliegen'?"

„Das wirst du herausfinden, wenn du so weit bist!"

„Ja?"

„Ja! Bestimmt!"

„Und wer fliegt mit?"

„Der, den du dabeihaben willst. Wie immer …"

„Du?"

„Nein! Ich nicht! Ich bin nur ein Mensch. Ich bräuchte dafür ein Flugzeug oder eine Rakete!"

„Wer dann?"

„Dein Geist, deine Seele, deine Idee! Oder dein persönlicher Gott vielleicht?"

„Au ja! Das klingt gut!"

„Und tut gut!"

„Hey – das reimt sich!"

„Fast! Ich bin doch die Erzählerin, eigentlich sollte das noch besser klingen. Naja!"

„Und was bin ich?"

„Du bist – wie gesagt – mein Sohn, mein Gedankensohn!"

„Und das heißt?"

„Mein Wort, ein Gedanke, eine Idee!"
„Und die drei können fliegen?"
„Die bestimmt!"
„Dann kann ich also fliegen?"
„Richtig, du Schlaumeier!"
„Jetzt hab ich's, glaub ich!"
„Schön!"
„Dann kann ich ja bald losfliegen!"
„Genau!"

\- - - -

„Du willst wohl, dass ich losfliege, was?"
„Hmmm!"
„Warum?"
„Weil ich müde bin."
„Okay."

\- - - - -

„Ich mach's jetzt, Mutter!"
„Hmm …"
„Willst du gar nicht wissen, was ich meine?"
„Fliegen, nehme ich an."
„Stimmt!"
„Das ist schön!"
„Ne, echt jetzt! Ich bin gleich weg, okay?"
„Okay, Schatz!"
„So … ich flieg dann mal, ja?"
„Ja-a!"
„Tschüs!"
„Tschüs, mein Sohn!"
„Mutter?"
„Hmm …"
„Ich trau mich nicht!"
„Ich merk's wohl!"
„Ich hab Angst!"

„Die hatte ich auch!“
„Du? Wovor?“
„Vor dem Aufgeben, dem Misslingen, der Kritik, der Gefahr!“
„Und dann?“
„Was ‚und dann‘?“
„Was hast du gemacht?“
„Weiter!“
„Weiter?“
„Ja! Ich habe weitergemacht!“
„Warum?“
„Weil ich es wollte! Und wenn du etwas willst, dann machst du es! Wenn du fliegen willst, dann flieg! Und wenn nicht, dann nicht! Aber entscheide dich bitte bald! Ich bin müde!“

- - - - -

„Mutter?“
„Ja, mein Sohn?“
„Ich habe es mir überlegt!“
„Was hast du dir überlegt?“
„Das mit dem Fliegen und mit der Angst und das mit den Ideen …“
„Und was hast du dabei herausgefunden?“
„Dass ich es einfach mache!“
„Gut! Genauso funktioniert das. Anders geht es nicht.“
„Okay … Dann hebe ich jetzt ab, ja? Ich fliege jetzt gleich, okay?“
„Okay, mein Sohn! Ich liebe dich!“
„Ich dich auch!“

- - - - -

„Mutter, schau! Mutter, hörst du mich??? Muuuttteeeer! Die Blase, deine Liebesblase hat mich mitgenommen! Mutter, schau doch! Ich kann fliiiiiiiiegen!!!!!!!!!!“

Danksagung:

Für das Gelingen dieses Werkes waren maßgeblich zwei Personen mitverantwortlich, denen ich an dieser Stelle ausdrücklich danken möchte.

Zum einen Henning Jost, der sich von meinen musikalischen Gesangsideen begeistern und inspirieren ließ. Der eine Unzahl von Stunden vor dem Computer und dem Klavier saß, um die vielen Instrumentalstimmen zu komponieren, zu instrumentieren und zu arrangieren. Der gemeinsam mit mir in seinem Studio den Gesang aufnahm, die Websites und Layouts entwickelte und daran feilte, bis wir beide fast umfielen. Der all das Herzblut mitbrachte, das es braucht, um so ein Projekt bis zum Ende durchzuhalten.

Zum anderen meinem Mann, Christian Schulze Severing, der Ideen mit mir durchsprach, sich Textentwürfe und Liederideen anhörte, der mich stärkte, lobte und konstruktiv kritisierte. Der mir den Rücken freihielt, mir die Zeit schenkte, die ich brauchte, um mich entfalten und diesen Weg gehen zu können. Der sich musikalisch auskannte, sich mit den Stücken auseinandersetzte, sie für Liveauftritte einübte und mich auf jede möglichen Weise – ob emotional, mental oder am Schlagzeug – unterstützte. Der mir immer zeigte, wie sehr er an dieses Bookical glaubte.

Nur dadurch war all das hier möglich! Vielen Dank euch beiden!

Weiterhin möchte ich dem MM Verlag Aachen danken, insbesondere Michael Müller, den die Mystik der Liebesblasen nicht mehr losließ und der den Mut aufbrachte, dieses ungewöhnliche Projekt zu unterstützen und zu vermarkten. Auch Gabi van Rey, unsere Projektleiterin und Lektorin, sowie Yvonne Schweda, verantwortlich für den Satz, verliebten sich in den „Engelshunger“, was unsere Telefone und E-Mail-Leitungen fortan nicht mehr stillstehen ließ. Ich möchte mich für die gute Zusammenarbeit und die vielen Mitsprachemöglichkeiten, die uns geboten wurden, ausdrücklich bedanken.

Außerdem „Danke“ an:

Mama, Gregor R., Gerrit E., Steffi S., Andrea R., Steffi B., Britta M., Claus B., Harry R., Reni W., Henning V., Klaus K., Karen E., Rosa S. S., Hannes S. S., Jutta F., Holger G., Gerald O., Andrea B.-W., Matthias A., Ingrid W., Kerstin H., Rolf B., Dominik G., Frank H., Wim Ruhwinkel (für Michas Stimme beim Lied „Vermiss dich so“), Herrn und Frau Jost und allen Konzertbesuchern und sonstigen freundlich Gesinnten.

Anhang: Liedertexte

1. Herzlich willkommen I: Ich fühl' mich, als schwebt' ich. Davon bin ich benommen. Hüllen übers Nichts gelegt und ein Geist, der frei im Unendlichen schwebt. Worte werden körperfern und die Sicht auf mich wird ewig sich vermehr'n. Ich fühl' mich, als schwebt' ich. Davon bin ich benommen. Der Himmel erhebt sich und wünscht: „Herzlich willkommen!" Ich fühl' mich, als taucht' ich ins Bad der Liebe ein, Gänze ergreift mich. So muss der Himmel sein – der Himmel sein.

2. Vergeben – verzeihen: Zeiten sind vorbei. Die Verzweiflung bricht mich ganz entzwei. Es kam gewiss seine Zeit, doch wer fragt schon mich. Ich war nicht bereit! Ich hasse jeden Schritt. Ohne ihn verhallt alles, Leere tritt. Pure Sinnlosigkeit, jeder Schrei zu leis' – Hass ist nicht gescheit! Vergeben, verzeih'n. Wie soll das möglich sein? Ich habe alles verlor'n, mir meine Seele plattgeschor'n. Die Straße ist so lang. Ich weiß noch nicht, ob ich's ertragen kann. Der Asphalt starrt zu weiß. Ohne mich schließt sich der Lebenskreis. Vergeben, verzeih'n. Wie soll das möglich sein? Ich habe alles verlor'n, mir meine Seele plattgeschor'n, -schor'n. Vergeben, verzeih'n. Wie soll das möglich sein? Ich habe alles verloren, mir meine Seele plattgeschor'n, -schor'n, -schor'n. Schmerzen stumm gestellt? Was ist es, was sich zum Leid gesellt Ich fühle überall den Tod – in den Knochen, Händen – überall die Not. Ja! Geben, verzeih'n. Wie soll das möglich sein? Ich habe alles verloren, mir meine Seele plattgeschor'n.

3. Physiognomien: Ort der Heimat, Ort der Wärme, der Geborgenheit. Fühl' dich selbst hier und dann trau' dir zu, was du begehrst! Ich – dir nahe. Dir die Tage, die dein Leben hätt'. Körperferne. Dir sehr gerne alles, was du willst. Arme, Beine – es gibt keine Regel, gibt kein Maß. Arme, Beine – es gibt keine Regel, gibt kein Maß. Physiognomien, freie Seelen fliehen Enge, fliehen Last. Willst du hübsch sein, eng, verrückt sein? Alles frei nach Wahl! Lieb' die Seele, die nicht quälen kann des Lebens Last. Ort der Haltung, der Gestaltung und der Mutterliebe.

4. Engel am Tor: Engel am Tor, du kommst mir sonderbar vertraut vor. Ich sehe Traurigkeiten in deinem Blick. Erkenne Verzweiflung, als gäb' es kein Zurück. Engel am Tor, Engel am Tor. Siehst du nicht? Dieser Ort hat auch für dich einen Sinn – im Ernst, denn – siehst du nicht? Alles Leben hat einen neuen Beginn und zwar auch, wenn … Geht's dir schlecht, zweifelst du? Wo ist der, den du beschützt? Ganz egal, denn du hast recht! Gönn' dir Ruh'! Du hast bestimmt genug genützt, du, Engel am Tor – du, Engel am Tor. Engel am Tor, du kommst mir sonderbar gebrandmarkt vor. Wenn ich dich sehe, frag' ich mich, was geht in dir vor? Wie du dort stehst und schaust! Was hältst du grad' aus? Engel am Tor, Engel am Tor. Siehst du nicht? Dieser Ort hat auch für dich einen Sinn – im Ernst, denn – siehst du nicht? Alles Leben hat einen neuen Beginn und zwar auch wenn … Geht's dir schlecht, zweifelst du? Wo ist der, den du beschützt? Ganz egal, denn du hast recht! Gönn' dir Ruh'! Du hast bestimmt genug genützt, du, Engel am Tor – du, Engel am Tor. Wenn etwas schiefging – wir sind im Himmel, du am Tor. Sowas kommt schon mal vor. Du Engel am Tor, Engel am Tor, am Tor, am Tor, am Tor. Siehst du nicht? Dieser Ort hat auch für dich einen Sinn – im Ernst, denn – siehst du nicht? Alles Leben hat einen neuen Beginn und zwar auch, wenn … Geht's dir schlecht, zweifelst du? Wo ist der, den du beschützt? Ganz egal, denn du hast recht! Gönn' dir Ruh'! Du hast bestimmt genug genützt, du, Engel am Tor – du, Engel am Tor!

5. Voll von dir: Autos steh'n auf deinem Bett. Jederzeit für dich bereit und ich hätt' dein Lachen gern noch mal gespürt, dich durch schwere Zeiten an der Hand geführt. Und ich hoffe auf ein Wunder, glaub', die Hand drückt mich gleich fest. Ich dachte Gott liebte die Kinder! Vielleicht ist das nur ein Test, ob ich dich genug lieb'? Was für 'ne Frage! Was ich trieb, was ich trage, ist voll von dir. Voll von dir. Deine Schwester holt der Schatten ein. Nächte werden tagelang – Ewigkeit. Nichts bleibt mehr an seinem Platz! Alles tumb und stumpf und leer ohne meinen Schatz! Doch es soll wohl nicht so sein, nein! Dein Vorhang ist längst zu! Jeder Augenblick nur Pein hier! Und ich finde keine Ruh'. Wo geht denn das Leben hin, wenn ein Kind stirbt? Nein! Es fehlt der Sinn. Wahrheit verdirbt. Ich bin voll von dir – voll von dir! Und ich lieb' dich – alle Zeit! Und ich denk' an dich – in Ewigkeit! Wo auch immer du bist! Immer du bist. Du bist tot, vernehm' ich wahrlich! Doch ich kann es nicht mehr hör'n! Denn dein Herz, das schlägt beharrlich! Nichts kann meine Hoffnung stör'n, denn ich geb' dich niemals auf, meinen Sohn! Niemals auf, meinen Sohn! Ich geh' mal schon, ich geh' mal schon …

6. Rette dir dein Herz: Bringe hier meinen Tanz voller Wut zur Erde rüber. Hab' die Kraft nicht über, werde wohl kopfüber gegen Recht und Gesetz meinen Ritt ins Diesseits wagen, solange Flügel tragen. Ich bin nicht legal! Ich bin ein Engel voller Wehmut, Traurigkeit und Schmerz. Doch halt' ich Wort und flieg' zur Erde und rette dir dein Herz. Fühle mich so allein, ja, sie werden mich begaffen! Gegen Hunger schaff' ich's! Ja, so wird es sein! Warum hat Gott, der Herr, ihnen nichts vom Dienst erzählt? Hatte nur einmal erwähnt: „Lieb' den ander'n so wie dich!" Das war zu wenig! Die Menschen – sie werden's nicht kapier'n. Denn nun seien wir mal ehrlich! Das muss einen Engel frustrier'n! Ich bin ein Engel voller Wehmut, Traurigkeit und Schmerz. Doch halt' ich Wort und flieg' zur Erde und rette dir dein Herz! Ich bin ein Engel. Abgefühlt, weggelegt. Dein Engel. Hab' geraubt, mich getraut, aus dem Staub mich gemacht. Wer hätte das gedacht? Fühle mich abgelegt, so bewegt, so bestrebt war sonst nie mein Leben – eben! Ich bin ein Engel voller Wehmut, Traurigkeit und Schmerz. Doch halt' ich Wort und flieg' zur Erde und rette dir dein Herz!

7. Verloren: Ich hab' dich geliebt, in sanften Nächten dich verführt. Hab' dir den Rücken stets gestärkt und von Zweifeln nichts gemerkt. Ich hab' dich verloren. Ich hofft', wir kämen ungeschor'n davon und könnten uns bewahren vor Splittern aus dem Nichts. Jetzt ist es gescheh'n! Wird uns're Liebe untergeh'n? Ertrinken im Schlamm der Schuldigkeiten? Wir haben doch nur uns! Mein Mann, acht' auf mich! Wenn deine Frau vor dir zerbricht. (Ich) sterb' den leisen Tod ganz innen drin. Wir kommen ums Reden nicht umhin. Wir haben verloren, vom Schicksal auserkoren. Warum gewinnt der Schmerz die Oberhand? Wir haben verloren, vom Schicksal auserkoren. Warum gewinnt der Schmerz die Oberhand? Jetzt dreh' dich schon um! Dein Rücken klagt mich an, bleibt stumm. Ich habe dir den Sohn genommen – ich weiß! Auch ich verlor! Ich hab' dich geliebt, geliebt, geliebt – ja – so geliebt! Jetzt ist da plötzlich dieser Graben, in den uns das Leben trieb. Ich hab' dich geliebt, geliebt, geliebt – ja – so geliebt!

8. Gebet: Worte verhallen in Dunkelheit. Die Zukunft der Fragen erlischt in mir ungeklärt. Warum bleibt jegliche Antwort aus? Ich zweifle, ich hadere mit dir, meinem Gott, den ich nicht seh'! Nicht versteh'! Der mir all meine Freude genommen. Ich halt' dem nicht stand! Wo ich einst Glauben fand, erscheint mir nun ein Nebelgewand. Wo liegt die Schuld? Nicht in deiner Huld! Ein steinig' Weg erfordert Geduld! Streite besiegeln den trüben Tod. Wo Missgunst herrscht, da ist kein Platz für den lieben Gott. Warum fällt es mir so bitter schwer, das Schicksal zu tragen, ohne zu verzagen? Ich brauch' meinen Gott, der mir Freund ist und kräftige Stütze. Denn mein Sohn ist fort! Du allein bist mir, der mir noch nützte. Du sagst: „Ich helf' dir, vertraue mir!“ Ja, mein Gott, ich glaube dir! Hilf mir! Ich vertraue dir! Ja, mein Gott, ich glaube dir!

9. Schlafe, schlaf' ein: Schlafe, schlaf' ein! Ich werd' immer bei dir sein, halt' dich sicher in meinem Arm und halt' dich fest und warm. Ich liebe dich, mein Kind! Und wenn da Sorgen sind, dann werden sie ganz klein. So schön kann Liebe sein! Nun träum' schön, mein Schatz! Alles ist an seinem Platz und wartet auf dich! Gott schützt dich sicherlich! Schlafe, schlaf' ein! Schlafe, schlaf' ein!

10. Weisheit: Wenn ich an die Erinnerung denk', hab' ich schon sehr viel erlebt! Hab' zig Millionen Schmetterlinge aus dem Nichts ins Hoch bewegt. Und ich glaube daran, dass die Weisheit es kann: Die Welt braucht Gleichgewicht und auch Mut. Und ich seh' ihn dir an. Drum versuch's, kleiner Mann, und nun zög're nicht! Du bist gut! Ja, du bist gut! Oh, Micha, glaub' an dich! Meine Weisheit – sie begleite dich. Du bist gut! Ja, du bist gut! Zeiten, Menschen, Ewigkeit – alle brauchen das, was Liebe heißt. In letzten Lebensaugenblicken ist es sie, die uns zusammenschweißt. Und du willst noch verstehen, hast die Augen zum Sehen, warum Leiden uns erdrückt. Tausendfach neu verschenkt, ist es sie, die uns lenkt, weil die Liebe uns immer schützt. Ja, immer schützt. Oh, Micha, halt' dich fern von den Bosheits- und Hassbelagerern! Ich hab' dich gern! Ja, ich hab' dich gern!

11. Ich habe Talent: Ich habe Talent, doch niemand erkennt's. Ich find' mich begabt, knackig und unbetagt. Ich erklär' mich bereit, mich selber zu ertragen. Und wenn ich aufgeb', darfst du nicht an mir verzagen. Denn ich habe Talent, doch niemand erkennt's. Reime den ganzen Tag! Es gibt nur keinen, der's mag! Ich bin 'ne Mischung aus Netrebko und dem Goethe. Doch zu all dem fehlt es mir an Erfolg und Knete. Ich habe Talent, doch niemand erkennt's. Wozu soll das gut sein? Es interessiert doch eh keinen! Kommt denn nicht mal im Himmel meine Chance? Ist es mein Text, der einlädt zum lockeren Tanze? Ich habe Talent, doch niemand erkennt's. Ich find mich begabt, total begabt. Schade!

12. Hier wird's schön: Wie sieht's denn hier aus? Welche Unordnung in diesem Haus! Komm', ich mach' schnell sauber für den guten Mann! Wieder hat er gesägt, gehämmert, Stühle aus Gold gefräst – oh, ich spür' den Zauber! Die Nähe spricht mich an. Und ich fege, freu' mich, ihn wiederzusehen. Und ich hege keine Zweifel, hier wird's schön! Denn ich habe meinen Mann endlich zurück und ich fühle mich daheim – Stück um Stück ein bisschen wohler. Wohler bei ihm! Jetzt hab' ich Hunger, werde mal sehen, was es so gibt. Oh, es ist ein Wunder! Ich bin schrecklich verliebt! Ich fühl' mich behaglich, wunderbar hier zu Haus. Kein' Saus und Braus, nur meinen Liebling brauch' ich, der mir den Himmel schenkt. Und ich fege, freu' mich, ihn wiederzusehen. Und ich hege keine Zweifel, hier wird's schön! Denn ich habe meinen Mann endlich zurück und ich fühle mich daheim – Stück um Stück ein bisschen wohler. Wohler bei ihm! Und ich fege, freu' mich, ihn wiederzusehen. Und ich hege keine Zweifel, hier wird's schön! Denn ich habe meinen Mann endlich zurück und ich fühle mich daheim – Stück um Stück ein bisschen wohler. Wohler bei ihm! Bei ihm!

13. Tanz des Liebesflusses: Micha, komm' zu uns! Wir tanzen Reigen, kunterbunt und göttlich geliebt. Wir erheben uns über die Zeiten, genießen heiter, dass nichts mehr betrübt. Wir spielen Dankesspiele, Regellosigkeit in klügster Manier. Was uns sonst noch einfiele, hat seinen Ort der Freude hier bei dir. Drum flieg' her und tauche ein in unser Meer aus Liebeskonzentration. Es gibt nichts, was man hier wünschte, was nicht wahr würd' in der Wunschextraktion! Micha, komm'! Micha, komm'! Wir warten und tanzen hier mit dir! Micha, komm'! Micha, komm'! Wir warten und tanzen hier mit dir! Lalala, Lalala! Wir warten und tanzen hier mit dir!

14. Weichet fort: Abermillionen Augen starren auf mich voller Zuversicht. Könnte ich für den Himmel wirklich taugen? Ihr sagt: „Ja!“, doch ihr erkennt mich nicht! Weichet! Ich bringe Plagen, bringe Klagen! Ihr werdet sagen: „Warum geht der nicht?“ Schlechte Gefühle, himmelstrübe Einblicke in mir versperren mir die Sicht. Weichet fort! Ich tauge nicht für diesen Himmelsort! Weichet fort von mir! Weichet fort! Ich tauge nicht für diesen Himmelsort! Weichet fort von mir! Von mir. Ihr vertraut sehr auf meine Kräfte. Ich gestehe euch: Ich teil’ das nicht! Ich fühle trostlos schwer und tumbe Körpersäfte, habe Angst vor fliehendem Gewicht. Weichet! Ich bringe Plagen, bringe Klagen! Ihr werdet sagen: „Warum geht der nicht?“ Schlechte Gefühle, himmelstrübe Einblicke in mir versperren mir die Sicht! Weichet fort! Ich tauge nicht für diesen Himmelsort! Weichet fort von mir! Weichet fort! Ich tauge nicht für diesen Himmelsort! Weichet fort von mir! Weichet, weichet fort! Weichet fort! Ich tauge nicht für diesen Himmelsort! Weichet fort von mir!

15. Micha wird es schaffen: Micha wird es schaffen! Micha wird es schaffen! Micha wird es schaffen! Hurra, Micha, Micha, Micha! Micha wird es schaffen! Der Himmelsretter ist nun da! Micha wird es schaffen, an seinem Wirken hängt die Welt! Micha wird es schaffen, er rettet uns das Himmelszelt! Ich habe Angst, dass ich es nicht schaffen kann. Wenn es nicht klappt, was fang’ ich dann nur an? Warum ich? Ich soll zur Erde geh’n! Was soll ich da? Allein kann ich nicht bestehen! Micha wird es schaffen! Hurra, Micha, Micha, Micha! Micha wird es schaffen! Der Himmelsretter ist nun da! Micha wird es schaffen, an seinem Wirken hängt die Welt. Micha wird es schaffen, er rettet uns das Himmelszelt. Zwischen Tod und Zeiten uns Liebe zu erstreiten, geht der Micha hin, hat Liebe nur im Sinn. Auf die Erde nieder, kommt er hoffentlich wieder. Wir brauchen Liebe sehr, oh, Micha muss jetzt her! Micha wird es schaffen! Hurra, Micha, Micha, Micha! Micha wird es schaffen! Der Himmelsretter ist nun da! Micha wird es schaffen, an seinem Wirken hängt die Welt! Micha wird es schaffen, er rettet uns das Himmelszelt!

Micha wird es schaffen, Micha wird es schaffen, Micha wird es schaffen! Micha wird es schaffen! Micha wird es schaffen! Micha wird es schaffen!

16. Ich halt' dich fest: Ich geb' dir die Kraft, ich erhalt' dir die Stunde, immer wenn du willst. Ich gebe dir Zeugnis von der Kunde, dass Gott dir immer hilft. Und wenn du Angst hast und wenn du glaubst, dass nichts gelingen wird, dann vertrau' auf dich selbst und die Liebe in dir, die niemals mit dir stirbt. Und ich halt' dich fest, erfülle dir die Träume. Und wenn du mich lässt, bekommt die Liebe neue Räume. Ich halt' dich fest, erst recht in schweren Stunden und wenn du mich lässt, wird das Böse überwunden. Zur Erde zurück, das ist ein Wagnis, das nur Früchte trägt, wenn nach der Nacht auch mal Tag ist und Liebe alle Wege lenkt. Auch ich hatte Angst, auch ich war einsam, als ich am Kreuze starb. Doch die Welt war mir's wert und als der Tod kam, wurd's hell, tief in meinem Grab. Und ich halt' dich fest, erfülle dir die Träume und wenn du mich lässt, bekommt die Liebe neue Räume. Ich halt' dich fest, erst recht in schweren Stunden und wenn du mich lässt, wird das Böse überwunden. Alles, was du brauchst, sind Träume und Gedanken und Taten, die sich tief im Herzen fanden. Denn, wenn du liebst und alles daran zulässt, dann wird, was du gibst, eine Brücke zu den ander'n. Und ich halt' dich fest, erfülle dir die Träume. Und wenn du mich lässt, bekommt die Liebe neue Räume. Ich halt' dich fest, erst recht in schweren Stunden. Und wenn du mich lässt, wird das Böse überwunden.

17. Töte ihn nicht: An Weihnachten liegt bei uns der Schnee. Es knirscht geheimnisvoll, wenn man ihn tritt. Bevor ich in mein inn'res Auge seh', teil' ich dir meine Sorgen hierin mit. Da, wo wahrer Frieden möglich wär', da liegt auf jeder Seite ein Gewehr. Wo man miteinander sprechen könnt', seh' ich, wie man in das Verderben rennt. In dieser Einsamkeit mach' ich mich für den Tod bereit. Doch weiß ich nicht, warum das hier geschieht. Ich will doch nur nach Haus' und aus dem Elend hier heraus. Oh, Gott! Was sagst du, wenn du uns hier siehst? Werde ich den Kampf hier übersteh'n? Und werd' ich die Kinder wiederseh'n? Mein Gewissen sagt mir: „Töt' ihn nicht!" Was wird aus mir bei dem Jüngsten Gericht? Es hat doch keinen Sinn! All' meine Vorsätze sind hin! Ich geh' und knall' den Nächsten einfach ab! Bin wie ein wildes Tier! Was macht der Krieg aus mir? Überleben ist doch alles, was ich hab'! Es hat doch keinen Sinn! All meine Vorsätze sind hin! Ich geh' und knall' den Nächsten einfach ab! Bin wie ein wildes Tier! Was macht der Krieg aus mir? Überleben ist doch alles, was ich hab'!

18. Weine nicht: Weine nicht, lieber Vater, ich bin hier! Ich sehe dich und ich bin immer mehr bei dir. Du kannst mich nicht verstehen, denn die Luft erstickt den Schrei. Ich musste zur Erde gehen. Ja, ich brauche dich, ich brauche dich dabei. Denn wenn ich Himmel, Erden, Zeiten retten soll, dann hilf mir Vater! Gib mir Einfälle voller Mut, Gewissheit, Esprit, Zuversicht! Und vertrau', man ignoriert dein Weinen nicht! Ja, vertrau'! Man ignoriert dein Weinen nicht! Weine nicht! Die Musik aus dem Klavier erklingt durch deine Hand und dann fühlst du mich bei dir. Bring' (der) Erde deinen Klang! Erfüll' sie mit Behaglichkeit! Denn der Menschheit Kriegesdrang erstickt dem Himmel seine sel'ge Ewigkeit. Doch ich brauch' dich, Vater, höre dein Klavier! Die Musik, die Töne erbitt' ich von dir! Ja, gemeinsam retten wir die Menschenwelt! Und nebenbei auch das ganze Himmelszelt. Ja, nebenbei auch das ganze Himmelszelt. Vater, glaube mir, Gott erhörte dein Gebet! Ja, nun bin ich hier und erlebe dich, wie's um dich steht. Du mögest Bilder sehen – alles, was die Liebe schuf. Wenn Gebete zum Himmel gehen, ist es so, als ob du Gott oder mich rufst. Ja, wenn ich Himmel, Erden, Zeiten retten soll. Dann hilf mir, Vater! Gib mir Einfälle voller Mut, Gewissheit, Esprit, Zuversicht! Und vertrau', Gott ignoriert dein Weinen nicht! Ja, vertrau'! Man ignoriert dein Weinen nicht.

19. Vermiss' dich so: (Papa, kannst du mich hören? Papa, du musst mir helfen!) Ich glaub', ich seh' – dort ist doch sein Gesicht! Im Nichts.

In Luft gehauchet, doch Umrisse seh' ich nicht. Ich glaub', ich geh' noch etwas näher ran. Die Erinnerung, sie streichelt mich. Unmögliches fängt an. Ist das nicht seine Nähe? Spür' ich nicht die Gegenwart meines kleinen Sohnes, der Engel um sich schart? Hat er mit seiner Liebe mich nicht grade noch berührt? Aus welchen Sehnsuchtsträumen wird dieser Wahn in mir geschürt? Ja, und ich lieb' dich, lieb' dich und vermiss' dich so – meinen Sohn! Mein Sohn, ich brauch' dich, brauch' dich und vermiss' dich so! Meinen Sohn. (Papa, du musst mir helfen!) Es kommt mir vor, als sprächest du zu mir, sendetest mir deine Träume. Flirrend singt die Luft allhier! Ich stell' mir vor, du wärest hier bei mir. Und wir kletterten auf Bäume. Der Akkord erklingt in mir! Ist das nicht seine Nähe? Spür' ich nicht die Gegenwart meines kleinen Sohnes, der Engel um sich schart? Hat er mit seiner Liebe mich nicht grade noch berührt? Aus welchen Sehnsuchtsträumen wird dieser Wahn in mir geschürt? Lieb' dich, lieb' dich und vermiss' dich so – meinen Sohn! Mein Sohn, ich brauch' dich, brauch' dich und vermiss' dich so! Lieb' dich, lieb' dich und vermiss' dich so. Mein Sohn, ich brauch' dich, brauch' dich und vermiss' dich so! Ich vermiss' dich so, meinen Sohn. Ja, ich brauch' dich so, meinen Sohn! (Papa, kannst du mich hören?)

20. Ich warte: Ich warte auf dich. Ich warte auf dich. Sternenglanz und Sonnenpuder – all das sei, lieber Bruder, wenn du aufwachst, dein. Ich halt' zu dir, ich halte Wache! Und ich lache, wenn du kommst, um um die Wette zu schrei'n! Ich bleib' länger als der Herrgott, ich bleib' bis in Ewigkeit. Ich gewinne, ich bin hartgesottener als jede Zeit. Denn ich warte, ich warte, denn ich warte. Ich warte auf dich. Denn ich warte, ich warte, denn ich warte. Ich warte auf dich. Wir ändern Welten, wenn wir wollen. Und wir lassen uns're Augen Engel ganz neu anseh'n. Der Zauber tanzt. Und Wunder sollen auch noch heut' in Erd' und Himmel ganz unglaublich gescheh'n. Ich bleib' länger als der Herrgott, ich bleib' bis in Ewigkeit. Ich gewinne, ich bin hartgesottener als jede Zeit. Denn ich warte, ich warte, denn ich warte. Ich warte auf dich.

Denn ich warte, ich warte, denn ich warte. Ich warte auf dich! Bleib' ich hier, bis du aufwachst, bleib' ich hier. Bis du aufwachst. Komm' zurück zu mir! Denn ich kann dich wiederseh'n. Denn ich warte, ich warte, denn ich warte, ich warte auf dich. Denn ich warte, ich warte, denn ich warte, ich warte auf dich.

21. Bruder: Denn ich warte, warte, denn ich warte, warte. Bruder, Bruder, Bruder, Bruder, Bruder, komm' zurück! Bruder, Bruder, Bruder, Bruder, Bruder, komm' zurück zu mir, zu uns! Wir brauchen dich so sehr! Bruder, Bruder, Bruder – komm'! Die Welt wird sich erhellen. Du musst in die Höhe schnellen, dann wird Glauben – ich will hexen, klauben – siegen. Dich nach Hause kriegen! Komm', Bruder, ich lass dich gewinnen, deine Zeit nicht ... Bruder, Bruder, Bruder! Bruder, Bruder, ich helfe dir! Bruder, Bruder, komm' zurück! Bruder, ich gebe dir den Impuls! Erkenn' das Leben! Gott schenkt's und Gott holt's. Die Welt wird sich erhellen. Du musst in die Höhe schnellen, dann wird Glauben – ich will hexen, klauben – siegen. Dich nach Hause kriegen! Komm', Bruder, ich lass dich gewinnen, deine Zeit nicht verrinnen, Bruder, alles läuft aus dem Ruder, Bruder, Bruder! Warte! Warte! Bruder!

22. Engel: Bin noch ein kleiner Junge. Hab' noch nicht sehr viel erfahr'n. Und doch so viel, um zu versteh'n, dass Liebe alles kann. Hab' weder Bibel noch Koran tiefer gehend studiert. Und doch weiß ich, dass nur die Liebe mich zu den Menschen führt. Ja, wusstet ihr, dass Engel fliegen können – durch die Zeit? Und dass sie helfen, schon seit 'ner Ewigkeit? Doch all das trägt den Preis unserer Menschlichkeit, unserer Liebe und Barmherzigkeit. Engel können nicht ohne Liebe leben, dann werden sie schwach und krank. Indem wir sie einander geben, tanzen sie. Höre ihren Gesang! Wir Engel fliegen – durch die Zeit. Und wir helfen, schon seit 'ner Ewigkeit. Doch all das trägt den Preis eurer Menschlichkeit, eurer Liebe und Barmherzigkeit. Wir Engel fliegen – durch die Zeit. Und wir helfen schon seit 'ner Ewigkeit. All das trägt den Preis eurer Menschlichkeit, eurer Liebe und Barmherzigkeit. Engel können fliegen – durch die Zeit. Und sie helfen – seit 'ner Ewigkeit. Engel, Engel!

23. Herzlich willkommen II: Vollkommen vom Licht erfüllt, eine Sehnsucht, die sich hier ganz stillt. Davon wird die Seele frei und empfindet nichts als Vollendetes dabei. Ja, und ich fühl' mich, als schwebt' ich. Davon bin ich benommen. Der Himmel erhebt sich und wünscht: „Herzlich willkommen!" Ich fühl' mich, als taucht' ich ins Bad der Liebe ein. Gänze ergreift mich. So muss der Himmel sein. Während Sorgen von mir weh'n, fühl' ich Menschenschwere ganz im Nichts aufgehen. Alles taucht ins Große ein! Niemand ist mehr mit sich ganz allein. Alpha oder Omega? Wo der Anfang ist oder das Ende war, das ist im Himmel nicht mehr von Belang, denn die Wahrheit spiegelt, was die Liebe kann. Und ich fühl' mich, als schwebt' ich. Davon bin ich benommen. Der Himmel erhebt sich und wünscht: „Herzlich willkommen!" Ich fühl' mich, als taucht' ich ins Bad der Liebe ein. Gänze ergreift mich. So muss der Himmel sein. Und ich fühl' mich, als schwebt' ich. Davon bin ich benommen. Der Himmel erhebt sich und wünscht: „Herzlich willkommen!" Ich fühl' mich, als taucht' ich ins Bad der Liebe ein. Gänze ergreift mich. So muss der Himmel sein.

Musik: Christiane Schulze Severing und Henning Jost
Texte: Christiane Schulze Severing
Arrangements, Instrumentalisierung und Produktion: Henning Jost
www.engelshunger.com
Label: Timezone GbR, Osnabrück